婚姻不应是我们的软肋，应该成为我们的铠甲。

别为他折腰 2

上 册

容烟

著

青岛出版集团 | 青岛出版社

图书在版编目（CIP）数据

别为他折腰.2/容烟著.—青岛:青岛出版社,2023.3
ISBN 978-7-5736-0182-7

Ⅰ.①别… Ⅱ.容… Ⅲ.①言情小说－中国－当代 Ⅳ.①I247.5

中国国家版本馆CIP数据核字（2023）第029579号

BIE WEI TA ZHEYAO 2

书　　名	别为他折腰2
作　　者	容　烟
出版发行	青岛出版社（青岛市崂山区海尔路182号）
本社网址	http://www.qdpub.com
邮购电话	18613853563
责任编辑	郭红霞
特约编辑	孙昭月
校　　对	李晓晓
装帧设计	千　千
照　　排	梁　霞
印　　刷	三河市良远印务有限公司
出版日期	2023年3月第1版　2023年3月第1次印刷
开　　本	32开（880mm×1230mm）
印　　张	17
字　　数	506 千
书　　号	ISBN 978-7-5736-0182-7
定　　价	65.00元（全2册）

编校印装质量、盗版监督服务电话 4006532017　0532-68068050

目录

上册

目录

下 册

第十一章

站在光的暗处

今早"岁岁平安沈先生"上热搜的时候，辛语第一眼把这个词条看成了"沈岁和……"，她的第一反应是沈岁和这么出名吗？输个官司就上了热搜？于是她做好嘲笑沈岁和的准备点开了词条，结果读到的是个网络写手暗恋别人多年的故事。她本要退出去，但在退出的一瞬间，手一滑点开了昨晚发的那条微博。

暗恋、日记、官司、沈先生……将这一切连起来，辛语心念一动，立马截图问路童。两人一合计，"岁岁平安"必定是江攸宁了，但这一次辛语特别沉得住气。

辛语，一个连语文课文都背不下来的人，愣是硬着头皮在网上把江攸宁十年的心路历程读了一遍。她读到中途几度想哭，但一想到那是江攸宁，就没能哭出来。辛语看完之后对路童疯狂地吐槽："那是沈岁和？江攸宁笔下的人是我认识的沈岁和？她到底对沈岁和有多厚的滤镜？"

而路童早已经看完了。作为一名优等生，她已经看了两遍，还给辛语画出了重点：雨天初遇，沈岁和很善良；上学期间，沈岁和很优秀；再次相遇，江攸宁仍旧难掩心动；离婚以后，江攸宁也从未后悔过。

· 1 ·

辛语想，是自己不懂江攸宁了。

直到晚上，两人合计了一番才在微信群里找了江攸宁，然后三人打了一通巨长的视频电话。

辛语第一次在面对这个话题时变得沉默，并且意识到了自己的问题。聊到最后，她忽然问："当初我劝你离婚的时候，你是不是非常想和我绝交？"

江攸宁："没有。"

"说实话，江攸宁！"辛语说。

江攸宁笑着摇头："因为我知道你是为我好，所以我没有怨过你。"

江攸宁知道辛语说得对，也能感觉得出来这样的坚持或许是没有意义的，但真要脱身出来，又很难做出决定。

江攸宁自幼就聪明，但正因如此，她在理智和感性之间进行博弈的这个过程就显得非常痛苦。

现在她从这段痛苦的情感中走了出来，开始觉得那会儿根本不需要纠结。已经变成了"辛语心态"的江攸宁，现在能很容易地做出决定。但她想了想，如果处在当初那个时间段内，她还是一样会纠结。

她想，站在时间的这一端批判那一端的自己是没有意义的。

那当初她是怎么想的呢？

在她坚持爱沈岁和的第十一年，她好不容易看到了一点儿希望。如果在那一刻放弃，她会觉得之前十年的坚持是毫无意义的。

十年……将近十一年，不是十一天，也不是十一个月，在她眼里，似乎她只有跟沈岁和有一个很好的结果，才能不负这么多年的坚持。到了最后，她执着不放的好像已经不再是沈岁和，而是自己的坚持。后来她看到了一句话："沉没成本不是成本。"这句经济学上很著名的话用在人生路途上，普通人总要走很多弯路才能明白其含义。

临挂视频电话时，辛语郑重地对江攸宁说："对不起，宁宁，当初是我不懂你，我不应该在你如此看重的事情上说那么多不好的话。"

"啊？"江攸宁笑了，"我接受了。"

路童打趣："了不起，我们的辛语小朋友长大了，终于懂得认错了。"

辛语翻了个白眼："谁是小朋友啊？"

"你。"江攸宁和路童异口同声地说道。

"我就是看到网上有人说喜欢一个人那么多年的人傻；还有人说是在编故事，我就很生气。"辛语说，"我今天已经切换成小号与他们争论一天了，然后就意识到了当初的我有多么浅薄。"

江攸宁笑着说："如果别人对我说这些事情，我也会当一个故事听。"只是这个故事曲折离奇，有着梦幻一般的开头、近乎喜剧式的过程和毫不留情的悲剧结尾。

"不说啦。"江攸宁说，"都过去了。"

路童附和："对对对！都翻篇吧。"

辛语："不聊了。今晚我一定要说服他们。"

江攸宁和路童在视频上相视无言。

视频电话挂断后，江攸宁看了眼热搜，她的名字已经不在上边了，这个世界的更迭就是这么快。能把她写的虚拟世界和她的现实生活对上的，无非也就那么几个人，她没有把沈岁和列入考虑范围。因为沈岁和没有微博，他几乎拒绝使用所有社交类应用，也从不看热搜，他觉得这些东西很无聊。

闻哥忽然给她发来消息："宁妹，痴情。"

江攸宁发了一串问号过去。江闻说："我记得你家不是有印刷出来的版本吗？当初我还翻过，想不到你还是个名人啊！"

江攸宁："你偷翻我东西？"

江闻立马为自己辩解："纯属意外，我就看了三页，还以为是什么网络言情小说呢。"

江攸宁发了个"翻白眼"的表情过去，接着说："别解释了，以后再进我房间，我就和你绝交！"

江闻立马换了话题："你没想过把这本书出版吗？这本书是多好的纪念啊！多少人想要这么热烈的青春还没有呢。"

江攸宁发了个"呵呵"的表情过去："我怀疑你就是想嘲笑我，那就尽管来吧。"

江闻："闻哥在你心里就是这种人？"

江攸宁望着屏幕安静了一会儿，仔细想过后才认真回答："这本书以前就有出版社找过我，但都没合作成，一直没签出版合同。跟沈岁和在一起的时候，我觉得出版也挺有意义的，但是现在我俩已经分开了，我觉得再出版像在嘲笑自己。"

江闻发了个"摸摸头"的表情："你这么专情又可爱，读者怎么会嘲笑你呢？况且你还得到过，相比而言多少人只能暗恋，爱而不得。你现在放下也很洒脱，就当是给自己青春的纪念。哥看完了，这些故事里又不只有沈岁和，还有你去参加辩论赛、参加模拟法庭，甚至是参加校运会的故事，每一件都让我梦回大学啊！"

江攸宁受到了鼓舞："真的？"

江闻："比珍珠都真！"

江攸宁："那再有出版社找我的话，我就试试吧。"

她被江闻的话打动了。是啊，她的青春里不只有沈岁和，还有在热烈、美好的18岁时发生的故事。

深海蓝鲸乐队是近年来势头最猛的乐队，曾嘉煦是这个乐队的鼓手，深受追捧。但乐队中最出名的是主唱纪星河。他长得帅，有才华，获得了"天才词曲人"的美誉。他曾凭借自己创作的一首歌横扫各大榜单，拿到了金曲奖的"最佳新人奖"，之后便带着大学时组建的乐队出道，名为"深海蓝鲸"。

深海蓝鲸乐队上过某电视台的跨年演唱会，也在体育馆开过几十场演唱会，每场都座无虚席。乐队的知名度也随之节节攀升，演唱会的前排座位的票经常很快就被抢光。

江攸宁和曾嘉柔约好一起去看演唱会。演唱会晚上七点半开始，江攸宁六点就到了体育馆门口。她刚把车子停好，一下车便被眼前的景象惊呆了。她本以为七点半开始六点来算早的，但是此刻体育馆外人群已经排起了长龙，大家都在等着入场，甚至有人拿着小马扎，还有人带着充电宝和充电器。来排队的人几乎都是女生，人群中只有几个不太明显的男生，还有一些情侣。江攸宁放眼望去，队伍长得看不到尽头。

距离江攸宁上次看演唱会已经过去了六年。今非昔比，她第一次看到这种大场面，立马拍照发到了小群里。

路童:"你去看演唱会了?"

辛语:"是谁的?"

江攸宁:"深海蓝鲸,我惊呆了!人这么多,现在都不知道该去哪里排队!"

辛语:"你往队伍里一插,立马就会有人提醒你。"

路童:"你小心点儿啊!是前排座位票吗?要是山顶票(离舞台最远的票)的话,人会比较挤。"

江攸宁:"嗯,应该是有座位的那种。"

路童:"那就好。"

辛语:"你是怎么弄到他们的前排座位票的?"

江攸宁:"沈岁和的表弟曾嘉煦送的,他是这个乐队的鼓手。"

辛语:"曾嘉煦?我怎么一点儿印象都没有?"

江攸宁:"谁知道呢?毕竟当初还一起吃过饭。"

接着,辛语发了一堆省略号,江攸宁隔着屏幕都能感受到辛语的痛心疾首。

"后悔了!我最近迷上了这个乐队的舞台表演,成员都很帅。我本来想去看这次演唱会的,但现在前排的票有价无市。"辛语不住地惋惜。

江攸宁看了看自己手里的票,心情复杂,最后还是决定忍痛割爱:"要不你来看?"

她发完以后又觉得这样不好,于是改了口:"算了,我帮你问问还有没有票。"

辛语:"不用了,我这会儿在医院呢,陪我妈来做检查,你自己看吧。我跟你们说,我刚才看见裴旭天和那个女人了。他真的好关心那个女人啊,裴旭天脾气太好了,我第一次见这种人。"

江攸宁和路童的问号飘满了屏幕。

辛语:"我不小心听到了他们的谈话,好像是那女的肚子疼,裴旭天跑前跑后伺候她,但是那女的还冲他发火。他哄了半个小时,我的妈呀,听得我起了一身鸡皮疙瘩。"

江攸宁笑着回复:"你们还真是冤家路窄啊。"

路童:"我记得你不是说那女的出轨了吗?"

辛语："对啊，那女的跟她的杂志社里的一个实习生在一起了。实习生长得挺帅，但是人品不好，跟这个女的倒是挺般配。"

路童："那裴律知道吗？"

辛语："估计不知道吧，他要是知道了脾气还能这么好，我敬他是条汉子。"

江攸宁犹豫着说："要不还是告诉他吧。"

辛语果断拒绝："这种事情还是让他自己慢慢发现吧。"

江攸宁："这样会不会太残忍了？"

辛语："就算我现在过去和他说你女朋友感情不专一，你觉得他会信我吗？"

江攸宁和路童一时无言。两人都想，算了吧！还是不要掺和别人的事情了。

江攸宁不再和她们聊天儿，看着体育馆外的长龙，赶紧给曾嘉柔打电话。打完电话不到两分钟，两人就会合了。曾嘉柔便给曾嘉煦打电话："哥，我现在进不去啊，外面那么多人！"

"你一个人？"曾嘉煦问。

"还有宁宁姐。"曾嘉柔说，"她挺着个大肚子，等到排完队估计得生了。"

曾嘉煦："你要不要这么夸张？"

"你少磨叽，亏我还做了你的灯牌。"曾嘉柔说，"你出来接我们一下吧，我们先去后台待着。"

"好，你们往体育馆的南边走，找个僻静的地方，我去接你们。"曾嘉煦赶忙嘱咐道。

曾嘉煦是悄悄出来的。他带着江攸宁和曾嘉柔进了体育馆，走廊里一直有工作人员在忙碌。江攸宁没有来过，看什么都觉得新奇。刚走到后台，曾嘉煦的电话就响了，他看了屏幕一眼，忽然心口一紧，下意识地看向江攸宁。

曾嘉柔探过头来看了来电显示一眼，然后看看曾嘉煦又看看江攸宁。

江攸宁立刻懂了："沈岁和？"

两人疯狂点头。

"接吧。"江攸宁说，"我去一下洗手间。"

曾嘉柔忙说："宁宁姐，我陪你去！"

"今晚开演唱会？"沈岁和问。

曾嘉煦乖巧地应答："嗯。"

"我订了花。"沈岁和说，"人就不去了，走不开。"

曾嘉煦："好。"

他们乐队每次开演唱会都会给每个成员三张票，他很早以前给了沈岁和一张。要不是沈岁和现在提起，他都已经忙得忘记了。

"哥！"曾嘉柔忽然走过来问，"洗手间在哪儿？"

"那边儿。"曾嘉煦指了个方向。

"好。"曾嘉柔冲他使了个眼色，示意他赶紧挂断电话。曾嘉煦皱起眉，略显委屈。他现在已经很尴尬了，但又不能显得太着急，以免让沈岁和听出破绽。

"柔柔也去了？"沈岁和问。

曾嘉煦："嗯。"

"玩得开心。"沈岁和说，"祝演出顺利。"

他的声音一向冷漠，即使说祝福的话也是一样的。曾嘉煦立马道："谢谢表哥！我还要去排练，先……"

"等下。"沈岁和忽然问，"她最近有去你家吗？"

曾嘉煦一时没有反应过来，顿了一下才试探地问道："姑妈？"

"嗯。"

曾嘉煦低咳了一声："好像很久没去了，上次在我们家，似乎集体……闹掰了。"

"知道了。"沈岁和说，"你忙吧。"

但在挂断电话的瞬间，沈岁和好像听到了江攸宁的声音："小心！"

那声音里好像带着几分惊恐，沈岁和内心一动："江攸宁也在？"

曾嘉煦那边没有回应，电话也没有被挂断。沈岁和听到那边有些嘈杂，依稀还能听见江攸宁的声音。他连忙"喂"了好几声，但电话那边已经听不到响动。此刻天色已晚，办公室外面亮起了灯，风把树枝摇得乱颤，办公室里只有从窗边透进来的微光。沈岁和又给曾嘉煦打了电话。

沈岁和紧张地听着听筒里的声音，对面始终没有人接听。

沈岁和的眉头皱得极紧。电话铃声不停地响，他的心也跟着揪紧。他很确定刚刚就是江攸宁的声音，为什么没人接听电话呢？难道江攸宁出事了？

这种想法一旦出现在脑海里便无法被遏制，他的脑海里甚至出现了江攸宁挺着孕肚倒在血泊之中的画面。想到这里，他急忙起身往外走。

办公室里太暗了，他走得又急，一不小心脚磕到了桌子。那一瞬间，他似乎听到了骨骼跟桌角碰撞的声音，他的脚踝处立刻变得又麻又酸。但他顾不上这些，继续快步往外走去。没走两步他又折了回来，从抽屉里翻出了那张演唱会门票。沈岁和开门出去时正好和来找他的裴旭天撞个正着。他一句话没说就往外走，剩下裴旭天一脸茫然地站在原地。

沈岁和开车前往体育馆。在去体育馆的路上，他的脑子里很乱，手心也汗津津的。他不知道自己在紧张什么，就是想快点儿，再快点儿。从律所到体育馆是半个小时的路程，他赶到的时候，体育馆外的歌迷已经开始进场了。

沈岁和站在馆外给曾嘉煦打电话，给曾嘉柔打电话，甚至给江攸宁打电话，但是都没有人接。

十分钟后，他终于打通了江攸宁的电话。

"喂？"江攸宁率先开口，平静地问，"什么事？"

"你没事吧？"沈岁和问。

他没有注意到，自己说话时声音是颤抖的。

"没事。"江攸宁说，"是柔柔的腰扭伤了，刚刚被道具撞了一下。"

"哦。"沈岁和放松了下来，"严重吗？要去医院吗？"

"他们这边有随行医生，已经处理好了。"江攸宁说，"我挂了。"

江攸宁没有给他反应的时间，直接挂断了电话。

沈岁和站在原地发了会儿呆，忽然烦躁地抓了把自己的头发。他莫名地觉得很烦，烦到想砸东西。

他背过身，从兜里摸出烟，但拿烟的手指在抖。他不得不进行几次深呼吸，之后才勉强点上烟抽了起来，然后倚在车边看人流。此时歌迷基本上都已经进场了，工作人员在互相喊着收拾东西。

沈岁和看了一眼自己的票，果断地走了过去，验票进场。能够容纳万人的体育馆这会儿又热又闷，他看着这么多人，竟然生出了几分畏惧，看了眼票上的座位号后，径直往最前边走去。

在前排，他看见了江攸宁。前两排摆放着椅子，江攸宁坐在第一排中间的位置。沈岁和一眼就看到了她微微隆起的肚子。此刻江攸宁正坐在那儿喝牛奶。

江攸宁的这个习惯还保留着。沈岁和见状忽然平静了下来，往自己的位置走去。

曾嘉柔在江攸宁的身侧坐着，还在不断地揉着自己的腰，看见沈岁和时不禁一愣："哥？"

江攸宁听到后转过头来，看见他时眉头微皱，只一瞬间便又舒展开来。她只朝他微微颔首，目光便又回到台上。

沈岁和的位置挨着曾嘉柔，正好与江攸宁的位置隔开。

场内灯光暗了下来，歌曲前奏开始响起。在灯亮的瞬间，江攸宁在看舞台，沈岁和在看江攸宁。

沈岁和觉得江攸宁似乎永远温和，这种温和能够安抚人的烦躁心情。

他想起以前工作累了回到家，好像总能看见她温和的笑容。沈岁和觉得她没有变，但好像又变了。

沈岁和思绪纷乱。舞台上的音乐声很大，他却拿起手机给江攸宁发消息。

"明天是产检的日子。

"我陪你去吧。"

消息被分成了两条发送，这跟江攸宁的语言习惯很像。

他好像变了，但自己并没有察觉到。

深海蓝鲸乐队的音乐风格多样，乐队的每个成员都长得很帅，因此在个人秀技术的时候，全场乐迷发出了一轮又一轮的尖叫声。起初曾嘉柔因为沈岁和在旁边而有些克制，但没过多久也开始了尖叫。

演出开场唱的是一首快节奏的歌，第二首换成了舒缓风歌曲。两首歌唱完，全场的气氛被调动起来。曾嘉柔拉着江攸宁在台下大喊。

偌大的体育馆内人声鼎沸，尖叫不止，江攸宁逐渐被气氛感染。她虽然挺着肚子，但仍旧和曾嘉柔一起拿着荧光棒在台下挥舞，并随着音乐的节奏轻轻晃动身体，不一会儿便出了汗。在两个半小时的演唱会中，她的情绪始终高昂。

在演出结束音乐声戛然而止的那个瞬间，曾嘉柔朝着舞台大喊："曾嘉煦，你真棒！"

此时音乐声刚好停止，曾嘉煦听到了她的声音，于是特意朝着台下眨了一下眼。镜头正好拍到他的脸，这个动作引发了乐迷新一轮的欢呼。乐队的主唱纪星河难得调侃道："妹妹你只喊一个人，其他哥哥怎么办？"

"纪星河你也很棒！"曾嘉柔立马补充道。

曾嘉煦在台上帮曾嘉柔说话："我亲妹妹自然得先夸我。"

演唱会就在成员们的调侃中结束。

江攸宁把手边剩的牛奶喝完，在昏暗的灯光中回头向出口望去。乐迷开始恋恋不舍地离场，不时意犹未尽地回头看看舞台。江攸宁觉得等这么多人走完，大约要二十分钟。

她回过头来，正好跟沈岁和的目光撞上。他的眼睛里有许多她看不懂的情绪，但江攸宁无意深究，便把目光转到了已经全暗的舞台上。

散场之后的体育馆跟之前比起来，寂静了许多。曾嘉柔此刻才感觉到尴尬，她坐在一对离了婚的夫妻中间，不知该如何是好。于是她拿出手机，飞快地戳着屏幕："哥！救命！"

曾嘉煦估计正在忙，没有回复。她只好假装在微信上聊天儿，不敢向两侧看。

江攸宁看见了沈岁和的消息，但没有回复，等到人群散得差不多了，才起身喊曾嘉柔："走吧。"

曾嘉柔看了沈岁和一眼，然后跟着站起身来："好。"

两人挽着胳膊往体育场外面走，沈岁和就跟在她们身后。他没有穿外套，只穿了一件白衬衫，由于场馆内太热，还把最上边的扣子解开了。他的头发略长，表情仍旧冷峻。

只是他走路时脚有些跛。也许是出门前撞的那一下有些严重，他如今走路时，脚踝处传来阵阵疼痛。

三人一直走到体育馆外，曾嘉柔才注意到他的脚："哥，你怎么了？"

"没事。"沈岁和活动了下脚腕，"不小心碰了一下。"

"不要紧吧？"曾嘉柔问。

沈岁和摇头："没关系。"

他说话时自始至终都在看江攸宁，而江攸宁只是朝他的脚瞟了一眼便移开了目光，没过问一句。

直到曾嘉柔给曾嘉煦打电话时，江攸宁才轻声开口："产检的事，闻哥之前就约好了，我跟他去，你就不用费心了。"

沈岁和："哦。"

两人距离不远，沈岁和从这个角度看过去，正好能看到江攸宁的头顶。他目光下移，只见她神色恬淡。

"如果你要去的话，"江攸宁补充道，"下个月吧。"

沈岁和："好。"

"我那天看到一个母婴课程。"沈岁和接着问，"你要去上吗？我帮你报名。"

"不用了，我之前上过了。"

"嗯？有些课需要宝爸陪同，你怎么上的？"

"闻哥陪我去的。"江攸宁说，"而且大部分课程一个人就能上完。"

她怀孕四个月的时候，闻哥就给她报了名。她趁着闲暇去上了一些课，目前只剩一些理论类的课程，一个人慢慢上就行。

沈岁和不知道应该再问些什么，便沉默了下来，周围也逐渐安静。

隔了一会儿，江攸宁问他："华峰的案子，二审还是你负责吗？"

"嗯。"

江攸宁仰起头看他，顿了下后温和地说："加油。"

沈岁和忽然笑了，声音中带着几分自嘲："江攸宁，我现在这么弱吗？"他的尾音随着风声上扬。

"没有。"江攸宁说，"客气罢了。"

"那天宋舒的母亲把两个孩子带走了，"沈岁和说，"抱去找华峰要钱。"

江攸宁闻言眉头忽然皱起，紧紧地盯着沈岁和："什么时候的事？"

"两三天前。"沈岁和刻意模糊了时间，"从华峰这儿拿走了两百万。"

江攸宁："哦。"

"你为什么这么执拗地想把抚养权争给宋舒呢？"沈岁和说，"她真的一点儿也不适合带两个孩子。"

"难道华峰就适合？"江攸宁的语气一下子变得严厉起来，"我建议你好好了解一下你的当事人。"

谈到案件，她顿时敏锐了起来。两人看上去剑拔弩张，气氛比在法庭上还紧张。

"华峰起码能给两个孩子良好的教育环境。"沈岁和平静地说，"如果孩子跟着宋舒，以后的教育怎么办？她养活自己都费劲，更不要说培养两个孩子了。"

"这点我想沈律师就不必担心了。"江攸宁神情坚毅地说，"一切都在法庭上见分晓吧。孰是孰非，适不适合，法官自会判定。"

沈岁和碰了个软钉子，不禁眉头微蹙："江攸宁。"

"嗯？"

"你非得这么跟我说话吗？"

江攸宁看向他："不然呢？"

"我在认真地和你讨论这个问题。"沈岁和说，"今天宋舒的母亲能把两个孩子抱到华峰那里要钱，以后就能做出更极端的事情来，你为什么不及时止损呢？"

"我也很认真。作为代理律师，我们不应该在这种环境下谈论案情，更何况我不想从你的口中知道这个消息，我的当事人会告诉我的。"江攸宁目光坚定，"没有一个母亲会主动放弃自己的孩子。"

"星星和闪闪从出生开始就一直由宋舒抚养，现在就因为没有钱而让她放弃抚养权，你考虑过宋舒的感受吗？考虑过星星和闪闪的感受吗？如果你认为经济能力能决定一个家庭支配权的归属，那没有经济来源的全职主妇是否永远都不能选择离婚这条路？既然如此，那女性又为什么要结婚呢？"江攸宁虽然声音不高，但说到最后也难免情绪激动。她紧紧地盯着沈岁和，像是在示威。

沈岁和闻言沉默不语。

"身为律师，我能理解你作为华峰的代理律师想要为他争夺抚养权的想法，你必须为你的当事人负责，这是你的职业素养。"江攸宁坚定地说，"但你为什么会有这种想法？经济能力在一个家庭的支配权归属中占主要因素吗？如果是这样，我们为什么会离婚？是因为缺钱吗？是你缺还是我缺？"

"不是……我没有。"沈岁和忽然卡壳。

"咱俩离婚是因为……"沈岁和想解释。话还没有说完就被江攸宁打断了："因为什么不重要，反正我们已经离了。"

"我没有认为经济能力在一段婚姻中占主要因素。"沈岁和解释道，"只是他们两人之中，明显华峰是更适合抚养孩子的人。"

"那说明你的眼睛有问题。"江攸宁笃定地道。

"宋舒出轨了你知道吗？"沈岁和换了个话题。

江攸宁皱着眉头看向他："然后呢？"

"她还虐待过星星和闪闪。"沈岁和说，"在她精神状态不佳的时候。"

"所以你想说什么？"

"证据我会提交给法院。"沈岁和说，"诚如你所说，法庭上见分晓。"

江攸宁："好。"

"不过，"江攸宁抿了下唇，思考了两秒后道，"我建议你先调查一下你的当事人。"

"具体哪方面？"

"他滥用药物。"江攸宁说。

沈岁和眉头皱起："宋舒说的？"

"你知道这件事？"江攸宁不答反问。

如果沈岁和知道了这件事还仍然坚定不移地站在华峰的立场上，那她对沈岁和的认识又加深了一层。

"不知道，"沈岁和说，"是宋舒在污蔑华峰吧？"

江攸宁："我也是这样怀疑的。"

沈岁和沉默了。

隔了一会儿，江攸宁忽然笑着问："如果你知道了他这样，还会为他辩护吗？"

沈岁和："有确凿的证据吗？"

"如果有呢？"

"不会。"沈岁和不假思索地说。

沈岁和盯着她："江攸宁，我在你心里这么坏吗？"

江攸宁没有说话，只是抬起头看他。两人四目相对，江攸宁的眼里似有星河在流动。

"我不是个好人。"沈岁和忽然转过身去，只把背影留给江攸宁，他的声音也飘散在风里，"我也从未掩饰过这种不好。"

"可我真的……"他顿了顿，"从未想过害你。"

江攸宁："哦。"

"从未想过"和"从未做过"是两个概念，但江攸宁不想和他争执这些没有意义的事情。

"如果有一天你真的发现了华峰滥用药物的证据，我希望你说到做到。"江攸宁说。

"嗯。"沈岁和问她，"我送你回家吧？"

"我开车来的。"江攸宁说，"我先走了，你跟他俩说一声吧。"

江攸宁说完便转身离开。

晚上十一点半，沈岁和开车回到家。

沈岁和从"芜盛"搬出来之后，就搬到了离律所较近的家。这个家也是位于高层，和"芜盛"的格局相似。

沈岁和站在玄关处，没有开灯。外面的昏黄灯光照进家里，客厅里有微弱的光线，家里空无一人，这场景与晚上演唱会场馆里的热闹情形形成了鲜明对比。冷清、凄凉、孤独，这就是一个人生活的感受。

沈岁和脱掉了鞋，顺势脱下袜子，但右脚踝处突然传来撕裂般的疼痛。他低头看去，原来是之前磕到的地方流出了血，皮肉粘在了袜子上。他扶着玄关处的鞋柜，皱着眉头把袜子脱了下来。

沈岁和打开了灯，灯光照亮了整个房间。他随意地扫视了一圈，家里跟平常没有什么区别，但他从那样热闹的环境里回来，只觉得这里越发凄凉，一点儿烟火气都没有。

他低头看了眼脚踝，红肿的部位很是醒目。他眉头微皱，便去沙发旁的茶几里找医药箱，但翻了两个抽屉才想起来，这个家里没有医药箱。

"芜盛"的家里有，"君莱"的家里也有，医药箱都是江攸宁放的。他一直都没有在家里放医药箱的习惯。从前他和曾雪仪一起住，家里都有保姆，他需要药时随时都有人去买，而且他只要发烧就会被曾雪仪逼着去医院。

其实他很讨厌医院那种地方。可曾雪仪不一样，虽然也讨厌医院，却近乎自虐般要去那里。

江攸宁和曾雪仪是完全不同类型的人。江攸宁会把药分门别类地放在医药箱里，其中的药有治疗感冒的、退烧的、去火的，还有消食的。

刚结婚时，沈岁和不太适应这种生活方式，他每次都是去楼下药店买药。但是疾病不会一直那么凑巧地来，他有时应酬多了，第二天就会有些低烧，这时江攸宁总是很快地就给他拿过药来。他慢慢地体会到了这种便利。

他的很多习惯都是在和江攸宁结婚后形成的，但也仅仅限于江攸宁在身边的时候被保持着。后来他离开了江攸宁，没了给他准备东西的人，他的习惯忽然就消失了。

搬出"芜盛"之后，沈岁和经常夜不能眠。起初他在想曾雪仪，想她为什么会变得这么可怕，想她为什么会成为现在这个样子。后来他开始想江攸宁，只要闭上眼睛，他的耳边就会响起江攸宁那天的哭声。她的哭声跟浴室里的水声夹杂在一起，听上去带着哀恸和绝望。

那一个月他没有接案子，夜里没有睡过一个好觉，白天自然很难打起精神来做事。慢慢地，他和曾雪仪离得远了，又时常见不到江攸宁，他的状态才好了一些。

如今他已经过了五个多月的独居生活，但仍旧没有习惯，偶尔甚至觉得家里有人，这个人或是在厨房做饭，或是在客厅看书，或是在阳台小憩，但其实家里空荡荡的，并没有人。

他忽然想，当初是用了多久习惯婚后生活的呢？他从那个家出来，跟江攸宁生活在一起。虽然偶尔曾雪仪会来挑刺儿，但总体来说日子过得还算不错。刚结婚那会儿，因为曾雪仪在，他不太敢帮江攸宁做家务，只能尽量买点儿熟食回家，并把家里的用具换成智能的，这样尽量减轻江攸宁的负担。他知道曾雪仪不好相处，所以每天尽量赶在江攸宁到家之前回去。他自然而然地习惯了这种生活方式。

而曾雪仪搬走之后，他和江攸宁的生活节奏越发契合。他每天会在七点准时醒来，而江攸宁定的闹钟是七点五十分响起。等江攸宁醒来的时候，他已经烤好了面包，热好了牛奶。两人一同吃饭，一同出门，然后各自开车上班。

两人大部分时间是在家里吃饭。他的手艺极差，能做的东西有限，而江攸宁做的葱油拌面特别好吃。他记得自己曾经吃了整整一个月的葱油拌面，以至于怀疑江攸宁只会做这个，于是带着江攸宁去外边餐厅吃了两天。第三天时，江攸宁就换了别的菜。她会做的菜式很多，做各种家务也都很拿手。

那时，他每天下班后都会准时回家，除非偶尔有应酬，但无论回来得多晚，家里都会亮着一盏灯。起初江攸宁会坐在沙发上等他，有一次他半夜两点才回来，看到江攸宁坐在沙发上拿着书睡着了，从此便在有应酬时给江攸宁发消息，让她早点儿睡。

其实他更想让江攸宁等着自己，因为回到家的那一刻，他的心里会忽然安定下来。那盏昏黄的小灯不仅发出光亮，还让人感到温暖。

结婚之前，曾雪仪也会在他应酬时坐在沙发上等着，但他推开门时感受到的不是温暖，而是窒息。因为曾雪仪的目光太过冷厉，沈岁和觉得似乎下一秒她就会斥责自己。

他26岁以前从未有过自由。他的交友被限制，婚姻被限制，一切都必须在曾雪仪的掌控之中。26岁那年的末尾，他第一次有了自己的选择。

江攸宁是他选择的结婚对象，她的长相不算是世人眼中的那种漂亮，但她的性格很温和，这温和尤其由那双鹿眼传递出来，眼眸里盛满澄澈温柔的光。无论做什么，江攸宁都不紧不慢，很少有慌乱的时候。

只要有她在，沈岁和就会觉得平静许多。江攸宁坐在沙发上等他的时候，投来的目光永远是充满关怀的、心疼的，这使得他偶尔会趁着喝醉黏着江攸宁。

他觉得与江攸宁相处让人感觉非常舒服。可后来，他什么都没有了。他的婚姻里再也没有了江攸宁，自己也再没有了自由。

咚……咚……旁边世纪公园里午夜的钟声响起，沈岁和的思绪才慢慢收回。他一不小心发了那么长时间的呆，这一点跟江攸宁越来越像。江攸宁以前就喜欢发呆，尤其喜欢坐在阳台上发呆。

他望向阳台，那里空荡寂静，只有风吹过。风把阳台上那几盆已经枯萎的花的花瓣吹得落了下来，他想看来明天得清扫阳台了。他发现，一个人住以后，什么事情都得自己做，原来一个人做家务真的很麻烦，自己做的葱油拌面也很难吃。

他隔着玻璃望向天空，今夜的星星格外多，这预示着明天有着很好的天气。可他却不想明天到来。

客厅里寂静无声，他看了会儿窗外，忽然像被抽空了浑身的力气，什么都不想做，竟然慢慢地躺在了地板上。

他想去远方，去很远很远的地方，在荒无人烟的角落里，孤独地死去。

翌日，沈岁和到达律所时已经十一点了。他很少来得这么晚。从电梯间到办公室的一路上，他的迟到都在吸引众人的目光，但大家噤若寒蝉。等到沈岁和一进入办公室，外面众人立马炸开了锅，各种议论声响起。

"我们的沈 Par（即 partner，合伙人）最近精气神好差啊，不会真的被那场官司打击到了吧？"

"你们看到他的黑眼圈了吗？天哪，男神的颜值要下降了吗？"

"那个女的到底是谁啊？为什么一夜之间就在律圈出名了？我的好多同学都在问我她是谁。"

"你赢了沈 Par，你也红。"

"一个从来没输过的人突然输了，肯定难过得要死，但沈 Par 应该不是那种一蹶不振的人吧？他今天竟然迟到了，看来真的被打击到了。"

"应该不是吧，他怎么可能……"

众人的话还没说完，大家突然看到外面走进来一个人，赶忙噤声，脸上也立刻换上了标准的微笑，同时手指飞快地在键盘上敲字，以表示自己认真的工作态度。

来人目不斜视地走向沈岁和的办公室，几秒之后走了进去。众人瞬间松了口气，又开始了讨论，但声音比之前低了许多。

"你们说今天里面还会吵架吗？"

"我猜会的。"

"我也猜会的。"

"……"

"你怎么来了？"沈岁和进入办公室还没有一分钟，刚把西装外套挂在衣架上，办公室的门就被敲响，他想都没想就喊了"请进"。

沈岁和抬头看去，没想到来的是意料之外的人——曾雪仪。

"我来看看。"曾雪仪在待客的沙发上坐下，伸手在面前的茶几上抹了一下，手上都是灰，不禁皱起眉头，"官司输了你就连办公室都不清扫了吗？"

沈岁和坐在办公椅上，尽量平静地说："不是。"

这里是公司，他不想跟她吵架。

"听说你官司输了？"曾雪仪单刀直入。

"嗯。"沈岁和没有隐瞒，反正这已经是尽人皆知的事情。

"输给了谁？"曾雪仪问。

沈岁和看了她一眼，忽然嗤笑着道："你连我输了都知道，还不知道我输给了谁吗？"

不等曾雪仪回答，沈岁和就补充道："江攸宁啊。"

他说这个名字的时候，声调刻意比之前高了一些，尾音上扬，听上去带着几分得意。

曾雪仪皱紧了眉，眼神瞬间变得锐利："你为什么会输？"

"这涉及当事人的隐私，我不能告诉你。"沈岁和说，"你如果不想我被吊销律师职业资格证的话，就别问。"

曾雪仪："你是故意让着她吗？"

沈岁和的语气仍然平静："心服口服。"

曾雪仪站了起来，走到沈岁和的办公桌前，不可置信地重复了那几个字："心服口服？"

沈岁和点头："对，她很厉害，我输得心服口服。"

曾雪仪的怒火瞬间被点燃，她"啪"地拍了一下桌子，大声吼道："沈岁和！"

"这里是律所。"沈岁和眉头微蹙，"你不要太过分。"

"你说，"曾雪仪却没有理会他的话，只是紧紧地盯着他的眼睛，"你是不是想要复婚？"

沈岁和与她对视着，忽然笑了，这笑里带着几分戏谑和嘲弄，是对曾雪仪的，也是对自己的。

沈岁和开始低头整理自己桌上的资料，淡淡地说："如果你来就是为了问这件事的，那我无可奉告。就像你看到的那样，我输给了江攸宁。但她赢得光明正大，这中间不涉及任何私人感情。"

"你！"曾雪仪怒不可遏，紧紧地盯着沈岁和的动作，忽然在桌上看到了一封信件，准确地说是来自医院的快递。

沈岁和手指微抖，正想将其放进抽屉，无奈曾雪仪手疾眼快，抢先一步拿在手上，问："这是什么？"

沈岁和："快递。"

曾雪仪看了眼发件地址，是医院没错。

她瞪了沈岁和一眼，直接撕开了包装。沈岁和伸手去抢："你做什么？这是我的隐私。"

曾雪仪根本不听，飞速地拿出了里面的东西，里面只有一张薄薄的纸。

沈岁和瞟了一眼便背过了身。他已经看到了诊断结果。曾雪仪却将诊断结果读了出来："初步诊断该患者患有轻度双相情感障碍。"

她机械性地读了两遍，然后问："沈岁和，这是什么意思？"

沈岁和做了两次深呼吸，才回过身低着头把那张纸从她手上抽走，然后扔进了碎纸机里，整个过程中沈岁和始终一言不发。

"岁岁，这是你的诊断报告？"曾雪仪顿时有些慌张，慌张到换了对沈岁和的称呼。

"是。"沈岁和说。

曾雪仪问："你得了什么病？严重吗？"

"你不是都看到了吗？"沈岁和尽量保持冷静。

"是不是因为江攸宁？"曾雪仪大声问道。

沈岁和不禁恼了，音量忽地提高："你为什么事事都能扯上江攸宁？这些事跟她有什么关系？我就是病了，单纯地病了，这病跟谁有关系，难道你不知道吗？"

曾雪仪："我……"

"还是说，你在揣着明白装糊涂？"沈岁和进一步质问道。

他患了轻度双相情感障碍。那天去精神科检查的时候，他就知道了这个结果。医生给出的详细书面诊断报告是沈岁和让医院快递过来的，没想到这么巧，正好被曾雪仪看到。

那天医生给他开了药。在他身上，躁狂和抑郁发作的频率相近，所以医生开的药都是小剂量的，医生让他先吃一段时间慢慢观察。他这几天都在按时吃药，但药效不太明显。他觉得和以前的状态相比好像也没什么差别。

就像现在，曾雪仪站在他的面前，他很想越过曾雪仪把茶几上的杯子全都摔碎，他的脑海里不停地循环着这一想法，但他尽力克制着。

"你走吧。"沈岁和说，"这里是律所，我不想和你吵架。"

他的声音里带着几分颤抖，这证明他在压抑着自己的情绪。

"这到底是什么病？"曾雪仪问。

沈岁和抿着唇，没有说话。

"你说啊！"曾雪仪站到他的面前，"能不能告诉我？这到底是一种什么病？"

"不严重，"沈岁和说，"我在吃药，慢慢就会好的。"

他克制着，不想发火，也不想在办公室里摔东西。

"那你先告诉我是什么病！"曾雪仪忽地拔高了声音，"难道你还在为那个女人跟我生气吗？我还是不是你妈？你怎么什么事情都不告诉我？"

沈岁和在心里告诉自己要克制。但是，突然空气中传来"啪"的一声，是木质日历被他扔到地上与光滑的瓷砖相撞发出的清脆的响声。沈岁和再也克制不住，大声喊道："你是我妈！但我要怎么跟你说？我应该说什么？这是什么病你自己不会查吗？"

"你这个自私的毛病能不能改一改？为什么在我得病以后还要一次次地来问我？你自己查一下很难吗？"

紧接着，桌上的笔筒和一些小摆设也都被他扔到了地上，其中的某个玻璃制品掉在地上碎裂的声音格外清脆。

"你！"曾雪仪被他突然的变化吓到了，只见沈岁和猩红着眼，脖子上的青筋快要爆裂。

"你……你……"曾雪仪磕巴了一阵儿却什么都没有说出来，盯着沈岁和看了一会儿，忽然放缓了声音，"那你要怎么样才会好？"

沈岁和呼吸急促。他尽力调匀自己的气息，想让情绪平稳下来。但这无济于事，只要看到曾雪仪他便觉得气血上涌。

"你走吧。"他颤着声音说，"让我静静。"

曾雪仪神情恍惚，茫然地应了声"好"。

她后退了两步便转身往外走，但走到门口想起来还没有拿包，便又走回来从沙发上拿起包。她看着沈岁和，抿了下唇，艰难地开口："是因为江攸宁吗？"

"不是她，不是她。"沈岁和烦躁地摇头，"我都跟你说过多少次了，我的病和她没关系！你能不能不要每次遇到问题就把责任推在她的身上！"

曾雪仪冷冷地说："果然你就是因为她才变成这样的！"

"就算是又如何？"沈岁和红着眼睛盯着她，"你想怎么样？"

曾雪仪忽然愣住，眼前的沈岁和让她感到非常陌生。她有一瞬间甚至怀疑沈岁和想要杀了自己，顿时感觉脊背发凉。

"你……你想做什么？"曾雪仪紧张地问，仍旧紧紧地盯着他，想要以眼神吓退他，但这种眼神的杀伤力并不大，因为里面藏了惧怕。

"我不想做什么，"沈岁和说，"我会对你做什么吗？难道你觉得我会杀了你吗？是给你的牛奶里放安眠药还是往你的枕头下藏针呢？"

"你……"曾雪仪忽然语塞，放大的瞳孔里藏着恐惧，但仍旧在几秒后嗤笑道："你都知道了。"

"你不愧疚吗？"沈岁和盯着她，一字一顿地道，"你不害怕吗？你不会做噩梦？为什么你在做了这么多事后还能如此理直气壮？你的世界里是不是只有你自己和我爸？我爸死了之后，你就开始肆无忌惮，觉得谁都管不了你，而你能管得了任何人，是吗？"

沈岁和从来没有如此质问过曾雪仪，即使在发现她给江攸宁的牛奶里放安眠药的时候。他那时只有一个想法：快逃！江攸宁快走吧，这里不能再待了，再待下去，自己真的保护不了她。

沈岁和当时就想质问曾雪仪，可那时的曾雪仪目光涣散，在他面前好像疯了一样。他无法质问她，所以他把情绪全藏了起来，藏到别人看

· 21 ·

不见的地方。

他晚上经常睡不着，睡着了就开始做噩梦。梦里是无穷无尽的困境，有着无论如何也打不破的枷锁。

"你往江攸宁的枕头里藏针的时候是怎么想的呢？"沈岁和一步步逼近她，"你往她的牛奶里下安眠药的时候又是怎么想的呢？你为什么会那么做？我过得好不好，全部由你来定义吗？那你现在看看，我过得好吗？我现在的生活变成了什么鬼样子！"

沈岁和红着眼睛，一字一顿地道："我跟死不过只有一步之遥。"

他说完之后，豆大的泪珠从他的眼睛里掉了下来，眼泪落在地板上显得晶莹剔透。

他的神情没有任何变化，只是那双眼睛红得吓人："你告诉我，我应该变成什么样才能让你满意？如果我不能让你满意，那给你造一个智能机器人吧，他会听你的话……"

"啪"的一声，曾雪仪一巴掌打在了沈岁和的脸上，她的眼里含着泪，手悬在空中。沈岁和没有反应过来，疼痛感在他的脸上蔓延开来。他忽然笑了，笑得很癫狂，让人毛骨悚然。

"沈岁和！"曾雪仪吼道，"你疯了吗？"

"还没有，"沈岁和忽然变得平静，"但是快了，你知道'双相情感障碍'是什么吗？"

没等曾雪仪回答，沈岁和就补充道："是精神病。"

沈岁和笑着说："我，你的儿子，你最骄傲的儿子，以后可能会是一个重度精神疾病患者，怎么样？你还能骄傲得起来吗？"

曾雪仪忽然什么话都说不出来，只是茫然地往门口走去。快到门口的时候，沈岁和忽然开口："如果你还不想让我死，那所有的事情就到此为止吧。"

曾雪仪脚步微顿，然后打开门快步离开。

听到她的脚步声慢慢消失，沈岁和才松了一口气。他关上办公室的门，转过身背靠在门上大口呼吸，手紧紧握成拳，指甲掐着掌心，似乎只有这样的疼痛才能让他减缓一些心里的痛苦。

等到情绪平缓下来，他缓缓地伸出手，只见掌心已经渗出了血。他没有动，脑子里一片空白。从曾雪仪离开这间办公室之后，他的脑子里就是一片空白。他不知道自己现在该做什么，该去哪里。

他抬起头隔着玻璃看着外面的天空，今天天气很好，可他觉得有点儿冷。

他还是很想去远方。

江攸宁和宋舒约了时间，拎着礼物去了宋舒家。星星和闪闪正在爬行垫上玩，看见她之后笑着打招呼，星星仍旧是那副害羞的样子，而闪闪笑起来更甜。

江攸宁把礼物分给了两个小朋友，然后坐在了沙发上。

宋舒给江攸宁倒了杯热水，有些局促地坐下："江律师，你都知道了啊？"

"嗯。"江攸宁说，"知道了一部分。"

"那我就直说了。"宋舒说，"我妈三天前骗着星星和闪闪去了华峰那里，向他要了两百万现金，但在我妈走出他们的办公大楼之前，我就赶过去了，把钱从我妈手里夺了过去还给了华峰。那天我妈打我，我就跟她说断绝母女关系。虽然这样可能也没什么用，但我一定会保护好星星和闪闪的。"

"可是法院不看你的保证。"江攸宁无情地说出事实，"现在是在给星星和闪闪找最好的归宿，从你和华峰中进行选择。恕我直言，你的母亲现在是个不确定因素。"

"你说这样的情况，我报警行吗？"宋舒问。

江攸宁摇头："报警在极端情况下管用，但你们毕竟有血缘关系，对于这种家庭纠纷，警察一般是劝和的。如果你想通过报警来实现脱离原生家庭的目的，应该不太可行。"

宋舒不禁犯了难："那我该怎么办啊，江律师？"

江攸宁来的路上就一直在想办法，总算想到了一个不太能拿上台面的办法。

"你去雇几个保镖。"江攸宁说，"如果你妈再上门来，你就让他们把人扔出去。如果你爸跟你弟也来的话，你也用同样的办法。但是你千万要注意分寸，不能伤了人，别从家庭纠纷弄成刑事案件，我不想帮你打两次官司。"

宋舒笑了："我懂了。"

"反正我也就想到了这个办法，就看你能不能狠得下心了。"江攸宁说，"我的建议是你要打就把他们打怕，然后你给他们一笔钱，一来当作医药费，二来当成补偿，好让他们以后别再来找你。"

"好。"宋舒答应之后又有些迟疑，"这样行吗？要是他们报警怎么办？"

"如果他们被你的言语激怒，先动手了，那么你只是正当防卫，不会被追究责任。你记得要全程录像，保留证据。"江攸宁说，"这其实是下下策，跟自己的亲人闹成这样……"

她没再往下说，宋舒也苦笑了下："是啊，谁愿意对亲人这样做啊？江律师，不瞒你说，我从高中辍学以后已经给家里补贴了好多钱了，每次都想着是最后一次，但每次都狠不下心不给。我给我妈买新衣服，给我爸买新手机，都落不着一句好。我弟学习成绩特别差，即使只考了个职高也还是被他们捧上天。我就像是家里的提款机，只要一次不给他们钱，他们就骂我是'白眼儿狼'，所以我拼命想让他们念我的好，但一点儿用都没有……"

她说着掉下眼泪来，但瞬间又把眼泪抹掉了。

"我知道了。"宋舒调整了情绪继续说，"我先拿这个办法试试，俗话说得好，恶人还须恶人磨。我爸其实性子挺软的。我妈看着泼辣，其实欺软怕硬，和村子里的人吵架，从来都是嘴上厉害，实际根本不敢动手。我家里的人我清楚，但……"

她抹了抹眼泪："毕竟他们还是家里人，我有时候也讨厌自己，不想再填这些无底洞，但有时候又看他们可怜，偶尔也会念起他们的好，毕竟是他们把我养大的。不过他们做的那些事，是真的让人心寒。"

江攸宁递了张纸巾过去，安慰道："我能理解。"

其实她并不能理解。她自幼生活顺遂，只在沈岁和的事情上栽了跟头，所以很难理解宋舒的这种情绪，即使她将心比心地去想，也不理解宋舒为什么不能及时止损。

"没事。"江攸宁安抚她,"都会过去的。"

"嗯。"

"你记得跟他们签一份断绝关系协议书。"江攸宁嘱咐说。

"江律师,这个有法律效力吗?"

江攸宁摇头:"我国法律不准许任何一方断绝关系,因为子女需要承担赡养父母的义务。但你签这个是为了让他们从心底明白你变了,你跟以前不一样了,他们不能再随便欺负你了。"

"好。"宋舒答应。

所有的事情都在有条不紊地进行着。

宋舒案的二审定在了八月中旬,那时江攸宁已经怀孕好几个月了,估计忙完宋舒案的二审就得回家安心养胎了。

宋舒案的一审结束之后,方涵跟江攸宁谈了正式入职的事情,邀请她进入金科律所成为初级律师。江攸宁已经答应并签订了劳动合同,成了金科的正式员工,目前手头负责的只有宋舒的这一个案子。不过岑溪预料得不错,在她一审赢了沈岁和之后不到一周的时间里,来金科找她打官司的人就多了起来。但她只接了一个案子,也是个离婚纠纷案,那两人的情况没有宋舒和华峰的复杂,所以她很快就解决了。

江攸宁性格很好,因此做争议解决的时候,跟双方当事人都能建立起比较好的关系,案件最后都能获得不错的结果。

时间一晃就到了八月。这天江闻给江攸宁打电话,约她到"天香一品"吃饭。江攸宁没有化妆,穿着平底鞋就去赴约了。这会儿她已经不适合开车了,所以叫了个出租车。司机把她送到楼下,然后她自己上楼。

江闻订的包间是顶楼的 888 号房间,听说很贵。江攸宁乘电梯上到顶层,出电梯后刚拐了个弯,突然看到了华峰。他正在吸食一种粉末状的东西。

江攸宁顿时瞪大了眼睛,立马拿出手机,将手机摄像头悄悄地对准华峰,连拍了四五张照片,但往后退的时候不小心碰到了走廊里的花瓶。

听到"哐当"一声,华峰顿时警觉:"谁?"

"哐当!"江攸宁听到身后又传来一声巨响,回头看去,只见漂亮的青色瓷釉花瓶和干净的地板碰撞在了一起，花瓶顿时四分五裂。空气中飘散着泥土的味道，沈岁和半蹲下身子，面露痛苦地说："江律师，你来得正好，麻烦先给我搭把手。"

江攸宁还没有反应过来发生了什么，只见沈岁和已经把他的手机往不远处一扔，强硬地拉过她的手，并且把她的手搭在自己的胳膊上，佯装在搀扶自己。

"你这是……"江攸宁想问他要做什么，话还未说完，拐角处已经出现了华峰的身影。沈岁和的表情越发忧愁。他眉头紧皱，倒吸了一口冷气。

"沈律，"华峰快步走过来，"这是怎么了？"

沈岁和尽量克制着自己的声音："过来的时候低头看手机，不小心撞到了花瓶，就成这样了。"

他说着伸出了自己的手，手心里满是碎瓷片，已经渗出了血迹，这场景让人触目惊心。

"我让人送你去医院包扎吧。"华峰说。

沈岁和摇头："不碍事，我去卫生间处理一下伤口就行。"

说完，他佯装疑惑地问华峰："华总，你怎么在这儿？"

华峰说："我出来抽根儿烟透透气，听见这边有动静就过来了。"

沈岁和点了点头，然后站起来，客套地对江攸宁说："谢谢江律师。"

江攸宁神色冷漠："不客气，顺手而已。"

她走到一边，稍一弯腰捡起了沈岁和的手机，走过来递给他："沈律师以后记得看路，这次撞花瓶，下次说不准就撞路灯了。"

沈岁和讪笑："没有下次。"

江攸宁没再搭话，抬起手看了眼手表："我和人有约，要迟到了。你们聊吧，再见！"

她说着就往前走，步子迈得很小，尽量避开了地上的碎瓷片。

她怀孕已经好几个月了，正是丰腴的时候，但穿着宽松的孕妇装倒也不显胖，除了肚子明显凸起。她转过拐角看了眼门牌号，又淡定地回头问："对了，888 号房间在哪里？"

"拐过去走到头，然后右拐第二间。"沈岁和说。

江攸宁："哦，谢谢。"

她转过拐角，步伐稳健。

沈岁和的手仍旧在流血，血顺着掌心的纹路落到地板上。他倚着墙，借力支撑着自己的腿，前些天小腿碰到桌角的地方还隐隐有些疼，刚刚一时情急又用了那条腿，这倒是给这场"意外"增添了可行性。

沈岁和的手机防窥膜被摔出了几道裂痕。他低头瞟了眼手机，对华峰说："华总先回吧，我去卫生间处理下伤口。"

华峰狐疑地看着他，总觉得哪里不对劲，但又想不出来。

沈岁和转身往卫生间走去。华峰忽然问道："沈律和那位江律师好像关系很近啊？"

沈岁和顿住脚步："曾经挺近的。"

"嗯？"华峰疑惑。

沈岁和说："她是我前妻。"

"你别报警。"

"我来。"

收到这两条短信的时候，江攸宁刚在 888 包间给警察打完电话。她匿名举报在天香一品饭店顶楼 666 包间内有人进行违法犯罪活动，建议警察来带人去做血液检查。

电话也就打了一分钟。挂断电话后，江攸宁的心跳仍旧没有恢复过来。她倚在门上，看了眼短信，回："我已经报警了。"

沈岁和："你跟谁约的？"

江攸宁："闻哥。"

沈岁和："回去的时候让他送你，千万不要落单。"

江攸宁："好。"

江攸宁收起了手机，摸着胸口尽量让自己平静下来。

"宁儿。"江闻喊她，"怎么了？"

"让我静一静。"江攸宁说。

她站在那儿，大脑一片空白，只是机械地进行深呼吸来调整状态。等到情绪稳定下来，她才缓缓走过去落座。之前的惊吓让她的心跳差点儿停止，如今才恢复过来。

"闻哥。"江攸宁坐下后跟江闻打招呼，然后看了眼旁边，旁边坐着的分别是童瑾、辛语，还有一个眼熟的人。她警惕地看向那个人，江闻忙介绍道："我朋友，许枳。"

"哦，你好！"江攸宁不冷不热地打了个招呼。

江闻又补充道："他是在《风起时》里演陈珏的那个人，之前我给你看过。"

听江闻这么一说，江攸宁才有了些印象。但由于刚才发生的事情太过惊险，她这会儿看见以前喜欢的角色也没什么热络的心思，又客套地应了一声。

"江小宁，你怎么了？"辛语问，"你刚才打电话说的那事……"

"是华峰。"江攸宁坚定地说，"我看到了。"

辛语知道点儿内情，皱眉道："想不到他这么没有底线。"

江攸宁点了点头，一侧的童瑾给她倒了杯热水。水还冒着热气，江攸宁伸手摸向玻璃杯，杯子有几分烫，便朝着童瑾微微颔首："谢谢。"

"那你刚刚……"江闻问。

"我下意识地去拍照。"江攸宁深呼吸了一次，端起水杯抿了口水，说，"差点儿被华峰发现，但沈岁和掩饰过去了。"

"沈岁和？"辛语问，"他来做什么？"

"应该是跟华峰约好的。"江攸宁说，"距离二审开庭也没多久了。"

辛语和江闻继续安抚她。江攸宁摇头道："我缓过来了，吃饭吧。"

辛语担心地问："你这么举报，不会被华峰盯上吗？"

"不清楚。"江攸宁说，"被盯上也没办法，我总得找证据。"

江闻拍了拍她的肩膀："别担心，这几天我接送你上下班。"

江攸宁也没客气："好。"

江闻喊童瑾来，是想让江攸宁和辛语认识一下童瑾，顺带亲自解释一下那天的热搜，而许枳是单纯跟来蹭饭的。

童瑾本人比电视上还要漂亮，她的肤色雪白，身材纤细。刚刚她给江攸宁递水的时候，江攸宁看到她戴的手环是某牌子的最小号。童瑾的手背上筋络分明，两条腿又细又长。

江攸宁的心里有点儿不是滋味。怀孕以后，她的身材逐渐变得臃肿。她原来穿腰围一尺九的裤子，如今得穿二尺三，紧身的衣服全被束之高阁，换来的是宽松的孕妇装。不得不说，童瑾给她的视觉冲击有些大。

"你好！"童瑾朝江攸宁伸出手，"我是童瑾，你哥的假老婆。"

江闻有点儿无奈，在她脑袋上拍了一下："你怎么不说自己是个假人？"

童瑾瞪他："你会说话吗？你才是假人，我的脸是原装的好不？"

江闻："那你说是我的假老婆？这是什么奇奇怪怪的词？"

"不然呢？"童瑾说，"要是真的，你还让我来解释什么？你要是会说，来，你来。"

江闻盯着她看了一会儿，往后一倚，做了个请的手势。

童瑾言简意赅地对江攸宁说："反正就是我家里有点儿事，我需要一个临时的结婚对象，你哥心地善良，就帮了我这个忙。我们本来打算等我家的事处理完就悄悄地去离婚的，但那天我看他突然上了热搜，一时着急就……"

"你那是一时着急吗？"江闻打断了她的话。

童瑾瞪他："你还让不让我说？"

江闻依旧做了个请的手势："说。"

"就是这样。"童瑾总结道，"反正我俩没感情，估计过段时间就会去离婚。"

"但我小婶……"江攸宁低咳了一声，然后看了江闻一眼，见他没反应便直接道，"今年中秋节，我小婶说如果看不到你，闻哥以后都不能进家门。"

童瑾愣了一下，瞪了江闻一眼："这么大的事你怎么不早说？"

江闻："说什么？"

"我是那种不讲义气的人吗？"童瑾拍了拍他的肩膀，"放心吧，有我在，我是不会让你进不去家门的。"

江闻敷衍道："你真厉害！"

江攸宁聊过之后发现，童瑾的性格并没有网上传的那么不堪。童瑾为人直爽，说话有些不经大脑，但人不坏。而许枳作为来蹭饭的角色，全程充当了背景板。

他们聊了一会儿才听到走廊里的动静。最后，666包间的人被警察全部带走，江攸宁这才松了一口气。

晚上十点三十五分，沈岁和被裴旭天从公安局保释出来，两人回到沈岁和住的地方。

一路上，沈岁和静静地坐在副驾驶座上假寐，一言不发。

到家之后，沈岁和先去厨房倒了杯水，把水一饮而尽，然后拿出手机把碎裂的防窥膜撕掉，露出了原本干净的手机屏幕，便拨了个号码出去。

铃声响了两次之后，电话接通了。

"沈岁和？"对面是江攸宁的声音，带着几分沙哑，听起来有些干涩。

"你没事吧？"沈岁和问。

江攸宁："没事，闻哥送我回来的。"

"华峰的检测结果已经出来了。"沈岁和说，"因为他是第一次，小剂量，警方只给了他罚款的行政处罚，不过法院能够调到华峰留案的记录，这算是关键性证据。"

江攸宁："哦。"

顿了几秒后，沈岁和说："华峰的案子，我已经推掉了。"

"嗯。"江攸宁的反应都很冷淡。沈岁和不知道该说什么。

"今天的事，谢谢你。"江攸宁说。

沈岁和："不用客气。"

"还有事吗？"江攸宁问。

沈岁和："没了。"

"那我挂了。"江攸宁说完就挂断了电话。

沈岁和盯着回到主屏幕的手机，有几分恍惚。

裴旭天倚着厨房门，调侃他："老沈，撞墙头的感觉如何？"

沈岁和睨了他一眼："不会说话就不要说了。"

裴旭天："你又不是第一天认识我。不过，咱们商量一下赔付华峰违约金的事吧。"

"还用赔他？"沈岁和语气平静，言辞却锋芒毕露，"起诉他吧。"

裴旭天震惊："要做得这么绝吗？"

"不然呢？"沈岁和说，"给他留机会报复我吗？"

裴旭天忽然懂了："你是怕他报复江攸宁吧？"

时间太晚了，裴旭天便留在沈岁和家过夜。直到晚上十二点多，两人都没有睡意，于是开了瓶酒，坐在客厅里聊天儿。

　　酒到浓时，裴旭天的话匣子打开来："你说一个女人不想跟你结婚是为什么？"

　　裴旭天继续问："明明她是爱你的，但就是不想结婚，是因为她恐婚吗？"

　　"她爱你说不准是你的错觉。"沈岁和一语道破。

　　裴旭天瞪他："胡说，阮言不爱我？你想什么呢？"

　　"她爱你。"沈岁和说，"但她更爱她自己。"

　　"我俩这是第八年了。"裴旭天叹了口气，"我总不能跟她谈一辈子恋爱吧。"

　　"那就分手吧。"沈岁和毫不犹豫地给出了建议，"她总这么耗着你也不是事，你试着逼一逼她，看她是什么意思。"

　　"我逼了。"

　　"然后呢？"

　　裴旭天："无疾而终。"

　　"我帮不了你。"沈岁和说，"我这儿也一团乱。"

　　"对了，我听说你妈来律所了，你俩还吵了一架，是真的吗？"裴旭天好奇地问。

　　沈岁和点头："律所都传开了？"

　　沈岁和在律所一向严厉，大家都比较怕他。但裴旭天为人随和，大家有什么八卦消息都乐意对他说。

　　"是。"裴旭天猜测，"是因为你输给江攸宁那事？"

　　"她觉得我在故意让着江攸宁。"

　　"啊？"裴旭天顿了下，还是说了后半句，"这太过分了。"

　　"嗯？"沈岁和挑眉，"谁？"

　　"你妈啊。"裴旭天说，"这本来就不是你擅长的领域，你临时接下这案子，做不好也情有可原。况且江攸宁也不差啊，你妈是不是对她的偏见太大了？"

　　"是。"沈岁和不想提这些事，只是跟裴旭天喝酒。家里的这些事，就是一团乱麻。

"对了，"裴旭天喝多酒之后，他的话也格外多，"之前说要登门给江攸宁道歉的，一直都没去。"

"哦。"沈岁和说，"那你记得有时间补上。"

裴旭天笑："那会儿你不是说江攸宁状态不好吗？我怕给她添堵。后来你把自己的工作塞了那么多给我，我都忙忘了，这会儿再去道歉总感觉怪怪的。不过，我让你递礼物给江攸宁，你递了没？"

沈岁和一愣："什么时候的事？"

裴旭天详细地说了时间，也说了礼物，沈岁和仍旧一点儿印象都没有。但沈岁和猛地想起一件事，立马站起来道："陪我去趟'芜盛'。"

夜里十二点半，两个喝醉了的男人打车去了"芜盛"。

江攸宁之前已经把房子钥匙给了他，只是房子还没过户。他开门进去，久未住人的房子里全是灰尘。他挥手扫了下，然后打开了灯，客厅的陈设还和原来一样，只是客厅空旷了许多。

沈岁和直奔向书房，两排书架上已经什么都没有了，但闭上眼似乎还能看到书架上原本满满当当的书，其中有法律类的书、经济学类的书、哲学类的书，还有江攸宁的小说，可现在书架上什么都没了。

他只扫了一眼便走到左边的书桌。这个书桌之前是江攸宁在用，桌上曾经摆满了东西，台灯、书签、笔筒等，如今空荡荡的。沈岁和半蹲下来拉开了书桌最下边的抽屉，只见一个银白色的盒子安静地躺在角落里，盒子上面已经覆了一层灰。

江攸宁没有拿走这个盒子，也可能是没有看到。

他把盒子拿出来，轻轻地对其吹了口气，灰尘在空气中飞扬。

裴旭天观察着书房："你们家格局不错啊，家里还有两个书桌，你和江攸宁一人一个一起工作？"

沈岁和低声"嗯"了一声。以前他们俩有过一起工作的时光，刚搬来"芜盛"的时候，江攸宁想换工作，看书特别认真。每到休息日，两人就会在家里看书。还有他请了一周假的那段时间，两人也是每天泡在书房里，不是看书就是在工作。说是工作，但他注意力经常不集中，总担心江攸宁出事，所以时不时地往江攸宁那边瞟，只一瞬便又把眼神收回来。他怕她觉得自己特殊对待她，从而导致她心理问题变严重。

如今回想起来，他觉得那时午后的阳光温暖又美好。那时的他内心平静，对未来充满期待。他很喜欢那样的生活，平静、安稳、细水长流。跟江攸宁在一起的时候，他总是能感觉到生活细水长流般的美好。她像是温柔的水，无声地浸润着他的生活。

"这是什么？"裴旭天盯着他手里的东西问，"你给江攸宁留的临别礼物？"

"不是，"沈岁和没心情管地上脏不脏，直接盘腿坐在地上，想了一会儿又道，"也算吧。"

"到底是不是？"裴旭天直截了当地问。

"情人节礼物。"沈岁和低着头拆开了礼盒，手上沾满了灰尘，"当时放在这儿是想给她一个惊喜的，后来就……"

"离婚了？"裴旭天皱眉，"老沈，你还真过分啊！"

"嗯。"沈岁和没有反驳，"没办法。"

他没办法，当时一点儿办法都没有。他答应了曾雪仪要离婚，本想着再拖几天以便给江攸宁一个缓冲，可不知道该怎么给缓冲。而且，第二天他起床的时候，发现江攸宁的枕头下边被曾雪仪放了一根针，不知道她是什么时候放的。看着那根针，他脊背生寒。

曾雪仪有千百种卑劣的手段，他防不胜防，于是当天便把曾雪仪送走了。他向曾雪仪保证，自己会离婚的，一定会的。

他不能报警，不然警察问理由的时候该怎么说，说因为自己的母亲想让自己离婚，所以她千方百计地想害死自己的妻子。这个理由听上去多么荒谬！

他是曾雪仪唯一的孩子，是能够履行赡养义务的唯一人选。他是曾雪仪一手带大的，无论承不承认，愿不愿意，哪怕宁愿当初被曾雪仪弃养。但现实就是这样，他被曾雪仪养大，所以要对她尽心尽力。

当时，他是真的无法保护江攸宁。为了不让她被害死，也不让她被伤害，他只能尽力去满足曾雪仪的要求。

曾雪仪永远能拿捏住别人的软肋，也已经过分到触碰人性的底线。可她，是生他养他的那个人啊。

如果他真的冷漠无情，在曾雪仪第一次用自杀来威胁他的时候，他也就遂了她的意。

　　他曾是这个世界的弃婴，只有曾雪仪勉为其难地把他"捡"了回来。他不能不管她，只好步步退让，最终退到一无所有。

　　"什么叫没办法？"裴旭天戗他，"老沈，你看看你现在的样子。"

　　"嗯？"沈岁和抬头看他，眼眶泛红，表情悲伤。他手里拿着当初想要送给江攸宁的情人节礼物——一枚璀璨的钻戒。钻石在灯光的照射下泛着光，非常刺眼。

　　"迟来的深情都不如草。"裴旭天说，"你要真爱她就把她追回来，大半夜拉着我来这儿发什么酒疯。"

　　沈岁和把钻戒收了起来。钻戒内环还刻着四个字：吾妻攸宁。因为戒指的环很细，所以这几个字特别小，小到得拿放大镜才能看清楚。

　　"你们结婚的时候没有买钻戒吗？"裴旭天问。

　　沈岁和摇头："买了，但她那些日子一直没有戴。"

　　他起身拍了拍身上的土，把戒指装起来，继续说："我觉得她应该不喜欢那个款式，所以就买了个新的。"

　　裴旭天愣了几秒，感觉好像没有什么问题，但又觉得哪里不对劲。

　　沈岁和关上书房的门，声音低沉："深情才不是我这个样子。"

　　"嗯？"

　　沈岁和语气平淡："你把我看得太高尚了。"

　　裴旭天越发疑惑："什么意思？"

　　"我就是忽然想起来这里还有个东西，所以来看看。"沈岁和说，"你想多了。"

　　"我还是那句话。"裴旭天说，"爱呢，就去追；不爱呢，就放过彼此吧。"

　　沈岁和："你成天说什么爱不爱的，爱到底是什么东西，你懂吗？"

　　裴旭天："……"

　　"爱情，"沈岁和睨了他一眼，关上了房间的门，室内重新归于寂静，只有他低沉的声音在走廊里回荡："是这个世界上最没用的东西。"

二审很快到来。

华峰这次请来的是君诚的律师。新律师接手这案子只有不到十天的时间。开庭当天，华峰本人并未到场。

江攸宁有过一次诉讼的经验，对这个案件了然于心，应对临时接手的律师，自然有胜算。

宋舒那边采用江攸宁的方法对付了她家的那些人，她自己的短视频事业蒸蒸日上，收益也与日俱增。华峰滥用药物的证据摆出来之后，两个孩子归属哪方便异常明显。经过两个小时的辩护，法院维持了原判。

江攸宁和宋舒总算松了一口气。案子二审结束之后，基本不会再审，她们心中的这块大石头终于能落下了。

宋舒对她千恩万谢。宋舒已经贷款买了一套房子，离辛语家不远，邀请江攸宁以后常去她那里做客。星星和闪闪看到宋舒发自内心的笑容，也跟着开心。

"江律师，你的预产期是哪天？"宋舒问，"到时候我去看你。"

江攸宁："十月底，具体还不知道哪天，看小家伙的心情吧。"

"好。"宋舒说，"你十月中旬就得住院待产了吧？"

"嗯，已经预约好床位了。"

"那月子中心呢？"宋舒问。

江攸宁点头："我哥也安排了。"

"那就好。"

跟宋舒话别之后，江攸宁便回了家。

这是很普通的一天。但晚上她坐在书桌前，心里又有许多话想说，于是打开了电脑，用键盘敲下了第一句："这是我第一次全程担任代理律师，替我的当事人站在庭前争取权利。我做到了很多年前梦寐以求的事情。"

…………

她洋洋洒洒地写了几千字，写的都是在案件过程中的感悟，写完后发在了自己的微博上。很快就有人来评论区留言了。

"哇，平安成长了！"

"是我羡慕的'律政佳人'啊，恭喜恭喜！"

"离开了沈先生的平安也很快乐呀，平安晚安！"

"平安真棒！为平安加油！你一定会是个好律师的！"

…………

江攸宁挑了几条回复了一下，然后关掉手机睡觉。

翌日，她很早就醒了，跟父母一起吃了早饭，还去华师的操场散了个步。回家以后她打开微博，发现私信和评论增加了很多。她随意地点开了几条，突然看到了一个很显眼的名字：新芽出版社 - 洛奇奇奇。

她点开私信，只见对方写道：

"岁岁平安大大：您好，我是新芽出版社的编辑洛奇，请问您这本《写给沈先生》的实体书版权还在吗？我们出版社想要出版您的作品，如果您有意向的话请回复我一下，我们详谈，非常感谢。"

新芽出版社是目前国内数一数二的小说类出版社，做得最畅销的两个题材类型是温馨治愈系言情文和惊险暗黑系悬疑文。

以前也有出版方找过江攸宁，但双方条件没谈好，终止了合作。如今面对新芽出版社的邀请，江攸宁还是有几分犹豫。这本书一旦出版，"岁岁平安"这个笔名就会被更多人知道，但她和沈先生后来的故事并不算好，没有一个圆满的结尾。

她思考了一会儿，回复道："请问贵社想要出版哪一部分？"

对方很快就回复了："从'初遇'到'重逢'的部分，如果您想要分享您的婚后生活，我们后续可以再签订合同。"

江攸宁："好的，我考虑一下。"

江攸宁考虑了一天，决定将实体书版权卖掉。她在私信和评论里看到了很多和暗恋相关的心酸故事，而自己的这段心路历程可以感染和鼓舞很多人。

她跟出版社协商，出版内容能否到她大学毕业后出国跟沈先生岁岁不相见时停止，出版社同意了。她还想要加上两篇后记：一篇是她在这段感情中的感悟，另一篇是她最终决定放下这段感情的心路历程。

这些内容完美地契合出版社的要求，于是她加了编辑的微信，两人在微信上协商了一番，商议好了见面时间，就定在本周五上午十点，见面可以直接签合同。

洛奇是个很温柔的女孩儿，看上去年龄不大。交谈时，江攸宁表达了自己的担忧，问她自己的书会不会积压着一时半会儿出版不了。洛奇让她不要担心，说只要加快节奏，半年内这本书一定能面世。还说因为有前些时候离婚的关注度加持，这本书会很好卖。

跟洛奇签订合同的当天，江攸宁发了一条微博。

锦离－岁岁平安：经过慎重考虑，《写给沈先生》还是签约出版实体书了。虽然我与沈先生的婚姻关系已经结束，但从前的那些感情是真实存在过的，那些曾照亮我生命的微光是真实存在过的，我不能因为一段关系的结束就残忍地否定过去的一切。但是用这本书来赚钱，我也做不到。在此我做出承诺，本书的所有收益都将用来资助贫困地区的女孩儿上学，希望所有的女孩儿都能见识更广阔的世界。

江攸宁在决定出版时就有了将钱捐出去的想法。起初她想捐给贫困地区的儿童，但后来看到在贫困地区很多重男轻女的家庭不愿意让女孩儿上学，许多女孩儿仅完成了九年义务教育便需要打工挣钱，甚至有的女孩儿连完成九年义务教育的机会都没有。所以江攸宁想将这笔钱捐给这些女孩儿，资助她们学习，见识更为广阔的世界。

这条微博刚发出去没多久，就有粉丝在下面评论。

"我终于可以拥有这本书的实体书了吗？太好了，沈先生永远是我的白月光。"

"平安真的好棒！你的过去那么好，为什么要否定？能遇到沈先生，我想你应当不曾后悔过吧。"

"有些人一辈子都没有爱过，但平安你爱了一个人这么多年，这份爱轰轰烈烈，是你生命里不可或缺的一部分。我支持你！"

"我会买的，到时候买十本，给我的小姐妹一人送一本。"

…………

以前就有很多读者私信江攸宁，问为什么找不到这个故事的实体书，问江攸宁会不会考虑出版。如今她终于签了约，大家对此反响都很好，都说要多买几本，还希望江攸宁能多签名，想要签名珍藏版。江攸宁受到了很大的安慰和鼓舞。

在合同签完的第二周，洛奇给江攸宁汇报最新进度。出版社开过会后，决定加快步伐出版她的这本书。这本书会尽快面世，只是现在书名需要更改。洛奇让江攸宁重新思考一下，并想了四个书名让江攸宁选择。江攸宁一眼就看中了那个名字——《站在光的暗处》。

沈先生是光，但自己永远站在光的暗处，注定不会被看见。

在确定了书名之后，洛奇还让江攸宁写一下序言。序言是放在著作正文之前提纲挈领的文章，写什么内容完全由作者本人决定，有些作者写得很有趣，有些作者写的是自己的创作历程，自由度很高，而江攸宁是第一次写序。

以前看书的时候，她很少把序当作有意思的东西，这会儿想回忆看过的书的序言内容，脑海里却完全没有印象。洛奇给她提供了几种思路，江攸宁都没有想法，不知道该写什么。幸好这事也不急，便暂且搁置。

如今她已经怀孕八个多月了，在办公室里坐着也会觉得累，便将办公时间缩短了许多。而且她怕长时间对着电脑对宝宝不好，便将文件打印出来在纸上勾画。

在解决完宋舒的案子的这一个月里，江攸宁解决了三起案子，都是不算复杂的离婚案。其中有一对复合，另外两对没有上法庭就将财产分割和孩子的抚养问题商议好了，成功离婚。

和江攸宁一起做过争议解决的律师在评价她的风格时，总会用到一个词：温柔。之前和她在法庭交锋过的赵律师在评价她的诉讼风格时，也用"温柔一刀"来形容。

江攸宁是温柔的，但这种温柔永远带着锋芒，像水，可随万物变幻，但永远有自己的形态。她的温柔看似杀伤力不大，但蕴藏的力量不容小觑。

"江攸宁"这个名字，逐渐被更多的人知道。

作为金科的正式员工，江攸宁的产假从十月份开始，一直休到第二年的二月份。在休产假之前，她要处理完手上的最后一件案子，但没想到对方的代理律师是裴旭天。

接到裴旭天的电话时，江攸宁愣了几秒。如果不是听出了裴旭天的声音，她大概想不到这世上的事竟有这么凑巧。

这一次的案子涉及的是理财纠纷，双方当事人曾是朋友，因为投资理财闹了些矛盾。现在裴旭天的当事人希望江攸宁的当事人将当初理财的款项退回来，并且拿到理财应得的收益一千万元。

裴旭天需要为他的当事人争取更多的钱，而江攸宁需要据理力争，把损失降到最低。双方当事人都不大愿意上法庭，这样的争议解决属于比较好做的类型，只要钱谈到位了，一切就解决了。

裴旭天打电话就是要和对方的代理律师约时间见面洽谈，一上来便直接问道："你好，是林女士的代理律师吗？"

江攸宁听着对方的声音很熟悉，但一时想不起来是谁，只淡淡地应了一声。

"你好，我姓裴，是王先生的代理律师。"裴旭天说，"不知你什么时候有时间，我们可以约出来谈谈。"

"裴旭天？"江攸宁这才喊出了他的名字。对她来说，把裴旭天的声音从记忆里抽丝剥茧地拉出来，也算是一件挺难的事情。

江攸宁说完之后，裴旭天也听出了她的声音："江攸宁？"

江攸宁轻咳了一声："是我。"

电话那头是几秒的沉寂，然后裴旭天的声音变得轻松了一些，笑道："你明天有时间吗？要是方便把这事谈一下？"

江攸宁直接定了时间和地点："明天上午十点，在我们律所见面。"

裴旭天答应了，但又带着几分戏谑道："江律师不来我们律所看看吗？"

"你觉得让怀胎八个多月的孕妇去你那里合适吗？"

裴旭天："我明天准时到。"

挂断电话后，江攸宁还觉得有些不可思议。但转念一想，北城就这么大，律所也就这么多，既然大家从事同一个行业，那遇上的可能性也不算小，这只是凑巧吧。

江攸宁比约定的时间早十分钟坐在位置上，这里是金科专门用来做争议解决的小办公室。不到一分钟，裴旭天便拎着公文包走了进来，看上去精明干练。他比沈岁和还高几厘米，穿着一身灰色的西装，看上去很年轻。事实上，和这个行业的大多数人比起来，裴旭天确实年轻有为。

她对裴旭天的印象一般，只对他的女友阮言意见很大，不过两人无须深交，意见大小自然也就无所谓。

沈岁和的朋友很少，其中江攸宁能叫得出名字的也就裴旭天一人。不过和沈岁和结婚那会儿，她与裴旭天只能算是点头之交。

江攸宁那时觉得，在裴旭天眼里，自己不过是沈太太，是沈岁和的附属品罢了。如今她和沈岁和离了婚，和裴旭天自然也没什么交集，但裴旭天看到她时还是很热情。

"好久不见，江攸宁。"裴旭天朝她伸出手，笑着开口，"或者现在该叫你江律师。"

江攸宁点头："裴律师好！"

"没想到会跟你遇上。"裴旭天笑着坐在她的对面，一边说话一边打开了公文包，取出电脑和文件。

江攸宁作为东道主，给他倒了杯水并放到他面前："我也挺意外。"

"你什么时候休产假？"裴旭天问。

江攸宁："初步定在了十月份，不过做完这个案子，我就能回家养胎了。"

"啊？"裴旭天笑，"那我肩上的担子还挺重啊，我们争取今天就谈成。"

"我也想呢。"江攸宁看他，"但你的当事人要的钱太多，我方不可能出那么多钱。"

裴旭天喝了口水，水还略有些烫。他便放下杯子看向江攸宁："这就开始了？"

"时间紧，任务重。"江攸宁半开玩笑道，"我一会儿还想早点儿去吃饭。"

"成吧。"裴旭天也迅速切换到工作模式，把资料递给了江攸宁，"这是王先生跟林女士之前签订的一份协议，上边注明了如果任意一方想要退出理财，那另一方应当以三天后的市值来终止交易。"

他飞快地把对己方有利的证据摆了出来。不得不说，裴旭天的工作能力真的很强。他全程只说了十几句话，没有一句是废话，每一句的信息量都很大。他把所有的证据列了出来，说明每一项证据可能引发的后果，然后设身处地从江攸宁的当事人的视角来看这个事件，整个陈述条理分明，逻辑清晰。

江攸宁听他说完之后，第一反应是这完全可以当作争议解决的教科书模板。不过，江攸宁的准备工作也做得很充分。

面对裴旭天提出的问题和质疑，以及他所说的一切后果，江攸宁都不疾不徐地予以了反击，并且几乎是用如出一辙的方式来表达己方的诉求。两人都站在了各自的立场上来考虑这个问题。换句话说，两人就是在谈判，用所有可以依靠的证据来谈判，为了最后商量出一个双方都可以接受的中间数额。

两人经过近一个半小时的拉锯之后，最终谈妥的数额是六百万。因着是熟人，裴旭天也就没有说平常收尾那一套虚情假意的场面话，如"我方当事人其实不太能接受这个价格，但顾念对林女士的信任以及多年的友情才勉强接受"之类的。

谈拢之后，两人分别给当事人打了电话，约好时间签订合同，这才算是正式结束。一结束，裴旭天瞬间放松了下来，毫不吝啬地夸奖道："江律师，你很厉害哦。"

"谢谢。"江攸宁低头收拾手边的资料，"比起裴律来，我还差得远呢。"

她的语气很敷衍，听上去只是在客套。

裴旭天笑道："过分自谦可是在自夸了啊。"

"啊？"江攸宁佯装惊讶，"这都被你发现了啊，裴律。"

江攸宁语气轻松，办公室的气氛也变得和谐起来。

裴旭天收拾好自己的东西，问道："去吃饭吗？一起去吧。"

江攸宁已经猜到了他要请自己吃饭，毕竟案子圆满解决了，两人也算是熟人，为了维持表面的客气，裴旭天也会这么提。

"好。"江攸宁没有拒绝，只是道，"我请你吧。"

裴旭天诧异地看向她，然后笑了："也成，毕竟是我到你的地盘上了。"

江攸宁只是温和地笑。

她选了离律所不远的一家中餐厅。江攸宁把菜单递给裴旭天。裴旭天却把选择权交给了江攸宁："我不挑食，你看着点吧。"

这是一家很普通的餐厅，装修格调一般，但胜在干净。

"委屈你了。"江攸宁点完菜后说，"我们律所附近没有什么好餐厅，这里算是最好的一家。"

"没关系。"裴旭天说，"我们楼对面的餐厅也很一般。"

江攸宁笑："你理解就好。"

两人没有什么共同话题。如果江攸宁没有离婚，还能用沈岁和来展开话题。但如今她已经离婚，两人坐在一起多少有些尴尬，但裴旭天毕竟年长一些，阅历也多，倒也不会冷场。

裴旭天起身去拿了餐具，仔细地帮江攸宁摆好。他给自己点了冰可乐，而江攸宁不能喝冷饮，这家店里又没有热饮。裴旭天便去隔壁的奶茶店打包了一杯热牛奶回来，放在江攸宁的面前，笑道："听说你爱喝牛奶，没买错吧？"

"没有，谢谢。"江攸宁笑着把头发绾起。服务员已经开始陆续上菜。

这家店的菜很便宜，量也足。江攸宁有时和岑溪来吃，点两个菜就足够了，但今天她点了五个菜，还有个汤。

她点菜的时候，裴旭天说两个菜即可，但江攸宁说自己每个都想尝一尝，便点了五个。她想，总不能带人家来了一个档次较低的饭店，还吝啬地只点俩菜吧。

裴旭天的吃相很文雅，他拿筷子的姿势像是刻意训练过的。他的坐姿挺拔，哪怕是在吃饭，他的肩背也是挺直的，整个姿势令人赏心悦目。

"你最近跟小杨有联系吗？"裴旭天突然问。

江攸宁错愕了一下，然后摇了摇头。自从她的庆功宴结束，两人就没有见过，也没有联系。如果不是此刻裴旭天提起，她都快忘掉这个人了。这个认知让江攸宁震惊了一下，她是杨景谦世界里的狂风暴雨，而杨景谦不过是她世界里的微风，风吹过便散了。

"没有。"江攸宁说，"怎么了？"

"没事，我很久没联系上他了。"裴旭天说着打开了手机，"他的微信像是停用了，我给他发过几次消息，他都没回；我给他打电话，他也没接；我给他爸打电话询问，他爸说他还在北城。我总感觉他有事，但他的同学里我就认识你一个人，正好遇上了就问问。"

江攸宁摇头："我们很久没联系了，我也不知道。"

"哦。"

"你预产期在什么时候？"裴旭天换了个话题。

"十月底。"江攸宁说，"但也不确定，听我妈说如果是男孩儿的话日期比较准确，女孩儿的话可能会稍迟几天。"

"你比较期待男孩儿还是女孩儿？"裴旭天顺着话茬问。

江攸宁摇头："没想过，顺其自然吧。"

现在医院一般不会告知胎儿的性别，而江攸宁本人对这个问题也不怎么在意。

她是第一次怀孕，第一次做母亲，于她而言，如何做好一个母亲比知道胎儿的性别更重要，但沈岁和像很期待是个女孩儿。

她和沈岁和原来很少聊与孩子相关的话题，发现有孩子时已经是离婚以后了，自然无从讨论。那天他们从法庭出来后，沈岁和自然而然地说这是女儿，辛语也表示疑惑，问她是不是查过了，她浅浅一笑："我都不知道，他怎么知道？"

她只能认为，沈岁和潜意识里更喜欢女儿。

"确实，这种事情顺其自然就好。"裴旭天轻声道，"不过以防万一，你还是尽早住院吧，稳妥些好。你找好月子中心了没有？还有月嫂，你找的时候不要从招聘网站上找。"

说到这儿，他顿了一下："我认识一个开月子中心的，那儿的月嫂服务都不错，需要帮你联系一下吗？"

江攸宁摇头："谢谢，不用了，我哥已经帮我联系好了。"

"那就好。"裴旭天说话很有分寸，语气也很真诚，江攸宁觉得和他聊天儿确实比较舒服。而且他在江攸宁面前，完全避开了与沈岁和相关的话题。

江攸宁想起了之前发生的一些不愉快的事情，抿了抿唇，眉头微蹙，思考了一会儿开口道："裴律师，我有个问题一直很想问你。"

裴旭天："嗯？"

江攸宁语气很严肃，真诚地问："为什么你会觉得我很差呢？"

"啊？"裴旭天非常错愕，"我没有啊。"

"之前我们在中洲国际那边，你知道我法考是 495 分的时候，你的表情比现在还要夸张。而且，你跟沈岁在厨房里说的话，我都听到了。"江攸宁平静地说起以前的事，那时觉得令人难过的事情，如今可以非常平静客观地表达出来了，"你觉得我是个花瓶，所以每次都不叫我的名字，只喊'沈岁和老婆''你家江攸宁'，仿佛我不是个独立的个体，只是沈岁的附属品。"

裴旭天惊讶地张大了嘴巴，听完之后一时不知道该从哪里解释。而且这个问题让他有些不知所措。江攸宁说的那些是事实，是他一直都忽略了的事实。

江攸宁用如此严肃的语气把这些事情说出来，说明这些事情在她心里一直是过不去的坎儿。也就是说，她很在意这些事情。但裴旭天不觉得这些问题很大，或者说从未认为这些会是问题。不过既然江攸宁如此严肃认真地问了，裴旭天觉得非常有必要认真予以解答。

他喝了口冰可乐，先尽量平静地跟江攸宁说："你等我想一下从哪里开始解释。"

"好。"江攸宁的语气又恢复了以往的温和，"我只是很想知道这个答案，你为什么会觉得我很差呢？虽然没有做律师，但我也有工作。从客观条件上来说，我并不比沈岁和差，但为什么从你的主观感受上来看，我就是很差？"

"没有。"裴旭天立马否认，"我从来没有觉得你差，这是真的。"

裴旭天总算理清了思路，开始认真解答江攸宁的问题："首先，无论从哪个方面看，你都不差，甚至非常优秀。我听到你法考那么高分时的惊讶表现只是正常反应，无论听说谁考了那么高分，我都会很惊讶。其次，我从来没有轻视过你，用那些称谓喊你只是觉得那样会显得比较亲切。因为从我的角度来看，你是沈岁和的妻子，这与你是不是附属品没关系。我喊你小名不合适，喊大名太疏离，至于江女士、江小姐这样的称谓又显得很奇怪，所以在称呼里加上沈岁和，觉得这样比较亲切。就像你的朋友们如果称呼沈岁和，也会是'你家老公'之类的，因为对各自的朋友来说，这个人是中间的维系，我个人认为这种称呼很正常。如果有人喊我'阮言老公''阮言男朋友'，我不会觉得有问题。但你和沈岁和都觉得这样的称呼有问题，这样称呼像是在剥夺你的姓名权，我以后会注意这个问题。"

既然开始解释，裴旭天索性把之前堆积的问题一并解释完。

"第三，那天我喊你去，并不是让你去当陪聊。只是阮言太心高气傲，看不上圈里的那些女生。我觉得你性格好，本以为你们能够聊到一块儿，所以才让沈岁和邀请你。我没想到后来会发生那些事情，如今也不再说是不是误会，但阮言那天肯定有问题。后来沈岁和也因为这件事骂过我，我一直想向你道歉来着，但那段时间特殊，我一直没顾上，后来就忘记了，这是我的问题，这件事我必须道歉。"

裴旭天一共解释了这三条，涵盖了所有的问题。他没有说那段时间特殊在哪里，给江攸宁留了体面，并且郑重其事地给江攸宁补上了道歉。

江攸宁把杯子里的牛奶喝光，用纤长的手指摩挲着杯壁。

裴旭天的解释合情合理，站在他的角度看，他的看法和行为确实没有问题。他从未轻视过她，甚至，她总能听到他劝沈岁和"对你家江攸宁好点儿"。他是个绅士，可能是她之前太过敏感吧。

那时的她，主动把自己放在了很低的位置，所以做什么都觉得别人看不起自己，却忘了世人都有这样那样的刻板印象。她也会有，身边时常有人在秀恩爱时说"我家××"，他们只是单纯地觉得这样称呼显得亲昵，但在她这个婚姻不幸的人听来，像是一种讽刺。

至此，她的一切心结都解开了。她站在时间的这个刻度上回望，原来彼时的自己有过太多奇怪的想法。

江攸宁想了一会儿，最终笑了，那笑容灿若骄阳："裴律师，谢谢你。"

"没事。"裴旭天总算松了口气，"解释清楚就好。如果你不提，我们之间可能会一直存在着这些误会，以前我真的没有意识到这些问题。"

江攸宁只是温和地笑。她忽然想起了一件事，但又不能明说，只好旁敲侧击地问："你快要结婚了吗？"

"啊？"裴旭天的笑容忽然凝固在脸上，他摇头道，"还不确定。"

"怎么了？"江攸宁问。

"阮言可能害怕结婚。"裴旭天说，"我还在等她。"

"那你有没有想过她可能不是害怕结婚呢？"江攸宁问的时候尽量语气委婉，不让裴旭天觉得不舒服，但这话本身就可能会冒犯到裴旭天。她很想给裴旭天提个醒，但又不能在没有证据的情况下说那些事情，否则不但裴旭天不信，两人之间也可能再生隔阂。

她虽然不在意和裴旭天的关系好不好，但也不想插手别人的感情。结局只会落得费力不讨好，里外不是人。

裴旭天愣了几秒，然后苦笑道："你们夫妻俩还真是如出一辙啊。"

江攸宁："嗯？"

"说话都挺刺耳的。"裴旭天说，"但说的是实话。"

他不知道阮言爱自己比爱他多吗？当然知道。只是，他认准了这个结婚对象，恋爱也谈了八年，对她好似乎成了一种生活习惯。这会儿让他放弃她再慢慢从头了解一个人，太累太难。他能做的，好像也只有等。

江攸宁看他的表情带着几分苦涩，想必他被这段感情折磨得挺惨。她想起辛语说阮言因为肚子疼对跑前忙后的裴旭天很凶，而裴旭天还在柔声细语地哄她，殊不知阮言已经背叛了这段感情。她想，阮言对不起对她这么好的裴旭天。

"裴律，你能接受一段感情中有背叛吗？"江攸宁想了想，还是决定给裴旭天提个醒。

裴旭天摇头："感情中一旦有了背叛，这辈子都回不到感情原来的状态了。"

"那……"江攸宁的话还没有说完，裴旭天的电话忽然响了起来。

裴旭天跟江攸宁示意了一下才接起电话。

"嗯，我在外面。"裴旭天的声音比寻常低，声音中带着几分笑意，温柔而缱绻。"在工作。晚上？只要你喊我，我都有时间。

"你想吃什么？日料？好。我安排。你今晚不加班？那我七点去接你。

"知道，我开车一定慢。懂。你好好工作。你挂吧。"

江攸宁自始至终没有听到对面说了什么，但能通过裴旭天的回答猜出来。

"阮言？"等裴旭天挂了电话，江攸宁才轻声问了句。

裴旭天点头："是。"

他知道江攸宁跟阮言性格不合，便没再多说一句。而江攸宁也适时保持了沉默，气氛忽然冷了下来。

隔了一会儿，裴旭天才重新接过话题："你刚刚想说什么？在我接电话之前。"

江攸宁盯着他看。

裴旭天坐下之后，仍然很高，江攸宁很难和他平视。但裴旭天见她看过来，会刻意放松下肩膀，尽量和她的目光处在同一高度。而且他眼神真诚，像是在温柔耐心地等待着江攸宁的回答，给予了她足够的尊重。

他说话的声音也很舒缓，跟刚才接电话的声音不太一样。

几分钟后，江攸宁温和地道："没什么，只是随便聊聊。"

她放弃了，不知道该怎么告诉裴旭天，很难开口。

她和辛语不一样。辛语遇到这种事情，会千方百计地找来电话号码，非常鲁莽地打过去告诉当事人这个残忍的事实。辛语说这种事情不能姑息，所以见一次就要说一次，只要有一个人能从中解脱，她就算没白做坏人。但是辛语做这种事只凭借自己的喜好，通俗来说就是有着双重标准。她不喜欢阮言，连带着也不喜欢裴旭天，所以选择了明哲保身，装作不知道。

江攸宁并不适合做这些事。她做不到用最温柔的语气说最残忍的话，还是在没有证据的情况下。但放任不管，她又觉得有几分愧疚，于是继续旁敲侧击道："有些感情拖太久，说不准会遭遇背叛。"

裴旭天愣了两秒，然后眉头皱成了"川"字。一个危险的想法在他的脑海中出现，他下意识地想说些什么，但又及时止住了话头儿。

很多话如果他问出来可能会伤到人。反正大家已经尘归尘、土归土了，那就各自安好吧。

裴旭天把剩下的冰可乐一饮而尽，叹了口气道："或许吧。"

江攸宁："那就看开些。"

裴旭天："嗯。"

江攸宁："人生这么长，没有必要非在一个人的身上浪费时间。"

裴旭天："说得对。"

裴旭天语气真挚，看向江攸宁的眼神中甚至带着几分怜爱，而江攸宁望着他的目光中却带着几分无奈。

两人又随意地聊了一会儿，直到江攸宁的上班时间快到了，她才站起了身。

裴旭天紧随其后，跟她隔了半个肩膀的距离，走到门口时，伸手帮江攸宁推开了门。

江攸宁朝他点头："谢谢。"

裴旭天的车停在楼下的路边。江攸宁目送他开车远去才上了楼，还有工作要收尾。

电梯缓缓上升，她脑子里仍旧回忆着裴旭天刚才的话。她想，他可能明白了，或者原本就知道，但裴旭天说一段感情是容不得背叛的，即便他是个绅士，应该也不会大度到容忍女朋友出轨。

他应当能想到，江攸宁想。

第十二章
让我陪着你吧

　　黑色的保时捷转过路口，后视镜里丰腴的身影迈入办公楼，消失不见。路上车流如梭，路边人影交错。裴旭天仍旧对刚才的消息感到震惊，只是这种震惊没有显露在脸上，其实这会儿他的心跳都有些加快。这样的状态不适合开车，于是他看准一个停车位，将车停了进去，并熄了火。

　　车子的轰鸣声消失的瞬间，他拿出手机打开微信，毫不犹豫地点开了跟沈岁和的会话框。

　　"老沈，你也太不是人了！跟你认识这么久，我怎么没发现你是这种人？！三年啊！三年就很久了吗？你竟然能做出这种事，我真的不知道该说你什么好！亏我还以为你是正人君子，呸！你简直刷新了我对你的认知。你如果肯承认自己做错了事，我还敬你是条汉子。但你竟然不认，我差点儿以为是江攸宁对不住你呢！结果你太让我失望了。"

　　修长的手指飞快地在屏幕上戳着，裴旭天一不会儿就打完了一大段话，然后把消息发送了过去。消息占满了一整个屏幕，但一秒之后，他又点了"撤回"。

江攸宁说得那么隐晦，应当是不愿再提起，那他发这么多话来谴责沈岁和也没什么用，还会让沈岁和觉得江攸宁在背地里跟人告状，显得她人品不好，那样的话就太对不起江攸宁了。

　　裴旭天在驾驶位上坐了五分钟，将车窗放了下来。风顺着窗沿吹进车内，他逐渐冷静了下来。

　　几分钟后，沈岁和发来了消息："撤回了什么？"

　　裴旭天："发错了，呵呵。"

　　沈岁和隔着屏幕感受到了他的阴阳怪气，但不知道发生了什么，而且他向来会无视那些话，并将其归类为无聊的信息。

　　没等裴旭天缓过情绪，沈岁和又发过来了好几个问句："你什么时候回来？江攸宁的状态还好吗？你问她什么时候开始休产假了吗？联系月子中心了吗？我跟你说的那个地方你有没有推荐给她？"

　　裴旭天盯着屏幕，这一长串消息让他有点儿发蒙，以往他和沈岁和的聊天儿消息都特别简短。

　　沈岁和回消息一般不会超过十个字，如果超过十个字的就会选择发语音。但自从知道了自己跟江攸宁代理同一个案子后，他总时不时地转发一些公众号文章过来，偶尔也会在半夜发一连串的话过来，如昨晚再三叮嘱他记得给江攸宁推荐月子中心。

　　昨晚，他还觉得沈岁和肯定是有什么难言之隐才做得如此卑微，想联系江攸宁只能通过他这个靠巧合得来的"机缘"。

　　但现在，裴旭天觉得沈岁和只能用两个字来形容——虚伪，换成四个字就是虚伪至极！

　　裴旭天不懂世界上怎么会有这么虚伪的人，沈岁和的狐狸尾巴都已经藏不住了还在装。

　　他死盯着屏幕看，就是不回复消息。沈岁和又转发了一篇公众号文章过来，标题是：最新的疼痛等级你掌握了吗？产妇分娩时疼痛可达十级！

　　沈岁和："生孩子真这么疼？"

　　裴旭天："没生过，你试试？"

　　沈岁和："没子宫。"

裴旭天："做一个人造的。"

沈岁和："目前技术不成熟。"

裴旭天："那就等技术成熟时再当爹吧。"

沈岁和反应再慢也发现了不对劲："你有病吧？"

裴旭天："闭嘴吧你！"

两人的聊天儿至此结束。

裴旭天往上翻他们的聊天儿记录。

沈岁和曾在凌晨四点给他发过一条消息："江攸宁会死吗？"

裴旭天那会儿没睡醒，迷迷瞪瞪地回："是人都会死。"

沈岁和："生产的过程好可怕。"

裴旭天："活着也很可怕。"

"我国的 MMR（"Maternal Mortality Rate"的缩写，即孕产妇死亡率）是万分之一点五。"

裴旭天："MMR 是啥？"

"孕产妇死亡率。"

裴旭天发了个极度狂躁的表情包："你每天看的都是些什么东西？"

"产前知识。"

这种奇奇怪怪的对话经常发生在深夜，而且发生过很多次。

沈岁和常常会问："江攸宁会死吗？"

裴旭天甚至不知道他到底是想让江攸宁死还是不想让她死，有一次终于忍不住问："你是不是有病？江攸宁得罪你了吗，你每天都盼着她死？"

沈岁和："胡说，我是怕她死。哪怕我死，她都不能死。"

两秒之后，他把消息撤回了，但裴旭天还是看见了。

裴旭天一直都觉得沈岁和很焦虑，这种焦虑甚至影响到了日常生活，还想着带他去上几节产前心理辅导课。

现在看来，沈岁和上什么课都没用。裴旭天想，就让沈岁和去焦虑吧，他活该！

沈岁和在办公室里，看完公众号文章之后坐立难安，偏偏这时候裴旭天不回消息。

沈岁和手头紧要的工作都做完了，只是干巴巴地坐在那儿，下意识地又打开了公众号。公众号上的文章看似危言耸听，仔细想来好像又很有道理。他想关掉，但已经一目十行地扫完了整篇内容。

这就是他近期的日常。最初他只是想查一下哪个医院更好，哪里的月子中心比较靠谱，想给江攸宁提前预订，但查着查着就关注了很多发布孕期知识的公众号。公众号上每天发布的内容都是这种，内容看似科普，实则惊悚，他忽然就陷入了焦虑。

有时候，他睡着了会做噩梦，梦里的场景是江攸宁倒在血泊之中。他总担心江攸宁会死，被噩梦惊醒之后就不再想睡，然后睁着眼睛直到天亮。

医生给他开了药，不断调整他的精神状况，医嘱里边有最重要的一条"早睡早起"，可他根本做不到。每天晚上，他躺在床上闭上眼睛，脑子里都是江攸宁，尤其是在看完一些分娩纪录片之后，江攸宁倒在血泊中的画面在他脑海里挥之不去，然后他越发焦虑。

他打开电脑，强迫自己开始工作，但电脑上的一个字都不能完整地进入他脑子里。

他想，还是算了，便拿着手机直接去了裴旭天的办公室。裴旭天还没有回来，他便坐在沙发上闭目养神。

距离江攸宁的预产期还有一个月，两天后是江攸宁产检的日子，上次他见江攸宁还是一个月前。

两人除了每次产检时能见到，其余时间从不联络。江攸宁跟他说要少联系，联系多了会拉黑他，所以沈岁和几乎不给她发消息，只在产检前一天约好时间去接她，叮嘱她要带好相关的东西，两人聊天儿从不超过五句。

他们维持这种客气又疏离的状态已经很久了。

沈岁和想，要是没有孩子的维系，江攸宁可能从此就消失在他的世界里了。

江攸宁看似温柔，实则坚韧，认准了的事情就不会再动摇。似乎离婚之后，沈岁和才对江攸宁的性格有了完整的认识，也是在离婚之后孤枕难眠的日子里，才会频繁地想起江攸宁。

有时他会忽然喊江攸宁，问她饭做好了没，或明天还要不要去上班，抑或今天想吃什么。他问的都是些细枝末节的小事，往往喊完之后发现没有人回答，房间里空荡荡的，才会恍然想起他们离婚了，江攸宁已经不住在这里了，之后他的心中便会产生一种说不上来的失落和怅然的情绪。

他大概用了半年的时间才慢慢地习惯了一个人生活，但还是不可避免地会想起江攸宁。

尤其是陪着江攸宁产检的那些天，他看着她挺着大肚子走路不便的样子，心头酸涩，但又帮不上什么忙。对江攸宁来说，或许他少出现在她的面前就是帮了她最大的忙。

"呵。"裴旭天推开门进来，把西装外套搭在衣架上，看都没看沈岁和就坐到了自己的位置上，然后打开公文包，把资料分门别类地整理好，头都没抬。

"谈得怎么样？"沈岁和问。

裴旭天："还行。"

"我让你问的事问了吗？"

"问了。"

"然后呢？"

裴旭天面无表情："没有然后。"

沈岁和终于很直观地意识到了不对劲。

"你怎么了？"沈岁和问，"又跟阮言吵架了？"

裴旭天睨了他一眼："别什么都往我跟阮言身上扯。"

沈岁和一脸"不然呢"的表情看向裴旭天，把裴旭天看得直翻白眼。

"老沈，"裴旭天严肃地看着他，"我问你件事，你得跟我说实话。"

沈岁和："说。"

"你跟江攸宁，到底为什么离婚？"

"你问这些做什么？"沈岁和倚靠在沙发上，回答显得漫不经心，"不管为什么，我们都离了。"

裴旭天："那你为什么让我问她？"

沈岁和："她怀着孕呢，我关心一下不行？"

裴旭天："那你是关心她还是关心孩子？"

沈岁和忽然沉默了。

他关心谁？这问题好像有点儿难回答。他脑子里出现的第一个答案是江攸宁，但他现在好像连关心江攸宁的立场都没有。

"我两个都关心，不行吗？"沈岁和仍旧是那副慵懒的态度，声音冷漠，"你突然问这些做什么？"

"随口一问。"裴旭天懒得搭理他，言语之间带上了怨气，语气很冲，也很敷衍。

"你真跟阮言又吵架了？"沈岁和盯着他，不想错过他每一个微表情。

裴旭天瞪他："你整天关心我这点儿事干什么？有时间不如多关心关心自己那点儿破事，想想自己到底干了什么不要脸的事。"

沈岁和："我怎么了？"

裴旭天看他一脸无辜，不禁来气，干脆转过了椅子，背对着他："你自己干了什么自己清楚。"

沈岁和："……"

他不知道自己干什么了。

"江攸宁跟你说了什么？"沈岁和问，"你怎么这么狂躁？"

"胡说。"裴旭天越发暴躁，"我不想跟你说话。"

沈岁和："你在阮言那儿受了气也别撒我身上啊。我早就说了，分手解决一切问题，你这隔三岔五就吵一架，离分手也不远了。"

裴旭天直接起身："你倒是分手了，不对，离婚了，但你解决问题了吗？"

沈岁和："……"

"你再诅咒我跟阮言分手，我跟你急。"裴旭天说。

沈岁和见他这样，也有点儿口不择言："我不是诅咒，就你现在跟她这样拖着，她都不是言言，是你爷爷。"

于是裴旭天蛮横地把沈岁往办公室外推："滚滚滚，你活该单身！"

"我让你问的事，你到底问没问？"沈岁和还不放弃。

裴旭天："没有，想知道就自己问去。"

沈岁和："老裴你还能不能行？"

"跟你没关系。"

"你疯了吗？"沈岁和站在办公室门口，不可置信地看向 30 多岁了还像一头麥毛的狮子一样的裴旭天，"就出去一趟怎么这样了？"

"用你管？"裴旭天瞪了他一眼，粗暴地关上了门。他的声音在沈岁和耳边回荡。他义正词严地说："好好找找你自己的原因吧。人渣！"

沈岁和不知道裴旭天身上到底发生了什么，茫然地站在裴旭天办公室的门口，两分钟都没缓过神来。

沈岁和不知道自己干了什么，自己怎么就成人渣了？

在回办公室的路上，沈岁和怎么都想不明白，最后只得出两个结论：一是裴旭天疯了，二是裴旭天幼稚。裴旭天都30多岁的人了，连话都说不清楚，真没用！

沈岁和回到了自己的办公室，办公桌上的材料堆积如山。他瞟了一眼，只见所有的材料都已经用各种颜色的便利贴分好了类别，只是便利贴上写的不是材料的类型和名称，而是时间。

自从他变得容易焦虑以后，他的拖延症也越来越严重，不是紧要的任务都不会提前完成。所以他改变了从前的分类方式，员工们交到他这里的资料需要全部按照时间排序，然后他会挑最重要的看。

但此刻，他什么都不想看，拿起手机点击着屏幕，想给江攸宁发短信，又觉得没有必要，最后思来想去，跟他的主治医生约了个时间。

因为案子办得比较顺利，江攸宁在双方签订合同之后就提前休了产假，原定于十月份开始休的产假提前到了九月二十号。

她收拾东西离开办公室那天，岑溪一直可怜巴巴地看着她，眼里涌满了泪花。

"以后办公室里又剩我一个人了。"岑溪说，"我太孤单了。"

江攸宁摸摸她的头："跟着涵姐好好做，我休完产假就回来了。"

"那小宝宝怎么办？"岑溪问，"谁帮你带啊？"

"我妈，我爸，我哥，还有我的闺密。"江攸宁笑道，"主要是我妈吧，她今年退休，本来打算再做外聘的，估计也不做了。"

"哦。"岑溪点头，"那也挺好的，在家带宝宝可以年轻不少。"

"估计会很累，不过我们会请月嫂的。"江攸宁说，"我到时候可能就不会跟你一起加班了。"

岑溪："没关系，白天有人陪我就已经很不错了。"

江攸宁和岑溪闲聊了一会儿。岑溪说她今年可能要结婚了，男友的父母出了一百万，她的父母出了二十万，再加上二人的积蓄，如今两家已经基本把首付凑齐了，这会儿在考虑买哪里的房子。江攸宁和岑溪平常上班时很少闲聊，大多时候都是围绕着案子聊。这是江攸宁自入职之后，第二次听到岑溪说买房的事情。

不过他们的进度也挺快，江攸宁上次听到的时候，他们还在为买房发愁，现在已经基本凑够了首付。

"你们打算在哪里买？"江攸宁问。

岑溪说了几个地方："大范围就是这些，但具体的就不太确定了，中介带着我们看了好几套房子，不是太贵就是装修得不太好，我跟男友都倾向于买刚开发的小区，但现在北城的房价飙升，购买名额又少，刚开发的小区基本上一开盘好的户型就被抢走了，剩下的就是些卖不出去的一层和顶层，我们又不想要。"

江攸宁点了点头，忽然问道："你们要考虑一下'柴新苑'的房子吗？"

"柴新苑？是聚城路最南边的那个小区吗？"

"应该是。"江攸宁说，"反正在'芜盛'到咱们公司的路上。"

"那就是了。离'芜盛'不远，离公司也挺近的，但那边房价高，而且都是面积较大的房子，我们买不起啊。"

"有面积小的。"江攸宁说着，"你等等，我帮你问下。"

岑溪坐在那儿眼巴巴地看着她。

于是江攸宁给叔叔江河打电话询问具体情况。她忽然想起来，叔叔上次还问她要不要在那儿给她留一套九十平方米的房子，那里适合独居。

电话拨通以后，江河说那边的房子基本上卖完了，但给她留了两套九十平方米的，如果她想在那边独居就选一套自己住，要是觉得不够宽敞就把两套打通。

"哦。"江攸宁说，"叔叔，那我想卖掉可以吗？"

"那就卖呗。"江河笑道，"反正咱们也不缺房子，你快休产假了吧？"

"是。"江攸宁说，"今天开始休，我有个同事想买那边的房子，但听说已经卖完了，所以就问问您。"

"哦，你自己决定吧。那边的房子只是简单地装修了一下，我们开盘时的价格是四万一平方米，现在已经升到四万五一平方米了，你自己看着卖吧。"

"好。"江攸宁忽然道，"我把两套都卖了行不行？钱给您。"

"我不要钱。"江河说，"这两套房子本来就是送给你的，那会儿想着能给小家伙留一套。"

"他已经有好多套了。"江攸宁笑着说，"您之前送给我的，以后不都给他吗？我又住不坏。"

"成吧，你自己看着卖就行。"江河又说，"你休假之后过来住几天吧，你小婶想你了，成天在我耳边念叨着。"

"好。"江攸宁说，"我明天产检，产检完了就过去叨扰你们，正好让我妈歇一歇。"

"那可真是太好了。"江河又跟她闲聊了几句才挂断电话。

"那边的房子是九十平方米的，你们按照市场价买吧。"江攸宁说，"四万一平方米。"

"真的？"岑溪惊讶地道，"宁宁你也太厉害了吧。"

"正好是我叔叔开发的，所以……"后边的话她没再说，但岑溪懂了。

江攸宁帮岑溪解决了苦恼许久的问题，岑溪说什么都要请江攸宁吃午饭。于是两人去了一家西餐厅。江攸宁拿着菜单看向岑溪，无奈地笑道："这一顿饭得花费你好几天的工资。"

"没事，你尽情地吃。"岑溪笑着说，"我没钱了还有男朋友，他饿着也不会让我饿着。"

"哟，秀男友啊。"江攸宁说，"你们快点儿结婚，我给你们包大红包。"

"那我们可要努力了！"岑溪甜甜地笑着说。

之前江攸宁和沈岁和来这里吃过两次，这家店除了牛排好吃一些，其余的菜品一般。她只点了两份牛排，价格中等偏下。

"哎呀，你干吗给我省钱啊？"岑溪见她点的是便宜的菜，立马拿过了菜单，"我请你吃这一顿又不会把我吃穷。"说完她就点了起来，一共点了三千多块钱的菜。

江攸宁无奈："你啊你。"

"宁宁。"岑溪笑着说，"你这样说话，我总感觉你比我大好多。"

实际上，两人的年龄差不多。

"我比你走在前边。"江攸宁说，"你看，我娃都快生了，你还没结婚。"

这话倒也有几分道理。

"那孩子他爸呢？"岑溪知道她离婚了，律界对她好奇的人都知道她离婚了。她不知道消息是从哪儿传出去的，反正就像插上了翅膀一样飞到了很多人的耳朵里。岑溪一直没问过她具体情况，但这会儿见江攸宁自己提了起来，便也顺势聊了起来："他以后会负责养孩子吗？"

"会吧。"江攸宁说，"就是不知道怎么养。"

"嗯？"

江攸宁耸了耸肩膀："如果我们还生活在一起，他倒是能在很多事情上帮上忙。但我们现在离婚了，我跟我爸妈住，他能负责的部分就很少，基本上只负责陪我产检，也只有偶尔几次。等我生产的时候，估计他也帮不上什么忙。再之后的事情，除了钱的方面他能帮忙，其余的基本做不了，但我也不缺钱。"

岑溪："唉！单亲妈妈好辛苦啊！"

"也很幸福啊！"江攸宁说，"我现在每天住在家里，心态都变轻松了。"

"好像是这么个道理。"

两人吃完饭，岑溪去结了账。

"啊！"岑溪突然晃了晃手机，"我现在不仅能请你吃牛排，还能请你喝牛奶。"

江攸宁："嗯？"

岑溪："他发工资了，刚到账。"

江攸宁摸了摸自己圆滚滚的肚子，戏谑道："我觉得我喝不下了，'狗粮'都吃撑了。"

岑溪只是笑。

两人起身往外走，刚走到门口，店里忽然响起了"砰"的一声，是杯子砸在地面的声音，这声音吓得江攸宁打了个激灵。

岑溪立马道:"没事没事,'碎碎'平安,'碎碎'平安。"

江攸宁的心又忽地一紧,然后她才反应过来岑溪说的是另一个意思。两人都看向了声响的来源处,在最偏僻的角落,江攸宁看到了很熟悉的人。

岑溪也看到了,惊讶地问江攸宁:"那是不是传说中的大魔王沈律师?"

江攸宁面无表情地点头。

"怎么回事啊?"岑溪低声道,"他是跟女朋友吵架了吗?怎么在公共场合就摔杯子?"

江攸宁遥遥地望过去,摇头道:"不知道。"

沈岁和对面站着的是乔夏,两人隔桌相对。

江攸宁和他们隔得太远,不知道发生了什么。

江攸宁想,兜兜转转,沈岁和终于还是回到曾雪仪安排的路上了吧。

江攸宁说不上来是什么感受,失落?谈不上。悲伤?更谈不上。她只是稍微有些不高兴,但也只是稍微。

她拽了拽想要看热闹的岑溪:"我们走吧。"说着,她收回了目光。

但在那一瞬间,她跟沈岁和投过来的目光在空中交汇。两人四目相对,江攸宁转过了身,懒得再看,他做什么跟她又没有关系。

岑溪也收回了好奇的目光,挽着江攸宁的胳膊往外走。两人刚迈出了一步,就听见沈岁和突然喊"江攸宁",声音冷漠,语调微微上扬,带着几分急促。

江攸宁想,这是喊贼呢?于是她头都没回,带着岑溪离开了餐厅。

沈岁和从餐厅追了出来,环顾四周没有看到江攸宁的身影,她离开得很快。

沈岁和拿出手机,想也不想便给她打电话,但没有人接。他打第二遍的时候,才反应过来自己在做什么。

沈岁和不知道自己要做什么,要对江攸宁解释吗?以什么名义解释?解释些什么呢?他好像没有什么可说的。

他挂断了电话,忽然变得暴躁,同时又很茫然。这种状态好像从上个月就开始了,他时不时就会产生这种情绪,提不起精神来做任何事。

沈岁和深吸了一口气，有些烦躁地捏了捏眉心，转身回去结账，但一回头就看到了站在原地的乔夏。

她仰起头，眼里有泪光闪动，倔强地盯着他。

沈岁和也望向她，两人四目相对。他眼神冷漠，眉头紧蹙，满脸写着"不耐烦"三个字。

"沈岁和。"乔夏强忍着眼泪，第一次如此认真地喊他的全名，而不是像以往那样甜甜地笑着喊"岁和哥哥"。

沈岁和冷漠地说："什么事？"

"你是不是从来就没有看上过我？"乔夏瞪着眼睛，大颗大颗的眼泪从她的眼里不断落下，看上去更加楚楚动人。

沈岁和压抑着内心的不耐烦："你确定要在这里说？"

此时正是吃饭的时间，餐厅进进出出的人越来越多。俊男美女站在一起本就很能吸引围观的人的眼球，更别提两人还是面对面站着，加之脸色都不算好。围观者自然觉得会有一场大戏，想看看是夸张的肥皂剧还是浪漫的偶像剧，所以周遭投来的好奇的目光越来越多。

沈岁和心底的暴躁也越发强烈。他不再看乔夏，直接越过她去柜台结了账。

他结账时在想，自己不过是想一个人安安静静地吃顿饭，为什么这么难？他感觉到有人在盯着他，如芒在背。

即便沈岁和讨厌乔夏，还是给她留了几分体面。当然，他也不想在大庭广众之下说那些事情。他不是动物园里的动物，不想被人免费观赏，所以他去附近的商场找了个咖啡厅，选了一个僻静的角落。

他自顾自地点了一杯冰的不加糖的黑咖啡，没有管乔夏喝什么，而乔夏说要喝牛奶。

听到"牛奶"两个字，沈岁和的目光轻飘飘地移过去，刹那又移了回来。他低着头，面无表情，任谁也看不透他在想什么。

"沈岁和。"乔夏抿了抿唇，最终艰难地开口，"你是不是永远都不可能喜欢我？"

沈岁和皱眉："我以为你早就知道。"

"就是和我一起吃顿饭，也不行吗？"乔夏问。

沈岁和回答得很坚决："不行。"

乔夏的眼泪忽然像断线的珠子一样落了下来，滑过了她的脸侧。她今天扎了一个丸子头，刘海儿微微卷起，眼睫毛刷得又细又长。她还搭配了一条杏色的长裙，看上去清亮秀丽。但沈岁和看着这身装束，眼前总能浮现出记忆里的人。

这个风格太像江攸宁了，完全是按照江攸宁的爱好搭配出来的。江攸宁很喜欢长裙，所以衣柜里有很多浅色系的长裙。她的头发很长，不好打理，所以她总是扎丸子头。

以前沈岁和还仔细地看过她扎丸子头的过程。她扎好马尾之后随手一盘，就是一个很漂亮的丸子头。

当乔夏以相似的装束出现在沈岁和面前的时候，他恍惚了一秒，心底只觉得厌恶。

"我到底哪里做得不好？你为什么不喜欢我？"乔夏看向他，小巧玲珑的鼻子微微耸动，"我哪里比不过她？她长得没我好看，家世也不如我，为什么你就不能接受我呢？和我结婚，你就能得到乔氏的股份和乔家的帮助，要是想往商界发展的话，也随时都可以。"

沈岁和没有说话。

服务员把黑咖啡和牛奶端了过来，两杯饮品摆放在一起，看上去非常刺眼。

黑色和白色，永远都不能相容。他最爱喝黑咖啡，江攸宁最爱喝牛奶。江攸宁嫌黑咖啡苦，他嫌牛奶膻。有一次江攸宁突然想喝他的黑咖啡，他便给她冲了一杯，结果当晚江攸宁失眠到凌晨四点。他听着她辗转反侧，听着她唉声叹气。

江攸宁好像总会尝试一些新的东西，但他不会。他习惯了喝黑咖啡，就一直喝。黑咖啡虽然苦了点儿，但很提神，他喝到最后嘴里也能留下点儿香味。

江攸宁好像从那之后再也没有喝过他的黑咖啡，而他一直很少喝牛奶。只有偶尔看江攸宁喝，他才会有尝试一下的冲动。

江攸宁吃东西的姿势很优雅，她的坐姿永远挺拔，但也有例外。赶上生理期肚子痛的时候，江攸宁总是连床也不想下，但沈岁和会做的饭实在太少，只好负责点外卖，点少辣少油的饭菜，点不加冰的饮料。

江攸宁觉得很难受的时候，便会将下巴搭在桌子上，一双眼睛忽闪忽闪地盯着他看。

这时沈岁和便忍不住想逗她，给她夹一筷子菜，像喂小孩儿那样送到她的嘴边，她便张开嘴吃掉。沈岁和觉得这样很好玩，但这样的情况在他们三年婚姻生活里出现的次数屈指可数。

江攸宁不爱闹腾，喜欢安静，所以沈岁和尽量降低自己的存在感，怕吵到她。江攸宁也不太爱出门，所以沈岁和出去一般也不叫她。

"沈岁和。"乔夏拔高了声音喊他，这才把他从记忆的泥沼里拉了出来。

他竟然盯着一杯黑咖啡出了神。他伸手把黑咖啡拿到面前。他的黑咖啡和乔夏的那杯牛奶，看上去泾渭分明。

他想，自己真的是和江攸宁越来越像了，总是在发呆。之前他还不理解江攸宁为什么总是在发呆，每天有那么多事情需要沉思吗？但他现在越来越喜欢发呆，发呆不是在沉思，而是在放任大脑变空，不去想任何烦恼的事。

"我说的话你听到了吗？"乔夏埋怨的语气越发明显，"你能不能尊重一下我？"

沈岁和用修长的手指摩挲着杯壁，抬头瞟了乔夏一眼。他的眼神锐利，气势也瞬间变得凌厉起来。乔夏忽然打了个冷战，下意识地摸了下自己露在外面的皮肤，皮肤上竟起了一层鸡皮疙瘩。

乔夏觉得沈岁和刚刚看自己的那个眼神太凶狠了，狠到他好像对自己恨之入骨，可自己又做错了什么？

"尊重？"沈岁和用冷漠的声音重复了一遍这两个字。他的语速很慢，却听得人脊背发凉。他将目光落在乔夏身上，轻蔑地打量了她一番："你配吗？"

乔夏感到呼吸突然停滞。这样的沈岁和让她觉得陌生，陌生到她一时不知道该说些什么。她看到沈岁和的眼睛里充满深深的厌恶。

他这个样子和她初见他时不一样，也和她认识的沈岁和不一样。在她的印象中，沈岁和是个不苟言笑的男孩儿。他背着双肩包走过马路，见她跌倒还朝她伸出了手。

当时他带着一个和家人走散的小孩儿，耐心地找了一圈又一圈，最终找到了小孩儿的父母。当时他的眼神明亮、清澈、温柔。他像初春的太阳，正好照在她的心上。

"沈……沈岁和。"乔夏磕巴着喊他，"你什么意思？"

"字面上的意思。"沈岁和依旧是那副样子，用漫不经心的语调说着残忍的话，"你不配得到尊重，甚至不配提'尊重'这两个字。"

"我尊重你的前提是你得尊重我，可是你尊重我了吗？你尊重我的家庭、婚姻、妻子了吗？你三番五次闯进我的生活，是尊重我吗？"

沈岁和这次没给乔夏留半点儿情面，字字句句都戳在了乔夏的心上。

"三年前相亲时，我就和你说得很明白了。"沈岁和说，"我不喜欢你。为什么你会认为三年过去了，我就喜欢你了呢？我们当时只是相了一次亲而已，大家都体面一些不好吗？你为什么要一次次试图插入我的婚姻呢？虽然我不知道我的母亲向你承诺了什么，但你一次次跟着她出入宴会、家庭聚会，甚至来我的家里，不觉得羞耻吗？你以为只要不说出来，大家就看不懂你的心思吗？为什么你这么大的人了还这么天真？"

沈岁和的语气平静，直到最后一句才有了些起伏。他平静地直视着乔夏说："你想做第三者，想不要脸地凭着你的家世捧高踩低，还配得到尊重吗？"

"第三者""不要脸"，这是多恶毒的词啊！放在以前，沈岁和绝对想不到自己会对一个女孩儿如此恶语相向，会把自己所能想到的最恶毒的词汇当着女孩儿的面说出来。

曾雪仪只告诉他要成绩好，要积极向上，远离成绩差的、吊儿郎当的人。她从未教过他该如何堂堂正正地做人，但沈立教过。

自幼沈立就告诉他要尊重女孩儿，决不能说任何下流的词汇来侮辱女孩儿；跟女孩儿交流要有界限感，要保持距离；凡事多礼让，尊老爱幼，尊重女性。

沈立说，这是男性应有的绅士品格。

他以前从未跟乔夏起过正面冲突。言辞最激烈的一次是在父亲忌日那天，他严肃且婉转地表达了自己的态度。他知道，乔夏一直这样做跟曾雪仪脱不了干系，是曾雪仪一次次地给了乔夏希望。

他没有办法把所有的责任都推到乔夏身上，他甚至不知道乔夏为什么会做这些事。再加上乔夏毕竟是个外人，也没有做出过任何对他们有实质性伤害的事情。

她和曾雪仪一样，都是在道德和法律的边缘反复横跳。沈岁和对她们无可奈何，最后只能选择把一切都担在自己身上。

他的婚姻结束了，是因为他很差劲。江攸宁讨厌他，也是因为他很差劲。甚至以后他无法经常见到自己的孩子，更是因为他很差劲。

但他到底差劲在哪儿？即使他真的很差劲，那就连安安静静地吃顿饭的资格都没有了吗？他只是想吃顿饭而已，为什么还能遇到乔夏？

遇到乔夏的那一瞬间，他什么胃口都没有了。没有人知道这是他两天来吃的第一顿饭。

他吃着治疗躁郁症的药，因此胃口极差。加上他经常一个人吃饭，很孤单，吃什么都没有味道，甚至经常不觉得饿。今天他突发奇想，来到这家餐厅，坐在了以前他和江攸宁来时坐的位置上。牛排端上来，他刚吃了两口，就看到乔夏站到了他的面前，露出那种甜甜的、虚假无比的笑。

他感到厌烦，突然就没有了胃口。看着乔夏那张脸，他觉得非常恶心。

以前他觉得，只要和曾雪仪说清楚就好了，毕竟只是曾雪仪偏执罢了。但他现在看来，曾雪仪和乔夏就是串通好的。

他并不想当着乔夏的面说这些恶毒的话，但她真的太过分了。他必须把话说清楚，说得绝情一些，说到她无地自容。于是，他几乎是报复性地站在道德的制高点上狠狠地谴责着乔夏。

乔夏愣了好久，眼泪模糊了她的双眼，但硬是没掉下来。她隔着层层泪水看向沈岁和。他的话里满含轻蔑、不屑、嘲讽、鄙夷，甚至是侮辱。他把那些恶毒的词都用在了自己的身上，还说自己不配得到尊重。

可是，明明是她先遇到沈岁和的啊！

"我不是第三者！"乔夏哽咽道，"我从来没有想过做第三者！"

"那你现在的行为是什么？"

乔夏："明明是我先遇到你，先跟你相亲的啊，为什么我是第三者？明明江攸宁才是！是她从我这儿抢走你的！"

"可我和你相亲的时候就已经很明确地表示过不喜欢你了啊。"沈岁和说，"我说得非常明确，我就喜欢江攸宁那样的。"

"可我喜欢你很久了啊。"乔夏说，"我20岁就遇见到你了，那会儿你还不是沈律师，只是个学生。你在路上拉了我一把，还记得吗？"

"不记得了。"沈岁和摇头。

受沈立的影响，他确实会对女孩儿友好一些。如果看到女孩儿跌倒，他一定会拉一把。他相信任何一个正常人都会这样做，这并不是什么值得骄傲和铭记的事情。

"无论你什么时候遇到我，"沈岁和平静地说，"我都不喜欢你，甚至非常厌恶你。你明明有更好的选择，偏偏要来破坏我的家庭。"

"可爱情又不是选择题！"乔夏忽然大哭起来，"我又不是没跟别人谈过恋爱，他们都没有你好啊。我就是想嫁给你，有什么错？从小到大我喜欢的东西，就没有得不到的。我做的工作是我喜欢的，学的专业是我喜欢的，为什么到了婚姻上，就不能选择我喜欢的呢？我到底做错了什么？你为什么要这么说我？"

乔夏彻底崩溃了，一把鼻涕一把泪，一点儿形象都没有了。她继续说："你和江攸宁都得不到伯母的祝福，怎么会幸福？你要是真的喜欢她，为什么还能看着伯母那样欺负她而一句话都不说？你就是拿江攸宁当借口！你根本不想结婚！"

咖啡厅内只听得见乔夏一个人的声音。

沈岁和低着头，声音毫无波澜："你说错了。"

一分钟后，趁着乔夏哭泣的间隙，他平静地说："我只是不想跟你结婚。"

乔夏抽泣的声音戛然而止。

"如果是和江攸宁，"沈岁和说，"我很乐意结婚。这就是你和江攸宁的区别。比起她来，你差得很远很远。她永远不会这样哭着质问我，永远都知道给自己也给别人留一份体面，永远都不会去当第三者，无论她有多喜欢对方。换句话说，她懂得如何尊重别人，如何尊重自己。你这种幼稚的、拙劣的喜欢别人的方式，我只在青春期的小女生身上见过。你这种疯狂到不可理喻、不听人劝的态度，我只在我母亲的身上见过。你有着和她一样的掌控欲和自以为是的傲慢，这些让我感到恶心。"

沈岁和说完站起了身，低下头看乔夏，正好对上她迷茫的眼神："无论别人的家庭有多不幸福，你都别妄想插入，这是一个好女儿该留给自己的尊重。"

乔夏："我没有……她才是。"

沈岁和瞟了她一眼，起身离开，背影决绝。但走到门口，他忽然顿住脚步，开口道："'爱情'这两个字，从来都不是一个人不受道德约束的理由。更何况，你的爱情不过是自我感动罢了。"

从咖啡厅出来，沈岁和到路边开车。他开车的速度很慢，任由一辆辆车从旁边超过，他的脑子里很乱。

他想给江攸宁打个电话，但不知道该怎么说，估计江攸宁也不想接他的电话。

不知不觉间车子开到了江攸宁家的楼下。他偶尔会来这里，有时下了班不想回家，也不知道该去哪儿的时候，就开车到这儿来，但也不联系江攸宁，就在车里坐一会儿，等这个城市的灯亮起时再回去。

这会儿正是下午。华师附近的人不多，来来往往的学生步履匆忙。过了一会儿，附近才热闹起来，大概是学生下课了。

沈岁和在驾驶位上坐着，对什么都提不起兴致。没过几分钟，手机忽然响了，他瞟了眼屏幕，不由得心生厌烦。他任由手机铃声响着，直到快停止时才接起，但没有开口。

"你做了什么？"曾雪仪一开口便是质问，"是不是对夏夏有意见？"

"是。"沈岁和直接承认，并且反问道，"你是第一天知道吗？在我爸忌日的时候，我就说得很明白了，你是不是从没把我的话放在心上？"

曾雪仪那边顿时沉默。

"沈岁和，"曾雪仪喊他，"你越来越不把我这个妈放在眼里了。"

"你都知道我是什么情况，还让她来，你到底想做什么？"

"就是因为你病了，我才想让夏夏来照顾你。"曾雪仪说，"难道这有错吗？"

"我是卧病在床不能动吗？还是说我是个残疾人？我得了什么病需要她一个千金大小姐来照顾？"沈岁和嗤笑，"是你天真还是她天真？她凭什么照顾我？我是废物吗？"

"不是。"曾雪仪的声音变得低了一些，"你……"

不等她说完，沈岁和便打断了她的话："我知道你的心思。但我当初离婚的时候说的那些话，希望你还能记得。我不会再结婚了。如果你用死来逼我，那我们就一起死。"

沈岁和说最后一句话的时候，声音忽然变得低沉沙哑。

"就这样吧。"沈岁和说，"我还有工作，先挂了。"

沈岁和说完便毫不留情地挂断了电话，向车窗外涌动的人群望去。来来往往的人嬉笑打闹着，气氛一片欢乐。

手机忽然振动了一下，沈岁和低头看去。

曾嘉柔："哥，你在我们学校门口吗？"

沈岁和："嗯。"

曾嘉柔没有再发消息。沈岁和正在疑惑，却见有人小跑着过来敲车窗。他打开车窗，只见曾嘉柔笑道："我就觉得是你的车，嘿嘿。"

"你不上课？"沈岁和问。

曾嘉柔耸肩："已经上完了，我下午没课，这会儿打算去……"

说到这儿，她忽然噤了声。

"找江攸宁？"沈岁和问。

曾嘉柔眼神飘忽，支吾了几声，愣是连个"嗯"字都没应。

她见沈岁和紧紧地盯着自己，压力倍增，尴尬地笑道："我的哥哥啊，你就不要难为我了好吧？"

"你去吧。"沈岁和说，"我还能不让你去吗？"

"哦。"曾嘉柔眨着眼睛，"你也来找宁宁姐啊？"

"不是，"沈岁和下意识地说，"随便逛逛。"

曾嘉柔看着沈岁和一本正经的脸，忽然有点儿心疼："对了，我要去给宁宁姐买水果，你要不要去？"

"啊？"沈岁和佯装思考，几秒后干脆地说，"去。"

曾嘉柔想，表哥装得一点儿都不像。

沈岁和下了车，和曾嘉柔走在一起。她轻车熟路地找到了地方，但没有亲自挑水果，都是让沈岁和挑的。沈岁和皱着眉头把箱子里的水果翻来覆去地看，好像哪个都不合适，最后买了一些草莓、苹果、香蕉和樱桃，每种都挺多的，毕竟挑了半个小时。

沈岁和付了账，拎着水果往前走，一边走一边问曾嘉柔："她还缺什么？"

"应该没了吧。"曾嘉柔说，"这些也是我觉得空手去显得不好才要买的。"

沈岁和环顾四周，人逐渐多了起来，但店铺里卖的都是高热量食物，如奶茶、炸串、麻辣烫等，他便放弃了。

沈岁和拎着水果把曾嘉柔送到江攸宁家的楼下，又把水果递给曾嘉柔。

"哥，那我去了啊。"曾嘉柔小心翼翼地说。

沈岁和："去吧。"

他望了望那道门，上次进入还是两个月前。当时因为江攸宁拿的东西太多，他帮忙拎了一下，正好江洋和慕老师都在。两人看他的眼神都不太友好，和以前相比有天壤之别。

曾嘉柔拎着东西进去，时不时地回头看沈岁和一眼。沈岁和一动不动地站在那儿，就像坚守边疆的战士一般。他仰起头望着上边，就在那儿静静地站着。

曾嘉柔才不相信他是随便逛逛呢，怎么可能刚好随便逛到这里来？他就是不好意思开口。她想，这个男人真是口是心非啊！但她也爱莫能助，毕竟宁宁姐不太想见他。如果擅自把沈岁和带上去，那自己以后也别想进宁宁姐家的门了。她叹了口气，加快脚步进了电梯，假装什么都没发生过。

江攸宁中午和岑溪吃完饭，去公司拿了东西就回了家。她躺在床上看了一会儿书，睡了一会儿午觉，醒来时正好三点。曾嘉柔给她发消息问是不是今天就休产假了，她便和曾嘉柔闲聊了会儿天儿。曾嘉柔说下课以后想过来看她，她便应允了。

江洋去剧场了，慕老师今天满课，她一个人待在家里也挺无聊的。曾嘉柔过来还能和她做会儿伴。她不说话，光听曾嘉柔说也挺有意思的。

她又读了几页书，曾嘉柔说已经下课，此时在路上了。于是江攸宁去厨房切了水果，放在茶几上等着曾嘉柔过来。

半个小时过后，门铃才被摁响，她一开门就听到曾嘉柔开朗的笑声："当当当当，我来啦，宁宁姐！"

她一来，家里就显得热闹了许多。

"我买了樱桃。"曾嘉柔说，"一起吃吧。"

"好，我去洗。"

"不用不用。"曾嘉柔立马抢过来，"我去，你坐着吧。"

"我都坐一天了。"江攸宁说。

曾嘉柔不敢硬抢，只好跟在她的后边去了厨房。

江攸宁做事情一向心细，连声夸赞道："今天的樱桃很新鲜啊！"

"嗯。"曾嘉柔点头，"而且又红又大。"

"看上去不错。"

曾嘉柔在江攸宁的身后疯狂点头，心想可不是，你前夫蹲在那儿挑了半个小时呢。她是真佩服表哥的耐心，水果店老板的白眼都快翻到天上去了，但沈岁和不为所动。

江攸宁把洗好的樱桃摆在茶几上，越看越喜人，想到已经很久没有买到这么精致的水果了，便打算拍几张照片发朋友圈。只是刚拍完照，电话就响了。

她看了一眼，不想接，于是挂断了电话。但一分钟后，电话又响起了。

曾嘉柔忍不住好奇："谁啊？"

"你表哥。"江攸宁说。

江攸宁盯着屏幕，想到明天的产检，叹了口气还是接通了，单刀直入道："什么事？"

电话那边的人沉默了两秒，说："我想上去。"

江攸宁一时间没听懂，但曾嘉柔听到了，轻咳了一声，引得江攸宁把目光投到了她的身上。曾嘉柔做口型道："他在楼下。"

隔了几秒，江攸宁故作不懂地问："你想上天吗？"

"不是，"沈岁和认真地回，"我想上楼。"

"顶楼吗？"江攸宁问。

沈岁和："……"

她现在可真是一点儿情面都不给他留。

沈岁和轻咳，尽量用咳嗽声来掩饰自己的尴尬："不是。"

他回答之后便是无尽的沉默，他又隔了一会儿才说："我想去你家。"

江攸宁挂断电话后，瞟了眼桌上的水果，然后把目光投向不敢看她的曾嘉柔，轻描淡写地问："他买的？"

虽然江攸宁没有说名字，但曾嘉柔莫名心虚，立马如捣蒜般点头承认错误："是。宁宁姐我错了，我不是故意瞒着你的，只是在学校门口看到他的车，一时好奇，就去打了个招呼，然后我说要去买水果来看你，他就……"

曾嘉柔现在非常后悔，感觉自己怎么做都不对。她当时就不应该发微信，不应该去打招呼，应该装作没看见径直走开。她在心里不断自责，以为自己大方开朗人缘好吗？不，只是简单的愚蠢罢了。

曾嘉柔坐在那儿看似没事，但"脑内小剧场"已经上演了一场曲折的戏。她根本不敢抬头，但知道江攸宁在看她，便故作委屈地说："宁宁姐，我真的知道错了，我就是……看他一个人待着可怜……"

她说到后边又噤了声，不禁想，沈岁和可怜什么，自己现在才是弱小无助又可怜。她在心中无奈地感叹道："做人好难。"

"那你怎么当时不叫他一起上来？"江攸宁问。

曾嘉柔一阵沉默。

她想，做个好人真的好难。

几分钟后，门铃响了。曾嘉柔坐在那儿探出一只脚后又缩了回来，又探了一次，又缩了回来。

门铃响了三声，江攸宁才说："你去开门吧。"

曾嘉柔觉得这个样子的江攸宁莫名吓人。

江攸宁安然地坐着，自从知道那些水果都是沈岁和挑的便再没吃过，此时看着这些鲜艳欲滴的樱桃也没有了最初的喜悦。

沈岁和的脚步声在客厅响起，江攸宁没有扭过头去看，只是淡淡地、单刀直入地问："什么事？"

"就是来看看。"沈岁和说。

江攸宁："我家摆设有变化吗？"

沈岁和："没有。"

"好巧。"江攸宁这才看向他。他此时的装束和中午遇见时的一样。当时隔得远没有细看，如今离得近了才发现他瘦了许多，眉眼间带着几分疲倦。即便如此，江攸宁还是淡淡地说："你也没有变化。"

沈岁和："嗯？"

"看完了吗？"江攸宁问。

沈岁和沉默。两人隔着不到三米的距离，目光在空中对上。

沈岁和只是看着她。江攸宁仍旧表情冷漠："看完了就走吧。"

他脱口而出："我想解释一下。"

江攸宁眉头微蹙："解释什么？"

"中午……"他只开了个头便被江攸宁打断。

她恍然大悟，道："哦！没有必要。"

江攸宁拉长音调后又戛然而止，显得格外绝情。

"那个……"曾嘉柔在一旁小声开口，"我舍友喊我去吃饭，我先走了啊。"

她一边看着对峙的两人，一边迅速地拿起自己的书包："你们慢聊啊。"

她说到最后，声音已经小得快要听不见了，然后几乎是逃跑似的离开了这个空间，只留下这两个人在客厅里。

"没有人请你吃饭吗？"江攸宁问，似乎意有所指。

沈岁和低下头，漆黑的瞳孔一动不动地盯着她看，目光深沉："没有。"

"啊！"江攸宁又拉长了音调，却在最高处戛然而止，"可惜了。"

"哪里可惜？"沈岁和问。

江攸宁自动无视了他的话，不想回答便不回答了。

"中午是个意外。"沈岁和说，"我本来是一个人去吃饭的……"

江攸宁没有听他的解释："和我没有关系。如果你是为了解释这件事而上来的，我劝你还是回家吧。"

沈岁和："……"

江攸宁表情平静，全然没有听这件事的欲望，反而把话题引到了别处。

"'芜盛'那边的房子尽早把过户办了吧。"江攸宁公事公办道，"明天上午产检，下午去过户，你预约一下。"

沈岁和："……"

"好了。"江攸宁说，"我的话说完了，你还有别的事吗？"

沈岁和："……"

"没事？那我打算下楼散步了。"江攸宁的言外之意就是：好走，不送。

沈岁和听出来了，但只是问："你去哪儿散步？"

"楼下、操场、附近的公园。"江攸宁说，"难道你也想去？"

沈岁和："……"

江攸宁的习惯是去附近的公园散步。孩子月份还小的时候，她经常迎着晚风去华师的操场散步。后来肚子渐显，她在满是学生的操场散步就显得格格不入。而且晚上华师的灯不够明亮，夜跑的人很多，她跟以前一个人的时候不一样了，这会儿比较脆弱，所以选择去人更少的公园散步。

公园里的氛围和大学完全不一样，在公园里散步的大都是中老年人，大家的节奏要舒缓得多。公园里有打太极的、练剑的、慢悠悠夜跑的，运动方式多种多样。江攸宁身处其中，没有感到丝毫不和谐。

江攸宁是一个人来散步的。沈岁和和她一起下楼后就开车离开了，也许是看出了她不太想见他，临别时连"明天见"也没说，仍旧是说那句不变的"照顾好自己"。

江攸宁只是敷衍地点了点头，没等他发动车子，便转身离开了。

公园的环境还是那么好，连空气都是新鲜的。江攸宁走累了便坐在亭子里歇息。秋风温柔地掠过湖面，水面泛起阵阵涟漪。夜晚昏黄的路灯泛着温暖的光，照在湖面上，水面波光闪动。

她看了眼表，已经七点了，于是沿着来时的路往回走，刚路过两盏昏黄的灯，拐过一个弯，就看见了一抹熟悉的身影。

沈岁和站在瓷白色的石栏边，身形颀长，孤身而立，正望着水面发呆，安静得像是一幅水墨画。秋风吹乱了他的发梢，那一刻，江攸宁觉得他很孤独，比多年前遇见的时候更加孤独。

江攸宁的心不受控制地跳了下，是出于生理反应的加速跳动。她始终相信一见钟情，但也告诉自己中途要学会拐弯和放弃。

江攸宁没有去想他为什么会出现在这里，只是下意识地转过身，向相反的方向走去。可没走几步，她就听到了熟悉的脚步声，不疾不徐，和她隔着适当的距离。他没有上前打扰她，没有跟她搭讪，但确实打扰到了她。

江攸宁忽然顿住脚步，沈岁和也顿住。

江攸宁回过头，沈岁和的目光直直地望过来，那双眼睛里没有半分神采。她竟莫名地心悸，心中产生一个念头：沈岁和……好像病了。

她眉头微蹙："你跟着我做什么？"

"我……"也许是很久没说话了，沈岁和的声音有些晦涩，说话声也被温柔的晚风吹散，"送你回去。"

江攸宁："不用。"

沈岁和没有说话。

"我家离得很近。"江攸宁说，"我认识路。"

沈岁和继续沉默。他站在那儿，身姿挺拔，但眼睛不知看向何处，双手垂在身侧，手指微微蜷缩了下，浑身传递出两个字：颓丧。

沈岁和的这种毫无生机、不带任何欲望的眼神，这种对整个世界感到厌烦倦怠的态度，令江攸宁感到很熟悉。于是她站在原地，放缓了声音朝沈岁和招手："沈岁和。"

"嗯？"

"你来。"江攸宁说。

沈岁和先是站在原地迟疑了下，眉头皱紧，右脚先迈出了一步，又缩了回去。

"沈岁和。"江攸宁尝试着把声音放得更缓，"你过来吧。"

沈岁和抿了抿唇，摇头道："你走，我送你。"

他尽力克制着自己的情绪，但有点儿克制不住，一切的变化似乎是从江攸宁的家里出来之后开始的。他开车绕过华师，没过五分钟，他的情绪忽然变得很低落，心情也很烦闷，于是掉转方向来到了公园。在看到水波粼粼的湖面之后，他越发沉寂，越发忧郁。

他很想跳下去，顺着水波无尽地漂流。但他没有那么做，只是静静地看着。

江攸宁盯着他看，没有再说话，良久之后转过身往前走，只是步伐比之前慢了一些。十分钟之后，她到了华师门口，沿街摆摊的小贩放着大喇叭，麻辣烫、烧烤的味道弥漫在空气之中。江攸宁原本打算散完步去吃麻辣烫，但这会儿又有些犹豫。

沈岁和始终站在离她十米远的地方，神色冷漠，双眼无神，只是机械性地盯着她看。

江攸宁没有问他，直接拐去了常去吃的那家麻辣烫店。最近她很少吃这些高热量的东西，因为需要摄入充足的营养来保持宝宝的健康，但偶尔也会非常想吃这些路边摊上卖的东西，今天正好是"偶尔"的一天。

这家店的麻辣烫类似关东煮，店主往中间沸腾的锅里放进成串的食物，香味便在空气中弥漫，人们边聊边吃，氛围很是热闹，也极具烟火气。

来这家店的顾客很多，这会儿已经坐满了三分之二的位置。江攸宁找了个位置坐下，问服务员要了小料，然后看向仍旧站在门口犹豫的沈岁和。他紧抿着唇，盯着江攸宁的方向看，来来往往的人从他的身侧经过，他却不为所动。

江攸宁拿出手机，给他发消息："你吃吗？"

沈岁和看了一眼手机，在屏幕上戳了几下，但一直没发送过来。

有两个女孩儿要坐在江攸宁对面，江攸宁摇了摇头，阻止道："抱歉，这里有人。"两个女孩儿便另外找了位置。

隔了两秒，江攸宁又发："你不吃的话就走吧，看着碍眼。"

沈岁和最终还是走了过来，坐在了江攸宁的对面。

在江攸宁的印象中，沈岁和很少吃这类食物，连江攸宁很喜欢的火锅都不怎么爱吃。但他有一个优点，不挑食。即便是不喜欢的食物，他也会吃。

沈岁和陪着江攸宁吃过几次火锅。好几次他们还没怎么吃，沈岁和就已经放下了筷子，然后忙着回复消息，或是帮江攸宁放菜、夹菜。

他是一个很有教养的人。他们出去吃饭，他一定是负责开车、买单的那个人，但这种教养放在婚姻之中，有时会显得不合时宜。

江攸宁低着头，慢吞吞地吃着面前的食物。这家店的食物味道很好，但今晚的江攸宁颇有些食之无味的感觉。

吃到一半，江攸宁忽然轻声开口："你跟乔夏……"

"没有关系。"沈岁和立马道，"只是个意外。"

"不是，"江攸宁看着他，一字一顿地道，"我的意思是，你跟乔夏在一起的话，我不介意。我也不会让孩子介意，你不需要为了我和孩子放弃你自己的幸福，我们的人生不会跟你捆绑在一起。你想和谁结婚就和谁结婚，当然了，和乔夏结婚的话，你的生活压力相对会小一些，毕竟能够得到家长的祝福。"

店里人声鼎沸，锅中的汤在不断沸腾着，浓浓的白色雾气蒸腾而上。

沈岁和的筷子忽然落在桌上。他直直地盯着江攸宁，透过朦胧的雾气，江攸宁看到他眼睛泛红。

沈岁和嘴巴微动，想要说些什么，最后又把所有的话咽了回去，只是盯着江攸宁看。

"你没有必要硬挺着。"江攸宁继续说，"如果你在这个环境里感到痛苦，那就试着脱离这个环境。一个人如果一直做有责任感、有教养的好人，会很累的。如果把自己逼到了绝境，你的人生会一直好不起来的。"

她声音温和，虽然在嘈杂的环境之中，但她说的每一个字都可以准确无误地传达到沈岁和的耳朵里。

沈岁和听到她说"你可以考虑跟她结婚""我跟孩子都不会介意"，他的眼睛忽然又酸又涩，他心里说不上来是什么感受。良久之后，他艰难地开口："我是个东西吗，江攸宁？"

沈岁和喊她的名字时，停顿了一下。他的手搭在了微热的桌子上，手指不断地蜷缩着。

江攸宁看着他，只是摇头："如果你对现在的生活感到痛苦，那就换一种生活方式。我只是不想你被我和孩子捆绑住，这不是我的本意。"

但是，这句话落在沈岁和耳朵里就变成了"以后少来看我跟孩子"的意思。

"江攸宁，"沈岁和的嗓子干涩，声音中带着不可言说的悲伤，"我不是个物件，不是你不想要了就可以推出去的物件。"

他站起来往外走去，在走到门口时忽然回过头望向江攸宁，眼神复杂，但最终什么都没说。他孤零零的背影走出去，逐渐融于喧闹的人群之中。

沈岁和离开之后，江攸宁的心里也有点儿堵，最终敷衍地吃了两口，便离开了。

她走到楼下时，沈岁和的车已经不在了。她环顾四周，没有看到他的身影。

他的出现对她来说永远都像一场梦，一旦他离开，她就无法确定他是否来过。

他好像很痛苦。虽然不知道原因，但江攸宁依稀能猜出来一些，应当跟曾雪仪有关。

结婚三年，如果说江攸宁看不懂沈岁和，其实也懂一些，但若说看得懂，又还差得远呢。她不知道他的过去，无法理解他的纠结，也不清楚他的"有心无力"。

在江攸宁眼里，面对曾雪仪的沈岁和总是这个状态。她知道沈岁和是想保护自己，但在曾雪仪面前，他没有什么反抗的能力。他越是想保护自己，曾雪仪对她就越过分。

记得刚结婚那会儿，有一次沈岁和在外应酬喝多了，回家后抱着江攸宁低声说了很多句对不起，说会让曾雪仪离开。那是第一次，他抱她抱得那么紧。

晚风夹杂着遥远的记忆吹来，直到一道刺耳的喇叭声响起，江攸宁才从记忆的旋涡中出来。

沈岁和的突然出现使她的心里又泛起了涟漪，她不自觉地就想了这么多。江攸宁站在楼下深深吸了口气，不疾不徐地上了楼。

当晚，她再一次失眠。夜里十二点，她爬起来坐在电脑前，把拖了很长时间的序写了出来。

她原本还没有什么灵感，但在遇到沈岁和之后，忽然想好了怎么下笔。

"时隔很久再见沈先生，他的状态不如我想象中好，但我也没有想象中那么担心他，甚至没有关怀过他一句。因为我知道，我失去了去关怀他的立场，我们也失去了再寒暄的理由。"

序言有了开头，后边的便也好写了。江攸宁写了傍晚时的那一下心动，并在文章中忆及当初的那一眼。

"年少时的心动只需一眼，就像野草瞬间长满整个荒原，放下却要很长时间。人们在生活琐事中积累了足够多的失望，曾经的心动便会被一点点地摧毁，就像把星星捏碎在手心里，刹那间，曾经所有的光芒消失不见，那之后天地之间好像从未有过这道光芒。我比谁都难过，但不得不这样。

"跟沈先生闪婚是我做得最离经叛道的一件事，虽然他没能对得起我这一腔孤勇，但我不怪他。因为爱情不能勉强，所以我不勉强了。

"曾经在我的心里，沈先生是巍峨的山，是流淌的水，是灿烂的骄阳，是无瑕的月光，更是人间可望而不可即的精神寄托。

"我曾试着跳起来摘星触月，但没有想到，月色昏沉，星星坠落，星月皆避开了我。这才发现，高山流水注定曲高和寡，而我不过是世间庸碌的普通人，岁月不会事事优待我。

…………

"如今，我回到我的轨道，沈先生也在他的路上坚定不移地走着。

"愿我们，都不会回头。

"我也祝沈先生，从此之后，岁岁平安。"

写到最后，江攸宁竟湿了眼眶。十一年后再回顾，她也不免唏嘘感慨。

江攸宁检查了一遍有无错别字之后，便将文档发给了洛奇。没想到洛奇还没有休息，几乎瞬间就接收了文档。

洛奇："哇！平安辛苦了！我等这个序言已经望眼欲穿了！"

江攸宁："抱歉，让你久等了。我最近一直没有思绪，还忙着休假的事情，所以耽搁了，真的抱歉。"

洛奇："没事没事！我只是单纯地表达一下我的期待！你已经是交稿非常准时的作者了，竟然离截止日期还有十天的时候就交稿了，很多人经常超过截止日期十天了还没有交稿，这让我每次都很头痛。"

江攸宁："真不容易啊！"

和洛奇聊天儿，她莫名地会变得心情大好，而且保存了洛奇发的很多可爱的表情包。

洛奇："算了，不说了，我先去看看你的序言！"

江攸宁："好的。"

回完消息之后，江攸宁的心慢慢地平静了下来。

她拉开窗帘望着外面，天色变得暗沉，大概要下雨了。现在每逢下雨，她的脚踝处还会传来细密的阵痛，但和以前相比，疼痛已经好多了。

自从怀上宝宝后，她每天喝的药的量就减少了很多，很多药甚至都不再喝了，唯一坚持的就是每晚泡脚。

吴大夫说等生完宝宝她的脚就会好起来。其实脚恢复到现在这个程度，对她来说已经算是意外之喜了。

江攸宁关了灯，重新躺到床上，手机屏幕忽然亮起。

洛奇："深更半夜时，我的眼泪止不住地流。平安你写得太好了，看得我好难过。"

江攸宁："摸摸头，别难过。"

洛奇："你把自己揉碎了放进他的余生里，这一点非常打动我。我要极力推荐这篇序言，让这本书尽早上市。这本书的内容如此感人，不能只让我一个人这样感动。"

江攸宁："好。"她的回复都很简短，因为她不知道说什么。这些文字经由她的笔，写出的是她的视角里的沈先生，写出的是她这些年的情愫。

从开始到最后，她都是一个人。因为故事里的另一位当事人并不知情。她写这些是放下，也是成全，虽然一个又一个人看哭了，但她不知该如何安慰。

幸好洛奇也不需要她的安慰，甚至没时间继续沉溺在悲伤的情绪之中。

洛奇："我还得催其他的作者交稿，平安你早点儿睡吧，我明天一定要发个长文极力赞美你的这篇序言，还有你的书！你写得太棒了！"

江攸宁："好的。不过是谁这么晚还没有睡在写稿啊？"

洛奇："除了传说中的祁蒙还能是谁？他的书三天后开印，而他现在还没有写完，你想想我有多惨！"

江攸宁："洛奇加油吧。"

洛奇没有再回复，估计是去催稿了。

江攸宁看着"祁蒙"这个名字，觉得有点儿眼熟，于是打开手机手电筒照了一下不远处的书架，果然在第四排的位置看到了"祁蒙"这个名字。

原来祁蒙是一位写悬疑类作品的优秀作家，专门写揭露人性的作品。他的想象力非常丰富，作品风格偏暗黑向。

江攸宁很喜欢他的书封面上的推荐词。之前去书店买书时，发现店里在促销他的书，但江攸宁买回来看了封面后，觉得还是等生完宝宝再看。因为封面是一水儿的黑色，书看着有点儿像灵异文，江攸宁怕影响到宝宝的健康成长。

第二天去产检，江攸宁起得有些迟。昨晚她两点才睡，今早醒来时已经九点半了，这个时间比和沈岁约定的时间晚了半个小时。她匆匆地起来，然后想到了昨晚发生的事，心想沈岁和今天应该不会来了。

她想，算了，还是约闻哥吧。

"闻哥，今天忙吗？陪我去产检吧。"

江闻秒回："不是沈岁和陪你去吗？"

江攸宁："他今天应该……可能……忙吧。"

江闻："麻烦你出了门再说话，好吗？"

江攸宁："……"

一大早的，闻哥就这么暴躁，好像谁惹到了他一样。

即便如此，她还是慢吞吞地起床，随手把头发扎好，然后打开门出来。闻哥正在客厅坐着，旁边还有慕老师。

"啊！闻哥你来了啊。"江攸宁向他打招呼，"你这不是有时间吗？"

"我过来帮我妈取东西。"江闻晃了晃手里的东西，"我妈想吃大伯母腌的菜了，所以派我过来取。"

"那你一会儿不送我去产检吗？"江攸宁问。

江闻瞟了她一眼："楼下有人等着呢，你快洗把脸出门吧，别等会儿刚到医院，医生就下班了。"

"沈岁和在？"江攸宁问的时候语调微扬，有些不可置信，还以为沈岁和短时间内不会再出现了呢。

"是。"江闻说，"一个人在车里坐着呢。"

江攸宁："好吧。"

她已经习惯了慢节奏的生活，哪怕时间再紧迫都快不了，等她下楼时已经十点十五分了。正如闻哥所说，沈岁和在楼下等着。他一直坐在车里，看到江攸宁出来才推开车门下来。

今天他穿了一身休闲装，比昨天更干练，但气质不变。江攸宁能感觉出来，他在尽力克制情绪。

"上车吧。"沈岁和的声音仍旧冷漠，没有任何波澜。他给江攸宁拉开车门，等江攸宁上车后又帮她关上。江攸宁仍旧坐在副驾驶位上。

和往常的产检流程一样，沈岁和负责拎东西，听注意事项。江攸宁躺在床上做 B 超。如果没有意外，这应该是她最后一次产检。

在 B 超图上，他们看到一团灰色的东西在江攸宁的子宫里蜷缩着，这团东西比刚检查出来那会儿大了数十倍。

医生告诉他们哪里是宝宝的头，哪里是宝宝的脚。沈岁和以前对这些东西一知半解，但在查了那么多资料之后，已经基本能看懂 B 超图了，甚至能判断出胎儿的性别。

现在医院不让鉴定胎儿性别，他也没问过医生。对他来说，男孩儿和女孩儿差别不大，但如果可以选择，他更想要一个女儿。女孩儿跟着江攸宁一起生活，会很愉快。

如果江攸宁生的是男孩儿……不知怎的，他有些排斥这个结果。他想，依照曾雪仪的性格，她很有可能去争夺孩子的抚养权。毕竟在她的观念里，传宗接代是很重要的事情。

而沈岁和只想让孩子跟着江攸宁平安顺遂地生活。他的生活已经苦不堪言了，他不想让孩子和自己一样痛苦，也不想江攸宁卷入他这一地鸡毛的生活之中。

但他凭直觉感到，这个孩子是男孩儿的概率很大。沈岁和没有和江攸宁讨论过这个问题。他觉得对她来说，男孩儿、女孩儿都一样。

沈岁和等着江攸宁出来，两人一起往外走。走廊里都是来产检的准爸妈，夫妇间都很亲密，或揽着腰，或牵着手。只有他们，疏离得像陌生人。

出了医院，江攸宁很自然地坐在了副驾驶位上。车子不疾不徐地开着，驶到一半，江攸宁忽然问沈岁和："你有去看医生吗？"

沈岁和握着方向盘的手忽然变紧，他用余光看江攸宁的表情。她十分平静。

沈岁和感到她很笃定自己病了。但不知为何，他能在曾雪仪面前承认自己病了，能在裴旭天面前说自己病了，此刻面对江攸宁平静的问话，他却不想回答，或者说不想承认。他的沉默融于这本就寂静的车里。

江攸宁见他不想说，便也不再问。只是车里的气氛太过安静，她便打开了车载音乐，音箱还连着沈岁和的蓝牙。

舒缓的音乐声响起，江攸宁听着耳熟，直到第一句日文响起，她所有的记忆才被拉出来，歌名翻译成中文是《曾经我也想过一了百了》。

这首歌曾在她的耳机里单曲循环了两天，在她最悲伤、最难过的时候。那时，她整整两个晚上都没有睡觉。那是在沈岁和搬出"芜盛"的前两天，她的耳机里都是这首歌的声音，都是这个节奏。她听过中文填词版的，歌词内容更加令人难过。

她看着正在开车的沈岁和的侧脸，目光诧异。

"你……"她只说了一个字，沈岁和立马关掉了音乐。

"沈岁和。"江攸宁喊他，"去看看吧。"

她的声音很平静，但其实尾音在发抖。她的心底泛着涟漪，继续说："或者去旅游吧。"

车子蓦地停下，沈岁和抿了抿唇，没有接她的话，只道："我送你到楼上吧。"

他甚至没有看江攸宁。

"不用了。"江攸宁拒绝，"我自己上去。"

她看向沈岁和的侧脸，发现他比以前瘦了很多，现在的他看着甚至有些病态。

"我走了。"江攸宁朝他挥手，"再见！"

"好。"沈岁和摁下车窗，终于望向她的背影。

他深吸了一口气，心想，这种情绪什么时候才能好啊？他闭上眼睛，江攸宁那诧异的表情在他的脑海里挥之不去。

他确实病了，但有在吃药，可现在发现吃药的效果好像并不好。他仍旧整夜整夜地失眠，仍旧时不时地产生轻生的念头。他清醒的时候知道这样是不对的，但迷糊的时候根本不知道自己在做什么。

昨晚，他回家以后站在阳台上，只差一点儿，就真的跳了下去。如果不是阳台上邻居家的猫不停地在叫，把他叫醒，今天他已经消失在这个世界了。

他有些绝望，这种日子什么时候才是个头儿啊？

沈岁和捏了捏眉心，深呼吸了一口气，然后关上车窗，往律所开去。他刚拐出华师，就收到了裴旭天的消息。

"在哪儿？出来喝酒。"

如果是在以前，沈岁和一定会骂他："大白天的喝酒，疯了吗？"但这会儿，他也想喝，正要问裴旭天在哪儿，裴旭天的电话就打了过来。

沈岁和接起来："喂？"

"老沈。"裴旭天喊他，"来银辉，老地方。"

"哦。"沈岁和忽然顿了下，"你不上班？"

裴旭天："你不也没上？"

沈岁和想，就当放肆一下吧。

"怎么大白天想起来喝酒了？"沈岁和一边开车一边问。

这话不知道哪里触到了裴旭天敏感的神经，他忽然大吼道："大白天还能在办公室里上床呢！我大白天喝酒怎么了？"

沈岁和："谁？"

裴旭天那头忽然沉默。

几秒后，裴旭天那带着哽咽的声音传来："我和阮言分手了。"

沈岁和："……"

白天的银辉酒吧不似夜里那般热闹，吧台前空无一人，只有调酒师在里边忙着把所有的酒归类。

沈岁和途经吧台时，调酒师笑着向他打了个招呼："沈哥，来了啊。"

沈岁和微微颔首："给我调杯'风月之吻'送进来吧。"

"好的。"调酒师应下。

沈岁和跟裴旭天常来这边儿喝酒，所以两人有固定的包间。

沈岁和一推开门，扑鼻而来的浓郁酒味让他皱了皱眉。他瞟了眼沙发，裴旭天正耷拉着脑袋在上面坐着，比往常少了很多精气神。

听见门响，裴旭天微微抬头，扫了一眼后便又垂下头，他的声音很闷："来喝酒。"

"好。"沈岁和没有问他发生了什么事。

两人并肩坐着，默契的是，谁都没问对方的事，只喝酒。

裴旭天一杯接一杯地灌着红酒，嫌度数低喝着不刺激，又让服务员拿了几瓶度数高的白酒来。但裴旭天学会喝酒以后，喝的多为红酒，很少去碰味道辛辣的白酒。此时，他一口白酒喝下去，被呛得直咳嗽。

沈岁和转过头看他，看他弯着腰咳嗽，看他佝偻着身子干呕，咳得像是活不过今天了。

地上落了晶莹的液体，不知道是酒还是裴旭天的眼泪，反正等裴旭天停止咳嗽抬起头时，他的眼睛红得像要滴血。

"还好吗？"沈岁和漫不经心地问。

他问完便喝了口酒，似乎根本不在意这个问题的答案，只是为了打破这无聊的沉寂，迫于无奈才问出这话。

裴旭天没有回答，又灌了口酒。

两人一次次地碰杯。裴旭天不止一次被呛得咳嗽到弯腰干呕，但每次起身之后就又开始灌酒。他这架势不像是不醉不归，倒像是不要命了。

很快两人的面前就摆了五六个空酒瓶，裴旭天裸露在外的皮肤已经没有一块是正常肤色了。沈岁和这才摁住他还想倒酒的手，淡淡地道："差不多得了。"

沈岁和只喝了两杯。他知道自己的身体状况，吃药的时候要少饮酒，所以尽力克制着。他也很想喝，很想喝醉了之后好好地、不被噩梦惊扰地睡一觉，但他如果这会儿喝醉了，之后可能会一睡不醒。

他还不能完全地放下这个世界。在这个世界上，他还有在乎的人、在乎的事，还有应尽的责任，因此不能一睡不醒。

裴旭天抬眼看他："差不多是差多少？"

"抬杠？"沈岁和声音淡淡的，听不出喜怒。但他把目光所及之处的酒都放到了一边，不再让裴旭天喝。

"我抬什么杠？"裴旭天苦涩一笑，"就是单纯问问。"

"你怎么了？"沈岁和问，"阮言……"

这个名字刚被提起，裴旭天就呕了一声，站起来匆匆地往门口走去，但没有站稳就直接磕到了茶几上，身子也跟着往前一倾。沈岁和忙抬起胳膊来拉他一把，但还是迟了。

裴旭天径直往前倒下，并顺手从一侧扯过一个垃圾桶，然后扒着垃圾桶开始吐。

沈岁和站起来，打开了包间的窗户散味。

裴旭天吐了几分钟，然后起身去了里面的卫生间，把垃圾桶也顺势带了过去。

寂静的包间内充满水流的声音，裴旭天仍旧在呕吐。

隔了许久，裴旭天才走出来，上衣也湿了一半。

"你去洗了个澡啊？"沈岁和坐在沙发上，半眯着眼，随意地调侃道，"现在连名字都不能听了？"

裴旭天狠狠地吐了一通，又漱了口，洗了脸，这会儿他的意识比刚才清醒了许多。他甩了甩头发，发梢上的水跟着在空中转了一圈，有些落在了沈岁和的脸上。沈岁和抹了把脸："这是你吐的还是水？"

"水。"裴旭天再次坐下来，点了支烟。青白色的烟雾笼罩着他，使得他整个人显得颓废极了。他低着头，没再说话，安静地抽完了那支烟。

包间里透着几分寂寥。

"还喝吗？"沈岁和问。

裴旭天摇头："不喝了。"

"我还以为你要喝死在这儿呢。"

裴旭天抬眼看他，忽地自嘲道："值得？"

沈岁和抿了下唇，没有搭话。他想值不值得这事向来是当事人自己说了算。

裴旭天不再喝酒，反倒开始抽烟，但抽的时候，自觉地离沈岁和远了一些。

裴旭天走到窗边，将窗户开了半扇。傍晚的红霞开始在天空中蔓延，将整片天空染成了橙粉色，温柔的风把烟雾带走，飘向了远方。

裴旭天抽了一支又一支。他单手插着兜，头发随风扬起，湿了一半的上衣紧贴在身上，白色衬衫上添了许多污渍，此时的形象和平日里的比相差甚远。

隔了很久，沈岁和在他的身后淡然开口："分手快乐。"

裴旭天微侧过身子看他："嗯。"

他好像丧失了表达能力，闭口不提阮言。

沈岁和能从他之前的只言片语和现在的反应中猜出一些，但不确定是否准确。他也懒得问，毕竟不管多难过的路，裴旭天也只能一个人走。

裴旭天掐灭了烟，短短半个小时，已经抽了半盒。

沈岁和把他的烟扔在了一边，淡然地说："你这样和自虐没有区别。"

裴旭天说："她不值得。"

"那你还这样？"

"我是为自己不值得。"

裴旭天又给自己倒了一杯酒。

"最后一杯。"沈岁和说，"我不想一会儿送你去医院。"

裴旭天："……"

"盼我点儿好行吗？"裴旭天只喝了一半便放下了。

沈岁和轻描淡写地说："你现在不太像正常的样子。"

"我对她不好吗？"裴旭天反问。

沈岁和："那你得去问她。"

裴旭天瞪他，情绪不再像刚才那么低落，但言语间仍旧带着几分苦涩："八年啊。"

他深深地叹了口气，然后苦笑道："我这八年的坚持就跟个笑话似的。"

"倒也不必如此悲观。"沈岁和说，"你往后还有很多个八年。"

裴旭天翻了个白眼，随意地踢了他一下："你能不往我的伤口上撒盐吗？"

沈岁和一脸不可置信地看他："我是在安慰你。"

裴旭天想，这算什么安慰？还不如不安慰。

裴旭天往沙发靠背上一倚，闷闷地道："我不需要安慰。"

"那你摆出这一副要死不活的样子是要做什么？"沈岁和睨了他一眼，"演戏吗？"

自己失恋了发泄一下都不行吗？裴旭天感到一言难尽，看向沈岁和。

几秒之后，裴旭天忽然问："你是不是没有失恋过？"

沈岁和顿了几秒后答："离过婚。"

"那你还在我的伤口上这么蹦跶？"

沈岁和："……"

裴旭天看到沈岁和那双幽暗的眼睛里像是明晃晃地写着四个大字：这是安慰！

"你跟江攸宁离婚的时候不难过吗？"裴旭天问。

沈岁和抿唇，目光忽然变得游离。他问自己，难过吗？难过。但他没有像裴旭天这样情绪外现。他的难过是渐渐加深的过程。

在他觉得这件事情并没那么严重的时候，他整夜整夜地失眠，时不时地恍惚，这些在提醒他：生活中突然缺失一个人，其实是很严重的事情。

他从小就不善于流露情绪，更不善于对别人表达自己的喜怒，这和曾雪仪的教育有关，也和他习惯了孤身一人有关。

　　遇到事的时候，他向来不知道向谁倾诉，最终都埋在了自己的心里。他觉得坏情绪会惹得别人不开心，所以向来是独自消化。但他忘记了，人的身体所能容纳的坏情绪有限，那些无法消化掉的坏情绪堆积起来，总会在某一个点突然爆发，就像现在这样。

　　沈岁和不知道该如何处理自己的坏情绪，以往会选择睡一觉，或是喝点儿酒、抽支烟，慢慢地忘掉那些事。

　　其实他很少被无关紧要的事情影响到。他向来清心寡欲。他又不是十几岁的少年了，遇到不公平的事还会站起来抗争。如今他已经成长为不动声色的大人了，但生活中遇到的那些事，一直找不到宣泄的出口。

　　他习惯了第一次的不动声色后，就可以永远不动声色。这样下去，或许直到他死，所有人都不知道他为何而死，这大抵就是成年人的悲哀。

　　沈岁和低着头，目光投射在茶几上那杯映着灯光的葡萄酒上。他的表情仍然平静："也难过。"但是他的声音没有丝毫起伏，听起来不像个难过的人。

　　"你难过为什么还要离？"裴旭天忽然想起什么，"你一点儿都不会难过。"

　　沈岁和："嗯？"

　　"你装什么情圣呢？"裴旭天又踹了他一脚，这次带上了几分力道。沈岁和把脚缩了回去。

　　"你发什么神经？"沈岁和骂他，"和阮言分手就朝我撒气？是不是有病？"

　　裴旭天："你才有病！对不起江攸宁的人难道不是你？你还要难过？你出轨的时候怎么不难过？你们这些出轨的人，没有一个是好东西。"

　　沈岁和感到疑惑。他怎么就成了人渣了？他什么时候出轨了？

　　沈岁和一头雾水，只听裴旭天道："你们难过，难过个屁！我们才是被伤害的人，你们不配难过！你们都是人渣！"

　　沈岁和："……"

　　"阮言出轨就出轨，你扯上我做什么？"沈岁和伸脚踹回去，"我跟谁出轨？"

裴旭天："我哪知道你跟谁出轨，反正江攸宁说你出轨了。"

沈岁和："……"他怎么不知道自己出轨了？

"江攸宁跟你说的？"沈岁和问。

裴旭天点头，然后又摇头："你家江攸宁怎么可能说？她自始至终都在给你留脸面。那天我们聊起来，她就旁敲侧击地说了几句，还问我会不会接受一段感情里有背叛，我……"说到这儿，裴旭天忽然噤了声，看向沈岁和。

沈岁和也看向他，眼神中带着同情："然后呢？你怎么了？"

他漫不经心的语气让裴旭天听了想撞墙。

"你真的没有出轨？"裴旭天仍旧不可置信地问。

沈岁和："我除了工作就是看病，我出什么轨？"

"江攸宁早就知道了？"裴旭天仍旧不可置信，"她是在暗示我？"

沈岁和点头："应该是的。"

裴旭天坐在那儿平复了一会儿心情，越想越不对。江攸宁怎么会知道这些事？

"是凑巧吧。"裴旭天开导自己，"她要是知道为什么不明说？"

"为什么要明说？你对阮言什么态度自己不知道？她明说了以后你也不一定会信，说不定你们还会产生隔阂，何必呢？她能暗示你已经算尽到义务了。"

"那她是怎么知道的？"

沈岁和翻了个白眼："我怎么知道？"

"你给江攸宁打电话。"裴旭天说，"我问问她。"

沈岁和拿出手机看了眼时间，已经快晚上八点了。手机上有江攸宁下午三点发来的一条未读短信，问他还要不要去给房子过户。

他不知道怎么回，去过户能见到江攸宁，但过了户又没什么用，见到江攸宁也没什么用，反倒会使江攸宁感到厌恶。

沈岁和把手机收了回去，看都没看裴旭天："你不是有她的电话吗？自己打。"

裴旭天翻出电话，但没有勇气摁号码。他问了又能怎样？昭告全世界自己被绿了吗？这也太蠢了。于是，他又把手机扔到茶几上。

沈岁和注意到他的手机屏幕已经被摔得四分五裂了。

"又得换啊？"沈岁和问，"这次还是阮言给你摔的？"

裴旭天："我自己摔的。"

他换手机非常频繁。

阮言脾气不好是众所周知的事情，但别人不知道的是，她还非常敏感。她经常查裴旭天的手机，查裴旭天的行程。裴旭天在她面前毫无隐私可言。

两人争论时，如果她有不满意的地方，裴旭天的手机总是牺牲最快的那个。久而久之，裴旭天也习惯了。

当然，阮言冷静下来以后也会道歉，会非常诚挚地给裴旭天买新手机，并保证自己下次不会了。但前提是裴旭天先服软，这已经成了两人相处的固定模式。在这段感情中，除了最初是阮言追的裴旭天，其余时候都是裴旭天在妥协。

阮言出国追求梦想，裴旭天等她。阮言想先搞事业再考虑结婚的事情，裴旭天等她。阮言恐婚恐育，裴旭天等她。裴旭天等了八年，最后等来了阮言的背叛。

裴旭天无法从这种情绪中走出来，不知道自己究竟做错了什么，明明一直哄着她，就差给她立个牌位供起来了。

阮言是他的初恋。他当初谈恋爱就是奔着结婚去的，而且吸取了他爸的教训，对阮言百依百顺。但他没想到，这段恋情最后竟然是这个结果。

他唏嘘感慨，愤怒悲伤，最终都化成了一声声叹息。

这八年，他的一腔心血付诸东流，一片真心完全错付。

"我对她不好吗？"裴旭天又问了一遍。

沈岁和："自我感动是没有用的。"

"怎么就自我感动了？"裴旭天说，"我给她的都是她需要的，每年的生日、节日、纪念日，我都记得一清二楚，给她发红包、买礼物，甚至连在一起的 666 天、888 天、999 天这种日子都给她过，别人有的浪漫她一样不少。她生病住院了，我陪着。她跟家人吵架了，一个电话打过来，哪怕是凌晨三点我也得爬起来去接她。除了天上的星星、月亮，她要什么我没给过？我还要怎么对她好？"

沈岁和盯着他看："那又怎样呢？"

裴旭天："……"

"她不还是不爱你了？"沈岁和无情地指出事实。

裴旭天："……"

"你到底有多爱她？"沈岁和忽然问。他的声音不高，语气很平静，再配上独有的冷漠声音，听起来竟然带着几分迷离。

裴旭天被问得一愣。

"愿意为她死吗？"沈岁和又问。

裴旭天恍惚。

"她会一辈子不背叛你吗？"沈岁和继续问。

裴旭天皱眉看向他，在那一瞬间他忽然觉得，沈岁和像是不食人间烟火的神。这位神正坐在那儿盘问世人爱是什么，世人在爱什么。

沈岁和只是单纯地提问，但裴旭天根本无心回答。

以前裴旭天还能说上几句，但现在只想骂一句："去他的爱情！"

"你会一辈子全心全意只爱她吗？"沈岁和的声音依旧淡淡的。他只是单纯地把问题抛了出来，"你能保证在新鲜感过去之后，一辈子对她好吗？"

"爱情？到底什么是爱情？"沈岁和接着问，"是至死不渝还是短暂心动？就算你们有爱情，结婚以后呢？生了孩子之后呢？你们能永远不吵架、不离婚、不伤害小孩吗？"

裴旭天被他说得有些毛骨悚然："老沈你干吗呢？鬼上身了？"

沈岁和只是低着头，不再看他，声音越发低了："大家都在歌颂爱、寻找爱，但我觉得，爱是世界上最没用的东西。"

裴旭天想了一会儿，还是附和道："是挺没用的。"

他为了阮言，顶着家里的压力，等了她八年。研究生毕业那年，他就想向阮言求婚，但一直等到现在，两人事业有成、年纪渐长，却只等到了她的背叛。他以为自己在追求真爱，最后呢？他什么都没得到。

沈岁和嗤笑了声，唇角微勾，眼神中带着一丝嘲讽："我见过这个世界上最勇敢的爱情，你相信吗？"

裴旭天看他：“谁？”

沈岁和没有说话，情绪忽然变得很低落，浑身散发出颓废的气息。

他在心里回答：当然是曾雪仪啊。曾雪仪为了爱情跟一个一无所有的穷小子私奔，并甘愿放下一切，为爱洗手做羹汤，为爱割舍了一切。财富、亲情，统统被她抛到脑后。她把一切都赌在了沈立身上，最后为爱疯魔。甚至，她可以对自己的公婆和儿子说：“为什么死的不是你们？”对她来说，什么都可以放弃，唯有爱情不行。

她甚至抱着沈立的牌位睡觉。谁听了她的爱情故事不说一句“这爱真是轰轰烈烈”？可是然后呢？她爱得轰轰烈烈，爱得如痴如醉，爱到忘却红尘，却不过落得伤人伤己的结局。她爱成了“疯子”，也把沈岁和逼成了“疯子”。沈岁和觉得自己不过是曾雪仪爱而未得、寄托情思的替代品，甚至不能算是个独立的人。

包间内一片沉寂。

忽然，裴旭天的手机铃声打破了包间的沉寂，一个陌生的号码打了过来。

裴旭天本不想接。沈岁和说：“接吧，万一是客户呢？”

他们干这行得二十四小时待命，再不高兴也不能把情绪带到工作中。

于是，裴旭天深呼吸了几口气，接了电话。他的声音中还带着几分沙哑，但他已经尽力将其恢复正常：“你好，哪位？”

电话那头传来了哭声，裴旭天觉得很耳熟。

“裴哥，”阮言低声哭道，“你听我解释。”

裴旭天：“……”

在从她的办公室出来的路上，裴旭天已经把阮言的手机号拉黑了，没想到她换了个陌生号码。

“你用的谁的号？”裴旭天冷声问。

阮言一怔：“这不重要。”

“那什么重要？”裴旭天深吸了一口气，尽力克制住自己想要大吼的情绪，“我说过了，分手后房子里你的东西尽快搬走，我要卖房。”

阮言顿时沉默，就在裴旭天打算挂断电话的时候，忽然喊他：“裴旭天。”

裴旭天尽量保持冷静："别提复合，我嫌恶心。"

"呵。"阮言嗤笑一声，"恶心？这有什么好恶心的？我不过是犯了你们男人都会犯的错误，你为什么不能原谅？"

没等裴旭天说话，阮言继续道："大不了我以后不再犯了。"

电话挂断后，裴旭天起身走到窗边，点了一支烟。

你们男人都会犯的错误？这句话可真是好用啊！裴旭天认为这种事情跟男女无关，这句话只不过是无耻之人为自己找的借口罢了。

他抽完那支烟，把烟蒂扔进垃圾桶，从沙发上拿起外套往外走。

沈岁和问："你去哪儿？"

"收拾东西，卖房。"裴旭天头也不回地离开了包间。

裴旭天和阮言住的房子是北城的高档小区。因为阮言喜欢这套房子的格局，裴旭天当初便卖了名下的三套房而买了这一套，好在他当时没有被爱情冲昏头脑而写阮言的名字，所以房子的所有权自始至终都在他的手上。

他本来是打算拿这套房子当婚房的，现在看来没有必要了。不过买房的唯一好处就是不会亏本，这套房子的价格目前已经翻了好几倍了。

他对这套房子倒是没有多大感觉，房间又大又空，装修奢华，处处透露着纸醉金迷之感。房子的装修风格是阮言亲自设计的，所以这里处处留存着她的气息。

裴旭天马上把房型和房子所处的地理位置发给了中介，让中介人员联系着把房子卖掉。这种房子价格较高，一般不好出手。

他和阮言在这里住了不到一年，大多数时候还是他一个人在住。他原来另外有住的地方，但阮言嫌弃那儿不好，所以当初直接卖掉了。现在他名下的房产也只剩一处，那儿本来是想空着等升值的，他并不会去住，所以只是简单地装修了一下，但目前看来也只能搬到那儿去住了。他估计装修也需要一段时间，暂时只能先在附近租个房，便又联系中介给自己租房，联系完毕才开始收拾东西。

他的东西还挺多的，不过阮言的更多。裴旭天年少丧母，家里虽然有保姆，但很多事情都是他自己来做的。所以在跟阮言一起住的时候，基本上都是他做家务。

阮言很少做饭，最多是在他晚归的时候给他煮一碗面，还是带着脾气煮的。即便如此，他当时也是觉得幸福的。如今看来，他真是自欺欺人。

裴旭天先从卧室开始收拾。阮言是杂志主编，她的衣服比裴旭天的多得多，不过她有专门的衣帽间，所以卧室里的衣服基本上是裴旭天的。

裴旭天把该扔的扔，该收的收。阮言给他买的衣服，他都放在了脏衣篓里，粗略一看，不及自己买的衣服的十分之一。

他到家时是九点，收拾完东西时刚十点半。仅仅一个半小时，他就把一年来的记忆和生活痕迹全打包完毕，剩下的东西都是阮言的。

他拎着行李箱环顾四周，然后给沈岁和发了条消息："你先收留我几天吧。"

沈岁和："好。"

裴旭天拢了拢大衣，便往外走去，没想到出门时和阮言碰个正着。

阮言是一个人回来的，眼睛还有点儿肿，确实是哭过的样子，但她的表情看上去并没有很伤心。

"裴哥，"几乎是瞬间，阮言便拽住了他的衣角，"你真的要走？"

她仰起头，泪眼婆娑，声音中带着几分哽咽："你相信我啊，我真的只是一时鬼迷心窍，是他先勾引我的，我一时没把持住才犯下这种错误。我第一次这样做就被你看到了，以后肯定不会了。我……我跟你结婚，好不好？"

裴旭天居高临下地看着她。他比阮言高二十多厘米，平常是一伸手臂刚好把她揽到怀里的高度差。他也很受用她偶尔的撒娇。但如今，他看着阮言，忽然很想吐。他极力克制住，然后深吸了一口气，将阮言的手指一根根掰开，让自己的衣角脱离她的手掌。

"阮言，"这是他第一次如此沉重、严肃甚至带着几分厌恶地喊她的大名，"你让我恶心。"

阮言的表情微变，但也只是一瞬："裴哥，你相信我，我真的没有做对不起你的事，这是第一次啊，我以后再不会犯这样的错误了。"

"呵。"裴旭天嗤笑一声，"你当我傻吗？"

阮言一怔。

"需要我提醒你吗？"裴旭天说，"你在扒他的裤子。"

"你的衣服是自己脱的，你的手在帮他。这是第一次？我看你很熟练啊。"裴旭天极力克制住自己的怒火，面无表情地说着这些令人作呕的话，甚至回忆着那个让人想吐的场景，"怎么样？实习生比我帅比我好？不见得吧。"

"是偷情出轨这件事，让你很有快感吧？"说到最后，裴旭天的眼睛泛红。他闭上眼睛吐出一口浊气，不再看阮言："你……"

他的话刚出口就被阮言打断："裴旭天，你装什么？我就不信你没有过。呵，天下的男人不都一样吗？出轨而已，凭什么男人犯就行，我犯你就不依不饶？"

裴旭天皱眉："你看到我出轨了吗？"

阮言沉默。

"你要是看到我在办公室里那样做，会砸了我的办公室吧？"裴旭天尽量平静地道，"我给你关上门，没有闹到尽人皆知，这是给你留的最后的体面。"

"你说的这个错误，不是所有的男人都会犯。"裴旭天轻嗤，"是所有不识好歹、品行恶劣的人会犯。"

"而且，"他盯着阮言，一字一顿地道，"不分男女。"

阮言愣了几秒，没什么底气地质问裴旭天："你敢说自己在这八年里从来没有出过轨？"

裴旭天勾唇嗤笑："你以为谁都像你一样，把出轨当出差吗？"

他绕过阮言往外走，边走边道："尽快收拾东西离开这里，我已经把这儿挂出去卖了，三天后如果你的东西还没收拾走，我会让人扔出去。"

"裴旭天！"阮言在他身后大喊，"八年啊！我和你在一起八年，你就这么无情吗？"

裴旭天顿住脚步，忽然将握着行李箱的手捏紧，他的手指被捏得生疼。

"我跟你在一起八年，"裴旭天说，"你对我有过情吗？从你出轨的那一刻，你就不配和我谈感情了。"

语罢，他头也不回地往前走。在进入电梯那一瞬间，他看见阮言正呆呆地望着他的背影。

他闭上眼，没有再看她。她脾气坏，他可以宠着、受着。她想要的东西昂贵奢侈，他可以努力挣钱给她买。但她对这段感情不忠，他永远都无法原谅。哪怕一次不忠，他也终生不会原谅。

他想，自己这八年，终究是错付了。

江攸宁准时住院待产，在医院里的日子其实有些无聊，好在路童、辛语和江闻经常来看她。不过来得最多的还是辛语，毕竟辛语算是自由职业，时间充裕。每次她来，病房里就会变得非常热闹。

江攸宁日常就是看书、散步、看电影，习惯了这种慢悠悠的生活节奏后，日子倒也过得飞快。

沈岁和时常也会来看她，但每次都待不了半个小时。

两人也没什么话说。江攸宁看书，他便在一旁坐着发呆。只要江攸宁开始打哈欠，他就会自觉地起身离开。

他越发沉默，也越发消瘦。

医院告知他们预产期应该是在这个月的二十四号至二十七号之间，不出意外的话是二十四号当天。

江攸宁觉得国庆假期结束之后，时间就过得飞快。

知道预产期的具体时间之后，沈岁和做了一夜的噩梦，梦里是江攸宁生产时大出血的场景，血汩汩地流，令人害怕。

次日一早，他就在裴旭天的办公室里守着。

裴旭天最近刚租到房子，陌生的环境导致他晚上睡得不是很踏实，上午十点到达办公室的时候，还被沈岁和吓了一跳："你这是在干吗？"

沈岁和一脸严肃："我要休年假。"

"你上次休过了。"裴旭天说，"忘记了吗？在你还没离婚的时候。"

"但我去年没休，前年也没有休，还有大前年，大大前……"

"停！"裴旭天揿了揿眉心，"年假不累积，只能当年休。"

沈岁和："哦。"

他起身就走。

裴旭天急忙喊住他："你干吗去？"

"收拾东西，回家。"沈岁和说。

裴旭天："……"

"我不休假。"沈岁和面无表情地道，"我旷工，扣工资吧。"

裴旭天心想，你就是觉得大家拿你没有办法吧。而且你是领工资的人吗？你是分红的好吧！

"最近大家都忙得不得了，办公室外边那帮人天天都加班到十一点多，你忍心这个时候撂挑子吗？"裴旭天见不能正面阻止，只好侧面劝导，"你就不能等几天再休假？现在离江攸宁生产不是还有十天呢吗？你现在去干吗？坐在病房里给她添堵吗？"

沈岁和："……"

自从失恋以后，裴旭天说话一点儿都不委婉了。

沈岁和："我可以居家办公。"

"胡说！"裴旭天说，"你手里还有一个案子呢！五天后就开庭了，你准备好了吗？难道打算输？"

沈岁和："准备得差不多吧。"

裴旭天："……"

以往，这种词从来不会出现在沈岁和的口中。甚至如果刚来的实习生说出"差不多""应该可以"这种词，沈岁和都会严肃地教育他们一番，从不留情。用他的话说，"失之毫厘，谬以千里"。

所以裴旭天从未想到，有一天"差不多"这个词会从严谨的沈律师口中说出来。

"我劝你开完庭再请假。"裴旭天认真地说，"你现在去医院也帮不上任何忙，如果真有心就晚上早点儿下班去陪陪她，开导一下她，帮她舒缓一下心情，而不是直接住到医院。她一天二十四小时看着你，难道不堵心吗？"

沈岁和："……"

裴旭天："实话实说，老沈，你现在的状态很不对劲。"

沈岁和沉默，几秒后忽然抬起头："我好像是产前焦虑。"

"孩子又不是从你的子宫里出来，你焦虑什么？"裴旭天无奈地说。

"我不知道，"沈岁和说，"就是单纯地焦虑。"

他现在看不进去任何文件，之前还只是拖延，但起码会在最后期限之前把事情做完，现在却是破罐子破摔一般的心态。五天后开庭的那个案子，他确实没有像往常那样做足准备应对，如果现在开庭，估计胜算不大。

"有问医生吗？"裴旭天问。

"问了，医生说可能跟我的病有关。"沈岁和说，"但也确实存在产前焦虑的说法。"

"那你陪着江攸宁就能解决了吗？"

"未必，但我在这儿也做不了任何事。"

裴旭天盯着他看，忽然叹了口气："你到底是在担心江攸宁还是在担心孩子啊？"

这不是他第一次问这个问题了，沈岁和以前的回答是"都担心"，但这次他其实不太确定。

沈岁和摁了摁自己的太阳穴："我不清楚。"反正他的心很乱。

沈岁和最后还是选择了居家办公，或者说是把办公地点挪到了医院。

其实江攸宁并不想让他陪床，但想到慕老师和江老师毕竟年纪都很大了，闻哥他们又都有工作，而且和这个孩子关系最亲密的还是沈岁和。江攸宁于是没办法拂了他这份心意，只能妥协。

只不过，沈岁和确实很安静，安静到待在病房里可以被人忽略的程度。他忙着整理案子的资料，忙着为开庭做准备，只有临近饭点时才会起身帮江攸宁弄好一切，然后迅速吃个饭，再继续投入工作。

不知道是不是江攸宁的错觉，他很少和她有眼神的对视，似乎是怕她赶自己走，所以努力降低自己的存在感。

江攸宁也没有戳破，反正两人注定是有牵绊的，就这么沉默着当最熟悉的陌生人也好。

生产前的几天里，江攸宁的日子过得非常平静。她很少会阵痛，医生说这孩子看来比较乖巧，几乎不闹。

江攸宁也能感觉到，在怀孕初期，她呕吐的程度就很轻，次数也少。在宝宝慢慢发育的过程中，一些孕妇可能经历的腿抽筋、被小孩踢闹这样的情况，她也很少经历。不知道是不是因为自己一直保持运动。她更倾向于是孩子比较安静。慕老师说江攸宁当时就很安静，一点儿也不闹。

到了二十四号这天，众人跟着紧张了一天。沈岁和几乎坐立难安，隔五分钟就要站起来一次。江攸宁无奈地道："你晃到我的眼睛了。"

于是他又坐下。

江攸宁却笑着说："你这么想见孩子啊？"

沈岁和只是抿唇，没有说话。

他只是担心，越到这个关口越担心，以前看过的那些纪录片都在他的脑海里涌现出来，鲜血已经在他脑海中汩汩地涌出，然后开始蔓延。他根本不敢闭上眼睛。

晚上十点，江攸宁仍旧没有疼痛的感觉，医生来巡房之后说可能要再等两天。但这天夜里，凌晨时，江攸宁忽然被疼醒，下意识地喊："沈岁和。"

沈岁和一直没有睡着，听到声音后立刻开灯摁铃，动作一气呵成。

这次的疼痛来得猛烈，江攸宁的脸色顿时变得苍白，鬓角都流下了汗，额头上也汗津津的。她下意识地喊："沈岁和。"

"我在。"沈岁和握住了她的手，声音不禁颤抖，"疼的话就掐我，捏我的手。"

他主动把自己的手塞到了江攸宁的手心里，甚至忘记了之前给江攸宁备好的工具。他只是凭借本能在行动，大脑几乎一片空白。

"沈岁和。"江攸宁忽然叫了一声，只觉得太疼了。她修剪整齐的指甲直接掐入沈岁和的手心，面目也变得狰狞。

沈岁和轻声安慰道："别怕，我在。"

"江攸宁。"他喊她的名字，语速极快，"你别怕，没事，我一直在。"

几乎是碎碎念一般，他不停地重复着这几句话。

江攸宁的疼痛来得迅猛，没过多久羊水就破了，之后是更剧烈的疼痛。

在她被推入产房的那一瞬间，沈岁和哽咽着说："我要陪产。"在蒙眬间，江攸宁看到他眼睛泛红，但还是拒绝了："不用。"

沈岁和朝着她摇头："不行。让我陪着你吧，江攸宁。"

他怕，怕她进去以后，再也看不到她。

之前裴旭天问他担心谁的时候，他还不太确定。但现在看到江攸宁躺在这里，他忽然明白，自己担心的是江攸宁。

像他这样冷漠无情的人，怎么可能对一个未曾谋面的小孩儿有多深的感情？

自始至终，他怕的都是在这场生命浩劫中，江攸宁会离他而去。

他想陪着江攸宁，仅此而已。

第十三章
若离婚不自由

　　江攸宁是第一次经历这种事情，平时以为经期时的小腹坠痛可能是女性经历的最残忍的痛，但生孩子比经期时要痛数十倍。她觉得好像有什么东西拽着她的肚子，不停地拉扯，令她痛不欲生。

　　但这种痛不是持续的，时而舒缓，时而猛烈。江攸宁不知道哪个时间点会突然来这么一下，所以一直提心吊胆着。

　　江攸宁选择了无痛分娩。虽然前期开宫口的时候疼痛难熬，但等宫口开到两三指时，会有麻醉医生在她的腰椎间隙进行穿刺，注入镇痛药物，大约十分钟后就会产生药效。即便如此，她还是需要用力。

　　江攸宁形容不上来这种感觉，疼痛感不明显了，但身体也没有太大知觉，只是在医生的引导下无意识地完成每一步动作。

　　她想，以后再也不要生了，真的好疼。

　　她的鬓角、额头全都是冷汗，脸色苍白，唇上一丝血色都没有，整个人的状态是沈岁和从未见过的疲累，但她仍顽强地睁着眼睛，一步步地跟着医生的引导来做，甚至后来都很少尖叫。她压抑着自己的情绪，没有哭，只是紧抿着唇，眉头紧紧皱起。那双漂亮的鹿眼此刻透出紧张和防备，还有一丝坚韧。

"江攸宁。"沈岁和轻声唤她的名字，并紧紧地握着她的手，"江攸宁。"

他什么安慰的话都不会说，只能一遍遍地呼唤她的名字。他坐在江攸宁的床边，腿不自觉地抖，连说话的声音也在颤抖。

在手术室明亮的灯光下，沈岁和那双澄澈的眼睛跟江攸宁对上了。

"江攸宁。"沈岁和颤着声音喊她，"别怕。"

江攸宁的眼泪忽然掉了下来。她别过脸，不再看沈岁和。

身体的无力感还在继续，江攸宁感知不到身下的宫口开到了多大，感知不到自己的身体在发生什么。她唯一知道的，是这个病房里的忙碌，是耳边医生的叮嘱。

"再用力点儿。

"呼吸，呼气，吸。

"用力，孩子的头……头出来了！

"加油！稳住呼吸。

"……"

医生不停地说着，江攸宁感觉自己已经用尽了浑身的力气，怎么都动不了。

但医生说："还有一半，再努努力！产妇别放弃！别睡！"

精疲力竭之际，江攸宁听到沈岁和在耳边说："江攸宁，你别放弃。江攸宁，别丢下我。"

她的手背上忽然增加了几分重量。江攸宁手指微动，刚好能摩挲到轮廓，是沈岁和的脸。温热的液体落在了她的手背上，并滑过她的指缝，她好像听见了沈岁和说话时的哽咽。

他一次次地说："江攸宁，别丢下我。"

江攸宁觉得自己一定是出现了幻听。她想听得再清楚一些，但真的太累了。

"孩子马上就出来了！"医生说，"再用点儿力！"

江攸宁憋着所有的劲，用尽了最后一丝力气。之后，她的意识一片模糊。

在她昏沉之际，产房里忽然响起"哇"的一声，随后响亮却有几分刺耳的啼哭声便不断在房间内回荡，护士将孩子抱到江攸宁面前，高兴地说："恭喜，是个男孩儿。"

江攸宁用尽最后一丝力气，眯着眼看了下婴儿，便昏睡了过去。

早上江攸宁醒来时，病房里已经拥进来了许多人。

慕老师、江老师、闻哥、辛语、路童、小叔、小婶、小舅都在，唯独少了沈岁和。

睡了一觉后，江攸宁感觉精神恢复了一些，但身体内仍残留着阵痛，只不过和昨天开宫口时的疼痛比起来，不值一提。

"爸、妈。"江攸宁哑着声音打招呼，一说话感觉声带像被撕裂般地疼，"小叔、小婶……"

"行了。"慕曦打断了她礼貌的喊人仪式，"都不是外人，你身体还没好，歇着吧。"

"嗯。"江攸宁低低地应了声。

沈岁和应当是去看孩子了，江攸宁猜。昨晚手背上那温热的触感肯定是她的错觉，眼睫扫过她的手背也是她的错觉。沈岁和担心的也不是她，只是孩子罢了。

"你们看过孩子了吗？"江攸宁问。

"看过了。"慕曦说，"我们凌晨三点来的，那会儿你正睡着，我们就去看了一下。"

"七斤六两。"小婶笑着接茬道，"是个大胖小子。"

"健康吗？"江攸宁问。

"健康。"小婶说，"唇红齿白的，眼睛特别大，和你小时候简直一模一样。"

江攸宁："真的吗？"

她问这话的时候把目光投向了辛语。在这群人中间，只有辛语是最不擅长说假话的人。

辛语跟她的眼神对上，略有些尴尬地甩了下头发："我又不记得你小时候什么样，看不出来。"

"我想看看孩子。"江攸宁说。

"等下午吧。"慕曦对无痛分娩了解得稍微多一些，"等你身上的痛劲稍微缓解点儿了再过去看。这会儿孩子正睡着，一直抱着他容易把他弄醒，到时候哭起来就不好哄了。"

"哦。"江攸宁有些小失落，但也知道慕曦说得在理，便没再坚持。

闻哥见她醒了便松了一口气，坐在那儿笑着问："怎么样？疼得厉害吗？"

江攸宁："还行，能坚持。"

大家在病房里来来回回说的话题怎么也离不开孩子。孩子虽然不在这里，但仍旧是话题中心，不知是谁把话题绕到了孩子的名字上面。江攸宁笑着道："已经起好了。"

"叫什么？"众人异口同声地问。

江攸宁说："江一泽。"

"跟你姓？"慕老师温和地问道。

江攸宁点头："是。"

"有跟那谁商量过吗？"江洋严肃地问。

江攸宁摇头："他不知道，但孩子是我生的，应该能跟我姓吧？"

慕曦和江洋同时点头："能，但……"

"爸、妈，我知道你们在想什么。"江攸宁不等他们说完便插嘴道，"宝宝跟妈妈姓是少见，但也不是没有。况且我和他都离婚了，孩子以后要跟着我生活，和我一个姓不是理所应当的嘛。"

"是。"江洋无奈地笑道，"我们也没说什么啊，只是觉得你应该和他说一声，毕竟他也是孩子的父亲。"

"我知道了。"江攸宁说。

病房里沉寂了几秒后，江攸宁说："宝宝的大名叫江一泽，小名叫漫漫吧。"

"哪个慢？"闻哥最能跟得上她跳跃的思维，立刻接话道，"慢吞吞的慢吗？"

"不是。漫游的漫，水向四面八方流。"

泽是包容宽广，如水般温柔；漫是开放流淌，温柔、善良皆有锋芒。

"都听你的。"江闻说，"你拼了命生下的，叫狗蛋儿、臭蛋儿都行。"

江攸宁睨了他一眼："你就不会说句好听的？我怎么感觉你在嘲笑我？"

江闻立马叫屈："我哪有？苍天可鉴，我是心疼你。"

江攸宁："……"

不管怎么说，名字总算是定下了。

江攸宁坐了一会儿便又开始犯困，哈欠一个接着一个。众人心疼她夜里生产，于是纷纷离开了病房，但正好和从外面回来的沈岁和撞了个正着。

沈岁和的手上拎着两大袋子饭，他的眼底也带着浓重的乌青。

沈岁和看到众人，下意识地喊了声："爸，妈。"他喊完之后才反应过来，表情略有些不自在。

他低咳了声，自觉有些尴尬。幸好慕曦和江洋都给他留了几分面子，尤其是江洋，没有再像之前他喊"爸"时那样直接杠回去，而是别过脸轻嗤了声。

"你们要走了吗？"沈岁和问。

一时间竟没有人接他的话，还是江闻上前从他手中拎过了一袋饭："你去买饭了啊？"

沈岁和点头："嗯。"

他说完之后觉得这声回答似乎有些单薄，便又加了句："大家半夜赶过来，一直都没睡，肯定也饿了，我就出去买了早饭。"

原本大家已经商议好去外面吃的，正好给江攸宁留一点儿休息的时间，现在看着沈岁和手上那两袋东西，不禁面面相觑。

辛语最是心直口快："我们去外边吃，不用准备了。"这已经是她能说出来的最委婉的话了。

路童看沈岁和尴尬，便打圆场道："谢谢沈律一番好意，这些东西我们带走去吃。"说完便把他手上的另一袋饭拎了过来。

慕承远招呼着众人："走吧。"众人便点头往前走。

每个人途经沈岁和身侧的时候，都会下意识地多看他几眼，从上到下地打量他。只有辛语干脆利落地路过。

打量的目光终于消失，众人的脚步声也逐渐走远，沈岁和总算松了一口气。

江闻走在最后边，想了想还是回头喊他："喂。"

沈岁和没有回头，根本没有意识到江闻是在叫他，脚步动也没动。

隔了几秒，江闻又喊："沈岁和。"

沈岁和这才回过头："怎么了？"

江闻："你吃过早饭了吗？"

沈岁和摇头："我不饿，你们去吃吧。"他一点儿胃口都没有。

江闻若有所思地打量着他，然后叹了口气："那我们走了，你照顾好我妹。"

"嗯。"沈岁和木然地应允。

江闻转过身后，小跑了几步追上去，恰好众人在讨论沈岁和。

"我看还不错的一个孩子啊，怎么就离婚了啊？"江闻的妈妈叹了口气，"当初一声不吭要结婚，这会儿一声不吭就离婚，年轻人的世界我是真看不懂了。"

慕老师笑着道："那就不看，儿孙自有儿孙福，我们担心再多也没有用。"

"这倒也是。"

"沈岁和有点儿反常啊！"辛语低声跟路童嘀咕，"你觉不觉得他像换了个人似的？原来不是高冷范儿的吗？怎么这会儿走起了忧郁王子路线？"

路童无奈地摇头："我也不知道，但听说他这半年好像就上过三次法庭。"

"什么意思？"辛语问。

"沈岁和以前是个工作狂，一年起码要上七十多次法庭，一案接着一案，但今年后半年，他的工作量突然减少了。我们律所的人都猜他是因为输了那次官司之后一蹶不振了。"

辛语："难道不是吗？"

路童翻了个白眼："你看他那样，分明是把精力放在宁宁和孩子身上了啊。"

辛语："世界第八大奇迹诞生了。"

江闻进了电梯仍在想沈岁和刚才的表情。沈岁和看上去很寡淡，甚至可以说无欲无求。江闻和他不过一周没见，却觉得他肉眼可见地消瘦了不少，整个人仿佛耗尽了精气神，变得木讷呆滞。江闻总觉得有点儿不对劲，但又说不上来究竟哪里不对劲。

上午温暖的阳光从干净的玻璃窗上投射进来，斑驳的光影落在江攸宁的脸上。

江攸宁正闭着眼睛小憩。沈岁和进来后轻轻地关上了门，隔绝了外面的喧嚣。他蹑手蹑脚地走近，在床边坐下，百无聊赖，于是开始发呆。

他直勾勾地盯着江攸宁的脸，以前也曾仔细看过，但这会儿觉得她似乎比以前还要好看几分。

江攸宁的睫毛很长，但是不算翘，阳光洒落下来，把睫毛的阴影悉数投落在眼睑下方。她的眉毛颜色有些淡，头发也不算多。生完孩子之后，她出了很多汗，这会儿头发都贴在头皮上，看上去非常憔悴。

这是最真实的江攸宁。她没有化妆，从脸色到唇色都有些白，只有右脸颊挨近鼻头的地方起了个红色的小痘痘。

她此刻睡得并不安稳，似乎是梦到了不好的事情。

沈岁和轻轻地抬起手，隔着被子拍在她的手背上，像敲催眠曲的节奏一样轻轻地拍打，直到她的眉头舒展。

此时，房间里阳光正好。沈岁和忽然勾唇笑了，很突兀地笑了。他的眼睛里仿佛有了光。这一刻，他好像听到了自己心跳的声音。这一幕如此平和、温暖，是他理想中的生活模式。

江攸宁恬静地睡着了。沈岁和在看着她发呆。

病房里静悄悄的，只有沈岁和刻意放轻的呼吸声。沈岁和将江攸宁有些凌乱的头发别到耳后，然后将她的被子往里掖了掖。

画面在此刻定格。

江攸宁再次醒来时已经是傍晚。她这一觉睡得昏昏沉沉，外面气温还有些高，她盖的被子又厚，出了很多汗，身上很不舒服，但此时偏偏还不能洗澡。

慕老师说，起码得再等两天去了月子中心后才能洗头发、洗澡，不然容易落下病根儿。

在很多人看来，坐月子是一件神秘且充满禁忌的事情，这段时间产妇好像什么都不能做：吃得不能太油腻，不然容易落下病根儿；不能洗头发、洗澡，不然容易落下病根儿；不能被凉风吹，不然容易落下病根儿；不能太热，不然容易落下病根儿。

…………

反正一切都要把握好度，不然产妇很容易落下病根儿。

江攸宁在生产之前就听慕老师"科普"过一次了，这会儿虽然觉得头发油腻腻的，浑身难受，却不敢伸手去摸。她想去洗澡、洗头发，但只能绝望地干瞪眼。因为此刻沈岁和正摁着她的肩膀，义正词严地阻止她："不能洗。"

"我就洗个头发。"江攸宁说，"水温高一点儿，没事。"

沈岁和不说话，只是摇头。

"洗个头发没事的。"江攸宁说，"不然我这样就睡不着了。"

沈岁和："你刚睡了一天，睡不着是正常的。"

两人大眼望小眼，病房里气氛胶着。

江攸宁无奈地说："你管得可真宽。"

"慕老师说过不能洗。"虽然沈岁和声音温和，江攸宁却感到很烦躁。她原本洗头发的欲望不是很强烈，但被沈岁和这么一阻止，变得非洗不可。

江攸宁也说不上来这是一种什么心态，可能是产后叛逆吧！

但沈岁和寸步不让。

"我要洗。"江攸宁说。

沈岁和："不能洗。"

"头皮痒的人是我不是你。"江攸宁非常生气，"你当然无所谓。"

沈岁和："……"

"你别生气。"沈岁和说，"慕老师说刚生产完不能生气。"

江攸宁听完觉得更生气了，干脆坐起来，掀开被子就打算下床。沈岁和坚决地拦住她："不能洗。"

"我就洗。"江攸宁说得笃定。

沈岁和："……"

"你拦我，我就生气。"江攸宁说，"不拦我，我就简单地洗个头发，反正都是对身体不好，你看着办吧。"

沈岁和："……"

江攸宁："以前也没见你这么听慕老师的话啊。"

"你等等。"沈岁和把她抱到床上，又给她盖上被子。

江攸宁生气地问："你干吗？"

沈岁和："帮你想办法洗头发。"

几分钟后，沈岁和从卫生间端来了一盆热水，还拿来了洗发水。他拎过来一把比床低一些的椅子，将其放在床边，然后把热水盆放在椅子上，伸手试了试水温。

江攸宁看着他一系列的操作，陷入了迷惑。

"你要干吗？"江攸宁问。

沈岁和："你不是要洗头发吗？"

江攸宁："所以呢？"

"我帮你洗。"沈岁和把毛巾搭在肩膀上，像极了理发店的洗头小哥。他挽起白衬衫的袖子，看向江攸宁："这样应该就没事了。"

沈岁和还把病房的空调开了，这会儿屋子里热得像个蒸笼。

江攸宁生气地说："我要自己洗。"

沈岁和："要不别洗，要不我帮你洗。"

"腿长在我身上。"江攸宁说，"你管我？"

沈岁和："我会告诉慕老师的。"

江攸宁："……"

如果这件事被慕老师知道了，那她这一个月就要和慕老师朝夕相对了。江攸宁仔细一想，还不如和沈岁和一起，起码沈岁和的存在感低。

沈岁和刚来医院陪产的时候，江攸宁是不适应的。但等他待了一周之后，江攸宁逐渐接受了他的存在。毕竟沈岁和只会帮忙做事，从来不多说话。

以前江攸宁很讨厌沈岁和总不说话这点，这会儿竟觉得这简直是个大优点。因为她已经不需要他再多说话，不期待跟他有交流了。

"干啥啥不行。"江攸宁气呼呼地说，"告状第一名。"

即便如此，她还是妥协了。江攸宁横躺在床上，沈岁和帮她固定好位置，将她的脑袋托在掌心里。

"你不要把我的头扔到盆里。"江攸宁警告道。

沈岁和："知道了。"

这还是第一次，沈岁和帮江攸宁洗头发。

江攸宁没有任何喜悦，只觉得胆战心惊。而且他的手法并不娴熟，他的手时不时就会揪到江攸宁的头发。

江攸宁的发量本来就不算多，平常还得靠垫发根儿来使头发显得蓬松。这会儿她刚生完孩子，正是头发脆弱的时候，所以一根头发都不想掉！

"你小心一点儿。"江攸宁说，"都揪到我的发根了。"

江攸宁脾气有点儿暴躁："别扯！别拉！"

"哎哟！"江攸宁实在忍无可忍，"还是我自己来吧。"

怕沈岁和又要反对，她还在末尾加了一句："行吗？"

沈岁和："……"

他的手心里确实有两三根头发，但好像也没有江攸宁说得那么夸张。于是，他向江攸宁保证："我会慢点儿。"

江攸宁已经没什么好说的了，心里只剩下绝望感。

不过，她此刻平躺着，而沈岁和弯着腰，因此她正好能看到沈岁和倒过来的脸。

她已经很久没有仔细地看过沈岁和的脸了。记得以前失眠的时候，两个人躺在同一张床上，她总会小心翼翼地侧过身子，借着外面微弱的光线看沈岁和的侧脸。

他左脸靠近耳朵的地方有一颗小痣。他的鼻梁很高。他的嘴巴在睡着时会微微张开一些。

他们共同生活了三年，她几乎知道他所有的小特质、小习惯。

她将自己藏在黑暗里，默默地关注着他。

如今，她这样再看沈岁和还是会有丝丝心动。他认真的表情永远都是迷人的。但她不再是偷偷地看他。她可以直视他的眼睛，可以直视他的脸。因为她不再把自己放在那个卑微的位置，所以变得勇敢起来。

"好看吗？"沈岁和总算是给她洗完了头发，见她发怔，忍不住调侃了一下。

江攸宁在毛巾包住头发的那一刻立马坐了起来，擦着头发，耸了耸肩："一般。"

江攸宁在生产之前剪了头发，所以这会儿她的头发刚能及肩，再加上发量少，所以干得很快。头发总算是不再那么黏腻，她的心情也好了一些。于是，她问沈岁和："漫漫呢？我想看看他。"

　　沈岁和忽然一怔："漫漫，是谁？"

　　她忘记了今天给孩子起名的时候，沈岁和不在。于是，她言简意赅地向他解释了一遍，末了还总结道："就是这样。"

　　沈岁和想，行，漫漫就漫漫吧，也很好听。

　　沈岁和说："他应该还睡着，我让护士抱过来吧。"

　　江攸宁点头。

　　五分钟后，护士抱着睡得正熟的漫漫走了进来，然后告诉江攸宁该怎么抱孩子。

　　七斤六两，听起来挺重，但江攸宁将漫漫抱在怀里的时候觉得只有小小的一团，甚至他的脸还没有江攸宁的手大。

　　江攸宁皱着眉看了看沈岁和，又看了看漫漫，忽然叹了口气："我有这么丑吗？"

　　沈岁和："……"

　　"他长得……"江攸宁顿了下，"有点儿一言难尽。"

　　刚出生的小孩儿皮肤都皱在一起，几乎没有眉毛，再加上还没有脱皮，所以看上去都偏黑。但漫漫已经属于比较白的小孩儿了，而且他的五官综合了江攸宁和沈岁和的优点，鼻子和嘴巴都很好看。

　　漫漫此时还在睡着，嘴巴轻轻地嘟着，看上去很可爱。

　　江攸宁初看时觉着孩子有点儿丑，但仔细看确实能从漫漫的脸上看到沈岁和的影子，因为他的嘴巴和耳朵都很像沈岁和，尤其是嘴巴。而鼻子的轮廓应该是更像江攸宁一些。眼睛……漫漫还没睁开过眼睛。

　　据说他从出生哭了几嗓子后就一直在睡，只偶尔睁开眼睛看看这个陌生的世界，然后继续睡。他大概是婴儿室所有小孩儿里最能睡的，也是最乖的，甚至都没有因为饿而醒过来哭。

　　考虑到江攸宁现在还没有母乳，护士便趁着漫漫醒来的那一会儿，给他喂了一点儿羊奶。漫漫只喝了一点儿，然后又睡着了。

　　听护士讲完以后，江攸宁盯着怀里的漫漫，顿时觉得这是人间天使。

她虽然喜欢孩子，但也很怕孩子哭闹。

怀孕期间她曾担心过，如果生一个爱哭爱闹的孩子，自己可能一天都睡不了几个小时。还好，漫漫是个热爱睡觉的乖孩子。

江攸宁抱着漫漫看来看去，越看越觉得不错，漫漫也不像初看时那样丑了。

江攸宁看着漫漫，而沈岁和看她和孩子，甚至拿出手机拍了一张照片。

灯光落在江攸宁的身上，她还有点儿丰腴，此刻正含着笑看向怀里的孩子，刚洗过的头发低低地垂下来，一切显得平和又美好。

这是沈岁和经常用在江攸宁身上的词——美好。只要和她同处一个空间，沈岁和的心就不至于那么空。

沈岁和正发着呆，却听江攸宁喊他："你抱一下吗？"

沈岁和的思绪被拉回来。他看向皱巴巴的小团子，摇了摇头："不了吧。"

他怕抱不好。漫漫的整个身子还没有他一条胳膊长，况且刚出生的孩子身体较软，抱的时候一不小心就可能伤害到孩子。

江攸宁却看出了他眼神里的跃跃欲试，鼓励他说："试一试。"

沈岁和抿唇，试探性地伸出胳膊。江攸宁把漫漫放到他的怀里，让他僵硬的胳膊托住漫漫的身体，但也不敢松开自己的胳膊，只离他稍远一些，随时准备接过来。

沈岁和第一次抱这么小的孩子，感觉有些神奇。他很难想象漫漫以后会长得跟自己一样成为大人，而且漫漫睡着的样子非常平和，气质跟江攸宁很像。

沈岁和仔细地盯着漫漫的眉眼看，又不时地抬头看向江攸宁，低声道："他长得像你。"

江攸宁："哦。"

沈岁和时而看看江攸宁，时而看看怀里的漫漫。

江攸宁好奇："你干什么？"

"感觉生命很神奇。"沈岁和说。

他说这话时是微笑着的，是自然的微笑。

漫漫忽然动了一下，然后睁开了眼睛。新生儿的眼睛非常明亮，眼珠仿佛晶莹的黑葡萄，又大又亮。漫漫和沈岁和四目相对，忽然笑了，嘴巴咧开，眼睛弯起来，看着特别喜庆。

"江攸宁。"沈岁和立马弯下身子，不自觉地笑了，"他笑了。"

江攸宁探过身子去看，看见江攸宁的那一刻，漫漫笑得更开心了。

也许是睡够了，漫漫睁着圆溜溜的大眼睛看。他还不会太多动作，甚至连转头都困难。躺在婴儿床里的时候，他将两条胳膊展开，两条小短腿也蹬着，此刻脸上已经恢复了严肃。

沈岁和坐在婴儿床旁边，伸出手指勾了勾漫漫的手掌心，漫漫把手缩回去，隔一会儿再伸出来。沈岁和就又逗他，两人乐此不疲。

江攸宁坐在那儿看着他们玩，莫名觉得沈岁和很幼稚，但这一幕又让她觉得很温馨。

漫漫虽然属于比较乖巧的孩子，但对母乳还是有强烈的需求。江攸宁的母乳并不算多，而且喂母乳真的很疼，是一种持续性的疼。

新生儿虽然没有牙齿，但会用牙床来撕咬。漫漫吮母乳的时候，如果高兴了还会使劲咬两下。江攸宁疼得仿佛被咬下来了一块肉。如果此时轻轻地在漫漫的屁股上拍一下，他就会立马收敛笑意，然后飞速地吃完这一餐。

江攸宁觉得漫漫的变脸速度和沈岁和挺像的。

江攸宁按时住进了月子中心，有专业月嫂给做饭和带娃，再加上有慕曦的帮衬，她的生活还算舒适。而律所工作忙，沈岁和在江攸宁住进月子中心后开始正式上班。但他下班之后不回家，而是直接到这边来。

江闻订了一个大套间，沈岁和把日用品都放到了这边，上班时从这里走，下班后回这里。在早十晚六的上班时间内，他几乎分秒必争。

他每天都在江攸宁面前晃，但存在感真的不强。除了在江攸宁需要帮忙的时候出现，其余时候几乎一言不发，甚至不会在房间里敲键盘，偶尔会和漫漫玩一会儿。这就是沈岁和的日常。

而江攸宁的日常就更简单了，除了和孩子玩就是看书。她已经开始恢复正常的工作节奏。岑溪给她发了一些案例，有需要她帮忙的就会来咨询。

其间岑溪来看过她一次，拎了一大堆东西，还给她递了请帖，时间正好是她产假快结束的时候。

裴旭天也来过，和沈岁和一起来的。他笑着向江攸宁打了招呼，把买来的礼品放下，然后礼貌地问了江攸宁的身体状况，这才去看漫漫。

漫漫看见裴旭天，竟然哭了出来。

裴旭天立马解释："我什么都没做。"

沈岁和走过去，熟练地把漫漫抱起来："你丑到我儿子了。"

他的声音不高，混在漫漫的哭声中甚至都不太能听清楚，但奈何裴旭天离他较近，所以一字不差地听到了。

裴旭天："……"

只见沈岁和轻轻地拍打着漫漫的背部，来回摇晃着漫漫，但漫漫还是不停地哭。

隔了几分钟，沈岁和把漫漫抱给江攸宁，然后转身推着裴旭天就往外走。

裴旭天一脸茫然："嗯？"

沈岁和淡定地说："他饿了。"

裴旭天："……"

于是，裴旭天还想厚着脸皮向江攸宁预订一个干爹席位的事情也就此终结。

裴旭天站在走廊里对沈岁和说："你儿子还挺好看的。"

沈岁和毫不谦虚："基因好。"

裴旭天瞟了他一眼："你没跟江攸宁提过复婚？"

沈岁和沉默。

"你未娶她未嫁，儿子都生了，你这是闹哪样？"裴旭天无奈地摇头，"搞不懂你是怎么想的。要说不喜欢，你之前班都不上天天往这儿跑；要说喜欢，你是怎么说出'离婚'这两个字的？是不是疯了？"

沈岁和微微抬眼看他，忽然嗤笑一声："你以为我想啊？"

"不想就把人追回来。"裴旭天叹气，"本来我还想预订个干爹席位的，这下倒好，亲爹都没地位，我这个干爹就更别提了。"

沈岁和："……"

走廊里只有他们两人，很寂静。良久之后，沈岁和忽然说："她不会等我的。"

裴旭天："嗯？"

"我这里烂事太多了。"沈岁和的手指紧紧地摁在身后的墙上，摁得指甲盖都泛白了。他苦涩地笑了下，"我配不上她。"况且他觉得也追不回来了。

彼时的裴旭天还不懂沈岁和的意思，只是嗤笑："你个屁货。"但当后来他看见沈岁和跟母亲对峙时的无奈和绝望，才真正明白了这一刻的沈岁和，是咽下了多少心酸和委屈才说出了这几个字。

而沈岁和偏还笑着回应："是挺屁的。"

他说这话时，眼睛泛红，看着令人心疼。

江攸宁如期从月子中心回家，正赶上办孩子的满月酒。恰逢慕老师期满退休，所以满月酒是由慕老师一手操办的。

他们一共也没有邀请多少人，不过江闻在小婶的逼迫下竟然带了童瑾过来。

童瑾一直盯着漫漫看，看了一会儿喊江闻："江闻，你看他跟你还有点儿像呢。"

众人一怔。

沈岁和直接看向江闻。江闻翻了个白眼："养儿多像舅，你没听过吗？"

童瑾："没有。"

江闻："没文化。"

沈岁和却盯着漫漫看了一会儿。他暗想，漫漫还是像自己多一些，还像江攸宁。

沈岁和自然来了漫漫的满月酒。不仅如此，曾家人也来了，除了曾雪仪。

曾寒山早就知道江攸宁生了。曾嘉柔还去看望了江攸宁一次，回去以后给父母绘声绘色地描述漫漫的长相，什么鼻子就像颗蚕豆一样大，眼睛和黑葡萄似的，脸小得还没她的手机大，总之众人听她说得好奇心都被勾了起来。

漫漫算是曾家的第一个孙辈。如今曾家就只剩了曾雪仪跟曾寒山姐弟两人，沈岁和是独生子，曾嘉煦进了娱乐圈，至今没有结婚的打算。

曾寒山早就盼着江攸宁生了。知道江攸宁生产的那天晚上，他都没能睡着觉，生产第二天就把老爷子立的遗嘱拿了出来，然后在股份转让书上签好了字。

一直等到了现在，他才见到江攸宁跟漫漫。知道漫漫是跟江攸宁姓之后，曾寒山也没有其他的反应，只是笑道："这个名字好听。"

曾母也是看着漫漫笑："长得真漂亮，像宁宁。"

趁着江攸宁进厨房，慕曦低声问她："怎么只有你婆婆没来？"

江攸宁沉默了一会儿，纠正道："妈，我离婚了，那是前婆婆。"

慕曦："是。但他们都来了，就她一个人没来……"

江攸宁摇了摇头："没事，舅舅他们也是喜欢漫漫才来的。至于没来的，我们就别管了吧。"

慕曦便不再问了。

当初江攸宁和沈岁和离婚，慕曦虽然没有过问原因，但隐约觉得跟江攸宁那个不太好相处的婆婆有关系。慕曦这会儿看江攸宁和沈岁和两人相处得如此融洽，这种怀疑便更重了。不过江攸宁不想说，慕曦便也不问。

曾寒山一家是极有分寸的，一言一行都不会让人觉得不舒服。甚至，大家都会选择性地忽略这是沈岁和的亲戚，下意识地觉得这家人和江攸宁是亲近的，所以大家也不会觉得尴尬。曾家人得体的行为让这顿满月酒的氛围很融洽。

午饭结束后，曾寒山拿出了给漫漫准备的小金锁、小金镯等礼物，把这些全送给漫漫后，便把江攸宁跟沈岁和喊到了一边。

江攸宁见他有事要说，便把他们带到了书房。

一进书房，曾寒山便叹了口气："宁宁，是我们曾家对不住你啊。"

他语气沉重，听着还带有几分心酸。

江攸宁摇了摇头："舅舅，您不用这么说。"

"你们两个的事，"曾寒山说，"我都知道，但也管不了，只能说看缘分吧。孩子总归是你们两个人的，这是谁也无法改变的事实。你们以后若有缘分，自然能走到一起；若没缘分，分开了也要好好对孩子。"

江攸宁点头："嗯。"

曾寒山拿出了早就准备好的股权转让书还有曾老爷子的遗嘱，把前者交给了江攸宁："这是我爸在生前就立好的，我家没有重男轻女这一说，所以财产基本上都有我姐的一份，只是我姐……"

说到这儿，曾寒山顿了下，没再往下说，而是直奔主题道："我爸怕有意外，所以临终前把曾氏 4% 的股份留给了岁和的孩子，4% 留给了孩子的母亲。而我姐手里拿着的，原本有曾氏 11% 的股份。"

他说得隐晦，但江攸宁和沈岁和都听懂了。

曾老爷子大抵是太了解自己的女儿了，所以给她留了曾氏 11% 的股份，但怕她对沈岁和的孩子不好，所以一旦有了孩子，就要从她的 11% 的股份中各分 4% 给孩子和孩子的母亲。一旦孩子出生，遗嘱立即生效。

而曾雪仪大概并不知道这份遗嘱的存在。

曾氏集团的财务流水一年有很多，就算只有 1% 的股份，每年也有不少。

这数额确实有些大，江攸宁现在又和沈岁和离了婚，因此并不想要，正要拒绝的时候，只听曾寒山说："这是我爸留给你的，就是你应得的。我爸说的是留给孩子的母亲，并不是留给岁和的妻子。"言外之意，他不会用财产来捆绑江攸宁。

江攸宁只得收下。

满月酒办完之后，日子就像插上了翅膀过得飞快。

沈岁和没有像之前在月子中心那样一下班就来，但也隔三岔五就会到江家来，看漫漫，也看江攸宁。

他仍旧尽量降低自己的存在感，但江攸宁如今并不需要他的陪护。沈岁和的登门会让她觉得不自在。于是等沈岁和再来时，她严肃地问："你到底是来看我还是来看漫漫？"

"如果是看漫漫的话，我没有阻止你的权利，但你来得确实有些太频繁了。"江攸宁的声音仍旧温和，"如果是来看我的话，我觉得没有必要。说实话，我不太想看到你，因为一看到你，我就会想起那些不愉快的过去。我们已经离婚了，不是必要情况的话，不要经常见面了。"

沈岁和站在原地，一时间不知道该说什么。

那天他走的时候，心情有些失落。但等到他下一次来，刚一进门，慕曦就告诉他："漫漫在宁宁隔壁的房间里，你想看的话就直接去吧。"

沈岁和："……"

他推开门进了房间，果然里边只有漫漫。漫漫正躺在小婴儿床里睡觉，而他则盯着漫漫看。

沈岁和的心情有些复杂。

"哇……"响亮的哭声在房间里响起，漫漫还没睁开眼睛便开始哭。

沈岁和已经养成了习惯，下意识地去看江攸宁，但环顾房间四周后才发现江攸宁不在这里，一切都得靠自己。

他拍了拍漫漫的肩膀，但漫漫不吃这一套，仍旧在哭。

这么大的孩子如果哭个不停，不是因为饿了就是因为尿了。漫漫这会儿还没睁开眼睛，沈岁和便扒开他的纸尿裤看，果然，漫漫干了坏事。

他把漫漫抱起来，小心翼翼地拆下纸尿裤。这些事情他已经做得很熟练了，在月子中心时，漫漫的纸尿裤也基本是他给换的。漫漫有时晚上格外清醒，沈岁和怕吵到江攸宁睡觉，便把漫漫抱到他的房间里去。只有漫漫号啕大哭时他才会去找江攸宁，但这样的事情也极少发生。

沈岁和本来想去找江攸宁要新的纸尿裤，但发现江攸宁把所有漫漫用的东西都放在了这个房间里，物资齐全，应有尽有。这代表江攸宁摆明了自己的态度：看孩子随意，看我就算了吧。

沈岁和终于从她的言行之中读懂了这个意思，并且对江攸宁的认知又深了一层：在正经事上，江攸宁从不会开玩笑，严肃地说完之后，一定会付诸行动。

这是江攸宁的态度：离婚之后，不该牵扯的不要牵扯。

沈岁和知道这样是对的，这样的态度完全没有问题，但总觉得心里堵得慌，尤其是在习惯了一抬眼就能看到江攸宁的生活之后。

自从江攸宁生产完，沈岁和便意识到自己不想失去江攸宁。有她温和的说话声，有婴儿的啼哭声，这才是真正的烟火人间。而不是当他一回到某个空间，他要么感到冷清寂寥，处于地上掉根针都能听见的环境中；要么是面对无休止的争吵和说教。

他真的厌倦了那样的生活，但烟火人间的生活，他已经失去了享有的资格。这是事实，令人绝望的事实。

不过江攸宁还算善良，给了他看漫漫的机会，而没有直接把他拒之门外。只是沈岁和不满足于只有这些。

他想要的是温暖的家，是能让他感到平和的人。但这个人，他在选择放手的那一刻，就永远地失去了。

沈岁和给漫漫换好纸尿裤后，漫漫终于停止了哭声，睁开了圆溜溜的大眼睛盯着沈岁和看，时而笑一下。

沈岁和找了个玩具逗他。漫漫被逗得直乐，甚至伸出汤圆般的小手与沈岁和互动。玩了一会儿之后，漫漫累了，便又睡着了。这过程没有超过半个小时。

漫漫睡得很平静。沈岁和忽然叹了口气。

他盯着漫漫看了一会儿，没忍住拿出手机给漫漫拍了张照，然后，又拍了一张……

以前他觉得在朋友圈晒娃的人都是闲得没事干，但这时候竟然很想发到朋友圈炫耀一下自己的娃，不过还是忍住了。

他只是把照片发给了裴旭天，一连发了七八张。

裴旭天马上回复了一个问号。

沈岁和："他变白了。"

裴旭天："看得出来，我干儿子已经出落得亭亭玉立了。"

沈岁和："这是形容女孩子的。"

裴旭天："你不是一直想要女儿吗？就把他当女儿养吧。"

沈岁和："这不一样。"

在孩子没出生的时候，他是更想要女儿，但现在已经接受了现实，而且觉得婴儿的可爱不分男女。

漫漫挺可爱的，尤其是朝沈岁和笑的时候，眼睛眯起来，两个小手握成拳头在空中乱挥，两只脚还翘起来，整个人像是白嫩的奶团子。

沈岁和："以后他长大了还能陪我喝酒。"

看到这没头没尾的话，裴旭天愣了两秒才反应过来，不禁调侃道："你都已经想这么远了吗？"

沈岁和："不然呢？而且我觉得还是不要生女儿了。"

裴旭天："嗯？"

沈岁和："她结婚的时候，我可能会很悲伤。"

裴旭天发了一连串省略号过来，甚至怀疑沈岁和是在炫耀。

裴旭天："我劝你好好做人。"

沈岁和："当爸爸的心情你不懂。"

裴旭天发了个微笑的表情过来："所以你不来上班给你儿子挣奶粉钱吗？"

沈岁和："……"最近他上班的时间越来越短，接案子也没那么频繁了，整个人好像对工作丧失了兴趣。

美好的家庭生活使人丧失工作的欲望，所以沈岁和没有再回裴旭天消息。

他打开手机相册翻阅给漫漫拍的照片，起初只是想偶尔拍一两张留个纪念，但这会儿他已经养成了习惯，每次都想多拍几张，还想在其中选几张漂亮的收藏。

原先他的相册空空如也，如今倒也有近百张了。他往下翻时看到了保留在相册里的那几张被他标了星号的照片，这几张是当初江攸宁发给他的。

他们俩站在皑皑白雪之中，天地间一片素白，她眉眼带笑，他眼神冷漠，只是唇角微微扬起，神色带着些许僵硬。

两个人颜值都不差，即便神情有些不自然，拍出来也很好看。他心念一动，将这张照片设成了手机壁纸。

他的手机用了这么多年，壁纸都是用自带的，多以风景照为主。他之前习惯了淡雅的风格，没觉得有什么不妥，此刻换完壁纸，回到桌面，看到另一个风格，只觉眼前一亮。

漫天大雪中，江攸宁很温柔地笑着，看向他的眼神里带着几分诚挚的喜欢。

那双漂亮的鹿眼里，只有他。

这是他们为数不多的合照。他记得那天的江攸宁很高兴。他们牵手在马路上漫步。那天的太阳很和煦，风很温柔，连雪都是暖的。

沈岁和盯着屏幕看了一会儿，感觉在房间里待着有些无聊，于是起身离开。

客厅里空无一人，原本在厨房忙碌的慕老师这会儿估计去了书房。

已经十一点多了，往常他会待到十二点以后，慕老师会很客套地留他吃饭，而他会很识时务地离开。但今天，慕老师没有做饭。

他去敲了敲江攸宁的门。

"谁？"江攸宁问。

沈岁和："我。"

房间里沉默了两秒，江攸宁的声音再度响起："有事吗？"

"没。"沈岁和下意识地说，但又补充道，"我看过漫漫了。"

"哦，那就回去吧。"江攸宁的语气跟往常没有太大差别。她淡定地赶客。

沈岁和在门口犹豫了一会儿，慢吞吞地说："那我走了。"

江攸宁："嗯。"

沈岁和："我明天再来。"

江攸宁："嗯。"

沈岁和："……"

他看得出来江攸宁真没打算见他，便慢吞吞地拖着脚步离开。临走之时，他又看了一眼江攸宁的房门，紧闭的房门似乎也在向他挥手说再见。

沈岁和的心情异常复杂。

慕曦听从江攸宁的话，在沈岁和来之前把漫漫放到了婴儿房里，然后去忙碌家务。等到沈岁和来了，她便原封不动地转述了江攸宁的话，最后回了书房看书。

等沈岁和走后，她才从书房里出来，正好跟从房间里出来的江攸宁撞个正着。

慕曦轻声问："人走了？"

江攸宁朝婴儿房走去："走了。"

慕曦低声说："这样合适吗？"

"合适。"江攸宁坐在漫漫的婴儿床旁边，看到房间里有被换下的纸尿裤，漫漫的衣服也被换过，脏了的旧衣服也已经被洗过了。在照顾孩子这件事上，沈岁和严谨的态度还是有一定的好处的。他洗的孩子的衣服，非常干净。

江攸宁伸手勾了勾漫漫的小手指。漫漫咂巴了一下嘴。

阳光投射在江攸宁的身上。她看向还想说些什么的慕曦，轻声道："妈，我知道你在想什么，无非就是觉得我和他有了孩子，他的品性也不错，想趁着这个机会看能不能复婚。"

慕曦被戳破了心思。她确实是这样想的。

"还不是看你还喜欢他？"慕曦无奈地叹气，"如果你俩之间无牵无挂的，倒也算了。你慢慢地走出来，以后不见他就好。但现在有了漫漫，你和他之间注定有牵绊。如果当初离婚不是因为原则性问题，以后可以再观察观察，能复婚也是比较好的选择，毕竟他是漫漫的父亲。以后如果你再找到相爱的人，漫漫也一定会是需要考虑的因素，你得考虑对方对你的接受度，还有对方对漫漫的接受度，需要考虑的问题太多了。"

"我知道。"江攸宁说，"你说的这些问题我都想过，可我以后必须要结婚吗？"

慕曦愣了一下："不然呢？"

"我不想结婚了。"江攸宁摇摇头，"或者说不会在短时间内结婚。"

慕曦盯着她看。江攸宁的眼神看上去温和但异常坚定。良久之后慕曦叹了口气："倒也不是不行。"

"妈，"江攸宁放松了身体，靠在后边的床上，轻声唤慕曦，"我在他的身上耗了将近十一年，不想再耗下去了。无论他的品性有多好，如今你看到的好也不过是责任感的驱使，可我不想要他这份责任感。"

她曾经想要的是爱，是和她一样炽烈的爱，哪怕比她少一些也行。而她如今想要的，是自由，是可以自主选择人生的自由。

其实在和沈岁和相处的这些日子里，她考虑过复婚这件事。但只要想到复婚以后，她会再次陷入那段令人纠结的感情生活中，需要去考虑曾雪仪的感受，考虑沈岁和的感受，最终她会再度活得没有自我，便觉得还是放弃复婚的想法比较好。

她觉得那就是个牢笼，如今好不容易逃出来了，为什么还要再进去呢？这也是她下定决心不再跟沈岁和牵扯的原因。

他想要的，江攸宁给不了。江攸宁想要的，他也给不了。两人注定无法在同一条轨道上行驶，不如彼此放手。

如果以后时机合适，她想谈恋爱了，那时会重新考虑爱情和婚姻。但那个人，不会是沈岁和。

"婚姻里面责任感很重要。"慕曦语重心长地道，"新鲜感和爱意会在鸡零狗碎的生活之中被消磨，但责任感不会。"

江攸宁仍旧摇头："如果是开始一段将就的婚姻，那责任感确实重要。但如果是从爱情开始的婚姻，责任感在其中就显得微不足道了。"

沈岁和是个很有责任感的人，但他的责任感在婚姻之中让江攸宁觉得窒息。

江攸宁能感觉到他很负责，只要是她提出的要求，他都会去做，但他不会注意婚姻里的任何细节。他是个好人，但这种好和婚姻无法并存，甚至和爱情相悖。

所以江攸宁在那段婚姻中挣扎迷失，最后落得遍体鳞伤的结局。

慕曦见无法说服江攸宁，便不再劝解，离开了房间。

房间里只剩下江攸宁一个人，她盯着婴儿床里的漫漫发呆，良久之后，轻声道："我相信，你不会怪妈妈的。"

"因为我是你的妈妈，我很爱你。"江攸宁在他的额头上轻轻地吻了一下，"但我也是江攸宁，也应该爱自己。"

在家里无所事事的日子过得飞快。北城的冬天猝不及防地到来了。初雪一落，天气逐渐变冷，元旦过完，春节也悄然而至。

今年春节江攸宁什么都不需要忙碌，和父母住在一起的好处就是可以永远做个小孩儿，尽管江攸宁已经是小孩儿的妈了。

今年的元旦和春节江攸宁都过得比往常热闹。跨年夜，她是和辛语、路童一起过的，三个人在江攸宁的房间里一起为迎接新年倒计时。

那天晚上，三个人围着漫漫的婴儿床拍照。

辛语发朋友圈：我真羡慕漫漫小朋友，小小年纪就可以和三个大美女合影。

路童和江攸宁点赞。

江攸宁发朋友圈：漫漫，你慢慢地长大，而我，永远年轻。

路童和辛语点赞，还有杨景谦也点了赞。

时隔五个月，江攸宁收到了杨景谦的微信消息。

他说："江同学，新年快乐。"

江攸宁笑着回他："杨同学，新年快乐。"

他终是退回到了朋友的位置，江攸宁也深感欣慰。

而春节就更热闹了。往年家里只有她和沈岁和，除夕夜两人也不怎么出去，就待在家里看春晚。但春晚一年比一年无聊，大概是他们的审美已经跟不上时代了吧，总之每年春节两人都过得很无趣。

只有去年除夕夜，两人的朋友在他们家聚了一次。但江攸宁也没有玩尽兴，因为第二天她和沈岁和还得去给曾雪仪拜年，不能起迟了。而且在去见曾雪仪的前一天晚上，江攸宁就胆战心惊，怎么也睡不好。

但今年不一样了，江攸宁不需要担心那么多问题。只要漫漫不哭，她就可以睡很久。

而且，路童家和辛语家都离闻哥家不远。她们除夕夜是去闻哥家的大别墅过的，而闻哥今年在小婶的极力催促下还带了童瑾回家。

大家本以为童瑾和辛语会互不相容，但没想到两人聊得非常融洽，大概是因为美人和美人会惺惺相惜吧。

除夕夜，他们玩麻将玩到了凌晨四点。四个女生凑了一桌，江闻坐在江攸宁的身后看。

童瑾那哀怨的视线一直往江闻的身上瞟。江攸宁干脆把闻哥直接推了过去："别来看我的牌。"

江闻："……"

漫漫在婴儿房里睡得异常香甜。

深夜十二点，江攸宁收到了沈岁和发来的短信："江攸宁，新春快乐，平安喜乐。"但那会儿她正忙着打麻将，没有看到。

与玩得开心的江攸宁比起来，沈岁和的元旦和除夕夜就显得冷清了许多。

他不怎么过元旦，对跨年夜也不关心，对他来说，这些不过是时间的更迭。以往江攸宁会打开电视看跨年演唱会，他便跟着看，以打发时间。结婚以前，他从来不看这些节目，结婚后看了三年倒也养成了习惯。

今年没有江攸宁，他自己竟然也打开了电视，只是由于身侧少了个人，电视也看得没滋没味。

正好裴旭天给他发消息："孤寡老人，出来喝酒吧。"

这话侮辱性极强。

他给裴旭天发消息："你说话就像青蛙叫一样。"

裴旭天："嗯？"

沈岁和："除了孤寡孤寡（咕呱咕呱），不会说人话。"

裴旭天："……"

两个单身汉互相伤害。

最后，沈岁和拎着外套去了"银辉"。

那天晚上，他们喝到了凌晨一点。他拿出手机给江攸宁发微信："新年快乐！"

但是他看到了红色的感叹号，才想起江攸宁已经把他的微信拉黑了，只勉为其难地给他留了一个手机号。即便如此，那个手机号也只能用于紧急联系。

江攸宁说如果他联系得多了，会把这个号也拉黑，所以沈岁和每次给她发消息都要提前斟酌语句。

除夕夜，沈岁和是回"骏亚"和曾雪仪一起过的。往年有江攸宁在，他只需要初一回去过年就好。今年他孤身一人，曾雪仪早早就打电话让他回家过年。

两人的关系早已在律所那次事件之后降到了冰点。曾雪仪偶尔会打电话来问一下他的病情，有时会问几句孩子的事情，但基本被沈岁和以"跟我们没关系"这种理由搪塞过去了。沈岁和不希望漫漫和曾雪仪扯上一丝一毫的关系。

幸好，曾雪仪对漫漫也并不太关心。

除夕夜回去之后，沈岁和的脸色并不好看，甚至像是在报复似的，他在晚饭时就把要吃的药摆在了一旁。曾雪仪问："这是什么？"

他神色很冷漠："治病的。"

曾雪仪便不再说话。

吃完饭后，曾雪仪本想喊他一起看春晚，但沈岁和放下筷子就回了卧室。

外面灯火通明，而他孤身一人。卧室的门隔开的是他和曾雪仪之间早就疏远的心。

这天夜里，他在卧室里干坐到凌晨两点。深夜十二点时，他给江攸宁发了"新春快乐，平安喜乐"的短信。

他记得，往年一到十二点，江攸宁就会在他的身侧说一句"新春快乐"，他也会回一句"新春快乐"。

今年，他给江攸宁发了消息，但石沉大海，没有回复。

他很想念那一句"新春快乐"，很想说"江攸宁，新春快乐"。但是年年有新春，他再无江攸宁。

漫漫的百日宴是在正月初八，正好赶上了岑溪的婚礼。江攸宁没有办法去参加婚礼，于是托人捎了份子钱过去。

百日宴是曾寒山订的饭店，客人和满月时来的一样，唯独没有曾雪仪，大家默契地没有提及这件事情。

到了抓周环节，漫漫在琳琅满目的物品中抓了一沓钱，被大家戏称为"小财迷"。

而在百日宴当天，漫漫学会了翻身，众人光是逗他翻身就逗了半天。

漫漫已经会"阿巴阿巴"地说话了，其实也不算说话，只是咿咿呀呀地发声。

他的皮肤已经去黄，显得又白又嫩，十分招人喜爱。他的眉眼越发像沈岁和，尤其是漫漫绷着脸不笑的时候。

百日宴过完，也就意味着江攸宁的产假结束。慕老师正式退休后和漫漫建立了很深的感情，所以江攸宁可以放心地去上班。

上班第一天，江攸宁刚到办公室，岑溪就拎着豆浆和油条进来，有江攸宁的一份。

她虽然在这里上班的时间还没休假的时间长，但还是想感叹一句："这熟悉的职场生活！"

岑溪照旧是狼吞虎咽地吃完早餐，然后打开了电脑。近期律所不算忙，她不需要整天加班，吃完早餐后还有时间和江攸宁聊天儿。

"你真的瘦了好多。"岑溪说，"仿佛没有生产过。"

江攸宁低头看了眼，自己还没有瘦到生孩子以前的体重，但和以前也相差无几。

她原本偏瘦，怀孕之后才慢慢地变得丰腴了一些，但只有腰和腿相对丰腴，其余地方变化不大。她怀孕时也有锻炼，看起来不算太胖，而且照顾新生儿真的是一件很累的事情。尽管漫漫多数时候比较乖巧，但淘气起来也时常让江攸宁感到崩溃，所以她这会儿比月子里要更瘦一些。

江攸宁笑道："可能是带孩子累的。"

她又和岑溪聊了几句之后，才进入工作状态。

方涵一进办公室看到她，还笑着打趣了几句。

江攸宁休完产假，人们对于她之前的事情也忘得差不多了。

江攸宁赢了律届"大魔王"沈岁和，成为众人口中热议的焦点。但在她回归以后，这些事情逐渐被人们遗忘了。而她凭借这个案子成了金科的正式律师，逐渐有案子找上门来，虽然比休假之前的案子数额小，但总体还算不错。

女性休产假意味着要在别人的视野中消失一段时间，在这段时间里人们会很快把你忘记。

宋舒案胜诉之后，"江攸宁"这个名字在律圈被议论纷纷，但等休完产假，江攸宁又变成了平平无奇的小律师。

急流勇退需要勇气。她既然选择了重新开始，就一定要鼓起勇气面对。

对她而言，在法庭上赢过沈岁和就意味着赢过了自己，所以今后无所畏惧。

三月一过，北城的春雨如约而至，淅淅沥沥地落在地面上，天色雾蒙蒙的，显得格外凄凉。但一场春雨一场暖，天气随之逐渐暖和了起来。

江攸宁的生活步调非常有节奏，上班认真工作，下班回家带娃。和别的同事相比，她可以加班的时间很少，所以必须在上班时保持最高的工作效率。幸好，在这个行业她属于有天赋的那一类人。

江攸宁白天在公司忙完，晚上回家照顾漫漫，等漫漫睡着以后，再看书或看案卷，每天夜里十二点左右才能睡觉。而漫漫会在半夜三四点醒一次，她起来喂了漫漫之后再睡。漫漫早上七点会准时醒，顺带把她也哭醒。

她有时也会恼，漫漫这烦人的生物钟竟和沈岁和莫名相似。但哄完漫漫之后，她可以有时间继续看书以及研究案卷。

孩子并没有把她的工作时间压缩，只是把她的时间变得零碎，所以她需要把碎片化的时间拼凑起来。最后算下来，现在和以前比她用来工作和学习的时间反而更多了。

江攸宁几乎连轴转地在工作，随着上法庭的次数越来越多，她积累的经验也越来越丰富。

她和沈岁和一样，从未输过。她找到了自己的优势所在，接案子的时候就会衡量胜算有多大。在法庭上，她永远能四两拨千斤。诚如当初赵律师所言，她的风格就是"温柔一刀"——看似温柔，但暗藏锋芒。她就像一把开了刃的宝剑，无往不利。

可风头过去了便过去了，她现在接的这些案子太小，根本引不起众人的注意。"江攸宁"这个名字不会再像当初那样被人好奇地提起，直到她代理了一个女明星的案子，才再次一战成名。

女明星很有话题度，原本和丈夫在荧幕前表现得非常恩爱，但女明星突然将丈夫告到了法院，因为发现丈夫在夜店，行为不检点。

这件事国民关注度很高，借着江闻这层关系，女明星请了江攸宁来打这场官司。

这又是一个很难找证据的案件，而且男方的代理律师是崔明。江攸宁没想到之前错过了，这次竟然又和他对上了。

可江攸宁早已退去了当初办案时的青涩，如今找起证据来游刃有余，而且总能从细节入手找到案件突破口。在法庭上，她的证据或许不是最有效的，但在双方证据都不充足的情况下，她一定能从某个角度以最柔和的态度引起所有人的共情。

最终，江攸宁赢得了诉讼，女明星成功离婚。

"江攸宁"这个名字，再一次被人们记住。前有沈岁和，后有崔明，天合律所仿佛成了江攸宁成功路上的垫脚石。

这个案子结束以后，江攸宁再度成了律圈热议的人物，甚至有好事者在公众号写了题为《江攸宁专克天合律所》的文章。

路童把这篇文章转发给江攸宁的时候，江攸宁正忙着梳理下一个案子的案卷事实。她打开链接扫了一眼，然后一笑置之。如今的她不是在和任何人比较，只是想把过去遗失的时光找回来，包括那些本应属于她的赞美和荣光。

"啊！"裴旭天坐在沈岁和的办公室里，再一次感叹，"太强了！太强了！"

沈岁和从堆积如山的案卷中抬起头："这已经是你说的第五遍了。"

自从知道江攸宁胜诉之后，裴旭天就坐在沈岁和的办公室里以每五分钟一次的频率来说这句话，沈岁和听得耳朵都快起茧子了。

"我这不是感慨嘛。"裴旭天啧了声，"她赢你这个门外汉也就算了，竟然能赢崔明，非常可以，很强！"

沈岁和抬起头淡淡地瞟了眼裴旭天："你不是说她争议解决也做得很好吗？怎么看到她赢崔明就这么惊讶？"

"你不惊讶吗？"裴旭天问。

沈岁和摇头，然后又点头："有一点儿。"

其实主要还是崔明在这方面太权威了。当初他们请崔明到律所的时候，可谓用尽了办法。去年崔明赶上事情，不得不让沈岁和接手他的案子。得知沈岁和输了以后，崔明一直很瞧不上沈岁和，尤其在知道沈岁和还将华峰起诉了之后，崔明更觉得沈岁和这人有问题，已经多次在开会时对沈岁和百般挑剔了。

沈岁和这半年多来接的案子虽不多，但胜率仍旧是百分之百。他只要不碰婚姻方面的案件，就永远不会输。

即便如此，崔明仍旧不服沈岁和。这次崔明输给了江攸宁，估计对他打击不会小。

"沈先生。"裴旭天忽然调侃道，"请问你的前妻在离开你之后事业发展得如此之好，你有什么看法呢？"

沈岁和翻了个白眼，低下头继续看案卷。

自从和阮言分手之后，裴旭天说话就变得阴阳怪气的。

"老沈，"裴旭天笑道，"你别避而不谈啊，说说你的感想。"

沈岁和："跟你有什么关系？"

裴旭天笑得更加嚣张："啧，你就是羡慕、嫉妒、后悔。"

沈岁和随手拿了支笔扔在他的身上："我看你是太闲了！"

裴旭天笑着说："就是来看看你心情如何。"

"挺好的。"沈岁和说，"如果看不见你，心情会更好。"

裴旭天："……"

最终，裴旭天离开了办公室。

沈岁和没有再看案卷，而是坐在宽松的办公椅里，往后一仰，彻底放松了下来。

他的感想？他其实有点儿酸涩，但更多的是骄傲和自豪。

江攸宁离开他之后，成为闪闪发光的江律师，成为能够在法庭上和崔明对峙的厉害人物。

他又想起了去年在法庭上和江攸宁对峙的那一幕。那会儿江攸宁还怀着漫漫，沈岁和看到她站在那里，就觉得她是属于法庭的，她能成为一名优秀的诉讼律师。

但他没有想到，江攸宁的成长速度是如此之快，快到令人咂舌。

其实他也算是见证了她的成长。他每一次去江家看漫漫的时候，都能看到江攸宁在伏案看书，看得非常认真，偶尔江攸宁会问他一些问题，除此之外便对他避而不见。

江攸宁能够赢崔明，沈岁和相信她一定付出了比崔明多十倍甚至百倍的努力。

江攸宁很适合做这份工作，她的勤奋也弥补了经验上的一些不足。

沈岁和记得她当初问自己她能不能成为一名优秀的诉讼律师时，她的眼神里充满了不确定。但就是在那种情况下，沈岁和否定了她。可如今江攸宁用事实证明，她可以做到。

沈岁和想，如果能回到过去，他一定会对那时候的江攸宁说"你很棒，你一定能成为一名优秀的诉讼律师"。但他没有时光穿梭机，错过的便永远错过了。

他忽然意识到，当初那些话对江攸宁造成的伤害有多大，几乎灭掉了江攸宁仅存的希望。

沈岁和确实是个不太会说话的人，尤其是和人日常相处时。他觉得对亲近的人应该说实话，不应该用谎言来掩饰，可他忘记了有时实话会伤人。

时隔很久，尽管知道无用，他还是给江攸宁发了一条短信："江攸宁，对不起。你很棒，你是一名优秀的诉讼律师。"

若是放在以前，沈岁和就算知道当初做错了也不会在这个时间点道歉。因为他认为错了就是错了，就算道歉也无法弥补之前造成的伤害，这是没有用的行为。而他从来不会做没有用的事情。

但他此时发短信是因为想到了江攸宁之前说过的一句话："做不做是你的事，听不听是别人的事。"

江攸宁认为，这件事有没有用，应该交给对方来判定，而不是自己擅自判断。

江攸宁收到这条信息时，觉得莫名其妙，所以没有回复，但晚上下班回到家看到了沈岁和，他正在客厅陪漫漫玩。

漫漫已经会爬了，大人和他说话，他也能隐约听懂。

沈岁和坐在专门给漫漫铺的爬行垫上，和漫漫玩"骑大马"的游戏，漫漫坐在他的脖子上咯咯地笑。江攸宁对这一情形已经见怪不怪了。

自从有了漫漫，沈岁和的高冷形象就荡然无存了。他仍旧很少说话，但陪着漫漫玩的时候几乎有求必应。有一次，漫漫直接顺着他的身子往上爬，他就把漫漫抱起来骑到自己的脖子上。漫漫可以拽他的手，揪他的头发，渐渐地，这就成了漫漫最爱的游戏。

后来漫漫竟然想顺着江攸宁的身子爬到她的脖子上。江攸宁把他抱了下来，也不管他能不能听懂，非常严肃地说："妈妈的头发少，不要揪妈妈的头发。"

漫漫因为需求得不到满足，便哭了起来。他的哭声响彻房间，但江攸宁不想妥协。于是，漫漫变得喜欢起沈岁和来了，每次看到沈岁和，都会笑得眯起眼睛。

听到开门的动静，沈岁和回过头看江攸宁。

漫漫也看着她，还歪着头咯咯地笑，估计是太开心了，使劲揪着沈岁和的头发。沈岁和疼得五官都皱在了一起，倒吸了一口冷气。

即便如此，他依然紧紧地拉着漫漫，生怕他掉下来。

"你回来了。"沈岁和礼貌地向她打招呼，但还是略有些尴尬。

江攸宁只敷衍地点了点头，"嗯"了一声。

自从她回来，沈岁和的目光便黏在她的身上，但也不敢看得太过分。等漫漫玩累了，睡着了，江攸宁便从他的怀里接过漫漫，放到了婴儿床上。沈岁和就站在门口看着。

房间里静悄悄的，沈岁和背靠着门，忽然道："对不起。"

他的声音还是很冷漠，但比以往多了几分温度："以前，是我轻易地否定了你。"

江攸宁微微地抬眼看他，终于知道了他今天发的短信是什么意思。

她盯着沈岁和看，正好和他的目光对上。许久之后，她笑着道："已经过去了。"

沈岁和说："我知道迟来的道歉没有用。但你说过，有没有用这件事应该交给当事人评判，所以我欠你的道歉，现在还是要说出来。"

江攸宁用舌尖抵着口腔，下意识地反问："你欠我的仅仅是一个道歉吗？"

房间里的氛围瞬间到达冰点。

江攸宁的语气虽然很温和，但话里暗藏锋芒。沈岁和一时竟不知道该做何反应，顿了几秒后说："我……"

可他的话刚开了个头儿，便被江攸宁打断了："没事。"

她转身离开房间，途经沈岁和身侧时，轻轻地说："都过去了。"

江攸宁想，说再多也没有意义，过去的已经不能重来，他们也不会重新开始。

江攸宁的工作逐渐步入正轨。休完产假后重新步入职场的过程有些艰难，幸好有方涵帮衬，再加上江攸宁平时的积累，她终于在女明星一案胜诉后再次声名鹊起。

案件胜诉后，江攸宁成了各大公众号的"宠儿"。总有人在剖析她的私事，比如针对单亲妈妈的身份，十个公众号里有九个会评价她是"为母则刚"。她看了都是一笑置之。

这些关注度给她带来的不只是虚名和众人异样的眼光，还带来了越来越多找她代理案件的客户。江攸宁的选择越来越多。

四月底，江攸宁约见了一位当事人，在与其见面聊过之后决定接下这个案子。

当事人今年46岁，和丈夫结婚已经有23年，育有两个孩子。大女儿今年20岁，正在国外留学，二儿子今年18岁，刚考上华北师范大学管理系，和曾嘉柔在同一个学校。

她向丈夫提出离婚，但丈夫不同意。所以她想要起诉，向法院申请诉讼离婚。

她的婚姻中没有出现家庭暴力，也没有出轨等事件，但她就是觉得这样的生活过得非常令人绝望，所以等到两个孩子都成年后，便向丈夫提出了离婚。可今年已经50岁的丈夫觉得她是小题大做。

这位当事人平时喜欢跳广场舞、打麻将，丈夫则喜欢看书、下棋。家里所有的家务都是当事人在做。当事人如果因为跳舞回家晚了，就会被丈夫唠叨一番。他不会骂人，也不会动手，只是不断地絮叨。这是一种可以算作关心，也可以算作嫌弃的行为。

事件的导火索是当事人和好姐妹们通宵打麻将，回来之后被丈夫不停絮叨，扰得她不能睡觉。于是她直接提出了离婚，而且越想越觉得应该离。在和两个孩子商议时，孩子们都觉得母亲是有错的一方，让母亲不要赌气，还在父母中间说和了半天，但当事人打定了主意要离婚。

她对江攸宁说："我22岁和他相亲，23岁嫁给他。这么多年来，他没洗过一个碗，没有收拾过一双筷子，所有的家务都是我在操持，我做了23年的全职太太。年轻的时候，我们过年去他家，他的姐姐妹妹都在沙发上坐着，只有我和他妈妈在厨房忙碌。他从来都没有体谅过我。因为有两个孩子，我几乎从未和他吵过架。所有的事情，但凡我能做的都做了。他下棋时喝的茶水都是我泡的。我真的是伺候了他大半辈子，如今好不容易找到了一点儿兴趣爱好，他不但不支持我，反而觉得我是在和他作对。

"这样的生活我过腻了，我不想一直这样跟他生活下去。我今年46岁，就算只能活到70多岁，也还有三十年。我不想一辈子都在伺候他。"

而当事人的丈夫在所有人的眼中都称得上是完美的结婚对象。

他有一份不错的工作，每个月工资七千五百元，加上奖金，年薪在十万元以上。他们的家庭条件也不错，所有的收入都由妻子来保管和支配。当事人的丈夫平常一到下班的点就回家，这么多年从未和其他异性有过不正当的关系。

无论从哪个方面来看，当事人的这段婚姻都是极其幸福的。所以当她提出离婚时，所有人都反对，甚至连她70多岁的母亲都说她蠢、傻、疯了，总之没有一个人赞同这个决定。

当事人却没有因此而动摇，说不在乎能拿多少钱，只是想和丈夫离婚。

两个孩子已经长大了，有了他们自己的人生，所以她不需要再委曲求全，继续这段众人眼里完美的婚姻，幸不幸福，只有自己知道。

江攸宁和当事人的丈夫见面的时候，发现对方并没有请代理律师。

对方是一个俊朗的男人，尽管如今已经50岁了，脸上已爬上了皱纹，但依然能看出，年轻时应当是个清秀的帅哥。

他说话是极儒雅的，但只要一听到"离婚"两个字，表情就会变得不耐烦。而且他一口咬定妻子出轨了，不然不会这么坚定地要离婚，还说江攸宁如果执意代理这个案子，就是助纣为虐。

他认为这么多年的家庭生活是和谐稳定而且有爱的，和江攸宁的当事人对婚姻的感受的描述完全不一样。

最终，双方谈判无果。

对方气得找了律师，开庭时间定在了六月初。

如今江攸宁已不再是初出茅庐的新人，大大小小的案子也经历了一些，但这个案子又很特殊，双方没有过多的家庭纠纷，无须分割太多的家庭财产，矛盾点在于一方认为两人的婚姻和谐美满，另一方却认为两人的婚姻无可救药。

这样的案子如果搬到民事法庭上，法院的做法一定是"劝和不劝分"。因为双方有二十多年共同生活的基础，离婚原因不涉及原则性问题，再加上育有两个子女，无论从哪个角度看，这段婚姻似乎都不应该结束。

在等待开庭的日子里，江攸宁带着当事人和她的女儿见了一面。

大女儿虽然在国外留学，但观念还是很传统。女儿起初听到母亲想离婚，她的第一反应是父亲是不是对母亲动手了，在了解清楚事情的缘由后，便觉得是母亲小题大做。当事人在江攸宁的开导之下，终于把堆积多年的心事向女儿诉说了。

这个家里有三个人觉得家庭关系是幸福温馨的，只有一个人觉得不对劲，就一定是那个人的问题吗？

答案当然是"不"，因为所有的苦都由那一个人咽了下去，其他人自然觉得是幸福的。

这个家里没有争吵，不过是因为母亲一个人默默地做了所有的事，咽下了所有的苦，但这并不代表她要一直把这些苦咽下去。

当事人和大女儿聊了半天，最终大女儿理解了母亲的这个做法，并且决定支持母亲离婚。但直到开庭前，江攸宁也没有太大的把握取胜。这种案子很少见，而江攸宁见过的类似案子里，几乎没有判离成功的。

六月的北城正入夏，空气中弥漫着热气，热气包围着让人觉得不太舒服。

为了庆祝天合律所又赢了大案子，裴旭天请众人吃饭、唱歌。

临近下班，沈岁和办公室的门被敲响了。

"你去不去？"裴旭天推开他的门，"这半年你就没有参加过律所的集体活动，这次再不去有点儿说不过去了吧？"

沈岁和从堆积如山的案卷中抬起头："那么多东西你来处理？"

"明天再处理吧。"裴旭天说，"也不急在这一时。"

沈岁和盯着他看，最终决定妥协："去吧。"

诚如裴旭天所说，沈岁和已经半年没有参与过律所的庆祝活动了。大家本就对他没什么深刻的印象，慢慢地，他都快要消失在大众的视野里了。

好歹沈岁和也是个合伙人，不能太过于我行我素。

他换了衣服出门，和裴旭天并肩离开律所，走到车库准备开车时才想起来问："地方在哪儿？"

"贤合居。"裴旭天说，"知道你完事还要去看儿子，我专门挑了个离华师近的地方。"

沈岁和点头："谢了。"

沈岁和在这种庆祝活动上向来扮演的是买单的角色。但因为他太久没出现在这种场合，也不能买了单就走，怎么也要说几句客套话鼓励一下员工。

他们律所大大小小的律师和实习生加起来有三五十人，但这次来参加庆祝的只有负责那个案子的团队，一共十二个人。

加上沈岁和与裴旭天，一共十四个人，人不算多。

沈岁和坐在人群中，一言不发，看上去和大家格格不入。他勉强吃完了饭，本来打算吃过饭就走，但裴旭天硬是拽着他去了 KTV，说让他待一会儿再走，免得让大家失望。

其实沈岁和始终想不明白，有自己在场大家根本玩不痛快，裴旭天为什么不让他买单后直接走人，大家尽兴玩，这样起码能够达到让员工放松的效果。

他也不理解裴旭天说的"员工容易失望，工作没有动力"是什么意思，心想只要工资和提成给到位，无论他这个合伙人来不来这种场合，说不说场面话，都没什么要紧，但这好像是每一个合伙人的必修之课。

沈岁和疲于应酬，但又不得不去应酬。这似乎是大部分成年人的常态，无论努力地坐到了多么高的位置上，都不可能完全随心所欲。

到了 KTV 后，沈岁和坐在角落的位置，没有人敢起哄让他唱歌。裴旭天倒是和大家打成了一片，和大家聊天儿开玩笑，好不热闹。沈岁和就坐在那儿喝酒，偶尔和来律所时间比较久的男律师碰个杯。

终于有人开始唱歌了，包间里的气氛热闹起来。

有两个人在唱歌，其余的人便开始聊天儿。

沈岁和的斜右侧坐着四个女生，都是来律所不满三年的律师。四个女生凑在一起聊一些无伤大雅的话题。

起初，沈岁和对她们的聊天儿话题并不感兴趣，直到突然听到了一个很熟悉的名字——江攸宁。

江攸宁风头正盛。因为她不久前赢了崔明，这次又创下了离婚案件的先例，此刻正是众人喜欢讨论的对象。

沈岁和不自觉地放缓了呼吸，他很想听听别人口中的江攸宁是什么样子。

"天哪！"一个年纪比较小的实习生说，"她真的太厉害了，打这种案件的官司都能胜诉，真是神人。"

"以前这种案件，全部会被判驳回离婚申请，但这次法院竟然同意离婚。"另一个女生说，"我真没想到她能赢。"

"能赢也正常，你们不知道她在法庭上都创造金句了吗？"组里的实习律师秦鸥拿出了手机，翻开一个公众号指给大家看，"据说她就是凭借这句话打动了审判长。"

"哪一句？哪一句？"大家七嘴八舌地问。

"若离婚不自由，则婚姻无意义。"坐在最旁边的林珊珊把这句话背了出来，"她真的好厉害！据说在场旁听的很多人都被感动得哭了，最后法院同意了离婚。"

"天哪！"一个女生说，"这真的是金句啊！我听着好感动。"

"不过你们听说了吗？她离婚了，现在一个人带着孩子住在娘家。"有人突然神秘地说，"听说还是怀着孕的时候离的，她到底做了什么事才会被离婚啊？"

"这就不知道了。"秦鸥说，"人家的私生活，咱们还是少打听吧，只要记住她是咱们青年女性律师学习的榜样就行了！"

林珊珊立马附和道："对！"

她说完向坐在角落里的沈岁和瞟了一眼，正好跟他的目光对上。林珊珊立马转过脸，对其他人使了个眼色："别说这些了吧。"

但没有人看得懂她这一委婉的暗示。

既然有人提起了江攸宁的私生活，那大家能聊的事情便多了起来。之前谁还没看过几篇写江攸宁的公众号文章啊！于是，这会儿大家谈起来都是绘声绘色。

"她好像出轨了。"

"不是吧？我看的文章里没有提这个。我倒觉得可能是她太强势，丈夫受不了。"

"也是，男人都喜欢小鸟依人型的，她那么厉害……"

"对啊！我之前看过一次她的庭审，大哪，看着那么温柔的人，在法庭上却好有气势。她都快把对方的男律师说哭了。虽然看着解气，但生活中估计很多人都受不了她这个性子吧。"

林珊珊立马咳嗽了几声，大家关切地问："珊珊你怎么了？"

"没事。"林珊珊摇头微笑，"就是嗓子疼。"

她在心里疯狂地呐喊："别说了啊！你们看不到那边沈律的脸色已经很难看了吗？不知道江律师是沈律的老婆吗？不对，是前妻。"

大家对江攸宁与沈岁和都不太了解，因此不知道江攸宁和沈岁和的关系，但林珊珊知道。林珊珊之前和同事去看庭审，第一眼看到江攸宁时就觉得眼熟，直到最后才想起来，这不就是之前年会上和沈律在一起的那个女人吗？！

众人没有接收到她的信号。其中一个女生顿了几秒后继续道："我要是个男人啊，也不敢要这样的老婆，动不动就把人往死里怼。"

"那不是职业操守吗？"林珊珊说，"我就不信你们上了法庭不这样。"

"那也不至于把人给骂哭吧。"一个女生叹了口气，反驳道，"她那会儿怀着孩子还拼命出来工作，可见家里肯定很辛苦。"

另一个人立马接茬："应该是吧。不过也是，谁能受得了家里有那么个母老虎啊？"

"砰！"突然不远处传来了酒杯落桌的声音，随之沈岁和的眼神淡淡地瞟过来，在众人身上扫了一圈。

林珊珊的心都提到了嗓子眼儿，不住地在内心祈祷："沈律千万别发飙啊！"

只见沈岁和淡漠地起身，声音仍旧冷漠，没头没尾地说了句"我"，然后转身离开。

沈岁和离开之后，很长时间内包间里鸦雀无声。

刚才正好赶上一首歌唱完的间隙，沈岁和那一声简单又带着几分情绪的"我"飘进了所有人的耳朵里。而他在说完那个字后，不带任何情绪地突然离开，这态度也弄得众人一头雾水。

这个猝不及防的小插曲使得众人的心里都生出了疑问，其中一个比较机灵的女生问："你们刚刚说什么了？"

"没说什么啊。"秦鸥耸了耸肩，不清楚发生了什么，"我们就在这里聊了一会儿八卦消息，沈 Par 突然就生气了。"

"聊八卦消息？"裴旭天忽然警觉，"聊的谁的？"

林珊珊已经瘫坐在了沙发上，紧皱着眉头，带着一副哀怨的表情，小心翼翼地看向裴旭天："裴 Par，你让沈 Par 别往心里去吧。"

裴旭天："所以是谁？"

"聊的是江攸宁，江律师。"林珊珊说，"可能说了一些不好的话，其中还提到了江律师的前夫，以及……她的孩子。"

她尽量委婉地解释了一下，但任谁都能从她的语气中听出几分不对劲。

在场的各位律师和实习生虽然还没有成长为"人精"，但也算是高智商的代表人物了。

听完林珊珊的话，刚才一起聊天儿的几个女生开始回想刚刚说过的话，思考着沈岁和的那个"我"字是怎么说出口的。

几秒后，一个女生脱口而出："所以沈 Par 是江律师的前夫吗？"

林珊珊绝望地看向裴旭天，在场众人的目光也纷纷投向了裴旭天。

裴旭天站在那儿，仿佛成了射击场里的靶子，不由得摁了摁眉心："具体情况等沈 Par 跟你们说吧。"

他说完之后又觉得不太行，于是改口道："这种事情属于家务事，我劝各位还是珍爱生命，远离八卦消息。"

"可……"一个女生心虚地说，"可江律师不是咱们律所的对手吗？现在那些公众号上的文章只要一夸江律师就贬低咱们律所，她简直是踩着咱们律所出名的。所以我们就好奇地讨论了一下。那些事也都是公众号上写出来的，而且我们就私底下说说，应该也……"

最后的"没事吧"三个字卡在了她的喉咙里，她怎么也说不出来了。

在众人审视的目光下，她更加紧张，紧张到眼泪直接掉了下来，害怕地说："怎么办啊？我不会被开除吧？"

众人也是不知所措。

"没事，没事。"另一个女生安慰道，"沈 Par 不是那么小气的人，你别怕。工作是工作，私事是私事，沈 Par 从没有把工作和私事混淆在一起过，明天上班不会单独找你算账的。"

女生听完更害怕了。原本她只是单纯地觉得分享一些小道消息更容易拉近与同事的关系，其实内心对江攸宁还挺佩服的。她刚刚讲的话，尤其是后边那几句，只不过是话赶话地聊到了那儿，原本并无恶意。

谁能想到，她们一直在聊的就是沈 Par 的前妻啊。要是知道，她肯定把江攸宁夸成花。

在场的人基本也有一样的想法，只是比她年纪稍长，情绪没有外露。众人安抚了女生几句，她的情绪才渐渐地平复。

"没事。"裴旭天安慰大家，"大家就当不知道这件事，一切照旧。"

众人点头，但眼神里多多少少都有些震惊。

曾经的律界诉讼"大魔王"是被自己的前妻拉下宝座的，而且那会儿前妻还怀着孕。还有，他的前妻真像那个女生说的那样，几乎是踩着天合律所声名鹊起的，这难道不是来复仇的吗？

众人虽不言语，但已经脑补了许多复仇相关的情节。

不过最让大家震惊的，还是沈 Par 刚刚的那句话。

沈 Par 平常在律所，惜字如金，从不谈论私事。"铁面无私"是他的代名词，"话少"是他的标签。他从来不会参与大家讨论的任何私人话题。尤其是大家一直觉得他跟妻子是商业联姻、没有感情，不然怎么结婚三年了都没带妻子来过律所？结果……他说自己能受得了江攸宁这样强势的女人。

虽然沈岁和就说了一个字，但这个字隐含的信息量巨大。

包间内的气氛看来无法活跃了，大家只好各怀心事地离场。

裴旭天喝了酒，便叫了代驾送自己回家，在车上给沈岁和发消息。

"大家都知道你和江攸宁的事情了。

"几个女生被你吓得不轻。

"你怎么突然起了情绪？最近药还吃着没？"

沈岁和从包间里出来之后也叫了代驾，只是让代驾把他的车开回去，自己一个人在路上走着。

北城六月的晚风带着几分热意，并裹挟着空气里的潮湿落在人们的身上，令人不太舒服。

沈岁和一个人漫无目地走在马路上，走过了一盏又一盏昏黄的路灯。那些人说的话在他的脑子里不断地循环播放。他并不是生气那些人说得不对或是怎样。

因为她们没有和江攸宁日常相处过，不知道他们的生活，更不知道江攸宁经历了什么。她们所知道的不过是媒体报道出来的冰山一角，就开始从结果倒推事实，有人觉得是他的问题，有人觉得是江攸宁的问题。但外人不知道，江攸宁的锋芒毕露也只会在法庭上展现。

哪怕是离了婚，她私下里也没有真的朝沈岁和发过火，这和沈岁和一直以来的小心翼翼有关，更和江攸宁的性格有关。

沈岁和只是觉得，那些人口中的江攸宁一点儿也不真实，她们都不了解江攸宁。

沈岁和想不到，"母老虎"这三个字有朝一日竟然和江攸宁扯上了关系，这简直就是无稽之谈。

沈岁和的脑子里乱哄哄的，暖暖的晚风吹来，却把他的酒意吹得更浓了一些。

裴旭天那一连串的消息发来的时候，沈岁和正坐在路灯下的长椅上，低着头看自己正在磨着地上的石子的脚。

他很无聊，心情也很低落，是莫名其妙、没有来由的低落。这份低落或许也不是没有来由，他好像意识到了一些不受控制的事情，但同时意识到自己好像也不能做什么，所以心情很低落。

盯着屏幕，他也没有回复消息的欲望，于是只发了个句号过去。

裴旭天："什么意思？"

沈岁和："有吃药。"

裴旭天："情况有好些吗？"

沈岁和："时好时坏吧。"

裴旭天："具体？"

沈岁和也说不上来具体是什么样子。他多数时候能感知到自己可以控制情绪，但也会有失控的时候，总体来说比之前好了很多。

如果他不需要接曾雪仪的电话，不需要回那个家的话，他的情绪就能在很长一段时间内保持稳定。

不知道从什么时候起，他已经讨厌回那个家了。

他上次回去还是清明节的时候，也就是他生日那天。他和往年一样跪在父亲沈立的牌位之前，盯着"亡夫沈立"几个字，第一次觉得心中有恨。

他恨父亲走得那么早，恨母亲变成了现在这个样子，恨自己没有办法过正常人的生活，这一切的源头都因沈立的死。

那一刻他甚至在想，不管是当初沈立带着自己一起死了，或者是自己在多年前从楼上掉下去时死掉，又或者是在当时煤气泄漏时死掉，都好过现在这样痛苦。

他想了很多事，但一句话都没有说，仍旧像往年一样完成了对沈立的祭拜仪式。

那是他的父亲，旁边是他的母亲，但这两个人，他竟一个也喜欢不起来了。

那天是他三个月以来情绪最低落的一天，低落到晚上一个人躺在床上难过得睡不着，他不得不起身走到窗前打开窗户，吹了一夜的风，情绪才好了许多。

现在，他的情绪又像那天一般低落了。他知道自己好像碰了一些不能碰、不该碰的东西，但又控制不住去碰，所以止不住地恐慌，止不住地悲伤。

他在长椅上坐了一会儿。这座城市依然灯火通明，车流如梭，看似温暖，实则空荡。

他坐着发呆，不一会儿电话铃声响起。

他深吸了一口气才接起来，声音中透着几分沙哑："喂。"

"沈岁和，"江攸宁严肃地喊他的名字，"你在哪儿？"

沈岁和愣了一下，然后撒了个谎："回家路上。"

他不想让江攸宁知道自己此刻像个孤魂野鬼一样在街上游荡，这样他会有挫败感。

"你妈呢？"江攸宁有些急促地问道。

沈岁和有些发蒙："在家里吧？不清楚。"

距离他上次和曾雪仪打电话已经过去了一周，当然打电话时两人也无可避免地吵了一架。曾雪仪让他回家，他说工作忙。两人说着说着就争执了起来，最后以曾雪仪狠狠地教训了他一顿为收尾。

那天挂断电话后，他在家里砸了很多东西，躁郁症发作严重，之后吃了药才克制住。

这会儿江攸宁问起来，他不可避免地想到了那些事情，不禁蹙起了眉头，再次深吸了一口气来调整自己的情绪。他怕对着江攸宁也控制不住自己的情绪。

江攸宁没有感知到他的情绪变化，焦急地说："你现在立马去看，看你妈到底在哪儿。"

"怎么了？"沈岁和问。

江攸宁那边压着怒气道："漫漫丢了。"

这个消息如同晴天霹雳，沈岁和一时没有反应过来。

"今天傍晚我妈带着漫漫去超市，一转身的工夫，漫漫的婴儿车就被推走了。"江攸宁飞速地说了经过，"通过调监控才看到是一个女人推走了车。"

"是……我妈？"说这几个字的时候，沈岁和的声音都在颤抖。他整个人好像掉入了冰窟之中，感到冰冷彻骨。

"是！"江攸宁终于压制不住怒火，"你去找！看你妈把漫漫带到哪里去了！我已经报警了！目前线索断了，但是警察正在查。"

说到这儿，江攸宁已经哽咽。

沈岁和下意识地安抚她："没事，没事，我去找，漫漫会没事的。"

"狗屁！"江攸宁爆了粗口，扯着嗓子吼道，"你妈那个样子，谁知道她会对漫漫做什么？要是漫漫受一点儿伤害，我一定不会放过她的！还有你，都逃不过！"

沈岁和这会儿不知道在想什么，下意识地咬着自己的手背来分散内心的疼痛，从喉咙里又酸又涩地挤出几个字："我知道。

"我去找。

"你别担心。"

他说得含混不清，江攸宁也不想听他再说，直接挂了电话。

"嘟嘟"的声音无休止地响起。

突然之间，沈岁和好像回到了那个夜里。那晚，刺耳的声音在空荡荡的医院走廊里响起，他的母亲披头散发地在质问医生，质问所有人。他上前去安抚，但换来的是一下又一下沉痛有力的巴掌。

他的母亲说："为什么死的人不是你啊？

"你才是个扫把星！

"好好的，非生在了清明，你爸也被你克死了！

"你满意了吗？怎么死的人就不是你啊？"

热乎乎的晚风裹着潮意吹过他的身体，他强迫自己冷静下来。

"漫漫。"他站在路边低声喊漫漫的名字，但没有人回应。

"没事的。"他如是说，也不知道是在安慰谁。

"漫漫会没事的。"沈岁和快把手指咬破了，这样才能迫使自己冷静下来。

但是，怎么会没事啊？他是最了解曾雪仪的，不是吗？她为什么要带走漫漫？她到底想做什么？沈岁和什么都不知道。

他开始绝望。啊！这个世界到底怎么了？

沈岁和紧紧地咬着手指。他的心脏跳得比平常快很多，这会儿根本冷静不下来。

忽然，电话响了，沈岁和立马接起来，哑着声音喊："舅舅。"

"岁岁。"曾寒山说，"你妈发现了股权转让书，我怕她……"

不等曾寒山把话说完，沈岁和便道："迟了。她把漫漫抢走了。"

此刻，他的嘴里有一股血腥味，脑子稍微冷静了下来。沈岁和快速地挂断电话，冲到路边打了辆车："去'骏亚'。"

在赶往"骏亚"的途中，沈岁和给裴旭天拨了电话。

裴旭天被誉为"律圈小公子"，家中略有些人脉，江攸宁那边没能查到的，或许裴旭天会有办法。

"你在哪儿？"沈岁和问。

裴旭天愣了一下："刚进小区，你怎么了？"

沈岁和声音里带着哽咽，听起来像是在哭。

"没事。"沈岁和深吸了口气，"我需要你帮个忙。"

"你说。"裴旭天的心也跟着提了起来，沈岁和的声音听起来不像是没事。

沈岁和沉声道："查我妈的行踪。"

沈岁和回到了"骏亚"，输入密码进门。家里空无一人，连客厅也十分冷清，没有一丝烟火气。他打开灯，一个房间一个房间地找，什么都没有。

只有曾雪仪给沈立设置牌位的那个房间仍旧上着锁，钥匙只有曾雪仪有。沈岁和记得她放钥匙的地方，但翻过后没有找到。

他找了个工具把锁撬开了，这里仍旧一片昏暗，唯有正前方供奉沈立牌位的桌子上点着蜡烛，烛火摇曳。房间里看似什么都没少，但沈岁和一眼就发现了问题——沈立的骨灰盒不在了。

那是一个黑色檀木的小盒子。当初沈立去世后，曾雪仪将其火化，然后把大部分的骨灰入土安葬，只留了一部分在外边，这一部分一直放在沈立的牌位之后，如今骨灰盒却消失了。这房间里每一个物件的摆放都有极大的讲究，从来没有人能动得了这里的一丝一毫，但如今……

沈岁和不敢细想，不断拨打着曾雪仪的电话，铃声一直在响，但没有人接。

铃声响了几次之后，曾雪仪的电话变成了关机状态。

从"骏亚"出来后，沈岁和直奔裴旭天发来的位置。

裴旭天先去了警察局，得到部分信息后又去了交警大队，这会儿正在交警大队查路况监控，一个路口一个路口地排查。

沈岁和到的时候，正好在门口碰到江攸宁，她是由慕老师陪着来的。

夜深了，风有些凉，江攸宁只穿了一件白色的 T 恤，纤细的胳膊露在外面，脸上没有多少血色，及肩的头发被风吹得有些乱。

沈岁和忽然怔在原地，不知道应该迈哪条腿。

江攸宁红着眼睛瞪着他："找到了吗？"

"没有。"沈岁和低声回答，不敢去看江攸宁的眼睛。

"她到底在发什么疯？"江攸宁问。

空气中一片沉寂，谁都不知道这个问题的答案。

"要是漫漫有什么三长两短，"江攸宁握紧拳头，"我……"

话到嘴边，她不知道该怎么往下说。

她能怎么样？她就算杀了曾雪仪，结果也无法更改。但她一定不会放过曾雪仪，还有沈岁和。

"不会的。"沈岁和低下头看她，正好对上她的目光。

他的眼睛猩红，嘴角还有干了的血迹，触目惊心。

他朝着江攸宁摇头，眼睛里闪着晶莹的泪珠，重复道："不会的。"

此刻江攸宁心里满是对漫漫的担忧，无暇顾及他的情绪，听他这么说更是生气，情绪再也压抑不住："怎么不会？"

她站在那儿，仰起头朝他吼道："她有多疯狂你不知道吗？她有多不喜欢漫漫你不知道吗？你怎么就知道漫漫不会出事？"

"我……"沈岁和只说了一个字便噤了声。

他知道曾雪仪有多疯狂，但不敢去想。

漫漫要是有个三长两短，他……

他只能安慰自己："漫漫不会有事的。"

还是慕曦拽了拽江攸宁的胳膊，轻声打着圆场："还是先找孩子吧，现在说再多也没用。"

沈岁和："好。"

江攸宁拉着慕曦快步进去，没有再理会沈岁和。

沈岁和跟在他们的身后疾步走，一直盯着江攸宁的背影看，心底蔓延起无限的悲凉。

几个人一同进了交警大队，沈岁和简单地向裴旭天打了个招呼。

他们通过询问警察才得知，曾雪仪从超市出来之后，过了两个路口就失去了踪迹，所以现在只能大海捞针般地寻找。

北城这么大，藏两个人还是很容易的。

警察通过网络系统查了今晚所有酒店的入住信息，那没有曾雪仪。而曾雪仪名下所有银行卡的流水记录显示，最近的一笔消费是在昨天，她在天茂国际商场买了婴幼儿的衣服。

沈岁和把曾雪仪名下所有车的车牌号报给警察，警察通过系统查询，发现只有一辆车有今天的出行记录，这辆车从北城高速出了城，之后一路向东，开到了垆县。

沈岁和看到垆县这个地名，忙给赵阿姨打了电话。赵阿姨是之前一直照顾曾雪仪的保姆，前段时间回了老家，他记得她的老家就在垆县。

"赵姨。"沈岁和问，"你在哪儿？"

"我回家了。"赵阿姨说，"我儿媳妇快生了，我就回来了。"

"那我妈呢？"

"太太在家呢吧？"赵阿姨说，"昨天我还给太太打了电话，她说挺想你的，你也不常回去。"

说到这儿，赵阿姨叹了口气："听阿姨的，母子没有隔夜仇，你有空就多回去看看她。太太这个人是固执了些，但对你的心是好的。再怎么说，她也把你养大了不是？现在你也是当父亲的人了，应该能体谅她的辛苦，没有父母不希望儿女过得好的。"

沈岁和抿唇，没有和她争辩这个话题，而是单刀直入地问："你今天开家里那辆保时捷了吗？"

"对。"赵阿姨爽快地承认，"太太体谅我回家之后出行不方便，说家里车库里闲置着好几辆车，就让我先用一辆。今天是我儿子把我带回来的，等我儿媳妇生了，我回去的时候再让我儿子给太太开回去。我们会小心用车的，决不磕着碰着。"

"那你今天来开车的时候见到我妈了吗？"沈岁和问。

"没有。"赵阿姨说，"太太把钥匙留在了玄关那儿。我今天中午去取的时候，太太不在家。"

"知道了。"沈岁和说完便挂断了电话。

中午时，曾雪仪就已经不在家了，昨天还去买了婴儿的衣服。

目前距离漫漫失踪不到三个小时，她能去哪里？沈岁和觉得毫无头绪。

在北城毫无线索地寻找两个人，无异于大海捞针。焦虑的情绪弥漫在每个人的脸上，他们别无他法，只能苦苦地等待，等有关曾雪仪的最新消息出现，无论是路况监控还是银行流水。

沈岁和与裴旭天重新去了今天慕曦去过的那家超市，凭借监控里的画面把曾雪仪带漫漫走的那段路重新走了一遍。他们在那个路口站了很久，仍旧没有思路。

曾寒山也来了，但没有用。

只要一个人想藏起来，就是有千百个人也找不到。

时间一点点地流逝，江攸宁坐在门口等消息。她不断地掐着自己的手指，掐到掌心泛红。

如果曾雪仪来看孩子，江攸宁可能会讨厌，但不会害怕。因为曾雪仪光明正大地来，就不会做出伤害孩子的事情。但是如今她直接把孩子抢走，谁知道她会对孩子做出什么事情来？

长夜无眠，沈岁和想不出曾雪仪会去哪里，她在这个城市除了他们以外举目无亲。现在她还带着漫漫，究竟能去哪里呢？

第十四章
对的，是爱

　　沈岁和给很多人打了电话，甚至包括他爷爷奶奶那边的亲戚，曾寒山也联系了很多人，但没有人在近期见过曾雪仪。

　　黎明过后，遥远的天空泛起了鱼肚白。众人跟着熬了一夜，眼睛都有了血丝。江攸宁和沈岁和的眼睛几乎红得滴血。尤其是沈岁和，眼睛像是随时都能流下血泪来。

　　他的眼神时而瞟向江攸宁，又一言不发地别过脸去。

　　气氛越发紧张，裴旭天见他们如此，想缓和下气氛，便道："你妈还买了孩子的衣服，应该不会做出什么过激的事情吧？"

　　沈岁和看向他，目光中带着哀伤和绝望。沈岁和一开口，声音沙哑刺耳："你知道什么？"

　　他的语气很平淡，但掩饰不住语气中浓浓的厌恶，包括对曾雪仪的厌恶，还有对自己的痛恨。他想不通为什么自己永远只能被动地承受这些。

　　裴旭天见他情绪不好，只好劝他不要太担心："那毕竟是你妈，也是漫漫的奶奶，可能她就是想看看孙子，享受一下天伦之……"

"乐"字还没有说出口，众人的目光便刷刷地转向了裴旭天，在带着雾气的清晨，这场景略有些吓人。

裴旭天及时地闭上了嘴。他倒是知道沈岁和的妈妈不太好相处，之前见过几次，印象里她是比较高傲。大概是考虑到裴旭天是沈岁和的合作伙伴，当时曾雪仪对他态度还不错。

因此，裴旭天总觉得众人的反应有些夸张，似乎曾雪仪带走漫漫就是想害死漫漫。

一直默不作声的曾嘉柔忽然道："哥，你仔细想想姑妈平常还会去哪儿？你们有什么共同的回忆点吗？"

沈岁和摇头。昨天夜里，他连沈立在北城的墓园都去了，那里空无一人。直到现在，曾嘉煦还在那儿守着，怕和曾雪仪错过。

但是几秒钟之后，沈岁和忽然抬起头来："我知道一个地方。"

沈岁和并不确定曾雪仪会不会去那里，甚至不确定自己的记忆是否准确。

印象中他只去过那里两次，一次是某年清明节，曾雪仪带他去那里的厨房，给他做了一顿饭；还有一次是他考上了华政，他和曾雪仪来到北城时在那里住了一晚。

沈岁和回忆起来的地方位于北城临近郊外的一个城中村。沈岁和记得具体位置在进村之后的主街最里边的最高楼的顶层。沈岁和开了一个半小时的车过来，众人也随着他一起过来。

这条主街开车是进不来的，众人只能步行。

清晨的雾气刚散，路边卖早餐的已经开了摊，热气在空中氤氲，停留了一会儿便逐渐散开。

众人的衣着和这里格格不入，神色看上去都格外着急，和这里闲适的氛围也不太协调。因此众人的到来引得行人纷纷注目。

沈岁和带着众人一路疾行到街道最里边，凭借着不太清晰的印象往前走。老旧的楼里没有电梯，众人只好爬楼梯上去。

一直上到六楼，沈岁和盯着熟悉的门牌，众人跟在后边。沈岁和望了下边一眼，正好对上正仰着头的江攸宁的目光。

沈岁和用口型暗示说："没事的。"他不知道是在安慰江攸宁还是安慰自己。

沈岁和站在那儿抬手敲门，动作尽量轻缓，怕惊着里边的人。

咚咚咚的敲门声响起，在几秒的沉寂之后，里边传来熟悉的声音："谁啊？"众人心中的一块大石头随之落地。

江攸宁下意识地想说话，但沈岁和朝她摇了摇头，轻咳了一声，刻意把声音变细："是沈立先生吗？这里有您的信件。"他尽力克制着声音里的颤抖，使得其听上去显得自然一些。

他说话的时候，江攸宁仰起头看着他，正好看到他的右边侧脸，还能看到他眼睛里的泪光，晶莹剔透。

曾嘉柔也看着沈岁和，心里忽然一酸，转过身看着曾寒山，忍不住落了泪。曾寒山轻轻地叹了口气，摸了摸她的头，并朝她摇了摇头，示意她别说话。

裴旭天看着众人各异的神色，并不觉得这话有什么不妥。相反，他觉得沈岁和在这种情况下仍然记得不能打草惊蛇，还能临时想到这种借口，这临场反应能力绝了。

众人只听得房子里边安静了两秒，之后便是匆忙的脚步声。

"咯吱。"老旧的房门被打开，曾雪仪出现在门后。看到站在门口的沈岁和，她下意识地想关门，不料沈岁和的动作更快。沈岁和一把推开了门，甚至推开了她。

曾雪仪被推得打了个趔趄，却也很快反应过来，朝着沈岁和快步跑过去，但还是迟了一步。

沈岁和已经抱起了漫漫。他在客厅里逆光而立，高大颀长的身影显得客厅越发逼仄。

漫漫睡得正熟，被沈岁和这一抱，迷迷糊糊地睁开了眼睛，下巴正好搭在沈岁和的肩膀上。漫漫意识到这是个熟悉的怀抱后，白嫩的小脸又在沈岁和的肩膀上蹭了两下。

"沈岁和！"曾雪仪厉声喊他，"你想做什么？"

沈岁和看向她："这话应该我问你才对，你到底想做什么？"

曾雪仪忽然噤声。

沈岁和的声音不高，还有些沙哑，听得人心里发涩。他直直地看着曾雪仪，眼神冷厉。

江攸宁已经越过曾雪仪来到沈岁和的身侧，坚定地说："给我。"

也许是听到了她的声音，漫漫竟睁开了眼睛。他转过脸，看到是江攸宁，立马笑了起来，眉眼弯弯，并伸手要江攸宁抱。

沈岁和半弯下腰把孩子交给江攸宁，江攸宁抱过孩子，没有丝毫留恋地往外走。经过曾雪仪的时候，漫漫忽然出声道："ne（奶）……ne（奶）……"

他还不会说话，但是对着曾雪仪在笑，笑得那么灿烂。

曾雪仪也看向他，勉强挤出一个笑容来。

江攸宁回过头，猝不及防地对上曾雪仪勉强的笑容。

江攸宁上下打量着曾雪仪。曾雪仪比印象中老了许多，光是鬓边的白头发就多了不少，眼角的皱纹让她的整个脸看起来都很憔悴。

一年多不见，曾雪仪看向江攸宁的目光里虽然没有了厌恶，戾气却丝毫不减。

"别来碰我的孩子。"江攸宁盯着她，声音不高，却无比清晰，"这是我的孩子，跟你……"

江攸宁顿了一下，目光投向沈岁和："跟他，都没有关系。"

"你！"曾雪仪瞪她，"你凭什么不让我看他？"

"就凭他姓江，不姓沈！"

这句话掷地有声，一字一顿，重重地落在每一个人的心尖之上。

江攸宁说完没有再看他们，而是抱着漫漫越过众人往外走，慕曦紧随其后。剩下留在这里的人，除了局外人裴旭天，都是曾家人。

"姐，"曾寒山叹了口气，"你这是做什么啊？你想看漫漫，可以和我们说，宁宁又不是不讲理，会让你看的，你这样……"

"你够了！"曾雪仪瞪着他，"你在这里装什么姐弟情深？你就是个叛徒！叛徒！你口口声声说因为我是你姐姐，你才对我好，但是呢？你背地里把股权分出去，参加小孩儿的满月酒、百日宴。你告诉我了吗？曾寒山，你就是个叛徒！"

曾寒山一时间百口莫辩。

"我早就说过了，从我和江攸宁离婚的那一刻起，那个孩子就不是我的了。"沈岁和咬牙切齿地说，"你和那个孩子没有关系！你为什么要去抢他？一个陌生人有什么好看的？"

"陌生人？呵！"曾雪仪嗤笑一声，"陌生人值得你这样跟我大喊大叫吗？你会每天准时去陌生人的家里报到吗？你会带着一家人操办陌生人的满月酒和百日宴吗？什么陌生人，根本就是你拿来搪塞我的借口！"

沈岁和紧紧地盯着她，觉得她越发陌生。

"姑妈，"曾嘉柔弱弱地开口，"我们没有那个意思，参加漫漫的满月酒和百日宴都是我的主意，是我提议去……"

"你闭嘴！"曾雪仪恶狠狠地盯着她，"我的好侄女，亏我平日里对你那么好，你就是这么对我的？说什么一家人，你们根本就没有把我当成过一家人！"

"姐！你看看你现在的样子，我们怎么叫你去？是喊你去给人家难堪吗？你当初是怎么对宁宁的？不记得了吗？"曾寒山忍不住开口指责她。

曾雪仪从未见过曾寒山如此，不禁错愕了两秒。曾寒山的声音太大了，仿佛在用年长者的语气斥责她。

"好啊你，曾寒山。"曾雪仪咬牙切齿地道，"果然，爸妈死了以后你根本就没把我放在眼里，也没有把我当成自家人，反而把江攸宁当成了自家人。"

"够了！"沈岁和出声打断了他们的争吵，淡淡地看了其他人一眼，平和地说，"你们先去楼下吧，我想和她谈谈。"

"岁和。"

"哥。"

"老沈。"

三人一同喊他，都看出来曾雪仪的状态不太正常，怕他出事。但沈岁和只是摇头："都出去吧，这些事总要解决。"

他越过曾雪仪走到门口，等三人出去后关上了门。

这里原来是曾雪仪和沈立住的地方。他听曾雪仪讲，她那会儿和沈立刚从曾家出来时就租住在这里。

这里只有一个卧室，一个客厅，卫生间和厨房都很小。她和沈立在这里住了许久。她也是在这里怀上的沈岁和。等到有钱之后，她把这里买了下来，虽然不在这儿住，但偶尔会请人来打扫。

但是这里很久没有住人了，空气中都是令人厌恶的灰尘的味道。

沈岁和站在门口和曾雪仪对视了许久，良久之后，像是泄了气一般开口："你说吧，你到底想要什么？"

"是要我和乔夏结婚吗？"沈岁和唇角微扬，猩红的眼睛里尽是嘲讽，"是要我完全不能反驳你的意思吗？"

"沈岁和！"曾雪仪愤怒地瞪着他，"你这是什么态度？"

"你什么做法，我就是什么态度。"沈岁和说。

"你这是在对我表达不满吗？"曾雪仪看着他，不怒自威。

如果是以往的沈岁和，要么选择沉默，要么皱眉摇头。但今天他笑着，笃定地点头："是啊，我表现得这么明显，你看不出来吗？"

"我就是……"他拉长了声音，"在对你表达不满，很不满，非常不满。你看看你做的有哪点是令人满意的？"

曾雪仪忽然愣住了，一行泪水顺着她的眼角流了下来。两分钟后，她哽咽着喊他的名字："沈岁和。"

"嗯？"

"你爸在你7岁的时候就去世了，你记得吗？"曾雪仪的声音不再像之前那样充满戾气，她只是平静地叙述着，"你爷爷奶奶当初是怎么对你的，你记得吗？在那个家里，没有人看得起你。

"在那个地方，你永远都不可能成为如今的样子。我为了你，一边打工一边陪读，是我带着你去朗州市，是我陪着你考上了华政，是我带着你一步步成了现在令人艳羡的沈律师！你爸去世以后，没有人要你，你记得吗？你爷爷奶奶对你避之不及，你就像一团垃圾一样被人扔在地上，没有人捡！

"是我带着你一步步从那个地方走出来的，我为了你没日没夜地工作，让你读最好的初中、高中，从没让你洗过一次碗、拖过一次地。为了你，我回了让我伤心的北城，你就是……"

她的话还没说完，沈岁和便打断道："所以呢？"

他略带讥讽地看向曾雪仪："我应该为这些负责吗？为你的付出负责吗？"

曾雪仪："不需要！但是妈妈做那么多不是为了让你成为现在这个样子的！更不是为了让你站在这里跟我对峙、顶嘴的！"

"那我应该怎么样？"沈岁和忽然拔高了声音，几乎是在嘶吼，"我不是提线木偶，不能你让我做什么我就去做什么！"

"但你不能做那些不好的事情！"曾雪仪说。

沈岁和："哪些事情是好的？哪些事情是不好的？我生活中所有好的和不好的事情都是由你来定义的，你难道要这么管我一辈子吗？"

"只要我活着，"曾雪仪一字一顿地道，"就不允许你这么做。"

"那你允许我做什么呢？都是些让我不高兴的事情。"沈岁和说，"你从没问过我喜不喜欢，在我的人生里，你从来都是问你喜不喜欢。"

"妈妈都是为你好！"曾雪仪理直气壮地道，"我自己省吃俭用，也要让你的吃穿用度不比别人差，在你爸活着的时候，我从未如此落魄过。后来我孤身一人带着你，在外遭受了多少冷眼，又……"

沈岁和兀自打断她："所以呢？难道我要因为你做的这些事情赔上一辈子的幸福吗？要因为你的自我感动而失去这辈子的自由吗？

"我不能成家，不能有自己的生活，甚至 30 岁了，你都能伸手朝我脸上打。如果不是因为念你的好，不是因为记得在没有人要我们的日子里，是你和我相依为命，不是因为知道这一路走来你为我付出了多少，我会从不反抗、处处忍让吗？"

沈岁和声嘶力竭地吼道："你还想让我怎么样？我 30 岁了，只是想要一个自己的家都这么难吗？我是不是什么事情都不能做？"

狭小的客厅里回荡着他的声音，沈岁和大颗大颗的眼泪猝不及防地落在地上。他那颀长的身形迎着初升的朝阳对着曾雪仪，神情绝望。

他尽力克制自己的情绪，但根本做不到。经历了一晚上的提心吊胆，一晚上的胡思乱想，如今他却还要面对这种局面。

他完全控制不住自己的情绪。他悲伤、压抑、难过，甚至感到绝望。

他垂在身侧的手不断地颤抖，腿也跟着打战，这是无法控制的生理反应。甚至，他仅仅是看着曾雪仪就想吐。

良久之后，曾雪仪忽然道："那个女人就那么重要吗？重要到你和我这么针锋相对？"

　　沈岁和几乎毫不犹豫地点了头，第一次如此笃定自己的感情："她对我很重要，只有在她那里，我才像个人，像个有感情的人，而不是像你一直想让我成为的那样，是一台机器，一台没有感情、只会服从命令的机器！"

　　"她的家里每天都是欢声笑语，我们家里呢？只有无休止的争吵和鞭笞！"沈岁和说，"你知道我有多羡慕那个家吗？和他们在一起，我能感觉到快乐。但是和你在一起呢？你只知道告诉我要变得优秀，要成为你的骄傲，只能听你的话。我在家里只能感觉到压抑和绝望，这些都是你带来的！"

　　沈岁和心中的话一旦说出便如同开了闸的洪水，完全无法阻挡。这些年来忍耐的种种，怕说出来伤人的种种，如今他将其一股脑儿地说了出来。他就是讨厌那个地方，讨厌那个阴暗、冷漠、没有人性的地方。

　　曾雪仪被震撼到说不出话来。她听出了沈岁和话中浓浓的嫌恶，他在嫌弃自己。她表情错愕，甚至无意识地往后退了半步。

　　沈岁和最后总结道："我人生中绝大多数的痛苦都是你带来的。"

　　"我一直没有怪你的原因是，"他顿了顿，继续道，"我知道你人生中的大多数痛苦也都是我带来的，所以我没有权利去怪你。"

　　沈岁和声音哽咽，有些话已经说不清楚了。他仍旧顽强地说："我知道你为我做了很多，知道你生我养我，在所有人把我当垃圾的时候你捡起了我，并且很努力地把我培养成了现在这样。但我不快乐，现在非常痛苦，痛苦到每天都想去死。"

　　最后一句话宛如压死骆驼的最后一根稻草，落在曾雪仪的身上，看似很轻，但落上去之后便有千斤之重。

　　曾雪仪此刻才明白，原来自己的儿子　直在嫌弃自己，甚至在恨自己，这么多年来付出的一切仿佛只是个笑话。

　　她想要儿子成长得更好，变得优秀，从那个烂泥沼里爬出来。为了这个目标，她什么都可以做。她端过盘子，洗过碗，最穷的时候一天打四份工，只是想让自己的儿子别再被人看不起。

可如今她的儿子说，自己让他感到痛苦，他人生的所有痛苦都是她带来的。

他痛苦吗？但谁不痛苦？她也不想在这样的痛苦中活着。

如今她变得被家人孤立，此刻只想去找爱她的沈立。

曾雪仪后退了几步，正好退到茶几旁，余光扫到了一把水果刀。她不假思索地拿起刀子横在自己的脖颈处："如果你的人生都是因为我才痛苦，那我死了，你就解脱了。"

沈岁和的瞳孔在瞬间放大。他向前疾走了几步，但曾雪仪已经开始用力，血慢慢地从脖颈处渗了出来，鲜红的颜色刺痛了沈岁和的眼睛。

"但你记住，"曾雪仪朝着他笑，"是你逼死我的。"

"沈岁和，你逼死了你的母亲。"曾雪仪重复道，"为了那个女人，你逼死了生你养你的母亲。

"你永远都不可能和那个女人在一起，你就是个不孝的罪人。"

刀刃渐渐逼近她的喉咙，她于是闭上眼睛感受那股冰凉。

但下一秒，她突然感到手腕处一阵酸麻，睁眼看那把刀已经被沈岁和夺走。

沈岁和的动作幅度太大，导致茶几也被踢翻在地。突然房门被推开，裴旭天等人站在门口关切地问："怎么了？"

沈岁和和曾雪仪都没有理会。沈岁和只是盯着曾雪仪，那把刀在他手中转了个圈，沾了血的刀尖正好对准了他的身体："罪人吗？"

"是。"沈岁和说，"我是有罪。我不应该顾及你所有的付出就任凭你为所欲为，更不应该一步步地退让，给了你一定可以掌控我的人生的错觉。"

话音刚落，在众人还没反应过来的时候，他的手稍一用力，就将锋利的刀尖对准自己的腹部扎了下去。

温热鲜红的鲜血顺着他的指缝流下来，滴滴答答地落在地上，染红了他的白衬衫。他的眉眼间没有表现出丝毫的痛苦，反而带着解脱了的笑意。

"如果我们之间必须死一个才能结束的话，"沈岁和笑着说，"那我去。"

曾雪仪想去碰他，但手已经抖得不行了。

沈岁和朝着她摇了摇头。他感到现在的心态竟然异常平静，那些暴躁的情绪好像都随着这把刀消失了。

人之将死，也就没有了活着时挣扎的痛苦。

沈岁和语气平和，带着不再挣扎的绝望："如果我这一生必须为你活着，那你不如当初不生我。这样的人生太痛苦了。"

"哥！"

"岁和！"

"老沈！"

众人紧张的声音传到沈岁和的耳朵里。他别过脸来看向裴旭天："老裴，遗嘱我已经立好了，在我办公室最下边的抽屉里。我死后，所有的财产都归江攸宁。

"舅舅，如果以后江攸宁遇到困难，希望你能帮她一把。

"如果她不需要，别再去打扰她。

"谁都……别去。"

"沈岁和！"曾雪仪忽然发疯似的尖叫，"你这是在逼我！"

"我没有。"沈岁和虚弱地摇头，声音越来越低，开始站立不稳，却仍旧努力站直，"我不会用死来威胁任何人。"

客厅里充满诡异的寂静。

沈岁和盯着她，手上又用了几分力气，锋利的水果刀往他的身体里进了几分，众人仿佛听到了刀刃割在皮肉上的声音，血腥的场面令人惊悚。

沈岁和却笑着，猩红的眼睛落下泪来。

"妈，"他笑着说，"我再喊你这最后一次。

"如果真的有下辈子，我不想再遇见你。

"更不想……做你的儿子。"

北城六月的天向来晴朗，但今天不知道怎么了，早晨的太阳分明还带着耀眼的光芒照在每个人的身上，照得人心里暖洋洋的。可不一会儿，天上大片的乌云就飘过来，彻底遮住了之前蔚蓝的天空，阳光也变得忽隐忽现。

江攸宁抱着漫漫头也不回地下楼，步伐极快，带着几分怒意。

她刚走出那条长街，天就变了，阴沉的天空看着颇有大雨欲来之势。

卖早餐的人已经开始收摊，有雨具的人也纷纷拿出了雨具，大大的雨伞瞬间被撑开，生怕老天爷不给面子，突然下起瓢泼大雨来。

江攸宁仰头看了看天，又回头望了望长街，这条街上仍旧人来人往，只是路上来来往往的人多了几分匆忙。

慕曦气喘吁吁地跟了上来。江攸宁正站在车前，漫漫还在朝着慕曦笑，小手在空中挥舞着。

"终于到了。"慕曦靠在车上，舔了下有些干裂的嘴唇，"你抱着漫漫不累啊？"

江攸宁摇了摇头，然后又点了点头。

她起初是不累的。当时在那种环境下，她的脑子里只有一个想法，赶紧带着漫漫离开这里。所以她不停地向前走。

这会儿停下来，她倒是觉得肚子有些疼，好在尚能忍受。

"回家吧。"江攸宁说，她的声音平淡，听不出喜怒。

"我来开车。"慕曦说着坐上了驾驶位，江攸宁坐在了后排。如今把漫漫抱在怀里，她才多了几分安全感。

慕曦正要系安全带，突然想起什么，忙问道："不等等他们？"

"不用了。"江攸宁低着头，伸手逗弄着漫漫，"他们估计还得好长时间呢。"

"哦。"慕曦瞟了眼窗外，一边往外倒车一边道，"他妈妈……带走漫漫到底是想做什么？"

江攸宁摇头："不知道。"

"还给漫漫换了新衣服。"慕曦说，"漫漫看上去在她那儿待得还挺开心。你刚刚听到了吗？漫漫会说话了。"

"嗯？"江攸宁惊喜地问，"说话？"

她倒真没注意到。

"也不算说话，只是低声喊了什么。"慕曦说。

江攸宁："哦。"

她略有些遗憾，不过现在只想离那一家人远远的，越远越好。

漫漫不怎么怕生，晚上一个人躺在婴儿车里也能睡得很舒服，不需要大人一直在旁边陪着。所以在昨夜众人都失眠的时候，漫漫仍旧睡得很好，如今还精神十足，单是玩江攸宁的手指都玩得不亦乐乎，而且一直在笑。

"都过去了。"慕曦似有很多问题想问，但又咽了回去，低声叹了口气，"往后我会好好地看着漫漫的。"

"嗯。"江攸宁如今也松了口气，忙安抚慕曦道，"妈，昨天的事和你没关系，你也吓坏了吧？"

"确实有点儿。"慕曦笑了下，"不过知道是他妈妈抱走了孩子，我其实就没那么担心了。"

慕曦将车子从主街上倒出来费了好大工夫，倒出来之后，回头冲着漫漫笑了一下："奶奶带你玩什么了呀？"

漫漫也不知道听懂没有，笑得更开心了。

"妈，"江攸宁忽然皱眉，"你怎么说这些？"

慕曦转过头目视前方，收敛了笑意："在漫漫面前，还是少说不好的。"

江攸宁不语。

"那个人，"慕曦叹了口气，"或许没有你想象的那么坏。"

"妈？"江攸宁的眉头皱得越发紧了，她有点儿不明白慕曦的意思。

慕曦也没有解答，只是话题变得更加跳脱："之前在他家，你受了很多委屈吧？"

车里的气氛顿时变得安静，慕曦没有发动车子，只是平静地坐着。

漫漫看看这个，又看看那个，觉得无聊了便倚在江攸宁的怀里，抬起手玩着江攸宁有些发皱的衣服。

这个问题倒一下子把江攸宁问住了。结婚以后，她很少和慕曦聊沈岁和家里的事情。她一向固执地认为，婚姻是两个人的事情，只要两个人相爱，其余的事情都无所谓，所以那时候更在意的是沈岁和的感受。

可那会儿，她在曾雪仪面前受的委屈又岂止是一星半点儿？她送的礼物，曾雪仪从来都是挑三拣四。她做的饭菜，曾雪仪都觉着味道差极了。和她相关的一切，曾雪仪都不满意。而她无法辩驳，甚至都没有办法向人诉说那些委屈。

因为那是她自己选的路，是她自己种的因，最后得了苦果，归根结底四个字——自作自受。

"都过去了。"江攸宁低着头，淡淡地说，"妈，我们不提过去，只往前走，行吗？"

慕曦盯着她的侧脸，良久才叹了口气："好。"

她至今记得，江攸宁当初小心翼翼地说想结婚时的表情。那会儿江攸宁提起"沈岁和"这三个字时都会脸红。在所有人都反对的时候，只有她坚定地站在女儿这边。慕曦本以为女儿能和沈岁和相爱一生，可没想到他们没几年就分开了。

如今想来，她不免几多感慨。

慕曦跟着江攸宁担忧了一晚上，如今找到了漫漫，心里的担忧总算是放下了，更多的情绪是惋惜。

诚如她刚才和江攸宁所说的那样，在知道抱走漫漫的人是曾雪仪后，她便没有那么担心了。

曾雪仪抱走漫漫的理由可能有很多个，但她不会伤害漫漫。这是一种慕曦说不上来的直觉。

慕曦觉得曾雪仪这个人，看着心高气傲，不好相处，但做不出来真正害人的事情。

一些敏感、高傲的人，同时也怯懦、胆小，那些嚣张跋扈不过是在掩饰内心的脆弱罢了。简而言之——让她杀人，她一定不敢。更何况，虎毒不食子。

但这些想法，慕曦也不知道该如何对江攸宁说，说出来怕江攸宁觉得自己在偏袒曾雪仪或沈岁和。既然江攸宁不喜欢沈岁和了，那日后与其少往来就是了，甚至可以不往来。

生活是江攸宁自己的，慕曦不想过多干涉。

如果受了委屈便随时回家来，这是她曾经对江攸宁说过的话，这话永远奏效。

慕曦不想让女儿觉得自己没有了家，没有了偏爱她的人。

慕曦坐在驾驶位上发了会儿呆。江攸宁也在发呆。

江攸宁刚刚从楼上下来时走得有些猛了，如今腿肚子才缓过劲来，正一抽一抽地疼。

车子里寂静了好一阵儿，慕曦才终于发动了车子。

汽车的轰鸣声响起，但车子刚刚起步，她们就听到了救护车的声音，由远及近。

慕曦正要掉转车头去对面的路上，不得已只能继续往前开，开到路口才掉过头来，然后继续行驶。她的心里存了几分担忧，因此行驶得略慢了一些。

救护车正好在她们刚刚停车的地方停了下来。

慕曦的车子缓缓地驶过主街的时候，漫漫忽然喊了声："波（爸）……波（爸）……"

他趴在车窗上，声音很低，但是叫得很亲昵。

慕曦猛地一刹车，停在了路边。

江攸宁看向外边，只一瞬间，便伸手捂住了漫漫的眼睛。

大雨毫无预兆地倾盆而下，豆大的雨点噼里啪啦地掉落下来，打在玻璃车窗上，也落在了躺在担架上的沈岁和的身上，鲜红的血迹被稀释。他侧着脸，好似在看她。

漫漫的小手握成拳，轻轻地敲击着窗，口中还在低声咿呀着："波（爸）……波（爸）……"

他说得并不流畅。

江攸宁的眼睛忽然又酸又涩。不过十几分钟而已，他怎么就把自己搞成了这样？

而他的身后不远处，站着披头散发的曾雪仪。她站在滂沱大雨之中，仿佛被整个世界阻隔在外。

身体好像在往下沉，似乎是从顶楼坠落，沈岁和感觉自己的灵魂仿佛飘浮在半空之中，无论如何都找不到一个定点降落。耳边仿佛有嘈杂的声音，沈岁和想说安静一会儿吧，但怎么也张不开嘴。

他觉得身体上所有的器官好像都不是自己的了，但并不觉得痛苦，只是感觉到解脱。一种无须再挣扎的痛苦，终于从他的身体里剥离了出去。

只是，他终究还是丢下了江攸宁和漫漫，先走了一步。如果有下辈子，他还是想和江攸宁结婚。

在这段关系里，他们之间没有第三者。如果她做饭，他就去洗碗。他还要鼓励江攸宁去做自己喜欢的事情，因为他喜欢看她的笑容。

濒临死亡，沈岁和前半生的很多记忆都被勾了起来。但奇怪的是，他想到的大多和江攸宁有关。

那个风铃轻响的下午，她抬起头来看他的那一眼。那个拍婚纱照的时候，她小心翼翼地依偎在他肩膀的瞬间。那个领结婚证的时候，她和他牵手时因为紧张而汗津津的手。她在他身边待过的每一天，好像都有迹可循。

甚至，他的脑海里出现了一个有点儿陌生的场景，一场瓢泼大雨之中，晦暗不明的雨夜，一个女生背着双肩包站在华政北门外的公交站台上躲雨，由于站台没有挡雨的顶棚，女生只能用手遮住头顶。

沈岁和从北门出来，看到女生已经淋湿了半个肩膀，半边头发也湿漉漉的，看上去有些可怜。

沈岁和忍不住动了恻隐之心，原本打算到马路对面买个夜宵，但不知不觉地竟走到了公交站台。手中举着的黑色大伞和雨夜融在了一起，他将伞往女生那边偏移了一些，自己的半个肩膀却露在了外面。

他假装在等公交，目不斜视，不过用余光瞟到了女生的眼睛，那是一双好看的鹿眼，水灵灵、湿漉漉的，令人感到惊艳。

沈岁和并没有多看，向来对于感情之事避之不及。如果他不是看天色太晚，这里又空无一人，应当是不会过来的。

过了一会儿，有一趟公交车过来了，他于是近乎强硬地把伞塞给了女生，然后奔跑着上了公交车。

他没有回头，自然不知道女生望着他的背影发了多久的呆，也不曾想到女生因为他这一把伞，搭上了自己那么多年的时光。

回忆在沈岁和的脑海里不断地翻滚。沈岁和不只回忆起了那个大雨滂沱的夜晚、那把黑色的大伞、那双澄澈的鹿眼，还回忆起了另一个雨夜。

那天他在学校的操场上漫无目的地奔跑着，当时华政的操场上空无一人，灯光昏黄暗淡，像极了他的人生。

那天是外公的葬礼，他跟着曾雪仪刚回到曾家不久，在葬礼上听到了许多人的议论，闲话入耳，谣言比事实还要残酷百倍。

在众人的口中，他是个跟着曾雪仪回来分家产的白眼儿狼，是个情绪淡漠的冷血动物，是个……众人一句又一句，他无法争辩。

刚刚二十出头的他已经习惯了自立自强，无法忍受那些话，但在那样的场合，偏偏什么都不能做，于是忍着心中的怒火与委屈回到了学校。

当晚的雨下得极大。起初他近乎自虐般走在操场上，然后便开始奔跑，想让自己跑得累了乏了好忘掉那些人说的话。空荡寂寥的操场上只有雨滴落下的声音，他不知道跑了多久，突然一双干净的小白鞋落入他的视野里，接着是一只纤细白皙的手朝他伸了过来，并递过来一把伞。那只手柔弱无骨，在暗夜里也白得发光。

可那时的沈岁和并不想看到任何人，只想一个人在雨夜中消化所有的坏情绪。于是他看都没看女孩儿一眼，越过女孩儿继续向前跑，同时怒声道："我不需要你们的同情！"

他无暇顾及那个人是什么心情，独自跑远，却又在下一圈跑过来时和女孩儿打了个照面儿。

雨水模糊了他的视线，他仍旧看到了那双澄澈的鹿眼。

这两段记忆里的鹿眼，皆和风铃轻响的那个下午江攸宁抬起头来看他的那一眼重合。沈岁和不禁想，原来他们那么早就见过了吗？

那会儿的江攸宁还很稚嫩，但气质和如今是相似的。她好像一直都没怎么变，是他没认出她来。

他向来很少去记忆生活中的琐事，再加上那一次车祸，虽然他的大部分记忆都还在，但一些琐碎的事情基本上都忘记了。

那些琐事似乎并不重要，只是他没想到在那些自认为不重要的片段里，竟然有重要的江攸宁。

临近死亡，他才把一切都想了起来，可惜已经迟了。他和江攸宁，注定有缘无分。

他只希望她日后能遇到一个爱她、尊重她、脾气温和、能够包容她的一切的人，当然，这个人还得喜欢漫漫，对漫漫好。

他这一生唯一的遗憾就是没能真正地好好爱江攸宁。

这一刻，他突然明确了自己的心意，对的，是爱。他爱江攸宁，比爱漫漫更甚。只是以前他太抗拒"爱"这个字了,太抗拒"爱"这种感情了。

曾雪仪爱沈立,爱到面目全非,爱到疯狂偏执,这种爱是畸形的,让他感到害怕。所以他害怕爱上江攸宁后会变成第二个曾雪仪,变得固执己见又偏执疯狂。

人的身体处于放空状态时,思绪总是容易飘散,从空间到时间,在每个维度飘散一遍。尤其是人在将死之时,总是会回顾自己这一生。

但沈岁和觉得,这一生除了江攸宁,好像没有什么能回顾的了,其余的都太苦了。江攸宁是他苦涩的生活里,唯一的那抹甜,可惜后来这抹甜也失去了。

人各有命,他大抵就是这样的命数。这是多么讽刺的事情!

世事太不寻常,也太不如意,除了命数和天意,他没能找到更好的办法来说服自己接受这挫败又痛苦的人生,所以就这样结束一切吧。

沈岁和想:"江攸宁,再见了!最好别再记得我。"

往年的六月,天都很晴朗,但今年自从那场突如其来的瓢泼大雨降落之后,雨便没有停过,淅淅沥沥地下个没完。

"姐,"曾寒山的声音有些晦涩,这声"姐"也叫得极为勉强,"你决定了?"

曾雪仪眼神空洞,整个人苍老了许多。她低着头,浑身散发着平静的绝望,是对生活的绝望,也是对自己的绝望。

"嗯。"她把那一沓文件往前推了推,"这些东西对我来说其实没什么用。"

"我跟着沈立,再苦的日子都经历过。"曾雪仪说,"当初我觉得爸妈不爱我,分明更疼你,但所有人都觉得爸妈是爱我的。那我回来后,他们肯定要分给我一些财产,不然怎么证明爱我呢?现在来看,他们爱我吗?可能有点儿,但也防着我。"

"我回来不过是想帮岁岁,但他说我这么做让他痛苦。"曾雪仪的声音里带着几分颤抖。她望向窗外,"但谁不痛苦啊?他只需要按照我安排好的路走就好了,为什么还会感到痛苦?他……"

说到这儿,曾雪仪顿了下,抿了抿唇,继续说道,"多说无益,我不想在北城待着了。他的事情，往后我也不会再管了。"

"姐，"曾寒山叹息道，"你如果早点儿想明白该多好？孩子的人生是孩子的，不管你有……"

"好了。"曾雪仪轻睨了他一眼，"我不是想明白了。"

她的语气很平淡："我只是觉得，我的儿子已经死了。"

在他把刀子刺向自己的那一刻，她的儿子便死掉了，活下来的只是沈岁和，与她无关的沈岁和。

"这……"曾寒山一时间不知道该说什么好。

"这些东西都是爸妈给我的，都留给那个孩子吧。"曾雪仪没有理会他的情绪，自顾自道，"总归，他还是沈家的孩子。"

"那你打算去哪里？"曾寒山问。

曾雪仪瞟了他一眼："你问这些做什么？"

"等岁岁醒来，我总要告诉他。"曾寒山叹道，"你好歹是他的母亲。"

曾雪仪轻轻地"哼"了一声。

"他是真的敬你爱你。"曾寒山说，"只是你做的……"

他没再继续这个不愉快的话题，温和地道："你给我留个联系地址吧，到时候要不要和你联系，还是要问岁岁。"

"我说过了，"曾雪仪说，"我的儿子，已经死了。"话音未落，她便拎着包站了起来。

"和陌生人，没有联系的必要。"曾雪仪说，"我和他之间，母子情分已经没了。他不必关心我，我也不会再管他。"

"我就当他，已经死了。"曾雪仪尽量保持平静，但声音里总归还是有几分晦涩，"他也当我，死了吧。"

曾雪仪说完便头也不回地离开了。曾寒山一直望着她的背影。她的脊背仍旧挺得笔直，一步一步，走得坚定决绝。

她撑着 把透明的雨伞迈入雨中，从未回头看一眼，不带任何眷恋地离开了。

她还是那个骄傲到不可一世的曾雪仪。

"你说哥什么时候能醒啊？"曾嘉柔担忧地道，"都已经第四天了，医生不是说没有大碍吗？"

曾嘉煦坐在她的对面低头削着苹果，手上的动作认真细致，但嘴上却不饶人："医生说的是命没有大碍，不是人没有大碍。"

"这二者有什么区别吗？"曾嘉柔说，"不都一个意思吗？"

"命没大碍说的是死不了，还能活。"曾嘉煦解释说，"人没大碍的意思是醒了，快好了。"

曾嘉柔："你确定解释得对？"

"那你来，"曾嘉煦把水果刀往旁边一扔，"我看你是怎么解释的。"

"你快把那刀合上。"曾嘉柔忙冲着他挥手，"我现在看不得刀子。"

曾嘉煦意识到了什么，连忙把刀子收进刀鞘里。

"我现在想起来还很害怕。"曾嘉柔叹了口气，"那把水果刀这么长，直接就刺进去了，从外面只能看到刀柄，太吓人了。"

"那天哥失血过多，医生给他输了好多血，连续做了 20 多个小时的手术，才算是把哥抢救过来。"

曾嘉煦来到医院的时候，手术已经开始了。他没有见到沈岁和躺在床上奄奄一息的样子，但光是听曾嘉柔描述都觉得瘆人。

他不禁感叹，一个人得有多绝望才会用刀子把自己刺得那么深，还是当着亲人的面。他平常看沈岁和还挺正常的，没想到情绪这么激烈。

"唉！"曾嘉煦叹气，"哥也太难了。"

"唉！谁让他摊上那样的妈了呢？"曾嘉柔扁嘴，"那天姑妈把咱爸、我、哥都骂了一遍。姑妈虽然为哥牺牲了好多，但大部分是在自我感动，她的这些行为吧……虽然能理解，但还是有些过分。"

"爸不是说今天去见姑妈吗？"曾嘉煦说，"听说姑妈要离开北城。"

"真的？"

"喀喀。"床上的人忽然咳嗽了一声，曾嘉煦立马摁铃让医生过来。

沈岁和好似在黑暗中沉睡了太久，在不见阳光的地方艰难跋涉了许久，终于见到了些许亮光。

他缓缓地动了动眼皮，慢慢地睁开了眼睛，光线有几分刺眼。他眯了几下眼睛，才终于睁开。

他的嘴唇干裂，想开口说话，但感觉喉咙像被粗糙的沙子磨过一样，疼痛无比。但他还是顽强地张开了嘴，问出了第一句话。

他看向明亮的窗外，哑着声音问："江攸宁呢？"

曾嘉柔和曾嘉煦面面相觑，一时间谁都没有言语。

淅淅沥沥的小雨落在窗沿上，在光滑干净的玻璃上画出一条条雨线，外面天色昏沉，根本看不出来是上午。北城近来的天气总是这样阴沉。

沈岁和见他们不说话，便没再追问。他看向窗外，外面景色优美，碧绿色的树叶被细密的雨丝冲刷得格外好看，尤其是从枝头降落的雨滴，晶莹剔透。

这雨总让他想起那些梦中的场景，那些和江攸宁有关的场景。但他醒来后没有见到江攸宁，心中未免有些失落。

病房里一时间寂静无比，只能听见输液瓶里的液体一滴滴落下来的声音，伴随着外边的雨声，显得房间内格外寂寥。

沈岁和目不转睛地看着外面，面无表情。曾嘉煦和曾嘉柔被他的情绪和表情感染，总觉得心里堵得慌，有一种难以言喻的悲伤。

曾嘉煦尴尬地摸了摸头，迟疑一会儿才问："哥，你现在感觉怎么样？"

"是啊。"曾嘉柔立马接话，"你有没有感觉到哪里疼？"

沈岁和摇了摇头，终于扭过脸来，目光落在两人的身上："辛苦你们了。"

他语调平静，像一口波澜不惊的古井，深沉又神秘，扔进个石头仿佛都激不起半点儿涟漪。

曾嘉柔忽然想到了一句话："哀莫大于心死。"

"哥，"她还是有些不忍心，安慰道，"宁宁姐来过的。"

"嗯？"沈岁和闻言，充满期待的目光向她投了过来。

曾嘉柔只看了一眼便低下头，不敢再和他对视，只道："你昏迷了四天，宁宁姐还要照顾漫漫，所以没有天天过来。"

"哦。"沈岁和淡淡地应了一声。他的声音没有起伏。

曾嘉柔低咳了一声，继续道："你手术那天宁宁姐是来了的。"

沈岁和："哦。"

"对啊。"曾嘉煦也在一边帮腔，"宁宁姐那天在医院待了好几个小时呢。"

沈岁和："嗯。"

曾嘉柔还想说什么，医生已经进来了，帮刚醒过来的沈岁和做了一番检查，几人的话题就此打断。

等医生离开后，曾嘉柔把自己的手机拿了出来，翻出和江攸宁的聊天儿记录，递给沈岁和看。

"真的。"曾嘉柔说，"宁宁姐有询问你的情况，我们没骗你。"

沈岁和看到了屏幕上的对话。

江攸宁："他脱离危险了吗？"

曾嘉柔："嗯，医生说没大碍了。"

江攸宁："好。"

曾嘉柔："宁宁姐，你来看看吗？"

江攸宁："改天吧。"

只是简短的几句对话，江攸宁只是简单地问了问他的情况，知道他没大碍后便再没回过。

沈岁和说不上来是什么感受，知道江攸宁还在生气，这么做也无可厚非，只是觉得心中有些闷。

"她呢？"沈岁和换了个人问，"还好吗？"

"啊？谁？"曾嘉柔没有反应过来，便直接问了出来，换来的是无尽的沉默。

一阵尴尬的沉默后，曾嘉柔终于反应了过来，但是不知道该回答什么，只能尴尬地抓了抓头发，把求救的目光投向了曾嘉煦。

"她一直没来过。"曾嘉煦一向很诚实，此刻坐在沈岁和病床旁，给他掖了掖被子，"今天她约了我爸，等会儿我爸回来后就知道了。"

沈岁和："哦。"

"哥，"曾嘉煦平常虽然大大咧咧，但在正事上还是很严肃的，"这事就算是就过去了，以后想开一些，别再伤害自己了。"

"哦。"沈岁和明白所有的道理，但只有事情真正落到自己身上的时候，才知道有多困难。他缓缓地闭上眼睛，身体的疼痛还在继续，但已不那么重要，轻声说道："我想静一静。"

曾嘉煦和曾嘉柔对视了一眼，都低声叹了口气。两人都感受到了沈岁和身上那股颓废绝望的情绪。

曾嘉柔轻声道："哥，你还有我们呢。"

"嗯。"曾嘉煦说，"别难过了。"

沈岁和眉眼平和，轻声说："我没事，你们不用担心了。"

他确实没什么大事，连死这件事都未能如愿，身体上的疼痛也会慢慢地好转，但内心只是感觉到疲累。

外面的雨还在下，一滴一点，都落在了他的心里。

"我不能说。"江攸宁把漫漫放在爬行垫上，任他一个人玩，然后给路童倒了一杯可乐，坐在她对面无奈地拒绝道，"这事我没法帮你。"

"宁宁啊，我知道这不太好，但我也没别的办法。"路童连撒娇这种招式都用上了，"你就帮帮我呗，帮我问一下都行，让我知道个结果也可以，不然我真的干不下去了。"

"那就辞职。"江攸宁说，"这是什么律所？怎么可以走后门？"

路童："……"

"你知道以我现在的状况再找这样的工作有多难吗？"路童叹了口气，"摊上这次的事也是我倒霉，平常不这样的。"

"但你平常加班啊。"江攸宁捧起水杯喝了口热水，"再说了，你们和沈岁和又没有合作，这会儿找他做什么？有顾虑到他还在医院吗？"

路童有些心虚地说："就是想乘虚而入啊。"

江攸宁："……"

路童今天来找江攸宁就是想知道沈岁和住哪个医院，能不能去探望一下，好与他达成一桩合作。

这事还要从路童的代教律师说起。

路童的代教律师和沈岁和一样，也是主打高端商事诉讼，这一次接手的案子是晨宇集团、斯和贸易和州立房地产公司的侵权纠纷案，这个案子标的额高，案情复杂，仅凭路童的代教律师一个人无法全力应对，需要再找一名律师，而沈岁和是最合适的人选。

沈岁和之前代理过州立房地产公司的案件，并且取得了胜诉。而他和这个公司建立的并不是长期的合作关系，所以目前不光是路童他们在找沈岁和，州立房地产公司也在找。

双方目前比拼的就是看谁的关系网强大，谁的动作迅速。沈岁和愿意帮助哪边代理，哪边就赢了一半。所以路童的代教律师让路童来看看能否联系上沈岁和。

"宁宁啊，"路童拉下脸，"你帮我问问就行，起码我能回去给个答复，不然我回去又是……啊，接受一顿狂风暴雨的批评。"

江攸宁叹气："他现在还不知道醒没醒呢。"

"你问问呗。"路童脱口而出，说完之后才觉得有些不对劲，皱眉道，"你是不是从他住院以后就没去看过啊？"

江攸宁："看过啊。"

沈岁和做手术那天，她去了两个小时，但漫漫闻着医院的消毒水味总是哭，她便带漫漫离开了。后来等漫漫睡着后，她又去了一趟，知道他脱离生命危险后，隔着玻璃看了他一眼，便离开了医院。

律所的事情多，她同时代理着两个案子，确实走不开。平时她白天上一天班，晚上回到家还要照顾漫漫，就算去医院也只是看他躺在那儿，还不如不去，便一直没再去。

江攸宁说去过两次，路童听了很震惊。

"这一点儿都不像你啊。"路童摇头道，"宁宁，你变了。"

江攸宁："人都会变的啊。不过，我哪儿变了？"

路童："以前只要沈岁和生病，你肯定会一刻不离地照顾他。记得有一次沈岁和只是轻微地发烧，我们喊你出去就喊不动，去你家附近吃饭，你也不出来。最后还是我们给你打包了饭菜带过去的，不只给你打包了饭，还给你家沈岁和打包了小米粥。"

江攸宁："有那么夸张吗？你们那次不是正好路过那儿，顺便给我打包的吗？"

路童："当然有！我们不是正好路过，是专程开车过去的。"

江攸宁记得那次。

那次，路童好不容易从外地回来一次，提前好几天就和江攸宁、辛语约好了一起吃饭。但不巧，前一天晚上，沈岁和有个很重要的应酬，酒喝多了，回到家吐得不省人事，第二天一早就发烧了。江攸宁说要带他去医院，但他怎么都不去，脑袋紧紧地依偎在江攸宁的怀里，带着几分撒娇的意味。江攸宁便放弃了，怕他出事，便一直在家待着，还向公司请了假，也放了路童她们的鸽子。

那会儿她觉得，沈岁和就是自己世界的全部。但现在，她只需要知道沈岁和还活着，活在这个世界上的某个地方就行了。

其实，沈岁和被送到医院的那天晚上，她还是失眠了。一闭上眼睛，她的脑海中就会出现瓢泼大雨中满身鲜血的沈岁和。他看上去神色平静，甚至嘴角上扬，可她还是觉得恐怖。

不过她的生活里还有其他事情要做，便也顾不了那么多了，等律所忙起来后便更顾不上了。只有偶尔听众人聊一些八卦消息时，听到"沈岁和"这个名字，她才会想起来沈岁和还在医院。

想起当初，江攸宁叹了口气。

"注意措辞。"江攸宁低下头，"他已经不是我家的了。而且……他就是他，以后和我也没有关系。"

路童赞赏道："宝贝可以啊！"

江攸宁："嗯？"

路童："断得够彻底。"

江攸宁："不然呢？藕断丝连吗？"

路童："你可以帮完我这个忙再断，行……吗？"

江攸宁无奈："我帮你问问吧。"

"太棒了！"路童说，"本来我也不想这么麻烦你，可是，如果没了这份工作，我在这个行业是真的很难再有立足之地了，除非去当法务。可是我还是更喜欢现在的工作，所以……"

说到这儿，路童不禁感叹道："人生艰难啊！"

江攸宁一边拿出手机给曾嘉柔发消息，一边问路童："不过，张律师是怎么知道你能搭上沈岁和这条线的？"

路童诧异地看向江攸宁。江攸宁被她看得一脸茫然。

"你不知道吗？"路童无奈地单手掩面，甚至翻了个白眼，"你真的不知道吗？"

江攸宁："……"

"你，"路童微笑着说，"金科律所未来的金字招牌，江律师，曾经在法庭上赢了律界诉讼'大魔王'的江律师，和'大魔王'沈岁和是夫妻，啊不，前夫妻。现在热衷于八卦消息的人基本上都知道了好吗？这事在各个律所里已经不是秘密了。"

江攸宁："大家的消息都这么灵通的吗？"

路童："你以为呢？估计这几天你忙得什么都没有听说，但我已经听到好几种版本了，现在去公司卫生间都不敢待太久。"

江攸宁诧异地问："这么夸张吗？"

"是啊！"路童点头，说着又叹了口气，"而且还有人神秘兮兮地跑来问我，你知道吗？真就有那种一点儿眼色都没有，还把你往火坑里推的人，我真是……"

路童气得咬牙切齿："这件事本来轮不到我。就因为这些八卦消息，有人把之前看到我和你一起吃饭的事告诉了老张，老张才把这件事派给我的。"

江攸宁："你被针对了？"

路童沉默了一会儿，无奈地道："是。"

她虽然很不想承认，但现在在这个律所确实举步维艰。她比很多实习生都来得晚，虽然年龄和资历摆在那儿，但对其他实习律师来说，她就是个空降兵。

她在律所没有背景关系，只能靠自己一步步往上升。由于工作经验比较丰富，她处理一些工作时比其他人做得更好，代教律师很欣赏她，尤其是看到她原来的那段工作经历之后，一直有意提携。时间久了，她自然成了别人针对的活靶子。

可她现在其实就是一张不好画的白纸，那些基层工作经历虽然丰富了她的工作经验，但对于高端商事诉讼来说，完全不是一个领域。除非她能像江攸宁那样，已经打过了几场能写进履历的官司，不然即便去新的律所，也无法改变尴尬的现状。

如今她已经在这个律所待了一年了，正处于升职的关键期。眼前这件事要是不去办，那面临的后果……她根本不敢想。

她只好厚着脸皮来寻求江攸宁的帮助，进门前还踌躇了好久，一直不好意思进来。要不是跟江攸宁关系好，她也没法开这口。

"你怎么不早说？"江攸宁叹了口气，"我要是知道你现在进退两难，肯定一开始就答应帮忙了。"

路童："你每天忙得要死，再听我吐苦水？我也不忍心啊。"

"再忙听你说半个小时的时间总会有吧？"江攸宁一边戳手机屏幕一边说，"你什么时候变得这么客气了？"

路童撇嘴："不是客气，就是看你们太忙了，不忍心。"

"语语呢？"江攸宁问，"你最近联系她了吗？最近这个人好像消失了似的。"

路童："她忙着陪她妈妈治病呢，听说阿姨的胃出了点儿问题。"

"住院了？"江攸宁说，"咱们改天去看看吧。"

"嗯。"路童无奈地道，"我现在越发觉得，到了咱们这个年纪，需要顾虑的事情越来越多，好像最后就不是为自己活着了，先是为父母，然后为孩子。"

"你婚都没结，哪来的孩子？"江攸宁笑着调侃，"想太多了。"

路童睨了她一眼："你啊，每天都是漫漫长、漫漫短的，朋友圈里发的也都是漫漫。"

江攸宁耸了耸肩："我可不是。"

路童："嗯？"

"虽然每天都把他挂在嘴上，但我是在为自己活着的。"江攸宁说，"无论什么时候，我都会告诉自己，照顾他是应该的，但更应该把自己放在第一位。"

路童盯着江攸宁看了许久，然后感叹道："宁宁长大了。"

两人正聊着，曾嘉柔已经回复了消息，一连好几条。

"醒啦！正要和你说呢。

"哥的情绪好像不是很好，你要来看看吗？

"最好带着漫漫。"

江攸宁："好，就怕漫漫会碰到他的伤口。"

曾嘉柔："没事的！他看见漫漫应该会开心点儿。"

江攸宁："好。"

路童那边也问完了辛语。正好辛语的妈妈与沈岁和在同一家医院，一个在 16 楼，一个在 13 楼，可以一起去看。

翌日，接连下了几天小雨的北城终于放了晴。

一大早，路童就开车去接了江攸宁，还买了两束花，一束给沈岁和、一束给辛语的妈妈。江攸宁买了水果和牛奶，不过都是买给辛语妈妈的，没有给沈岁和买东西。倒是慕老师昨天听说了江攸宁要带着漫漫去看沈岁和，今天清早起来煲了骨头汤，说是估计他妈妈也不会在身旁看着，没有人给他弄这些，想来挺可怜的，便给他做了一些，当然也给辛语的妈妈煲了鸡汤。

江攸宁想了半天也没有想到该给沈岁和买什么，便只拎了保温盒过来。

东西都由路童拿着，江攸宁抱着漫漫。但东西着实有点儿多，路童也拿不了，只好打电话让辛语下来接。

多日不见，辛语越发瘦了。路童看着她，伸手在她的锁骨上摸了一把："你这是怎么了？怎么瘦成这样了？"

辛语的眉宇间带着几分愁绪。

"阿姨的病严重吗？"路童担忧地问，"你怎么成了这副样子？"

"癌症，"辛语抿了抿唇，从路童的手上把东西接了过来，"晚期。"

她说话的时候情绪还算平静，估计已经接受了这个事实，只是那丝忧愁总散不去。路童没想到几天不见，辛语已经瘦得弱不禁风了。

不过这消息给江攸宁和路童都带来了不小的震撼。

辛语的妈妈结过两次婚，一次是和辛语的生父，一次是和现在的继父。辛语的妈妈再婚的时候，辛语已经 16 岁了，和继父的关系并不好。而且两个父亲都出过轨，都被辛语看见过。

辛语对他们的态度都一样：都是不可回收垃圾。

辛语的妈妈因为辛语的生父出轨而选择了离婚，但现在和这个继父并没有离婚。辛语和妈妈提起过，但妈妈觉得都这个年纪了，还是算了，就将就着过了。辛语后来就很少回家了，虽然和妈妈的关系一直不错，但也不是很想回去。

在江攸宁的印象中，辛语的妈妈是个很温柔的人，而且又高又瘦，很有气质。辛语的模特身材完全是遗传了她。

"阿姨知道吗？"江攸宁问。

辛语摇头："一会儿你们都高兴点儿，别对她说。"

路童和江攸宁跟在辛语的后边，先去探望辛语的妈妈。

　　在电梯里，辛语伸手逗了逗漫漫："宝贝，叫干妈。"

　　漫漫看着她，只是嘿嘿地笑，不说话。不过在出电梯的时候，他嘴里咿呀地说了句："摸（妈）……摸（妈）……"

　　辛语笑道："这小家伙是在叫妈妈吗？"

　　江攸宁点头："应该是，就是叫得不清晰。"

　　江攸宁发现漫漫会喊"妈妈"是在沈岁和住院那天。漫漫回家后一直睡着，睡醒以后就号啕大哭。江攸宁坐在床边不断地哄，漫漫终于不哭了，嘴里就开始咿呀地叫。

　　慕曦和江洋坐在那儿听了很久，终于听懂他大概喊的是"妈妈""爸爸""奶奶"。

　　江洋吃起了醋，不断地逗漫漫，让他喊"外公"和"外婆"。漫漫只是会咿咿呀呀，没有一个称呼喊得是标准的。

　　"把漫漫留给我妈看一会儿。"辛语说，"说不准我妈今天心情会变好，能多吃点儿饭。"

　　江攸宁点头："可以。"

　　"那楼上那位怎么办？"路童说，"那位还等着看儿子呢。"

　　"只给他看一眼。"辛语说，"他以后有的是机会。"

　　路童立刻倒戈："我觉得可以。"

　　江攸宁笑着逗弄漫漫："我家宝贝可太重要了。"

　　"是啊。"路童也笑着逗他，"漫漫是大家的心肝宝贝。"

　　江攸宁和路童先去探望了辛语的妈妈。她的状态确实不太好，整个人看上去异常憔悴，头发也白了很多。但是她看到漫漫还是挺开心的。江攸宁便把漫漫留在那儿陪着她。

　　辛语坐在病房里陪着母亲和漫漫。路童和江攸宁去楼上看沈岁和。

　　她们到达的时候，病房里只有曾嘉煦。他正坐在病床前打游戏，声音调得很低，也不敢开语音，生怕惊扰着沈岁和。他怕沈岁和一直躺在病床上觉得无聊，便说："哥，你要不也来玩一会儿？听说玩游戏有利于病情恢复。"

　　沈岁和的声音异常冷淡："不玩。"

"玩游戏可以使人精神抖擞。"曾嘉煦继续劝说道,"你考虑一下呗。"

沈岁和的回答更加简短:"不。"

曾嘉煦叹气:"我怕你一个人太闷了,不知道怎样才能让你心情愉悦。"

沈岁和:"你闭嘴就好。"

曾嘉煦:"……"

突然听见开门的声音,曾嘉煦回头看到江攸宁,眼睛都亮了,忙站起来喊道:"宁宁姐。"

江攸宁朝他点了点头:"我敲了门,但没有人回应,便直接进来了。"

"可能是没听见。"曾嘉煦把自己的位置让给她,"你不用客气,坐这儿吧。"

江攸宁把保温盒放在了柜子上,没有坐下,只是低头看向沈岁和。他确实瘦了,脸色看着也很苍白,没一点儿血色。

一时间,她不知道该说些什么。反倒是沈岁和在沉默了一会儿后对她笑了下,哑着声音说:"你来了。"

江攸宁点点头,在他的一侧坐下。

"这是我妈给你煲的骨头汤。"她指着保温盒说,"记得一会儿喝。"

沈岁和:"嗯。谢谢。"

房间里又是死一般的寂静。曾嘉煦有些受不了,挥了挥手:"我先去外边了,你们聊。"

他说完就逃跑一样地出了门。

路童其实也想走,但因为身上有任务,还不能走,只能硬着头皮说:"那个……沈学长,你的身体没有大碍了吧?"

沈岁和:"没有大碍了。"

路童:"那个……沈学长,有点儿事情想请学长帮忙。"

沈岁和:"什么事?"

"就是我们想找你合作个案子。"路童飞快地说明了来意,还把江攸宁拉出来,"是我硬求着宁宁,她才答应带我过来的,如果打扰你休息了,那真是不好意思。虽然我知道你现在的状况不适合说这些,但我过来也就是带个话,你同意或不同意都无所谓。你考虑一下再给我答复,我就不打扰你休息了。"

沈岁和抿了抿唇，说："老裴想让我代理州立的案子。"

路童的心中"咯噔"一下，这件案子在几个月之后开庭。凭沈岁和的实力，他即便晚半个月接手，也能让路童律所的工作更加紧张。

路童有些焦躁，但又没有其他的办法。她心想，不行就跳槽吧，实在不行就不工作了，拿积蓄去开个店，自己当老板。

短短的一分钟里，她连自己以后开什么店都想好了，甚至连店名都起好了，就叫"谁都不伺候"。

沉默了片刻，沈岁和忽然问："你觉得呢？"他把目光投向了江攸宁，像是在征询江攸宁的意见。

江攸宁一愣，眨了眨眼："你问我？"

沈岁和点头："嗯。"

"你自己的事情，"江攸宁说，"问我干吗？我又不帮你上法庭。"

沈岁和沉默了两秒，略有些僵硬地说："想问。"

江攸宁下意识地回答："那我不想说。"

沈岁和："哦。"

站在一旁的路童："……"

她暗道："这是什么尴尬场面？我做错了什么要来这种尴尬的地方？"此刻她只想离开这里，然后去律所辞职。

"那要不要接？"隔了几秒，沈岁和又问，还将放在被子下的手握成了拳，像是在给自己鼓劲。他问的时候，声音低沉，带着几分沙哑，还有几分小心翼翼。

江攸宁看向他，和他的目光对上，忍不住叹了口气："你还是好好养伤吧。"

"好。"沈岁和一口答应。

路童伸脚踹了踹江攸宁的椅子。江攸宁又补充道："如果想接的话，那就和路童他们合作吧。"

沈岁和："好。"

他没有问什么原因，直接答应了。

路童在一旁惊讶地问："沈学长，所以你是接了？"

沈岁和点头："嗯。"

路童比了个"没问题"的手势，道："你们聊，我先出去了。"她飞也似的逃离了这个令人尴尬的地方。

病房里就剩下了沈岁和江攸宁两人。

沈岁和终于想起来问："漫漫呢？"

江攸宁："在楼下，和辛语在一起，陪着辛语的妈妈呢。"

"哦。"沈岁和忽然说，"你瘦了。"

江攸宁伸手捏了下自己的脸："还好吧。可能因为最近漫漫不太乖，我照顾他比较耗费精力，没有睡好。"

"哦。"沈岁和说，"等我好了，我就能带漫漫了。"

江攸宁："好。"

"之前的事，"沈岁和说，"你还在生气吗？"

江攸宁知道他说的是什么事，看着沈岁和反问道："你生气吗？"

沈岁和抿唇："生气。"

曾雪仪的那种做法，令他也很生气，但他没有办法。

这是沈岁和醒来之后，江攸宁第一次和他说话。她不知道那天走后，那个房间里发生了什么。她虽然有些好奇，但不想过问。

那是沈岁和与曾雪仪之间的事，她不想知道。她知道得越多，对这些事情便会越发无奈，对沈岁和的处境就会越发同情，但这种感情对她来说是没有必要的。

"江攸宁。"时隔很久，沈岁和喊她的名字，"她走了。"

江攸宁看向他，窗外的阳光洒进来，落在他的脸上。他紧紧地闭着眼睛，眼角处闪着晶莹的光。

他的声音有些颤抖："她走的时候说，就当她死了吧。往后，我是一个人了。"

江攸宁缓缓地伸出手，下意识地想安抚他，但片刻间又把手缩了回来。

她安慰道："会好起来的。"

"我气她，"沈岁和说，"甚至恨她。"

他说着睁开了眼睛望向江攸宁。那双眼睛里满是哀伤："我知道你气她，甚至恨她，这是应该的，而且你可以毫无负担地这么做。"

"但我不行，"沈岁和说着伸出手捂住了自己的眼睛，"我是她亲自养大的，我没有立场这么对她。"

"可我必须这么做。"病房里只有他一个人的声音，他略带哽咽地喊江攸宁的名字，"江攸宁。"

"我好痛苦，"他说，"活着，真的很痛苦。"

这是沈岁和醒来的第三天，也是他知道曾雪仪悄无声息地离开的第三天。

他没有和任何人说过这些话。曾寒山过来对他说这个消息的时候，他异常平静，好像是在听陌生人的事情。但那天夜里，他做了一个很长的梦，梦里是曾雪仪带着他跋涉千里万里的场景。

醒来之后，他恍惚了很久。原来，她真的就这样消失了。

他了解曾雪仪。她既然说了离开，就一定不会再回来了，就算死在外边，也不会再联系他们了。

从此之后，他自由了，解脱了，但也彻底变成了孤身一人。

父母在时，总有来处。父母走后，只有归途。人就是在这样的离别中慢慢成长的。

他知道这是最好的结果，但怎么也高兴不起来，就像是坠入了深海之中，只想缓缓地往下沉。

在一片寂静之中，江攸宁缓缓地开口："你有去看过医生吗？"

沈岁和看向她，手在一旁尴尬无措地放着。

"精神科的医生。"江攸宁深吸了一口气，仍旧直言不讳道，"你现在的状况很糟糕，找个医生看看吧，多做几次心理疏导也是好的。"

沈岁和沉默不语，不知道该以什么样的方式告诉江攸宁，他患有双相情感障碍，而且在这段时间里，他的病情有加重的趋向。

"讳疾忌医会耽误病情。"江攸宁说，"当成普通的聊天儿就好。"

"江攸宁。"沈岁和喊她的名字，忽然跳转了话题，"我以前，见过你吧？"

江攸宁："嗯？"

"在华政。"沈岁和说，"你大一那年，站在公交站牌那儿，我给你递过一把伞。"

江攸宁愣了几秒，看向他的目光中带着几分错愕，但很快回过神来，坦诚地回答："是。"

"那把伞呢？"沈岁和温和地问。

江攸宁不带任何感情地说："扔掉了。"连同对他的感情和记忆，她都一起扔掉了。

"你那段时间，"沈岁和顿了顿才问，"是怎么走出来的？"

他的话题很跳脱。他像是硬撑着在和江攸宁聊天儿，仿佛在没话找话。

江攸宁诚实地回答："去看了心理医生，去海边玩了一次，去上了一段时间的瑜伽课，最重要的是脱离了那个环境，人慢慢地就看开了。"

她像过来人一样给他传授经验，不带任何私人感情，冷静到令沈岁和心慌。

"你有想过再结婚吗？"沈岁和佯装平静地问。

江攸宁微微抬起眼皮："以后有时间会考虑，遇到喜欢的人应该会结。"

她真的把沈岁和当成了朋友，把所有的情绪都袒露给了他。但这些话题总归过于敏感，江攸宁并不想多谈。

"你好好养伤吧。"江攸宁语调平缓，客气又疏离，"改天我再来看你。"

她说完便起身要离开，但在一瞬间，沈岁和忽然抓住她的手腕，微仰着头看向江攸宁："改天是哪天？"

他用来拉江攸宁的那只手还在打着点滴，由于动作幅度太大，插针管处有些回血。

江攸宁眉头微蹙："放开。"

沈岁和却摇摇头："是哪天？"

江攸宁把沈岁和的手掰开，然后给他放平，没有去看他的目光，而是低着头，温和地说："有时间会来的。"

没有说具体时间，是因为她一向不喜欢在这种不太可能的事情上做出承诺。

江攸宁说有时间会再来的，但几乎一次都没有来过。反倒是慕曦抱着漫漫来过几次，说漫漫在家里哭得厉害，想爸爸了。

漫漫来了之后和沈岁和玩得极好，临回家时也不愿走。慕曦一抱他走，他便号啕大哭，哭得异常伤心。沈岁和便留下了他。

慕曦怕他睡觉不安稳踢到沈岁和的伤口，沈岁和却摇摇头，说："没关系，漫漫很乖的。"

晚上江攸宁下班后会来接漫漫，但漫漫只在沈岁和的身边爬来爬去。他极有灵性，从来不去拽沈岁和打点滴的那条胳膊，只在沈岁和的另一边乱爬，甚至有时候在沈岁和的脖颈间蹭着，像只小猫似的。

偶尔有几次，漫漫不小心弄裂了沈岁和的伤口。看到沈岁和身上的绷带渗出了血，漫漫扁着嘴不敢哭，但眼睛里有泪水在打转。等到医生给沈岁和重新包扎好，无论沈岁和怎么说，他都不敢过去，只会亲一亲沈岁和。

只有在江攸宁来接睡着了的漫漫时，沈岁和才能见到她一面，但这一面是极匆忙的，而且上了一天班的江攸宁满脸疲惫。沈岁和只好简单地问几句，不敢问太多，怕惹恼了她，她再也不来了。

日子就在这样一天天的重复中过去了。

裴旭天给沈岁和重新预约了心理医生，让沈岁和每周做两到三次心理疏导。医生还开了一些药，不过剂量不重。

精神上的疾病，只要能一直保持心情愉悦便没有什么大碍。得益于漫漫的陪伴，沈岁和慢慢地从那种悲伤压抑的情绪中走了出来。

沈岁和在医院里住着，没有了令人心烦的事情，他的心境也平和了许多。

某日裴旭天过来看他的时候，带来了他之前立好的遗嘱，直接扔在了他的床上。

沈岁和只瞟了一眼，便拿到了一旁："做什么？"

"我劝你撕掉。"裴旭天说，"你才30岁，立这种东西未免太早了吧？"

沈岁和："防患于未然。"

他在刚刚查出这个病的时候就有了立遗嘱的想法，真正去实践是在清明节之后，意识到自己的情绪确实会在某些时候变得不可控。当那种可怕的情绪涌上来时，他都不知道自己在做什么。他清醒过来后，不免感到心惊。

　　他怕哪天真的会从这个世界上消失，所以拟了一份遗嘱，也去做了公证。

　　那天他真的以为自己会死。没想到，上天还挺厚待他，他没有死成。

　　"有病就治病。"裴旭天说，"年纪轻轻的，别总想着死。你要是死了，官司都压在我的身上，我也会英年早逝的。"

　　沈岁和："你现在可以转手出去。"

　　裴旭天："……"

　　"反正你不能死。"裴旭天瞪他一眼，"还是把这种东西撕了吧，好好地治你的病，不就是双相情感障碍吗？多和你家漫漫玩会儿，一定会有效果的。"

　　沈岁和："哦。"

　　"再说了，你要是死了，你儿子谁养？你以为有钱就能养好儿子吗？"裴旭天冷哼一声，"是不是想让我给你养儿子？做什么春秋大梦呢？你儿子上次挠我，我还没跟他算账呢！你要是死了，我就天天虐待你儿子。"

　　沈岁和："幼稚。"

　　裴旭天："你不幼稚？整天想着死。"

　　沈岁和抿唇："万一真有那一天呢？"

　　裴旭天："你不想就不会有。"

　　沈岁和："这种病能治好吗？"

　　裴旭天："你多想点儿开心的事情，找个人生目标，肯定能活得好好的。"

　　沈岁和："……"

　　病房里安静了下来。

　　隔了很久，沈岁和才说："我就是感觉自己好像没有什么目标了，整个人活着都很没劲，甚至医生来做疏导的时候，我也没有办法和他们正常聊天儿。我知道那样是不对的，所以一直压抑着自己的情绪。"

　　"那你发泄出来啊！"裴旭天皱着眉，"你又不是哑巴！"

　　沈岁和："……"

　　"想说什么就说出来啊！"裴旭天鼓励他，"有事就说出来，男人就算脆弱也不丢人。去年我妈忌日，我还哭了一场呢。哭又不丢人，害怕活着才丢人。你成天像个闷葫芦似的，大家又不是你肚子里的蛔虫，没法把你的心思猜出来。"

沈岁和："……"

"你可以聊聊人生，谁还没有几件当时看来过不去的事了？"裴旭天以亲身经历开导他，"我亲眼看着我妈跳楼，经历了谈了八年的女朋友在我面前脚踏两只船，这些事情都是被慢慢消化掉的。你经历的这些事说大不大，说小也不小，但你说出来就没事了。你总不说，全憋在心里，总有无法消化的时候，慢慢地就把自己憋出病了。"

裴旭天说的废话很多，但挺有道理。沈岁和知道裴旭天的良苦用心，但有些事情他总是不知道该如何开口。

裴旭天继续开导他："那你现在最想做的是什么事？"

沈岁和沉默了一会儿，抿唇道："复婚。"

病房里沉寂了几秒，裴旭天回忆着近期江攸宁的状态，不由得摁了摁眉心，轻咳了声："要不……你先换一个容易完成的？"

"你说爱是什么？"沈岁和忽然问。

"想一直跟她在一起吧，看她出事会心慌，就算偶尔有嫌弃她的时候，也不是真心嫌弃，会觉得她发脾气也很可爱，想一直把她放在自己的羽翼下照顾。嗯，大概就是这样。"裴旭天把自己长达八年的恋爱经验总结了一下。

然后他问沈岁和："那你爱江攸宁吗？"

沈岁和毫不犹豫地点头："爱。"

"嗯？"裴旭天有些诧异，没想到他会承认得这么坦然，以前他可是对"爱"这种感情嗤之以鼻啊。

不料沈岁和说："在生命快走到尽头的时候，我的脑子里都是江攸宁的身影。"

"既然你爱她，那就好办了。"裴旭天说，"你先好好养伤，等伤好了就去追她。"

沈岁和："她对我已经失望透顶了。"

裴旭天："……"

沈岁和说的倒是实情。

"老沈，"裴旭天叹了口气，"你说你以前怎么就那么过分呢？"

沈岁和："……"

"不过，精诚所至，金石为开。"裴旭天说，"你总得努力过了才知道行不行。"

说着，他打量了一番沈岁和，给出了真诚的建议："你别端得太高，也别被拒绝一次就放弃，反正就认定这个人了，时刻把她放在第一位，只要她说的，你就坚定地去做，她没说的，你也得去做。无论什么时候，你都要比她的想法先行一步，这样慢慢地，她就动心了。"

沈岁和感觉都那么不靠谱。

"试试吧。"裴旭天说，"你俩还有个孩子，漫漫就是最好的帮手啊！"

沈岁和：她不喜欢我用孩子捆绑她。

"不是捆绑，"裴旭天说，"孩子是你们两个人的，你也要照顾漫漫。你现在就把自己放到她的追求者的位置上，总比别人要占优势啊。"

沈岁和觉得他说得好像有几分道理。

"反正，"裴旭天耸了耸肩，"没有人能拒绝真心。如果你是真的对她好，她一定能感觉到的。"

沈岁和问："我以前对她真的很不好吗？"

裴旭天皱眉看他，一副"你觉得呢"的样子。

沈岁和知道自己以前对江攸宁不太好，但说不上来具体不好在哪里。

"先不说别的，"裴旭天说，"女人一生最重要的婚礼，你给她办过吗？"

"她说挺麻烦的……"

"胡说！"裴旭天翻了个白眼，"她说这话不就是为了让你觉得她懂事吗？这个世界上只有愚蠢的男人才会把这种话当真。"

沈岁和："……"

"还有，情人节、七夕、除夕、春节，不管大节小节，反正是个节日，你都得给她制造点儿惊喜和浪漫。"裴旭天说，"你就说你以前过过几次吧。"

沈岁和好像一次都没有认真过过。

"每个人的喜好不一样。"裴旭天说，"你提前要多沟通，不然有时候容易弄巧成拙。"

他正在思考裴旭天的话，不料裴旭天一掌拍在他的肩膀上："有目标就是好事，这就是活下去的动力啊！"

沈岁和："……"

"追到江攸宁，重新和她写到一个户口本上。"裴旭天给他鼓劲，"你能行的。"

沈岁和："……"

裴旭天离开之后，沈岁和躺在床上发呆，脑子里不断地盘旋着裴旭天临走时说的那句话："想太多往往做不成。"

他就是想得太多了，而且总爱揣测别人的想法。他怕惹得江攸宁不高兴，也怕自己的状况让江攸宁厌恶，更怕听到拒绝的话。他害怕的东西太多了，所以总是畏首畏尾。

他自幼便不是会主动索要东西的人，尤其是沈立去世之后。就算别人主动给，他都会再三推辞。

从未得到过什么的孩子，比曾经得到过的更怕失去。但是如果不主动，他真的什么都抓不住了。

沈岁和出院那天正好阴天。七月的北城燥热难忍，突如其来的阴天让众人都喜出望外，终于可以下场雨来冲刷一下这夏天的燥热了。

出院手续是曾嘉煦帮忙办的。住了近一个月的院，沈岁和消瘦了不少，看上去没什么精气神，不过比刚醒来那会儿好多了。

曾嘉柔想帮他收拾东西，但被他拒绝了。他沉默着收拾好自己的东西，等曾嘉煦办完手续后一起离开医院。

消毒水的气味闻久了，沈岁和从医院出来后，呼吸到新鲜的空气还有些不习惯。

其实沈岁和还没有痊愈，只是伤口已经愈合，没有什么大碍了，所以他回去之后慢慢疗养就可以了。

曾嘉煦想把沈岁和载回他们家。沈岁和却说要回他自己住的地方。他不习惯和太多人一起住，而且自己住的那个地方离华师挺近的。曾嘉煦劝了他很久，也没有成功，最后不得不妥协，把他载回了他自己家。

家里近一个月没有住人，到处都是灰尘。曾嘉柔和曾嘉煦帮着收拾了一通，收拾了两个小时后，这个家才算是恢复了本来的样貌。

"哥，那你这几天要怎么解决吃饭问题？"曾嘉柔问，"用不用我给你送？"

"不用了。"沈岁和说，"老裴会帮我做的，我自己也能学着做。"

"啊？"曾嘉柔和曾嘉煦都很惊讶。

"怎么了？"沈岁和把一直开着的窗户关了半扇。

曾嘉柔："没怎么。"

她就是觉得沈岁和像变了个人，好像更沉默了，也更温和了。

"哥。"曾嘉煦说，"那我们先走啦，你好好休息，有事给我们打电话。"

沈岁和点头："嗯。我送你们下去。"

曾嘉煦："不用了，你在家好好休息吧。"

沈岁和："好。"

等到曾嘉柔和曾嘉煦离开，沈岁和才坐在沙发上梳理自己的情绪。

他拿出手机翻出江攸宁的手机号，盯着屏幕犹豫了一会儿才给她发了条短信："我出院了。"之后便是漫长的等待。

手机屏幕上显示的上一条信息是他发的"明天下雨，记得带伞"，时间是昨晚，不过江攸宁一直没有回复。

但今天，她隔了五分钟回了短信，只有简短的两个字："恭喜。"短信中透着客气疏离之意。

沈岁和收起了手机，把自己的东西一点点整理归纳好，然后去了书房。

他在书房的椅子上坐了一会儿，直到夕阳慢慢落山。天色渐晚，这座城市的灯在黑夜中亮起，他舒展了下筋骨，不知不觉竟然睡着了，这次睡觉的感受还不错，没有做噩梦。

他站起来，挽起了白衬衫的袖口，开始整理书房。

他从"芜盛"搬过来的时候，有几箱书一直没来得及整理。那段时间，他心情低迷，不太能看得进去书，那些书也不太重要，便一直将其搁置一旁了。

如今出院了，他逼着自己强打起精神来面对这个世界，今天进书房也是因为记起了还有东西没有整理，打算整理一下。但他没想到自己坐在书桌前犯了懒，直到现在才有心思做。

他身上有伤口，动作幅度不敢太大，怕拉扯到。

那几箱书之前被他放到了书架的最上边，这会儿他得踩着东西上去拿。库房里有凳子，他慢悠悠地过去拿来，然后站上去将箱子一点点地往外挪。

这些书的分量不轻，他只能缓缓地往外挪动箱子。底下没有人接着，他只好慢慢地抱下来。

一共有三箱书，他当时放上去的时候没有觉得重。这时候都拿下来，他的额头上渗出了一层汗。他心道："得锻炼了，等身体稍好一些就开始，不然拿几箱书就开始流汗，也太虚弱了，肯定活不了多少年。"

隔了几秒，他被自己的想法惊到了，但心中又带着几分惊喜，总算不是不想活了。

裴旭天说得对，人是该有个目标。沈岁和虽然还没有开始实践，但正在慢慢地改变。

经历了这一场大病，他的思想变了很多，很多话如果不说出来，别人是看不懂的，很多事如果现在不做，以后可能就没有机会做了，所以顾虑太多有时也不是好事。不过他已经习惯了以前的思考方式，改变总得有个过程。况且以现在这个样子，他还是没办法真的去追求江攸宁。

裴旭天对他说了那么多话，他记住的不过三句——

"别端得太高，也别被拒绝一次就放弃。"

"精诚所至，金石为开。"

"没有人能拒绝真心。"

他住院的时候查了一些问题，但都太浅薄了，也询问了裴旭天，但裴旭天一直相处的对象和江攸宁完全不是一个性格。

谈恋爱也得对症下药，总的来说，他还是要用心对待。

沈岁和想的是先把身体养好，然后让生活逐渐恢复正常，这样才能谈怎么对江攸宁好，怎么追江攸宁，不然一切都是空谈。

复婚这事确实有难度，以江攸宁现在的态度来看，基本是不可能实现的，但他总得试试。

就算以后江攸宁有喜欢的人了，他也不会说什么。毕竟是他先推开她的，而且还伤害过她，他的家人也伤害过她。换作是他，也不会再回头。

可除了江攸宁，他谁都不想要。结婚这事，只有和江攸宁一起，他才不会排斥。

他做好了和江攸宁死磕到底的准备，如果真的惹恼了江攸宁，便默默地对她好，把以前欠下的都还回去。还有漫漫，他这一生最重要的人也就剩两个了，现在不把握，日后就来不及了。

如果等到江攸宁真有了想结婚的对象，他似乎也只有祝福的份儿，没有立场提出任何异议。

沈岁和盘腿坐在地上，低声叹了口气。

他先挪过来第一箱书，都是些法理类的书籍，以前看过一次了。书上落了一层灰，他用抹布擦干净放在一旁，一本一本地拿出来，动作缓慢。他现在格外喜欢做这种事情，没有人催促，也没人阻止，只要最后把事情做完就好。

第一个箱子里有二十多本书，都不算厚。他站起来都放到书架上，然后开始整理第二个箱子。第二箱是杂书，关于政治的、经济的、哲学的……他买来后只是简单地翻阅了几下便放在那里吃灰了，当时觉得自己会看的，就一并带来了。

他收拾完第二箱后，只剩最后一箱。他用修长的手指在箱子里拨弄了几下，看到了一本并不眼熟的书，不算厚，位于箱子的角落，被其他的书压着。他伸手想把它抽出来，但上边的书太多，抽不出来，只能等清理完再看。

这一次清理的速度比之前快了一些，清理了一多半之后，放在客厅的手机忽然响了，他只好起身去拿。

手机屏幕上显示来电是朗州市的座机号码。沈岁和眉头微皱，下意识地觉得是诈骗电话，便直接挂断了，继续去书房收拾。

那本书终于露出了大半截，包着书皮，看着有些年头了。他印象中没有买过这样的书。

他正要往外拿，手机又响了，还是那个号码，来自朗州市。

他皱着眉头接了电话："你好。"

"喂，您好。"对方是一位很温柔的女士，但那边的环境很嘈杂，"请问您是曾雪仪女士的家属吗？"

听到这个名字，沈岁和心里"咯噔"一下。

"是。"他的声音变得沙哑，透着一丝连自己都没有察觉出来的紧张。

"这里是朗州市人民医院。"对方说，"曾雪仪女士已于今日下午三点二十分去世，您有时间来带她回家吗？"

对方用了很委婉的词"回家"，但前面已交代了事实——去世。

这简短的一句话让沈岁和愣了几秒。他不可置信地又问了一遍："你说什么？"

"曾雪仪女士已于今日下午三点二十分去世。"对方极有耐心地重复了一遍。

沈岁和："什么病？"

"脑梗。"对方说，"昨天送进来的。"

沈岁和"啪"地挂断了电话。

朗州市的地理位置更偏南一些，沈岁和在那里生活了近五年。

他小时候原本是在朗州市的一个小县城里长大的，后来沈立去世，又经历了一些事情，曾雪仪才带着他来到了朗州。

他在这里其实过得并不愉快。曾雪仪限制了他的交友自由，也限制了他任何玩乐的时间。他在学校里一直是被孤立的状态，准确地说，是他主动孤立了别人。

曾雪仪回到了朗州是他意料之中的事情。但他以为曾雪仪回到了那个县城，以她的性子，可能是将他们以前住的那个房子重新修整一番住进去。

那个房子还是他们家的，一直都没有被卖出去，因为曾雪仪舍不得。

沈岁和是和曾寒山一起回去的。一路上他都表现得很平静，只是格外沉默。曾寒山亦是。

他们都以为曾雪仪的离开是放过了自己，也放过了沈岁和。但他们没有想到，曾雪仪会因疾病突发离开这个世界，当真是连他们的最后一面也没有见。

沈岁和和曾寒山到达朗州市人民医院的时间是凌晨五点。朗州市的天还没亮，但已经透出了光，这里不算冷，甚至和北城的清早比起来还有些热。

他们径直进了医院，护士带他们进了病房。因着沈岁和在电话里的要求，曾雪仪的遗体在病房里保留了一晚。

进入病房，沈岁和站在病房门口便红了眼圈，迟迟没有把那张遮在曾雪仪身上的白色床单掀开。

曾寒山毕竟经过了大风大浪，先走到了曾雪仪的床边，但双手伸出去，手指不断地在空中颤抖，整整两分钟都没能将床单掀开露出曾雪仪的脸。

床单下率先露出来的，只有曾雪仪斑白的头发。最后还是沈岁和疾步上前，把盖在她身上的床单掀开，像是一阵风吹过，把她的本来面目吹露了出来。

遗体在病房放了一夜，曾雪仪的脸色已经变紫了，身上甚至隐隐地散发出了尸臭味。她眉眼紧闭，显得格外平和。两只手交叠搭在肚子上，头发散开在枕头上，看着有几分凄凉。

曾寒山看着那张熟悉的脸，忽然控制不住情绪，放声哭了起来。他的眼泪落了下来，嘴里不断地喊着："姐……姐……"他一声又一声地喊，喊到声音嘶哑。

而沈岁和只是笔直地站着，俯视着曾雪仪，眼里的泪凝聚在一起，但硬是没有掉下来。他看着曾雪仪，脚步灌了铅似的沉重，僵在原地动不了。

现在的曾雪仪好像能跟沈岁和记忆中的形象重叠起来了，那个在他的记忆中还算温和、鲜活的母亲。

负责看管她的护士在一旁解释道："病人是前天晚上被送过来的，送来的时候已经昏迷了。因为她的手机里一个联系人也没有，所以医院一直联系不上家属，给您打电话还是公安机关查到的联系方式。她昏倒在了路边，是路人叫了救护车送进了医院。脑梗在她这个年龄段属于常见病，医院方面已经尽力了，所以……"

护士看家属的情绪这么激动，连忙安抚。

沈岁和回头朝她颔首："谢谢您。"

护士盯着他看了一眼，摇头道："不用客气，这是我们应该做的。她以前来我们医院就诊过，患有糖尿病和高血压，但都不太严重，当时想让她住院调理一阵，她怎么也不肯，家属签字也是她自己签的，还是挺……"

护士大抵想说是挺固执的一个人，但面对死者的家属，没再继续说，只是叹了口气，宽慰道："逝者已逝，请节哀。"

"好的。"沈岁和说，"您能联系到把她送来医院的人吗？我们想感谢一下。"

护士："我试着联系一下。"

护士离开之后，病房里仍旧有抽噎声，但沈岁和已经缓解了起初的震惊情绪，没有再去看躺在病床上的曾雪仪。

他没有像曾寒山那样放声哭泣，也没有太多过激的行为。他看了看之前曾雪仪的就诊记录。她在六月二十一日就到这里就诊过一次，当时是查出了高血压和糖尿病，但是没有进行重点治疗。

诚如护士所说，她确实很固执，不让人联系家属，也不住院，最后开了点儿降压药就走了。

据那天在场的人说，她当时正走在朗州市的中心大道上，不知道发生了什么事，忽然回头，然后没过几秒就晕了过去。在场的人都吓了一跳，有人立马拨打了120。

沈岁和最后联系到了打急救电话的人。那天那人和老婆、孩子去中心广场那边玩，据他回忆，曾雪仪当时一直盯着他家的小孩儿，他起初以为是什么图谋不轨的人。隔了一会儿，他的儿子喊了一声"妈"，曾雪仪就应了一声，然后猛地一回头，还没走两步便倒在了原地。他动了恻隐之心，忙打了急救电话。

沈岁和给那人一些钱作为酬谢，但对方没有要，说只是举手之劳。

沈立的墓园起先在朗州市的那个县城的郊区，后来被移到了北城。沈岁和将曾雪仪火化之后，将她的骨灰带到了北城，同沈立合葬。

曾雪仪生前没有什么好友，亲戚只有曾寒山一家。葬礼那日，北城是个晴天，曾嘉柔最是多愁善感，在墓前忍不住哭泣了半天。曾寒山红着眼眶叹了声："姐，一路走好。"

唯有沈岁和，从头沉默到尾，没掉一滴泪，也没有哭一声，甚至没有喊一声"妈"。每当有人过来安抚他，他都是勉强地笑一下："我没事。"

曾雪仪的财产早已在离开北城以前就安排妥帖。她的房子留给了沈岁和，她在曾氏集团的股份给了漫漫，而她在"挚爱"里分到的那部分股份则留给了江攸宁。

她没有当面和曾寒山说遗产分配事宜，只是留了一封信，信中没有提及这样分配的缘由，没有为自己的错误辩解，也没有一句道歉，只有财产的分配方式。

忙完了曾雪仪的葬礼，沈岁和才有时间整理那些从朗州带回来的东西。曾雪仪在他们以前的旧房子里仅仅住了半个多月，真正值得带回来的东西不多。

但沈岁和拿回来了一封信，信已经被撕成两半。他是在垃圾桶里看到的，当时没来得及看，这会儿把一切都忙完了，才顾得上打开。

纸上只有两句话。

> 我也不知道怎么就成了这样。
> 但，就这样吧。

曾雪仪没有给他留下任何交代，像是无牵无挂地离开了这个世界，去往了另一个地方，一个她一直追逐的、有爱的地方。

而在一个被锁了很久的柜子里，沈岁和发现了曾雪仪的日记本，记录日期从很久以前开始，一直到他们搬去朗州市的那一天。

沈岁和坐在客厅的地板上，靠着沙发开始翻阅那本日记。曾雪仪的字很工整，日记前期记录的是他们一家一起生活的点滴，大部分内容和沈立有关，有时候也会提到沈岁和。

> 清明节出生的又怎么了？岁岁比其他小孩儿都懂事，这就足够了。
> 我有一个幸福的小家，每次看到岁岁和他爸爸玩，都觉得我当初的决定是对的。

但等沈立去世之后，她的字迹开始变得凌乱。

> 我该怎么办？我不能回北城，当初说好了一辈子都不回去的。

原来都是沈立洗碗的，我做不好这些事情。

他妈妈今天又来了，为什么沈立都死了，她还是不放过我？

人人都说让我把这些事情放下，对他们来说轻而易举，但是对我呢？

他妈妈还有儿子，岁岁还有我，可我呢？什么都没有了。

沈立，你为什么不带着我一起走？不是说好了一生一世在一起吗？

我病了。

我想死。

岁岁……还有岁岁，阿立最喜欢岁岁，我必须把岁岁带离这里，让那些人都高攀不上。

岁岁不能差，不能让那些人看不起。

之后她便再没写了。日记上这每一字每一句都看得人感到窒息。

合上日记本，沈岁和把头埋在膝盖上，脑海中只有那一句——"他妈妈还有儿子，岁岁还有我，可我呢？什么都没有了"。

原来，她当时是那样想的啊！沈立去世的时候，她不过三十出头。

如今沈岁和也不过三十出头，已经彻彻底底没有家了。

安顿完曾雪仪的事情，沈岁和的生活也逐渐步入正轨。他回到律所，整个人越发显得清瘦。他的工作态度比之前还要严谨些。

裴旭天知道了曾雪仪的事请，也不知道该怎么安慰他，只是说了句："节哀。"

沈岁和却笑了下："没事。"

裴旭天也不知道他是真的没事还是假的没事，但沈岁和的工作状态回来了。

他回来代理的第一个案子就是之前答应了路童的那个和路童律所合作的商事案。去见路童之前，他还给路童买了一杯饮料。

第一次收到沈岁和的饮料的路童感到很是震惊，在微信群里找江攸宁："沈岁和疯了？我一时竟不知道他是不是想追我。或者他只是单纯地想讨好我，想让我在宁宁面前说说好话。"

江攸宁："你可以请回去。"

路童："不不不，我真的很慌。"

辛语："应该是想追宁宁吧。"

路童："你不对劲，为什么这么平和？"

辛语："听裴旭天说的，说沈岁和想把宁宁追回去。"

江攸宁："……"

路童发了一个问号。

江攸宁和路童忙问："你什么时候和裴旭天有联系了？"

辛语："他是我家的新邻居，你们不知道吗？"

江攸宁和路童："你又没说！"

自从妈妈生病之后，辛语的话明显少了很多，这么大的事，她都没有对她们说过。

不过，江攸宁和路童瞬间想起了什么。

路童："你和裴律冰释前嫌了？"

辛语："算是吧。毕竟他还帮我联系了优秀的医生。吃人嘴软，拿人手短。"

路童："那裴律还说什么了？我现在拿着饮料，感觉像拿了杯毒药。"

辛语没有再回复，反倒是江攸宁回道："给你的你就喝，别慌。"

路童："你想和他重修旧好吗？"

江攸宁："做梦。"

路童："那你还让我喝？吃人嘴软啊！"

江攸宁："你尽管替他说好话，我答应了算我输。"

路童："……"

沈岁和和路童的律所有了合作，两人见面是不可避免的事情。但他们以往真的不太熟。路童以前经常在外地奔波。两人说话最多的一次，还是那次路童说沈岁和"如果给不了江攸宁幸福就放开她"。

沈岁和之所以这样做，是因为想起了裴旭天曾经说过的话——"你要是想追回她，不只要对她好，还得对她身边的人好"。所以他只是单纯地这么做，并没有让路童替他说好话的意思。

时间一晃就到了七月中旬，沈岁和复查之后，被告知他的伤势已经大好。

他从医院出来后开车去了江攸宁家，因为怕经常去惹得江攸宁不高兴，所以最近一直保持着两三天去一次的频率。幸好漫漫真的喜欢和他玩，他和漫漫一起堆积木，也很有耐心。

他的伤刚好，漫漫不能骑大马，感到有些失望。不过漫漫还算贴心，玩的时候都避开了他的伤口。

这天他去的时候已经快中午了。他刚开到华师，就看见江攸宁和一个男人并肩走在一起，正往江攸宁家楼下走。

男人比江攸宁高一些，两人站在一起很般配。

两人不一会儿就走到了江攸宁家的楼下。男人侧过脸来，沈岁和认出是杨景谦，他的心忽地一紧。

沈岁和看到江攸宁笑着前倾了一下，刚好碰到了杨景谦的肩膀。两人不知道在说什么。杨景谦只是温和地笑。最后，江攸宁上楼，杨景谦离开。

沈岁和坐在车里目睹了全程，心情很复杂。他停好车，下车之后快步上了楼。

直到他气喘吁吁地站在江攸宁家的门口，还没有想好和江攸宁说些什么。他一激动，就很鲁莽地走了上来，敲了敲门。他敲门的那只手，此刻手心里还是汗津津的，不一会儿有人来开了门。

来人是江洋，沈岁和咽了下口水，有些发怵地喊了声："爸。"

江洋冷哼一声，纠正他："叫叔叔。"

沈岁和不大情愿地喊："叔叔。"

他侧过身看到了江攸宁。她刚端起碗打算吃饭，一眼都没有往门口看。他心一横，轻咳了一声喊道："江攸宁，你出来一下。"

江攸宁微微抬起眼皮，碗都没放，反问道："做什么？"

沈岁和："你出来。"

江攸宁坐在那儿半晌，才无奈地站起来，一边走一边问："到底什么事？"

沈岁和在她快要走到门口时，伸手把她拉了出来，然后关上了门，隔绝了江洋和慕曦打量的目光。

站在楼道里,江攸宁皱眉道:"你做什么?"她感觉今天的沈岁和不太正常。

沈岁和抿了下唇,心情有些紧张,一时不知道该说些什么。

江攸宁没有了耐心,催促道:"到底什么事?没事的话我回去吃饭了。"

她说完就伸手开门准备回去,但沈岁和拉住了她的手腕。他手心里的汗都沾在了江攸宁的皮肤上,江攸宁感觉非常湿热。

江攸宁回头看着他,不耐烦地说:"你到底……"

沈岁和有点儿急了,目不转睛地盯着江攸宁,脱口而出:"我想和你谈恋爱。"

江攸宁:"……"

既然话已经说出来了,沈岁和也就不纠结了,继续道:"重新开始。"

江攸宁:"……"

沈岁和:"给我个机会,我们重新开始。"

几秒后,江攸宁甩开了沈岁和的手:"有病就治病,没病就回家,别来我家做白日梦。"她说完便打开门走了进去。

沈岁和朝着江攸宁喊:"我是认真的。"

但他只听到"啪嗒"一声,回答他的是门关上的声音。

"我到家了。"

手机微微振动,江攸宁拿出来看了一眼,是杨景谦发来的微信消息。

她轻戳屏幕回复:"嗯。"

回完之后,她就把手机倒扣在桌面上,继续低头吃饭。她刚刚先喂了漫漫,这会儿漫漫吃饱了坐在地上玩,她终于能安心地吃饭了。

家里的气氛有些不太正常,慕曦和江洋都在用打量的目光看着她。慕老师还好一些,江洋就差把眼睛粘在她的身上了。但她没有理会,只是慢条斯理地继续吃饭。

等到她放下筷子,慕曦问:"要汤吗?"

江攸宁点头,直接起身:"我自己去盛就好。"

她往厨房走去,刚进入厨房,就听到身后传来小声讲话的声音。

江洋："怎么回事？"

慕曦："我怎么知道？"

江洋："他刚刚说的那是什么？"

慕曦："你离得近都没听到，我哪儿知道？"

江洋："……"

江攸宁盛了半碗排骨汤，站在那儿轻轻地喝了一口。慕老师的厨艺比她好得不是一星半点儿。这碗排骨汤香味浓郁，很好喝。

她轻倚着料理台，也不急着出去，竖起耳朵听着外面的声音。

"他竟然说想重新开始，"江洋对慕曦抱怨，"他疯了吗？"

慕曦的声音相对来说平和许多："这跟你有什么关系？"

"那是你女儿！"江洋稍微拔高了一些声音，"你一点儿都不关心她的终身大事吗？"

慕曦："你关心有用吗？她听吗？"

江洋："……"

慕曦："都是当妈的人了，她肯定自有定夺。"

江洋："总不能看着她再往火坑里跳啊。"

慕曦："你怎么知道那是火坑？"

江洋："不是火坑她能离婚？"

慕曦："就算是火坑也是她自己想跳的，她要是想跳第二次你也拦不住。"

"你这个人怎么这么冷漠！"江洋有些生气，"好歹你也是个当妈的，怎么就由着她胡来？当初你也是第一个答应她嫁给沈岁和的，什么都依着她，把她给惯坏了！"

慕曦叹了口气："你想吵架是不是？"

江洋顿时泄了气，但不肯放过这个问题："你关心一下她总没有问题吧？"

慕曦："关心可以，但你不能说我做错了。"

江洋："对对对，你说的都是对的。"

慕曦："太敷衍了。江洋，我跟你说，就算再来二十次，我也会答应她的要求。幸不幸福这个事情只有自己知道，当初还有人觉得我跟着你

197

肯定不会幸福呢，但现在看来不也很好吗？她都那么大的人了，我们逼着她做这个不做那个，她也会觉得为难的呀！"

江洋："……"

"退一万步说，就算她跳的是个火坑，"慕曦说，"那也是她自己选的。为人父母，我们能做的是永远给她留好退路，而不是阻挡她的前路。"

"哎呀。"江洋拍了下桌子，"我不是这个意思。"

"嗯？"

"你就对她说一说利弊。"江洋说，"男人的花招太多了，宁宁单纯，我怕她被骗。"

慕曦轻嗤了声，不疾不徐地反问："你当真以为我什么都不管？"

江洋："……"

"她结婚之前，离婚之后，生孩子之前，包括复婚这种事情，我都对她说过。"慕曦严肃地对江洋说，"但她不是什么都不懂的小女生，相反她从小就是个很有主见的孩子，这些事情该由她自己来做决定。怎么到你嘴里我就成了什么都不管的妈了？"

江洋："我不是这个意思。"

慕曦轻哼一声，没再搭话。

江攸宁在厨房里听着想笑，但一直克制着。没想到这么多年，江洋一直都说不过慕老师。

相比之下，慕老师确实最懂她的脾气和性格。江洋偶尔还会产生一定的控制欲，但慕老师始终尊重她的选择。

因为慕老师知道她是什么样的人——不撞南墙不回头。现在她撞上了南墙，自然也就回头了。

听着两人的聊天儿，江攸宁不知不觉喝完了半碗排骨汤。外面的天气很好，阳光照耀在她的身上，她低着头在厨房站了一会儿，等到外面的讨论停下，才回到餐桌旁。

两人已经吃完，看到江攸宁空着手回来，江洋问："你的碗呢？"

江攸宁："直接放在洗碗池里了。"

"汤喝了没？"江洋关心道。

江攸宁点头："喝了整整大半碗。"

江洋："哦。"

家里除了漫漫的咿呀声，再无其他的声响。

慕曦面无表情，情绪和平常一样。相比之下，江洋的表情中就显得要素过多，就差把"你和他之间到底发生了什么"这种问题刻在脸上了。

江攸宁瞟了一眼漫漫，不疾不徐地开口："想问什么就问吧。"

"那沈岁和是怎么回事？"她的话音还未落，江洋就急着把问题抛了出来，"他当真是来找你复婚的？"

江攸宁点头："应该是。"

江洋皱眉："应该？"

"或许吧。"江攸宁说，"听着像那个意思。"

"那你……"

江攸宁看向他，耸了耸肩："我表现得不够明显吗？"

江洋看她如此，便放心了。

"今天上午那个……"慕曦在一旁慢悠悠地开口，"同事还是……？"

"是老同学。"江攸宁解释道，"他来华师做研讨，正好在附近，我就下去和他见了一面，没有其他关系。"

慕曦起身收拾桌子："有也没关系，我就是问一下。"

江攸宁："哦。"

江洋知道江攸宁不会和沈岁和再扯上关系，便唱着小曲哄漫漫玩去了。

慕曦进了厨房忙碌。江攸宁正要起身去帮忙，桌子上的手机忽然振了一下。

辛语："两位，有时间吗？晚上出来喝酒呗。"

路童："阿姨出院了？"

辛语："算是出了。"

江攸宁："恭喜恭喜！有时间，可以约。"

路童："恭喜！"

辛语："人走了……"

江攸宁："什么时候的事？"

路童："你是不是说胡话呢？"

辛语："晚上出来说吧。"

她们约的还是老地方——辛语以前常来的"沉醉"。这里价格中等，还有驻唱歌手和乐队。

江攸宁下午去律所，工作效率降低了不少，刚到下班点便匆匆地离开了。她比约定的时间早到了半个小时，但没有想到路童和辛语已经在吧台坐着了。

这会儿才五点多，还不到酒吧人多的时候，吧台处的调酒师也只有一个，驻唱歌手还没有来，再配着酒吧昏暗的灯光，江攸宁感觉这里的气氛有些压抑。

辛语的面前摆着四五个空杯子，看着像已经喝了很长时间了。

江攸宁过去喊了声："语语。"

辛语微微抬眼，朝她笑了下："来了啊。"

"嗯。"江攸宁轻声问，"怎么回事？"

辛语耸了耸肩："到时候了，也就没了。"

她说得格外淡定，也没有哭，甚至声音中都没有哽咽。

江攸宁看向她的侧脸，辛语看上去憔悴了不少，比之前见到时更瘦了。

"什么时候的事？"江攸宁问。

辛语说："前天，事又多又烦，我也就没喊你们。"

"葬礼在后天。"辛语继续说，"到时候你们来送送她也行。"

"火葬还是土葬？"路童问。

辛语："火葬，今天烧的。"

江攸宁和路童一时无话，不知道该怎么去安慰她。辛语却显得异常平静，好似没有把这事放在心上。

"家里都安顿好了？"江攸宁温和地问。

辛语点头："嗯，就剩后天的葬礼了。"

"宝贝，"路童终还是忍不住，"要是难过你就哭出来，别这么硬撑着啊，我看着难受。"

辛语睨了她一眼，嘴角微扬，眼睛眯起，辛语虽然是笑着的，但明显是在强颜欢笑："你难受个什么劲？我是真的还好。"

她叹了口气："我妈这病呢，是我陪着查出来的。她卧病在床的时候，也是我一直在照顾。那段时间我陪着她完成了不少心愿，最后她走的时候也没有留下什么遗憾，所以我就释然了。"

酒吧里迷离的灯忽然亮起，辛语托着下巴看向前方："人嘛，总有生老病死。"

江攸宁叹气。路童沉默。

"对了，"辛语看向江攸宁，"你前婆婆也去世了。"

江攸宁错愕："谁？"

"沈岁和的妈。"辛语说，"就是那个不太好相处的贵妇。"

这个评价是当初他们结婚时，辛语给曾雪仪的评价，完美地契合曾雪仪的气质。

"你不知道吗？"辛语说，"已经有一段时间了吧。"

"裴旭天说的？"江攸宁问。

辛语点头："据说是沈岁和出院不久后去世的。"

"好吧。"江攸宁没有多问，问了也没什么用。

面对生死这种事情，旁人无法体会到当事人的痛苦。况且，她也不想去关心。

辛语喝了不少，江攸宁和路童带着她回去。她以前喝醉了往往会耍酒疯，但今天格外安静，喝多了也不闹，坐在车里靠着窗户睡觉，在路上只靠两人扶着便能行走。

她们到辛语家楼上时，在走廊里看到了一个熟悉的身影，这人正往辛语家那个方向走。

路童皱眉："这人看着有点儿眼熟。"

江攸宁抿唇，低声道："阮言，裴旭天的前女友。"

"嗯？"路童挑眉，"就那个把他'绿'了的？"

"嘘。"江攸宁急忙制止，但已经迟了。阮言已经听到了动静，扭过头来。

江攸宁不知道她听到了多少，假意忽略她，只带着辛语往前走。但辛语家在最里边，她们要想回家就一定会路过阮言。

路童惊觉自己失言，便偏过头不想和阮言对上目光，可惜未能如愿。

"真是晦气！"阮言先开了腔，"走到哪儿都能碰到让人不愉快的事。"

江攸宁眉头微蹙，思考着要不要反击回去，又怕闹起来耽误辛语回家睡觉。本来辛语心情就不愉快，要是在门口再闹这么一出，估计得被气够呛。

江攸宁心想还是算了，不跟她一般见识，便抬头看了她一眼，轻哼了声，继续往前走。

没想到她们从阮言身边经过时，却听到阮言嗤笑道："哎哟！酒味这么大，到底是干什么去了啊？真呛！"

江攸宁和路童不禁气上心头。

"跟你有……"江攸宁准备反击，但是话说了一半就听辛语道，"谁家的臭狗屎还会说话啊？"

她语调懒洋洋的，脑袋搭在路童的肩膀上，半闭着眼睛，声音虽然没有什么气势，但用词犀利："臭狗屎还会走路，这小区物业太失职了，怎么能把这种东西放进来？"

阮言脸色微变。

在吵架这种事情上，辛语从小就没有输过，更何况面对的是阮言。

辛语从小就和小区的大人们争吵过，那些骂她妈妈的人最后都被她顶了回去。

"你说谁？"阮言瞪她。

辛语嗤笑了声："谁应声我说谁。"

"你才是臭狗屎！"阮言怒骂道，"大半夜的耍酒疯，真是不要脸。"

"你要脸还往前男友家门口跑？真是厚颜无耻啊。"辛语的声音仍旧慵懒，"不干人事，不说人话，你好意思说别人不要脸？"

"你……"阮言瞪着她。

没等她继续说话，辛语已经连珠炮般开始攻击："国外留学了不起？会说英文了不起？杂志主编了不起？家里有钱了不起？你除了厚颜无耻、蛮不讲理、横行霸道，还会干什么？"

"哦对，你还会堵前男友家的门。"辛语终于睁开了眼睛，酒意也消去了几分。她比阮言高近十厘米，正居高临下地看着阮言："除了裴旭天以前把你当个宝，你在别人面前就是棵杂草，谁都能踩一脚。"

"你！"阮言冷哼，"一个破花瓶有什么好值得骄傲的？自己蠢还骂别人？你也配？"

"都告诉过你了，"辛语往前走了一步，正好在她面前投下一层阴影，"美女说什么都对，姐姐我绝配、顶配、天仙配。"

"哈哈哈哈哈。"还没等阮言说话，路童就忍不住笑了起来，甚至笑得咳嗽了两声。一向冷静的江攸宁，这会儿也忍不住咧开嘴笑了起来，只是笑得没有路童那么夸张。

阮言见她们人多，便不再和她们吵，转过身去按裴旭天家的门铃，一边按还一边拿出手机给裴旭天打电话。但裴旭天的电话是关机状态。

门铃响了三声之后，里边才有人应声："来了。"

两秒之后，门被拉开。裴旭天大抵是刚洗完澡，头发还湿漉漉的，T恤的肩膀处也湿了。他站在那儿看着阮言，愣了几秒，便"啪"地关上了门。

阮言开始疯狂地按他家的门铃。

几秒之后，门再次被打开，裴旭天皱着眉，道："你做什么？"

"谈谈。"阮言仰起头看向他，语气诚挚，"我能和你结婚，今年就结。"

裴旭天轻呼了一口气："我为什么要跟你结？"

阮言很自信地笑了："咱俩谈了八年啊，我就不信你能这么轻易地把我忘掉。裴哥，我也没有忘记你。这大半年你都没有谈恋爱，是在等我吧？"

裴旭天："……"

"你怎么知道他没有谈恋爱？"辛语在后边懒洋洋地开口，"你也太自信了吧。"

阮言回头瞟了她一眼，没有理她，而是看向裴旭天。

裴旭天这才注意到后边的辛语、江攸宁和路童。辛语个子最高，此刻正轻倚着墙，神色慵懒，带着几分妩媚，笑起来显得风情万种，和平日里不太一样。

"这大半年，我真的一直在想你。我知道我过去做错了，但我们以前那么相爱，连四年的异国生活都熬过来了，难道这些你都能忘掉吗？"阮言说，"和你分手以后，我再也没有和别的男人暧昧过。你不喜欢的那些缺点我都改了。我真的想好好地和你走下去，结婚这件事除了你，我不想和别人。我们结婚吧！"

裴旭天："……"

走廊里死一般沉寂，裴旭天盯着面前的阮言，只觉得这人已经变得极为陌生。

"结婚这件事，"裴旭天说，"除了你，我和谁都行。"

阮言脸色微变。

"你别再来找我了。"裴旭天说，"我们已经分手了。"

阮言："可我还爱你啊，我们八年的感情，难道说忘就忘了吗？"

"不然呢？"辛语见裴旭天的处境实在尴尬，看戏也看够了，便开腔道，"难道还给你立个碑写个传吗？想想你背着他做过的那些事，你还好意思说爱他？"

阮言将手紧握成拳，回头恶狠狠地瞪向辛语："我们俩的事，和你有什么关系？"

辛语眼皮微掀，正对上裴旭天的目光。她想，算了，送佛送到西。

"你倒是问问他，"辛语轻笑道，"看他和我什么关系。"

阮言很震惊，目光在裴旭天和辛语之间转来转去，始终不敢相信。

"你……"阮言诧异地问，"裴旭天你竟然谈恋爱了？"

"不然呢？"裴旭天反问道，"难道要为你守身如玉吗？"

阮言："你……你……你竟然谈恋爱？"

裴旭天："是，我分手半年后谈恋爱，不违背道德吧？又不是在恋爱期出轨。"

他把"出轨"两个字咬得格外重。

阮言的脸色很不好看。她摇了摇头："不对，你们肯定是骗我的，合起伙来骗我。"

"骗你有什么好处？"辛语觉得喝多了酒还要和人吵架真的令人头痛，现在只想速战速决，于是迈了几步走到阮言面前，"你以为我大晚上出现在这儿是专门过来和你吵架的？"

"那你……"

辛语翻了个白眼："我当然是住在这儿啊。"

她稍微有些站不稳，便借力靠着裴旭天，手握住他的胳膊。

裴旭天眉头微蹙，温和地问："你喝酒了？"

辛语点头："喝了一点，不算多。"

"哦。"裴旭天见她像是随时要跌倒的样子，忙伸手揽住了她的腰。她的腰真的很细。辛语最近因为母亲生病，吃不好睡不好，瘦了许多，本来就瘦的腰更细了。

裴旭天的眉头皱得越发紧了，而辛语则将脑袋搭在了裴旭天的肩膀上。

"你还不走？"辛语皱眉看向阮言，"等着我们请你吃饭？"

阮言："……"

"结婚的时候也不会给你递请帖的。"裴旭天顺着辛语的话说，"你别再来找我了。"

"裴旭天……你！"阮言的眼泪掉了下来，她哽咽着说，"你竟然……"

看见她哭，裴旭天只觉得烦躁，这一哭好像她才是受害者一样，也太过分了。

"我分手了再谈恋爱不是很正常吗？"裴旭天说，"你……"

他的话还没说完，领口忽然被人揪住，接着一股不可抵抗的蛮力把他的头向下拉。他惊住了，只见辛语直接吻在了他的唇上。

裴旭天的大脑瞬间空白。

辛语吻了他足足五秒才松口，然后用纤长的手指抚平了他领口的褶皱，吊儿郎当又带着几分威胁地喊他："裴旭天，能别当着我的面跟前女友说话吗？"

裴旭天的喉结微动，果真没有再说话。

辛语转头，发现阮言已经走了，人都到了电梯那儿了。

事情总算是解决了，辛语使出了浑身的力气，往后站了站，离开了裴旭天。但裴旭天还没有从刚才的情境中出来，有点儿蒙。

"我的天哪！"路童低声对江攸宁说，"这是怎么回事？"

江攸宁也有点儿蒙："这俩人是什么情况？"

"我竟然能看见语语和男人接吻。"路童感叹道，"有生之年啊。"

江攸宁："不瞒你说，我也是。"

只见辛语摇摇晃晃地进了裴旭天的家里，路童和江攸宁立马跟上。只有裴旭天还愣在门口。江攸宁进去时便喊了他一声，裴旭天这才缓过神来，忙走进了家关上门。

江攸宁发现辛语进裴旭天的家轻车熟路，进去之后却发现客厅的沙发上还坐着一个人。

"沈岁和？"辛语皱眉，"今天可真……"

她还没说完就被裴旭天捂住了嘴，"晦气"那两个字便被堵了回去。

沈岁和站起来，目光直直地投向了江攸宁，但他什么话都没有说。

江攸宁只是短暂地看了他一眼，然后走过去戳了戳辛语的腰，这是唯一一处能够让辛语短暂清醒的地方，劝道："我们送你回家。"

辛语："我这不是在家吗？"她看起来醉得不轻。

"我来照顾她吧。"裴旭天说，"平常她喝多了也是在我这儿待着的。"

他的话音刚落，躺在那儿的辛语就喊："裴旭天，给我倒杯水。"

裴旭天："来了。"

江攸宁上下打量了他一眼，又看了看辛语，她已经跑去裴旭天家的沙发上大大咧咧地躺着了，两条大长腿直接搭在了茶几上，看着是真不见外。

辛语要是清醒，江攸宁还可以问她些什么，但这会儿快醉到不省人事了。

江攸宁看了下时间，快到漫漫睡觉的点儿了，便说："那麻烦你了。"

裴旭天摇头："没事，平常我也没少麻烦她。"

江攸宁喊路童："走吧。"

路童这才回过神来："哦。"

两人往外走，沈岁和竟也在后边跟着。

走到空荡的走廊里，路童才回过神来："我们就这么把她交给裴旭天了？"

江攸宁点头："看她那样，平常估计没少去人家家里。"

"我的天哪！"路童脸上是一副不可置信的表情，"今天的信息量太大，我得消化一下。"

两人进了电梯，路童摁了一楼。沈岁和在最后关门前也进了电梯，站在了江攸宁的身侧。

路童本来还想说些什么，但看见沈岁和进来了，便噤了声。

电梯里的气氛很尴尬，路童一时之间不知道该不该和沈岁和打招呼。

她看看这个，又看看那个，最后决定闭嘴。

江攸宁是唯一没有喝酒的人，正好顺路送路童回家。在车上，路童看着后视镜说："沈岁和的车一直跟着呢。"

"哦。"江攸宁说，"不用管。"

"他在追你吗？"路童问。

江攸宁点头。

"那你……"

江攸宁说："不考虑了。"

路童没有再问。

隔了很久，当车子驶过熙华路，拐到太和街上时，路童忽然道："你说我要不要去相亲？"

"你妈催你了？"江攸宁问。

路童点头："主要是我想结婚了。"

"嗯？"

江攸宁想，这倒是个大消息。

"我爸妈的年纪也大了，我一直单身，总是没有什么归属感。"路童接着问她，"结婚好吗？"

江攸宁抿着唇认真思考："还行。"

"具体点儿。"路童说。

"没有那么孤独是真的。"江攸宁说，"我们到了这个年纪，再跟父母住在一起，总会觉得有点儿不舒服。那个从小长大的家也会变得不能提供归属感。结婚之后的归属感相对来说会强一些，毕竟是自己的家庭，你的伴侣和你共同经营家庭。你们吃饭睡觉都在一起，因此你会有一定的归属感。"

路童沉默。

"梁康杰呢？"江攸宁问，"他不是回来追你了吗？"

路童抿唇："说实话，我有点儿怕。"

"怕什么？"

路童用坚定的目光看向她，透露的意思很明显："怕什么你不知道吗？"

江攸宁立刻懂了，路童是怕重蹈覆辙。

路童当初和梁康杰在一起的时候付出了自己全部的精力和爱。后来她好不容易脱身，如今心动是真的，但害怕也是真的。她当初因为什么分开，之后可能还会因为同样的原因分开。

两人陷入沉默，谁都没有说话。几分钟后，车子停在了路童家的楼下。

路童偏过头望向窗外："你百分百不会和沈岁和复合吗？"

"不一定。"江攸宁说。

路童忽然笑了下："我也是。"

"那梁康杰做什么你才愿意试着和他重新在一起？"江攸宁问。

路童想了想："不知道。"谁也不知道一个人什么时候会突然冲动一把。

"那沈岁和呢？"路童把同样的问题抛给江攸宁。

江攸宁看了眼后视镜。沈岁和的车稳稳地停在距离她的车二十米的地方。她能看到沈岁和的轮廓，但只看了一眼便移开目光。

"当我发现我只会对他一个人心动，而他真的爱我的时候。"江攸宁如此说。

江攸宁将车停在自家楼下，然后下了车。夜深人静，她听到了后边那辆车的车门打开又关上的声音。

昏黄的路灯把她的影子拉得很长。江攸宁迈步走上台阶，突然听到后边的人喊她："江攸宁。"

江攸宁脚步微顿。

"我白天的话是认真的。"沈岁和说。

江攸宁沉默。

"我知道我以前有做得不足的地方，以后我会改的。"沈岁和说，"你可以把我当成你众多追求者中的一个，给我个机会就行，我会对你好的。"

江攸宁没有说一句话，抬脚便上了楼，身影没入楼道中。

她听到沈岁和在后边说："江攸宁，晚安。"

江攸宁的心忽然飞速地跳了一下，但仍然面无表情地进了电梯。

翌日上午，江攸宁收到了洛奇的消息："平安宝贝！你的书已经开始印刷啦，起印一万册，需要签名一千册，可以发预售微博啦！你可以宣传一下！"

江攸宁："终于印刷啦？"

洛奇："对啊，之前校对出了点儿问题，不然现在已经在办签售会了，后续要抓紧啦！"

江攸宁："好。"

她给洛奇发了家里的地址，然后两人在江攸宁家聊了后续的问题。洛奇教了她怎么发预售微博，发的时候需要把各种链接一并写上去，才算是完成。

当初洛奇说的是半年内应该能发行，没想到竟然拖到快一年才发。不过江攸宁这些日子忙得不可开交，也顾不上这些事情。这段时间她连微博都没有打开过。

她这会儿想起来了便打开来看，有很多私信发过来，但没有什么特殊的。她扫了几眼后便关掉了微博，然后继续工作。

中午吃饭的时候，岑溪说肚子疼不想去吃，江攸宁便一个人去。

"你要吃点儿什么？我回来的时候给你带。"江攸宁问。

岑溪摇头："什么都不想吃。"

江攸宁摸了摸她的头，离开了办公室。她去员工食堂吃饭。今天的食堂有点儿吵闹，每个人都在窃窃私语。

江攸宁进去之后扫了一眼，没有发现什么异样，便去窗口买了半份肉末茄子、半份宫保鸡丁，又加了半份米饭。

"我也要半份肉末茄子、半份宫保鸡丁，还要一份米饭。"熟悉的声音从身后传来，江攸宁转过身，正好和沈岁和的目光对上。

"江律师。"主打商事诉讼的高律师主动向江攸宁打招呼，"就吃这么点儿啊？"

江攸宁微笑："不是很饿。"

"哦。"高律师笑了笑。

江攸宁端着餐盘随意找了个座位，正好背对着窗口。

隔了几秒，高律师走过来说："江律，别的地方都满了，你介意拼个位置吗？"

江攸宁虽然不太情愿，但也不好不答应，于是道："没关系。"

话音刚落，她对面的位置便坐上了熟悉的人，而高律师坐在她的斜对面。江攸宁只觉得如坐针毡。

"今天岑助理没有来吃饭吗？"高律师问。

江攸宁摇头："她有点儿不舒服。"

"方律师今天是不是没有来律所？"

江攸宁："嗯，她出差了。"

高律师在律所里是出了名的和蔼可亲，平常两人碰上了也会寒暄几句，因此江攸宁对他的印象还算不错。

吃了几口饭后，高律师才终于想起来："忘记介绍了，这是天合律师事务所的沈岁和律师，你们应该见过面的。"

"嗯。"江攸宁面不改色，"之前打过照面儿。"

沈岁和："……"

"往后他和咱们律所会有长期的业务往来。"高律师说，"估计会经常来律所。你们之前那些事，也可以翻篇了。"

江攸宁顿时瞪大眼睛："哪些事？"

高律师一愣："上法庭……"

他的话还没说完，江攸宁就懂了。她松了口气，笑着说："沈律师都不介意，我就更不会介意了，毕竟输的人也不是我。"

高律师听这话带着火药味，但沈岁和面无表情，而是直接给江攸宁夹了个鸡腿过去，然后继续低头吃饭。

江攸宁皱眉，默不作声地把鸡腿夹了回去。

沈岁和看向她。她的眉头皱得更加紧了。

于是沈岁和没再给她放鸡腿。

餐桌上的氛围有些紧张，高律师便也不再说话。

江攸宁吃了一半便觉得饱了，于是擦了擦嘴，客气道："高律师，你们慢慢吃，我先走了。"

"哦，好的。"高律师应道。

沈岁和："你没吃完。"

江攸宁瞟了眼自己的餐盘："已经饱了。"

沈岁和："吃完吧。"

江攸宁懒得理他，转身就离开了，还没走远，就听见高律师磕磕巴巴地问："沈律，你……你们这……？"

沈岁和的声音冷漠："看不出来吗？"

高律师："嗯？"

沈岁和依然面无表情："我在追她。"

高律师："……"

江攸宁脚步微顿，回头狠狠地瞪了他一眼，眼神里只有一个意思——你死定了。沈岁和却朝她笑了一下，那笑好像在说"好好吃饭"。

江攸宁禁不住想，当初嫁给他是自己眼瞎了吗？

"你真的去和金科合作了？"裴旭天啧了声，"就为了每天能看到江攸宁？"

沈岁和把手头的文件整理完毕："也不是每天，一周只能看到两次。"

他说完觉得不严谨，便又补充道："上周只看到了一次。"

不过他下班之后去看了漫漫，临走时和加班回来的江攸宁打了个照面儿。

"可以啊！"裴旭天鼓励他，"勇气可嘉。"

沈岁和说："但她好像不太高兴。"

"那你记得注意方式方法。"裴旭天说，"别把人逼得太紧，她现在本来就讨厌你。"

沈岁和勉强答应："哦。"

他想，一周只是见两次而已，多吗？

两人闲聊了一会儿，裴旭天接到工作电话便离开了，办公室里就只剩下了沈岁和。他给吴峰拨了个内线叫他到办公室。吴峰很快进来了，但看上去好像有些局促。

"你在忙吗？"沈岁和问。

吴峰下意识地回答："没有。"回答完之后他又有点儿难为情地说，"我女朋友让我帮她抢一个她喜欢的作者的预售书，说是五点开卖，现在四点五十八了。"

沈岁和顿了一下："那你先抢。"

吴峰有点儿震惊。他本来没有抱什么希望，但没想到沈岁和回来后竟然如此仁慈，简直跟天使一样！

吴峰现在看着沈岁和，感觉他的身后仿佛有一双翅膀在闪闪发光。但他没有时间多想，立马拿出手机准备开抢。

时间一到五点，吴峰立马开抢，最终是第四十八个下单的，抢单成功后他不由得松了一口气。

"老大，"吴峰立马投入工作，"什么事？"

"把前段时间那个股权纠纷案的案卷给我找一下。"沈岁和说。

吴峰很快找到递了过去。沈岁和顿了下，问："你刚刚抢的那个是限量版？"

吴峰："也不算，就是前五十个下单的人，收到的书上会有作者的签名。"

"哦，"沈岁和问，"是什么书？"

吴峰看着手机念道："《站在光的暗处》——写给暗恋将近十一年的男孩儿，岁岁平安写给沈先生的情书，感动了无数人的暗恋小说。"

沈岁和一瞬间仿佛听见了自己的名字，反应了两秒才发现只是个误会。

"你把链接也给我发一下。"沈岁和说，"我看看。"

他决定研究一下爱情小说，以便学习一下怎么追人。

吴峰很错愕，但还是发了过去。

沈岁和打开商品页面，看了一眼序言部分，只觉得作者文笔矫情做作，像在无病呻吟。

他眉头微皱，这和他平常看的东西在质量上相差甚远。

不过他想，毕竟要学习嘛，便也下单了一本，同时下单的还有之前看好的《如何俘获女孩儿的心》《让一个女孩儿爱上你只需要这几步》《爱情里需要这些秘诀》《婚姻生活的保鲜秘密》。

由于白天吴峰提到了书，沈岁和晚上便进了书房，把之前没有整理完的书重新进行归类。上次整理太匆忙了，他回来以后又忙着各种事情，一直没有时间整理，导致剩下的书还待在箱子里吃灰。

原本这些书吃的灰并不多，但经过了这么长时间，本来还算干净的几本底层的书这会儿也沾上了灰。沈岁和拿出工具重新擦拭。他最感兴趣的还是那本白色封面的书，于是便把它率先拿了出来。

他不记得自己有买过这本书，每次买回来的新书，不管最终会不会看完，但一定会先大致翻一下，而他的印象里没有这本书的存在。

沈岁和坐在地上，先擦干净封皮，然后翻开，只见第一页的第一句写着——"写给沈先生"。

他往下看去："或许你永远都不会看到这本书，但这是我唯一表达爱你的窗口。如果有一天你看到了，那你就会知道这个世界上曾有一个女孩儿爱了你快十一年。从她大一那年在公交车站，你递给她一把伞开始。"

第十五章
岁岁平安

书房的灯光是昏黄色的,沈岁和盘腿坐在地上,低着头一页页地翻阅着这本书。从"从她大一那年在公交车站,你递给她一把伞开始"这一句,沈岁和就确定了写这本书的人是江攸宁。

不知怎的,他的手心里渗出了汗,他隔一会儿就要拿纸巾擦一下汗,然后才能继续翻阅。

书里的描写很细致,具体到事情发生在哪一年哪一月哪一日。说它是本书不太贴切,其实更像是日记。这本日记里记录着江攸宁与沈岁和之间完整的过去,书中描述的很多场景也勾起了沈岁和的记忆。

比如,江攸宁作为优秀学生代表在大礼堂发表演讲时,他曾和她擦肩而过。

在青禾赛区的辩论赛结束之后,他曾和她坐同一辆公交车。

在教学楼拥挤的人潮中,她曾不小心和他肌肤相碰。

在校运会时,她慌张地从操场跑出来,不小心撞进了他的怀里。

…………

江攸宁在华政读书的第一年,是沈岁和在华政读本科的最后一年。

那一年，他们在很多个"巧合"下遇见，每一次遇见在江攸宁的笔下都描述得令人怦然心动。

他在江攸宁的世界里刮过狂风，下过暴雨。而江攸宁在他那时的世界里，不过是芸芸众生中不值得被记住的一粒尘埃。

如今看着书，沈岁和的脑海中竟然能慢慢地浮现出那时的场景，尤其是在他将故事中主人公的形象换成了江攸宁之后，那些主人公或惊慌失措或温柔客气的表现，在岁月的滤镜之下，都给那一场场遇见蒙上了浪漫的色彩。

书翻到一半，从里面掉出来一封信。沈岁和打开来看。

沈先生：

很久没有写这样的开头了。

…………

结婚三年，你不记得所有的纪念日，也不记得我们重要的节日。你看似是个不拘小节的人，但其实做律师的时候需要细心，不然发现不了那么多证据，所以我只能将这些都理解为在你眼里不重要。

…………

其实我身上不只有"乖"这一个优点，你可以多发现一下。

…………

沈先生，请重新认识一下，我是江攸宁，江河湖海的江，生死攸关的攸，平稳安宁的宁。

我想成为一名优秀的律师。

婚姻不应是我的软肋，而应该成为我的铠甲。

…………

爱了你快十一年的江攸宁

一封信读完，沈岁和忍不住捂住了自己的眼睛，上面的字刺得他眼睛疼，也刺得他心疼。

他甚至一边读一边低声回答："我记得的。

"你很重要。

"江攸宁，我知道你很辛苦。

"你温柔、坚韧、乖巧，笑起来很漂亮，你的优点很多很多。

"我想重新认识你。"

那段婚姻对他来说确实很重要，因为有江攸宁在身边，他会很有安全感。只要下班回家看到灯亮着，他的心里就会感到温暖。

江攸宁说的那些节日，他也记得。江攸宁的生日是十二月二十四号，他们遇见的那天是五月十七号，他们的结婚纪念日是七月二十八号，江攸宁的经期在每个月的十二号左右开始。

在所有特殊的日子里，他都会带江攸宁去外边吃饭。临近江攸宁经期时会注意不让她吃凉的，不会让她下厨，都是从外边买饭带回来吃。

他不会说那些好听的话，也不会挑选礼物。因为江攸宁从来没有说过什么，他便以为她并不在意。

因为在他原来的家里，这些日子都没什么要紧。他连生日都不过，甚至都不想记得，所以自然而然觉得别人也不需要。

他知道江攸宁很好，只是因为他从来没有爱过一个人，所以不知道该怎么对她好。当初他也天真地认为，只要这样细水长流地过下去，他们就能够相携到老。

可他不知道，他眼中的细水长流在江攸宁的眼里是不在意，是她不重要，所以才"细水长流"。

在那段婚姻里，他忽略了太多的细节。如今回忆起来，他确实做错了太多。

长夜漫漫，沈岁和一夜无眠。他将那本书翻来覆去地看了三次，每次都视若珍宝。那封信被他放在一旁，他近乎自虐般看了一遍又一遍。

临近清晨，他忽然想到了吴峰对他说的那本书，于是拿出手机打开了商品购买页面，里面有试读部分，网上也有最初的版本。

沈岁和从网上找到了第一章，不用对比就可以确定那是江攸宁写的。

江攸宁——岁岁平安。

她对他的幻想逐渐破灭，所以最后只能祝沈先生岁岁平安。

她将近十一年的暗恋落下了帷幕，但他的满腔爱意才刚刚开始。他们之间完美地错过了。

清晨的阳光洒进书房，沈岁和坐在光滑的地板上，眯着眼睛看向窗外，一时之间竟不知道命运到底捉弄了谁。

从网上购买的书被送到了楼下，沈岁和刚收到短信便驱车回家取了快递。他略过了其他的书，直接拿起了江攸宁写的那一本。

单是序言部分，他就看了两次，看到最后眼眶都红了。他拿出手机想给江攸宁发条短信，但手指落在屏幕上却不知道该发些什么，最后只能收起手机。

沈岁和拿着书走在回律所的路上，想再下单一些冲冲销量，却发现这本书的销量极好，这会儿商品页面已经显示缺货。于是他只好将其先加入购物车。

他带着书上楼时，正好遇见了吴峰。

"老大，"吴峰跟他打招呼，"与金科合作的那个案子资料的第七版已经放到您的桌子上了。"

"好的。"沈岁和微微颔首，"知道了。"

沈岁和正要继续往前走，书的封面正好露了出来。

吴峰看到后笑道："老大，您的书今天到了呀。"

沈岁和看了他一眼，又看了看书，淡淡地说："你来一下。"

沈岁和的办公室里弥漫着咖啡的味道。吴峰起初闻着觉得挺香，闻久了便觉得有些涩。

沈岁和不疾不徐地翻阅了几页书，佯装冷静地问："你女朋友的那本书也拿到了？"

吴峰先是愣了下，然后点头："是。她昨晚下班后拿到的，到了家就开始看，晚饭都没有吃，看着看着就开始哭，怎么哄都没有用。"

"哦。"沈岁和应。

吴峰："老大，您呢？"

沈岁和："嗯？"

"看完了吗？"吴峰问，"是不是真的那么好看？"

沈岁和点了点头，合上书说："好看。"

他沉默了几秒后接着说："你能帮我问一下你女朋友，作者微博上说的线下签售会是在什么时候吗？"

吴峰一时震惊，情绪都显露在了脸上，虽然片刻后有所收敛，但说话时难免带上了一丝疑惑，问："您要去？"

吴峰的语气让他有些骑虎难下。他下意识地道："我有个朋友想去。"

吴峰瞬间懂了，便在微信上问了下女友，几分钟后给出了回答："目前还不知道。"

"您可以关注作者或编辑的微博，会提前一周通知的。"吴峰继续说，"这个作者可能平时有些忙，不怎么上微博，所以只能关注编辑的微博了。"

沈岁和："好。"

洛奇："平安宝贝，签售会的时间定在八月二号可以吗？"

江攸宁看到这条消息时，正从法院出来。她的当事人胜诉了，一直说要请她吃饭，但这几天漫漫有些不舒服，看上去没什么精神，她就婉拒了当事人的请求，从法院出来后正打算回家。

她看了下日历，那天刚好是星期日。

江攸宁："好。"

洛奇："那就这么定了，地点在熙和路天茂图书大厦二楼，你过去找我就行，我会一直在那儿。"

江攸宁："好。"

她回完消息没过多久，洛奇就提醒她记得转发微博。

时隔很久，她又登录了自己的微博账号，发现关注她的人增加了好几万，给她发私信的人也超过了一百人。她转发完微博之后随意翻阅了一下私信，在众多私信中看到了一个很显眼的黑色头像，微博昵称是一个"山"字。

这个粉丝看上去是很神秘的人，江攸宁点开他的微博资料，资料一片空白，大概是前不久才注册的账号。账号的主人只关注了她的微博，以及关于她的超话，账号主人迄今为止还没有发过一条微博。

他发来的私信不同于别人的长篇大论，私信只有一个疑问句："你还会爱他吗？"

江攸宁盯着屏幕看了许久，总有一种不太好的直觉，但仍旧回复道：“不会。”

“嗡——”手机的振动声把沈岁和从工作状态中拉了出来。他摁了摁眉心才打开手机，只见一条微博消息弹了出来：“不会。”

沈岁和透过屏幕也能感受到江攸宁的决绝。他正想回些什么，突然见吴峰发过来一条消息：“老大，岁岁平安的签售会在八月二号，只要带着正版书籍就能去，当天还有半小时的演讲交流会。”

沈岁和：“好。”

手机界面再次回到微博，他盯着那两个字看了一会儿，但始终没有回复。

他想，算了，改天以另一个身份当面说吧。他把桌子上的文件整理妥当，起身离开了律所。

他听慕老师说漫漫最近有些拉肚子，喝了药还是有些不舒服，整个人也没什么精神，便和江攸宁约好今天带漫漫去医院看一下。

沈岁和开车驶过平缓的马路，最后停在了江攸宁家的楼下。

此时正是华师人流较多的时候，沈岁和刚一下车就看到了抱着漫漫下来的江攸宁。江攸宁也看到了他，眉头微皱。

“漫漫。”沈岁和先喊了儿子，然后凑到江攸宁的跟前，伸出手臂把漫漫抱了过来。

慕老师本来打算跟着一起去，见状道：“我就不去了，你们去吧。”

“哦。”江攸宁说，“那你看着点儿我爸，别让他乱动。”

慕老师叹气：“我就是这个意思。”

“爸……”沈岁和下意识地喊出这个称呼，然后及时改口，“叔叔他怎么了？”

江攸宁从沈岁和手中抱过漫漫，去了后排，声音冷漠：“前几天崴了下脚，伤到骨头了。”

“啊？”沈岁和问，“有去医院看吗？”

江攸宁：“看了，养着就行。”

沈岁和：“哦。”

他平稳地开着车，去了以前常去的医院。医生给漫漫做了检查，说漫漫就是有点儿积食，再加上前段时间吃了一些凉的食物，消化不太好，回去稍微吃些药就行。

离开医院的时候沈岁和抱着漫漫，漫漫的小手抓着沈岁和的头发。

忽然，头顶上传来一阵刺痛，沈岁和倒吸了一口冷气，把漫漫抱到了身前，一眼就看到了漫漫手里的头发，估摸有六七根。

"漫漫，"沈岁和刚想说些什么，大概是他的声音冷漠了些，漫漫忽然扁起了嘴，眼睛里也含着泪水，下一刻掉下泪来，然后开始号啕大哭。

走在前边的江攸宁回过头来瞪了沈岁和一眼，快步走到沈岁和跟前，把漫漫抱了过去，并指责道："你做什么？"

沈岁和："他使坏。"

江攸宁的眉头紧蹙："你不愿意抱他就别抱，他本来身体不舒服就很难受了，你凶他做什么？"

"我没有。"沈岁和说，"他……"

"他怎么了？"江攸宁抱着漫漫往前走，再没有看沈岁和，"一点儿当爸爸的样子都没有。"

沈岁和："……"

窝在江攸宁怀里的漫漫也停止了哭泣，继续玩着手中的头发，没过几秒就把头发全扔在了空中。

沈岁和把江攸宁和漫漫送到楼下，想要抱着漫漫下车，但江攸宁没让。

沈岁和喊她："江攸宁。"

"做什么？"

"我没欺负他。"沈岁和解释道，"你怎么不相信我？"

"我没说你欺负他，"江攸宁说，"他这几天不舒服，你就不能对他有点儿耐心吗？"

沈岁和："我没耐心吗？"

"你的脸太黑了，而且你一板起脸他就害怕。"

江攸宁说完就往楼上走，沈岁和跟在后边。几秒之后，江攸宁顿住脚步："今天家里忙，不接待客人。"

沈岁和："我……还算客人……"

他的疑问句还没说完，江攸宁便笃定地回道："是客人。"

"漫漫一会儿就要睡觉了。"江攸宁说，"你去忙自己的事吧。"

八月二号，江攸宁早早地起床，洗漱完毕化了个淡妆。考虑到今天的场合，她选了一件杏色的露肩长裙，戴上了"挚爱"的钻石项链，穿了一双银白色的 5 厘米高跟鞋，将头发随意扎起来盘成丸子头，又把刘海儿弄得细碎了一些，好显得蓬松一些，最后挑了一个白色的包，搭配好后出了门。

她将车子停在天茂图书大厦的停车场，从包里拿出了口罩戴上。她之前已经和洛奇说好了，在粉丝面前是不露脸的。

"我到了。"江攸宁给洛奇发了信息。

洛奇："进里边，我在一楼。"

江攸宁："好。"

她一进去就看到了洛奇，洛奇也朝她挥了挥手。两人会合后，洛奇带着她去了二楼今天签售的位置上，旁边摆着的就是书摊。

书摊前挂着横幅——"买正版书送签名"。

两人之前已经对过今天的流程了，先是二十分钟的演讲，讲关于创作这本书的心路历程等，然后是十分钟的问答时间。当然了，这期间江攸宁可以自由支配，可以选择不演讲只问答，也可以选择只演讲不问答。

"今天的签售会时间挺长的，可能需要麻烦平安你等一会儿。"洛奇说，"因为那位祖宗只有今天肯配合，所以今天你们两位作者一起办签售。"

"祁蒙？"江攸宁想了想才说了这个名字。

洛奇点头："除了他也没别人。"

两人正说着，洛奇一回头就看到了正在被议论的中心人物——祁蒙，便挥着手把祁蒙喊过来："在这儿。"

江攸宁是第一次见到祁蒙，之前已经看完了他的书，很有深度，内容和封面格调一致，都很暗黑。他本人的长相棱角分明，眉峰很高，那双眼睛的眼窝很深，瞳孔比一般人更黑，一眼看去令人惊艳，但浑身散发着不易接近的气场。

江攸宁只看了一眼便移开了目光。

"几点开始？"祁蒙走过来后单刀直入地问。

洛奇看了下手表："还有十五分钟。"

她挽着江攸宁的胳膊给两人互相介绍："这是岁岁平安，这是祁蒙，你俩今天一起办签售会，演讲的顺序是先祁蒙，后平安。"

"都让给她吧。"祁蒙说，"我不想说话。"

江攸宁说："我也不想说，不能直接签售吗？"

祁蒙："我同意。"

洛奇倒吸了一口冷气："你们俩是故意的吧？"

看着洛奇垮下来的脸，祁蒙松了口："那就最多十分钟。"

江攸宁拍了拍洛奇的肩膀，妥协道："我最多能说二十分钟。"

洛奇："……"

门外陆陆续续地开始进人，一楼就是演讲大厅。洛奇先带着两人去了休息室，等着活动开始。

先上台的是祁蒙。江攸宁坐在后边听着。临上场时他不知道从哪里拿出了一副眼镜，戴上之后才拿了麦克风走到讲台上。

"我是祁蒙。"他的自我介绍很简短，声音通过麦克风传了出来，清冽通透，少了几分起初的压迫感。他的话很少，一上台就抛出了三个字："随意问。"

书迷倒是了解他的习惯，问题立刻如同雨后春笋般冒了出来。祁蒙不疾不徐地挨个儿解答，态度倒是很友好。

他虽然和洛奇说的是最多十分钟，但仍旧撑了二十分钟才下台。

江攸宁虽然之前准备了演讲稿，但上台后觉得那些话很矫情，于是也学了祁蒙："大家随便问吧。"

粉丝们："平安，你变了！"

江攸宁："我能解答的尽量解答。"

之前祁蒙上台的时候，书迷们问的都是关于故事情节的问题。但到了江攸宁这里，粉丝们非常想了解她的情史，所以纷纷询问和感情相关的话题。

"平安，书出版之后你有再见过沈先生吗？"

江攸宁："有。"

"平安，你现在和沈先生是什么关系？还是朋友吗？"

江攸宁："算是吧。"

"平安，沈先生知道你这么热烈地爱他吗？"

江攸宁忽然沉默了，一种说不上来的悲伤袭上心头，隔了几秒才笑道："他不知道。"

…………

第一环节结束之后就是售书和排队签名。江攸宁早早地坐在了位置上，很快面前就排起了长龙。

她的读者几乎都是女性。但这长龙中突然出现了一个"异类"，众人不禁在后边窃窃私语。

"这人长得好帅啊！"

"他走错地方了吧？找祁蒙签名应该在三楼啊。"

"没走错吧，他手里拿的是平安的书。"

"难道是帮女朋友来排队的？"

"要真是这样的话，那他的女朋友也太幸福了。"

…………

队伍里只有这一个男性，而且长得又高又帅，身形挺拔，站在一众女生之间，很难不引起关注。

江攸宁一直埋头签名，没有心思抬头看这条长龙。她连着签了五十多本，手腕开始发酸，甩了甩胳膊后继续签名。

不一会儿，一双好看的手将她的书递了过来。那双手很好看，手指修长，指甲也修剪得整整齐齐，左手的无名指上戴着一枚戒指——"挚爱"的限量款，全球唯一的一枚。当初结婚时江攸宁亲手给沈岁和戴上去，后来他一直戴着。

几乎一眼，江攸宁就认出了这枚戒指，没来得及反应，熟悉的声音便在耳畔响起："帮我签'岁岁平安，一生顺遂'。"

这赠言一语双关，而他的声音仍旧是冷漠的，沈岁和略弯下腰看向江攸宁。

江攸宁微微地抬起头，正好对上他的目光，笔下的"岁"字刚写了两笔，那道横被她画了很长的一道，甚至因为太过用力而划破了纸。

空气仿佛凝固了。许是排队的人太多，江攸宁瞬间有种呼吸不畅的错觉，握着笔的手指都有些泛白。

"平安，"后边有人有点儿急了，"怎么这么久啊？"

立马有粉丝贴心地说道："平安是不是累了啊？我们可以等，不着急。"

"签名可以少写两个字啊，没关系的。"

"平安没事吧？"

听见嘈杂的声音，江攸宁才回过神来，抿了抿唇，便低下头把那句话补充完整，只是第一个"岁"字已经被她写得不成形了，难以补出好看的形状。

她的字迹和沈岁和有些形似，只是没有他写得那么工整。她下笔之时也缺少一丝潇洒。

"好了。"她把书推回去，但那本书在桌面上没动，沈岁和的手搭在桌面上。

沈岁和看着她，良久才道："谢谢。"

后边的粉丝还在等着，沈岁和也不好拉扯太长时间。他往另一边走去，但没有走太远，在二楼的楼梯口停下，望向这边。

今天不是工作日，他穿着浅色系的圆领卫衣、略宽松的黑色运动裤和白色运动鞋。不过是一身随意简单的休闲装，但穿在他的身上，仍旧非常惹眼。他单是站在那儿，就吸引了众多女生的目光。

江攸宁只朝他望了一眼，两人对视，江攸宁立马低下头来。一瞬间，她的脑子里一片空白，不知道在想什么，而且什么也想不出来。

她低下头，签字的手下意识地有些发抖。

"平安，你没事吧？"站在前排的粉丝关切地问道，"是不是太累了？"

江攸宁摇摇头："没事。"

她的笔落在书页上，"岁岁平安"几个字显得格外刺眼。她一次又一次地写着这几个字，几乎是机械化地完成这个仪式。

其实在出版以前，江攸宁想过如果这本书被沈岁和发现会怎么样，但又觉得应当不会被发现。况且，像他那样高高在上的冷漠之人，即便发现了也不会有太大的反应。

连着签过几十个人后，江攸宁的笔终于稳住了，但那道灼热的目光仍旧在她的身上流转。即便不抬头，江攸宁也能感知到是从哪个方向过来的，他的目光向来很有压迫感。

复杂的仪式终于走到了尾声，不知过了多久，终于没有新书再递到江攸宁的面前了。

"平安，结束啦。"洛奇不知道什么时候过来的，笑着拍了拍江攸宁的肩膀，"收笔，我们去吃饭吧。"

江攸宁抿了抿唇，声音有些涩："好。"

签名这个环节进行了近一个小时，她的胳膊酸得快要抬不起来了。

"辛苦了，平安。"洛奇帮她捏了捏手腕，"一会儿吃饭放松一下，之后就不需要再这么累了。"

"嗯。"江攸宁终于起身，舒展了一下手指，看着光秃秃的手指，她的脑海里瞬间出现了那枚婚戒。

离婚以后，沈岁和就没有再戴过婚戒。而她的婚戒早已在离婚之前就收了起来，从她有了离婚的心思开始。离婚后，她把婚戒和那堆与沈岁和相关的物品都放在了一起，这会儿应该还在仓库里放着。

江攸宁不知道他这会儿重新戴上是什么意思。

"他是在等你吗？"洛奇忽然问，"他在那儿站了很久了。"

江攸宁顺着洛奇的目光望过去，只见沈岁和还在那里站着，和她之前望过去时的姿势一样。

他看起来冷漠疏离，好像与这个烟火俗世隔了很远的距离。他站姿挺拔，拿着书的样子莫名有一种"斯文败类"的气质。

江攸宁一时之间不知道该怎么回答洛奇的这个问题。他应该是在等她，但想对她说什么呢？他到这里来是专程给她难堪的吗？他特意戴上婚戒是觉得被她爱了那么多年，现在只要勾勾手她就会跟他回去吗？江攸宁的胡思乱想停不下来。

她抿着唇点了点头："是。"

她无法避开这个问题，况且她向来不会对自己的事情逃避，觉得既然爱过就没有什么好逃避的。她的爱恨向来都很坦诚。

"那我们……"洛奇试探着问，"要喊他一起吃饭吗？"

江攸宁摇头："不用了。"

正好祁蒙从楼上下来了，戴着金丝边眼镜，看上去少了几分冷厉。

"我不去了。"祁蒙的语气中带着几分漫不经心，"累了。"

"你才签了几本啊就嫌累？"洛奇翻了个白眼，"平安签的数量是你的十几倍呢！"

祁蒙甩了甩手腕："我的手受过伤。"

洛奇懒得再说话，摘下眼镜就往外走。江攸宁看着他的背影，感觉很复杂。

洛奇叹了口气："真是祖宗。"

江攸宁很好奇："在他那儿排队的人比我这里多啊，为什么他的工作量那么少？"

洛奇无奈地说："还不是因为他懒！他的笔名就是真名，但他签名的时候只签半个字，写成连笔就只有两画。"

江攸宁觉得自己学到了。

洛奇和现场的工作人员打完招呼，便挽着江攸宁离开了。

她们途经二楼楼梯口时，对上了沈岁和一直落在江攸宁身上的目光。只见他伸手拉住了江攸宁的手腕，只是简单的肌肤相碰，之后立马松开了手。

江攸宁抿着唇看向他。

"一起吃饭吗？"沈岁和问。

江攸宁微仰起头，澄澈的目光和他相视。她没有避开，而是微笑着说："好。"

沈岁和预约的是他们刚结婚时常去的那家法式餐厅，他们后来吃腻了便很少再去。离婚以后江攸宁一次都没有去过。

包间也是原来常选的那间。沈岁和将菜单递给她，江攸宁没有客气，点了几个自己比较喜欢的菜，然后将菜单还给沈岁和，沈岁和又加了几个菜。

服务员离开之后，包间内顿时变得寂静。虽然包间的上方回荡着钢琴曲，窗外也传来微风轻轻拂过树梢的声音，但他们两个都没有说话，空气显得更加寂静。

江攸宁一直戴着口罩觉得很闷，便摘下了口罩，呼吸了下新鲜的空气，这才感觉脑子重新清醒起来。

她觉得有些渴了，便稍稍起身，打算拎起擦得锃亮的银色小茶壶给自己倒水。但她的手刚碰到小茶壶，沈岁和便把它拎了起来，并伸手取过了她的杯子，默不作声地给她倒了一杯水。

江攸宁伸手摸了下杯壁，水还有些烫，热气氤氲在空中。

两人之间沉默的气氛一直持续着，直到杯中的水变成温的，江攸宁端起杯子轻轻地抿了一口。

"你叫我是单纯来吃饭的吗？"

"你的手腕疼吗？"

两人几乎同时开口，前者是江攸宁，后者是沈岁和。两人的声音重叠在一起，竟显得莫名和谐。

听到他这样问，江攸宁挑了下眉，笑了，看得出来他是在没话找话。

"不是。"沈岁和先回答了她的问题。

江攸宁接着说："我也不疼。"

隔了几秒，沈岁和不知道从哪里拿出来一管药膏，顺着桌子的边缘处给她推了过去。

"这是什么？"江攸宁问。

"治肌肉酸痛的。"沈岁和说，"抹在皮肤上就行，你预防一下。"

江攸宁拿起来看了看说明："谢谢。"

见她收下，沈岁和松了口气，一直不敢拿出来是怕她拒绝接受。

"你想问什么就直接问吧。"江攸宁开门见山，拿出了谈判的架势，"我会知无不言。"

沈岁和闻言抬起头，直直地盯着她，不断地酝酿着情绪。直到服务员来上菜，他也没能说出一句话。

江攸宁第一次发现，他的话更少了。他们刚结婚的时候，他虽然话也很少，但是还能顺利沟通。

那时，如果她提问，他会用简短的话来回答，后来可能是怕她听不懂，偶尔会在简短的回答之后再补充一两句。

而现在江攸宁觉得和他沟通都有些费力了。不过，她虽然是那样说的，但也要看他问不问。如果他不问，她也不会主动说。

婚前婚后她都是主动的那个，总有累了的时候，这会儿不想再主动了。和他在一起之前，她还是话比较少的。

所有的菜很快上齐了。江攸宁不知道是不是自己的错觉，喜欢的菜品基本上都摆在了自己的手边。

江攸宁上午签名签太多了，这会儿拿起叉子来只觉得手腕酸痛。她叉第一道菜时，菜还没叉起来，她的手腕一酸，叉子竟然掉了下去，钢制的叉子和漂亮的瓷盘相撞，发出清脆的响声，在包间里显得格外刺耳。

江攸宁被吓得打了个激灵。

"你没事吧？"沈岁和已经站了起来，紧张兮兮地盯着江攸宁。

江攸宁摇摇头，想把叉子拿起来，但手总是不自觉地颤抖。

工作后遗症也太严重了吧，她想。

沈岁和把叉子捡了起来，重新给她放好，顺便把他的餐也放了过去，里面是切好的牛排，切得工工整整。

"我没吃，"沈岁和见江攸宁看过来，立马解释道，"给你切的。"

江攸宁有些无奈，但也不好直接说自己拿不起来餐具了，低头看了眼牛排："谢谢。"

她其实是饿了的，早上出门时只随意地吃了两口，上午签名的时候就已经饿了。但此时她确实拿不动餐具了，左手悄悄地在餐桌下揉着右手的手腕，一揉觉得更麻了。

她每次签名时都力求漂亮，争取让别人看懂是什么字。她上午签了有几百本，从图书大厦出来的时候还没有觉得有什么不适，这会儿缓过劲来，只觉得手腕又酸又麻。

沈岁和仿佛看出了她的窘迫，但是没有戳穿。

"药膏呢？"沈岁和问。

江攸宁闻言拿了出来，本打算自己拆，但由于右手使不上力气，拆得很费劲。

沈岁和见状从她的手上抢过来，低下头很快拆开了，拿出了浅紫色的膏管。他旋开盖子，把药膏的管戳个口，等到白色的药膏被挤出来，包间内顿时弥漫着药膏的味道。这味道既不臭也不呛，让人瞬间感觉置身医院。

沈岁和挤了一点儿在自己的指腹上，抬眼看向江攸宁："手伸过来。"

江攸宁："不用了，我自己来。"

沈岁和抿着唇不说话，一时之间不知道该说些什么。

良久之后，他起身走到对面，在江攸宁的身边坐下，但还是和江攸宁保持了一些距离。

江攸宁不自觉地往后退了一些，无论何时，他好像永远存在着一种压迫感。

"我来吧。"沈岁和轻声道，"我会轻一点儿的。"

江攸宁："……"

虽然江攸宁还在犹豫不决，但是沈岁和已经温柔地把她的右手拉了过来，开始给她涂抹药膏。

沈岁和的动作很轻，药膏从他的指腹上轻轻地落在江攸宁的手腕上。江攸宁觉得手腕处传来一丝凉凉的感觉，只见沈岁和又挤了一些药膏在指腹上，给她轻轻地涂抹。

他全程没有抬起头来看江攸宁。江攸宁一直看着他的头顶，他的头发可能是刚剪过，很短，看上去整个人的气质也变了。

江攸宁坐在那儿发呆，手腕处不时传来阵阵凉意。她没有去看沈岁和的动作，但他涂抹得还算合格，起码真的缓解了她的疼痛，当然也有可能是药膏起效了。

几分钟后，沈岁和停了手。江攸宁低头看了眼手腕，均匀地泛着红，而沈岁和已经把药膏的盖拧好，然后给她递了过去："一天两次，早晚各一次。"

江攸宁："现在是中午。"

沈岁和："……"

其实她不是在刻意刁难他，只是下意识地说了出来。她看他愣在那里，又立马补充道："中午应该也可以吧。"

沈岁和点头："反正你记得涂就好。"

江攸宁："哦。"

之后沈岁和没有回到自己的位置，而是一直坐在江攸宁的身侧，没有做过分的事，只是帮她夹菜。

江攸宁尝试着用左手拿叉子，尽管是第一次用左手，但也勉强把食物吃到了嘴里。

等到江攸宁吃饱之后，沈岁和才随意地吃了几口，然后放下了餐具，两人都没说话，室内又是一片寂静。

江攸宁吃过饭之后便开始犯困，想早点完事回去休息。

"你还有事吗？"江攸宁再次开门见山，"关于那本书。"

"有。"沈岁和回答得也很直白，可能是终于酝酿好了情绪，没有围绕着那书展开，而是直接跳跃了话题，"我想和你重新在一起。"

江攸宁听到这话，原本已经微闭上的眼睛猛地睁开了，看向沈岁和，本以为只能看到侧脸，没想到他正盯着自己，目光灼灼。

江攸宁的心顿时紧了一下，仿佛跳漏了一个节拍。一种莫名的心动忽然袭上心头，但她立马移开了视线。

"我为什么要答应？"江攸宁端起面前已经有些凉了的水，轻抿了一口才轻声道，"如果你觉得我出版这本书是因为还爱你，那你就错了。"

沈岁和没有急着回答，而是先给她续上热水，才缓缓地道："我没有这样认为。"

"那你为什么提出这种要求？"

沈岁和深吸了一口气，看上去竟然有些紧张。

江攸宁难得从他的动作中看出了几分乐趣。看来他是真的对这件事情有些在意，但谁也不知道这份在意中有几分真心。

"江攸宁，"他一本正经地喊她的名字，"我这不是在向你提要求。"

"嗯？"

沈岁和既然开了口，后续的话便也陆陆续续地说了出来："我只是在向你表达我的祈愿，或者说是请求。我没有要求你一定答应我，所以你不必感到为难。"

江攸宁的态度略显敷衍："哦。"

她用纤长的手指在温热的杯壁上摩挲，一直低着头，没有看向沈岁和。沈岁和自然无法得知她在想什么。但沈岁和本来也不是想问她在想什么，只是把那些年没有说开的事情全都说出来。他在感情方面并不善于表达，即便来之前已经将这些话演练过很多遍，到了江攸宁面前仍旧觉得难为情，所以迟迟没能开口。

"我想和你在一起，只是因为我觉得你很重要。"沈岁和说，"我想和你继续在一起生活。我以前没有爱过人，不知道爱一个人应该是什么样的，也不知道你在我不知道的时候……"

他开始卡壳，一时之间不知道该如何形容江攸宁的那种炙热的情感，那种炙热到他读了之后会热泪盈眶的情感。

他读的时候一边感叹造化弄人，一边为江攸宁感到不值。他从来不知道原来自己不在意的正是江攸宁需要的，只是江攸宁不敢说，他也从来没有问。

原来他在不经意间，默不作声地把她推远了，他们的分离早已有迹可循。

"我第一次知道你那会儿就喜欢我了。"沈岁和说着低声笑了下，笑里带有几分苦涩，"那时候我没有关注过任何人，包括徐昭。我觉得她很烦。"

"下雨那天，我坐上了4路公交车，然后在下一站下车，到对面重新坐公交回去的，但那天没有认真地看你。"沈岁和说，"如果那天我认真地看你一眼，或许不会忘记那场遇见。"

他甚至有可能会一见钟情，之后的一场场偶遇也会在他的心里埋下种子，而不是让那些很重要的遇见只存在于江攸宁的世界里。

"我一直以为你会和我结婚是因为咖啡厅的那场偶遇。"沈岁和说，"因为那天我很适合你的要求，你也很适合我的要求。"

江攸宁摇头："不是。"

她听到沈岁和的话后感到几分酸涩，但忍住了没有让眼泪掉下来。甚至如今她已经可以很平静地回忆那些过去。

"那天是我车祸之后第一次见到你。"江攸宁说，"我一直没敢看你。"

沈岁和听她平淡地提起车祸，苦笑了下："那次车祸之后你为什么没有留下来？我可以陪着你度过那段日子的。我一直不知道那天撞到的人是你，更不知道……"

"你的人生是被我毁掉的。"后半句话他没有说出口，但是眼睛情不自禁地红了。

他看向江攸宁的眼神里满是怜惜和爱意。但江攸宁只是平静地望着眼前的玻璃杯，温和地笑着说："因为我在自我感动吧。"

江攸宁说："从遇见你的那一天起，我自以为是地做的一切，都是在自我感动。你可以理解为我偶像剧看多了，也可以理解为我少女心作祟，但那会儿我确实是那样认为的。我不想让你看到我不健全的一面，也不想在你本该璀璨的人生里留下污点，所以选择了离开。"

"那天，"江攸宁终于抬起头来看他，"你是在躲那只流浪猫吧？"

沈岁和点头："是。"

江攸宁像是在夸他："所以我知道我喜欢的人很善良，也想保护他的善良。原因就是这么简单，你不必放在心上。"

沈岁和不禁握紧了手。

"可你是女孩子，"他的声音有些哽咽，"应该是我来保护你的。"

"已经错过了。"江攸宁笑道，"以后会有别人来保护我的。"

她想，以后会有别人来保护自己的善良和温柔，也会有别人在下雨天给自己递一把伞。

"你真的……"沈岁和艰难地发问，"不爱我了吗？"

江攸宁顿了几秒，真诚地看着他的眼睛："你看到那封信了吧。"

沈岁和点了点头。

"那是我在那年的情人节写的。"江攸宁说，"还有那本书，也是我想在那天送给你的礼物，但那天……"

她呼了口气："你跟我提了离婚。"

"我……"沈岁和想解释，却无从开口。

他该怎么说呢？离婚那件事是他做错了，而且错得很彻底。

"我知道你或许有苦衷。"江攸宁说，"但即便你不提出来，我也打算提了。"

"那天是我的最后一搏，"她第一次敞开心扉，"可是没有成功。我想告诉你的是，无论你有多少苦衷，结果都是你推开了我。从那天开始，我就决定不再爱你了。"

"江攸宁，"沈岁和看着她，"可我真的，很爱你。"

他说"爱"字说得很艰难，这是第一次如此直白地当面表达自己的情感。

听到"爱你"这两个字，江攸宁感到有些诧异，但很快就恢复了平静。

"沈岁和，我也爱过你。"江攸宁说，"但都过去了，而且我还恨过你呢。"

江攸宁说着笑了一下，笑得很温和。

"在我们刚离婚的时候，我特别恨你，因为那会儿根本走不出来。不过后来我更讨厌自己，为什么没有在发现你不可能爱我的时候及时抽身，而是陷在一场自我感动里，最后把自己伤成了那样。"

"可是我最终把那些都放下了。"江攸宁说，"虽然我的自我感动很糟糕，但你也有不对，你在那场婚姻里给了我很多次你会爱上我的错觉。"

那段感情本来就是一场自我感动，可是她只要看到一点点希望就义无反顾地向前冲。沈岁和一次次地给她希望，又一次次地让她希望破灭。

"和你结婚，我不后悔。"江攸宁笑着说，"摘星触月这件事，前提是我跳起来了。现在我知道够不到，所以就回到了原点。"

"江攸宁。"沈岁和紧紧地盯着她，看着她笑，看着她说话的仪态，感觉要不能呼吸了。

他将手紧握成拳，终于艰难地开口："我是真的爱你。我想和你重新在一起，只希望你能给我个机会。以前那些不好的事情，真的不会再发生了。"

江攸宁听他这么说，心里也有些酸涩。但她拎起了自己的包，站起身来看着他，轻轻地说："已经迟了。"

她淡然地笑道："我已经不爱你了。"

沈岁和从那双澄澈的鹿眼里看到，她的眼睛里再也装不下自己了。

从餐厅出来，江攸宁找到自己的车，离开了这个地方。这一次，她没有回头。

沈岁和远远地望着她的背影，很快，就连车子的影子也消失不见了。

沈岁和站在原地愣了许久。午后的阳光洒落在他的身上，他的目光仍旧飘向江攸宁离开的方向。

隔了一会儿，两根修长的手指夹着根烟给沈岁和递了过来。沈岁和看向递烟的人，是之前在三楼办签售的作者，此刻虽然戴着口罩，但那双眼睛很有辨识度。

沈岁和下楼时和对方打过照面儿，两人互相打量了一番。沈岁和觉得对方像一匹孤狼，那股吊儿郎当的劲，仿佛影视剧里的"变态杀人狂魔"。

沈岁和仿佛嗅到了一丝危险的气息。

"喏。"祁蒙将烟又往前递了一下。

沈岁和也没有拒绝，接过烟来在手里翻转了几下，声音冷漠："谢谢。"

祁蒙淡淡地说："不必。"

"啪嗒"一声传来，打火机瞬间亮起了比遥远的太阳还亮的光。

祁蒙吸了口烟，眼睛仿佛一直睁不开，或许是刻意的，但在沈岁和看来更像是不屑。

沈岁和以前好像只和这样子的犯人打过交道，但祁蒙比那些人要友好得多。

祁蒙把打火机递了过来，沈岁和接过来点燃了烟。青灰色的烟雾顺着朦胧的光影飘散在空中。沈岁和仍旧站得笔直，目光仍旧看着车子离去的方向。

沈岁和觉得嘴里的烟没有什么味道，像是在嚼口香糖。

"有点儿淡吧？"祁蒙的烟已经抽了一半，他的语气中带着几分淡漠，"那些味道重的都被扔掉了，将就着抽吧。"

"没事。"沈岁和说。

"你在追她？"祁蒙顺着沈岁和目光的方向看去，声音淡淡的，听不出情绪。似乎他提出的也不是个问句，沈岁和解不解答都无所谓。

但沈岁和还是点了点头："嗯。"之后便是漫无边际的沉默。

两人默不作声地抽完了手上的烟。良久之后，祁蒙说："加油。"

沈岁和愣了一下："嗯？"

"起码她还肯见你。"祁蒙轻笑了一下，"你还有机会。"

沈岁和："哦。"

"能给你写那种书的人，"祁蒙说，"肯定爱你爱到骨子里了。"

沈岁和低下头，苦涩地说："是。但我以前不知道。"

他错过了所有江攸宁爱他的岁月。

"所以，"祁蒙笑了下，"放下很难的。"

"可她很坚持的，"沈岁和说，"认准了一件事情就不会轻易地动摇。"

祁蒙沉默片刻，声音变得有点儿飘忽："人是会变的，她肯见你，就说明还没有完全放下。"

沈岁和看向他："你还有烟吗？"

祁蒙又递给了他一根。

"真羡慕你。"祁蒙说。

沈岁和："嗯？"

"她还肯来见你。"祁蒙笑道，"我今天被人放鸽子了。"

沈岁和没有看过祁蒙的书，和这个人也不熟，只是觉得这人身上有股孤狼的劲，但聊天儿的时候并没有感觉到那股劲在哪儿，只是凭借第一印象去判断的。

"那你加油。"沈岁和说。

祁蒙笑："你也加油。"

两个陌生人在午后的路边站着抽了两支烟。临近分开，沈岁和问："你一直追不到那个人会放弃吗？"

祁蒙漫不经心地摇头："在我眼里，这世上就只有两种人。"

沈岁和："哪两种？"

祁蒙："一种是普通人，另一个是她。"

"如果放弃了她，"祁蒙把抽完的烟蒂随意地弹进了垃圾桶，"那我不如去死。"

沈岁和："……"

祁蒙一直在用漫不经心的语调说话，但其中透着一股执着劲。

"那她一直不肯见你怎么办？"沈岁和问。

"多约几次。"祁蒙说，"或者多约几百次。只要她没有结婚，我就有机会。"

"就算她结了婚，我也能……"他嘴角微扬，带着几分邪气，"抢。"

沈岁和点头："知道了。"

"除非她真的爱上别人了。"祁蒙说，"那我就祝她幸福。"

沈岁和深呼了口气："我一直无法想象，爱上别人的她是什么样子。"

"所以，让她只爱你。"祁蒙说，"别放弃。"

沈岁和和祁蒙的交际仅止于此。两人都不是健谈的人，却围绕一个话题谈了十几分钟，最后分别离开。

"两位，明天有约吗？"

辛语在微信群里找路童和江攸宁。

路童很快回复："做什么？请我吃大餐吗？"

江攸宁："同问。"

辛语："吃饭容后再议，请你们吃精神食粮。"

路童和江攸宁同时发了一个问号。

辛语："明晚八点熙和路86号，山盈俱乐部的脱口秀专场，你们有时间去看吗？"

路童："好呀。我还没有看过线下的脱口秀，有什么名人吗？"

辛语："我……算吗？"

江攸宁："什么？"

路童拨了群语音，很快就通了。

"你转行了？"路童疑惑地问。

辛语："是啊！新公司有了新的要捧的人，那天我又和老板吵了一架，算是解约了吧。我总得工作啊，这算是过渡期的兼职。"

江攸宁："你这跨度有点儿大啊！谁给你介绍的这份工作啊？"

路童附和："就是，从外貌工作者变成了语言工作者，未免有点儿离谱。"

"哪儿离谱了？"辛语说，"我现在场场爆满好吗？连说了一周，我的嗓子都快哑了。"

路童："脱口秀的本质是轻微冒犯，你确定能把握好冒犯和骂人的尺度吗？"

辛语嗤笑一声："你这个人不相信我，我的尺度把握得挺好的，昨天俱乐部的经理还夸我来着，你相信我行不行？我虽然长相貌美，但实力也很强。"

路童惊讶："你居然被领导夸了？跟我说说夸你什么了？"

辛语见她不信，立马清了清嗓子，学着俱乐部经理的语气道："思媛啊，你讲的这些简直就是宝藏段子，咱们俱乐部很久没有出像你这么真性情的人了，除了不攻击观众，你的其余表现都堪称完美。"

"思媛是谁？"路童问。

辛语顿了两秒："我的艺名。"她母亲的名字里有一个"媛"字。

江攸宁听出了弦外之音，压下心头的酸涩，道："挺好的，我明天有时间，一定去看！马上买票！"

路童也立马斗志昂扬："我也去看！一定得花钱！多少钱一张票？"

辛语轻飘飘地说："前排一百八十元一张，不过明天是拼盘脱口秀，我只有二十分钟的时间。"

"二十分钟啊，不少了。"路童说，"我就买第一排，坐在你的眼皮底下给你递水。"

"还有我。"江攸宁说，"我给你买农夫山泉。"

"我买百岁山。"路童争着说。

辛语笑了："都不用，姐姐明晚讲完以后请你们吃大餐。"

江攸宁："我来请，好久没有请你们吃饭了，我的钱包都想出来放放风了。"

路童哈哈大笑："那我就不争了，贫穷的打工人只要能吃饱就行。"

江攸宁听说脱口秀行业不太景气，挣不了多少钱，想着辛语刚办完她妈妈的葬礼，以前的积蓄估计也剩不下多少了。辛语又是个好请客的性子，从来不顾虑钱包里有多少钱，所以江攸宁帮她顾虑一下。

"行。"辛语答应，"你请。"

"不过，"路童偷偷地笑着说，"你不和男朋友去过七夕吗？大好的日子确定要浪费在我们两个人的身上？"

辛语："我什么时候有男朋友了？我自己怎么都不知道？"

江攸宁也调侃说："你怎么说完不认哪？就前段时间我们把你送回家的时候……"

路童也啧了声："不是男朋友都敢亲，不愧是我的语姐，真猛！"

辛语："……"

"嘟嘟"的声音传来，辛语挂断了语音通话，改为发文字。

"我和他真的没有关系，上次就是单纯地帮个忙，外加看阮言不爽而已。我单身！单身！我是想不开吗？为什么要谈恋爱？就算裴旭天再好也不至于让我跳火坑，我坚决不结婚不恋爱！"

路童："没有关系就没有关系，你要不心虚挂什么电话啊？"

江攸宁："我暂且相信你单身。"

辛语："江攸宁，我就知道你懂我。"

江攸宁："但我不相信你会永远单身。"

辛语："……"

七夕这天和平常没有什么不同，起码在江攸宁看来是这样的。

上午十点，她正在工位上坐着处理工作，电话就响了。

"你好。"江攸宁接了起来。

"您好，请问是江女士吗？"对方的声音很温柔，像春风似的，"楼下有您的快递，请下来拿一下。"

江攸宁皱眉。她的快递地址填的都是家里，没有往公司寄过，考虑到也有可能是发票什么的，便没有多想，但她懒得下楼，就嘱托道："麻烦你放前台吧，我中午下去拿。"

"这个是不易保存的。"对方道，"您还是下来拿一趟吧，有惊喜。"

江攸宁："好吧。"

她不太情愿地起身，岑溪也跟着起身。

"宁宁你也去拿快递吗？"岑溪问。

江攸宁点头："对，说是让本人下去拿。"

"我的也是。"岑溪说，"不过我的肯定是老公送的花。他每年都送，我已经见怪不怪了。"

江攸宁："多好啊，还有花收。"

"可是过不了多久就会凋零。"岑溪无奈地说，"还不如给家里添置个桌子、椅子的。"

"但这是生活的仪式感啊。"江攸宁和她一起进入电梯后摁了一层，"有鲜花、阳光，这样才是生活，不然就是平平无奇的每一天。"

岑溪点头："这倒也是，送花起码能让我短暂地开心一下。"

"对。"江攸宁说，"送花说明有人在意你啊。"

"宁宁，那你的不会也是花吧？"岑溪笑道。

江攸宁摇头："我都离婚了哪来的花？又没有人追我。"

"好吧。"岑溪说，"那一会儿把我的花分给你几朵，插到桌子上，我们一起过七夕，这才是生活嘛。"

江攸宁笑："好啊！"

楼下的人不少，估计是处于恋爱中的人都收到了花，不同的配送员在等着。

岑溪给快递员打电话，很快拿到了她的花，是她喜欢的混搭花束。插花师刻意搭配好的，有勿忘我和郁金香，还有一些其他的花。

江攸宁环视一圈之后也打了电话，电话在身旁响起，快递员是个长得很漂亮的女孩儿。她捧着两束花，笑着向江攸宁打招呼："您好，这两束花是您的礼物。"

江攸宁看向快递员的手中，只见一捧白色的桔梗花，还有一捧热烈的红玫瑰。

两捧花都很大，估计每捧都是99朵。虽然开得娇艳，但看上去真的很俗气。

她很喜欢桔梗花，但没有一次性买过这么多枝。以前家里的餐桌上，她会插四五枝作为装饰。这会儿看见这么多，她不禁皱起了眉。

"你好，这确定是给我的吗？"江攸宁不确定地问。

对方把花往她的手里塞了一捧，然后拿出手机查阅订单："您是江攸宁女士吧？"

江攸宁点头："是的。"

"那就没错了，是一位姓沈的先生为您订的。"对方朝她暧昧地眨了下眼，"好好享受浪漫的七夕吧。"

江攸宁："我能拒收吗？"

对方一脸为难："这位先生在备注里写了拒绝退单，而且钱已经付过了，这是我们花店开业以来的第一个大单，所以麻烦您收下吧。"

江攸宁不好意思再拒绝："好吧。"

对方把花放下之后便离开了。

江攸宁看到花朵中还插着卡片，便拿起来打开，只见上面写着几个大字："江攸宁，七夕快乐。"

下面还附着一行小字："这是你喜欢的桔梗花，永恒的爱，以后我会给你的。"

江攸宁只觉得浮夸，心中感到烦躁。

岑溪正好走了过来："哇！宁宁，这都是送你的吗？"

江攸宁无奈地点了点头，下意识地把卡片收了起来："是。"

"好有仪式感啊！"岑溪笑了下，"是哪个追求你的小哥哥送的啊？"

江攸宁拿着那捧玫瑰，直接朝垃圾桶走去，然后毫不留情地扔了进去。

岑溪："……"

江攸宁咬牙切齿地说："前夫送的。"

岑溪："……"

江攸宁说完之后想把那捧桔梗花也扔进垃圾桶，但垃圾桶已经满了，于是她走到另一个垃圾桶前面。

垃圾桶内再次发出"哐当"一声。

"这好歹也是花钱买的。"岑溪有点儿心疼，"你就这么扔了啊？万一被别人捡到……"

江攸宁面无表情："那正好，还可以造福有情人。"

白色的桔梗花在右边的垃圾桶内，红色的玫瑰花在左边的垃圾桶内。一红一白，一左一右，相互映衬。开得热烈的花朵随风摇曳着，从远处看仿佛开业大酬宾活动现场布置的花篮。

"什么花篮？不是花篮！"沈岁和坐在车里，在电话里冲裴旭天吼道。他接通之后就后悔得不行，开始后悔把那张图片拍给裴旭天看，应该自己默默地消化坏情绪，如今不仅没有得到安慰和帮助，反而给裴旭天无聊的生活添加了笑料。

"你真的就订了这两束花？"裴旭天问。

沈岁和："玫瑰是最贵的，桔梗花是她最喜欢的，有什么问题吗？"

"最贵的不一定最好看啊！"裴旭天笑，"尤其是你把白的和红的放在一起送，视觉冲击有点儿大。"

沈岁和："不是说女孩子都喜欢花吗？"

裴旭天沉默了半刻，严肃地问："你想听实话吗？"

沈岁和："说。"

"女孩子喜欢的是她喜欢的人送的花。"

"嘟——"裴旭天话还没说完，就听到了电话挂断的声音。

沈岁和觉得实话太伤人了，不想听。

他的车就停在金科那栋楼的对面，所以他时刻能看到那两捧花在空中摇曳，越看越像花篮，还是那种俗气的花篮。

沈岁和开始埋怨起裴旭天来，已经没办法直视那两捧花了。这两捧花是他想了两天才想出来的，光送玫瑰显得太单调，其他的花又没有很惊艳的，而桔梗花刚好是江攸宁很喜欢的花，以前常见她摆在餐桌上。

沈岁和没有想到她直接扔进了垃圾桶，而且看起来并不开心，只是不知道是对他这个人不满意还是对花不满意。

沈岁和想不明白，不过，还是给江攸宁发了一条短信："七夕快乐。"

江攸宁把屏幕上的短信滑走，眉头不自觉地皱了起来。

"宁宁，还不高兴呢？"岑溪低声说，"两捧花，也是对你用了心的。"

江攸宁无奈地单手掩面："但是一捧比一捧丑。"

"你是不喜欢送花的人还是不喜欢花？"岑溪问。

江攸宁："都一般。"

如果是离婚之前，她无论何时收到这两捧花都很高兴，就算只有一朵红玫瑰也能傻傻地笑一整晚。

　　结婚以后，沈岁和只给她送过一次花。那是某年情人节的时候，两人晚上去散步，沿着"君莱"那条街一直往前走，刚转过拐角，就看到一个小女孩儿手里正握着几枝玫瑰。她仰起头眨巴着大眼睛说："哥哥，给姐姐买枝花吧。"

　　也许是看那女孩儿这么冷的天在外面卖花很可怜，沈岁和把她手里的花都买了下来，递给了江攸宁。

　　女孩儿一共只有五朵玫瑰，三十块钱。江攸宁在回家的路上又到装饰店买了一个崭新的花瓶，花了六十块。

　　回家以后，她将那几枝玫瑰都装好放在了茶几上。几枝玫瑰一共盛开了九天的时间，寿命还算比较长。

　　这是她印象里唯一一次沈岁和给她买花，虽然不是他特意买的。那天收到花的时候，她心里非常喜欢，高兴得恨不得发十条朋友圈炫耀自己收到了沈岁和送的花。但她现在心境变了，确实不想再收到沈岁和送的花了。

　　他以什么立场送？老公？前夫？还是追求者？

　　除了第一个，剩下的江攸宁都不会收，所以想都没想就扔到了垃圾桶。前夫送的花，应当有个好归宿，那么垃圾桶当之无愧。

　　岑溪已经把手里的花摆弄好了，并拿过江攸宁桌上的花瓶，在里面放了三枝郁金香、一枝勿忘我，还有一些用来做陪衬的蓝色花束，看上去颜色鲜亮。

　　"给。"岑溪给她递过去，"你放在电脑边，看着也舒服。"

　　"对，这才是正常人的审美。"江攸宁接过来调侃道。

　　岑溪笑："你喜欢就好。"

　　"谢谢。"江攸宁礼貌道谢，"中午请你吃饭。"

　　"好啊。"岑溪答应下来，反正也是去食堂吃饭，不会贵到哪里去，"不过宁宁，我记得你是喜欢桔梗花的啊。"

　　江攸宁点头："是。"

　　"我喜欢桔梗花是因为小时候看的《犬夜叉》动画。"江攸宁补充说，"再加上这花的香味很好闻，但我只能闻一点儿，多了会难受。"

岑溪："原来如此。"

江攸宁盯着电脑屏幕继续工作，淡淡地说："送花的人只知道我喜欢桔梗花，但不知道我喜欢桔梗花的花语，还喜欢《犬夜叉》。"

"那你有跟他说过吗？"岑溪问。

江攸宁摇头："没有必要。"

"你不说他怎么知道啊？"岑溪也开始工作，说话慢吞吞的，"大家现在都这么忙，哪有那么多心思猜来猜去呀？"

"那就放弃好了。"江攸宁说得斩钉截铁。

岑溪愣住了。

"培养感情是一个缓慢的过程。"江攸宁说，"我相信一见钟情，但总觉得了解是个缓慢的过程，需要关注各种各样的细节，不是你用了桔梗花就代表你喜欢桔梗花，说不准另有缘由呢。如果你只看到了表面，没有深入地去了解，那肯定不会走入对方的内心。"

岑溪想了想后，点头道："有道理。"

"我看到她经常使用桔梗花就以为她喜欢。"沈岁和站在花店里，闻着满屋的花粉味儿觉得有些呛，但仍旧挺拔地站着，"没想到她都扔掉了。"

"那你有没有了解过她为什么喜欢桔梗花呢？"老板娘看上去年纪不大，但说话不疾不徐，声音温和。她绑着一条浅橙色的发带，额前有几缕细碎的刘海儿，头发随意地绾成了马尾，看上去有些凌乱，搭在她的头上却分外和谐。

沈岁和无心看她，视线在花店里环顾了一圈，确实没有看到令他惊艳的花。

"不知道。"沈岁和有些气馁，语气中难掩失落，"我只是以前经常看到她在餐桌上放桔梗花。"

"那有可能是喜欢桔梗花的味道。"老板娘问，"是白色的吗？"

沈岁和点头："有时候会放风信子，她放的花都是白色的。"

"那她有说为什么放吗？"

沈岁和摇头："我没有问过。"

老板娘终于从柜台前站了起来，仍旧穿着今早送单时穿的那条橙色的碎花长裙。裙子的颜色很亮，但穿在她的身上显得有些素淡，可能是因为她的脸太过抢眼。

"一个人喜欢桔梗花的理由千奇百怪。"老板娘给沈岁和科普，"因为它的花语是两个极端，一个是永恒的爱，一个是绝望的爱。还有的人因为喜欢一部日本动画，顺带特别喜欢桔梗花。"

"哪一部？"沈岁和问。

"《犬夜叉》。"老板娘有些惊讶，"你没看过？"

沈岁和摇头："没有。"

他低头在手机上搜索了一下，点开看了个片头，忽然若有所思。

"怎么了？"老板娘已经开始蹲下选花，可能是打算做插花，"有印象？"

沈岁和："嗯，她以前在家里常看。"

江攸宁有时候还会看得哭起来，他便让她少看些伤心的。

老板娘笑了："那她应该就是这部动画的忠实观众了吧。"

"那她为什么还会扔掉？"沈岁和不解，"她应该会喜欢的。"

"没有那么多应该。"老板娘把选好的花放在桌子上，"知道什么是过犹不及吗？"

沈岁和："……"

老板娘的动作缓慢。她先把有刺的花枝拿出来，小心翼翼地剪掉刺，然后再剪花枝。那些花枝被剪得大小不一，但看上去错落有致。

"我订的时候你为什么不提醒我？"沈岁和问。

老板娘惊讶地抬起头看了他一眼："我哪里知道别人的喜好？怎么提醒你？"

沈岁和："……"

老板娘这话说得也有几分道理，他只好认栽。

"你的店里有什么比较好的花吗？"沈岁和问。

"已经告诉过你了，玫瑰是我这里卖得最贵的。"老板娘说，"今早送过去的那一捧是我这店里最高价的了。不过我这里还有蓝色的玫瑰、粉色的玫瑰，你喜欢哪个？只要下单我立马就去送。"

沈岁和："……"

他明知玫瑰不讨喜，干吗还盯着玫瑰不放？

"不要玫瑰。"沈岁和说。

"那要什么？郁金香？蔷薇？百合？勿忘我？"老板娘一次性地报了很多花的名字出来。沈岁和却盯住了角落里的一束花问："那是什么？"

老板娘顺着他的目光看过去："那束不卖。"

"我想自己做那样的。"沈岁和说，"那个好看。"

那一束是老板娘亲手做的，准备用来送给男友的，整体色调是树木的颜色。但沈岁和想做成星空的颜色。

插花是一门很难的艺术，一个人如果没有基础的艺术鉴赏力，很难在短时间内学会。

老板娘正好要做新的插花，看在沈岁和很真诚的分上，便把自己的桌子让了一半的空间给他。

沈岁和拿剪刀都笨手笨脚的，还拿了几朵蓝色的玫瑰，花枝上的刺毫不留情地刺入他的手指。

花店里时不时传来他倒吸一口凉气的声音。老板娘却淡定无比："追人嘛，哪有轻而易举就能追到的？"

"小心点儿。"老板娘叮嘱说，"花枝虽然硬，但也禁不住你这样使劲。

"还有花瓣，你把它弄下来一会儿再插进去就不好看了。

"蓝色跟红色搭在一起不是很好看。"

老板娘在一旁负责技术指导和审美鉴赏。沈岁和的动作从最初的生涩慢慢变得娴熟，起码不会再被刺扎到。

幸好他是个有耐心的人，做起插花这种慢工艺来还算得心应手。

"宁宁，明天见。"岑溪的老公来律所接她，她连忙道别。

汀攸宁朝他们挥了挥手："明天见。"

门口的那两捧花已经不在了，大概是被人捡走了。

汀攸宁只瞟了一眼便转移了视线，然后朝自己的车走去。在众多车辆中，她一眼就看到了自己的车。

那一捧鲜艳的花使得汀攸宁的车子格外显眼，但比起上午的那两捧来，这一捧的审美算是有了些进步，但是……

此刻傍晚的红霞开始弥漫，落日的余晖映照在天地间，橙色与黄色交织在一起，营造出浪漫柔和的色彩。江攸宁觉得，大自然的每一种色彩都比这捧花漂亮。

江攸宁环顾四周，没有看到沈岁和，但是一辆眼熟的车子停在了马路对面。她盯着那辆车子看了几秒，那辆车开动往前行驶，极为缓慢。

"停下。"江攸宁给沈岁和发了条短信。

两秒之后，那辆车果真停下了。江攸宁踩着高跟鞋捧着花穿过马路，来到车前敲了敲玻璃窗。

沈岁和隔着玻璃窗看她，既不开门也不开窗。江攸宁又敲了几下，车窗才缓缓地落下来。

"别扔花。"沈岁和看着她，没头没脑地来了一句。

他说得格外严肃，但只看了她两秒，视线便移到了别处。

江攸宁笑了下："你下来。"她说完便往后退了两步，给他留出了开门的位置。

沈岁和犹疑了片刻，还是下了车。

他比江攸宁要高，即便她穿着高跟鞋，头顶也只到他下巴的位置。

落日的余晖照过来，照在他的侧脸上，显得格外柔和。

"七夕快乐！"沈岁和说，"我能请你吃饭吗？"

江攸宁斩钉截铁地回答："不能。"

沈岁和："……"

这是他意料之中的答案。

"早上的花是你送的吧？"江攸宁语气很平常，似乎只是在随意地跟他聊天儿。

沈岁和："是。"

"我都扔了，你知道是什么意思吧？"

沈岁和抿了抿唇，表情有些复杂，勉强地应道："不太知道。"

"花这种东西呢，"江攸宁朝他温和地笑，尽显疏离，"需要喜欢的人送。"

"我这个人，从来不收不喜欢的人送的花。"江攸宁说，"以后，你还是别费这个心思了。”

沈岁和的唇紧紧地抿着，脸上没有什么表情。

江攸宁把花递了过去："你别送了，我不会收的。"

沈岁和："我送出去的东西不会收回来。"

江攸宁稍仰起头，跟他对视。

"你不要是吗？"江攸宁严肃地问。

沈岁和也严肃地回答："给你。"

"属于赠予财产吗？"江攸宁又问。

沈岁和："是。"

江攸宁盯了他两秒，没有再说话，转身离开了。

落日的余晖洒在她的肩上，她很耐心地避开了每一辆疾驰而过的车，最后回到了自己的车子前，一次也没有回头。

"她真的把花收下了？没有扔？"裴旭天问。

沈岁和嗯了一声："反正在我的视线范围内没有扔，还拿上车了。"

"那就有戏。"裴旭天说，"也不枉费你这一天没来上班。"

沈岁和总觉得后半句话听上去有些酸。

"你晚上不是要去看脱口秀吗？"沈岁和说，"这个点儿快开场了吧？"

裴旭天："你还好意思说？昨晚我被临时通知，可以不用去了。"

沈岁和："为什么？"

电话那头沉默了两秒："大好的日子我不想说。"

沈岁和："那就别说了。"

"还不是因为上次在我家被误会了？"裴旭天叹气，"她敢亲怎么就不敢认？"

"原来那是误会啊。"沈岁和啧了声，"我以为假戏真做了呢。"

裴旭天："……"

"30 多岁的人了，"沈岁和接着说，"亲一下又不会怀孕。"

裴旭天："那也不能随随便便就亲。"

沈岁和："那你去找她负责。"

"负责个毛……"裴旭天的话说到一半顿住了，他笑了下，"我们今晚就去找她负责。"

沈岁和挑眉："为什么是我们？"

裴旭天："她今天喊了江攸宁和路童，你不想去吗？"

沈岁和迟疑了不到一秒："行，那我们今晚去找她负责。"

熙和路这边的酒吧很多，"山盈"俱乐部开在两个酒吧的中间。俱乐部的招牌很普通，看上去像是在两个亮闪闪的酒吧中间插了一条平和的"楚河汉界"。

沈岁和开车到达熙和路的时候，裴旭天已经在等着了。裴旭天倚在车边，卖票的"黄牛"下意识地觉得他是去酒吧的人，所以自觉地避开了他。

"有票吗？"沈岁和问。

裴旭天说："已经卖完了。"

沈岁和盯着那边的"黄牛"："那儿不是还有卖的？"

"后排票有什么好买的？"裴旭天说，"还是买前排吧。"

沈岁和："再过一会儿你就可以直接看散场了。"

裴旭天："……"

一到七点，熙和路上就热闹起来，尽管太阳刚刚落山，夜晚的灯光还没有完全亮起，但这条街已经被年轻人占领。这条街上像他们这个年纪的人看上去寥寥无几。

再加上今天是七夕，来来往往的人都是一对又一对的情侣，情侣手牵着手或是男生把女生拥在怀里。他们两个大男人站在这里特别引人注目。

"你看过线下脱口秀吗？"沈岁和问，"是演唱会那种坐很多人的形式吗？"

裴旭天："没看过，我猜是那样。"

"两位帅哥买票吗？""黄牛"大概盯了他们有一会儿了，扇着几张脱口秀的演出票到了他们眼前，"一张票六百块，今晚可有惊喜嘉宾啊。"

"熙和路第一女脱口秀演员。""黄牛"滔滔不绝地介绍道，"听她骂

248

人特别解气，你们要不要了解一下？而且今晚还有老牌的脱口秀演员，那可是上过第一届脱口秀比赛的，你们来一张票看看线下吧。"

裴旭天和沈岁和对视了一下。

裴旭天轻咳了声："有前排票吗？"

"黄牛"迟疑了两秒，忽然贼眉鼠眼地凑了过来："前排票有啊，就两张了，我有个朋友说想看来着。本来是留给自己的，不过你们在这儿也等了很久了吧？"

他说着叹了口气："一张一千块，我就忍痛割爱给你们了。"

"行。"裴旭天拿出手机转账，"给我两张。"

他买完票一转头发现沈岁和已经不在身后了，皱着眉环顾了一圈，在不远处看到了沈岁和。

沈岁和正站在一对小情侣面前，好像在和他们争执些什么。裴旭天忙跑了几步过去："怎么了？"

沈岁和没有理他，依然在严肃地对那两人道："这花我要买，你说多少钱吧。"

见沈岁和一副财大气粗的样子，裴旭天立马扯了扯他的袖子："你做什么呢？"

沈岁和轻呼了口气，尽量放缓语速，声音也温和了一些："这花是我今天下午给我爱人做的，我现在想把它拿回来，所以……你们可以卖给我吗？我可以出高价。"

对面的男生一愣："但我买的时候，她说是自己去花店买的。"

沈岁和伸出自己的手，十指上布满了被刺扎过的痕迹，解释说："是我做的，我做了一下午。"

男生有些不知所措，女朋友在旁边劝道："那就给他吧，反正你今天都给我买了一束了，家里也放不下那么多。"

"我就是看着这个好看，所以想买来送给你。"男生说。

女生叹了口气："你什么审美啊？这东西哪里好看，去花店随便买一束都比这个好看！"

众人有些尴尬。

女生这才反应过来，尴尬地笑了下："不好意思啊，我没有要抨击你的意思。"

沈岁和没有计较这些，焦急地问："所以，你们卖吗？"

男生不好意思再拒绝，便说："我买的时候二百，你原价给我就行了。"

沈岁和给他转了五百块钱过去，然后重新把花捧在了手里。

他当时选了蓝色作为主色调，然后搭配了白色的桔梗花和紫色的满天星，这几样组合在一起有一种浪漫星空的感觉，但这也可能是他的错觉。

沈岁和低下头看了眼花，自言自语道："很难看吗？"

他的心情有些沮丧。

裴旭天看向沈岁和的手指，确实挺触目惊心的，上面是一道又一道的划痕。

"你就弄这个弄了一下午？"裴旭天不可置信地问。

沈岁和点头："准确来说是八个小时。"

"挺好看的。"裴旭天说。

沈岁和笑了下："你就安慰我吧。"

"没有，"裴旭天说，"礼物又不是越贵越好，尤其是像花这种东西，不就是送个心意吗？"

沈岁和："可是她卖掉了。"

裴旭天看向他："那是因为对她来说你现在已经不重要了。"

"我知道。"沈岁和捧着那束花往俱乐部的门口走，看上去依然平静，"不进去吗？要迟了。"

裴旭天这才拿着票进场。推开门进去后，两个人都愣住了。

这个场子，从最后一排到搭了台阶的演员舞台，总距离不超过五米，根本无所谓前排后排。而且，他们的票也不是前排，而是最后一排。两人没有顾忌别人的指指点点，赶紧在后排坐了下来。

两人打了这么多年官司，最后在阴沟里翻了船，被狡猾的"黄牛"给骗了。

沈岁和坐在后排，江攸宁刚好回过头来，看到他怀里的那捧花，诧异了几秒，但立马转过头去。

路童嘟囔："这不是你卖了的那一束吗？"

"是啊！"江攸宁说，"就是他赠予我的。"

"赠予财产我有权买卖。"江攸宁说，"没有问题吧？"

路童低咳了一声，勉强回答："一点儿毛病没有。"

两人正说着，辛语从后台出来了。她穿着干练的黑色西装，袖子被挽起一截，露出了白皙的肌肤。辛语这段时间确实瘦了不少，不过仍旧活力满满。

她个子很高，一出来就用身高开了个场："我得先坐着吧？要不腿太长影响我发挥，不过坐着也能看见全场的朋友哦！"

"现场来了两位好朋友啊。"她轻快地调笑着，并直直地看向观众席的最后一排，尤其是捧着花的那位。

"帅哥！"辛语直接调侃沈岁和，"大七夕的捧着花来看脱口秀，是花没送出去失恋了呀，还是想来脱口秀现场养鱼啊？"

沈岁和："……"

璀璨如星空的花束被沈岁和抱在怀里。裴旭天很没有义气地把那捧花往旁边移了移，花正好严严实实地遮住了沈岁和的脸。

"哎哟！"辛语在台上笑了下，"还挺害羞！"

众人的目光都随着辛语的目光望过去。裴旭天向来擅长控场，只蒙了两秒就摆出营业式的微笑，而沈岁和的那张脸全被花遮挡住了。

"还是两个帅哥一起来的啊！"辛语继续调侃。

这个场地本来就不大，某个观众的一举一动、一言一行都能被在场的人捕捉到。

裴旭天脸色微变，眼含威胁地看向辛语。

辛语并没有在意，笑了下继续道："大好的七夕，我们还是不要浪费在男人的身上了。两位帅哥，你们也看出来了，在这个场子里，你们还是挺稀缺的。"

"那是稀缺吗？"一个观众接了梗。

辛语一愣，然后笑着说："也对，不是稀缺，是濒临灭绝。"

这场观众几乎都是女生。"山盈"俱乐部本来规模不大，知道的人也不多，平常前排票才七十元一张。自从辛语来了，仅仅一周营业额就开始暴涨，票价也随之猛涨。

诚如路童所说，辛语起初不太能把握好冒犯和骂人的尺度。

一开始有不少人是冲着辛语的脸和身材来看的，结果辛语专门挑了一场来"骂人"，而那些被"骂"了的人还不能反驳，如果反驳，正好证明了脱口秀里的观点。

脱口秀本就建立在冒犯的基础之上。

据当时在场的观众说，那一场堪称辛语的封神之作。

没过几天，辛语专场的票价就飞涨了起来。起码在这条酒吧聚集的街上，辛语已经被封为"熙和路第一女脱口秀演员"。

熙和路上只有这一家俱乐部表演脱口秀，而这家俱乐部有三位女脱口秀演员，但只有辛语的名声响。尤其是今天的七夕专场，俱乐部打出来的宣传语就是"思媛——七夕单身专场"。一些原本想来看的人被她的名字劝退了，进场的大都是女观众。

"大家也知道我的风格，平常我是喜欢和男孩子开玩笑的。"辛语坐在高脚凳上，两条长腿随意地搭在凳上，"但今天男孩子少，我们就不开他们的玩笑了，给我们濒临灭绝的宝贝们留点儿空间，他们来看一次脱口秀也不容易。两个人嘛，又带着花，想必还是单身吧？"

话题又被她拐了回去。

裴旭天和沈岁和没有回应，但大家的目光都聚集在他们的身上。

"帅哥，"辛语朝裴旭天抬了抬下巴，"给个准话啊，我们现场这么多妹妹都单身呢。"

裴旭天："嗯。"他回应得很不情愿。

"单身啊，没关系。"辛语话锋一转，"反正以后单身的日子还长着呢。"

"男孩子这么美好，可不能便宜了女生。"辛语跟现场的女孩子互动，"是吧，姐妹们？"

现场观众哈哈大笑，气氛高涨了起来。

"姐姐真漂亮！"观众席里的一个女生忽然夸了辛语一句，声音很大，众人听得很清楚。女生夸完就低下了头。

辛语环顾了一圈："妹妹你眼光真好，要不要具体说一下姐姐哪里漂亮？"

现场观众大声喊道："脸！"

路童趁乱也高声喊道："腿！"

她的声音很大，和现场众多女生的声音比起来，毫不逊色。

辛语听到后把麦克风往后拉了下，便站了起来。她的大长腿瞬间被一览无余，果真既漂亮又惹眼。

辛语走了两步到了路童的跟前，半蹲下身子，伸手摸了摸她的头发："你挺会看啊！"

"和那些猥琐男简直一模一样了。"辛语站起来，"宝贝你好好反省一下吧。"

路童争辩道："发现美是人之常情。"

"那你的眼光真好。"辛语笑道，"怎么样，夸得到位吗？"

"到了到了。"路童飞快地结束了这短暂的互动。

整个场子热起来后，辛语才开始了正经的脱口秀演出……

辛语今晚的脱口秀内容属于中规中矩的，除了互动的时候损人比较狠，其余时候还算温和，几个即兴发挥也挺好的，和现场观众产生了共鸣。

她说的内容本就不多，段子也不是太好笑，但好在现场氛围比较热烈，互动也频繁，临结束的时候，不少观众都喊着："姐姐真漂亮！"

辛语结束之后没有去后台，而是直接向前迈了一步，挤到了路童和江攸宁的中间坐着，观众席上一片哗然。

"好了，大家现在就把我当个平平无奇的美女观众来看吧。"辛语说，"舞台就留给下边出场的刘哥。"

话音刚落，下一位脱口秀演员就站了上来。他其貌不扬，但说的段子很有趣，偶尔会通过调侃辛语来烘托气氛。他讲的脱口秀内容倒也引起了阵阵欢笑声。

拼盘脱口秀演了一个半小时，"辛语"这个名字出现的频率极高，但效果确实好。她调侃男人，男脱口秀演员也调侃她，双方尺度都把握得很好。

临近十点，演出才结束。江攸宁站在俱乐部门口，往两边瞟了瞟：

"要吃什么？"

"烧烤吧。"路童说，"我闻到味儿了。"

辛语揽着她的肩膀："你这是狗鼻子吧，那家烧烤店离这儿隔了两条街。"

"我从小鼻子就灵。"路童得意地笑了笑，"一会儿再来瓶啤酒，美死了。"

"我倒是行。"辛语问江攸宁，"漫漫呢？你不用回家哄他睡觉吗？"

"他早就睡了。"江攸宁晃了晃手机，"我八点多就给我妈打过电话了，那会儿我妈就把他哄睡着了。"

"那就行。"于是辛语带着两人去了烧烤店。

"真要去啊？"裴旭天有些抗拒，"她刚把我说得都快无地自容了，我现在再去不是触霉头吗？辛语那张嘴真是一点儿都不讨喜。"

"去吧。"沈岁和倒是淡定一些，"咱们晚上不是还没有吃饭吗？"

"但你这样……"裴旭天顿了顿，"特别像跟踪狂。"

良久之后，沈岁和转过身："去酒吧吧。"

裴旭天跟上他："你这花咋办？就这么一直捧着吗？"

"不然呢？"沈岁和说，"扔了？"

他辛苦地做了一下午，手都快扎烂了才做出这么一束，是不可能扔的。他对这个有很深的感情，觉得花束哪儿哪儿都好看，也很配江攸宁。但江攸宁不想要。他要是再扔到垃圾桶，估计半夜还得过来找。他不想一时冲动之后再去翻垃圾桶，所以还是一直拿着吧。

"我回家把它插起来。"沈岁和说。

裴旭天："也行。"

两人进了酒吧之后，坐在了吧台旁，每人都点了一杯酒，花被放在了一侧，显得孤零零的。

"这种花要怎么栽培？"沈岁和问，"放水里还是放土里？"

裴旭天想了想，用为数不多的常识回答："土吧，植物不都是栽进土里的吗？"

"但我记得办公室里的花都是放在花瓶里的，花瓶里面只放了一些水。"沈岁和说。

裴旭天立刻没有原则地改变立场："那就放水里。"

沈岁和："……"

两人喝酒喝到十一点，各自喊了代驾回家。

夜色已深，今晚的星星很少。月亮高高地悬挂着，已经是大半个圆了。

沈岁和有些恍然，快农历七月十五了。中元节他得回去扫墓，往年只祭拜一个人，今年需要祭拜两个人。而且，那个烦人的电话再也不会响起了。

沈岁和想到这里，感觉脑子里乱糟糟的，但手上的动作丝毫不乱。

他到家之后把花放了餐桌上，轻轻地扯开包装，数十朵花瞬间散落开来，不同颜色的花点缀着桌面，让整个家显得生机勃勃。

他想要插花，却想起搬过来之后还没有买过花瓶。愣了两秒之后，他毫不犹豫地出了门，去了一家二十四小时营业的商场，买了六个透明的波纹花瓶，还在向店员咨询之后，买了一些水培植物的营养剂。

插花是个技术活。他白天是按照平常所见的色彩来搭配的，但效果好像不太理想。反正他此刻也闲着没事，便找了本色彩搭配的书看了起来。

书中介绍的知识很丰富，三原色、颜色的搭配技巧、插花的简易方法……沈岁和一条条地看过去，觉得头晕眼花。但他很有耐心，学习能力也很强。

昏黄的灯光下，沈岁和坐在椅子上低着头把花一枝枝比对，然后将其放进已经清洗干净又盛放了三分之一清水的花瓶之中。

在动手实践之前，他以为插花很简单，因为花这种植物很漂亮，所以随便插一下就会很好看，可如今才知道非常难。

他今天选了不少花，重新插的时候"精益求精"了一番，把不太漂亮的扔掉了。

透明的波纹花瓶里水波荡漾，嫩绿色的花枝、蓝白紫色相间的花朵，让整个空间弥漫着温馨的气息，插花总算是有了那么点儿样子。

沈岁和在卧室的窗台上放了一瓶，在餐桌正中放了一瓶，还有茶几中央、冰箱上边各放了一瓶。反正他记忆中江攸宁喜欢放置花草的地方都放了，最后还是剩下了一瓶，一瓶满是蓝色的最符合他心目中的星空意境的插花。

他坐在那儿凝视着那束花，最终放在了自己的床头。这样他睁开眼就会看到星空，看到他自己营造的星空。

如果江攸宁也在这儿就好了，他一个人做这些事情就不会感觉到孤独，也不会觉得难过。

他的情绪莫名其妙地低落了起来，尤其已经是深夜了。他很久没有这样过了，或许是因为今天看到了江攸宁，看到了眼里、心里都已经没有了他的江攸宁，他的心情不由得变得低落。

深夜的房间里寂寥无比，沈岁和对着那束蓝色的插花随意拍了张照，然后简单地加了个滤镜，花看上去更漂亮了。

他思虑良久，还是发了一条朋友圈："七夕快乐。"配图灿若星河。

"他又谈恋爱了？"

江攸宁清早醒来看到闻哥发来的消息，先愣了两秒，然后才反应过来他说的是什么事，便放大了闻哥发来的图片，看上去是昨天的那束花，沈岁和重新插了一遍。

江攸宁："应该没有吧。"

江闻："你怎么知道？"

江攸宁："那花是他昨天送给我的。"

江闻："哦？所以你们复合了？"

江攸宁："没有。"

对话在这里结束，江攸宁便起床去洗漱了。

她去床的一侧看了看漫漫，他躺在婴儿床里正睡得香甜。漫漫半夜醒过一次。江攸宁被他闹得没能睡个好觉，这会儿还有点儿起床气，只是没有显露出来。

和往常一样，她吻了吻漫漫的额头，便准备开车去上班。

天气有些阴沉，看上去好像随时会下雨。江攸宁记得车里有伞，便没有上楼去拿。

临近下班，阴了一整日的天终于开始落下雨来，风刮得树枝乱晃，江攸宁看了眼手表，想早点儿回家看漫漫，便说："溪溪，我要先走了啊。"

"好。"岑溪朝她比了个"好的"的手势，"我再加会儿班。"

江攸宁一边收拾东西一边问："你带伞了吗？"

岑溪摇头："没有带，一会儿我老公应该会来接我。"

"那就好。"

岑溪问："你呢？"

江攸宁忽然顿住了，两秒后拍了下脑门说："在车上，忘拿上来了。"

"这算是一孕傻三年吗？"岑溪笑着调侃了她一句，还给她出了主意，"这会儿出去的人也多，你蹭个伞就到车跟前儿了。"

"嗯。"江攸宁答应着，"这会儿雨也不大，我走过去就行。"

外面的雨像是在反驳她的话，伴随着"轰隆"一声，雨势顿时变大。

"没事。"江攸宁自我安慰道，"反正不远。"

"那你小心点儿。"岑溪跟她告别。

这个时间点，律所的人几乎还在加班，她此刻就下班其实显得有点儿突兀，但好在大家熟悉了她的作息——从不加班。

江攸宁乘电梯下楼，电梯里空无一人，正好适合放空。高强度的工作之后，她总会用几分钟的时间来让大脑放空，用来转换思维。

雨线细细密密，外面的景色开始变得模糊。江攸宁在楼上往下看时，觉得这雨并不是很大。等到了一楼之后，她才发现雨点拍打窗檐和地面的声音特别响亮，甚至某一瞬间听上去仿佛在下冰雹。

江攸宁站在一楼大厅，很久都没有人经过。见迟迟等不到人，她便狠下心来直接往外走。她想，从门口走到车子跟前，不过五十米，她不至于会被淋到生病。

不料她刚一出门，就有一把黑色的大伞落在了她的头顶上方。江攸宁疑惑地看向一旁，是站得笔直的沈岁和。

过了农历七月，一场雨比一场雨冷。

江攸宁今天出门的时候穿的仍旧是平常的套装——宽松的休闲西装。

虽然是长衣长裤，但冷风迎面吹来，凉意透过衣服侵入骨髓。她打了个冷战，就在看到沈岁和的那一秒。

沈岁和把伞往江攸宁的一侧倾斜了一些，遮挡住了另一个方向的风。江攸宁却往前走了一步，被风吹落的雨点有一些洒落在她的肩头，滴在她的浅色西装上，使得此处和其他地方的布料有了色差。

"江攸宁，"沈岁和喊她，"我送你过去吧。"

江攸宁盯着他，皱着眉道："昨天我说得不够清楚吗？"

她的语气配上这初秋的凉风，显得更加冷漠。

"清楚。"沈岁和说。

江攸宁："那你今天……"

"我只是路过。"沈岁和怕她再说什么伤人的话，匆匆开口道，"看你没有伞，所以送你五十米。"

良久之后，她轻描淡写地问："天合倒闭了吗？"

"没有。"沈岁和说，"我之前在楼上和高律师谈业务来着。"

"那你谈就谈，还说谎是路过？"江攸宁的眉头皱得越发紧了。

沈岁和："我不是……我……"

他嗫嚅了很久也没能说出"怕你嫌我烦"这几个字，最终放弃了解释，转移了话题："我送你过去。"

"不用。"江攸宁说，"就五十米，我能走。"

沈岁和："我也没说抱你过去。"

江攸宁："……"

沈岁和这才意识到这话像是在纠缠，忙解释道："我知道你能走，但现在正在下雨，我撑伞送你过去，免得你淋雨生病。"

"不必了。"江攸宁说着就往雨里走，"谢谢你的好意，我不需要。"

她刚往外迈了两步，忽然感觉重心一歪，整个人都往后倒去——被沈岁和拽的。

江攸宁被他突如其来的动作吓了一跳，不由得惊呼了一声，甚至还爆了句粗口。但很快，她就落入了一个温暖的怀抱当中，雨也被隔绝在外。带着些许凉意的手指握住了她的手，江攸宁的手心被塞进了一把伞。

沈岁和随后将她扶稳，便头也不回地走进了雨里。

江攸宁愣在原地，撑着那把伞望向沈岁和的背影。大雨很快湿透了他的衣服，沈岁和的脚步极快，甚至是带有逃避的意思。

"喂！"江攸宁喊他，"沈岁和，你做什么？"

"早点儿回家。"沈岁和的声音从雨幕里传了过来，他的话却是答非所问。

迟疑了两秒，江攸宁小跑了几步进入雨中。风有些大，吹得伞都有些摇晃，她跑过去将伞遮住沈岁和的半边肩膀："别走了。"

沈岁和停下，却没有说话。

"你在做什么？"江攸宁问。

沈岁和："……"

"耍酷吗？"江攸宁又问。

沈岁和仍旧沉默，沉默地站在江攸宁的对面，直视着江攸宁。

他挺拔的身子仍有一半留在雨里。江攸宁要将伞举得很高才能让他的全身进入"安全范围"。

"是自我感动吗？"江攸宁又问。

沈岁和终于开口，顺势将伞接了过来："不是。"

他没有想要耍酷，也没有想要自我感动，只是看到下雨了，单纯地在楼下等江攸宁而已。

以前他一点儿都不喜欢雨天，但自从想起和江攸宁的初遇后，竟觉得雨天别有一番浪漫。但江攸宁那种对他弃之如敝屣的态度，他不想看到，甚至不想听江攸宁说话，但又期待着江攸宁能和他说话，哪怕一句也好。

"那你在做什么？"江攸宁语气严肃，"需要我提醒你吗？我们已经……"

"离婚了。"沈岁和打断她的话，"我知道，你说过了。离婚是我提的，是我先丢下你的，是我让你在那段婚姻里感觉到了辛苦，是我没有察觉到你对我的爱，是我什么都不懂，什么都不知道，一时冲动推开了你。可是我后悔了，很后悔，所以现在想追回你，这有错吗？我连一个机会也不能得到吗？为什么你每次都要狠狠地推开我？你一次次地把过去的事拿出来指责我，让我感觉好像站在悬崖边上，被你一次次地推下去。"

沈岁和的表情很平静。他没有歇斯底里，也没有朝江攸宁大喊，只是平静地诉说心中的想法："我过去不知道你爱我，你从来没有说过。现在让我去爱你还不行吗？为什么你连这个机会都不给我？江攸宁，这对我公平吗？"

他说到最后，声音有几分哽咽："我对你所有的一切都是后知后觉，我不知道你暗恋我，不知道你写过书，不知道你和我结婚是因为爱，所有的一切我都不知道，你从来不告诉我。我是你故事里的人，但从来没有资格进入你的世界。现在我想进去，想学着爱你，但你连一点儿缝隙都不留给我，这对我公平吗？"

"成年人的世界为什么要谈公平呢？"江攸宁的眼睛又酸又涩，却温和地笑着，"我爱你的将近十一年里，我从来没有问你要过公平啊！因为我知道暗恋是辛苦的，我不说是因为我不敢，我胆小怯懦，甚至……活该。那会儿的你也一点儿缝隙都没有留给我啊！你还记得我问过你什么吗？你说聪明人不谈这些。你说的每一句话我都记得，最后是你推开我的，为什么只要你回头我就要给你机会呢？为什么只要你回来我就必须回去呢？我是你养的宠物吗？沈岁和，你真的学会爱了吗？"

"你想让我给你机会。"江攸宁笑着推开他，转身朝自己的车位走去，"你看看你自己，现在到底有多不自信！"

"没有谁会去爱这个既不自信也不懂爱的你。"江攸宁说着上了车。

沈岁和站在原地，手紧握着伞柄，手背上青筋突起。他的身前留下了足够站一个人的位置，后背暴露在雨中，被雨水无情地打湿。他站在昏暗的天地之间，和昏暗融为一体。

伞忽然落在地上，被风吹得翻了几下，最后落入地上的积水中。他的身体被雨水浸透，眼前瞬间一片模糊。

"那会儿的你也一点儿缝隙都没有留给我啊！

"你看看你自己，现在到底有多不自信！

"没有谁会去爱这个既不自信也不懂爱的你。"

江攸宁的话在他的耳际响起。沈岁和闭上眼睛，脑海里循环播放着这几句话。

他无法反驳，因为这些话都是真的，他现在真的非常不自信。他想去学着爱一个人，可是一个从小没有学会爱、没有得到爱的人该怎么去爱别人啊？

他怕过犹不及，又怕给得不够。他怕过分惊扰，又怕什么都没有做。

他原来不是这样的。在擅长的领域内，他一直所向披靡，战无不胜。但在这个陌生的领域，他该怎么做呢？

天地间大雨倾盆，他的心亦如此。他在雨中站了很久，然后拖着沉重的步伐，一步一步漫无目的地往前走。

他不知道前方有什么，只是下意识地走着，想着或许走过去就会变好的。

他现在如此糟糕的生活会变好吗？他的心中没有答案。

"这是不是沈 Par？"

裴旭天收到金科老同学的微信的时候，正和同组的人开会交代手头的案子的工作分配。

他交代完低头看了下微信，本来想关掉继续开会，但看到发来的图片之后，眉头不禁皱了起来。

"陈叶，你把会议记录整理完发到群里。"裴旭天拿着手机站了起来，"今天的会先到这儿，大家散了吧。"

他没有交代什么原因，转身离开了会议室。但很快，会议室里的人们开始议论纷纷。

"这是沈 Par 吗？"一个女生戳着屏幕说，"不是吧？"

"我男神？"另一个女生凑了过去，"他怎么了啊？怎么感觉像丢了魂似的？"

"这种在大雨中漫步的精神难道就是合伙人的魄力吗？"一个男生啧声叹道，不知道是反讽还是羡慕，"看来我和沈 Par 还差一个在大雨中的漫步。"

"哼！"会议室的女职员都毫不客气地反击，"你离失业倒是只差一张纸的距离。"

"你和沈 Par 差的是大雨吗？差的是漫步吗？是脸。"

"对，是你这辈子都不可能拥有的脸。"

261

"你们这帮女的真肤浅！"男生冷哼了声，仍旧调侃道，"沈 Par 的钱不香吗？沈 Par 的性格不好吗？你们就是在馋他的身子。"

"钱是香，但有钱又有颜的岂不是更香？"

"钱还能挣，但脸这种东西可不是花钱就能整好的。"

调侃过后，众人的话题再次转移到了那张图片上。图片显示的是沈岁和的侧面。他站在大雨之中，双眼无神，像是失了神志。

"我的天哪！"一个女生道，"我们大学的班级群里也有人发了这张图。"

"还有我们班的，"另一个女生说，"甚至有人专门问我知不知道沈Par 怎么了，他们至于吗？"

"对啊，好奇心这么旺盛！人家就是单纯地想在雨里散个步不行吗？"

"我们班的也发了。"那个男生说，"还有好多人在悄悄地议论，说……"

他说到这里顿了一下，女生们的好奇心被勾了起来。

"说什么啊？"一个女生问。

男生盯着手机一字一顿地说："可能是又一次被徐昭甩了。"

女生们："哼！"

"徐昭是谁啊？"有人问。

立马有女生低声科普："据我华政的同学说，她是曾经的校花，之前追过沈 Par，两人的故事一度被传为佳话。他们分手之后，沈 Par 也是这样在大雨之中淋了一整夜。他们的故事被大家传得沸沸扬扬，迄今为止他们仍旧是华政讨论度最高的校园情侣。"

"啊？想不到哇，我们高冷的沈 Par 也是性情中人。"

"但沈 Par 都结婚了，怎么可能还和徐昭搅和在一起？他不是那种人。"

"哎呀，这你就不懂了，男人可是最拒绝不了初恋的生物，不管结多少次婚，那可是他的初恋……"

突然有人打断了话题："我忽然想到，这个地方好像在金科附近？"

会议室里顿时沉默，几秒后众人爆发出一声声的"真的假的"的疑问。

"他是去找江律师了吗？"一个女生说出了心中的疑惑，大家纷纷用点头回答了她。

一个年纪小一点儿的女生一边收拾东西一边感叹道："沈 Par 的感情之路也太曲折了，为什么就没有甜甜的恋爱轮到他啊？"

女生接着说："这样他也就变温柔了啊！不会再每天都是冰山脸、工作狂。"

众人觉得有道理。

裴旭天最终在珍宝街找到了沈岁和。他黑色的衬衫已经被打湿，紧紧地贴在背上，准确地说他的衣服全都贴在了身上，头发也贴在额头上。他正一步又一步地往前走，走得艰难又缓慢。

"上车。"裴旭天摁下了副驾的车窗喊他。但是沈岁和已经屏蔽了世间的一切，根本没有听见。裴旭天无奈，只得把车停在路边，下了车打着伞小跑了两步拦在了沈岁和的前面。

沈岁和的前边已经没有了路，这会儿天色已晚，本就昏沉的天空像是被大幕遮住了一般，黑沉沉的，没有一丝光亮。这段路的路灯隔得较远，光线较为昏暗，雨点毫不客气地落在了沈岁和的身上。

他不知道自己在想什么，脑海里只有江攸宁的那几句话。沈岁和觉得她说得对，摧毁一个人确实很容易。他当初用无知摧毁了江攸宁，而现在江攸宁用透彻摧毁了他。

他好恨，为什么不是自己先爱上江攸宁？他们只要能在某一个节点遇到就好了，可明明有那么多的节点，还是一次次地错过。

他不懂，命运为什么要这样捉弄他？他真的什么都不配得到吗？

"老沈，"裴旭天喊他，"上车回家。"

沈岁和微仰起头，雨线从他的脸上滑过。最近沈岁和食欲不振，变得更瘦了，瘦到棱角分明。原本深沉的眼神此刻聚不起光，比雨夜的天空还要黯淡。

"回哪儿？"他的声音晦涩至极，好像每一个字都是从喉咙里硬挤出来的，听着令人心头发酸。

"回家。"裴旭天说，"你家，或者我家也行。"

沈岁和苦笑了下："我哪里还有家啊？"

"有，"裴旭天盯着他，"只要你足够强大，一个人就是一个家。"

"但我不够强大啊。"沈岁和的笑容看上去异常诡异，"我做什么都不行，就是个废物。我没有家，没有父母，没有妻子。"

"我的父母都不要我。"沈岁和看似冷静地自嘲道，"我的妻子被我的母亲伤害，我却什么都不能做，无法阻止我的母亲，无法保护我的妻子。她们都很艰难，但是我呢？我是个机器人吗？我没有感情吗？"

"我应该怎么做？"沈岁和握着拳头，手背上青筋暴起，"我怎么做才是对的？我不知道。"

他的声音仍旧保持着平稳，这一连串的反问句都是他不疾不徐地说出来的，但字字句句都带着绝望。

"我也想自信。"沈岁和仍旧笑着，"但我什么都没有，拿什么自信？"

"父母双亡，妻离子散，我想做点儿什么来弥补，但错过了就是错过了，怎么都弥补不了。"沈岁和笑，"我要怎么自信？"

裴旭天仍旧陷在他的那句"我的妻子差点儿被我的母亲杀死"之中，结合之前发生的种种，不可置信地问："所以你当初离婚是因为你妈想杀江攸宁？"

沈岁和恍惚了下，这个世界在他的眼前忽然变得模糊起来。

他仍旧苦笑着："是啊，可笑吗？因为她想让我离婚，我不同意，所以她就往江攸宁的牛奶里放安眠药，在江攸宁的枕头下藏针。"

这是沈岁和第一次对曾雪仪之外的人说这些事。他向来习惯了隐藏情绪，不想把自己的负面情绪带给别人。而且这些事情太难以启齿，他不知道该怎么说，也不知道如果被江攸宁听到，她会怎么想。

"你说，当时我能怎么办？"沈岁和说，"我该把那杯牛奶让我妈喝下去吗？"

"我要是那样做了，和畜生又有什么区别？她是我妈，辛辛苦苦地养大我，所以不管她好与坏，我都只能默默地承受。我能很久不去看她，但不能做伤害她的事情。即便她导致我妻离子散，我却什么都不能说，什么都不能做。"

裴旭天："沈岁和，你冷静点儿。"

沈岁和："我很冷静。"

这些话压在他的心里很久了。江攸宁说没有人会爱这么不自信又不懂爱的他，可是他该去哪里寻找被曾雪仪、被生活摧毁的自信？他又该如何学会爱？他活了三十多年，从来没有人告诉他这些东西是必需的，现在又能怎么做？他不知道。

"都会好起来的。"裴旭天轻声安慰，"你妈妈因病去世，江攸宁现在单身，你们两个还有漫漫，漫漫会长大，你的人生还没有结束，别这么悲观。"

"我没有悲观。"沈岁和说，"我只是迷茫。"

他不知道该去做什么，做什么才是对的。

"迷茫个……"裴旭天的脏话还没有骂出口，也没来得及教育悲观的沈岁和，就发现沈岁和的身子径直往后仰，向后边的积水倒去。

那一瞬间，裴旭天的瞳孔放大了几倍，手中的伞也被他扔掉。他连忙伸出手去拽沈岁和，但沈岁和太重，导致他跟着踉跄了几步，但幸好还是接住了沈岁和。

他拍了拍沈岁和的脸，又探了探沈岁和的鼻息，沈岁和好像晕过去了。

裴旭天松了口气，一边打 120，一边在心中骂他竟然如此脆弱。

"比你惨的人也有呢，只不过他们都没有说罢了。

"算了，我好像没有你惨。

"我妈要是活着也会这样吗？她去世的时候精神就不太正常了。

"太难了！你这样下去迟早会把自己憋死。"

抱怨了一分钟，裴旭天意识到在这儿干等救护车有些浪费时间，于是连忙给朋友打了个电话："我一会儿去你医院，有个人昏迷了，你帮忙安排一下。"

然后，他几乎是连拖带拽地把沈岁和弄上了车。

"这下全世界都知道你是他前妻了。"路童在群里发了沈岁和的那张图片。

辛语："这是沈岁和？"

路童："对，这张图已经在我们班群、公司群传遍了。"

辛语："至于吗？这些人这么闲吗？"

路童："他在我们的圈子里是名人，谁能不好奇呢？"

辛语："你们还传播这种照片，好歹都是律师，小心沈岁和恢复了把你们告到倾家荡产。"

路童："哎哟，你现在怎么变成正义大使了？你原来不是最讨厌他了吗？"

辛语："你也说了是'原来'，现在我觉得他和我同病相怜，而且我们之间没有原则上的矛盾。再说了，这件事本来就是传播图片的人不道德。"

路童："我知道，我就是转来给江攸宁看一眼，看了就撤回。"

她说完就把图片撤回了。

突然，江攸宁问："撤回了什么？"

辛语和路童："……"

江攸宁回家之后陪着漫漫玩了一会儿，出了一身汗就去洗了个澡，回来以后就看到她们聊了半天了，而且和沈岁和相关。

路童："就是一张沈岁和在你们公司附近淋雨的图，现在圈子里都传遍了，各个版本的故事都有，你就当不知道吧。"

辛语："你都说了，现在让人家当不知道？"

路童："我现在后悔了不行吗？"

江攸宁："哦，没事。"

路童："你要看吗？"

江攸宁："不看。"

她放下手机继续擦头发。今天对沈岁和说的那些话其实不是她的本意，只是话赶话就说了出来。

她看到了沈岁和手指上的伤痕，知道他是做插花弄成那样的。她也知道曾雪仪去世以后沈岁和很难过。曾雪仪再过分，毕竟也是他的母亲。

但沈岁和是真的不懂爱，也不会爱。

她其实也不是很懂。她在沈岁和身上耗了将近十一年，也不是没有想过再和他在一起。毕竟曾雪仪已经去世了，不会再阻挠他们了。只要她肯好好地沟通，沈岁和并不会感到不耐烦。

只要江攸宁提出要求，他基本上都会满足。但是她已经不想再耗费时间和精力去教他如何爱了。

他们两个勉强地凑在一起，很有可能会悲剧重演。所以她想还是给彼此一些时间和空间吧。

两人的余生都还很长，两人还有机会去看看广阔的世界。如果他们以后能再次遇到，再次心动，那也可以继续在一起。如果不能，他们也不必勉强。

但无论如何，江攸宁是真的希望沈岁和慢慢地变好，而不是像现在这样颓唐沮丧，眼里无光。这样的沈岁和，不是她会爱上的沈岁和。

江攸宁如此胡思乱想着。她白天淋了雨，晚上回到家喝了慕老师煮的姜糖水之后，早早地便有了困意，头发尚未干透便躺在床上睡着了。

半梦半醒间，江攸宁被电话声吵醒。她皱着眉从床头柜上摸到手机，半眯着眼睛瞟了眼手机屏幕——沈岁和。

她想了想，还是摁了挂断，然后把这个唯一保留着的号码拉入了黑名单。

半夜十二点二十分，他随心所欲地给她打电话，没有顾虑她的感受。

但是几秒之后，又一个电话打了过来，她看了一眼，是裴旭天。

江攸宁无奈地接了电话："什么事？"她的语气有些不耐烦。

然而裴旭天那边的语气更加焦急："沈岁和要死了，你要不要来看他最后一眼？"

"和你结婚，我不后悔。"江攸宁笑着说，"摘星触月这件事，前提是我跳起来了。现在我知道够不到，所以就回到了原点。"

"江攸宁。"沈岁和紧紧地盯着她，看着她笑，看着她说话的仪态，感觉要不能呼吸了。

他将手紧握成拳，终于艰难地开口："我是真的爱你。我想和你重新在一起，只希望你能给我个机会。以前那些不好的事情，真的不会再发生了。"

别为他折腰 2

下 册

容烟

著

青岛出版集团｜青岛出版社

第十六章
暗夜来信

沈岁和没死，只是躺在医院里，高烧三十九点五摄氏度。

裴旭天怕江攸宁挂电话，刻意将沈岁和的病情说得严重了些，但沈岁和确实一直在念江攸宁的名字。江攸宁隔着听筒听不太真切，但沈岁和模糊、无助的声音准确地击中江攸宁心中最柔软的地方。

寂寥的夜里，江攸宁拉开窗帘，望向外面昏沉的天空。

大雨早已经停息，微弱的光亮透入室内，漫漫睡得正熟。

良久，江攸宁换了衣服，轻轻地推开门出了卧室，在玄关处换鞋的时候正好遇到起夜的慕曦。

客厅的灯忽然亮起，晃了下江攸宁的眼睛，她下意识地用手背遮挡了一下。

"你去哪里？"慕曦还有些迷糊，将声音压得很低。

江攸宁的动作微顿："医院。"

"谁病了吗？"慕曦问。

"沈岁和。"江攸宁说完怕慕曦误会什么，又补充了句，"据说病得很严重，我去看一眼。"

幸好慕曦向来体贴，也不会多过问她个人的感情生活。

慕曦只是叮嘱："去吧，路上小心。"

江攸宁回答："好。"

江攸宁到达医院的时候是深夜一点，裴旭天早已将房间号给她发了过来。

她径直上去，在那一层的走廊里就看到了裴旭天。

他在专门的吸烟区抽烟，空旷的走廊里就他一个人，格外惹眼。

听到脚步声他才回过头来，两秒后熄了烟，将烟蒂扔进垃圾桶。

"来了。"裴旭天跟江攸宁打招呼，他的声音轻轻的，让人听不出喜怒，不过他整个人的气质要比平常冷，他浑身上下都透着寒气，估计也淋了大雨，一直没换衣服。

江攸宁微微地颔首："嗯。"

"医生给他打了退烧针。"裴旭天推开病房的门，"十点多那会儿才开始烧的，不知怎么，体温越来越高。"

江攸宁进去瞟了眼躺在床上的沈岁和，他睡得并不安稳。原本是蜜色肌肤的他此时脸色潮红，她往前凑了凑，发现他的嘴唇已经干裂。

"这会儿呢？"江攸宁问，"体温多少摄氏度？"

"抽烟前刚给他测的。"裴旭天拿出了体温枪，"那会儿是三十九点三摄氏度，现在降一点儿了，三十九点一摄氏度。"

病来如山倒，病去如抽丝。

沈岁和在路上昏倒的原因不是淋了雨，而是睡眠时间严重不足，再加上情绪激动，血压太低导致昏迷，而淋雨的后遗症便是突如其来的高烧。

裴旭天把原因悉数告知江攸宁。他作为局外人，叙述得很平静。

病房内安静了良久，裴旭天才问道："你看见那张图了吗？"

江攸宁："哪张？"

"他在你们的楼下淋雨的那张。"

江攸宁点头："算看到了吧。"

路童应该把图发在了群里，江攸宁没看见图，但下班那会儿看到了沈岁和站在大雨之中，甚至，他们两人还在雨中对峙。

"我是他研究生时期的学长。"裴旭天的话题转变得令江攸宁猝不及防，"你应该知道吧？"

江攸宁点头："嗯。"

"我比他高一级，比你……应该高四级吧？"裴旭天说，"我跟他是因为在一个导师手下学习才熟起来的。"

"哦。"

裴旭天随意地拉了把凳子坐，跟江攸宁和病床上的人都隔开了一定的距离，许是怕把寒气传给他们。

他做惯了解决争议的项目，声音是极温和的，言语之间带着娓娓道来的叙事感，很容易就把人拉回了那个时期。

"实不相瞒，我第一次见他的时候差点儿想背地里把他揍一顿。"裴旭天说，"这小子太嚣张了，又嚣张又自大那种，而且还不爱说话，你跟他说十句他可能就回你两句，还有一句是说你太吵了。我觉得他特别欠揍，但有一天我去外边吃饭，我们的导师临时要找学生来说课题的事，只有他帮我遮掩过去了。他平常看着没良心，但关键时刻是最靠得住的人，而且我看到过很多次他在学校西门那个角里喂流浪的动物，也不是说多有爱心，反正不像表面看上去那么冷冰冰的。"

江攸宁点头："我知道。"

裴旭天叹气："也是，你都知道。"

"他确实过分。"裴旭天说得颇为艰难，"但他也有苦衷，你再给他个机会不行吗？我看着他这样……就跟自虐似的，或者……你骗骗他？"

"裴律，"江攸宁轻声开口，"我跟他聊聊吧。"

裴旭天那些本就无法说出口的话最后全都卡在了喉咙里。

"行。"裴旭天说，"这儿就先交给你，我回家换身衣服洗个澡，给他拿几身干净的衣服再来。"

江攸宁说："好。"

"里边有休息间，你困了就去睡。"裴旭天给她拉开了休息间的门，"隔半个小时给他测一次体温，只要温度不升就好，有什么异常就摁铃。"

江攸宁说："知道。"

"辛苦你了。"裴旭天叹气,"他身边确实也没合适的人可以找。"

"嗯。"江攸宁率先跟他告别,"再见。"

裴旭天不放心地又给沈岁和测了体温才离开,病房里忽然就剩下了他们两人。

沈岁和还半昏半睡,而江攸宁此刻格外清醒,好像又一次站在了分岔路口,就像多年前在咖啡厅里重遇沈岁和,他笑着问她要不要结婚一样。这又是一个欲望深渊。她内心沉稳的天平摇摇欲坠,但最后她及时遏制了。

以沈岁和现在的状态来说,他们磨合不到一块儿去,与其在一起互相折磨,不如留有足够的空间和时间让彼此好好成长。

沈岁和感觉自己在沙漠里行走,前方是望不见尽头的黄沙,后面是无边无际的狂风。

烈日炎炎,他口干舌燥,有清凉的水落下来,像是润物细无声的小雨。

他挣扎着缓缓地睁开眼睛,熟悉的人映入眼帘,他的身子忽然一僵,他的眼睛一动不动。

良久,他声音沙哑地说:"我做梦了。"

"没有。"江攸宁的声音刻意压得很低,"你别动。"

她的睫毛又卷又翘,她把半个身子俯下来,沈岁和能闻到清香味。

几秒后,她坐直身子,把手里蘸了水的棉签扔进垃圾桶,又拿过体温枪给沈岁和测体温:三十七点八摄氏度。

沈岁和现在低烧,已经好了很多,也不枉费她的辛苦。

沈岁和一直盯着她,没有说话,似是不敢。

"你好一点儿了吗?"还是江攸宁先问。

沈岁和点头:"睡得还好。"

他确实很久没有睡一个好觉了,只是声音仍旧有些沙哑,一说话就像在撕裂声带一样。

"继续睡吧。"江攸宁说,"你还没退烧。"

沈岁和盯着她,没有说话,也没闭眼。

"睡吧。"江攸宁的声音很温和，"时间还早。"

"现在几点了？"沈岁和问。

"三点二十三分。"江攸宁看了眼手机回答，然后沉默。

"江攸宁。"沈岁和声音沙哑地喊她的名字，"我没有装酷，也没有强迫你，更不是卖惨博同情……"

"我知道。"江攸宁打断了他的话，"你只是还没学会怎么做。"

她的声音很清冽，她看向他的目光仍旧澄澈。

"是。"沈岁和应道，"只要你告诉我，我就会去做的。"

"可是我需要你做什么，我也不清楚。"江攸宁叹了声，"沈岁和，我不想我们变成这样的。"

"但已经这样了。"沈岁和抿唇，"往前走好吗？"

"我是在往前走。"江攸宁低下头看向他，"但你呢？你还陷在过去出不来。"

沈岁和沉默。

病房里安静得掉根针都能听见。

隔了会儿，江攸宁倒了杯水给他，他伸出左手接过，轻轻地抿了一口。跟她刚来时相比，沈岁和的脸色已经好了很多，他起码不再鼻尖冒汗、满脸通红。

"江攸宁，"沈岁和问，"我要怎么做我们才能回到过去？"

"回不去了。"江攸宁笃定地道，"原来的日子让我感到痛苦，所以我永远不会回去。"

沈岁和立马道："我会改的，以后只要你需要，我就会出现在你身边，我会保护你跟漫漫。"

江攸宁摇头："别谈这些了好吗？"

她伸手接过沈岁和的杯子，给他往上提了提被子，全程情绪平静，但对这件事情略带抗拒。

沈岁和嗫了声。

夜风刮过窗沿，给安静的病房制造了些杂音。

良久，江攸宁终于组织好了语言，很严肃地喊了沈岁和的名字："沈岁和，我不是没有给你机会，是你忽视了一切。你现在的样子让人喜欢不起来，你在做的事情是我曾做过的飞蛾扑火，你让我告诉你该怎么做，该如何爱我，可是……抱歉，我教不来。迄今为止，我也只做到了爱你和真正爱自己，我也没能平衡好两件事，甚至不想去平衡。我想要的是安全感，是偏爱，可你从没给过我。我已经不是 20 岁的小女生，你去做两束插花就能把我打动。昨天说的话或许有些偏激，但我是真心的。"

沈岁和安静地听着她说话。一字一句，没有悲伤和难过，他只是在听她的想法。

"我要的不是你觉得后悔了，所以盲目地来爱我。"江攸宁深吸了一口气，把自己思考了一晚上的话说出来，"我要的是你先爱自己，然后再来爱我。"

沈岁和的舌尖抵着口腔，几秒后笑着问："可我好像从来没学过爱这回事。"

"没有谁是天生就会的。"江攸宁说，"沈岁和，你先学着长大吧，学会坦诚、自信、爱人，哪怕我们最后没有在一起，我也真的希望你能好。"

灯光柔和，江攸宁的表情也很温柔。恍惚间，沈岁和好像回到了君莱，他们刚结婚不久的时候，江攸宁总这么温柔，从没闹着要过什么，沈岁和便觉得她不需要。

"江攸宁，"沈岁和看她，"那等我学会了，你还在吗？"

江攸宁摇了摇头："不一定。"

"为什么？"

江攸宁笑了下："我要往前走了啊，往前迈脚步，去遇见新的人，如果回过头来我们仍旧能相爱，我也不会抗拒跟你在一起吧。"换言之，他成了她的众多选项之一，她也给了他一个平等的机会。

他们慢慢地往前走，不刻意去等，也不刻意去为了对方改变，能够重遇那便是缘分，如果不能那就祝愿对方过得好。

"我妈去世了。"沈岁和忽然说。

江攸宁点头："有听说。"

"她当初想让我跟你离婚。"沈岁和说，"我们离婚有她的因素在，但……"

"我知道。"江攸宁笑得温和，"以往我对她的尊重全部基于对你的爱，她离世对我而言就是一个讨厌的人离开了而已。或许你觉得这个说法很不好，但在我心里，她确实是一个讨厌的人。无论她做了多少错事，最后令我心寒的都不过是你从未站在我这一方而已，而且她离开并不会改变我们那段婚姻的本质。你从未对我上过心是不争的事实，我将生活的仪式感给你，但也没换来你相同地对待我。我一次次充满希望又一次次失望，所以离婚是必然的。两个都没学会正确地去爱的人在一起就像是两棵仙人掌，永远无法相容。"

"你所有的苦衷在我这里，"江攸宁笑着看他，"归根结底不过三个字：不够爱。"

良久，沈岁和低下头："抱歉。"

他慢慢地将身子靠下去平躺在床上，像是在跟她保证："我会爱你的，江攸宁。"

"哦。"江攸宁说，"记住我说的，先爱自己吧。"

沈岁和说："哦。"

他睁着眼睛望向天花板，不知道在思考什么。

江攸宁坐在床边打开手机看电子版的卷宗。

病房里再度归于安静。

隔了会儿，沈岁和轻声说："你去睡吧。明天不是还要上班吗？"

"没事，我看卷宗。"

沈岁和问："还是离婚案吗？"

"是。"江攸宁说，"不算难，我看一会儿就去睡了。"

沈岁和问："最近工作忙吗？"

"还好吧。"江攸宁说，"能应对。"

沈岁和说："那就好。"

"漫漫呢？"沈岁和问，"他最近乖不乖？"

江攸宁笑："你不是知道吗？虽然你去的时候我不在，但慕老师都有跟我说啊，你前两三天不是还去看了他吗？"

"他好像快会说话了。"沈岁和笑了下，"之前他一直喊我爸爸，还喊了妈妈。他喊'么么'应该是在喊'妈妈'吧。"

"嗯。"江攸宁点头，"基本上也就是这两三个月的事，他挺聪明的。"

"咱俩都不笨。"沈岁和终于发自内心地笑了下，"我小时候听我爸说，我八个月就会说话了，而且是比较伶俐的那种。"

"是吗？"江攸宁耸了下肩，"那要让你失望了，我小时候说话晚，慕老师说我1岁半才会喊'爸爸''妈妈'的。"

"没关系。"沈岁和立马道，"漫漫迟一点儿说话也挺好。"

尽管两人的对话步入正轨，但很容易就能听出来，沈岁和在没话找话罢了。

但他们聊完跟漫漫相关的话题之后，又沉默了。

几秒后，沈岁和又换了话题。

他问："哥伦比亚法学院好吗？"

江攸宁皱眉："我读研究生的地方？"

沈岁和点头："你不是说换个环境可能会有不一样的心境吗？我现在待在国内确实挺压抑的，想去申请一个自费项目到那边待半年或者一年。"

"环境挺好的，"江攸宁说，"就是一个人到那边吃不习惯。"

沈岁和说："我学做饭。"

江攸宁挑眉："倒是不错，不过你别把厨房炸了就行。"

"还好吧，"沈岁和说，"我慢慢学。"

江攸宁说："也好。"

隔了很久，沈岁和问她："明天，跟我一起回华北政法大学看看吗？"

他很想回到他们相遇的那个地方，看一眼也好。

江攸宁却适时地低下头，声音一如既往地温和："不了吧。你……一路顺风。"

初秋夜渐长，病房里的灯光也变得暗了。

临近上午六点，远方的天空才泛起了鱼肚白，江攸宁也终于看完了卷宗，收起正在提醒电量不足百分之二十的手机，站起来伸了个懒腰。

沈岁和闭着眼睛，均匀地呼吸，睡得正熟。她拿过体温枪给他测了下体温，三十七点三摄氏度，在发烧的边缘，但跟他夜里的三十九点五摄氏度的体温比起来，已经算是降温了。

江攸宁今天还要上班，这个点得离开医院回去洗澡换衣服。她看了眼表，正要给裴旭天发消息问他在哪儿，病房的门就被推开。

换好了衣服的裴旭天走进来，把东西随意地放在一侧，看了眼躺在床上的沈岁和，然后压低了声音问："他好些了吗？"

江攸宁一边收拾东西然后起身往外走，一边用气声道："好多了。"

两人怕惊扰到沈岁和，蹑手蹑脚地出了病房。

"三十七点三摄氏度。"江攸宁跟裴旭天交代道，"半夜他醒了一次，四点半左右又睡的。"

"那你呢？"裴旭天问，"你一夜没睡？"

江攸宁摇头："五点的时候眯了一会儿。"但也就十几分钟而已。

"你今天还上班吗？"裴旭天说，"回家休息吧。"

"不了。"江攸宁说，"去律所还有事，忙完以后我再回家休息。"

"啊这……"裴旭天面露担忧，"你一晚没睡，开车也……"

他顿了几秒："我送你回去吧，你坐在后边能休息下。"

江攸宁摇头："不用了，你留下照顾他。"

"他睡着了。"裴旭天笑了下，"我让我朋友时不时地过来看他一下就行，反正你家离这边也不算远。我大半夜把你喊过来，害得你一夜没睡，你再不让我送你回去，我寝食难安。"

"你也没睡吧？"江攸宁盯着他笑，"不用客气了，裴律，我喊个代驾就行。"

"成吧。"裴旭天说，"代驾我帮你找。"说着他就打开手机找了代驾，然后打算下楼送江攸宁，但江攸宁推辞掉了。

她离开医院，没回头看，而裴旭天盯着她的背影，直到她的身影消失在拐角才转过身。

若说原来的江攸宁是温柔的水，那现在的江攸宁就是密不透风的墙。他一直试图从江攸宁的行为中寻找她还爱沈岁和的蛛丝马迹，但什么都没找到。

除了她接到电话来了医院，还很有"耐心"地照顾了他一晚，但这种行为能归为"留有余温的爱"，也能归为"善良之人的温柔"。

她什么都知道，裴旭天便看不出她想要什么。

裴旭天叹了口气，沈岁和这条"追妻路"可太难走了。他现在担心沈岁和寻短见什么的，因为沈岁和本来精神状况就不好，还把那些事在心中压了那么久，这会儿事事不顺，很难说沈岁和会做出什么事。

算了，担心没用。他调整了一下情绪才推开门进去，沈岁和的目光直勾勾地落在他身上，一派清明，哪儿像刚睡醒的样子？

"她走了？"沈岁和轻声问。

裴旭天愣怔了下才点头："你一直没睡？"

"睡不着。"沈岁和说。

裴旭天心想，那还装得那么像。

病房里安静了会儿，沈岁和的点滴已经打完，护士过来给他拔了针，扎过针的地方留下了黑紫的印迹，他清瘦的手背血管异常明显。

"你现在多少斤了？"裴旭天皱眉问他，"这也瘦得太离谱了吧。"

沈岁和抿唇："没称过。"只是原来的衣服现在穿上确实都大了一号。

此刻他安静地坐在那儿望向窗外，倒真像是在拍海报，只是搭配着外面昏沉的天空，这海报应当是暗黑系列的。

裴旭天良久无话。

等到天渐渐地晴了，沈岁和才低下头摩挲着自己的手指问："你认识在高校里工作的心理学方面的专家吗？"

裴旭天愣怔："做什么？"

沈岁和说："申请去哥大留学，要推荐信。"

沈岁和这些年的工作给他留下了不少人脉跟资源，裴旭天那边也有一些，但心理学对沈岁和来说算是比较陌生的领域，他本科和研究生时期学的都是法学，这会儿突然换个其他专业，难度自然不小。

他倒也没发怵，去官网上找了资料后，住院这段时间就把申请资料发送了过去。本科毕业那段时间他也想过去国外，但考虑到家里的情况，尽管他各类成绩都算优异，最后也没去，但留学需要的语言类成绩他都不差。

更何况他申请的不算是高难度档的，他也不是正儿八经地去要学位的，就是想换个环境，顺带蹭个课上。

曾寒山正好有这方面的朋友，帮着沈岁和写了一下推荐信，他的申请很快通过。入学时间是九月份，比国内大学开学的时间稍晚一些，但沈岁和出院时已经是八月底。他又去了两次心理医生那边，对方也说以他这样的聪慧程度，自救要比他救得更好。

北城的秋天是在一场场秋雨中悄无声息地降落的。泛黄的树叶被秋风扫落，气温也转凉了一些。

临走之际，沈岁和拎了礼品去江攸宁家。他摁了几声门铃，是江洋来开的门，看见是他就轻哼了声。

"又来了。"江洋也没关门，转身回了客厅。

沈岁和直接屏蔽了这句话，轻声打了招呼："叔叔好。"然后他把买的礼品放下，关上门，拎着礼品来到客厅。

"波波（爸爸）！"本来坐在爬行垫上玩积木的漫漫看到他，眼睛顿时亮了，大声地又喊了一遍，"波波（爸爸）！"漫漫说得含混不清，但是语气到位。

沈岁和朝着他笑，把给他买的玩具拿出来，蹲下身子抱他，孰料漫漫直接顺杆儿爬，非得"骑大马"。

沈岁和无奈，一把抱住他软乎乎的身子，笑着低声问："外婆呢？"

"波波（爸爸）。"漫漫想"骑大马"没能得逞，撇了撇嘴，只喊了他一声就没再说话，挣扎着就要从沈岁和的身上下去。

沈岁和放开他，他撅着小屁股往不远处爬，然后又站起来。他用两条小短腿站得还不算太稳当，站着的时候会像是踩了平衡木，身子左摇右晃几下，隔十几秒才能不晃荡。

他站着还没有沈岁和蹲着高，这巨大的身高差异也没能让漫漫放弃，他气鼓鼓地哼了声，皱着眉头，看着像恼了。

"过来。"沈岁和低声喊他。

漫漫就是在刻意地跟他作对，他喊"过来"，但漫漫直接往后退半步，尽管退半步就跟没退一样。

"漫漫，"沈岁和看了想笑，"过来。"

漫漫又退了半步，勉强可以看得出来跟沈岁和离得远了三厘米。

沈岁和也不再逗他，一伸手臂，笑着直接把他抱在了怀里。漫漫找准时机，再次想要"骑大马"，沈岁和也任由他胡闹。只是他还小，能力难免有限，最后还是沈岁和帮了他一把，他才顺利"骑到大马"。正好慕曦从外边回来，看到这幕不由得感叹："我的天，小淘气。"

她站在玄关处换了鞋，很平和地跟沈岁和打招呼："岁和来了啊。"

"嗯。"沈岁和的头发还被漫漫拽了一下，他疼得倒吸了一口凉气，但还是尽量谦恭地打招呼，"慕老师。"

慕曦笑着走过去，伸手抱漫漫，但漫漫正玩得愉快，紧紧地抱着沈岁和的脖子不撒手，看着慕曦还一副如临大敌的样子。

慕曦伸手在他的脚上拍了下："淘气死了。"

漫漫也不知道听没听懂，笑得更欢乐了。

"没事。"沈岁和说，"男孩子嘛，淘气一些也正常。"

慕曦见漫漫跟沈岁和玩得开心，便没再继续逗弄漫漫，转过身去了厨房，一边走一边说："他啊，就爱这事，平常也就他的外公能跟他玩一玩，但他的外公腰不好，前段时间还扭了一下，年纪大了啊，就全是毛病，不是扭脚就是扭腰，这段时间都没人跟他玩了。昨天他想往他的妈妈身上凑，结果拽了宁宁好几根头发，宁宁气了一晚上。"

沈岁和闻言拍了下漫漫的脚："怎么这么坏？"

漫漫乐得咯咯地笑。

"她最珍惜头发了，"沈岁和跟慕曦聊，"肯定得生气。"

"是啊。"慕曦开始忙碌，招呼沈岁和，"你中午就留下来吃饭吧。"

沈岁和也没客气："好。"他本来就有事要跟慕曦谈。

江洋在客厅刻意地把电视的声音开大，《动物世界》的背景音响彻整个家。

慕曦从厨房里探出头来："你那是看电视呢还是打仗呢？耳朵都要震聋了，一会儿邻居都得来敲门。"

"声音大点儿，敲门也听不见。"江洋说。

慕曦急了，站到厨房门口："把电视关了，来洗菜。"

"什么？"江洋将半个身子侧向厨房，"你说什么？"

慕曦直接拿起遥控器关了电视，家里顿时安静。

"来洗菜。"慕曦说。

江洋没了娱乐项目，不大情愿地站起来，主要是不大高兴地瞟了眼正在跟沈岁和玩的漫漫，之前他哄漫漫的时候累死了，漫漫只想自己玩。这会儿漫漫跟沈岁和还能分享玩具，又高兴又能笑。

呵，小没良心的。

他一进厨房就跟慕曦抱怨："小没良心的，看见他爸就高兴成这样。"

"不然呢？"慕曦把菜递给他，"那好歹是亲爸。"

"问题是天天哄他的人是咱俩啊。"江洋低声道，"他现在就只亲他爸。"

"血缘关系摆在那儿。"慕曦笑道，"小时候江河也老来哄宁宁，结果呢，你十天半个月不回来一趟，一回来宁宁就抱着你不撒手。"

"人是个很神奇的物种。"慕曦说，"你与其在这里想这些有的没的，不如赶紧洗菜，要是不愿意就下楼再买点儿菜，我这儿买的就够两人吃的。"

"够了。"江洋皱眉，"不是还有昨天剩的排骨吗？热一热，焖点儿米饭就行。"

"那你吃热排骨，我们吃炒菜。"

"怎么就我吃热排骨？"江洋不服气，"他都不是你的女婿了，你还好好招待他？他成天来这儿白吃白喝的……"他话没说完，慕曦就拍了他一下。

"你看看，那是白吃白喝？"慕曦睨了他一眼，"人家上万一瓶的酒你没喝，还是说给你买的补品你没吃？"

"谁稀罕哪？"江洋气急，"让他拿走，以后别来。"

慕曦无奈地道："不是你稀不稀罕，是他上门来了，带了礼物，你呢，就好好招待。一方面他还是漫漫的爸爸，一方面也得看宁宁的意思，两个人说不准还会复合呢。"

"你的脑子里成天就想这些，宁宁以后不嫁人不也挺好吗？"江洋冷哼，"我的女儿为什么要嫁出去受委屈？"

慕曦翻了个白眼。

"江洋啊，你今年60多岁了，你的女儿才不到30岁，你的外孙不到

1岁。"慕曦拧了他一把，"你真能照顾你的女儿一辈子啊？她是有能力有钱，以后咱们的钱也都是留给她的，但她要是生病或者发生意外，你能管得上吗？我又不是一定要她结婚，一切都不是看她意愿吗？怎么在你嘴里我就成推女儿进火坑的人了？"

"我不是那个意思。"江洋意识到自己又说错话了，叹口气道，"我还是洗菜吧。"

厨房里无声的战争刚刚停歇，沈岁和推着漫漫的婴儿车过来，而漫漫被包裹得严严实实，坐在婴儿车里朝慕曦和江洋挥手。

"叔叔阿姨，"沈岁和说，"我带他去楼下散散步，你们有什么需要买的吗？"

慕曦说："不用了，你们快去快回。"

"好。"沈岁和应了。

八月底的风还算不上凉，但一进了九月，连着下了几场小雨后，这风就带上了凉意。沈岁和推着漫漫的婴儿车往外走。

华北师范大学附近散步的地方也就是操场和公园，他推着漫漫去了公园。

这会儿还不到大家散步的点，公园里的人很少。

漫漫在婴儿车里待不住了，沈岁和便把他抱起来。隔了会儿有路人经过，沈岁和犹豫了几秒没开口。

时间一点点过去，终于又有人路过，是个40岁左右的男人，沈岁和喊了声："大哥。"

男人停下脚步，狐疑地看过来。

沈岁和把自己的手机递过去："大哥能帮我拍张照吗？"

男人欣然同意。

沈岁和站在那条大河的白色护栏前，抱着漫漫，他的胳膊收得很紧，漫漫好像察觉到了什么，主动凑在他的脸颊处亲了亲。

男人一连拍了很多张，这才把手机还给沈岁和，还笑着打趣："你儿子挺好看。"

沈岁和笑了笑："像他妈妈，好看的。"

大哥哼着小曲走了。

沈岁和看了眼手机相册，率先映入眼帘的就是漫漫亲他的脸颊的照片。屏幕里的他头发随风飞扬，漫漫笑着朝他凑过去。照片很有意境，也很漂亮。

大哥给他们拍了很多张照，大概是怕拍得不好看，所以拍很多张出来让他选择，沈岁和看着觉得哪张都很好，所以一张也没删。

他又拍了很多张漫漫坐在婴儿车里的照片。

他大概要很长时间见不到漫漫，多拍点儿照片，平常还能看。

沈岁和推着漫漫在公园绕了半圈，公园里的枫叶都开始红了，到秋天了。

他动作很轻地给漫漫穿上鞋，让漫漫站在枫树下，拍了几张，然后又用手机的前置摄像头跟漫漫合拍了几张。

好像哪个景色他都想拍一拍。

无论是哪个地方的漫漫他都想看。

沈岁和看着时间差不多了就推着漫漫往外走，途经外边的市场的时候买了一些凉菜，还有一些熟食。

慕曦跟江洋在厨房里的话他听了一大半，涉及江攸宁跟他的内容他全都听见了。两人说得都没错，沈岁和即便是以后有了女儿，大概也是舍不得女儿嫁人的，但是到了他也感到无能为力的时候，或者女儿有了自己的想法之后，他也必须忍痛割爱。

中午这餐饭吃得还算和谐，江洋刚被慕曦教育过，显得格外温顺，对沈岁和的态度都稍好了一些。

等到吃完午饭，沈岁和主动起身收拾碗筷去洗，慕曦却摁住了他："让你叔叔去，你陪漫漫玩吧。"

莫名其妙地被安排了洗碗的活儿还不能反抗的江洋无话可说。

沈岁和还是帮着洗了碗。江洋洗，他涮。

等到他从厨房出来，漫漫喊他玩，他也只是过去亲了亲漫漫，低声哄劝道："爸爸要跟外公外婆说点儿事，你一个人玩好不好？"

漫漫应当是听懂了，撅着小屁股一扭一扭地去搭积木。

沈岁和这才喊了慕曦跟江洋，三人坐在桌前，氛围略显严肃。

他说了自己要去国外进修的事情，然后拿出了一张卡。

"你这是做什么？"慕曦皱眉，"拿回去。"

"我知道您二老钱够用，宁宁也有工资什么的，但这是我的一点儿心意。漫漫从出生起就一直在你们这里养着，我身为父亲尽到的职责确实不够，但我有在努力，这点儿钱不多，你们就平时买点儿吃的喝的，给漫漫添置点儿衣服玩具，不用跟我客气，也不要觉得我是在拿钱完成对漫漫的抚养任务。"

"那你还出国？那么多年的书还没念够啊？"江洋没好气地哼了声，"想负责任就多照顾漫漫，把钱给我们，自己跑国外算怎么回事？"

沈岁和仍旧笑着，回头看了眼漫漫。漫漫正皱眉看着他的背影，猝不及防地跟他的眼神对上，立马哼哧哼哧地爬开。

沈岁和的眼睛忽然红了，他把卡往前递了递："叔叔阿姨，我现在的状态不是很好，出国这个决定我做得也很艰难，但是我相信之后会好起来的吧。"

他说得隐晦，江洋听得一头雾水，但慕曦算是听懂了，收过了卡："那你在外面好好地照顾自己，换个环境放松心情，把那些不好的事情都放下，这样对谁都好。"

"谢谢慕老师。"沈岁和笑了下，"到时候我能跟您视频吗？看看漫漫。"

"行啊，"慕曦说，"反正我也闲着。"

沈岁和又跟漫漫玩了会儿，直到漫漫玩累了睡着他才起身离开。

临走之际，慕曦给他带了两瓶腌好的菜和炼好的猪油。

"听宁宁说你也喜欢吃葱油拌面。"慕曦说，"外头卖的不如自家做的好，你就带上吧。"

沈岁和没有推辞。他从江攸宁家出来，一路下楼回到车里，终于有些绷不住情绪，但只是坐在那儿发呆，坐了很久。

等到天黑透了，月亮也没能从黑压压的云层中探出头，他才给江攸宁发了条短信："好好照顾自己，我走了。"

两秒后，消息那儿出现了一个红色的叹号，说明消息发送失败。

沈岁和从出院后就没联系过江攸宁，只在来看漫漫时见过她几次，怎么也没想到唯一被她留存的号码如今也被拉黑了。

他是又做了什么事吗？

沈岁和翻了一下通话记录。

哦，他半夜给她打电话。

他再一看时间，呵呵，转头给裴旭天发微信："想必你就是传说中的'猪队友'吧。"

裴旭天："嗯？人身攻击？"

沈岁和："你大半夜拿我的手机给江攸宁打电话，疯了吗？"

裴旭天："还不是看你病得严重还喊她的名字，想让她来看你一眼，结果她挂了电话，我还是拿我的手机打才打通的。"

沈岁和："……"

她不仅挂了电话，还拉黑了沈岁和的手机号码。

裴旭天继续往沈岁和的伤口上撒盐："谁知道她对你一点儿感情都没有。"

沈岁和："……"

裴旭天说句人话，做点儿人事会死吗？

沈岁和发动车子，离开这里。

车子的轰鸣声响起，他的车在拐角处跟江攸宁的车擦肩而过。

光线不算亮，沈岁和没有看到江攸宁的车，但另一辆车里的江攸宁看到了沈岁和的车，她通过后视镜看着熟悉的车牌号越来越远。

"我回来了。"江攸宁回家在玄关处换了鞋。

慕曦跟江洋正并肩坐在那儿看电视，见她回来便起身去厨房开始弄饭。

"妈，漫漫呢？"江攸宁问。

慕曦说："在房间里睡着呢，今天跟他爸爸玩了一天，玩得乏了，五点多开始睡觉，这都快两个小时了还没醒。"

"那他晚上还能睡得着吗？"江攸宁心里警铃大响，"我去弄醒他。"

他这会儿要是一觉睡到八九点，晚上就又不睡了。

幸好漫漫算乖，江攸宁把他弄醒后他也就哭了两声，然后就在江攸宁的怀里安静地窝着。

隔了会儿，她进厨房帮忙，慕曦低声跟她说："沈岁和要去国外了，你知道吗？"

"嗯。"江攸宁佯装淡定，但手上不小心把择的菜掰折了一半，"哥大吗？"

慕曦点头："是，他给了我们一张卡。我查了一下，里边有一千万。"

慕曦说着把卡递给了她："我跟你爸也不需要，你拿着吧。"

"给你们的就是你们的，"江攸宁也推托，"拿着吧。"

慕曦最后还是把卡塞给了她。

吃过饭后，江攸宁就坐在阳台上发呆。

天转凉了，她看了眼手机，没有收到消息，这才想起来自己已经把沈岁和的所有号码都删掉了。那就算了，不联系也好。

一片黄叶被秋风吹落，打着旋儿落在她的身上。

有些故事，好像在此终结，她在群里发："如果有青年才俊，记得给我介绍啊。我要开始新生活了。"

辛语："什么？"

路童："真的吗！"

江攸宁："二婚的也行，最好没孩子。"

辛语："嗯？"

路童："哇！"

辛语："什么风让你想恋爱了？"

江攸宁："秋风。"

她就是觉得自己好像可以在此开启生活的新篇章了。

过往一切都随风去，诚如她跟沈岁和说的那样，她要往前迈脚步，要去遇见新的人，不然，她怎么会知道自己是只对沈岁和心动，还是也会遇到其他令她心动的人？

辛语："没问题！我帮你留意。"

路童："好！我也会的！"

江攸宁收了手机，继续坐在阳台发呆。

今晚没有星星。

哥大在纽约，西五区，而北城在东八区，时差十三个小时。

沈岁和只在前两天跟人联系过，交代了自己要去哥大的事情，顺带去律所做了个交接，跟裴旭天去酒吧待了会儿，晚上回到家里，之后的时间就是他一个人的。

坐飞机的前一天晚上，沈岁和开车去了趟华政。他没有进去，只是下车在北门的公交站那儿站了一会儿。偏巧北城的秋天多雨，那天正好下了小雨。

时隔十二年，华政北门槐阳路的公交站的廊檐已经修好，公交车也早已经更新换代，但因为下雨，来乘车的人很少。

一辆辆公交车从他的面前路过，遇到好脾气的司机还会喊他一嗓子："小伙子，上不上啊？"

沈岁和便摆摆手："不上。"

车门缓缓地关上，车子溅起雨点，驶离他的视野。

他看到了十一和四路公交车，但经过这么多年，这两条路线早已有了更改。而在这个雨夜里，他被包裹在昏黄的灯光之中。

良久，他转身离开。

他坐次日早上七点的飞机，没有告诉任何人，五点醒来后随意地洗了把脸，拎着早已收拾好的行李箱出门。

这个地方他住了一年多，但一直都没将其称为"家"：一来冷清，二来这里就他一个人，他总感觉没归属感，不符合他内心对家的期望。

他搭电梯下楼，一路出了小区，正想打车，一辆白色的路虎缓缓地停在他的面前。

这会儿天还暗着，但车窗降下来，借着微弱的路灯光亮，沈岁和看清了司机，是裴旭天。他还极为嚣张地摁了下喇叭，笑道："哥们儿，不辞而别的毛病可不好啊。"

沈岁和忽然笑了，拎着行李箱去后备厢放置妥当，然后坐上副驾驶位，把背后的书包拿下来放在腿上，精致的腕表在他清瘦的手腕上挂着，显得稍有些松垮。但他今天穿着灰色的长风衣，穿了白衬衫和黑长裤作为内搭，脚上穿着白色的板鞋，倒真有几分少年气。

裴旭天好似瞬间回到了读大学的时候。

"可以啊这一身，"裴旭天笑着调侃，"倒真像是去读书。"

沈岁和系上安全带，声音很低："本来就是去读书。"

"行。"裴旭天发动车子，离开这片沈岁和熟悉的地方，"那我就祝你学成归来。"

沈岁和应道："好。"

裴旭天把沈岁和送到机场，还贴心地给他把行李箱拎到安检处。

在这边等着的人不少，应当都是跟沈岁和一趟航班的。

"你好好学。"裴旭天叮嘱他，"早点儿回来，要不我一个人要累死。"

"知道了。"沈岁和盯着入口，有不少人在那里依依惜别，他看了眼表，六点十五分。

播音器里已经在通知安检了，他收回视线。

"你在等江攸宁？"裴旭天试探着问。

沈岁和摇头："没有，她不知道我今天走。"

就算知道了她也不会来的。

他只是看看罢了，看别人的分别。

"行了，"沈岁和说，"我去安检，你回去的时候开车小心。"

"不容易啊，老沈，"裴旭天啧了声，"你终于长大了。"

裴旭天的语气欣慰，听着像在占便宜，沈岁和睨他，从他的手里拎过自己的行李箱。

"老沈，"裴旭天在他转身后喊，"好好地照顾自己，别再瘦了啊。"

沈岁和扬起手，漫不经心地朝他挥了挥，没有回头："知道。"

银辉酒吧。

江攸宁难得来一次酒吧，今天倒是没有抱着要花钱的心思，随意地点了一杯，坐在吧台等路童和辛语。

她怎么也没想到，最先赴约的是她这个业务最繁忙的人，而最近手头几乎没案子的路童和今晚不需要赶夜场说脱口秀的辛语双双迟到。

她坐在吧台，酒喝了一半，辛语才来，最后是路童。

三人坐在那儿，随意又散漫地聊天儿，没什么固定的主题，想到什么聊什么。

这个酒局也不过是因为三人许久没见，而辛语许久没来酒吧才攒的，但三人喝酒的兴致明显都不高。

江攸宁用纤长的手指摩挲着酒杯，目光聚焦不在一处，看似在发呆。

路童则一直低着头，辛语转过身子一直朝酒吧里好看的小哥吹口哨，就不正儿八经。

隔了会儿，辛语才碰了碰江攸宁的肩膀，把她从发呆的状态中拉出来："想什么呢？沈岁和出国你难受啊？"

路童闻言："什么？他出国了？"

辛语点头："是啊，今天早上的航班。"

江攸宁神色淡淡地瞟过去："你怎么知道？"

辛语无话可说。

偏路童还跟着说："对啊，你怎么知道？"

辛语说："裴旭天今天早上送他去了啊。"

"他早上送人你怎么知道？"路童的眼珠子滴溜溜地转，"难道……你跟他住一起？"

辛语无言以对，早知道就不说了。

江攸宁倒是没太想盘根问底。

路童见辛语沉默，便也不问了。

隔了会儿，江攸宁起身："我回家了啊。"

"这么早，"辛语说，"再喝一杯？"

"漫漫要早睡。"江攸宁说。

她拎着外套出了酒吧，一出门，秋风不住地往她的身上吹，吹得她的头脑有些发昏，她站在门口用手机点了个代驾。

代驾是骑平衡车过来的，问她拿了车钥匙，把平衡车放在她的车的后备厢里，然后上了驾驶位。

江攸宁坐在后排，车里的灯光很暗，她拿出手机导航。第一条路线是最近的，但她犹豫两秒选择了第二条路线，途经华政。

代驾见她有些昏沉，还有车里的气氛有些闷，怕她睡着便轻声问了句："需要帮您打开音乐吗？"

江攸宁愣怔了两秒："开吧。"

舒缓的音乐在狭小的空间内响起，她望着沿路倒退的景色，车子驶过华政时，车载音乐刚好放到了那一句："我一路向北，离开有你的季节，你说你好累，已无法再爱上谁，风在山路吹……"

槐阳路的公交站一如既往地安静地矗立在那里，途经的车辆也从未变少。

十一路公交车刚好跟她的车子擦肩而过。

重新读书的生活还是有些难以适应，尤其是对从未在国外生活过的沈岁和来说，但重新回到校园，他尽量去换了一种生活方式，一种跟原来完全不同的方式。

学校里有留学生举办的派对，他一周会去一次。哥大算是闹中取静的地方，跟华尔街、时代广场都离得不远。不知怎么，他在主修心理学的时候还爱上了摄影。没课的时候，他会乘地铁去时代广场拍摄照片，发朋友圈也比原来频率更高了些，而且发得也很有文艺性，主要是拍出来的照片有文艺性。

裴旭天甚至有时在评论里调侃他要变成文艺青年。

上课是全英文授课的，他起先听得有些费力。

尽管沈岁和的语言成绩好，他也可以跟人流畅地用英文沟通，但涉及专业的心理学名词时，他可能会有些费力，如果遇上老师有一点儿口音，情况可能会更糟糕。但他的学习能力很强，尽管他很长的时间没有碰过课本，但那种几乎是照相机一般的记忆力让他记东西很快。

刚来的那一个月，沈岁和会感觉孤独，甚至有天晚上冲动到想订机票回国，但喝了点儿酒，又拎着酒敲响了隔壁的留学生的门。

隔壁的留学生叫祁川，是个话痨，沈岁和什么都不说，只给祁川一瓶酒，祁川就可以逮着他跟他聊一天一夜，聊的时候中英文混杂，奇怪的是沈岁和可以全部听懂。

那天晚上他坐在祁川家的木地板上，跟祁川聊了一夜。

祁川说到了自己的家庭，又说到自己不想来留学，结果他的爸妈背着他给他申请了哥大，还通过了。他一方面觉得哥大是个好地方不能放弃，一方面又气他的爸妈一点儿都不顾他的意愿。

沈岁和淡淡地道："好歹你还有爸妈。"

祁川自然而然地反驳："你没有吗？"

"没有。"沈岁和回答得也很自然，"都去世了。"

出国前，他还去给他们扫了墓，放了花，这回轮到祁川蒙了："为什么啊？"

沈岁和轻笑："有人活着，有人死了，这不是很正常的事吗？"

"怎么还能两个都死了？"祁川一向口无遮拦，"难道是殉情吗？"

沈岁和笑："可以这样理解吧，或者也能理解为我是个灾星。"

"啊？"祁川皱眉，"为什么？"

"我是在清明节出生的，"沈岁和说，"大家就说我是灾星。"

祁川喝得有点儿大了，直接踢了沈岁和一脚，没用力，但也踢了沈岁和个猝不及防。他抱着酒瓶子含混不清地说："什么啊，父母才不会在乎你是不是清明节出生的呢，你就是他们的宝贝，什么灾星，他们听见了要伤心的。而且，清明节又怎么了，不也是三百六十五天里平平无奇的一天吗？"

"我过节，它就是清明节；"祁川拔高声音，"不过节，它也就是个没名字的四月四日或者四月五日。"

沈岁和笑笑没说话。

一晚上，祁川跟他聊了爷爷、奶奶、外公、外婆，还有他的父母。他看得出来，祁川是从小在蜜罐里长大的，这会儿一个人出国，不适应国外的生活，所以埋怨父母，但埋怨完了又吸吸鼻子说："他们也是为我好，我妈一个连二十六个字母都不认识的人，为了给我填申请资料，眼睛都快瞅瞎了。"

"那你妈学会英语了？"沈岁和夸奖道，"很厉害啊。"

"什么啊，"祁川哼了声，"我妈花钱找了个机构老师给填的。她到现在对英语的认知也仅限于二十六个英文字母了。"

"不过我妈说她也是第一次当妈，就是想把所有好的都给我。"祁川说，"可能我不喜欢，但她是尽力了的。我就感觉她跟我有代沟！啊，越想越气。"

沈岁和却把祁川说的那句话记在了心里。

"她也是第一次当妈。"

当她病了的时候，怎么能奢望她能正常地爱一个人呢？

沈岁和从祁川家里离开的时候是早上六点。祁川已经抱着酒瓶子睡着了，沈岁和给他从沙发上拿了床被子盖上，然后蹑手蹑脚地回到了自己的家里。

沈岁和去卫生间洗漱，刷牙，洗脸，刮胡子，在刮胡子的间隙打开了和慕曦的微信对话框："慕老师，忙吗？"

慕曦迅速回复："不忙，漫漫还醒着。"

沈岁和加紧了手头的动作，平常不涂护肤品的他难得抹了点儿护肤水，还抹了乳液，显得脸没那么干燥。他随手一擦头发，然后去房间里换了身衣服，穿着白色 T 恤看着会精神一点儿。

沈岁和挑了个光照好的地方，坐得板正，点开了和慕曦的视频通话。

镜头里出现的他其实已经够好看了，但他总觉得哪里还不够好，所以不断地更换着坐姿，还不停地拨弄着头发。视频通话接通的那一刹那，漫漫的脸出现在屏幕上，沈岁和蓦地笑了，发自内心地笑，他的音调都跟着翘了起来："宝贝。"

他自然而然地就喊了。他原来在家都喊"漫漫"，从未喊过除这个称呼之外的昵称，总觉得矫情肉麻，但出国之后大家都是这么表达亲昵感的，甚至对不熟悉的人也会喊"宝贝"。他心情愉悦，再加上喝了酒，这会儿叫起"宝贝"来毫无心理负担。

"宝贝在做什么？"他刻意压低了声音说话，本来声音就很低，这会儿听上去更是充满柔情。他也没刻意表现，就是到这边来近半个月，还是第一次看到动态的漫漫，平常都是睡前翻翻手机相册，看看出国前拍的照片，也看看之前跟江攸宁拍的为数不多的照片。

其实他很想漫漫，但又不敢见，怕开视频看到漫漫以后就想回国。

这会儿北城正是下午七点多，天已经黑了，家里的灯亮着，家里很亮堂。

沈岁和笑着跟漫漫打招呼："漫漫，宝贝，我是爸爸。"

他说这话的时候还趴在桌上，眼睛向上挑着："你还记得我吗？"

漫漫低声喊："波（爸）……波（爸）。"

沈岁和笑得更开心，只是漫漫拿着手机晃来晃去，摄像头总聚焦不到他的脸上，不一会儿一只手伸过来，直接将手机固定在漫漫的怀里。

尽管许久未见，沈岁和也看出了那是江攸宁的手。

"波波（爸爸）。"漫漫又委屈巴巴地喊，似是被吓到了。

"你乖乖的，"江攸宁在一旁开口，"一会儿把外婆的手机摔了，我就揍你。"

漫漫撇了撇嘴，从沈岁和这个视角看过去格外可怜，而且他还撇着嘴喊："波波（爸爸）。"他似是在寻找靠山。

沈岁和哧地笑了，特别想去摸摸漫漫的脑袋，但摸不到，他的手伸出去又收回去。

"摸摸（妈妈），"漫漫还告状，"熏（凶）。"

江攸宁笑了下："年纪不大，告状还挺溜啊。"

慕曦在一旁插话道："小家伙现在可太会告状了，今天我回来的时候，他还指着他的外公说'熏'，意思是凶他了。"

江攸宁轻轻地拍了他的胳膊一下："成天搁哪儿学的这些？"

漫漫被轻拍一下可了不得，瞬间哇的一声哭了，几乎是张大嘴号啕大哭。

江攸宁都愣了："哎，我是用力打你了吗？"

慕曦蒙了几秒后说："估计是太久没见他爸，撒娇呢。"

小孩儿可太难伺候了。

江攸宁干脆把漫漫抱去了婴儿房，让他带着手机坐在床上："你好好哭吧，让你爸哄你，我不管了。"

说着她就到一边收拾今天漫漫弄的残局，而沈岁和也听话，弹了两下舌逗弄漫漫："啊，有大老虎。"

漫漫的哭声停了两秒，然后短暂地歇息过后又继续。

"漫漫，"沈岁和轻声哄他，"别哭了。"

漫漫停下哭，但抽噎着说："七（骑）麻（马）。"他前一个字发了一声，另一个字发了二声。起初沈岁和还没听出来，但隔会儿看他的眼泪都掉到了屏幕上，沈岁和终于懂了。哦，是骑大马。

"等爸爸回去好不好？"沈岁和跟他笑，"爸爸现在在外面，等回家了就去找你，好吗？到时候带你骑一天的大马。"

漫漫撇着嘴，看起来不高兴，但好歹没再哭了。真跟慕曦说的一样，他就是在和许久未见的沈岁和撒娇。

沈岁和盯着他，跟他聊天儿。

他正是还不会说话的年纪，但能简单地听懂一些，反正会咿咿呀呀地回应你，拿着手机也一直晃动，刚才就想这么做，结果被江攸宁教育了，现在没了阻碍，玩得更起劲了。

"妈妈呢？"沈岁和低声问。

漫漫忽然停止晃动手机，小屁股一扭一扭地往一边爬，眼看着就快从床上掉下去，江攸宁立马跑过去接住他："江一泽！"

她非常严肃地喊了他的大名，漫漫却只是抽噎了一下，伸出小胳膊把手机给她递过去，然后又转过身扭着小屁股爬走了，一直爬到床的中间才停下，端坐在那儿，看着特别像是生气了。

"做什么？"江攸宁没好气地说。

沈岁和说："没事，就问问你。"

江攸宁终于也冷静下来，声音变得温和："好吧。"

"工作还顺利吗？"沈岁和问。

江攸宁回答："还行。"

"漫漫平时乖不乖？"

"你不是都看到了吗？"江攸宁叹气，"平常还行，今天看见你撒娇呢，就有点儿过分了。"

沈岁和轻笑："那是我的问题，等我回去教育他。"

"等你回来，他都会说话了，"江攸宁说，"到时候就可以揍了。"

"你怎么这么暴力？"沈岁和笑道，"男孩子皮糙肉厚就可以打吗？"

"主要是他的脾气太大了。"江攸宁跟他吐槽，"昨天我把他的玩具收了，他就踢我，后来抱我的时候还拽我的头发，我就拍了他两下，他昨晚都没找我，跟我妈睡的。"

"啊——"沈岁和拉长了声音，"那是该打。"

江攸宁虽然在说话，但一直没有露过脸，一直用手机的后置摄像头对准了地上铺的爬行垫。沈岁和连她的脚都没看见过。

沉默了几秒，沈岁和压着声音问："你最近有谈恋爱吗？"

江攸宁一愣："怎么突然问这个？"

"就是问问。"沈岁和说。

江攸宁说："没有，没遇到合适的。"

沈岁和说："哦。"

"我到这边修的是心理学。"沈岁和说，"有个老师上课还带口音，我有时候都听不懂，你们那会儿上课的时候也会有带口音的老师吗？"

"有啊，"江攸宁说，"不过不多，就教美国法理的那个老师有一些，但还在能听懂的范畴，听不懂就录音，等下课问同学就好，或者去找人借笔记，基本上都没问题。"

"好。"沈岁和说，"你以前常去时代广场吗？我来了这儿才发现这里离时代广场挺近的。"

"偶尔吧。"江攸宁说，"有时候周末无聊了会去，但大部分时间都去图书馆，哥大的图书馆有很多很好的书籍，而且学校里也有很多漂亮的建筑，闲的时候可以去看看。"

沈岁和一口应下："好。"

"你那会儿有参加社团什么的吗？"沈岁和问。

江攸宁想了想："没有，也挺遗憾的，我那会儿去的时候兴致不是很高，基本上待在宿舍，很少出门，偶尔去看看哥大的建筑就不错了，连华尔街都没去过几次。不过，我特别喜欢去外边的咖啡厅。那边的咖啡厅很多，也很安静，坐在角落里听别人聊天儿，或者自己带着电脑去看个电影，都挺惬意。"

"是很舒服。"沈岁和说，"我这周末去试试。"

"可以。"

沈岁和夜里没睡，又喝了许多酒，这会儿已经泛起了困意，但仍旧撑着不想睡，因为还没看到江攸宁。但他又不好意思说，说了怕江攸宁起逆反心，直接挂了他的视频通话。

"江攸宁，"良久后，沈岁和还是迷糊着喊她的名字，"你在做什么？"

"坐着，"江攸宁说，"发呆。"

"那你摄像头怎么是歪的？"沈岁和说，"我好像一直在看地板。"

江攸宁是故意的。

"你把摄像头正过来呗。"沈岁和佯装轻松地说，"这样好像对我视力不好。"

今晚他们聊得还算愉快，他的声音也不似原来那样冷冷的，他反倒是轻轻松松地要求，让人不太好意思拒绝。

江攸宁干脆点了前置摄像头，终于也把手机抬起来，才看到了屏幕，之前手机一直是那样垂着放的，她根本没有特意去看屏幕。

这会儿猛地把手机抬起来，她第一眼看到屏幕时有被惊艳到。

不知道是不是他那边光线好的缘故，他的脸轻轻地搭在白色的桌面上，光柔和地照过来，尽管大半个屏幕都是他的脸，但一点儿都不显得突兀，也不显得脸大，反倒是刚刚好。

她很少看到他这么没有防备的时候，他半眯着眼睛，竟显得有些温和。

江攸宁不自觉地笑了下。

"笑什么？"沈岁和轻声问，大概是看到了映在屏幕上的她的脸，立马坐直了身子，还往周遭瞟了瞟，看着像在紧张。

他摸了摸自己的脸："是我脸上有东西吗？"

"没有，"江攸宁说，"刚才看见个笑话。"

沈岁和说："哦。"

两秒后，他又问："不是我吧？"

"不是。"江攸宁说。

"对了，"沈岁和打起了精神，"你晚饭吃什么？"

江攸宁摇头："不知道，慕老师做什么我就吃什么。"

"那你快要吃饭了吗？"沈岁和问。

江攸宁挑眉："大概还早，怎么了？"

沈岁和抿了抿唇："我想做葱油拌面吃，你能教我吗？"他请求的态度很诚恳，他的语气也很真挚。

江攸宁思考了两秒："你有猪油吗？没有的话……"她忽然想到，没有的话植物油也可以，但沈岁和已经拿着手机跑去了厨房，拉开冰箱像是在卖宝："我走的时候慕老师给我带了，因为你有跟她说我喜欢吃这个。"

江攸宁说："哦。"

"那……行吗？"沈岁和又问，更添了几分小心翼翼之感，"我学东西挺快的。"

江攸宁盯着屏幕，竟然觉着这样的沈岁和有点儿可爱。不是装的，就是卸下了防备以后，小心翼翼地试探着接近你的样子，挺可爱的。

"行吧。"江攸宁答应。

然后她一步步地教沈岁和该如何做。

毕竟也在一起生活了三年，她对沈岁和的厨艺有着清楚的认知，而且也知道这人是破坏厨房的一级选手，说好的"一步步"，就是一步步，精确到油该放多少，到哪个程度，该切几根葱，一点儿都没少说，而沈岁和一边听她的，一边也在问："你平常喜欢吃什么啊？"

江攸宁愣怔了两秒。

"之前一起吃饭，"沈岁和说，"我感觉你都不挑食。"

"华政二楼的柠檬鱼很好吃。"江攸宁说，"还有华师这边二楼做的煮馍，慕老师做的羊肉汤、排骨莲藕，都挺好的。"

"你说得我都馋了。"沈岁和笑了下，"等我回去……"

他顿了顿，等到葱往油里放的那一刹那，伴随着油爆里啪啦的响声，说："我请你去吃吧。"

江攸宁问："什么？"

她没听清，但并不妨碍她继续指导："把葱捞出来，要煳了。"

沈岁和手忙脚乱，平常极强的学习能力一进入厨房就被清了零，尽管江攸宁喊得及时，还在一旁提醒他小心，他的手背还是被油给溅到了。

"用冷水冲一冲。"江攸宁说，"一会儿去买个烫伤膏，抹两天应该就好了，不会留疤。"

沈岁和点头，打开水龙头，水流哗哗响，他垂着眼，深吸了一口气之后才说："我想请你吃那些食物。"

食物不重要，主要是请你。

不对，食物也很重要，因为那是你喜欢的食物。

你喜欢的一切都很重要，因为我想了解。

"哐当——"房间的窗户突然被风吹开的声响惊醒了愣怔的江攸宁，她起身将窗户关上，然后锁住，站在窗边俯瞰楼下。

这会儿应当是华师的操场夜里最热闹的时候，但突如其来的狂风刮得人快要站不稳，许多人逆着风从操场往宿舍走，从各个方向散开，很快，操场上便空了。

江攸宁这才低下头再次看向屏幕，沈岁和正专心致志地完成最后一步——拌面。

摄像头是倾斜的，正好对准了他的下颌线，显得很消瘦。

他不太利落地拌着面，看得出来他是第一次做这样的事。只是他修长的无名指上戴着婚戒，婚戒就是当初结婚时买的那枚，在明亮的白炽灯下格外耀眼，他时不时会抬起头看一眼屏幕，好似在确认什么。

"再说吧。"江攸宁延迟回答了他那个问题，语气算不得温和。

这类话术就是体面地拒绝。沈岁和自然懂，也没抬头，只是顿了下拌面的动作："哦。"

等到他的面拌好，江攸宁把手机递还给漫漫："你还要不要跟爸爸说话？不说话我就挂了啊。"

她跟他也没什么好聊的，聊多了尴尬。

漫漫一扭一扭地拿过手机，继续撒娇似的说："波波（爸爸）。"

"嗯。"沈岁和重新调整好摄像头的拍摄角度，笑着给漫漫展示他做好的面，"爸爸会做面了，等爸爸回去给你做好不好？"

漫漫似懂非懂地点头。

"你最近有没有好好吃饭？"沈岁和笑着问他。

漫漫只是晃动小身子，隔了几秒，江攸宁给他塞了一个小奶瓶，他抱着奶瓶咕嘟咕嘟地喝了起来。

"江攸宁。"沈岁和轻声喊她。

"怎么了？"

沈岁和那边顿了几秒才道："我们加个微信好友吧。"

不是你把我的微信号从黑名单里放出来，而是加个微信好友，当作重新认识。

江攸宁微征，正在思考有没有这个必要，就听沈岁和补充道："平常我不会打扰你的，就只会在要跟漫漫视频通话的时候问你。"

江攸宁仍在犹豫。

沈岁和的语速快了一些："我会尽量少打扰你的，如果你不喜欢可以屏蔽我的朋友圈，也能把你的朋友圈设置成对我不可见。"

沈岁和话都说到了这份儿上，江攸宁再拒绝也不得体。

她拿出自己的手机，把他的微信号从黑名单里放了出来，给他发了个句号。

"好了。"江攸宁从漫漫手里拿过了手机，佯装漫不经心，"你吃饭吧，我们也去吃饭了。"

沈岁和说："好。"他话音刚落，手机屏幕就回到了跟慕曦的微信聊天界面，他跟慕曦的视频通话打了近四十分钟。

退出跟慕曦的微信聊天界面之后，他看到了江攸宁给他发的那条消息。

他迅捷地回复："收到。"

他等了会儿，江攸宁也没再回复，他将手机放下，低下头开始吃饭。一个人吃饭总感觉缺了点儿什么，而且他是真的没有做饭的天赋。面做咸了，但他也没扔，就那么吃了点儿，感觉没江攸宁做的好吃，但吃了不会被毒死。他的要求真是低到令人佩服。最后面剩了一半，被他塞进了冰箱。

阶梯教室里坐的人并不多，沈岁和在中间一排坐着。

满头白发的教授在讲台上授课，演示文稿一页页翻过，沈岁和记笔记的速度飞快。等到最后一页演示文稿翻阅结束，教授也宣布了下课。

沈岁和把最后一个字母写完，坐在原位置将这堂课的内容速记了一遍。等到本子上的笔迹干了他才合上本子放进书包，起身离开教室。

哥大的秋天跟北城的几乎毫无差别。

经过跟裴旭天的温度对比，他发现这边甚至比北城还要热一些，但风大。

这堂课是这周的最后一节，上完已经是傍晚。天色将晚，远处天边红霞弥漫，明天应当是个好天气。

沈岁和一手随意地插兜往外走。他有根据江攸宁的推荐去看了哥大的一些建筑，确实很奇特，也很漂亮。他甚至拍了一些照，还在某个不知名的摄影比赛上拿了个三等奖，也算是比较有意思的事。

他今晚没什么事，隔壁的留学生祁川给他发消息，邀请他去家里吃火锅，说他的外婆给他邮寄了一堆火锅底料来，保证够辣够鲜。

只是祁川说吃火锅的食材还没买，而他懒得下楼，就让即将回来的沈岁和带一些，所以沈岁和下课后出了校园直奔超市。

到了超市才发现，他其实并没有太多吃火锅的经验，所以连火锅里放哪些食材都不太清楚，只隐约地记得一些。黄喉、毛肚、广式腊肠，这三样是江攸宁爱吃的，以往他们在家里吃火锅的话，江攸宁必买这三样。他对其余的食材几乎是毫无印象，最后只能求助祁川。

祁川堪称"超市小灵通"，不仅给沈岁和列了食材，甚至发语音告诉沈岁和哪种食材在超市的哪个地方摆放着。

在回家的路上，沈岁和偶遇了一对父女。

女孩儿和父亲聊今天上了什么课，哪堂课无聊，哪堂课有趣，最后抱怨自己的笔友上周没给她来信，非常令人失望。不过她也很担心笔友出了什么事，所以打算这周再写封信过去询问。

"笔友"这个词一下子就把沈岁和拉到了很遥远的年代。他记得在他上学的时候流行交笔友，那会儿家家户户可能只有电话，手机还没被普遍使用，微信这类社交软件更是还没诞生。

互相写信还是很传统的方式，但那会儿大家收到信都会很开心。

后来有了网络，写信也还风靡了一阵，因为有情怀，到他上大学的时候几乎很难看到有人写信。

那对父女走远，他停在原地，刚好有个金发碧眼的小男孩儿站在他面前，用英文腼腆地问他："叔叔，买文具吗？"

小男孩儿的英文发音很标准，衣服干净，大抵是哪家大人将他扔出来锻炼社交的，看起来沈岁和是他搭讪的第一个人，因为小男孩儿脸颊通红，额头都出了汗，询问完之后根本不敢看沈岁和的眼睛。

"有什么？"沈岁和半蹲下身子轻声问他。

换作以往的沈岁和可能会礼貌地拒绝，然后离开，因为文具不在他的需求范围之内。但自从自己有了小孩儿后，他看到陌生的小孩儿都会有莫名的熟悉感。沈岁和几乎是平视小孩儿，又轻声问："有信封吗？"

小男孩儿感觉受到了鼓励，点头应道："有。"然后他拿出了他所有的信封让沈岁和挑选，从动作中看得出来是个很有教养的小男孩儿。他拿着十几个信封，一个都没掉，还给沈岁和推荐，建议用蓝色的。但沈岁和把那一把都拿了过来，询问了单价，又让他计算了总价，最后给他付款，离开的时候小男孩儿一直在跟沈岁和道谢。

沈岁和粗略地数了一下，有十八个信封，各种颜色的都有，大多是很漂亮的。信封上的照片有自然风格的，有附近的建筑，拍得都很有质感。他将信封放到了书包里，一个想法在脑海里产生。

他晚上回去跟祁川吃了火锅，那个话痨又喝多了，拉着沈岁和说了一些有的没的，最后沈岁和回到家已经是夜里十一点多。此时正好是北城的中午，他看到江攸宁发了一条朋友圈："下雨了。"搭的图是模糊的雨景，看不出她在哪儿。

沈岁和忍住想点赞的想法，退出了朋友圈。

他觉得是江攸宁怕麻烦或者是忘记了把朋友圈设为他不可见，所以不想让自己的点赞提醒江攸宁他还能看到，就这样默默地看她会发一些什么也挺好，从侧面重新了解她的生活。

晚上跟祁川吃火锅的时候，他也喝了一些酒，算不得多，但那酒后劲挺大，他的头还有点儿晕。

不一会儿，微博有提示，他的特别关注"锦离－岁岁平安"发了新微博，是一条书加印的通知，还有她把卖书的全部收入捐给了慈善组织的证明。

借着酒劲，沈岁和把"锦离－岁岁平安"的微博又从头到尾翻了一遍，最早的一条微博可以追溯到二〇一五年。那会儿江攸宁正好在哥大留学，时常会发一些关于日常生活的微博。

"今天纽约下雨了，不知道北城有没有晴。"

"出门的时候遇到一只特别冷漠的狗狗，我竟然第一时间想到了沈先生。对不起，希望我没有冒犯到他。"

"今天去参加一个留学生的聚会，里边有个男生说对我一见钟情，但我发现他对很多人说过这种话。一心一意地喜欢一个人真的很难吗？或者说一个人真的能做到同时喜欢很多人吗？这真的好可怕。不知不觉，我竟然已经喜欢沈先生快五年了，真希望我明年就不再喜欢他。（可是我去年也这么说。）"

"今晚的雨好大啊，雷声把我吓醒了，一个人睡觉真的很害怕。不知道沈先生怕不怕打雷，我睡不着的时候就会回忆。我有一点儿后悔，早知道当初留在学校读研，不出国了，可是沈先生应该不会喜欢的，因为他有喜欢的人了。"

"我总是想不去打扰沈先生的生活，可是为什么他总会来打扰我的生活啊？今天中午在食堂看到一个长得特别像沈先生的人，后来发现他是韩国的。我听到他说话之后瞬间想起了沈先生。恍然惊觉我不是喜欢沈先生的脸，而是单纯地喜欢沈先生，这个认知让我感到开心又难过，这种日子什么时候才是个头啊？快结束吧，这真的很恼人，我想忘掉他。"

…………

这个微博在那会儿更新得还比较频繁。

大抵江攸宁从未想过隐藏那一段感情，所以这些微博内容都是公开的状态。

之前沈岁和也看过一次，但那会儿陷在情绪的旋涡里，感到悲伤，也为她感到不值得，但没有现在这种针扎般的感觉，真的像是有人拿一根细小的针，每读一个字就在你的心上扎一下，让你又酸又麻又疼。这种疼痛还是持续性的，是会堵在心口的。尤其现在他们的身份转换，他们所在的地点也转换。他在哥大，她在北城，他好像更能体会她当时的心境，原来她那会儿那么纠结啊，几乎隔几条微博就会埋怨自己不争气，为什么忘不掉沈先生，或者在那种深夜发的微博里会说明天一定会忘掉的，但第二天又说，忘记失败了，大哭。

那会儿的她刚好 20 岁，所有的喜欢都是少女最直白热烈的喜欢，而那会儿的他毫不知情。

沈岁和打开书包，刚好看到了信封。

夜深了也没睡意，他干脆找了几张纸，用她表达喜欢的方式跨越时空来回应。

书桌上台灯的灯光昏黄，他伏于案上，神情认真专注，笔尖在纸上微转，写下了称谓和第一句话。

"江攸宁，你好，现在是夜里十一点二十四分，我在纽约，思念你。"

第一句话写下后，他顿了很久才写后面几句话："你在上班吗？午饭吃什么？最近的案子还顺利吗？"这些句子是一连串的问句，他写完了这些，之后的内容也就顺了。

"最近的课都挺容易。不是，应该是不算难。我说'容易'总觉得像在夸我聪明，但其实我确实不笨的是吧？不过在感情方面我好像很愚钝。今晚隔壁的留学生祁川约我吃火锅，但是我们没吃多少火锅里煮的东西，倒是喝了不少酒，他把我来这边买的好酒喝了两瓶，确实过分，不过昨天还给我买了张新书桌，虽然很丑就是了。"

他写的没有特定内容，就是想到哪里就写到哪里，偶尔会扯到过去，也会怀念他们的婚姻生活：比如有次江攸宁悄悄地喝了一瓶高度数的红酒，在客厅里醉到不省人事，是沈岁和把她抱回卧室的，回了卧室之后她还抱着他的脖子咬了两口。就是在她第二天醒了之后问沈岁和是不是被狗咬了那次，怕她不好意思，沈岁和一直都说是不小心被大蚊子给叮了。而江攸宁还信了，也不知道是害羞所以故意蒙混过关还是真就忘记了。

写了四页纸，沈岁和以一句"希望收到你的回信，若不能，那便祝你好"结尾，又写了落款"沈先生"，她曾心心念念的沈先生，最终也走散了的沈先生。

沈岁和将纸折叠好放入信封，用固体胶粘好封口，但封口衔接处还空着很大一片，沈岁和总觉得应当写些什么，就像是在给作文起标题一样。他思虑了良久，才落下四个字：暗夜来信。

江攸宁接到快递电话的时候愣怔了几秒，这几天她没有从网上买东西，而且公司里的快递也都不会写她的名字和电话，尤其是她的私人电话，她还以为是江闻或者是辛语、路童给她买了东西，最后还是下楼去取，但拿到手的时候没想到是挂号信，还是来自纽约。

她的第一反应是翻了一下聊天儿软件里的好友列表，当初在哥大留学时认识的那些"朋友"还在她的列表里吗？或者是她当初的老师？

这会是谁给她寄的？

根本没有候选人。

于是她抱着疑惑的态度拆开信，一共三层包装，拆开先看到的是一堆各式各样的照片，有不同的街景和校园，然后是一个漂亮的信封，上边写着"暗夜来信"。

看到熟悉的字迹，她终于确定了人选，也知道这四个字的意思：他在回应她。她站在背光的暗处，终有一天会接到暗夜里的来信。

正好岑溪进来，笑着问："知道是谁寄的快递了吗？"

"一个朋友。"江攸宁一股脑儿将那些东西放进了抽屉，像在遮掩着什么。

下班以后，她回家先跟漫漫玩了一会儿，然后回房间打开手机，看朋友圈。

沈岁和发了一张街景图，那边大概下雨了，他拍得很漂亮，漂亮到让江攸宁怀疑他找了代拍，或者是网图，因为这和他之前的审美完全不是一个级别，但她也能从他之前的朋友圈里看出一些蛛丝马迹，他确实是在不断进步。

江攸宁这才打开那封信开始读，信的内容很杂，可以称之为生活琐事实录，但这样的文字是极具有烟火气息的。

江攸宁好像随着信经历了一遍他的生活，但思虑半小时后，还是打开微信，把桌面上的那些拍了照发过去："是你邮的吧？"

沈岁和迅速回复："是。没有要想自我感动或者想感动你的意思，只是单纯地跟你分享。"

他回的速度极快，大概怕江攸宁说什么伤人的话。

但江攸宁仍旧发了："别寄了吧。这信，我也不看。"

拍照发的时候，她确实把信折叠好放进了信封，而且是倒扣着放的，看似真的没有读。

沈岁和那边顿了几秒："没关系，我只是单纯地想寄。"

江攸宁盯着屏幕良久，只回了句："那随你。"她带着赌气的念头。

这天夜里，江攸宁梦见了在哥大留学的日子。

她那会儿很孤单，也不敢告诉父母，怕他们担心，不喜欢交朋友，偶尔去派对当"背景板"，只有几个勉强称得上"饭友"的白人朋友，但在离开纽约之后也再没联系他们。

那段日子并不好过，她最依赖的只有微博，还有远在天边，甚至不知道她的名字的沈岁和。

发在微博上的片段只是生活的一小部分，更多的被她写在了纸上，然后扔进了垃圾桶。

这就是她的过去。

她那些孤单的、无法言说的、靠着单纯的信念支撑下来的过去。

甚至过去的沈岁和对她来说就是妄想。

她那天夜里起来，从冰箱拎了罐啤酒，坐在房间的飘窗上，看了一夜的星星。

星星很漂亮，可只能短暂地属于她。

纽约的冬天没北城冷，但降雪多。

沈岁和尽管早有预料，但清早一起床还是被大如鹅毛的雪给惊到，地上、屋顶都覆盖了很厚的雪，大概稍一抓一捏就是拳头大的雪球。看这趋势，雪应当是一天都不会停。

沈岁和今天还预约了心理医生。

来这边以后，他刚入学就跟代教老师咨询过比较好的心理诊所，也在经过几次的尝试后选择了现在的这位华裔医生。随着学业的深入，沈岁和现在已经慢慢地能控制自己的情绪，在稍微感知到情绪不好的时候，就会通过运动、看喜剧等方式来调节情绪，让心情尽量朝乐观的方向走，而不是放任其低落，这样的方式非常有效。连着三个多月，他几乎很少有情绪低落超过一天的时候。

大雪纷飞，一出门就能感觉到冷意，但幸好他有先见之明，在纽约刚入冬的时候，就去商场买了御寒的大衣，还有高帮的棉鞋，这会儿厚雪也不会渗进鞋里。

尽管大雪没过了脚脖子，路上的行人仍旧没少，甚至比往常还多。

他住的地方人种比较混杂，走在路上有白人、黑人、黄种人，甚至黄种人是最多的，即便如此，他也没有感觉到亲切，因为周遭的建筑和北城的比起来还是有很大的不同。

来到这里之后，他才发现原来他真的念旧。

从国内带过来的东西，他几乎都将它们完好无损地放在那里。他每个月总有一半的时间在吃中国菜，那些菜大多还是他做的，勉强能吃，就是味道不行。

不过他终于从破坏厨房的一级选手变成了进入厨房的白名单选手。

到纽约之后，他最常用的交通工具是地铁，今天也是，但今天的地铁人格外多，他上去的时候已经没有座位，不过他的胳膊长，能很轻松地拉着吊环。

坐了十三站地铁来到诊所，他轻车熟路地去了心理医生的办公室，照例是一个多小时的交谈，还有半个小时的冥想。

起先沈岁和在冥想时进入睡眠，一定会做噩梦，醒来时大汗淋漓，整个人都显得呆滞，要很久才能回过神来。他的主治医生说从未见过像他这样的病人，看上去冷静自持，但内心脆弱不堪。

平常情绪积压在心里，可能从未真正地发泄过一次，一直压抑的坏情绪得不到疏解，最终积压为心理疾病，但他很快意识到了这是一种病。

很多患者可能在得病五年，甚至十几年的时候也无法意识到自己患病了，等到真正来找心理医生时症状已经非常严重。而沈岁和不一样，对自己的病情有很清晰的认知，甚至为了自救去修了心理学课程，但这种自救对他的情绪诊疗帮助不是很大。可以说他的体内住了两个沈岁和，一个在积极自救，一个灵魂趋近消亡，但这种情况又不是精神分裂或人格分裂，倒更像是两种性格在抗争，最终抗争的结果是他较为温和的性格获得胜利。

这三个多月里，医生见证了他从冷漠到温和的蜕变，甚至这种温和有望变成温柔。

今天的冥想很愉快，沈岁和睡得很沉，从诊所离开时已经临近中午，就直接在附近的中餐厅吃了饭。

太阳在天空中悬挂，鹅毛般的大雪仍旧纷飞，路边竟然有陌生人在打雪仗，都是成年人，看着玩得不亦乐乎。

在等饭的间隙，他从背包里拿出摄影机去了店外，找好角度拍了几张雪景。

最好看的那张竟然是有一片雪花落在镜头前，他无意间拍到的一家三口手牵手走在马路上的背影照，一半是纯白的朦胧光影，一半是温暖的烟火人间。

沈岁和进店里看底片的时候，心里忽然有些酸。

近半个月没跟漫漫打过电话了，不知道他说话有没有变得清晰一点儿，有没有长高，也不知道北城有没有下雪，他有没有在看到雪的时候咯咯地乐。

他把底片整理好之后，他的菜刚好上来。

沈岁和看了眼手机日历，今天是十二月二十日。

这会儿应该趋近北城的十二月二十一日，很快就是江攸宁的生日，之前他一直在犹豫她生日的时候要不要回国，怕她看见他又觉得他死缠烂打，或者不开心。明明是可以开心的生日她却变得不开心，他岂不成了罪人？但他又真的很想回去看看，看看她，也看看漫漫。他虽然人在国外，但心里其实一直记挂着他们，大抵这是思念，也是家的滋味，有些磨人。

他坐在那儿拿出手机看最近几天的机票，十二月二十三日那天有合适的。他的手指都点到了购买页面，最后他又把手机放回去。

他低头吃饭，这家餐馆的中国菜真的很一般，没滋没味的。他快吃完饭的时候，他的手机响了。

他本来是不抱期待地把手机拿出来，但在看到屏幕上的备注时，眼睛忽然亮了。

屏幕上的备注是"宁宁"，是江攸宁打来了视频通话。

这会儿应该是北城夜里十二点多，她怎么会突然视频通话？难道遇到了什么事吗？

沈岁和的脑子飞快转着，他的手心都出了汗，他几乎是颤抖着手接通。

江攸宁那边的镜头很乱，一直在晃，从天花板到床单，一会儿还能看到江攸宁的头发，又黑又长，而那边一直传来漫漫的哭声，声音很响。

沈岁和的声音略显急切："怎么了？"

江攸宁明显更烦躁，大抵是对着漫漫说："你不是要找爸爸吗？这不是你爸爸？自己看。"

沈岁和听着心一酸，柔声喊："漫漫。"

镜头忽然对准了漫漫的脸，他的哭声戛然而止，但他撇着嘴，看着屏幕："爸爸。"他说得异常真切，这是他第一次如此真切地喊了"爸爸"。

沈岁和的眼睛忽然红了，他低声哄道："怎么了宝贝？爸爸在呢。"

"我好堂（想）你。"漫漫抽噎着说，"你森（什）莫（么）呲（时）呼（候）回来呀？"漫漫说得不清楚，但沈岁和仍旧听出来了。

漫漫说："爸爸，我好想你。你什么时候回来呀？"

站在大雪纷飞的纽约街头，沈岁和订了张晚上回北城的机票。

本来这几天课就不多，他也无须跟谁交代，回公寓简单地收拾了一下行李就打车奔赴机场。

北城没有下雪，天气很干，刚落地北城时沈岁和竟还有几分近乡情怯的感觉。

他跟随人流出了机场，然后把手机开机，飞机没有晚点，时间刚刚好——十二月二十一日下午四点，是星期日。

他往下压了压鸭舌帽的边，黑色的口罩遮住了他的大半张脸，只有那双仍露在外面的眼睛显露着紧张，但目光炯炯。

他在机场外抬起胳膊一拦，一辆出租车就在身前停下。

"去华师。"沈岁和坐在车里轻声道。

他给江攸宁发了条微信："你这会儿在家吗？"

她没有回复，微信聊天儿界面上方甚至连"对方正在输入"也没出现，大概她没看见。他也不知道漫漫有没有再闹她，她或许在补觉。

因为见不到，所以和她有关的一切沈岁和都只能猜测，只能胡思乱想罢了。

司机师傅是个爱聊天儿的，刚拐过弯就打开了话匣子："小伙子是华师的学生吗？"

"不是。"沈岁和说。

他闭上眼假寐，不再回应。

车里安静下来，静到他能听见自己的心跳。

江攸宁昨天夜里四点才睡着。

漫漫是晚上九点睡的，也不知道怎么了，凌晨一点多醒来，一醒来就开始哭，把慕曦跟江洋都惊扰醒了，江攸宁哄了近十分钟都不管用，他哭的声音越来越大，隔了会儿竟然开始哭着喊"爸爸"。

江攸宁感觉到无力，坐在床边轻声哄劝了很久都没有用。

无奈之下，她打了视频通话给沈岁和，他跟漫漫聊了近半小时漫漫才睡着，而且是抱着手机睡的，而她被吵醒之后一直到凌晨四点才开始有了困意，幸好今天不用上班。

但早上八点多，漫漫再次醒来。

她也跟着漫漫清醒。想到漫漫昨晚的不乖表现，她又不能去睡回笼觉，把不乖的漫漫留给慕曦照顾，所以强撑着精神起床洗漱，但总归是没什么精力。即便如此，她还是哄了漫漫一上午。

等到中午吃完饭，慕曦见她困得厉害，提出带漫漫出去散步。等他们一出去，她就回房间里拉上窗帘开始睡觉，一觉睡到有人摁门铃。

其实她早在门铃响之前就醒了，但处于半梦半醒的状态，懒得睁开眼睛也懒得动，不大情愿地起床去开门。

她穿着睡衣，随意地穿着拖鞋，从早上起来就没梳头发，头发很乱。她耷拉着眼皮子，心想这个点摁门铃的除了刚从外边散步回来忘记带钥匙的慕曦，没有其他可能性。她也就没在意，于是懒散着开完门后头都没抬，直接转身回沙发上拿个抱枕坐着。

说"坐"也不太恰当，她耷拉着肩膀，低着头，头发一部分在头顶乱着，一部分垂在肩膀处，毫无形象可言。

一秒，三秒，五秒，十秒……仍旧没有关门的声音，也没有婴儿车轱辘的声音。

江攸宁终于察觉到了不对劲，微仰起头，偏过脸看，声音慵懒：

"妈，你……"她瞬间睁大半眯着的眼睛，后续的话也全都卡在了喉咙里。

她几乎是下意识地放下抱枕，然后站起来十指成梳梳理自己的头发。

"好久不见。"沈岁和这才把行李箱拎进来，然后关上门。

他站在玄关处低下头换鞋，不敢过度关注她的外形。

江攸宁说："你等等。"丢下这句话，她就飞奔回了房间。

江攸宁靠在门上，久久回不过神，她的大脑有一瞬间的空白，是为刚才突然出现在她家门口的沈岁和，也是为自己。那一瞬间，她好像回到了很多年前初见沈岁和的时候。那时他站得笔直，背着双肩包，神色温柔平静。不知是不是加了记忆的滤镜，她印象里的沈岁和就是温柔的，和她今天看到的一样。但他怎么会突然出现在这里？

江攸宁将手握成拳，在心口轻轻地捶了两下，意识渐渐地回来。

她的心跳慢了下来。

这算不得惊喜，对江攸宁来说更像是惊吓，她的魂都飞了一半，不过也算是彻底清醒了。她坐在房间里把头发扎好，又换了身看起来算是得体的衣服，深吸了一口气，这才出门。

沈岁和正在沙发上坐着，非常平静。外边天已经暗了下来，江攸宁拿手机给慕曦发了条微信："我醒了。"

几秒后她又发了一条微信："沈岁和来了。"

估计慕曦会很快回来，她不必面临尴尬。

"啪嗒。"江攸宁摁开了房间的灯，光亮将两人笼罩。

她去厨房里倒了杯热水给沈岁和，然后坐到了另一边的沙发上。他们虽同处一个空间，却感觉相隔很远。

"江攸宁，"沈岁和喊她，"最近怎么样？"

他问得很平和，状似闲聊，但落在江攸宁身上的目光略显炙热。

"还好，"江攸宁说，"一切如常。"

"漫漫是不是经常闹？"沈岁和问。

江攸宁说："偶尔，昨晚不知道怎么了，是个意外。"

提起漫漫，江攸宁才放松了一些。她面对这样温和的沈岁和，没有半分抵抗力，总是刻意地去避开，所以刻意地表现得客气疏离。

"我给你寄的信，都收到了吗？"沈岁和说，"那些照片都挺好的。"

"啊？"江攸宁下意识地看向他，蒙了两秒。

"没收到信吗？"沈岁和问。

江攸宁摇头："不是。"

沈岁和问："那是怎么了？"

江攸宁抿了下唇，一本正经地道："没想到还自卖自夸的。"她更没想到自卖自夸的这个人是沈岁和。

"那能怎么办？"沈岁和笑了下，"你不夸，我只能自己夸了。那是我从几百张里选出来的。我在那边有了很多新的爱好，你给我推荐的那些地方我也都去了，每周坐在咖啡厅的角落里看一部电影真的很舒适。"

江攸宁说："哦。"

她低下头，没继续看沈岁和。

这时候笑起来的沈岁和，总能让她不自觉地回想起过去。她不过三个多月不见他，他的身上多了一种名为"亲和力"的东西。

"对了，"沈岁和喝了口热水，"《一九八二年生的金智英》你看完了吗？"

当初他们一起看的时候，因为江攸宁哭得太厉害，看到中途沈岁和给关掉了，不知道她有没有看完。

江攸宁摇头："没看完。"

那天早上哭完，她也就忘了，而且听了沈岁和的话，去找了一些喜剧片看。

"我看完了，"沈岁和说，"还把书也看完了。"

江攸宁微仰起头："好看吗？"

"挺好看的，"沈岁和笑了下，"但你不要一个人看。"

"为什么？"

沈岁和没有直接回答，而是打量了她几秒，眼里的意思很明显：你会哭的。

"这片子不适合一个人看。"沈岁和婉转地说。

江攸宁想都没想就说："也不适合两个人看，毕竟有人会在中途关掉。"

"还不是……"沈岁和盯着她，后半句没说出口。

气氛沉寂了几秒，仍旧是沈岁和先开口："我可能等明年五月份就回来了。"

"不应该是七月吗？"

"我们的课挺集中的。"沈岁和说，"提前回来，等到结业的时候再去考试就行。"

"哦。"

"你明年有什么安排？"

"不知道。"江攸宁想了想，"好好工作，升职加薪吧。"

"那你有没有考虑换个地方工作？"沈岁和顿了下，"之前老裴有跟我提过想挖你过来……"

"停！"江攸宁打断了他，"如果你回来是跟我谈这个，那就没有必要了，我不会去给你打工的。"

"不是。"沈岁和看向她，"你忘记自己手里还有天合的股份了吗？"

当初离婚时，他给了她天合律师事务所百分之八的股份，让她成了天合律师事务所的第三大股东。

江攸宁确实是将这些事抛之脑后了。

"所以，你去不是给我打工，"沈岁和说，"是给你。况且，崔明跳槽去金科了，你之后在金科的处境应该不太好，甚至方涵也不会太好，但毕竟是元老级人物，不会被怎么样，可你不一样，即便有能力，可以给律所创收，在人脉和资源方面还是比不得崔明，到时候资源有了倾斜……"他点到为止。

"崔明跳槽了？"江攸宁诧异地问道，"我怎么不知道？"

"他前天辞的职。"一谈到工作，沈岁和便有所不同，"他跟老裴谈的时候是说家里有事，但据老裴那边得到的消息，是金科把他挖过去的。而他的专业领域跟你有重叠，这时候如果考虑阴谋论，你们律所很有可能有人在针对你，或者应该说是方涵。你在那儿自然而然就是方涵的人，那其他人想要平衡势力，肯定先动你这个根基不稳而能力最强的。"

"那我走了，涵姐怎么办？"江攸宁摇头，"我是涵姐带起来的，做人不能忘恩负义。"

"我知道你的想法。"沈岁和给她传了份文档过去,这是他在飞机上想的。

他把她和方涵的后路都想明白了。要么就在金科跟人职场内斗,看方涵有多少心力;要么她就离开金科,没了她之后,方涵不会成为众人争权夺利的工具,处境相对好一些;或者她跟方涵一起创业,但方涵面临着结婚生子等一系列问题,创业明显不太现实;还有就是她跟方涵一起跳槽来天合,沈岁和跟裴旭天都可以将自己的股份分出来一部分,大家都不是在为别人打工。

江攸宁将文档看了一半,慕曦已经带着漫漫回来了。

江攸宁收了手机,低声跟沈岁和说:"改天再说。"

她不想将工作的事带到家里。

"我爸呢?"江攸宁上前去抱漫漫,"他又去下棋了?"

"不是,剧团那边有点儿事,他就过去了。"慕曦说,"我带着漫漫在办公室待了会儿,他还挺乖的。"

"嗯。"江攸宁抱起了漫漫,但漫漫盯着沈岁和,痴痴地喊了声:"爸爸。"

江攸宁轻轻地拍了他的屁股一下:"小没良心的。"

漫漫这次没哭,就撇着嘴。

沈岁和站在江攸宁的身后,笑着钩了下漫漫的下巴:"你是不是小没良心呀?"

漫漫也不知道听没听懂,反正是摇头,弹着两条小短腿,踢得江攸宁胳膊都疼。她立马喊沈岁和:"你快来抱你儿子。"

沈岁和笑着从她的怀里接过漫漫,漫漫顿时眉开眼笑。

到了弄晚饭的时间,沈岁和在客厅哄漫漫玩,慕曦和江攸宁去了厨房,江攸宁帮着慕曦打下手,客厅里时不时就传来笑声。

江攸宁做事也有些心不在焉。她总下意识地去看客厅,但又强逼着自己收回目光。她觉得自己别扭极了。

"想什么呢?"慕曦忽然问。

江攸宁抿了抿唇:"想——相亲。"

她还是第一次在慕曦面前说到相亲这事,慕曦的第一反应是问:

"跟他？"

慕曦指的是客厅里的沈岁和。

江攸宁垂下眼继续择菜，背对着慕曦，声音略闷："不是。"

"那……"慕曦迟疑。

江攸宁把择好的菜递过去，不知是在跟谁较劲："再说吧。"

她也没想好，之前路童还给她介绍了一个，他们加了微信好友之后没聊两句，江攸宁就开始敷衍他。

明明他们刚认识一天，他就给她发"早安""午安""晚安"，她一问他在干吗，他就说"在想你"，太离谱了。后来他们也就不了了之。经那一次之后，江攸宁对这些事又歇了心思。这会儿，她想去喜欢别人的念头疯狂生长。

她就是在跟自己较劲，不相信自己会忘不掉沈岁和，或者说会一辈子栽在沈岁和的身上，觉得自己应当可以去拥抱其他的人，过另一种生活。

她当初生下漫漫是因为喜欢，想要，有余力，也能给他好的生活，但不想为了漫漫放弃自己选择幸福的权利。可她现在发现因为漫漫对沈岁和亲昵，她有被裹挟着往这条路上走的趋势。她不想。

沈岁和晚上在江攸宁家里吃的饭，吃过饭后很自觉地起身去洗碗，慕曦却打发他去跟漫漫玩。

江攸宁也在客厅。

一直玩到九点多，漫漫窝在沈岁和的怀里睡着，江攸宁才松了口气。

"把他抱去床上吧。"江攸宁低声说。

沈岁和应了声好。

可是漫漫的身子一落在床上，他立马就睁开了眼睛，感觉就和刚才在装睡似的。不只如此，他还哭。

沈岁和立马抱起他来哄他，他这才不再哭。

江攸宁站在门口皱眉："这是什么毛病？"

沈岁和摇头，做口型道："我也不知道。"

"那他以后都得你哄着？"江攸宁啧了声，不知是吃醋还是真心，"要不你带着他留学去算了，我妈还省点儿事。"

沈岁和看向江攸宁，似是在问：你确定？

江攸宁别过了脸，走向客厅。

晚上十点多，漫漫才算睡熟，玩了大半天也算是精疲力竭，沈岁和哄他也哄得精疲力竭。

哄孩子真是个力气活儿。

漫漫睡了，也就意味着沈岁和该离开了。

"岁和你晚上住哪里？"慕曦问。

沈岁和忽地愣怔，一时还真说不上来。

他的房子许久未住，他好像也只能去裴旭天那儿，但裴旭天最近因为崔明辞职的事还忙得焦头烂额。慕曦也看出了他的尴尬："你这次回来几天？"

"三天吧。"沈岁和看了眼江攸宁，"等那边有课我就回去了。"

他计划得也刚好，能给江攸宁过完生日，然后再回去。

"那就住在这儿吧。"慕曦说，"你跟漫漫住一个房间，成吗？"

漫漫的那个房间原本是家里的客房，他平常也不睡在那儿，大部分时候是跟着江攸宁睡，他的婴儿床就在江攸宁的床的旁边，但这个房间里也有一张婴儿床，漫漫午休的时候睡在这个房间，地上也是毛茸茸的毯子，因为这个房间用处也不大，江洋干脆改掉了格局，把这个房间给漫漫玩，所以这个房间里的床不算很大。

"可以吗？"沈岁和也诧异。他瞟向江攸宁。

江攸宁沉默。

"反正就三天。"慕曦说，"漫漫最近也想你，你陪他玩几天吧。宁宁，你觉得呢？"

隔了几秒，江攸宁闷声道："我没意见。"

"谢谢慕老师。"沈岁和立马道谢。

"不用。漫漫那个房间里有独立卫生间，也挺方便的。"慕曦说着忽然顿了下，笑了，"我跟你说这些做什么，你又不是没住过。"

确实，沈岁和还没跟江攸宁结婚的时候，上门来拜访时就住的客房。

他还记得江攸宁给他抱了一床被子过来，两个人坐在房间里聊天儿，那会儿江攸宁还很拘谨，拘谨到他俯身吻她，她的眼睫都会一直颤。

两人没聊多久，江洋生怕他们住在一起，直接敲响了房门，提醒江攸宁该回房间睡觉了。

他来这边也就住过一次客房，之后再来要么是当天就回了家，要么是跟江攸宁一起住在她的卧室。

这会儿他想起来，又愉快又难过。

这次仍旧是江攸宁给他拿的被子。

慕曦坐在客厅里看电视，漫漫睡得很熟。显然，江攸宁这次并不想多跟他说话，把被子递给他就往外走，他却拉住了江攸宁的手腕，江攸宁回头看他："做什么？"

沈岁和说："聊会儿天儿吧。"

他说得很平和，也放低了姿态，听起来像是请求。

江攸宁顿了几秒，想都不想地往外走，却又在走了几步后停下。

她回头问："你去散步吗？"

北城的天还是很冷，江攸宁跟沈岁和走在公园的那条路上，河面已经结了冰，厚厚的一层。

凛冽的风迎面吹过来，江攸宁率先开口："那我去天合，是什么待遇？"

她聊的是工作方面的事。不知怎的，沈岁和还有些失望，但也只是片刻。他很快调整状态，把今天下午没讲完的话说出来。

他在自己的专业领域，向来能给出专业的判断。

江攸宁在这方面还是偏信于他，但是跟前夫在同一家律所工作，她想想还是觉得别扭，所以保持了沉默。

沈岁和看出了她的顾虑，倒着慢慢地走，笑着看江攸宁："如果你担心我利用职务之便占你便宜的话，那我也就没什么信誉了。你可以自己拟合同，对你有利的，无论多不合理，我都可以让老裴跟你谈。如果说怕咱们扯上关系的话，那现在怎么样都会扯上关系的，未来漫漫读书上学，各种各样的事，你我都不可能坐视不理，所以咱们必然会扯上联系，就算离婚了也还能是朋友啊。况且，我们也不是不可能重新在一起。"

江攸宁说:"嗯?"

正好有风吹来,吹乱了她的头发,沈岁和伸手把她乱了的头发弄好,很不经意的一个动作,甚至没等江攸宁反应过来,他的手已经缩了回去。

他笑着说:"江攸宁,我在追你,这话永远算数。你说不会有人爱那样不自信的我,所以我去治病。等我的病好了,我才敢对你好。我现在也想对你好,只是还不得其法。"

沈岁和很温柔地说着,声音散在凛冽的风里。他忽然顿住脚步:"江攸宁,你再信我一次好吗?"

江攸宁听着他的话,忽然感觉他写的那些信被突然念了出来似的。

他从纽约寄过来九封信,以每周一封的频率。每次的信里都是些很没营养的内容,她看完以后不知道他想讲些什么,但莫名地又知道他在纽约那边发生了什么有意思的事。

她一封信都没回过,但沈岁和坚持不懈地在写。

"我知道你对过去的我失望透顶了,"沈岁和站在她的面前,跟她隔着两步远的距离,"我也不喜欢过去的自己。"

"所以,我们重新认识一下。"沈岁和朝她伸出手,"我是沈岁和,华政毕业,比你大三届,有过一段不太成功的婚姻,让我曾经的妻子很失望,还有一个很可爱的儿子,他叫江一泽,我很惭愧没能陪伴他全部的成长过程,因为我曾经⋯⋯患有双相情感障碍,但现在我有积极地接受治疗。目前我觉得我的状况算是正常。我还有半年回国,到时候可以接你上下班,也能陪孩子玩,哄孩子睡觉。我正在努力地学习做饭,可能不尽如人意,但还有很大的进步空间。综上,我觉得我是成长型男友,值得考虑。"

江攸宁一阵发蒙。

她仍旧没反应过来怎么突然从工作就谈到了恋爱这个话题,而且沈岁和这 长串话说得他嘴皮子都发白。

冬日凛冽的风吹过,江攸宁站在风里,盯了他很久。

他的头发有理过,变成了比寸头长一点点的发型,他不笑的时候看起来很酷。

但他整个人的面部表情是非常柔和的,尤其是那双眼睛,盯着她,眉目含情。

他笑着看向她，整个人都很温柔。

直觉告诉江攸宁，这个人的怀抱很温暖，但是她能相信吗？

良久，江攸宁转过身："我没想好。"

她往前走，但刚走一步，沈岁和忽然拉住她。

他张开胳膊，然后圈住她，没有收紧："江攸宁，再信我一次好吗？这次我不会让你失望的。你可以先考察我，先跟我谈恋爱，哪怕谈很久，不合适就生气，朝我发火，我都接受，但你别为难自己了。"

"我想保护你。"他给她戴上了帽子，然后在她的耳边说，"江攸宁，我真的很爱你，见不到你的每一天，都很想你。"

冷空气在风里打转，江攸宁的眼泪掉下来，落在地上，她笑了下："沈岁和，我能信你吗？"

"能。"沈岁和笃定地说。

江攸宁缓慢地摇摇头，拨开他的手："我不敢相信。"

因为有过前车之鉴，所以再不敢信。比起她不喜欢之人的伤害，她更怕的是喜欢之人的伤害。是的，她还对沈岁和心动，在她又看见沈岁和的时候。她不喜欢这样的自己，但好像无可奈何。

江攸宁今年的生日一切从简，不过有沈岁和跟漫漫在，她倒也算过了个比较愉快的生日。从那日之后，她跟沈岁和之间还是有几分尴尬。

不过她白天上班，不需要跟沈岁和见面。这几日有沈岁和在，她倒也刻意地加班了几天。

很快，沈岁和飞回纽约。

当天夜里，她坐在阳台上，不只看星星，还看从北城离开的飞机在天空划过一道痕迹，然后消失。

她从微信好友列表里找到婚姻介绍所的人，将自己的资料和要求发了过去，寻找幸福也不是件很难以启齿的事情。

她想要个自己的家，想真正地感受爱情，但这次，不是跟沈岁和。

纽约的冬天漫长又多雪。纽约看起来是个很浪漫的城市，但沈岁和不怎么喜欢这样的冬天，下起大雪来没完没了。

幸好冬天过得也还算快，从北城回来后他觉得自己低落的心情阳光了许多。

虽然江攸宁拒绝了他，但起码他是有进步的，敢于说出自己内心的想法，向江攸宁表达出来，而江攸宁当时的反应也说明了一切：她还爱着他，只是不敢接受，怕重蹈覆辙。

那他就要让她慢慢地变得不再怕。

她爱了他将近十一年，那他想去重新爱她，自然也要很多时间。

在这一点上，沈岁和早就认清了。

他可以等，等江攸宁回心转意，等江攸宁重新敢爱他。

这年春节，沈岁和没回去，一个人在纽约过的年，隔壁的留学生都回家了。

他留在纽约拍拍照，看看电影，给江攸宁写信，倒也还算可以。

春节那天晚上，裴旭天问他什么时候回来，他说等课程结束，早的话就四月份，迟一点儿就五月底。

裴旭天还笑着打趣他："不回来追你的江攸宁啊？也不怕她跟人跑了？"

沈岁和笑："等回去慢慢地追，温水煮青蛙。之前劲用得太猛了，差点儿把人给吓跑。"

裴旭天说："成吧，希望你的青蛙好好跳。"

沈岁和睨他，笑得散漫："一边去。"

他就是觉得追人得有耐心和恒心，慢慢来，急不得。

春节后隔壁的留学生从国内回来，给他带来了很多食材，大部分还是辣的。他虽然不喜欢，也还是留下了，并且送了两瓶酒当作回礼。

时间转过三月，初春的天特适合出游，但沈岁和忙着修学分。他算了一下，如果快的话，他三月份就能回国，到时候就等着考试，然后结束这次留学生涯。

三月中旬，沈岁和刚下了课就接到了来自国内的电话，准确来说是裴旭天打来的电话。

他瞟了一眼，这是裴旭天打来的第四个电话。

沈岁和皱眉接起来："怎么了？"

他还在教室，突然说中文显得跟这教室格格不入，不过已经收拾好了东西往外走，路上吸引了不少人回头。

无论走在哪里，长得好看的人总会引起注意。

他路过对方时，如果对方打招呼，他都会微微地颔首笑一下，只是想找个更安静的环境接电话，所以脚步急切了些。

直到走在校园的路上，他才听清裴旭天的话："老沈，你还不回来吗？"

沈岁和说："嗯？"

"还想着温水煮青蛙呢？"裴旭天叹气，"你的青蛙都跑到别人的池塘里游泳了。"

裴旭天撂下一句"看微信"就挂了电话。

而微信里，裴旭天给他发了两张截图过来：一张是江攸宁坐在咖啡厅里跟人约会的图，那人长得还算可以，关键是腿长；另一张是微博热搜"伊诺前男友新恋情"的截图。

姜伊诺是名女演员，演过不少配角，不算是大火，但在娱乐圈也算查有此人，尤其是带着比她小三岁的男友上了一档恋爱综艺，狂秀恩爱，而她的模特男友许临奇对外温柔绅士，对她又扮可爱又很有男子气概，尤其长得好看，腿又长，简直是大家的理想型男友。

许临奇还在节目上求婚，两人下了节目就迅速结婚，他们在综艺节目上吸引了不少粉丝，姜伊诺的代言和戏约也越来越好，但没想到在去年三月有人传他们分手，五月份两人发声明宣布婚姻破裂。

两人的粉丝中很多人都觉得梦碎了，但许多人仍然留守阵地，坚信他们五年的感情不可能说没就没，致力于从各种小细节里推理他们还能破镜重圆，尤其是近一年，两人都没有新恋情，过年的时候还有人拍到许临奇去酒吧借酒消愁。

这会儿许临奇再上热搜，竟然是因为跟陌生女子约会。这个热搜词条的排名不算是很高，三十几名，一直也没再升。

有人说这两个人可能只是朋友，但有同天在咖啡厅的人证实，两人就是在相亲，聊的话题都是相亲的常规话题，而且女方是二婚，还带着一个孩子。

这下子两人的粉丝真是直接梦碎，热搜词条被越顶越高。而且姜伊诺还发了条不知所云的微博："既然留不住，就随风去吧。"

倒是因为相亲的女方是普通人，狗仔发出来的视频中给女方打了马赛克，但有人没道德地发出了没打马赛克的照片。

有人凭借极强的抽丝剥茧的能力，从这一张照片摸到了金科律师事务所，又从各个不知名的朋友那里打听出了女方的名字是"江攸宁"，以及女方的前夫叫"沈岁和"，还有两人的各种资料。

二人的履历都跟镶了金边似的。

这简直就是"一出好戏"。

江攸宁没想到自己只是第一次正式地相亲就闹得这么大。

许临奇是辛语给她介绍的，辛语用自己仅剩无几的人脉资源从模特圈里挖出了这个各方面都合适的男人。

他今年 31 岁，结过一次婚，离婚时闹得不太愉快，因为他想要稳定的生活，但妻子隔三岔五不着家，事业心比较重，最后他们离了婚，财产分割得也比较清楚，两人之间没有孩子。

许临奇喜欢小女孩儿，所以对女方带着孩子也不反感，两人婚后可以再生一个，但他也会对女方的孩子好。这是他跟辛语说的。在年后他和江攸宁就加上了微信好友，二月十四日的时候，许临奇还给她转了九百九十九元，江攸宁没有收。

那天她还收到了来自沈岁和的九千九百九十九元的转账，她发了几个问号。

沈岁和就说，她不收他就给她买礼物。

她便收下了，说给漫漫买玩具，可在当天晚上，她还是收到了沈岁和送过来的花和礼物，礼物是一枚很别致的书签，看上去像自己做的。江攸宁看了又看，随手将它夹到了一本书里。她第二天看，发现把它夹在了前段时间买的《醒来觉得甚是爱你》这本书里，觉得不舒服，干脆把它拿出来放进了抽屉。

许临奇在社交软件上聊天儿还算很有分寸感，他发的朋友圈动态也都很有文艺感，而且设置了仅三天可见。这样的男人自带一种神秘感，起码不像她上次相亲那个，时不时在朋友圈秀腹肌展示身材，其实江攸宁看着直皱眉头，心想，你大庭广众之下这样真的好吗？所以许临奇还算是给她留下了比较好的心理预期。

两人在微信上聊了近一个月，许临奇提出见一面。

毕竟是两人第一次见面，所以挑了一个折中距离的咖啡厅，也没有要包间，就在靠窗的位置。

江攸宁对他的第一印象不好不坏，他打扮得很得体，但太高了，她目测他有一米九。

江攸宁站在他旁边，特别像个小矮人，不过他坐下来以后还好一些，起码可以跟江攸宁平视。

他坐在那儿，总不自觉地把肩膀耷拉下来，而且他的脚一不小心就踢到了江攸宁，但是他的态度还算不错，他连着给江攸宁道了好几句歉，点单的时候也是让江攸宁先点的，总体来说这是个可以打八十分以上的男人。

两人在微信上其实没聊多少，每天就聊那么几句，共同的话题其实不多，她看的东西跟他的几乎没有重合的，所以他们看着认识了近一个月，其实也很陌生。

不过这会儿见了面，两人能聊的话题也多了起来，其实是不得已地在尴尬地聊。

从他的谈吐中，江攸宁觉得他还算是个比较合适的结婚对象，但是没有心动，倒是有点紧张，不过聊到半场就很放松了，跟他聊了些育儿的话题，甚至还聊了下前任。她说自己用情至深，他也说自己飞蛾扑火。两人在这方面倒是能惺惺相惜。

在咖啡厅聊了会儿，他还请她去看电影，两人买票进入电影院，电影还没开场，他就一直在戳手机。隔了会儿，他接到一个电话，大抵是前妻的。然后他跟江攸宁说了抱歉，离场。

江攸宁最后自己开车回的家，回去以后就决定不再跟他联系了。

没有心动的感觉，一起去看电影，坐在电影院里她都觉得又闷又烦，很想离场，大概是只能辜负辛语一番好意了。

可没想到，在她还没跟许临奇说清楚的时候，这条热搜莫名其妙地蹿了出来。一时间，几乎她认识的人都在问她是不是去相亲了。她只好发了条朋友圈："是。相亲了。"算是公开地回应。

可没想到她微信里加的不知名的某些杂七杂八的人把她的朋友圈截图发到微博上，也不知道是谁那么缺德。

她就单纯地去见了个男人，搞得举世皆知，觉得挺心累的。

辛语给她发微信："抱歉啊宝贝，我没想到会这样。"

江攸宁回复："我知道，别放在心上，多大点儿事啊。"

然后许临奇给她发了微信："抱歉，让你卷进是非了，这些事情都是我前妻弄的，我不知道她会做这种事，但已经在联系她解决了。"

江攸宁想了想，决定还是不能任由舆论发酵："那就请尽快解决吧，如果她不解决的话，我不介意帮她解决，最近还挺闲的。"

不出半个小时，天合律师事务所发出了声明，把网上散播谣言、发江攸宁的私生活的假消息的营销号以及那些将私人照片在网络上转发并抹黑她的私人号都给点了出来。

天合律师事务所："这里有好几封律师函，请各位记得查收。"

天合律师事务所话不多说，直接开告，作为律所，最懂得用法律武器维护自己的合法权利。

而借此机会，天合律师事务所还给网友科普了在互联网上造谣的后果，以及当初那些被起诉的博主的赔偿结果。

有人发现，名单中被提到的不少博主开始默默地删除微博。

"听说你去相亲了？还顺利吗？"

江攸宁在晚上吃饭时收到了沈岁和的这条消息，当时刚喝了口汤，差点儿被噎到。慕曦给她递了纸过去："怎么了？"

江攸宁摇头："没事。"

她只是戳着屏幕，百无聊赖，不知道发什么。

顺不顺利的不都看见了吗？

舆论在网络上发酵了一天，天合律师事务所也发了声明和律师函，她就不信沈岁和是刚知道的。更何况，那热搜相关的微博里又不只有她的名字，还有沈岁和的。

她继续喝汤。

不一会儿，沈岁和又给她发了一条："那个人好看吗？"

江攸宁在会话框里戳了四个字：比你好看。但她又觉得这很违心，而且发出去很幼稚，于是又删掉，什么都没回复。

沈岁和："是个模特，职业好像不错。"

江攸宁心想，这跟你有关系吗？

沈岁和："不过模特行业好像挺忙的，经常要夜里拍片。"

沈岁和："好像那个圈子挺乱的。"

江攸宁："明说吧，别暗讽了。"

她今天本来就不算心情愉快，好不容易才鼓起勇气去相了一次亲，结果闹了这么一出，或者说从昨天到今天就没愉快过。

她昨天去相亲，结果夜里梦到了沈岁和，甚至还把许临奇的脸替换成了沈岁和的，这都不是最可怕的，最可怕的是她竟然觉得跟沈岁和进电影院没有烦闷的感觉，甚至想让走在前面的沈岁和拉她的手。

这真是个噩梦，但她没醒，一直梦到了两个人要结婚，结果婚礼上的那个人是许临奇，她当时就心悸得吓醒了，醒来以后一摸额头，大汗淋漓。

她早上一起来就看到了微博热搜，然后就是一整天的舆论发酵，心情能好得起来才有鬼。

这会儿她感觉沈岁和在质问她，虽然他尽量把语气放得温和，打出来的每一个字都克制了自己的情绪，但她就是感觉到了，或许也是她奇怪的自尊心作祟。

沈岁和："没有暗讽，是真的有听说。"

江攸宁来劲了："听谁说？"

沈岁和："以前律所接过一些案子。"

江攸宁："然后？"

沈岁和："没有然后。看来你对他很满意。"

江攸宁："所以？"

沈岁和："你明天几点下班？我去接你吧。"

江攸很想发：我明天不上班！

但明天确实是周一，她很烦。

估计整个律所的人都知道她相亲踢到了铁板，而且大概原本不知道她跟沈岁和的关系的人这下也知道了。嗯，踩着"大魔王"的"尸体"上位的人是"大魔王"的前妻，那场官司大概在别人眼里又要加上几分不真实的色彩。

她觉得好烦，心想沈岁和为什么要那么厉害？为什么这圈子就这么小！

不过，她盯着屏幕愣怔了两秒，微皱眉头，还把勺子咬在嘴里，用两个手指戳着屏幕回消息："你明天接我？梦里接吗？"

慕曦屈起手指敲了敲桌面："宁宁。"

江攸宁略发蒙地看她："啊？"

"勺子。"慕曦提醒她，"就跟小孩儿似的，做什么呢？"

"就是，"江洋也在一边说，"不能吃完饭再回消息吗？"

江攸宁一怔，觉得这种状态像极了她当初刚加沈岁和为微信好友的时候。

原来人真的会重蹈覆辙。就在不自知时，她似乎又回到了从前。

几秒后，她的手机微振。

沈岁和："我明天回家，你想吃什么？"

沈岁和："我可以给你做。"

第十七章
一切都恰好

周一是个阴天。

江攸宁比往常来律所更早，避开了许多人。

当然，也有没避开的，她感受到了跟往日不同的打量目光，不过仍是笑着跟人打了招呼，然后进入电梯，来到办公室打开电脑。

这一天跟平常也没什么不同，除了昨天夜里她又做了噩梦，梦里是走不出的迷宫和逃不开的牢笼，导致她早早地醒来，心情不算好。

跟网络相关的事情只要关掉网络就不会再看见。

早上八点半，许临奇给她发了条微信："很抱歉，这次的经历让你不愉快，我们往后还是做朋友吧。"

这算是变相地拒绝再深入了解，换句话说，这相亲结束了。

江攸宁想了想回复："好的。"

隔了会儿，她还是不太想留这么个人在微信好友列表里，酝酿了几秒发："怕你前妻误会，我们还是删掉好友吧。"

这消息一发出去，前面加上了红色的叹号，下面还有白色的小字提醒"您已不在对方的好友列表"。

许临奇的动作很快，但这行为让人不太舒服。

可能在许临奇那里，说那样的话就是默认要删好友了，可是对江攸宁来说，这话你不说清楚再删，很不礼貌，但总归她的目的是达成了，她将这个人删除微信好友，刚好之前递交资料的婚姻介绍所给她发了条消息："江小姐，我们为您找到了合适的约会对象，请问您什么时候有机会出来见个面呢？"

江攸宁感觉现在对相亲彻底地害怕了。

爱情这事，可遇不可求，她强求不来，没那个命。

认清了现实，她回复起来也就更容易："不好意思，我目前不考虑相亲了。"

然后她交了钱，把自己的资料都撤了回来，心里一块大石头总算是落地了。

单身已经两年多，她本以为自己足够成熟去面对感情，但没想到感情根本不眷顾她。那这样也好，顺其自然吧。

复杂又忙碌的工作让她无暇想太多，即便有人想说她的事情，也肯定不会当着她的面，她没听到、没看到便当不知道。

雨是下午四点多下起来的。三月里的天气一向变化多端，这天阴了一整日，总算是不出所料，迎来了一场瓢泼大雨，这雨像是断了线的珠子，噼里啪啦地滚落人间。

五点那会儿还下了十分钟的冰雹，办公室里的人觉得新奇，还喧哗了一阵。时针转过六点，到了下班时间，江攸宁刚好卡着点做完了手头的事情，看了眼窗外，天昏昏沉沉的，外边闪着的也只有路灯微弱的光，雨势倒是小了。

她拎起桌边的透明伞，拿着包离开了办公室，一路下楼。

在一楼，律所前台的工作人员喊她："江律师，这里有您的信件。"

大抵还是从纽约寄过来的，从起初的不习惯到现在已经见怪不怪，她走过去拿起看了一眼，将信随意地塞在了她的包里，懒得拆外边的纸袋。纸袋倒是比她的包大了不少，冒了一截儿在外边，隐约还能看到寄件人是沈岁和。

她走出门，下意识地用目光往外边扫了一圈。

雾气弥漫，雨淅淅沥沥，路上空无一人。

接她？开玩笑吧。幸好她没当真。

她低下头，正要将自己的伞撑开，但一把伞忽然遮在她的头顶，熟悉的声音传来："你的包淋湿了。"

江攸宁立马侧了个身，往廊檐下站了站，这才顾得上回头。

她许久未见的人穿着一件浅灰色的风衣，在雨幕之中撑着一把黑色的大伞，雨滴从他的身侧坠落，他站得笔直挺拔。

"江攸宁，"他往前走了半步，眼带笑意，"好久不见。"

"你真回来了？"江攸宁皱眉。

她仍旧没消化完这件事。

"是。"沈岁和把伞往她那边移，身体也往那边挪。

两人挨得很近，江攸宁甚至能闻到被风裹挟来的淡淡的清香，是独属于他的沐浴液的气味。

"不上课？"江攸宁看着雨幕，佯装镇静。

"上得差不多了。"沈岁和说，"提前修完了学分，剩下考试，在几个月后。"

江攸宁说："哦。"

"那你去忙吧。"江攸宁面上保持冷静，"我先回家了。"

沈岁和低声笑了下："我不忙，专程来接你下班的啊。"

江攸宁往另一边挪动了几步，透明的伞从她的手中骤然撑开。她进入雨中，回头瞟了眼仍站在廊檐下的沈岁和："我带伞了，不用你接。"

"那我陪你走路吧。"沈岁和也撑着伞进入雨里。

江攸宁说："我可以走。"说着，她加快步伐。

但沈岁和的腿长，他加快步子，三步并作两步就追上了她："那你陪我走，我不想自己走。"

最终，两人停在江攸宁的车前。

"你到底想做什么？"江攸宁无奈地道，"这样很烦的。"

沈岁和微微地上扬唇角，在雨中不疾不徐地开口："我想跟你在一起。"

江攸宁站在那里，盯着他，许久没说话，想起了他上次在公园说的话。

他说:"江攸宁,你再信我一次好吗?"

"沈岁和,"江攸宁深呼了一口气,"我们的事已经过去了。"

"所以我可以想和你有未来,"沈岁和忽然伸手弹了下她的耳朵,"江攸宁。"

"你做什么?"江攸宁捂着耳朵瞪他。

沈岁和轻笑:"你的耳朵红了。"

江攸宁说:"冻的。"

"但我现在脸有些热。"沈岁和笑着看她,仍旧是斯文的模样,但脸上挂着一抹笑,冷冷的声音跟雨声交织在一起,江攸宁盯着他,感觉心好像在狂跳,感受到了面对其他人都不曾有过的心动感。

沈岁和没刻意地压低声音,只是风进了嗓子,他轻咳了声才继续说出后边的话:"是因为看见你了。"

他顿了几秒又补充道:"不是冻的。"

江攸宁站在那儿,不知该如何回答。

他没有说问句,但就是让她感觉到为难。

她皱着眉,良久,稍拔高了些声音:"你这个人怎么……"

沈岁和却自然而然地接了她的话:"死缠烂打,我知道。"

"还不要脸。"沈岁和继续说,"或许你还想说我听到你相亲的事就急急忙忙地从国外跑回来,是不自信,也不自爱,没能做到先爱自己再来爱你。但是爱你这件事要是我能控制,我一定在更早之前就这样。你之前说的话我都记得。江攸宁,你让我去做的,我都尝试去做了。我在别处都很自信,但在你这儿我不自信,因为你不信任我了,随时会走掉,我不想让你走掉,不自信是理所应当的。而且,我爱一个人就想这样,也应该这样。你可以决定只爱自己,但不能干涉我爱你,更不能因为我爱你就觉得我不爱自己,相反,因为我爱你,我才懂得了要让自己好一些,这样才能更好地去爱你。"

江攸宁一时间没回过神来,他的话里的信息量很大,她有些消化不了。

虽然沈岁和是一直挂着笑意说的,但他的神情很认真,那双原本没什么神采的眼睛此刻透亮，盯着她似乎随时都在传情。

这是江攸宁认识他的第十二年，她很清楚沈岁和是个什么样的人。他向来进退有度，从不迟到，会遵守每一个承诺。他身上有很多美好的品质，都是当初江攸宁爱他的理由。他唯独对她少了爱，这也是他们分开的理由，就像当初辛语劝她："但凡他有可能爱你，我都不会这么劝你。"

可现在，他爱她了。

"江攸宁，"沈岁和喊她，"上车吧，别冻着了。"

江攸宁茫然地坐上了副驾驶位，她的车钥匙到了沈岁和的手里，车子发动。

沈岁和轻声道："我说这些不是想道德绑架你，只是想告诉你，我现在是个爱你的人，你能信任我。"

江攸宁倚着窗户假寐，没有说话，她的脑子很乱，她不知道该如何回应。

沈岁和也没再打扰她，给了她空间。

漫漫许久没见沈岁和，高兴地直往他的身上扑，扑在他的怀里还低声说话："爸爸，我好想你呀。"

他这会儿快 1 岁半，说话已经很利索了，就是有个别的字发音不太标准，但比起之前来成长飞快。

"爸爸也想你。"沈岁和抱着他，"你在家有没有好好听话？"

漫漫说："听了的，我可乖呢。"

"你哪里乖？"沈岁和逗他。

漫漫把脑袋搭在他的肩膀上，思考了一会儿道："嘴巴乖。"

沈岁和笑了。

他陪着漫漫玩拼的玩具，还有一些纸牌。玩到晚饭时间，他又在江家蹭了一顿饭，全程江攸宁都很沉默，甚至连头都没抬起来看沈岁和。

她站起来要去厨房舀汤，沈岁和已经给她递了一碗过去："凉好了的。"

他的动作自然又亲昵，似乎他照顾她就是理所应当的事情。

江攸宁坐在那儿，心里百感交集。

她感觉真挺烦的。

她不爱之前的沈岁和，但会为这样的沈岁和心动。

沈岁和将他从国外带回来的礼物一一送出去，然后敲响了江攸宁房间的门，此刻江攸宁正在拆今天从前台收到的快递。

快递里面不只有信，还有沈岁和名下资产的汇算单，以及几份股权转让书，沈岁和都签了名。

他将名下的资产几乎全部转让给了她，只留了一套面积不算大的房子给自己。

江攸宁自打开那封信就没舒展过眉头。

沈岁和在信里说，这是他想跟她在一起的诚意。如果有天她真的爱上了别人，那这些就是他送给她的嫁妆，他永远都是她的娘家人。

信从国际邮局邮过来怎么也要十几天，他难道从十几天前就未卜先知她要相亲？

"咚咚咚"，房门又被敲了三声。

江攸宁这才起身去开门，沈岁和站在门口朝她笑。忽然，他的手心里垂下来一条银光闪闪的项链，他笑着说："礼物。"

江攸宁握着门把的手紧了又紧，她侧了侧身子给他让出位置："进来吧。"

她让声音尽量温和，脑子里飞快思考着。

"我还给路童和辛语带了礼物，"沈岁和一边进门一边说，"你可以帮我转交给她们吗？"

江攸宁严肃地开口："为什么？"为什么他要这么做？为什么他会突然爱上她？为什么他忽然变得面面俱到？就因为她生了漫漫吗？

"你说这个？"沈岁和瞟到了她桌上的信件，笑得轻松，"想这么做就这么做了啊。"

"那你知不知道这么做会让人误会，会给人带来心理负担？"江攸宁质问他，"你知不知道你现在的行为非常讨厌？"

沈岁和有些蒙，盯着江攸宁，不知道往哪儿放两只手，略显得手足无措。

房间内安静了很久，沈岁和才轻声道："不是误会，这都是真的。我想对你好，江攸宁。我不知道你怎么样才会高兴，所以我就学。"

"我不想给你带来心理负担。"沈岁和看着她红了的眼睛，上前一步站在她的面前，跟她四目相对，忽然伸出手抱住她，轻轻地拥抱她，像是朋友般拥抱她，轻声说，"以后你不高兴的事都跟我说，我肯定不会去做的。你站在原地不要动就好，我来照顾你，保护你，但我有时候比较笨，你也偶尔说一下，我会懂的。我不用你教我去爱人。我把我最好的都给你。这都不是误会，江攸宁，我就是喜欢你，非常非常喜欢你，只想和你在一起、结婚的那种喜欢。"

沈岁和离开时是晚上十点，外面还下着雨。

漫漫恬静地睡去，整个世界万籁俱寂。

江攸宁站在房间里反锁了房门，站在窗前看着这个巨大的被雨夜包裹的世界。

她心里很乱。

那些文件还在她的桌上杂乱无序地放着，每一张都是沈岁和的诚意。

沈岁和没有未卜先知，而是早早地就等在了金科的楼下，快递也是他提前交给前台工作人员的，假装是从遥远的地方寄过来的。

他说那是最后一封暗夜来信，往后如果再给她写信会换名字，至于换什么，还没想好。他说他现在学会了有效地交流，即使很多话没营养也还是想跟江攸宁说，因为觉得有意思。他说跟江攸宁待在一起，会觉得心安。他重走了江攸宁的路，把那些孤独和单恋都体会了一次。他懂了过去的江攸宁，也更爱现在仍旧温柔坚毅的江攸宁。他跟江攸宁说了很多很多。这是他们认识以来，沈岁和跟她一次性说过最多的话的一次谈话，他以极其温柔的语气、极其平和的状态向她娓娓道来。

他在和她商量未来，而她在想，她还可以相信他吗？

没等江攸宁想太多，她就接到了出差的通知，跟岑溪一起去临城见一个客户。

这案子是方涵接手的，但她好像是家里有人生病，已经推掉了好几个案子，而岑溪目前还不具备独立完成这种案件的能力，所以方涵将岑溪指派给了江攸宁，让江攸宁带着岑溪去完成这个案子。

岑溪算是江攸宁的临时助理，只是两人相处更像朋友。

出差的通知很临时，江攸宁上午去律所接到通知，中午跟岑溪分头回家收拾东西，乘坐晚上七点的飞机去临城，抵达时间应当是九点。

岑溪已经订好了酒店。

江攸宁回家收拾行李，要带的东西不多。

她跟慕曦交代了一下原因，下午不需要去律所，陪着漫漫玩了一会儿，然后回房间里整理案件的相关资料。

岑溪给她发消息："宁宁，今晚你怎么去机场？"

江攸宁随手回："打车吧。"

岑溪："我老公送我，我们顺道过去接你吧。"

江攸宁想了想："也行。"

整理资料是很费脑子的一件事，江攸宁弄了两个小时还差一点儿尾巴，心想可以在飞机上做，然后起身舒展了一下筋骨，肚子有些饿了，打算去厨房找点儿吃的，孰料一拉开门，有一只手径直伸了过来，把她吓了一跳。

江攸宁打了个激灵，这才仰起头看清来人是沈岁和。

他今天穿了一件白色的衬衫，将衬衫边沿着腰线一丝不苟地压入西装裤，脚上穿着黑色的拖鞋和袜子，看上去一点儿也不会不合适。

不得不说，他就跟走的衣架似的，能将简单的西装衬衫穿出美感。

"发什么呆？"沈岁和低声问她。

江攸宁往后退了半步，然后又意识到这是她家，于是理直气壮地往前走，途经他身侧时说："你怎么又来了？"她的语气带着几分不喜之感。

"来看漫漫，"沈岁和说，"还有你。"

"我是顺便的啊，"江攸宁随意道，"那还是算了吧。"

"不是。"沈岁和跟在她身后走，"我怕你觉得我步步紧逼，只能说来看漫漫。"

江攸宁皱眉："你怎么总是你觉得我，你觉得我，你是我肚子里的蛔虫吗？你能知道我多少心思？"

"我不知道。"沈岁和伸手抚向她额头，"是我想当然了。那你觉得我以后应该先来看漫漫还是看你？"

江攸宁往后退了半步，瞪他："别动手动脚，小心我报警告你。"

"告什么？"沈岁和一直跟着她走，一路进了厨房，"性骚扰吗？那我可真是冤枉了。"

江攸宁瞪大眼睛："嗯？"

"我连你的手都没抓过，"沈岁和说，"岂不是很冤？"

他说这话时语气也没什么起伏，就是这样的语气才让人来气，偏偏气堵在心口，什么都撒不出来。

还好，他还算有眼色，转了话题："你饿了？"

江攸宁看了他一眼，心想，不然呢？我来厨房玩吗？

她打开冰箱看了眼，中午的菜都太油腻了，没有她想吃的，家里一般也不放零食，就只有些水果，都放好几天了，她不想吃。

沈岁和问："想吃什么？煮面？"

江攸宁下意识地回："你煮？"

沈岁和说："嗯，还能给你加个鸡蛋。"

"别了吧，"江攸宁勉强地从冰箱里找到个放了两天的苹果，咬了口，"你是个只会煮方便面的人。"

"我成熟了，"沈岁和信誓旦旦，"能煮好意大利面，甚至还学会了擀面。"

江攸宁疑惑。

祁川的拿手绝活就是擀面。沈岁和还是第一次亲眼见到有人在他的面前擀面条，就是把面团变成面条的过程非常神奇，所以他用了近半个月才跟祁川学会了这一招。在厨艺方面他是没天赋，但还算勤奋。

江攸宁吃着苹果，往厨房外边走，抬眼看了下表，已经四点了。

岑溪说五点半过来接她，从她们这儿到机场需要的时间不到半小时，她们去了刚好检票，几乎是踩着点去的。

"不用了，"江攸宁说，"你有时间做，我还没时间吃。"

慕曦带着漫漫出去散步了，家里就他们两个。

江攸宁在客厅走来走去，算了一下距离落地临城还有五个小时，觉得饿到那会儿胃肯定不舒服，还是出去吃点儿吧，也没跟沈岁和打招呼，径直去玄关处换鞋。

"你干吗去？"沈岁和问她。

江攸宁："吃麻辣烫。"

这个点的麻辣烫店里人很少，老板也是刚开始做晚餐。

老板在厨房里坐着穿串，看到他们来，打了招呼，还问要什么底料。

沈岁和记得这家店，以前来过一次，也是跟江攸宁一起，不过那会儿不大愉快。

热气在空气中弥散，老板给他们调好底料过来。

江攸宁坐在那儿，百无聊赖地玩手机。

"你经常来这儿？"沈岁和问。

江攸宁说："嗯，怎么了？"

"没事。"沈岁和说，"这家店味道挺好的。"

江攸宁说："哦。"

她还以为以沈岁和那个直来直去的性子，会说这里的东西不干净什么的，要么就说没营养。总之在她这儿对沈岁和的固有印象还是挺娇贵的一个小公子，毕竟当初连火锅也不怎么吃，不过偶尔也吃她做的那些没什么营养的菜。

刚结婚那会儿他也没嫌弃过她的厨艺差，往往是她做什么，他就吃什么，有时候她做得不太好吃，不想吃，沈岁和也会吃光，她觉得那是他的教养在驱使他保护小妻子的自尊心。

而沈岁和来店里之后很安静，只是观察她吃什么，然后将她喜欢的递过去。

江攸宁正吃着，一只剥得干净的虾落入了她的碗里。

江攸宁疑惑。

"做什么？"江攸宁问。

沈岁和举起一只手："我戴了手套，干净的。"

江攸宁心想，行吧。

她确实喜欢吃虾，但懒得剥。

结婚三年沈岁和也没什么给她剥虾的自觉，她也不要求，甚至两人出去吃饭都很少点虾这种东西。

这是她第一次吃到他给她剥的虾，也就……一般。

之后沈岁和没怎么吃，几乎一直在帮她剥虾。

"你吃，"江攸宁说，"我不吃了。"

沈岁和说："我不饿，中午吃了很多。"

"那也别剥了，"江攸宁说，"我快吃饱了。"

沈岁和说："好。"

之后他一直没吃饭，坐在那儿安静地等江攸宁。他的目光时而落在江攸宁的身上，时而落在外面匆匆走过的行人身上。

等到江攸宁吃完，沈岁和结了账，两人才从店里出来。

沈岁和说要去超市。距离这儿最近的大型超市要走一千米，江攸宁看着时间还早，就跟他一起走过去，当作散步。

沈岁和也没闲着："你考虑得怎么样了？"

江攸宁说："没考虑好。"

"跟别人也是谈恋爱，跟我也是，"沈岁和说，"你考虑一下我呗。"

江攸宁说："你这太不正式了。"

"那我送花，"沈岁和听着有戏，挑了下眉，"还是送戒指？"

"你怎么不说直接求婚？"江攸宁翻了个白眼。

沈岁和却一本正经地道："那不行，谈恋爱的时候，你要觉得我不行还可以换掉我，要是结婚以后你再觉得我不好，再离婚对你不好。"

"你看得这么开啊？"江攸宁笑了，"还换掉你，谈恋爱就这么简单吗？"

"不知道啊，我又没谈过。"沈岁和倒着走，走在稍外边的位置，正好看着江攸宁，"主要是我也想体验一下恋爱的感觉。"

江攸宁说："那还不简单，以你的条件找谁谈恋爱不行啊？马上就能让你体会恋爱的快乐。"

"不。"沈岁和很严肃，"她们都不是江攸宁。"

他只是想跟江攸宁谈恋爱，又不是想跟别人谈恋爱。

"要不，你给我定规矩？"沈岁和说，"我看挺多偶像剧里都是这么做的，比如我做得不好你就换掉我？"

江攸宁说："少看那些。"

沈岁和问："怎么了？"

江攸宁说："都是十七八岁的小女生看的，你看那些干吗？"

沈岁和毫不犹豫地道："那我想让我追的人重新体验一下十七八岁的青春啊。"

江攸宁忽然顿住脚步，停在原地，愣怔了几秒。

忽然，一股蛮力拽着她的胳膊往前，还往外拉了一点儿，她猝不及防，落进了一个温暖的怀抱里。

在初春的傍晚，她听到了对方的心跳。

左边的电动车从她身侧狭隘的车道疾驰而过，沈岁和扭过头冲已经把车开过去的电动车主人大吼了声："你怎么骑车的？慢点儿不行吗？"

听得出来他很生气，但他哪怕是生气的时候说话的声音都没很大，可是他的胸腔在起伏，而且他的心跳越发快。

江攸宁一时间屏住了呼吸，感觉有只大手落在她的背上轻轻地拍打。

沈岁和的另一只手揽得她极紧，他的声音还带着颤抖："没事的。"

他在安抚她，但显然比她还紧张。

一阵轻柔的风吹过，把她的发梢吹起来。

沈岁和揉了揉她的头："没事了。"

"别怕。"沈岁和说。

江攸宁忽然心一酸，她的思绪总算是全部回来，她将身子后撤回来，跟他隔了一些距离，只不过仰起头看向他，笑着说："我又不是小孩儿了，还能怕这些？"

"我怕。"沈岁和想也不想地说。

他低下头，然后站在她身侧，环顾四周确认没有危险因素才往前走。

隔了两步，他停下问江攸宁："你怎么不走了？"

江攸宁盯着他，扬起嘴角，喊他的名字："沈岁和，我还能再信你一次吗？"

沈岁和愣怔两秒，重重地点头："可以，要是这一次我辜负了你，你就……"他没想到什么严重的惩罚。

"那就让我出门被车撞死吧。"沈岁和特别严肃地说。

江攸宁说:"倒也不用。"

"那你要怎么样?"沈岁和往前走了一步,手掌不停地松开又握紧,30岁的男人了,看着跟18岁的毛头小子一样,"你要怎么样我都依你。"

"等我再想想吧。"江攸宁越过他往前走,"人不能轻易地跨入同一条河流。"

沈岁和疾走了两步跟在她的身侧:"但现在河里流过了新的水。"

"你跟我讲哲学?"江攸宁瞪他。

沈岁和说:"没有,我就是想跟你聊天儿。"

"你去超市买什么?"江攸宁的语气轻快,她一旦做出了某些选择,也就放下了很多心理负担。

"给叔叔阿姨买水果和补品。"沈岁和说,"家里不是没水果了吗?好像牛奶也快没了。"

"这你都知道?"江攸宁惊讶。

沈岁和笑了下:"是啊,那不是显而易见的吗?你刚刚想拉开冰箱找吃的都没有。"

江攸宁忽然耸肩:"以前你就不会看见啊。"

家里的垃圾不会倒,枯萎的花不会浇,药没了不会买,水果、牛奶从来都是江攸宁买。

"我说了你别骂我。"沈岁和挠了下头,有点儿尴尬。

江攸宁说:"嗯?"

"我以前一直以为你很爱做那些事,"沈岁和说,"以为那些生活琐事会让你有成就感,所以不会插手,其实我看见了的。"

不知怎的,她一下就红了眼睛,簌簌地往下落眼泪,想都没想就伸手在他的身上拍了一下:"谁天生爱做那些啊?还不是因为喜欢你才做的。"

"我不知道。"沈岁和慌乱地想拿纸给她擦眼泪,没找到纸,就用指腹轻轻地揩掉,"你别哭。我现在知道了,以后都我做好吗?都我来做,我喜欢做。"

江攸宁径直往前走，不理他。

沈岁和追上去："宁宁，以后你跟我说好不好？我有时候不懂你的心思，你说出来，我就懂了。"

江攸宁瞪他："谁让你喊那么亲昵的？"

沈岁和愣怔："我喜欢喊。"

江攸宁忽然意识到自己在无理取闹，但这种无理取闹令她有点儿快乐，令她感受到她在别人那儿从不会得到的快乐。她甚至坏心思地想，这会儿把最坏的她显露出来，吓跑了沈岁和倒也好。她不是他一直看到的温柔乖巧的人，也不是什么律政精英。她的骨子里藏着一个很叛逆的灵魂，是可以为一个人倔强十年，可以一个人去远方旅行，也能一个人去看演唱会的叛逆灵魂。她也有叛逆骄纵的心，也有坏脾气。沈岁和以前看到的，也不过是半个她。

"我不让你喊。"江攸宁蛮不讲理地说。

沈岁和无奈地笑，带着几分宠溺之意："那我喊什么？宝贝？攸宁？小乖？"

"你好恶心啊。"江攸宁的身上起了鸡皮疙瘩，"我要吐了。"

"那我就喊你江攸宁。"沈岁和说，"你的名字好听，我可以一直喊。"

江攸宁大步往前走："随你。"

他们从超市出来回家，东西都是沈岁和拎着的，江攸宁就慢悠悠地散步。

五点二十分，岑溪就给江攸宁发了消息："宁宁姐，我们快到了，你下楼吧。"

江攸宁回复："好。"

慕曦跟漫漫都在家，她和他们一一道别。

这次她就出差三天，但漫漫还什么都不知道，乐呵呵地跟她告别。

江攸宁亲了亲他的额头："乖乖地听外婆的话啊，等妈妈回来。"

"好的。"漫漫答应得很干脆，然后就扭屁股去爬行垫上玩沈岁和给他买的玩具。

江攸宁拎着行李箱出门，结果沈岁和要帮她拎。她心想，成吧。

她以为他只是把她送下楼，结果他说："上车吧。"

岑溪的车刚好赶到，她趴在车窗边喊江攸宁："宁宁。"

"我载你过去。"沈岁和说。

江攸宁问："你不忙吗？"

他刚回来重新管理天合，也需要一段时间适应。

沈岁和理直气壮："忙啊。"

"那你……？"

"我这不是去临城出差吗？"沈岁和耸肩，"今晚七点的飞机。"

江攸宁问："所以你知道我今天出差？"

"来了以后才知道。"沈岁和推着她往车里走，顺带跟一脸蒙的岑溪打招呼，"你们在前边走，我们稍后再跟上。"

江攸宁坐在了他的副驾驶位上，而岑溪坐在车里，面对这个架势，跟开车的老公说了声："我见鬼了。"

沈岁和开车跟着前边的车。

江攸宁问："你订的酒店在哪儿？"

"银翘。"沈岁和说，"吴峰给订的。"

还好，不在同一家酒店，江攸宁稍放了些心。

几秒后，她板着脸叮嘱："我还没有答应跟你谈恋爱，请你注意自己的言行，不然我会报警。"

沈岁和笑："好。"

"那你还要考虑多久？"沈岁和问。

江攸宁说："这你也要逼我？"

沈岁和抿唇："错了。"

车里变得寂静。

良久，江攸宁深吸了一口气，终于想出来个答案。

"等这次出差结束吧，"她说，"到时候给你结果。"

沈岁和说："好，别逼自己，我能等。"

她皱眉看向他，似是觉得他在欲擒故纵。

沈岁和却笑了下："反正，这辈子我就认你一个人。"

"不过，"他顿了几秒，声音变得低沉，"在此之前我要告诉你一件事，你应该知道，但你从未知道的事情。"

江攸宁说："嗯？"

沈岁和轻轻地吐出一口气，闭了下眼睛，车子刚好停在机场的停车场。

"那年春节，我妈是因为想让我们离婚，在夜里闹着不想活了，我那几天都在医院陪护她。在我把她接回去住的那天晚上，她在你的牛奶里放了安眠药，而且第二天，我在你的枕头下发现了一根针。我最终选择了离婚，因为我是她的儿子。这些事情，我觉得你应该知道，这不是我离婚的借口或者苦衷，我只是觉得你应该知道，我身边曾经有一个不安定的因素在，如果以后我们在一起，我不会让你去祭拜她或是怎样。我知道她对你做的很多事很过分。"

"你终于说出来了。"江攸宁笑着看向他，"我以为你会把这些事带入坟墓里。"

"我觉得你应该知道。"沈岁和说，"我不想骗你。"

江攸宁耸了耸肩，推开门下车："你看见的那根针是我不小心丢了的，她没放过。那天我给你补了衬衫的扣子，不小心丢了。不过安眠药那个事，我后来在收拾客房的时候看见了，猜出来一部分，后来裴旭天证实了一部分，大概知道了吧。"

"沈岁和，"她站在风里喊他的名字，"我讨厌她，以后就算跟你在一起我也不会去祭拜她。可她现在死了，我也无从追责，她那样子也算是死得其所吧。"

"但是我想说那场婚姻的结束，是你有问题，我也有问题。"江攸宁说，"就算没有她，我们也会离婚。"

沈岁和跟她隔空相望："我知道，我会改的。"

江攸宁拎着自己的行李箱往前走，风吹乱了她的头发，沈岁和帮忙拎着她的行李箱，走在她的身侧。

她低声说："如果以后我还要结婚，我一定是嫁给爱情。"

"好巧，"沈岁和在她不注意时揉了揉她的头发，很快又收回手，他笑着说，"我也是。"

两人乘坐同一趟航班。

江攸宁的行李是沈岁和帮忙托运的，包括岑溪的，他也一并弄了。

只是几人的位置离得有些远。

岑溪和江攸宁的位置挨着，在商务舱，吴峰给沈岁和订的是头等舱。

沈岁和知道这个消息以后，总看着岑溪。

幸好岑溪懂事，先低声问江攸宁："我要不要跟他换啊？"

江攸宁摇头："不用。"明明是两个人出差，把岑溪落下不好。

岑溪还以为是江攸宁还没原谅沈岁和，便只能回看沈岁和一眼，叹了口气。

这事懂得不是时候。

落地临城之后，沈岁和打车把她们送到酒店，帮着办理了入住，然后将她们的行李箱送到楼上。

江攸宁也没喊他再坐会儿，便无情地关上了门。

沈岁和盯着紧闭的房门，重新敲了一下："江攸宁。"

"怎么了？"江攸宁随意地回答。

沈岁和说："你有事就给我打电话。"

江攸宁说："哦，知道了。"

"应酬的时候别喝酒，"沈岁和不放心地叮嘱，"太晚了就给我打电话，我去接你。"

江攸宁说："哦。"

"我先走了。"沈岁和说。

江攸宁说："嗯，路上慢点儿。"这话一听就是在敷衍。

顿了几秒，沈岁和又道："你记得早点儿睡。"

"嗯。"

走廊里响起了脚步声，江攸宁这才坐在床上，脑袋里还挺蒙的。

这一天发生的事情挺多，她没能彻底理清楚。她跟沈岁和就这么说开了。说开了？好像也没有很难。

过了原来那个心境之后，很多话都很容易地就能说出来。她不再拘谨，也不担心他会不开心，当她开始更关注自己的情绪的时候，就已经变了。

岑溪打开行李箱开始收拾东西，笑着调侃道："想不到有朝一日我能看到这样的沈律师，真是神奇。"

江攸宁总算是缓过神来，也开了自己的箱子拿洗漱用品："有这么夸张吗？"

"有！"岑溪瞪大眼睛，说得笃定。

江攸宁起身去卫生间洗漱："那你以后习惯习惯。"

岑溪歪着脑袋问她："你跟他和好了？"

江攸宁耸肩："考察期吧。"

尚不知自己仍在考察期的沈岁和乘电梯下了一楼，拎着行李箱在前台站了会儿，最后还是放弃了在这里开一间房的想法。

他怕江攸宁会觉得他在逼她，最后打车回了他住的酒店。

临城这边的事情还挺复杂，加上他大半年没在国内，办起业务来没之前熟练，但无论从心性还是阅历上，他都是成长了的。之前要开的分所，这边已经建好，并且这一年之内已经起步。

临城这边的目标用户跟北城的相差无几，律所的主打业务都是高端商事诉讼，再加上有吴峰，沈岁和处理起事来还算游刃有余。

结束了一天的忙碌，沈岁和给江攸宁发消息："晚上吃什么？吴峰说这里有条琉璃瓦巷很特别，一起去看看吗？听说那边的灌汤包很好吃。"

隔了三分钟，江攸宁才回："不去了。"

大抵是嫌打字麻烦，江攸宁直接发了语音："沈岁和，我好像发烧了。"

她的声音沙哑，还带着鼻音，很容易就能听出来。

沈岁和给她打电话，不到一秒就被接起来。

"你测体温了吗？"沈岁和一边往外走一边问，"多少摄氏度？用不用叫救护车？"

"不用。"江攸宁说，"应该是感冒。"

"岑溪呢？"沈岁和问，"她在吗？"

没等江攸宁回答，沈岁和便道："算了，你保留体力，先睡一会儿，我马上过去。"

"别怕。"沈岁和低声安抚她,"江攸宁,我很快就到了。"

"我没大事。"江攸宁说,"你慢点儿开吧。"

沈岁和踩着油门,让车往前行驶,没有挂电话,江攸宁也没有。

他能听到江攸宁的呼吸声,匀速悠长,听着好像是快要睡着了。

但隔了几秒,江攸宁闷声开口:"岑溪给我打电话,我接一下。你过来的时候去药店买感冒灵和退烧药就行。"她说完就挂了电话。

两家酒店距离不远,开车十五分钟就到,只不过沈岁和绕了趟药店,多费了五分钟。

他径直上楼,正好在门口遇到了岑溪。

岑溪跟他打招呼:"沈律师。"

沈岁和微微地颔首:"她怎么样?"

"不知道。"岑溪摇头开了门,下意识跟沈岁和交代自己的行踪,"今天上午我俩见完客户以后,宁宁还挺好的,中午我跟这边的同学约着吃饭,下午没有事就去逛街了。我也是刚打电话才听到她生病了,刚回来。"

沈岁和说:"哦。"

沈岁和也没说什么,本来岑溪就没有照顾江攸宁的义务,更何况,她这病来得突然。

沈岁和跟岑溪进去的时候,江攸宁正窝在被子里,只露着半个脑袋。

听见动静,她从被子里探出头来,迷迷糊糊地道:"我的药呢?"

她以为只有沈岁和,没想到还看见了岑溪。

江攸宁强撑着精神坐起来,还跟岑溪笑了一下:"你怎么回来了,不是说让你好好玩吗?"

她的声音还有些哑,她的笑却温柔,岑溪急忙走到她的床边:"你都生病了,我哪儿还有心思玩啊?我们正好也逛街逛到这儿了,我就上来看看,要不要送你去医院?"

"不用了。"江攸宁抬了抬下巴,"那不是来人了吗?"

江攸宁早上就听岑溪说,今天约她的人是她大学最好的闺密,两人上次见面还是在她的婚礼上，所以她中午见完客户走的时候特别开心。

江攸宁自然不好意思麻烦岑溪，但她的身体自己清楚，生完漫漫后虚了好一阵，要是不喝药的话，小感冒也能拖一个月，更何况她这病来得猝不及防还症状明显。

不知怎么，她下午莫名其妙地就开始发烧，本以为睡一觉会好，结果越睡越难受，这不是个好的预兆。正好赶上沈岁和给她发消息，她想了想麻烦他一下也没什么，便跟他说了。

岑溪在房间里看了一圈，沈岁和已经冲好了感冒冲剂，房间里弥散着一股感冒冲剂的气味。岑溪看了看沈岁和，又看了看江攸宁，觉着自己好像再待下去也不太合适。

"那我先走啦。"岑溪说，"你要是有事就给我打电话。"

江攸宁笑着应道："好。"

走到门口，岑溪忽然回头问："那我晚上……还用回来吗？"

"随你。"

"不用。"

房间里同时响起了两个答案，前者是江攸宁说的，后者是沈岁和说的。

说完话的沈岁和自然低下了头。他不知道从哪儿找了个勺子，从碗里舀了口药尝。

岑溪忽然懂了："好的，我知道了，沈律师好好照顾宁宁哈。"她说完还体贴地给他们关上了门。

沈岁和伸手探过去摸了下江攸宁的额头，觉得不算太烫，但为了保险起见，他还是用体温枪给江攸宁测了一下体温，三十七点九摄氏度。

"还好。"似是怕他送她去医院，江攸宁看了眼体温枪说，"我喝点儿药睡一觉应该就好了。"说完，她拿过沈岁和手中的碗，把药一饮而尽。

沈岁和觉得一点儿表现的机会都没有，不过……

"张嘴。"沈岁和说。

江攸宁皱眉看他："做什……"话音未落，她就感觉沈岁和往她嘴里塞了个东西。

"这是什……"江攸宁说着，舔到了那个东西，难以置信地问道："糖？"

"对，"沈岁和点头给她抠了片退烧药出来，顺带把水杯递过去，"买药的时候店员送的。"

"哪家药店卖药还送糖啊？"江攸宁一咕噜把药喝掉，"你就哄我吧。"

她喝了药，又说了会儿话，人也精神了些。

她倚在床头跟沈岁和说："我想喝粥。"

"什么粥？"沈岁和问，"我帮你点外卖。"

"白米粥就行。"江攸宁说。

沈岁和说："行，那你睡吧。我点外卖，等外卖到了我喊你。"

"嗯。"江攸宁缩回被子里，没什么精神。

沈岁和伸手整理了下她凌乱的头发，然后关掉了房间里的灯，房间里重归昏暗，只剩下了他手机的屏幕亮着的光。

外卖到了以后，沈岁和要下楼去取，刚开门就惊醒了浅眠的江攸宁。不过她下午也睡好了，这会儿脑子清醒了很多。

他把粥拿回来，她倚在床头打算自己端着吃，但手抖得厉害，拿不稳。

"我来吧。"沈岁和端过碗，声音温和。他垂下眼静静地搅拌碗里的粥，这会儿粥的温度刚好，他舀了一勺递到江攸宁的嘴边。

江攸宁一时还不太习惯。

"张嘴。"沈岁和低声说。

江攸宁茫然地张开嘴，吞下去，不知道是粥的味道一般，还是她病了没胃口，她吃了一半就摇头不再吃。

"吃饱了？"沈岁和问。

江攸宁点头："嗯。"

她生病了，意识略有些不清，倚在床边，整个人很蔫。

沈岁和伸手又探了探她的额头，觉得还是略有些烫，但比刚才已经好了很多。

她暂时也睡不着，就着昏暗的灯光打量沈岁和，觉得他的眉眼比以往温和了许多，一瞬间好似没法儿把他跟记忆里的人重叠在一起。

他更爱笑了倒是真的，只是不笑的时候眉眼仍旧冷冷的，大抵是自带忧郁气质。

"是无聊吗？"沈岁和见她一直看他，把桌上那些食物三下五除二地收拾掉，打开了电视，"看会儿电视。"

江攸宁盯着他专注的背影，心里一动，忽然很轻佻地喊他的名字："沈岁和。"

"嗯？"沈岁和搜索了一部动漫，点开播放。

随着音乐声一同响起的还有江攸宁略显轻佻的那句话："改天，我们去约会吧。"

沈岁和紧急摁了"暂停"，江攸宁却看到电视上放的是《犬夜叉》。

画面定格在犬夜叉的那身红衣上，他终于懂了"桔梗"真正的含义。

江攸宁盯着沈岁和错愕的脸笑了笑："听到了吗？"

沈岁和半张着嘴，看起来有点儿傻。

"你……你……"他磕巴了几下才把话说完整，"你同意了？"

江攸宁点头轻笑："对啊。"

嗯，跟前夫谈恋爱也是谈恋爱啊。他们可以重新认识，重新开始。她只是江攸宁，他也只是沈岁和。从现在开始，似乎也不迟。

江攸宁的病来得快，去得也快。

翌日一早醒来时，她的头脑已经清醒了很多。她微动手指，正好戳到了一张脸，觉得手感不错，下意识地又戳了两下，却忽然被两根手指钩了钩，似乎带着几分暧昧感。

"早。"沈岁和只抓了一下她的手，又匆匆地放开，然后坐直了身子，下意识地拿体温枪给她测体温，三十七摄氏度，烧已经退了下去。

江攸宁笑："早。"

"上午是不是还有工作？"沈岁和问。

江攸宁点头。

他也没说"别去了"之类的话，只是起身往外走："你洗漱一下，我们出去吃早餐。"

"那你呢？"江攸宁问。

"我在对面，"沈岁和说，"你随时喊我。"

昨天夜里，他就在这家酒店另外开了房。

江攸宁朝他伸手："你拉我一下呗。"

沈岁和有点儿担忧地伸出手："是不是还难受？"他的话音刚落，江攸宁的脑袋就撞在了他的肚子上，像是故意的。

她也刚好带着促狭的笑抬起头，还伸手在他的肚子上摸了下："沈岁和，你有腹肌了哎。"

沈岁和像被调戏了的小男生，耳朵红得快要滴血，用一只手拉着江攸宁，还不知往哪儿放另一只手，红着的耳朵一动一动的。

江攸宁看着好玩，恶作剧的趣味得到了满足。

"你怎么这么不禁逗啊。"江攸宁还得寸进尺，说话的时候就盯着他的耳朵。

她第一次发现，沈岁和挺可爱的。

可没等她再做什么，沈岁和忽然把她抱了起来，她没穿鞋子，整个人穿着睡衣悬在了空中，还惊慌了两秒。

"喂，你做什么？"江攸宁揪住了他的衣领，揪得皱巴巴的。

沈岁和低头看了她一眼，把她放进盥洗间，从外面啪地关上了门，两秒后，又把她的拖鞋放进去，又一次关上门。

沈岁和又敲了下门："里边冷不冷？"

江攸宁已经摁开了电动牙刷，说话含混不清，却仍旧仗着门关着逗他："冷啊，要哥哥抱。"

她平常电视剧、小说也看了不少，就是没实践过罢了。

以前跟沈岁和在一块儿，她根本不敢这么做，怕沈岁和觉着她孟浪轻浮，更怕遭了沈岁和厌恶。

这会儿她抱着能好一天是一天的心思，也没了从前那些思想上的桎梏，去掉了自己放的枷锁，觉得心里自由多了，想起什么就说什么。

孰料，门忽然打开。

沈岁和面无表情地拿了件外套进来。

江攸宁盯着他，眼带笑意。

他的情愫向来骗不过她的眼睛，但她觉得这样逗他很好玩。

她低下头刷牙，沈岁和给她把外套披上。

她本以为他会走，结果他忽然从背后抱住了江攸宁。

江攸宁的身体有一瞬间僵硬了，但又很快放松。

她含混不清地说："你做什么？"

沈岁和抱着她的胳膊紧了紧，他低着头慢慢地靠近她的脖颈儿，似是要和她耳鬓厮磨："你不是要我抱？"

但他也只抱了一下便松开。

江攸宁仍旧保持同一个动作待在原地，他伸手在她的额头上弹了下："好好洗漱。"

他像个大人交代小孩儿要记得完成作业一样。

直到他离开，江攸宁才将手放在自己的心口。

她的心跳得飞快。

果然，无论隔多久，她永远钟爱一见钟情，也好像只会为沈岁和心动。

在临城待了三天，江攸宁跟岑溪提前回去，而沈岁和还没忙完在这边的事。他送两人去了机场。

他帮着办了所有事，临近登机才抱了一下江攸宁："等我回去。"

"干吗啊？"江攸宁问。

沈岁和说："带你去吃好吃的。"

"我又不是不能自己去，"江攸宁拿着机票玩，"不用你带。"

"那你带我，"沈岁和这会儿飞快地服软，"我不认识那些地方。"

江攸宁耸了耸肩："好吧，我勉强带你。"

两人又聊了会儿，广播已经开始催登机了。

江攸宁跟他挥手："我走了啊。"

沈岁和说："落地记得告诉我。"

"好。"

江攸宁跟岑溪检票离开，上飞机后，岑溪低声问："你们是谈恋爱了吧？"

江攸宁一挑眉毛："看出来了？"

"那还看不出来吗？"岑溪嘿嘿地笑，"沈律师的眼睛都快长你的身上了。"

江攸宁问："有吗？"

"有！"

江攸宁笑了下，给沈岁和发了条微信："我的手机开飞行模式了。"

沈岁和迅速地回复："嗯！我在平板电脑上给你下载了电影，你无聊的时候可以看。我让老装安排了车接你，你出机场以后找车牌号B2539的车。"

江攸宁这才注意到他改了微信名字，变成了两个大写字母：YN。

"你换名字啦？"

"嗯。"

"是攸宁？"

"你好聪明。"

江攸宁："我好歹也写过我名字的缩写。"

她稍微一思考就想到了。几秒后，沈岁和给她发过来三组头像，都是情侣头像。

"你看它们漂亮吗？"

"一般。"

多大的人了还换情侣头像。

但两秒后，江攸宁把自己一直以来珍藏的头像给他发过去："我喜欢这组。"

几乎是瞬间，沈岁和的头像就变了，江攸宁也换了头像。

聊天儿框顿时变得暧昧，沈岁和变得格外会说话："我也喜欢。你飞机马上起飞了，开飞行模式吧。"

江攸宁没再回他。

到北城的时候又是晚上九点，她带着岑溪往机场外边走。

今晚岑溪的老公加班，没法儿接她，叮嘱她打车回去，正好江攸宁能顺路送她。

一落地，她就关了飞行模式，结果手机嗡嗡嗡地振动个不停。

她打开微信，全是未读消息。

江闻："你们复合了？"

辛语："啧，了不得。"

路童："江小宁，你可以啊，闷声干大事。"

裴律："我在机场外边，你到了吗？"

江攸宁先回复了紧要的："到了，刚落地。"

刚到出站口就看见了裴旭天，她挥了挥手打招呼。

"啊。"裴旭天笑着接过她们两人的行李箱，"好久不见。"

江攸宁说："好久不见。"

"弟妹？"裴旭天调侃她，"这会儿能喊了吗？"

江攸宁脸一红，却大方地笑了下："能吧。"

"我就好奇，"江攸宁问，"我怎么坐趟飞机，全世界都知道了？"

裴旭天把她们的行李箱放进后备厢："当然是你家那位就差拿个大喇叭搁全世界喊了呗，我一会儿给你看聊天儿记录。"

"啊？"江攸宁仍旧错愕。她坐了副驾驶位，系好安全带，正好裴旭天给她把手机递了过来，递了之后还吐槽："他快成土拨鼠了，成天就知道'啊啊啊啊'。"

裴旭天给她看的是前两天的记录。

沈岁和给裴旭天发了一句："她同意了！"

裴旭天回复："恭喜恭喜。"

沈岁和就开始隔一会儿就发一条，每一条都有十几个"啊"。

江攸宁回忆着那天早上，他看起来异常淡定，走在她的身后半步，小心翼翼地护着她，就问她要吃什么。

两个人吃完早饭，他送她到她要去的地方。

他是有点儿高兴，嘴角总是翘的，但她没想到他会这样，这超出了江攸宁的预料。

她把手机还给裴旭天，稍做了评价："他还挺幼稚。"

裴旭天说："刚谈恋爱的小伙子，就这样，不成熟，你多担待。"

裴旭天听着像个老父亲。

驾车行驶了一段后，裴旭天忽然笑着问："江律师有没有跳槽的打算啊？"

江攸宁问："嗯？"

"你们金科这会儿高层内斗挺厉害的，方涵举步维艰。"裴旭天说，"你要不来我们这边吧，给你当合伙人，老沈不是把律所的股份都转让给你了吗？"

"我又都还给他了啊。"江攸宁笑，"我又不缺钱。"

她就留了最初离婚时给的那百分之八的股份。

"啧，江律大气。"裴旭天转了话锋，"主要是那边一内斗，难免牵扯到你，而且崔明这人挺记仇的，这会儿他已经在金科站稳脚跟了吧？"

"嗯。"江攸宁叹了口气，知道自己这会儿的处境不好，但跳槽是个挺麻烦的事，要去适应新的工作环境，适应新的人。

"据可靠消息，"裴旭天又加了一剂猛料，"方涵跟你们律所的高层大吵了一架，原本她今年能升合伙人，但好像因为她30多岁了就被压下去了，她的名额被崔明顶了。"

谁不知道方涵基本上就跟嫁给了工作似的，升为合伙人那不是顺理成章的事吗？结果这会儿她的名额被别人占了……

"所以，"裴旭天笑，"我也向方涵抛了橄榄枝，目前正在看动静，但你，咱们内部人员，直接'空降'吧。"

"你会给涵姐什么职位？"江攸宁问。

裴旭天说："合伙人啊，律所百分之五的股份。"

"我'空降'？"江攸宁摇头，"这不合适。"

"合适的。"裴旭天说，"你比谁都合适，而且你来了以后跟方涵去开拓新的领域，我们都不插手，你有绝对话语权。"

这是个很好的岗位，但是跟沈岁和在一个地方工作，她总觉着别扭。

"我再想想吧。"江攸宁说。

裴旭天把手机又递过去："那边内斗是真的不行，你去了以后被排挤得厉害，那帮人太久不打官司，把脑子都卷进商战里去了，你玩不过他们。"

江攸宁接过他的手机，一时不知道他要做什么，但屏幕上还是他跟沈岁和的聊天儿记录，是沈岁和让裴旭天说什么都要把江攸宁挖过来的消息。

裴旭天觉得这难度太大，沈岁和却给他发："搁外边总被欺负，我难受。"

裴旭天："谁工作不这样啊？"

沈岁和："你不懂。谁家的人谁心疼。"

江攸宁看聊天儿记录，裴旭天在一边无奈地道："我摊牌了，都是老沈让弄的。"

"或者你不来天合，去万成也挺好的，我能推荐你去。"裴旭天说，"以你这会儿的能力，去那儿就是高级律师，不过之后还得再努力。"

江攸宁只盯着屏幕。

"到天合来，主要是有个稳定的工作环境，"裴旭天说，"能让你安心做诉讼，而不是把精力浪费在没用的职场内斗上。"

江攸宁摁灭了屏幕。她拿自己的手机给沈岁和发："自己跟我谈。"

她又继续发："好话都说给别人听了，我也想听。"

她看见了，他跟裴旭天发的消息里说她工作能力强，有耐心，有韧劲，而且有头脑，天生就适合做这个行业。

这些好话，他平常怎么不跟她说？

她抬起头跟裴旭天说："我知道了，到时候我跟他谈吧。"

裴旭天点头："那再好不过，我可不想当传话筒了，累死。"

"辛苦了。"江攸宁笑，开玩笑地说，"我以后教育他。"

她的话音刚落，她的手机微振，沈岁和发来了消息："你想听什么好话？"

沈岁和："我爱你。"

不仅如此，他还发了个烟花的表情，屏幕中间忽然绽开了很漂亮的烟花，然后他一连发了两条消息。

"江攸宁最漂亮。

"江攸宁温柔，善良，知性，美丽，成熟，大方，可爱，活泼，俏皮。"

江攸宁戳着屏幕笑："说得不错，继续。"

沈岁和："我想你了！"

江攸宁："江可爱已经收到了，退下吧。"

沈岁和："你到家了吗？"

江攸宁："刚送完岑溪，快到了。"

一直迅速地回复的沈岁和没有回过来消息。

江攸宁猜他可能有事，便收了手机。

到了家楼下，裴旭天帮她把行李箱拿下来："我完成任务了，回家咯。"

"辛苦了，"江攸宁说，"改天让沈岁和请你吃饭。"

"成。"裴旭天说，"我就不送你上去了。"

江攸宁站在那儿等他把车开走才拿出手机，微信有新消息，是三分钟前沈岁和发过来的，有两条。

"那你到家洗漱完，我能给你打电话吗？

"江可爱，我想跟你说个晚安再退下。"

这晚月色昏沉，月亮像喝醉了，红着半张脸躲在云朵后面。江攸宁回去时，家里还亮着灯，慕曦跟江洋并肩坐在沙发上看电视，漫漫躺在婴儿床上呼吸绵长。

见她回来，慕曦起身要去给她做饭。江攸宁笑着说："我吃过了，你们看电视吧。"

她去房间里收拾了行李，按部就班地洗漱，躺在床上才有空看手机，正好路童在群里连发了三条消息。

"姐妹们！我辞职了！

"从今天起，我，路童，自由人，自由魂，自由人就是人上人！

"我要开家店，自己当老板，高兴时开店，不高兴就闭店！"

这消息来得突然，路童之前虽说在公司受了挤对，但好歹对这工作抱有热忱。

江攸宁："怎么了？是你主动离职？"

路童："对，我不想干了！他们过分！"

具体怎么过分，路童也没说，只在群里给大家讲解了她未来的宏图伟业——开店。

至于开什么店，她没想好；店名叫什么，她没想好；店开在哪儿，她不知道。

总之，她未来的宏图伟业遥遥无期。

不过，她发的语音听起来也挺乐和，江攸宁跟辛语举双手赞成，还说等她开了店就去支持，而江攸宁终于在群里发："喀。事情呢，你们也知道了，我谈恋爱啦，向各位报备一下。"

辛语："看出来了，这开心的。"

路童："恭喜！百年好合，修成正果。"

辛语："江攸宁，你那情侣头像幼不幼稚啊？"

路童："你就羡慕吧。"

辛语："嗯？不就是恋爱，说得好像谁没谈过似的。"

江攸宁："说来听听。"

路童："说来听听。"

辛语："我没谈过。"

辛语理不直气也壮。

不过江攸宁察觉到不对劲，问道："你们怎么知道我恋爱啦？"

路童和辛语同时发了一张图，都是沈岁和朋友圈的截图。他发："这组图片我很喜欢。"他配了三张图片，前两张是他们的情侣头像的大图，第三张是聊天儿内容的截图——

"我喜欢这一组。"

"我也喜欢。"

谁看不出来这是在秀恩爱？

这条朋友圈是江闻先截图来给辛语看的，辛语又去问了路童，然后大家都知道了，包括慕曦。

只是慕曦向来纵容江攸宁，对她感情的问题不会指手画脚，她喜欢便随她去，如果她不当面跟慕曦说，慕曦也不会多问。

江攸宁这才想起来一直没回沈岁和的消息。

她退出这个微信群的聊天儿界面，才发现沈岁和的头像那儿已经显示有多条未读消息。

"江可爱，你到家没？

"你是不是在忙？我一会儿找你。

"你忙完没？平常洗漱不是只要二十分钟吗？

"我不是催你。"

…………

最新一条截止到两分钟前："江可爱，我们这周日去看电影吧！"

江攸宁这才慢悠悠地回："什么电影？"

"《你好许之焕》，好像是文艺片。"

江攸宁："好。"

她跟沈岁和又随意地聊了一些，大多是沈岁和抛问题她回答。

他们主要是聊了工作上的事，她也在考虑跳槽这个事情，但这会儿还不知道方涵要怎么做，所以只能等明天去律所再说。

不知不觉聊到十二点，江攸宁困得哈欠连天。

她实在忍不住，戳着屏幕给他发："我要睡觉。"

沈岁和："好。"

江攸宁："晚安！"

那边隔了两秒才发了条消息过来，不是文字，是三秒的语音。

江攸宁戳了下，点下"扬声器播放"，卧室里只开着床头灯，灯光昏黄，她觉得脑子昏沉，半闭着眼睛，昏昏欲睡。他刻意地压低声音，就好像在她的耳畔呢喃。

他说："江可爱，晚安。"

江攸宁的心忽地漏跳了一下，她比以往很多次都更能够明显地感觉到。

她扬起嘴角，又点了次"播放"，然后点了一次又一次。

这一句话，她翻来覆去地听了七八次，一直没放下来翘着的嘴角。

床头的灯熄灭，房间里陷入昏暗。她将手机放到一边，只跟空气低声说了句："晚安啊。"

这天夜里，她梦到了很多年前的场景：那天她在华政的玫瑰园里站着，她的侧前方五十米处站着沈岁和。夕阳西下，光线曚昽，她盯了他的背影很久，而他在跟导师谈事，她没听到交谈的内容，但听到了最后那句"再见"，就像是跟她说的一样。

那会儿，听到他一句"再见"，她能一整晚心跳得很快；如今，听到一句晚安，她会在一瞬间梦回18岁。

次日一早，她是被闹钟铃声叫醒的。

上午八点二十分的闹钟，铃声甫一响起，她就摁掉闹钟，在床上打了个滚儿才慢悠悠地坐起来。

她醒来不到两分钟，手机就响起。

清晨她的脑子转得慢，她的声音也懒洋洋的："喂。"

"起了吗？"沈岁和问，"你好像该起来上班了。"

江攸宁说："嗯，我知道。"

她起来拉开了窗帘，阳光倾泻而入，落下一地斑驳的影子。

"有事吗？"江攸宁问。

那边顿了两秒："没有。"

江攸宁说："哦。"

"就是喊你起床。"沈岁和的声音还挺严肃，但下一秒，他笑了下，"我今晚的航班到北城。"

江攸宁说："哦。"

沈岁和说："你没睡醒吗？"

"不是。"江攸宁已经把手机放在一边，开了免提，开始刷牙，她的声音含混不清，"难道还要我去接你吗？"

"不用。"沈岁和说，"太晚了，自己回。"

"嗯，那你路上小心。"

隔了会儿，沈岁和才问："明天早上，我去接你？"

他问的时候带着几分小心翼翼感，好似怕被拒绝。

果不其然，江攸宁刷完了牙，说："接我做什么？我会开车。"

沈岁和说："这不一样。"

"以前就一样的。"江攸宁说，"在一个家生活的时候尚且没送过，这会儿倒献起殷勤来了。你这是亡羊补牢？"

"不是，"沈岁和的声音有几分哀怨感，"这是重新把羊抓回来盖房子。"

他想，已经不是"补牢"能形容的了。

"我以前不知道。"沈岁和说，"我上次有问岑溪，才知道她的老公从谈恋爱以来几乎每天都接送她上下班。"

这会儿他知道了，所以就想做得面面俱到。

"那你知道岑溪是她的老公追了三年才追到的吗？"江攸宁说，"从高中追到大学，他这属于珍惜劳动成果。"

沈岁和说："我也珍惜。"

"不跟你贫，"江攸宁说，"我要收拾东西上班了，你也忙吧。"

"那我明天……？"沈岁和又问。

江攸宁说："随你吧。"这算是默认。

她在家一如往常，洗漱吃饭，跟漫漫告别，出门上班，没人问她跟沈岁和的事情。

倒是她出了门，路童给她发了个问题："你是怎么下定决心跟前任复合的啊？"

江攸宁坐在车里，想了会儿才戳屏幕，发了两条消息过去："不是复合，只是重新恋爱。

"他也不过是我众多的追求者中的一个，而我恰好喜欢他。"

复合是两人都轰轰烈烈地爱过，彼此交心，彼此坦诚，而她跟沈岁和，真的只是重新认识，从头开始。

路童："如果你发现你们复合以后，以前的那些问题还会再出现呢？"

"那就尝试着解决，如果解决不了就分手。"

路童："不会难过吗？"

"只要是你认真投入了感情的恋爱，分手了都会难过。并不是只跟他分手会难过，也不是因为你们复合了才难过。"

跟那个人无关，也跟复合无关，只是因为你爱了，但没结果，所以会难过，江攸宁给路童发："不能因为害怕受伤，这辈子就不再去爱了啊。就算不跟他在一起，不也还会想他吗？"

路童无言。

"当你开始纠结这个问题并不断地找人寻求答案的时候，你就是希望有人可以告诉你，你跟他会好的，你不会再被伤害了。但是抱歉亲爱的，我不能做这样的保证，但我知道你跟他在一起的那刻，你会快乐。如果哪天感觉到不快乐了，那就再分开呗。换个角度想，他不是前任，只是你有点儿好感的男生，而那个男生也在追你，这样不是很好接受？"

江攸宁把自己的心路历程给路童分享，知无不言。

路童："所以你就这么想开了？"

江攸宁："主要也是后来遇到过很多人，但都没人像他那样。我觉得我还是很喜欢他，而他又恰好喜欢我了，那我就想再试试。"

路童："你还真是只大飞蛾啊。"

江攸宁看着屏幕笑了，她回了个"嗯"。

路童："我知道该怎么做啦，等我好消息吧！我也要恋爱啦！我要让梁康杰跪下！"

江攸宁看着觉得好玩，给她发了一串"哈"字过去。

江攸宁系好安全带，发动车子，打开了车载音响。

今天的阳光很好，歌手的声音也很温柔，歌是江攸宁曾在夜里循环过很多次的那首歌："在深夜喃喃自语没有人像你，一句话就能带来天堂或地狱……"

路上堵了车，江攸宁到达律所时稍有些迟。她去办公室先放了包，跟岑溪打了个招呼就去找方涵。

江攸宁来了之后虽然升了职，但一直没换办公室，一来懒得动，二来律所确实也没跟她提过这个问题，主要原因还是在后者。

她一直觉得这事不太重要，这会儿想起来，觉得一切都有迹可循。

尽管她如今在业内声名鹊起，但金科并不在意，金科的好律师不止她一个，在这个方面更权威的有方涵，可江攸宁没想到，上层内斗到连脑子都不要了，这会儿连方涵都想挤走。

她去方涵的办公室，门开了个缝，她稍微敲了一声，没人应。

平日里方涵有时想事情太专注，让她们来的时候直接推门进，江攸宁便也没想太多，直接推开了门，然后就看到了一个男人的背影。男人还抱着方涵，以很亲昵的姿势。

这就赶巧了不是？

她立马关上了门，在门口大声地喊了句："涵姐。"

她想不到涵姐已经和人谈恋爱了，看来她的小舅要难过了。她转念一想，连涵姐都有男朋友了，她的小舅还单身！而且从她记事起，她的小舅好像就是单身，当初他读大学的时候好像追了个女孩儿，一直没追上，当然了，小舅谈恋爱的事也不会跟她讲，只是以小舅的状态来看，应该是这么多年一直单身没错了。

她甚至在门口拿出了手机，给小舅发了个叹气的表情。

隔了几秒，小舅回她："进来吧。"

江攸宁蒙了："进哪儿啊？"

慕承远回复："方涵这儿。"

江攸宁难以置信地重新推开门，只见方涵坐在办公桌前，慕承远坐在待客沙发上。

哦，那男人的背影就是她的小舅的。

江攸宁站在门口打量了会儿："你……你们……"

"没关系。"慕承远说，"别多想。"

江攸宁心想，都抱一起了，还没关系？

她的小舅单身的理由找到了，他虽然长了一张让人不放心的脸，但有一张让人放心的嘴。

不过江攸宁有事要跟方涵谈，便把这茬揭过。

方涵跟江攸宁简单地说了一些，没提及和高层吵架的事情，但关于她的工作，她倒是想清楚了的："我已经递交了辞职申请，裴旭天跟我说了跳槽的事情，但我觉得这些年我工作太累了，打算休息一段时间，等休息够了再考虑工作。但宁宁你的话，我建议你去天合，撇开私人关系不谈，天合的环境是最利于你工作的，裴旭天那人稳妥，你去了之后想必能让天合再上一层楼，反正都是打官司，你如今有人脉跟案源，不怕失业。"

江攸宁听完她的想法，沉默了会儿，最后还是点了头："我去天合吧。"

"你跟沈岁和，又好了？"慕承远问她。

江攸宁点头，不大敢看他："是啊。"

"什么时候的事？"

江攸宁说："就这两天。"

"让你出差呢还是让你恋爱呢？"慕承远戳了戳她的脑袋，"你怎么这么好骗？"

江攸宁撇了撇嘴，坐得离他远了一些："出差顺带谈了个恋爱。我哪儿好骗了？沈岁和把他的钱都给我了，要骗也是我骗他吧？你想想，他要是惹我不高兴了，我就直接让他倾家荡产，是不是我比较占便宜？"

慕承远嗤笑："你舍得？"

江攸宁说："舍得舍得，我已经不是从前那个我了。"

跟慕承远瞎贫了会儿，江攸宁才想起问方涵："涵姐，那岑溪怎么办？"

岑溪从一进律所就是跟着方涵的，这会儿也快要能独当一面了。她做事心细，就是有些胆子小，慢慢地历练一下就好。经历了这样的动荡之后，她在金科肯定也会被排挤。

"我问过她了。"方涵说，"她愿意跟你一起去天合。"

江攸宁点头："好。"

周五这天，江攸宁提了辞职，因为她的直系上属是方涵，这会儿离职手续办得很快，岑溪也同她一起离了职。

江攸宁决定休息一周再去天合报到，也已经跟裴旭天谈好相关待遇，而裴旭天为了表示邀她加盟的诚意，将自己手中的股份让出了百分之三，沈岁和又让出了百分之十，这样加起来江攸宁手头有百分之二十一的股份。

只是，她拿到的提成相应少了一些。

江攸宁倒是不太在意这些，主要是想要个更好的工作环境。

天合确实是最好的选择。

难得的休息日，沈岁和买好了电影票，看十点场的电影，看完出来正好吃午饭。

江攸宁没想到休息日还要八点多起床，在床上赖了很久才勉强起来，哈欠是一个连一个。她本来想着今天是休息日，再加上刚离职，比较兴奋，跟路童她们打游戏打到凌晨两点多，以为今天能睡个懒觉。

结果早上八点半，沈岁和已经出现在她的家里了。

他来了以后先跟漫漫玩，漫漫说话已经很利索了，而且嘴特甜。

慕曦说漫漫大抵是像了沈岁和，因为江攸宁小时候虽然乖，但没这么主动，说话也不甜，就是不太会哄大人，但漫漫这会儿跟着慕曦出门，遇到公园里遛弯儿的大妈给他东西吃，都会笑着说："谢谢奶奶。"这还不算，他还要加一句"奶奶真漂亮"。公园里的老头儿老太太们都很喜欢他。

江攸宁想了想沈岁和那个样，怎么都觉着慕曦是在开玩笑，但漫漫确实越长越像沈岁和，就像跟沈岁和是从一个模子里刻出来的一样，但比沈岁和性格开朗。

等到江攸宁洗漱完化了妆，刚好九点半，两人一起出门。

漫漫撇了撇嘴："爸爸妈妈坏。"

江攸宁问："怎么就坏啦？"

漫漫气鼓鼓地说："不带我。"

沈岁和轻轻地捏了捏他的脸："下周带你去游乐园好不好？"

漫漫的眼睛一亮："好！"

然后冲他们挥手再见，摇摇晃晃地走着去玩了。

江攸宁在前边走，沈岁和在后边跟着。

在电梯里，沈岁和忽然说："你今天换口红了。"

江攸宁挑眉："竟然能看出来？"

"颜色不一样。"沈岁和笑了下，刚好别着脸看她，"你等下，别动哈。"

他的眼睛是狭长的狐狸眼，往上挑眼尾的时候特别勾人，这会儿他专注地盯着江攸宁，江攸宁下意识地往后退了半步，用手按住了后边的电梯壁："怎么了？"

沈岁和用食指轻轻地擦拭过她的嘴角，然后抬起来给她看："那儿多了一点儿。"

江攸宁说："哦。"

之后全程寂静。

北城已经正式进入了春天，江攸宁换上了长袖收腰 T 恤，穿上了高腰宽松牛仔裤，显得腿很长，站在沈岁和身边也没矮太多。但沈岁和长得太出挑，相比之下，江攸宁会显得有几分黯淡，不过她的气质倒让人觉得很舒服。

两人站在一块儿，也是合适的。

一路上，他们收获的关注度不低。

因为是休息日，电影院的人很多，尤其是情侣。江攸宁发现，很多情侣都买了《你好许之焕》的票。

果不其然，他们进去的时候放映厅几乎是满场。

江攸宁那一排几乎都是情侣，而且都手拉着手。在这里边，她跟沈岁和似乎是最突兀的，看起来年纪最大，也没牵手。

沈岁和倒是还算自如，给江攸宁买了爆米花，也买了可乐，都放在她的手边，无微不至。

电影很快开场。

江攸宁本以为真像沈岁和所说的是文艺片，结果是催泪爱情剧。

李佳从小就是人群中最不起眼的那个，却喜欢上了人群中最耀眼的许之焕，然后为了他一步步地成长，可最后还是没能跟许之焕在一起。

许之焕结婚生子，李佳还是李佳。

两人曾短暂地在一起，却又永远地分开。

这个导演很擅长用慢镜头，在慢镜头下，所有的感情都被无限地延长。到中途，在场的女孩儿几乎都哭了。

江攸宁的共情能力更强，电影刚开场二十分钟，她的泪就在眼眶里打转了。

四十分钟后，她的眼泪落了下来。

一个小时后，她跟着在场的女生一起泣不成声。

结尾时刻，她的眼泪已经把妆弄花了。

沈岁和坐在一旁，不停地给她递纸，低声问她："我们不看了好不好？"

江攸宁摇头，他便在一旁坐着，如坐针毡，芒刺在背。

幸好他带了一包纸巾，但到了离场时，一包纸巾已用完，他还问旁边的小哥借了一张纸。

他们从电影院出来时，江攸宁的眼睛已经哭红了，沈岁和站在门口，无奈地叹气："都哭了还看。"

江攸宁说："我想看。"

"最后不是哭得更厉害吗？"沈岁和说。

江攸宁瞪他："又没让你哭。"

沈岁和给江攸宁递了杯奶茶过去，嘟囔了句："看你哭，我不难受吗？"

但江攸宁没听见，吸了吸鼻子："果然，人渣都是没有心的。"

成吧，她说什么都对。

但幸好，江攸宁没太陷在那部电影的情绪里出不来，他们中午去吃了江攸宁最喜欢的港式火锅。

下午闲着无聊，江攸宁忽然说："要去华政看看吗？"

沈岁和盯着她，然后缓缓地点头，带着几分庄重之情。

之前沈岁和也提过想跟她一起回华政，但江攸宁拒绝了。

那会儿她还处于跟自己较劲的状态。况且，那时的沈岁和的状态并不好。

她在那时真的以为这辈子不会跟他再有交集，可后来还是选择了遵从内心。

华政的变化不大，但这是他们毕业以后，第一次一起回华政。

这个本该是他们初遇的地方，但沈岁和起初不知道。

他的不经意之举，让江攸宁记了很多年，也让他错过了很多。

沈岁和跟江攸宁在学校里走，走过西边的玫瑰园，走过东边的枫叶林，还走过北区的食堂，最后停在了南边的法学院系楼。

系楼里这会儿在上课，不过来来往往的老师里倒是有认出两人来的，他们和老师站在那儿聊了会儿天儿，不过老师也就是对他们会在一起比较诧异，也不知道他们俩之前的八卦传闻，对他们简单地表示了祝福。

最后他们进了系楼，正好赶上学生们下课的时间。

沈岁和带着江攸宁去找了他当时的辅导员，没想到他们的辅导员对江收宁印象挺深，因为江收宁大三的国际法是他教的。导员说这个女孩儿看着就乖巧，上课向来认真，但再多回忆竟是也没有了。

正好四点多辅导员有一堂课，江收宁跟沈岁和闲来无事便去最后一排旁听了他的课。两人并排坐着，没拿笔记本，但也没有说话，好像回到了当年，篡改了那一段记忆。

他陪她一起上课，他们并排坐着，最后一起下课，然后从南区绕到北区食堂吃了饭，又从北区出来，走到学校外的公交站那儿。

北门公交站那儿的大槐树更加枝繁叶茂，夜晚的路灯灯光昏黄，随着婆娑的树影洒下满地斑驳的影子。沈岁和忽然在春风之中开口："当初我就看见你一个人站在这儿，你那会儿特瘦，还小，没现在高。"

"是，"江收宁说，"我那会儿要把头仰很高才能看见你。"

沈岁和笑了下："现在不用了。"

他顿了下说："我可以弯腰，你不用仰起头。"

两人正聊着，十一路公交车缓缓地驶来。在和煦的夜晚，沈岁和忽然牵起了他一天都没敢牵的手，在公交车的车门快要关上的瞬间，拉着江收宁坐上了十一路公交车。

他跟她十指相扣。

在十余年后，他们重新在这趟公交车上相爱。

晚上的十一路公交车上人不多，江收宁跟沈岁和坐在倒数第二排。江收宁靠窗，沈岁和拉着她的手，手心里汗津津的，不知道是他的汗，还是江收宁的。

车里的灯很暗，他们透过车窗可以看到车外景色的残影。

江收宁很多年没坐过公交车了，看向窗外，低声跟沈岁和说："我以前常常一个人坐公交去青禾校区。"她那时去看沈岁和的辩论赛。

"我也是。"沈岁和略带遗憾地说，"为什么那时候没遇见呢？"

"因为我避开了啊。"江收宁回头看他，笑了下，"我那时候没敢。"

她自幼顺遂，唯独对沈岁和爱而不得。

因为爱上他的时候，她觉得这个人无比耀眼，于是不敢去说，怕丢脸，怕被拒绝，怕很多很多，只能把自己隐匿于黑暗之中，像是一个小偷，偷了那些本不属于自己的喜怒哀乐。暗恋就是她青春里由秘密结成的果实，又酸又涩，但在酸涩中能品出一点点甜。

"没关系，"沈岁和把她的手握得更紧，"我们最后没有错过。"

江攸宁靠着他的肩膀，看向窗外，轻声喊他的名字："沈岁和。"

"嗯？"沈岁和低声应道，顺着她的目光看过去，但视野里只有她的侧脸。他帮她将散下来的头发别到耳后。

"如果当时我勇敢一点儿就好了。"江攸宁有些遗憾，沈岁和却偷偷地在她的脸颊上蜻蜓点水地亲了一下。

他说："但那时的我应该会让你更难过。"所以，不如现在，他在熬过了孤寂，尝过了爱而不得，一点点地把自己失去的情感找回来后，他们重新相爱。

"你那时候是什么样的？"江攸宁问。

沈岁和想了想："冷漠的怪物吧。"

他对什么都很冷漠，大学四年没交过一个朋友，甚至连自己被谈了女朋友这件事都不知道，全都是后来才发现的。

他对自己的事都漠不关心到了极点，无暇顾及，也无意关心。

"我不太知道怎么跟人相处。"沈岁和说，"别人对我好，我总会下意识地躲。我也不习惯别人对我好，就连老裴，我都用了两年才跟他熟起来。"

江攸宁看他："我那会儿以为你是不大喜欢跟人交往。"

沈岁和摇头："是不知道。"

他刚上大学的时候想过和舍友好好地相处，但最后毕业后没参加过任何一个舍友的婚礼，跟他们也再无联系，不知是他把他们排除在外，还是他们把他排除在外。总之，人际交往这一课，沈岁和永远不及格。

他说："我初中、高中都是这样过来的，就自己玩，慢慢就习惯了。"

江攸宁见他情绪有些颓丧，用另一只手拍了拍他们握着的两只手："以后你能跟漫漫玩，没事。"

沈岁和笑："那你呢，江可爱？"

他喊的时候噙着笑，也没压低声音，声音听起来带有几分缱绻感。

江攸宁说："嗯？"

"你跟我一起玩吗？"沈岁和问得很认真。

江攸宁想了想，故作矜持："看你表现吧。"

"好。"

这天，他们坐到十一路公交车的终点站，又从终点站坐回华政的北门。

槐阳路华北政法大学鹿港校区公交站，那棵槐树历经百年，仍旧枝繁叶茂。

春日的晚风轻轻地吹过，他们牵手站在槐树下。

光影斑驳陆离，人影影影绰绰。

清明节将至，北城的温度又骤然降了下来。前一天更是过分，下了一整天的雨。江攸宁已经入职天合，所以沈岁和每天下班时上楼等她就好，她"空降"的时候引起了众人的议论。起先大家可是惊讶了一番，可后来对沈岁和时不时就往楼上跑的行为习惯了之后，哪天沈岁和不往楼上跑，大家还会觉得是不是两人吵架了。

也不是员工的接受度高，主要是有江攸宁在的沈岁和，比以往温和了许多。

没有利益之争，大家也挺喜欢江攸宁，因此她在天合待得还算不错。

这天，沈岁和跟她一起回家，然后在家里漫漫玩了会儿，慕曦正跟江洋商量清明节回家祭祖的事，就问江攸宁要不要回去。

"回吧，"江攸宁说，"很久没回老家了。"

慕曦说："明天上午七点就得起啊，跟你二叔他们一起回。"

"好。"

"岁和呢？"慕曦问，"明天需要回家祭祖吗？"

本来就是个客套的话，沈岁和顿了下，笑道："我不需要，明天买两束花去我爸妈那儿祭拜一下就行，上午跟我舅一家去祭拜我外公外婆。"

"哦。"慕曦也没再多问。

不过沈岁和当晚跟漫漫睡的，零点的时候，收到了一条微信："生日快乐。"

就像他们结婚时那样，只有江攸宁记得，这天是他的生日，而不是清明节。

沈岁和看着久违的话，觉得眼眶发热，敲着屏幕，打了几个字又删掉，然后起身去轻轻地敲了隔壁的房门。

江攸宁探出半个头来，用气声道："干吗？"

沈岁和指了指门："让我进去。"

江攸宁拉开门，顺带开了房间里的灯。原本幽暗的房间顿时亮了起来，江攸宁的眼睛还有些不习惯。她站在那儿，想了想还是说："生日快乐啊，沈岁和。"

沈岁和突然抱住了她，将下巴抵在她的肩膀处，她只穿着很薄的一层睡衣，能感知到他身体的温度。

沈岁和将她抱得很紧。良久，他问："江可爱，我能要个礼物吗？"

江攸宁说："嗯？"

他的眼尾泛了红，他看着江攸宁，低下头，近乎虔诚地吻在她的唇上，没有更进一步，只紧紧地抱着她。

他低声说："谢谢。"

只有在跟江攸宁结婚后的那几年，他会过生日。

身边没有江攸宁之后，他也没有过过生日。

他以往觉得过生日不重要，没必要，只是因为没人在意他，所以他告诉自己没必要。

可他想要的。还好，有江攸宁记得，有他爱的江攸宁记得。

江攸宁伸手揉了下他的头，跟哄小孩儿似的："没事，我给你过生日。"

沈岁和笑着把头抵在她的肩膀上："好。"

路童说要开店，五月份江攸宁就收到了她的邀请，她把店开在了离家不远的地方，一共两层楼，一楼是书店，二楼是自习室。她取店名为"一间书店"。

开业那天，大家都聚在了一块儿，江闻本来打算带着童瑾给她剪彩，结果路童说自己另有人选。

她的话音刚落，大家就见后边走出个穿着白背心、黑短裤的男人，隐隐能看见肌肉，但并不算多。他把一条白毛巾挂在脖子上，他的额头上汗津津的。他操着一口老京腔吊儿郎当地喊："童童。"

童瑾下意识地应了声："哎。"

那男的一愣怔："你是谁？"

路童立马走过去在他的胳膊上扭了一下，朝着大家干笑："见笑了见笑了，他脑子不好。"

童瑾嘟囔："我以为在叫我。"

江闻说："你可真自恋。"

一旁的江攸宁听着为江闻捏了把冷汗，但童瑾好像已经习惯了，只低声抱怨道："你不能跟我好好说话吗？"这话听着似撒娇。江攸宁松了口气，心想，还好，我这个嫂子比较可爱。

但下一秒，江闻特冷酷地说："别做作。"

江攸宁第一次发现江闻原来是这种人！

那可是你的"童年女神"啊，闻哥！江攸宁在心里都要尖叫了。

童瑾叹气："江闻，我不高兴了。"

"怎么？"江闻问。

童瑾说："这还要问？你说我做作。"

"本来就是。"江闻睨她，"人家喊童童，你答应那么起劲做什么？"

童瑾委屈："我以为你喊的。"

江攸宁的心又算是放了下来，她心想，还好还好，只是吃醋，有的救。

这边童瑾闹着别扭，那边路童扯过梁康杰来给大家介绍："梁康杰，我男朋友，是个唱歌的。"

"啊。"辛语上下打量了他一番，"梁同学，好久不见。"

"大美妞，好久不见啊。"梁康杰仍旧是那副吊儿郎当的样，"这么多年过去了，你还是挺漂亮的。"

"那我漂亮还是路童漂亮？"辛语轻笑。

"当然是——"他拉长了声音，"我家童童。"

路童嫌他肉麻，一胳膊肘捅他心口，但仍旧没挡住他那张爱胡说八道的嘴："不是我说，大美妞，这么多年过去了，这问题你还问？你从头发丝到脚指甲盖，哪儿都没我家童童好看。"

"成，"辛语笑，"看你傻，不跟你计较。"

一旁不知道以什么身份来的裴旭天低声跟辛语说："我觉得你好看。"

他怕辛语觉得他这话不真诚，又加了一句："虽然美得没有内涵，但能让人一眼看到觉得惊艳。"

辛语睨他："你听听自己说的是人话？"

江攸宁刚好站在比较中间的位置，能把他们的悄悄话尽收耳底。

她低声跟沈岁和吐槽："你们这些男人，好好的，可惜长了张嘴。"

沈岁和抱着漫漫："嗯？"

"没一个会好好说话的。"江攸宁无奈地摊手，"活该裴律单身。"

裴旭天正好听见："弟妹，不带人身攻击啊。"

江攸宁叹气，朝他握拳："加油！"

裴旭天觉得江攸宁的话伤害性不高，侮辱性极强。

大家在一楼聊了会儿天儿，等到十点。

梁康杰换了身衣服从楼上下来，还拿了自己的乐器。

门口的人开始多了起来，路童去开门，梁康杰弹着吉他往外走。

他平常吊儿郎当惯了，但一唱歌就跟换了个人似的。作为独立音乐人，他之前参加了一个唱歌类节目，人气很高。他这会儿大概发了微博宣传，门口人越来越多，来的多是女乐迷。

他唱的是自己作词作曲的歌，一连三首。唱完以后，他把吉他一摘，又是那副吊儿郎当的样："这是我家的店，欢迎大家常来。"

有个女生问了句："哥哥，这是你开的吗？"

梁康杰本来就在往回走，听到这话回头笑了："这是你嫂子开的。"

他的声音本就好听，这会儿他把这话说出来也没任何刻意的因素。

总之，当天在那儿还好，但晚上微博热搜出现了"梁康杰圈外女友"，与此同时在热搜上挂着的还有"岁岁平安沈先生"。

江攸宁晚上十点收到了洛奇的消息："平安！你跟沈先生真的又在一起了吗？呜呜呜！你快看微博热搜，你家沈先生回应你了。我竟然能看到这个，好开心。对了，我家主编让我问问沈先生的信要不要出版，我们出版社想把你们的文章包圆儿，求求了！"

江攸宁看完以后先顺手回了沈岁和的微信："嗯。"

然后她才打开热搜。

她打开了那个微博热搜词条，"关联人物"里有她的微博号，还有一个陌生的微博号，那个微博号的头像就是沈岁和目前在用的微信情侣头像，而微博号的名字就是"沈先生"。

她戳进他的微博主页，看到第一条微博就是"平安小姐，请接收这封迟到的信——《恰好》"。这条微博是一篇长文章。

"岁岁平安，你好，我是沈先生，是你笔下令人惊艳的沈先生，也是生活中其实很平凡的沈先生。"

沈岁和的文笔算不得好，他是写正经文书出身的，写信时都带着几分严肃感，不过怎么说也是文科生，读了不少书，写信时起码没有错别字，别人也能从字里行间感受到他想写好这封信的认真感。

"印象中，初见平安是在二〇一八年的夏天，那天的雨下起来没完没了，惹人心烦。休息日的咖啡厅里人格外多，我和我的母亲安排的相亲对象坐在靠窗的位置。或许有我的母亲的因素在，我看着坐在对面的女孩儿只觉得窒息。"

…………

"我很抗拒感情。我害怕成为像我母亲那样的人。我从始至终都知道自己不完美，没有平安笔下的那么令人惊艳。我是个普通人，但平安的爱让我在她的笔下令人惊艳。"

…………

"平安是很安静的。她后来跟我说如果她当初能勇敢点儿就好了，可是平安哪，那时的我那么稚嫩，又该如何爱你？我觉得现在是刚刚好的，所以我把这些信命名为——《恰好》。"

…………

洋洋洒洒近万字，他从他的视角写了那段婚姻，写了他眼中的错过的经历，写了他眼中的江攸宁。

这封信一出，很多"岁岁平安"的书迷评论。

"啊啊啊！我的平安跟沈先生果然有美好的爱情！"

"我要夸赞这对恋人！谁说他们不甜？今晚又是为别人的爱情落泪

的一晚。"

"兜兜转转，平安还是和她的沈先生在一起了。"

"我今夜无心睡眠，有多少人跟我一样已经把平安的书拿出来跟沈先生的信对比了？我真的要晕过去了。"

江攸宁想了会儿，用"岁岁平安"的微博号在他那封信下评论："无论过了多久，我永远相信一见钟情。"

一见钟情，足够炙热。

因为年少的那一眼太令人惊艳，所以后来看谁都不及你。

当晚，她发了微博："一切，都恰好。"

时间打马而过，转眼间漫漫已经5岁了。

路童的步伐是最快的，她跟梁康杰结了婚，孩子已经1岁了。

恐婚的辛语竟然已经开始跟裴旭天策划婚礼。

江闻最夸张，给童瑾包了海岛办了隆重的婚礼。

本以为会单身一辈子的江攸宁的小舅也在两年前迎娶了方涵。

然而，江攸宁跟沈岁和还没结婚，没办婚礼，也没领证，但为了照顾漫漫方便，已经同居两年多。

江攸宁说，还要考察一段时间。

婚姻没有恋爱舒服。

每年她生日，沈岁和都要求一次婚，但每年都是铩羽而归，就连裴旭天都觉得沈岁和可怜，但沈岁和觉得尚未抱得美人归的裴旭天更可怜。

好歹他们孩子都有了，裴旭天却连婚礼都还没办。

有次裴旭天喝多了，当着辛语的面吐槽："我这是什么命？从小到大就喜欢了两个女的，都恐婚，我是不是这辈子注定结不了婚？"

辛语差点儿没掐死他，但最后还是说："结婚吧。"

这两人也终于步入了正轨，没想到最后没结婚的竟然是江攸宁跟沈岁和。

今年江攸宁就33岁了，23岁的时候选择嫁给了沈岁和，26岁的时候那段婚姻就走到了尽头，然后她生下漫漫，过了两年的单身生活。

这几年她跟沈岁和一直在谈恋爱，觉得他们的恋爱关系还是稳定的，起先偶尔会闹一点点矛盾，但基本都在可调和的范围之内。

就是沈岁和每年都求婚这事，她觉得难办，因为总觉得不到时候。其实她不恐婚，只是第一次结婚的时候，什么都没有。这会儿，她想着等漫漫能当花童了再办婚礼。

不过这想法她也没跟沈岁和说过，所以沈岁和从他们确定恋爱关系那年就一直在求婚，迄今为止已经求了三次婚。

就连辛语都有点儿看不下去："你确定真不给他点儿面子？老沈现在爱得好卑微。"

当晚江攸宁就把这话转述给了沈岁和："她们觉得你爱得很卑微哎。"

沈岁和抱着她，收紧胳膊，将脑袋靠在她的脖颈儿上："我不这样觉得。"

"那你每年都求一次婚不委屈吗？"江攸宁问。

沈岁和忽然咬了她一口，轻轻地，更像是在玩闹："委屈。"

江攸宁说："嗯？"

"委屈是正常的吧。"沈岁和说话时呼出的气喷在她的脖颈儿上，"我每一次求婚都是精心准备的，每年都不一样，但你都拒绝了，说不委屈是假的。"

"但就像你那会儿喜欢我一样，虽然委屈，但也不可能不喜欢了啊。"沈岁和在她的脸颊处亲了一下，"我每年都求婚，其实更像每年让我们重新开始恋爱。"

"那要是我一直不答应呢？"江攸宁问。

沈岁和忽然沉默。

他顿了顿才说："江可爱，你不答应吃亏的是你哎。"

江攸宁说："嗯？"

"我们现在除了没领证办婚礼，剩下的都做过了，"沈岁和说，"可没有婚礼，你不遗憾吗？"

"反正我很遗憾。"没等她回答，沈岁和就说，"我想看你穿婚纱，然后嫁给我。"

江攸宁想了想，转了个身子，在他怀里寻了个更舒服的姿势，然后忽然踢了他一下："你说得有道理。"

沈岁和说："嗯？"

"所以你的戒指呢？"

沈岁和蒙了。

他翻了个身，伸出手从床头柜的抽屉里拿出一个方盒子，飞快地把戒指拿出来，几乎是以迅雷不及掩耳之势把戒指戴上了江攸宁的无名指。

"这次你怎么没有说矫情的话？"江攸宁问他。

沈岁和吻了吻她的手指："怕你突然改变主意。"

江攸宁笑："我主要是怕你过几年年老色衰，我就爱弛了。"

"对。"沈岁和忽然翻身而起，热气喷在她的耳边，"谢谢老婆体贴。"

他靠得很近，但又控制着身体，怕压到江攸宁："但我还能伺候你好多年，你别爱弛，我不色衰。"

江攸宁还没说话，沈岁和已经抱住她。

她用手臂攀向他的背，无名指上的戒指在灯光下熠熠生辉。

第二天江攸宁跟沈岁和去接漫漫。从幼儿园出来，他就耷拉着脑袋，不太高兴，江攸宁问他问题，他都敷衍着回答。

沈岁和开口问："漫漫？你被人欺负了？"

"没有。"漫漫忽然抬头盯着沈岁和说，"哼，人渣！"

沈岁和疑惑："嗯？"

江攸宁拽了拽他的书包带："你怎么了？"

"妈妈，"漫漫卸下了书包，抱臂坐在车里，嘟着嘴不大高兴地问，"你跟爸爸为什么不结婚？"

江攸宁忽然愣怔，轻声问："怎么了吗？"

漫漫低头："今天我跟同学说，我有爸爸妈妈，但是我的爸爸妈妈没有结婚，他们都说我的爸爸妈妈离婚了，以后我就会有新的爸爸妈妈，这是真的吗？"

他这话说得跟绕口令似的，但江攸宁还是勉强懂了，并且亲自辟谣："假的。"

"可他们说爸爸跟妈妈是一定要结婚的，结了婚才能生下小孩子。"漫漫问，"所以，爸爸妈妈你们为什么不结婚就会生下我呢？"

江攸宁顿了下："我们是结了婚生的你啊。"

"那为什么你们现在在没有结婚？"

"因为我们在结婚后又离婚了呀。"江攸宁很耐心地回答着他的问题。

"为什么啊？"漫漫说，"我同学说，离婚很丢人，他们都笑话我。"

"不是的。"江攸宁摸了摸他的头，"宝贝，你知道人为什么要结婚吗？"

"为什么？"漫漫的情绪总算好了一些。

江攸宁说："为了幸福。那你知道离婚是为了什么吗？"

"什么？"漫漫眨了眨大眼睛。

"也是为了幸福。"江攸宁笑了，"所以，都是为了幸福，离婚为什么会丢人呢？就算爸爸妈妈离婚了，对你的爱也是不会变的。"

"可是妈妈，你跟爸爸在一起幸福吗？"漫漫问。

江攸宁点头："现在是幸福的呀。"

她晃了晃手里的戒指："所以妈妈又答应爸爸的求婚了啊。"

漫漫忽然瞪大眼睛："真的吗？"

他新奇地看向江攸宁的手指，往江攸宁怀里一滚："真好哎，爸爸妈妈要结婚了。"

江攸宁笑："是啊。"

"所以妈妈现在很幸福。"漫漫往前倾了一下，"爸爸呢？现在幸福吗？"

沈岁和毫不犹豫："非常幸福。"

漫漫忽然不解："那为什么我们在一起都幸福，你们还会离婚啊？"

江攸宁说："因为我们当时结婚的时候不太成熟，没有学会爱对方，所以觉得不幸福，就选择了离婚。妈妈从来都不觉得这丢人，相反，拿这种事情来嘲笑别人的人才丢人。"

漫漫似懂非懂地点头："所以是要相爱才会结婚吗？"

"是的，"江攸宁说，"还要自信、自尊、自爱，然后才能好好相爱。"

漫漫挠了挠头："这好复杂。"

江攸宁却跟沈岁和对了个眼神，彼此都懂了，相爱之前先爱自己，然后才能更好地相爱。

沈岁和跟江攸宁拉着漫漫走在那条熟悉的路上，漫漫一跳一跳地往前。

夕阳透过树叶在地上落下斑驳的剪影，沈岁和看向江攸宁，江攸宁也看向他。

两人相视一笑。

离婚从来不是别人眼中的笑料，婚姻也不是人生的必选项，短暂地失去可能只是为了更好地得到，希望你结婚是因为想跟这个人共度余生，而不是单纯地想结婚。

第十八章
彼时年少

那年北城的初秋暑气还未散去，躁动的蝉鸣声此起彼伏地响起。华政的操场还是用的老旧的塑胶跑道，跑道上的"1"都被磨得看不太清。北门的老槐树历经百年仍旧枝繁叶茂，屹立不倒，像一顶巨大的伞盖，遮天蔽日。

华政是北城所有的高校里新生开学最早的。

九月刚开始，暑气还没消，新生已经在尚未翻新的操场开始军训。

为期半个月的军训几乎把细皮嫩肉的学生们晒得脱了一层皮，再好用的防晒霜在毒辣的太阳下都失了作用。幸好，再有一天就结束了。

下午六点，所有阵营同时宣布结束训练。

学生们大批地拥出操场，人潮拥挤，不时有人哎哟一声。

"宁宁！"路童把头发散开重新扎了一遍，一边戴帽子一边在人群中寻找舍友江攸宁，"你在哪儿？"

"这里！"一条白皙的胳膊在人群中格外显眼地露出来，她的声音不高，路童几乎听不到，但可以一眼在人群中看到白到几乎发光的江攸宁。

困难地穿过拥挤的人潮，路童一把拉住她的胳膊："走，吃饭去。"

"姜梨她们呢？"江攸宁落下了一直踮着的脚，在人群中寻找另外的两个舍友。

"不知道哎。"路童也在人群中找了一圈，这会儿人已经少了很多，"估计已经走了吧。"

可能因为路童长得太漂亮，姜梨和白雪静都不怎么爱跟路童搭话。

起先路童对她们还算热情，可这半个月大家相处下来，路童也懒得跟她们搭话。

江攸宁是想着就四个人，大家还要在一起相处四年，其他人都是一个宿舍的走在一起，她们刚来就关系僵硬，不太好，所以尽力地黏合着几人的关系。

"算了。"江攸宁说，"我们走吧。"

这会儿夕阳西下，天空都被染成了橙红色，漂亮得不像话。

大学校园里充塞着满满的青春的气息，不论谁跟路童一起走在路上，都能引起一定的回头率。江攸宁总是半低着头走路的那个。

途经北门那片空地的时候，正有社团的人摆着桌子招新。

玩轮滑的，跳舞的，写书法的，吟诗作对的，打乒乓球的……各式各样的社团节目都有，但最吸引人的还是在最角落的音乐社，一个立麦，一个键盘，一段伴奏，唱着最近大街小巷都在传唱的那首《娃娃脸》："最近是南风天，潮潮的爱恋，夸张些，在你的跟前……"

唱歌的人的嗓音很合适唱情歌，听起来别有一番韵味。

路童跳起来看了眼被人潮围拥的歌手，评价道："一般。"

"唱的吗？"江攸宁问。

路童说："都一般。"

她们慢悠悠地走，走到食堂时刚好错过了最拥挤的饭点。

路童像饿狼一样开始扑食，江攸宁只买了一份小米粥，没什么胃口。

"你就吃这么点儿？"路童诧异地看向她，"你是在减肥吗？"

江攸宁摇头："没有。晒了一天没胃口。"

"怪不得你这么瘦。"路童把自己的饺子给她夹了五个过去，"吃！这么小年纪不多吃点儿怎么长高？"

江攸宁是班里最矮的学生，比南方来的学生都矮。

入学第一天她做自我介绍，大家发现她也是班里年纪最小的，才16岁，脸上不化妆，皮肤嫩得和鸡蛋白一样，就算是这么多天的军训也没把她晒黑，但是把她练瘦了不少，有男生私下里喊她"小麻秆儿"。

江攸宁强忍着，才吃了三个饺子，最后只把小米粥都喝完了，轻声道："我真的吃不下。"

两人从食堂出来，已是星光漫天。

路童晃悠悠地走："咱们明天训练完，后天是不是就放假了？"

"是。"江攸宁上课向来不走神，"明天晚上就能走了。"

"那你回家吗？"路童问。

江攸宁说："回，我家很近。"

"我家也不远。"路童说，"我妈甚至都想让我回家住。"

"我爸妈也有这个想法，不过我想住校。"江攸宁说，"这是我第一次住校。"

"我也是哎。"路童叹了口气，"你说咱那俩舍友是看我不爽呢还是看咱俩都不爽呢？"

江攸宁摇头："不知道。"她的话音刚落，就有男生朝着她们吹口哨。

悠长的口哨声由远及近，自行车的轮胎和地面摩擦发出刺啦的声音，一辆崭新的自行车停在路童的身侧，车上的学长耍帅似的笑："美女，加个QQ好友呗。"

路童笑了下："啊，不好意思学长，我还没手机。"她说完拉着江攸宁就往宿舍楼走。后边的一堆男生发出起哄的声音。

转过拐角，路童才轻出了口气，朝着刚才的方向低声骂了句："人渣！"

江攸宁都没回头看，手心里汗津津的。

她看着那帮人，有种说不上来的感觉，就是想跑。

"咱们学校为什么还有这种人啊？"江攸宁低声吐槽，"我以为好大学不会有呢。"

路童摇了摇头，一副见惯了大场面的表情："一看就是些小流氓，不知道踩了什么狗屎撞大运才考上这里，要么就是自己稍微努力，不知道用了什么办法进了那些破专业里，或者他们是咱们学校的二本专业的，那些专业虽然挂着咱们学校的牌子，但基础水准还是差着的。当然了，也有可能是单纯的神经病。"

江攸宁说:"好吧。"

"小宁,你可别被骗了。"路童扯了扯她身上的校服,"那些男的就挑新生骗,找几个新生谈几个月恋爱,然后就把人给甩了。"

"啊?"江攸宁愣怔。

路童拍拍她的肩膀,语重心长地说:"小姑娘,你要走的路还长着呢。"

江攸宁说:"哦……"

她也想过大学要谈一场恋爱,但没想过这么早。

她想着等大三或者大四再谈恋爱。

晚上九点多,江攸宁忽然收到了江闻的短信:"妹,我受伤了。"

江攸宁:"啊?"

江闻:"这会儿在家呢,你过来吧。"

那会儿的小叔家还在星光苑别墅,从华政北门坐十一路公交车可以直达,要坐八站。江攸宁匆忙换了衣服下楼,跟路童打招呼:"我去趟我叔叔家,明天早上回来。"

"好嘞。"路童比了个"没问题"的手势,"有人查寝我就说你去卫生间了。"

江攸宁一边走一边给江闻发短信:"严重吗?伤到哪儿了?怎么不去医院?"

江闻:"没大事。"

江闻:"就是我今儿跟人打架了,挨了处分,你得回来救我急。"

江攸宁:"打架?!"

江闻:"江小宁,别以为你是大学生了我就不敢骂你啊。"

江攸宁:"那我不回去了。"

江闻:"别。小祖宗,哥错了,你不回来今晚我爸得揍死我。"

江攸宁:"好的好的,知道了。"

那年华政的路灯光线很暗,每隔一百多米才有一盏路灯,设计得并不人性化。

江攸宁下楼时已经变了天，阴风阵阵刮过，傍晚的好天气荡然无存，她的衣服并不抗风，但她又懒得再上楼换，只希望不要下雨。

可没想到，她刚走出北门，雨便悄然而至。

淅淅沥沥的小雨从空中落下，江攸宁小跑了几步才跑到公交站牌那儿，可没想到公交站年久失修，廊檐无法躲雨。她又跑到枝繁叶茂的大槐树下，可槐树的枝叶上的雨滴掉下来，并没比外边好多少。

这雨来得突然，在外边的学生几乎都回了学校里，摊贩也都收了摊。

很快，街道上几乎空无一人。

只在不远处还亮着一盏昏黄的灯，一个阿姨站在那儿不疾不徐地收拾着自己的小摊，圆滚滚的橙子在昏黄的灯光下显得格外漂亮。

不一会儿，阿姨也收拾完离开。

这边的公交站离路灯有些远，她往回看是仍旧亮着灯的华政，往前看是凄凉的雨景，便把书包拿下来搭在头顶。

雨雾在空气中弥散开来，她浑身湿漉漉的，连出租车都不路过一辆。

江闻给她发消息："妹，你记得带伞。"

江攸宁瞟了眼，雨滴落在了屏幕上，她收了手机没有回复。

雨势渐大。公交车来了二百零三路、二百零五路，但就是没有十一路。

良久，江攸宁吸了吸鼻子，觉得自己有感冒的趋势。

她在心里低声骂江闻，这么大的人一点儿都不成熟。

她又望着路的两侧，希望有出租车路过，这样能避免淋雨。

但不一会儿一辆私家车路过，车速极快，唰地溅了她一身雨水。

江攸宁往后挪了几步。几秒后，一把黑色的大伞忽然悬在她的上空，遮蔽了所有雨水。

她闻到了淡淡的松木香，微仰起头就看见了一双骨节分明的大手。

他穿着黑色衬衫、黑色长裤、黑色帆布鞋，只有鞋带是白色的，他的头发很短。他没有看江攸宁，只望着公交车来的方向。

江攸宁的舌尖在口腔转了一圈，她也没敢问：你是在帮我挡雨吗？

她只是眨眼看着，但那人一直没有低头看过她。

江攸宁想，或许只是顺便吧，这个人真的很好。

他只站了三分钟，迎面就来了一辆公交车，只不过不是江攸宁等的十一路，而是四路。

旁边那人微顿脚步，往前走了两步，没了遮蔽的江攸宁顿时又被大雨侵袭。

伞在瞬间往后移，遮住了江攸宁，那人第一次开口："给你。"

他的声音冷冷的，和这雨夜搭配起来绝妙。

江攸宁恍惚间接过那把伞，然后看着他步入大雨之中，他的黑色衬衫被大雨打湿，可以看出他的身体精瘦。

江攸宁的心扑腾扑腾地跳。她忽然鼓起勇气喊："学长，我要怎么把伞还你？"

昏黄微弱的灯光下，雨线相连，连成了巨大又温柔的茧。男生黑色的衬衫同雨夜融在一起，他的裤子稍有些不合身，他走路时会露出一小截儿脚腕，脚腕在黑色布料的对比下尤为明显，白到几乎发光。

那双修长的手在雨中轻轻地摆了摆，他没有回头，声音夹着雨落进江攸宁的心里："不用了。"

他疾走几步，一抬长腿，迈上了四路公交车。

公交车的车门缓缓地关闭，压过雨声的轰鸣声响起，那辆公交车和往日一样，转过华政拐角，开往下一站伊洛园。

江攸宁的目光迟迟未移开。

她在呼吸间闻到了淡淡的松木香味，手背处还残留着男生刚刚递伞时不经意触碰到的温度，带着几分凉意，但慢慢地变得炙热。

地上的积水映着不远处微弱的光，显得格外明亮。

江攸宁的心跳在这个寂静的雨夜里震耳欲聋。

"怦怦，怦怦怦怦……"她的心跳得快到她快要呼吸不过来。

良久，她将手合成拳，低下头疯狂跺脚。

"啊啊啊。"

她应该问问学长叫什么的。不对，她应该跟学长说"谢谢"的，好遗憾哪。

江攸宁握着那把伞。伞很大，风一起，江攸宁都有些握不住伞，得把两只手都叠放在一起，用尽浑身力气才能握紧伞，即便这样，也有些勉强。

她垂下眼，忽然好难过。学长好高，她也想长高。

江闻的伤势不重，跟人打架伤到了脸，但他把人给打到骨折住院。

江攸宁去了之后，他还特骄傲地说："那小子嘴欠，骂语语智商低，语语拎了凳子要干架，我上去就一个过肩摔，把那小子摔地上了。"

"打架这种事，怎么能让女生来？"江闻笑时带着痞气。

江攸宁拿着棉签往他嘴角一揾，他疼得龇牙咧嘴："妹，你轻点儿。"

"我看你不长记性。"江攸宁嘲笑他，"你要是让语语上，说不准谁都不用受伤。"

"侮辱人了啊，"江闻轻哼一声，"好歹我也是……啊啊，妹，你轻点儿！"

"是什么呀？"江攸宁收了给他消毒的棉签，细致地把药品整理好，"还不是要把我诓回来给你挡刀。"

"别说那么难听嘛。"江闻摸了摸她的头，"还不是因为你受宠？闻哥最疼你了，语语想来我都把她锁门外边。"

"语语才不想来。"江攸宁无情地揭穿他，"她还怕小叔让她罚站。"

江闻说："看破不说破。"

话音刚落，小叔就推开了房门，江闻一个激灵站起来，下意识地往江攸宁的身后藏。

"江闻！"小叔底气足，声音洪亮，"你个兔崽子！长能耐了是吧？我让你去学校是干什么的？！你把同学打骨折！"

江攸宁的小身板挡不住江闻，但江闻捏了一下她的胳膊，眉头一皱："宁宁，你怎么瘦成这样了？是不是学校的饭不好吃？"

这种转移注意力的方法江闻百试不厌。

江河看到了瘦削的江攸宁，将眉头皱成了"川"字，却把声音变得温和下来："宁宁怎么又瘦了？晚上吃饭没有？"

江攸宁瞟了眼江闻，似是在说：你要补偿我！

"没有。"江攸宁说，"白天军训太累了，我晚上那会儿不想吃。"

江河走过来拉着她："那哪儿行啊？你正是长身体的时候，你闻哥每顿都吃两碗大米饭，快出来，我让保姆给你做点儿饭吃。"

江攸宁说："哦。"

她跟着小叔出去，之后强忍着喝了一碗汤，啃了两块肉骨头，实在吃不下了。

"小叔你别怪江闻。"江攸宁没忘记正事，替江闻说情道，"他是为了保护我们才那样的。"

"知道了知道了。"江河睨了江闻一眼，"你这大半夜从学校回来，就是帮他的，我看在你的面子上也不能再打他。"

江闻心想，宁宁这个王牌好用是好用，就是用得心酸了点儿，我还是不是亲生的啊？

"来。"江河给她盛汤，"再喝一碗。"

江攸宁可怜巴巴地看向江河："小叔，我喝不下了。"

"妹，"江闻喊她，"你什么时候买了把新伞？这伞一点儿都不符合你的风格。"

"啊？"江攸宁愣怔了两秒，"你别动！"

"啪。"伞在家中打开，雨水犹如天女散花一般洒落一地。

江攸宁站起来跑过去，一把从江闻手里夺过伞。

"一个朋友的。"江攸宁垂着眼把伞收好，把每一条缝隙都细致整理，心想，就让她带着私心地称之为"朋友"吧。

江闻问："什么朋友啊？"

"就是……"江攸宁说不上来，瞪了他一眼。这一眼也没什么杀伤力。

"你妹的事你少管。"江河拉着江攸宁走到饭桌前，"宁宁，喝了汤再去睡觉。"

江闻说："我这还不是怕她交到坏朋友。"

江攸宁说："才不是呢！他是好人。"

他是个很好、很善良的人。

江攸宁想起了晚上的场景。她低下头看着那碗汤，微皱眉头，却还是把汤端起来喝掉。她要长高，长到不用高仰着头看学长。

这雨淅淅沥沥地下了半夜，次日一早便放了晴，江攸宁回宿舍时，舍友刚起床。

路童喊她："你吃早饭了吗？"

"吃过了。"江攸宁卸下书包，然后换上军训服，坐在椅子上百无聊赖地等路童。

今天去操场的时间可以稍迟一些。

路童的头发很长，她随手就能盘一个漂亮的丸子头，而江攸宁梳着经年不变的高马尾，露出光滑的额头。

她拿出镜子照了照，额头起了一个小痘，不大。

头发也没什么新意，这张脸放在人群中好像也只是普通的，她托着下巴望着镜子发呆，昨晚的那张脸在她脑海中盘旋不去。

男生的眉毛又黑又粗，虽没有被刻意地修剪，但形态很好。他鼻梁很高，皮肤不是病态的白，嘴巴是很漂亮的形状。他站姿挺拔，长得高但肩膀并不耷拉，打伞时那双骨节分明的手便没动过。

他站在一侧，好似隔绝了那个方向的风，温柔又美好。

她看了看自己的桌上，没有化妆品。路童正在涂口红，她眨着眼睛看。

"你涂吗？"路童把口红转回去递给她，"今天会拍照上校报的。"

江攸宁接过，但不会涂，最后还是路童帮她涂的。

路童抬着她的下巴，站在逆光的方向，拿着口红在她的唇上轻点了几下："抿。"

她轻抿，口红散开。

路童在她的脸上轻戳了一下："真漂亮。"

江攸宁的眼睛亮了："我好看吗？"

"好看啊。"路童说，"可爱死了。"

"真的吗？"江攸宁看着镜子，"可我觉得你最好看呀。"

"我好看，也不耽误你好看啊。"路童笑，"就是太低了。"

"不过你年纪小，等长大了就是大美女。"路童摸了摸她的头，用遮瑕膏给她遮住了额头上的痘痘。

江攸宁微扬嘴角，走在路上，低声问路童："咱们学校有没有长得很好看的人呀？"

"那很多。"路童说，"外语系的孙西源、计算机系的陈珂、物理系的方周齐，太多了，咱们学校贴吧里有帖子，有照片和专门的排名，我转给你看。"

"好。"江攸宁点头。

"怎么突然对男孩子感兴趣啦？"路童笑着揶揄她。

江攸宁立马摆手，面露惊恐："没有。"

她就是想找到那个学长而已，真的只是找到而已。

像学长那样的人，应该有女朋友了吧。

"对了，"路童说，"学校里最好看的男生应该是咱们学院的。"

"谁啊？"江攸宁问。

"沈岁和。"路童低声说，"之前他来给咱们做过开学演讲，你忘了吗？"

江攸宁摇头，完全没有印象。那天她在下边看书，没有抬过头，倒是有听旁边的姜梨和白雪静窃窃私语："哇，他长得太好看了。""不知道有没有女朋友。""听说一直都单身哎。""这个学长的声音也好好听。"

她听得都有些烦躁，干脆别过脸捂住了一只耳朵。

"他的名字挺好听的。"江攸宁没找到别的夸赞点，只好这样说。

"嗯。"路童点头，"人也长得好看，就是性子冷了点儿，听说他一直独来独往，很少跟人相处。"

江攸宁说："哦。"

昨晚学长也是一个人，他是不是也很孤独呢？应该不会吧。像学长那么善良的人，一定会有很多人喜欢他。

江攸宁胡思乱想着，跟路童一起去了操场，操场上人多，平日里江攸宁一到操场就站在角落里发呆，几乎从不抬头看，但今天在四处张望，从东到西，从南到北。

路童问："你在找什么？"

江攸宁立马摇头："没有，随便看看。"

她没看到昨晚的那个男生，有些失落。

今天是军训正式结束的日子，半个月的军训要交上最后的成果。所有方阵都要绕着主席台走一圈，然后被评判、打分，评选出最优秀的方阵和优秀新生代表，基本上每个班都有一到两个荣誉称号的名额。

这一套流程走完，起码要上午十二点，尤其是颁奖，一次念十个名字上去领奖。

江攸宁忽然觉得小腹痛得厉害，算了算日子，发现临近经期，昨晚还淋了雨，这会儿鼻尖都开始冒汗。她有些虚得站不稳。

路童碰了碰她，低声问："你怎么了？"

"肚子疼。"江攸宁说。

路童想也不想就打报告："教官！她生病了！"

"她生病了自己不会说？"教官训斥路童，"你怎么知道她病了？疼在你身上？"

江攸宁拽了拽路童的胳膊，看着教官低声说："不好意思……我有点儿难受，教官。我可以去趟医务室吗？"

她的状态很不好，她看着会随时倒下。教官也没苛责，让路童陪着她去了。

校医院就在操场边上，江攸宁被路童搀扶着去，捂着肚子坐在医院里的长椅上，额头上大滴大滴的汗往下掉，路童去帮她挂号。

校医院挂号费一块钱，要现金。

"一百找不开吗？"一个熟悉的男声传来，江攸宁忽然抬起头望着挂号的窗口。

路童身侧站着的，正是昨晚的那个男生。

他仍旧穿着黑衣黑裤，站姿挺拔，站在那儿拿着钱，有些为难："开感冒药之后也找不开吗？"

"都是零钱。"柜台前那人说，"你拿来吧，我试试。"

他感冒了吗？

江攸宁盯着他的背影。

路童忽然大声喊她："宁儿你有零钱吗？"

江攸宁回过神来，在男生回头的那一瞬间低下头，声音细若蚊蚋："有。"

她掏了掏兜，有张十元的纸币，还有两张二十元的，以及几张一百元的，白皙的手臂低举着，在阳光下很晃眼，路童小跑过来拿钱："还好你机灵。"

路童再回去的时候，男生已经往回走了，路过门口，手里拎着感冒药。

他走在医院的地板上，每一步都好似在江攸宁的心尖上跳舞。

江攸宁半俯下身子，别过脸悄悄地看男生。

他的腿好长，他的手也好漂亮。

他吸了吸鼻子，好似不太舒服，是感冒了吧。

昨晚的雨把他给淋感冒了，其实他应该不用感冒的。

她如是想着，心中愧疚更甚。

江攸宁给自己打气：问一句吧。

这是礼貌，并不是搭讪，学长不会讨厌自己的。

她的手握成拳，又松开，不停地重复着这个动作。

她握拳，松开，呼气，吸气。

学长快要走出去了，她抓紧时间，微仰起头喊："学……"

"沈岁和？"一个穿着红裙子的女孩儿出现在门口，笑得张扬，略带轻佻地喊沈岁和的名字，"你感冒了？"

江攸宁的话全部卡在了喉咙口，她的心掉落到谷底。

她心想，那是学长的女朋友吧。

她见过那个女孩子，前几天给她送过丢失的学生卡。

她们还在一起吃过一餐饭，那是文学院的徐昭，漂亮又张扬。

微风吹动徐昭的裙摆，她笑着说："我照顾你啊。"

男生却皱了皱眉，不知怎的，别过脸抬着下巴指了指江攸宁的方向："有这时间还不如去帮帮那个女孩儿。"

只是一瞬，他的目光便移开，但他冷冷的声音仍旧在响："她看起来比我更需要帮助。"他说完之后，用手背拂开拦在他前面的那条胳膊，头也不回地离开。

徐昭终于看着江攸宁，忽地笑了："小学妹，是你啊。"

江攸宁抿唇点头。

她低下了头，徐昭问："有人照顾你吗？"

"我舍友在。"江攸宁说，"谢谢学姐。"

"那我就先走了。"徐昭笑得张扬，"来抓鱼的，没想到鱼溜了。"

江攸宁望着她的背影，心想，抓鱼？鱼是学长吗？

路童挂完号回来，伸手在江攸宁的眼前晃了晃："在看什么？"

"没什么。"江攸宁下意识地回答。

"刚刚那个你看到了吗？"路童扶着她去医务室，"那就是沈岁和。"

"是他啊。"

江攸宁在心中默念那个名字。沈岁和，她觉得这个名字真的很好听。

"下周一咱们导员请他来做分享交流了。"路童说，"晚上七点的班会，导员请了很多学长学姐，听说里边就有他。"

"真的吗？"江攸宁的眼睛顿时亮了。

"怎么？"路童笑，"有兴趣？"

江攸宁那双明亮的眼睛闪过慌乱感，她立马摇头，欲盖弥彰："没有。"

她说得没什么底气，但路童摸了摸她的小脑袋："宁儿，我劝你别多想了，沈学长都快有两个你高了。"

"我没有。"江攸宁的脸色微红，"你别乱说。"

路童仍旧自顾自道："你的当务之急是好好长大。"

江攸宁笃定地点头："嗯。"

她要好好吃饭，长高，好好长大。

"而且，"路童顿了顿，瞟了眼刚才沈岁和待过的地方，"那就是朵高山上的雪莲，摘不下来的。"

江攸宁说："哦。"

她有些失落。

"那学姐你看见了吧？"路童颇为惋惜地说，"校花，好几个人排着队追她，但她就往沈学长那棵树上吊，两个多月了，沈学长都没正眼看过她。"

江攸宁说："哦。"

连徐昭那样的人都不喜欢，沈学长到底喜欢什么样的啊？

他常一个人走，不孤独吗？

不过她有时也喜欢一个人。

独来独往的沈学长，好酷啊。

周一是个晴天，江攸宁比往日更早醒来，蹑手蹑脚地下了床，去卫生间洗漱。

她的桌上有了化妆品，都是她问了辛语之后买的。

房间里的光很暗，她摁开了台灯，对着镜子施展刚学不久的化妆技术，但化完之后……一言难尽。口红涂得太重了，眼影好像也太浓了，眉毛又粗又浓，脸上腮红太重，总之像极了舞台上滑稽的小丑。正好碰上路童醒来，迷迷糊糊地下床，看见江攸宁的妆时吓了一激灵："宁儿你干吗呢？咋变成这样了？"

"好……好看吗？"江攸宁磕巴着问。

无尽的沉默就表示这个妆容真的很失败，江攸宁失落地趴在桌上，找了张纸慢慢地擦。

路童已经清醒了，走过去在江攸宁的脑袋上轻拍了一下："怎么突然想起要化妆？"

"就是觉得你们化妆很好看呀。"江攸宁用了早就想好的说辞。

路童说："那一会儿我帮你化。"

最后路童帮她化了个很淡的妆，两人又一同吃了早饭。

周一的课不算多，上午一节，下午一节。

江攸宁现在每一餐都吃很多，还让叔叔给买了钙片，吃得很勤。

他们的导员是个很年轻的博士，正好带三年级的课程，所以就让学长学姐们来给他们传授一下学习和生活的经验，让他们这些刚入学的大学生不至于慌张忙乱。

江攸宁仍旧是去得最早的，只是因为跟其他班一起听，她的第一排位子已经被文具占领，她只能找距离讲台最近的，在第五排靠窗的位子，这排只剩一个位子，路童坐在她的后边。

教室里人来人往，江攸宁低着头看书，今天拿的是一本散文集。其实她也看不进去，心思本就不在这上边，一边看还一边想着别的事情。

她这一排坐的都是男生，应当是他们班的。

她无意看，也无意了解，只是旁边的男生问了句："你有多余的笔吗？"

江攸宁翻了下浅绿色的笔袋，找到一支新笔递过去。

男生腼腆地笑了下："谢谢。"

"不客气。"

江攸宁不是爱跟人聊天儿的性子，反正也看不下去书，便转过头看外边的风景。这会儿天色将晚，华政的路灯在一瞬间亮起，她坐在第五排，在等人来。

导员找了六个人来。

沈岁和就是第六个，来的时候还有些喘，应当是跑过来的。前边的学长学姐已经将各个方面的问题都讲过了，在场众人也没什么问题问，但看见沈岁和来，教室里还是短暂地沸腾了一下。

他仍旧穿着黑衣黑裤，但今天穿的是 T 恤，露了一截儿胳膊出来，很消瘦。

江攸宁目不转睛地看着讲台，将笔尖戳在纸上，不经意地画了个圆。

沈岁和没有讲演稿，就随意地聊了几句，关于进哪些社团，关于做哪些课题，以及如何学习，离不开三句话：多读书，多看题，多背诵。他还加了一句：多看新闻和案例。

大家都以为他会说出哪些令人惊讶的话来，没想到他说得竟如此一般，都是些老生常谈的话题。

他的声音冷冷的，他说话时台下还有些躁动，但仍旧旁若无人地完成了整场讲演。

江攸宁几乎是在心里速记他说了些什么。

讲演完后，他说："我要说的就是这些，大家还有什么问题吗？"

教室里鸦雀无声了几秒，又突然像是鸟飞出了笼子，叽叽喳喳，大家在小声讨论，江攸宁在心里酝酿了一个又一个问题，但不敢举手说。

她从小学到高中，一直都是老师点名喊，才会站起来，这会儿整个教室里有近百号人，她不敢。

但沈岁和一个人站在讲台上很尴尬，她刚想站起来问该如何保持对法学这门课程的热爱，教室最角落里忽然传出来一个声音："学长，你有没有女朋友啊？"

不知是谁说的，总之靠近后门那一片儿突然沸腾起来。

教室气氛顿时活跃。

沈岁和站在台上朝那边瞟了眼，然后用目光扫过在场众人，清了清嗓子："这个问题不在回答范围之内。"

"嘻。"众人叹了声。

"但看你们是新生，可以回答。"沈岁和的目光算不得柔和，但江攸宁紧紧地盯着那双眼睛，莫名地感受到了安全感。

他将声音略拉长了一些，带着几分笑意："没有。"

"有谈恋爱的时间，"沈岁和说，"不如好好学习。"

在场的女生们顿时芳心尽碎。

沈岁和在教室里待的时间拢共不超过二十分钟，江攸宁把他说的都记了下来。

最后导员总结，这场经验交流会便也结束。

同学们陆续离场，她的"同桌"把笔递还，然后低声说："谢谢。"

"不客气。"江攸宁起身，背上了书包。

她的书包其实不沉，但她觉得心情不太好，说不上来的那种心情不好，可能是因为问题没有问出去，也可能是因为沈学长说不谈恋爱，还可能是因为他从未往她这里扫的目光。

她站在那儿想，沈学长为什么不能普通一点儿呢？这样，他就是我在雨天里认识的好心人，而不是大家的沈学长。

"需要我帮你吗？"她那个短暂的"同桌"低声询问，"我看你很不舒服的样子。"

江攸宁摇头："不用了，谢谢。"

"哦。"

"景谦，走啦。"他的舍友在喊他。

男生应了声"来了"，便匆匆地离开。

江攸宁跟路童回宿舍，在回去的路上看到了沈学长，他坐在法学院系楼最偏僻的那条小路的长椅上，背对着路灯，在吃面包，但面包大概不好吃，他只吃了两口便扔进了垃圾桶，倒是把一桶矿泉水全都喝完。

"宁儿，"路童在前面喊她，"你在看什么？"

"没有。"江攸宁匆匆地跟上，余光还在扫向沈岁和。

在那一瞬间，她看到沈岁和朝着她这个方向看过来，四目相对。

她的心怦怦地跳个不停，快跳出来了似的。

但最后，沈学长起身离开，他的影子在路灯下被无限地拉长。

江攸宁盯着他的背影，低声问路童："你说沈学长为什么会一个人走啊？"

路童沉思了会儿："可能是太忙了吧。"

"啊？"江攸宁惊讶。

"他是个传奇。"路童把她所知道的八卦消息全都告诉了江攸宁。

沈学长家庭条件不太好，一个人打好几份工，还要保持年级第一，每年拿国家级奖学金，为了挣学分还要参加社团活动。他几乎是一个人劈成好几瓣用，所以没时间交朋友。可能是跟他不大和人相处有关，他在学校里的风评很不错。

江攸宁在回去的路上想，我要怎么做呢？也把自己劈成好几瓣用吗？不，我现在要做的就是好好学习，好好长大。

江攸宁以为他们在同一个院系，一定会有很多见面的机会，可是他们学校在学生大三时就把学生派出去实习了，所以沈岁和回学校的时间少之又少。

她再一次见到沈岁和已经是十二月。

北城刚落了一次雪，她站在公交站等十一路公交车去小叔家，沈岁和穿着黑色的羽绒服，目不斜视地途经她的身侧。

江攸宁瞪大了那双眼睛，但他没有看见，而几秒后，徐昭也从她的面前路过，而且穿着白色的及膝羽绒服，妆容明艳，笑起来像是春天的太阳。

徐昭手里握着雪球，出其不意地把雪球扔进了沈岁和的领口。

她跳起来笑着，像朋友，像情人。

沈岁和低下头抖雪，微皱眉头，不知在说什么，十一路公交车的鸣笛声让江攸宁听不真切。

江攸宁没上这趟十一路公交车，仍旧站在皑皑白雪之中。

雪再次落下，但沈岁和跟徐昭的身影已经消失。好巧，又好不巧。

刚刚沈学长路过的时候，江攸宁发现自己长高了不少，距离到他的肩膀处差七八厘米了呢。

沈学长，你再等等好吗？

江攸宁想，我会长大的。

漫长的寒假显得无聊，江攸宁跟家人去国外旅游，然后又回来，做什么都是兴致缺缺的，最后打开电脑进了学校的贴吧，发现里边有不少帖子是在问沈岁和的联系方式，但没有人说出来。

江攸宁逛了会儿便打开了锦离，这是一个很文艺风的论坛。她前段时间在上面更新了自己的心情，没想到反馈很好，读者都希望她继续更新。于是她把上次见到沈学长的事情再写了出来，分享也是一件快乐的事情。

华政的校运会在四月份，大一的必须参加，江攸宁作为体育差生，自然只有做后援的份儿。

四月份的北城天气还不算太好，尤其是办校运会那几天，风还挺大的，可大家仍旧要比赛。

第一天比的是室内项目，江攸宁负责加油，路童有一个跳远项目，江攸宁喊了没几声，嗓子就哑了。

第二天天气好，于是在室外举行跑步比赛。五十米、一百米、两百米、四百米、八百米、三千米，分两天举行。那个已经被磨掉了"1"的跑道仍旧在使用，大家在上面尽情地挥洒汗水。

但江攸宁的状态不算好，她坐在观众席，感觉小腹很痛，又是这熟悉的感觉。

自从上次在经期前淋过雨，她发现痛经的症状越发严重，时常感觉自己几乎要痛晕过去。

她跟路童打了个招呼，想去卫生间待一会儿，从观众席上匆匆地跑下来，看都没看就往卫生间跑，可跑着跑着撞到了一个硬邦邦的东西，还带着温度，以及那天在雨夜闻到的淡淡的松木香味。

她稍一愣怔，往后退了半步。

"慢点儿。"沈岁和漫不经心地叮嘱，"记得看路。"

他没有呵斥。

江攸宁默默地吞了下口水。

她不敢抬头，但两秒后又悄悄地抬起来一下，声音细若蚊蚋："学长对不起。"

"没事。"沈岁和说，"你记得看路，撞到人还好……"

他今天心情似乎不错，还开了个玩笑："要是撞到电线杆，可要碰头咯。"

江攸宁挠了挠头："哦。"

沈岁和往反方向走，江攸宁的脚步放得很慢很慢，隔了几秒，她听见沈岁和喊："学妹？"

江攸宁回过头："啊？"

但她又瞬间低下头来。

她现在脸色肯定很苍白，穿着宽大的校服，人又很狼狈，还是不要让沈学长看见了。

"法学院的观众席在哪儿？"沈岁和问。

江攸宁抿唇，抬起手指了指："在第二排，第四个方阵，有牌子。"

她的声音不算大，但他也能勉强听清楚。

沈岁和已经走超了，所以折回来，但在离江攸宁不远的时候，忽然轻声问了句："你有社交恐惧症吗？"

江攸宁没说话。

"可以尝试着去辩论社练习一下，"沈岁和说，"不然往后要怎么生活？"

他只是随意地给了建议，但江攸宁望着他的背影，站在那儿想了很久，很久。

她想，沈学长真的很善良，不过她参加了辩论社的啊。因为开学时的那次讲演，他首个推荐的社团就是辩论社。

她真的在好好长大，可沈学长为什么要等她呢?

华政很小，就两万多学生而已；华政又很大，江攸宁想遇见沈岁和，很难很难。

她的青春里，她好像就跟他说过几句话，但那几句话构成了她一整个青春。

第十九章
暮暮朝朝

北城的春天向来多雨，但近日是难得的晴天，太阳高悬于空中，温度不断上升，直到傍晚时分有风刮起，气温才降下来。

江攸宁在办公室看卷宗，全神贯注，根本没注意到有人站在门口，卷宗翻过了一页又一页，沈岁和终于忍不住出声："你忙完了没？"

江攸宁这才抬起头，揉了揉眼睛，叹了口气："还没。"

最近拿到手的卷宗太多了，她过段时间要休假，所以每天几乎都是加班加点地在做事。

"下班了吗？"江攸宁问。

沈岁和绕到她的身后，长臂一伸抱住她："是啊。"

她又瘦了。

沈岁和的手指在她的肚子上轻捏了一下："你每天能不能多吃点儿？"

江攸宁说："我努力了。"只是努力没成功。

沈岁和每天都逼着她多吃饭，但她越吃越瘦，越吃越瘦，现在只剩九十斤了。她上次洗澡摸后背，能摸到棱角很分明的骨头，确实太瘦了。

"我带你去吃饭。"沈岁和说，"今天别加班了。"

江攸宁想了想："也行。"

然后她恍然想起："漫漫呢？"

"昨晚妈就接走了。"沈岁和说，"这几天放假，让他去爸妈那儿住两天。"

江攸宁叹了口气："好吧。"

她已经给忙忘了，脑子里都是卷宗。

年龄带给她成熟和稳重之外，还带给了她一些不好的事情，比如遗忘。

她这会儿时常因为工作太忙，忘掉跟沈岁和的约定。沈岁和会常提醒她。

两个人重新开始谈恋爱之后，江攸宁发现没有谁刻意地去经营这段关系，就只是单纯地想对对方好，就这样做了，做了之后也好好地表达了，两人的心意彼此都明白，所以减少了很多矛盾点。

这段关系起码让两人都很舒服。

她收拾卷宗的资料，沈岁和便抱着她不松手，弯着腰，也不嫌累。

江攸宁拍了他的手一下："松开。"

沈岁和干脆把脑袋也搭在她的肩膀上，还隔着椅子，也不嫌别扭："我不。"

他这状态很不对劲。

江攸宁微皱眉头，抬手往他的额头上搭，沈岁和抬起一只手握住她的："我没发烧。"

"那你怎么了？"江攸宁问，"工作不顺利？"

"不是。"沈岁和松开她的手，没再继续说。

江攸宁站起来收拾东西，把资料分门别类地整理好，而沈岁和把她身后的椅子一转，坐下，安静地等她。

他安静得有些过分，江攸宁收拾完东西的时候才意识到。

"怎么？"江攸宁碰了碰他的肩膀，"遇到什么事了？"

沈岁和不说话，只是盯着她。

"你说呀。"江攸宁笑了下，戳他的肩膀，却猝不及防地被拉住手腕一把拽到了他的怀里。

片刻惊慌之后，她低声问："你怎么了？"

沈岁和把她抱得愈紧，没回答她的话，却先在她的脖颈儿上咬了一口。

他没有用力，只是轻轻地咬一口。

"痒。"江攸宁在他的怀里挣扎。

沈岁和却在她的腰间拍了下，温柔又缱绻地喊她："江可爱。"

"干吗？"江攸宁见躲不过，便也不躲了，在他怀里寻了个舒服的姿势窝着，然后把玩他的手指，"你是不开心吗？"

"是。"沈岁和说，"江可爱，你知道今天是什么日子吗？"

江攸宁愣怔了两秒："分手纪念日？"

沈岁和又在她的脖颈儿上咬了下："好好说话。"

"我没有好好说吗？"江攸宁笑，"你要说就说，不说……我再想想。"

沈岁和蹭她的耳朵，她散落下来的头发悉数落在他的脸上、脖颈儿上。

江攸宁被弄得想笑，重重地捏他的手指："你不要动我，我好好想。"

"想。"沈岁和呼出的气全部喷在她的耳际，弄得她的耳朵都泛红了。

"挑婚纱？"江攸宁问。

"那你说。"江攸宁说，"自己说，别让我猜，我好累的。"

她把脑袋靠在沈岁和的肩膀上："我都工作一天了。"

沈岁和叹气。

"你又不高兴。"江攸宁说，"我是不是忘了什么重要的日子？"

沈岁和无奈地放弃："也不是很重要。"

他看她疲累至极，还是心疼更多，抬起手给她摁眉心："做不完的事情就分下去，实在不行就少接几个案子，不然累垮了身体。"

"我知道。"江攸宁很享受他的按摩手法，闭上眼睛跟只猫一样窝在他怀里，还蹭了蹭他的肩膀，用轻描淡写的语气道，"你怎么还是这么闷啊？"

"嗯？"沈岁和的手一顿。

江攸宁说："你应该叫沈闷闷。"

"怎么？"

江攸宁轻笑，仰起头在他的脸颊上吻了一下。

"我记得的，"江攸宁说，"今天是你的生日呀。"她说着，像变戏法似的从兜里拿出一枚戒指，在他还愣怔的时候给他戴到了无名指上。

她怎么会忘？有些东西是刻在骨子里的。就像昨晚没有下雨，她想的是今年沈岁和可以过一个阳光的生日。她知道今天是清明节，但更记得这是沈岁和的生日。

沈岁和笑："你骗我。"

"是你笨，"江攸宁说，"想要礼物都不主动点儿，还等着我送啊？"

"是。"沈岁和抱紧她，吻向她的唇。

他们没有去外边吃晚饭。

今天江攸宁说她下厨，看在是沈岁和的生日的分上，可以给做几个菜。

两人一起去超市，又一起开车回家。

沈岁和把东西放到厨房里，然后给江攸宁系围裙，也不出去待着，就在厨房里给江攸宁打下手。江攸宁已经很久没下厨了，带漫漫、上班挺累的，沈岁和算是勉强可以做饭吃，但大部分时候两人点外卖，或者是简单地做个面。

她站在那儿，神色认真，沈岁和负责择菜、洗菜，她拿起刀负责切，但没过几分钟，忽然发出一声惊呼，沈岁和立马站起来："怎么了？"

"切到手了？"沈岁和皱着眉，立马拉着她的手放到水龙头下，水流冲走她的血迹，露出被切到的那部分，挺长的一道口子。

"你啊你，"沈岁和无奈，"疼吗？"

江攸宁点头："疼。"

沈岁和说："我去拿药箱，你忍一下。"

药箱里都备着常用的药，沈岁和给她撒了一些消炎药的粉末上去，然后用纱布慢慢地缠上伤口，把她的食指包成了肿肿的一团。

江攸宁的手受伤，她那些说要下厨给沈岁和庆生的豪言壮语自然不作数，晚饭还是沈岁和来做。他站在厨房里，昏黄的灯光映下来，显得格外有烟火气。江攸宁倚在门边，就那样看他的背影，看他不算太熟练地把菜翻炒，但又很认真，她上前抱住他，把脑袋贴在他的脊背上："沈岁和，生日快乐啊。"

这年北城的春天没下太多雨，辛语和裴旭天就在这个春天举办了婚礼。

这一年，裴旭天 38 岁，辛语 34 岁。

江攸宁跟沈岁和带着漫漫去参加他们的婚礼，漫漫还做了他们的花童，另一个做花童的小女孩儿是裴旭天的外甥女。

婚礼的流程复杂又漫长，但是大家都很快乐。

江攸宁问辛语办婚礼是什么感觉，辛语想了想，说："可能是虔诚吧。"

她说，她真的从来没下过这么大的赌注，在主持人问她愿不愿意嫁给这个人，跟他携手一生的时候，她才真正地意识到她很爱这个人，然后才愿意进入婚姻。

那天辛语、路童、江攸宁聊了很多。

江攸宁她们还闹了裴旭天的洞房，辛语平常那么大大咧咧的人，在被闹洞房的时候都红了耳朵。

江攸宁当晚坐在床上，开始思考起了自己的婚礼。婚礼这事说复杂也不复杂，说不复杂，但又有点儿麻烦。活到这个年纪，她现在是越来越怕麻烦，所以跟沈岁和商量了几次要不别办婚礼了，但沈岁和每次都用那种很幽怨的眼神看她，搞得她像个人渣一样。

沈岁和洗完澡出来，看她盘腿坐在床上发呆，于是把毛巾递过去，蹲在床边："在想什么？"

江攸宁顺手接过，摸了摸他的头发："你的头发长了。"

"嗯，"沈岁和说，"最近没有剪。"

"明天去吧。"江攸宁说。

"不剪，"沈岁和的手正好握住她的，"这段时间都不剪了。"

"留着做什么？"江攸宁说，"跟个流氓似的。"

沈岁和说："那不是挺好？"

他说："我们也办婚礼吧。"

沈岁和俯身吻向她："我都准备好了，你不要怕麻烦。"

江攸宁轻轻地推他，想让他把话说清楚，结果听到沈岁和说："我想让你做世界上最漂亮的新娘。"

婚礼终于提上了日程。

江攸宁以往觉得这个仪式感必不可少，但近些年对这些东西的要求倒是淡了些，许是知道了自己在这个人这里的重要性，所以觉得这类仪式感没那么有必要。

婚礼几乎是沈岁和一手策划的，她只负责去婚纱店挑了婚纱，两人不是第一次拍婚纱照，第一次拍婚纱照的时候两人都僵得像是木头，她不太敢靠近，沈岁和也不怎么能面对镜头。他们虽然同框，但像是隔开了楚河汉界。

这一次他们拍婚纱照，还出了外景，大清早起来去北城的影视基地拍，正好江闻在这边拍戏，大家还约着中午一起吃饭。

他们先拍的是一套古装风格的，服装化妆很是麻烦，但出来的效果很漂亮。

江攸宁虽然是地地道道的北城人，但身上带着几分南方的温婉感，换上古装之后像是从画里走出来了似的，而沈岁和是第一次穿古装，穿上一身红衣，不大像新郎，倒有些像杀手。

江攸宁凑在他耳边悄悄地说："我觉得你一会儿能直接去剧组了。"

"做什么？"沈岁和问。

"江闻他们剧组还招群演，"江攸宁说，"你挺适合去演戏的。"

沈岁和说："我不上镜。"

江攸宁给他把衣领折了一下，他比她高近二十厘米，这会儿低下头来看她，顺手把她头上掉落的"亮晶晶"拿掉。

"这个古装好看的。"江攸宁说，"我觉得你能去演剑客，特别无情的那种。"

"你这是在骂我还是夸我？"沈岁和笑了下，"那你适合演什么，小宫女吗？"

"我怎么不能演贵妃？"江攸宁转了个圈，把手指上那一圈戒指给他展示出来，"你看我这贵气逼人的样子。"

"那我要演皇帝，"沈岁和说，"但是就要一个贵妃的那种。"

"干吗？"江攸宁瞟了他一眼。

沈岁和的手刚好掐在她的腰间，轻轻地捏了下她腰间的软肉。

江攸宁推了他一把。

孰料那边摄影师喊："来，就这个姿势，再近一点儿，新郎把手搭在新娘的手上，新娘踮个脚。"

摄影师说着要求，两人照做，隔着咫尺的距离，江攸宁还能听到沈岁和的心跳声。

他的胳膊搭在她的腰间，平日里他们也抱习惯了，这会儿倒没什么不适应。

"新郎笑一下，表情不要那么僵。"摄影师说。

沈岁和是真的不习惯面对镜头，平日里十分的美貌在镜头下只能展现八分。

江攸宁戳他的腰："笑。"

"我笑了啊。"沈岁和露出一个笑，僵得要死，根本看不出来那是笑。

"你这样特像是被我抢回来的……"江攸宁低声和他说。

"什么？"沈岁和问。

江攸宁凑到他耳边："压寨——夫君。"

这几个字把沈岁和逗乐了，他瞬间笑开，忘记了在镜头前的紧张感。

这样，几张照片才算完成。

接下来这一组是欢乐的主题的。

江攸宁趴在他的背上，揪他的耳朵，他仍旧笑得僵硬，但江攸宁知道逗他笑的方法，总能让摄影师抓拍到好看的那张。

她被他抱着，背着，躺在他怀里，各种各样的姿势都来了一次，而且还都不是一遍过，很有可能是十几次才能拍出一张好的。

两人累了一上午才算是把这一组古装的拍好，下午的拍摄时间是两点半，也就是说两人吃个饭又得重新化妆拍摄。

拍的主题是当时沈岁和去选的，他选了一套古代主题的、一套现代主题的，还有一套民国风的，下午要拍的就是民国风的。

在去找江闻的路上，江攸宁捏了捏自己的肚子："我这怎么吃饭？下午还要穿旗袍呢。"

沈岁和瞟了眼："没事，你穿旗袍也不会显小肚子。"

江攸宁摇头，叹他不懂。她给江闻打电话，江闻给他们发了个地址："你们先到这儿来。"

"不是说要请吃饭？"沈岁和问，"他是还没下戏？"

"谁知道呢？"江攸宁说，"过去看看呗。"

两人身上换回了普通的衣服，但还带着妆，走了一段路突然有人拦住他们，问他们有没有意向去演戏，就两场，给两千块钱，算是开了很高的价格。

沈岁和想也不想地拒绝，觉得他又不适应镜头，等那人走了之后，江攸宁瞟了一眼他的脸："是挺适合演戏的哈。"

"不，"沈岁和说，"我的本职工作挺好的，不想转行。"

江攸宁哈哈大笑："我那会儿就觉得你应该去当演员，而不是做律师。"

"嗯？"沈岁和疑惑。

"咱们刚结婚那会儿，你记得吗？"两人十指相扣走在路上，她笑着说，"我经常在想，你的演技真的好，跟一个不喜欢的人都能同床共枕，还能在外人面前演得那么好，对着我是一个表情，有外人的时候又是一个表情。"

沈岁和皱眉："有吗？"

江攸宁重重地点头："有！"

沈岁和捏了下她的手指："那我要澄清一下。"

"嗯？"

"我那会儿没有不喜欢你。"沈岁和一本正经地说，"我一直都在想，我为什么会想跟你结婚？"

"因为我乖。"江攸宁接了下半句。

沈岁和直接慌了，把江攸宁的手拉得更紧，像是生怕她跑了，然后继续道："我那时候胡说八道的。"

"那是什么？"江攸宁气定神闲地看着他，"你不一直都说是因为我乖才娶我吗？我听话又好拿捏，简直就是结婚的不二人选。但是吧，某人跟我结完婚还让我怀孕了，简直就是人渣界的个中翘楚。"

"我不是……"沈岁和听着她说，听得还心酸，"你别那么想。"

"那我要怎么想？"江攸宁笑，"当初话都是你说的。"

"我那时候不会说话。"沈岁和解释道，"你知道的。"

"20多岁的男人都不会说话，那你学了些什么呀？"江攸宁逗他。

沈岁和忽然紧张了。

哪怕江攸宁是笑着调侃他的，他还是从那个笑里看见了苦涩。

他们重新在一起之后，江攸宁很少跟他提过去的事情，说是人不能永远停留在过去，所以要往前看。他有时候也会旁敲侧击江攸宁对过往的态度，但江攸宁几乎都不会。她就是笑笑，然后开玩笑似的说："想补偿我啊？那你知道我过去受了很多委屈就行，以后记得好好爱我。"

在她这儿，过去就是过去。

她好像很怕沉溺于过去，因为她说以前就是太沉溺于过去，才会把自己困在原地一直走不出来，所以现在就只往前看。

在人潮涌动的长街之上，沈岁和忽然紧紧地抱住了江攸宁，收紧手臂，附在江攸宁耳边说："我当时一定很喜欢你，所以才想把你占为己有。"

那些日子里，我没有跟你演戏，只是不知道怎么对你好而已。

他们去找江闻的时候，沈岁和的眼尾还泛着红。

他抱着江攸宁说了很多，跟她不停地解释，哪怕江攸宁都笑着说是在开玩笑，沈岁和还是说："我想起来那会儿的自己都生气。"

他每次都不问她，还以为她不在意。

他以为自己做得很好了，没想到根本不够，真是年少太志得意满，所以自然而然地忽视了身边的人。

但他那会儿是很喜欢江攸宁的。看她笑，他会开心。

他真是蠢啊，跟她错过了那么多年，还差点儿没把人追回来。

江攸宁拍了拍他的胳膊："没事，我想起来那会儿的你也生气。"

沈岁和伸手揉了一把她的头发："委屈你了。"

"没事。"江攸宁看他那个可怜又懊悔的样子，特别想笑，但又憋着没笑，抬起手捏他的脸，"我现在不是还给你了吗？"

沈岁和说："还不够。"

"那我要对你拳打脚踢才够吗？"江攸宁又捏他的耳朵，"那我岂不是在家暴？"

片刻之后，他忽然说："江攸宁，我会对你好的。"

江攸宁压制着嘴角的笑意："哦。"

"我会一直一直对你好的。"沈岁和说。

30多岁的老男人，说起这话来也没羞没臊。

江攸宁抱了他一下，像在安慰一只大狗狗："好啦，我知道了。"

"江攸宁，你真好。"沈岁和说。

江攸宁说："是的，我可太好了。"

"你有没有什么想去的地方？"沈岁和忽然转移了话题。

江攸宁挑眉："做什么？"

"带你——去感受浪漫。"

江攸宁倒没有想去的地方，但有一直想尝试但没敢尝试的项目：跳伞和蹦极。

她看上去乖，但骨子里也有不羁的那一面，这两件事情她一直很想去做，但没敢。

沈岁和揉了揉她的头发："我陪你去。"

他说的是"陪"，不是"带"。

他们见到江闻是在剧组，他已经没在拍戏了，但童瑾在。

童瑾这会儿在拍一场哭戏。

她的对手演员是个偶像转型来的演员，长得很令人惊艳。

江攸宁过年那会儿无聊，还回看了那个选秀节目，当时就觉得他帅，发现最后他果然是以第一名出道的，没想到这会儿已经来演戏了。

他穿的是校服，正是 20 多岁的年纪，穿着校服格外有少年感。

江攸宁戳了戳沈岁和："我还没见过你穿校服的样子。"

沈岁和从各种图册里翻出了自己高中时的毕业照，然后一抬头就发现江攸宁入迷地盯着那边拍戏的男生，眼睛都不带眨的。

她还低声问江闻："那小孩儿是谁啊？看着真帅。"

江闻正皱眉看着童瑾哭得声嘶力竭的，估计她一会儿又出不了戏，听见江攸宁这么问，随口回了句："沈意。"

"跟沈岁和一个姓哎。"江攸宁啧了声，"现在的小孩儿都吃什么长大的啊？看起来比沈岁和那会儿还好看。"

剧组人多，来来往往的工作人员都在忙着各自的事情。

童瑾撕心裂肺的哭声传到每个人的耳朵里，在场的众人难免被这种情绪感染。

穿着蓝白相间的校服的男孩儿背对着童瑾，微动脚步，却一直没有走，而他背后的童瑾蹲在地上，像个小孩儿一样号啕大哭。

男生握紧拳头，片刻之后往前走。

很短的时间，表演层次分明，看得江攸宁竟红了眼。

导演喊了停，男生站在原地，几秒就出戏了。

江攸宁啧了声："他演戏也不错啊。"

她本来打算跟江闻讨论的，结果扭过头就发现原本坐在椅子上晒太阳的江闻早就跑了，再一转眼，发现江闻已经蹲在地上去安慰童瑾了。

童瑾伸出胳膊抱紧他，眼泪全部落在他的肩膀上。

江闻一边给她擦眼泪一边低声哄着，江攸宁猝不及防地看着他们秀恩爱。

看那边估计也要好一阵，她干脆坐在椅子上等，仍旧将目光落在那个叫沈意的男孩儿身上。男孩儿这会儿下了戏，拿了手机出来玩，垂着眼戳手机，偶尔抬起头来跟助理说两句话，不知助理说了什么，他忽然笑了，带着满满的少年感。

江攸宁忽然心生感慨：可能这就是青春吧。

她这辈子已经不复青春了。

忽然，她的面前落下大片的阴影，遮住了她看明星，她仰起头，沈岁和正直勾勾地看着她。

"好看吗？"沈岁和面无表情地问。

江攸宁哧地笑了："好看的。"

"谁好看？"沈岁和站得笔直，看她的目光里仿佛带了火种。

江攸宁揪了揪眉心："不是吧沈岁和，这种醋你也吃？"

沈岁和没说话，直接背过了身子，但那个背影明晃晃地在说：我生气了！我吃醋了！快哄我！

江攸宁揪了揪他的衣角，他仍旧没回头，甚至没有动。

"喂。"江攸宁的声音散漫，带着几分愉悦，"我就夸了一句，你至于吗？"

沈岁和没说话。

"你还不理我？"江攸宁拉他的袖子，"跟不跟我说话？"

明明是她错了，她为什么还能这么理直气壮？！

"不跟我说话是吧？"江攸宁把手松开，却在瞬间又被握紧。

沈岁和仍旧没转身，但把她的手握紧，生怕她溜了似的。

几秒后，他几乎是从牙缝里挤出来一个字："跟。"

江攸宁憋着笑，又用另一只手戳了戳他的腰："哎，你不跟我一起看看明星吗？毕竟又不是经常能到这种地方来。"

"我对明星没兴趣。"沈岁和咬牙切齿。

江攸宁拉长了声音："哦，好吧，那我就自己看咯。"

然后她偏过头看那边，刚刚那男孩儿已经不在原地待着了。没看见那男孩儿，她叹了口气。

"还挺失望？"一个凉飕飕的声音传到耳朵里。

江攸宁点头："是挺失望。"

沈岁和别过脸看了她一眼，从她的眼里看到了戏谑之意。她故意的。沈岁和知道，但还是不可避免地心里泛酸。

"沈岁和呀，我都没看过你穿校服的样子。"江攸宁略带遗憾地说。

她刚才看到沈意，一瞬间有些恍惚。

沈意跟沈岁和身上的气质是完全不一样的，他们的长相也不一样，

408

沈意是偏少年感的长相，像极了从漫画里走出来的少年，而沈岁和毕竟年纪在那儿放着，更成熟一些。如果时间再倒退十几年，沈岁和应当是跟沈意不相上下的。那会儿沈岁和的身上也有满满的少年感，只是现在西装把他整个人的气质固定住了。

沈岁和忽然蹲下来，平视她，伸手在她的掌心抠了抠："那我穿校服，你别看他了，行吗？"

江攸宁忽然绽放出笑容，不自觉地在他的脸上捏了下，他那张脸经过岁月雕刻，越发有魅力。

他捏她的手指，江攸宁笑："人家 20 岁穿校服还好，你都这个年纪了，穿校服会很别扭的。"

"不过你是最好看的，"江攸宁拉着他的手晃，那语气像极了敷衍，"还是做自己吧。"

沉默了片刻后，沈岁和忽然说："三次。"

"嗯？"江攸宁晒太阳晒得正舒服，一时没反应过来他这没头没尾的话，"什么？"

"你夸了他三次。"沈岁和补充道。

他说得特别严肃，好似夸沈意是件很大的事。

"那小孩儿是谁啊？看着真帅。"

"不仅唱跳好，演戏也不错。"

"好看的。"

一共三次，沈岁和都记得。

孰料江攸宁听完捧腹大笑，沈岁和拿她一点儿办法都没有："你笑什么？"

他都要气死了，恨不得今天没过来。

"我笑你啊。"江攸宁仰起头看他，将胳膊探向他腰间，身子往前一步，直接扑到他的怀里，踮起脚凑到他的耳边低声说，"你个傻子。"

沈岁和怕她摔倒，收紧了胳膊，将她紧紧地揽在怀里，低下头在她的耳际吐了口热气，惹得江攸宁起了一身鸡皮疙瘩。他轻轻地咬了下她的耳朵："我们晚上回去说。"这话带着几分威胁之意。

"哎哎哎。"江闻哄完了童瑾，正好过来，啧了一声，"大庭广众，做什么呢？"

江攸宁立马从沈岁和的怀里逃出来，但两人仍旧十指相扣。

"去吃什么？"江攸宁为了掩饰尴尬问。

江闻说："麦当劳。"

"嗯？"江攸宁叹气，"江闻，我们走了这么远来找你，你就请我们吃这个？"

江闻瞟了眼童瑾："不然呢？"

童瑾拍完哭戏的情绪还没散，她时不时地抽噎一声，江闻抬手给她擦掉眼泪："走吧，这个小哭包得吃冰激凌才会好。"

江攸宁心想，成吧。

下午那套民国风的衣服拍完已经是傍晚了，江攸宁累得浑身快要散架，回家时在车上就睡了一觉，睡得昏沉。

他们先去爸妈那儿接了漫漫，漫漫问他们去做什么了。

江攸宁说："受累。"

漫漫的手立马搭在江攸宁的肩膀上："妈妈辛苦了。"

漫漫这会儿就是个小马屁精，坐在车后排给江攸宁捶肩敲背，殷勤至极。

事出反常必有妖，江攸宁立马警觉，慢悠悠地喊："江一泽小朋友。"

"啊？"漫漫顿了一下手，然后眨了眨他那双大眼睛，"妈妈你怎么突然严肃呀？"

江攸宁摁住他的手："说，你是不是在学校闯祸了？"

漫漫小时候乖得很，但上学以后就有点儿不受控制了。

毕竟是男孩子，皮实，跟小朋友们发生摩擦倒也正常，江攸宁也跟老师沟通过，都不算什么大事，但每次他惹了祸，回来以后都是这副样子。

"没有啊。"漫漫谄笑，用小手继续给她捶肩，"我这不是心疼妈妈吗？"

他小小年纪倒是会说话，也不知道遗传了谁。

江攸宁时常在想，漫漫是不是把他俩那些没说的话都给补上了。她有一次还问沈岁和，漫漫这个样是不是遗传了你？

因为她小时候不是这样的，沈岁和似是而非地答了句："可能吧。"这话里也不知有几分真假。

"那我觉得现在我心情好，"江攸宁闭上眼睛，不疾不徐地道，"你可以说出来，不然的话，到时候你就算把你爸搬出来，我可能也不会帮你的，也不会让你爸帮你。"

漫漫忽然感觉脊背一凉。

他轻咳了声，立马装出了无辜的样子："就是……"

江攸宁盯着他，一脸戏谑。她十月怀胎生出来的孩子她还能不了解？还想骗她？

漫漫低头叹了口气："妈妈，我说了你不要生气好吗？"

"先说出来我听听。"

漫漫皱着眉："我们老师明天让家长去一趟。"

"为什么？你又打架了？"

"没有。"漫漫立马摇头，然后又讪讪地道，"就是……我亲了我的同桌。"

江攸宁震惊。

沈岁和说："嗯？"

江攸宁立马拽住了漫漫的耳朵，没用力，但漫漫立马求饶："妈妈我错了，我不知道女孩子是不可以亲的，老师已经教育过我了。"

江攸宁松开了手。

"那你跟人家道歉了吗？"江攸宁问。

漫漫点头："我道了的！"

"你怎么说的？我听听。"

漫漫一脸认真地跟他们讲事情的来龙去脉："今天我的同桌哭了，我想安慰她。我给了她糖，还给她画了很漂亮的画，甚至把我的玩具都给她了，但她还是哭，我就凑过去亲了她一下，心想给她一个安慰，可她哭得更大声了，还招来了老师。我知道我错了，老师说小男孩儿是不可以亲小女孩儿的，所以我就在办公室里跟老师保证，我以后不亲她了，等我长大了再亲。"

"你真这么说的？"江攸宁诧异地问。

漫漫点头："是啊，但老师说长大了也不可以，我不理解，平常爸爸不都这样亲妈妈吗？妈妈不开心的时候爸爸亲一下就好了呀，为什么到我这里就不可以了呢？"

江攸宁心想，天啊！谁来救救她？！

"沈岁和！"江攸宁咬牙切齿地喊他，"你都教了他一些什么？"

沈岁和无辜地说："我没有啊。"

漫漫叹气："所以你们明天有时间去学校吗？"

江攸宁一脸绝望："去，让你爸去。"

这种尴尬的事情她并不是很想面对。

"你同桌的家长会去吗？"江攸宁问。

漫漫摇头："不知道哎，听说她今天就是因为爸爸妈妈离婚了才哭的，我还跟她说没关系，我爸爸妈妈也离婚了。"

真是沈岁和的亲儿子，安慰人的时候也一句人话都没有。

漫漫晚上被沈岁和带到了书房，而江攸宁坐在沙发上发消息跟路童、辛语吐槽。

"我这辈子没这样无奈过。江一泽真是什么事都能做出来！他竟然亲人家小女孩儿，我都不敢想象明天站在小女孩儿面前该怎么跟人家说！我的天哪，谁来救救我？"

辛语："这题我会，沈岁和救你。"

路童："漫漫亲小女孩儿？他怎么不上天？幸好他还小，不然要被告猥亵。"

辛语："这么严重吗？"

路童："是的。不过我就是想让宁宁无话可说。"

江攸宁："你做到了。"

她就是想到了这一点才难受的。虽然说漫漫今年才 5 岁，但是这种行为确实容易出事。他是在单纯地表达喜爱之情，但对方接收不到，这种行为很容易给对方造成童年的心理阴影。

江攸宁明天不可能不去的，怕那父子两人再说出什么惊人的话来。

晚上十点，漫漫垂头丧气地从书房里出来，后边跟着沈岁和。

"妈妈，"漫漫走到江攸宁的身边，低声认错，"我知道错了。"

"你错在哪里？"江攸宁问。

漫漫说："我不该亲女生，男女有别。"

"那你以后怎么做？"

"道歉，以后绝对要跟女生保持距离，而且如果真的想要亲一个女孩子的话，也要征得她的同意。"漫漫很认真地回答。

江攸宁终于松了口气，还好，孺子可教也。要是漫漫再说什么欠揍的话，她可能真的要疯了。

"那你明天去了学校要怎么做？"江攸宁循循善诱。

漫漫乖巧地答："给她道歉，还要给老师道歉，因为让老师担心了。"

"好，"江攸宁说，"记住你今天说的话。"

之后沈岁和带着漫漫去洗漱，一大一小站在盥洗间里，沈岁和给他挤牙膏，江攸宁说："沈岁和，你干吗呢？他都多大了你还帮他做这些事？让他做。"

"他够不到。"沈岁和像做贼似的，偷偷地把挤好了牙膏的牙刷递到漫漫手里，低声说，"以后自己做。"

漫漫撇撇嘴，不大情愿地说："哦。"

隔了会儿，漫漫刷完牙，低声问沈岁和："爸爸，你为什么会听妈妈的话啊？"

沈岁和说："嗯？"

"妈妈让你教育我，你就教育我；她不让你给我挤牙膏，你就不给我弄了。"漫漫叹气，"你就那么怕她吗？她又打不过你。"

沈岁和笑，在他的脑袋上弹了一下："那不是怕。"

"那是什么呀？"漫漫摇头，"我不理解。"

"那是爱。"沈岁和说。

良久之后，漫漫问："爸爸，那你爱妈妈什么呀？她凶巴巴的，又不做家务，除了好看，一无是处！"

沈岁和忽然变了脸色："这是谁教你的？"

"没有人教呀。"漫漫说,"我总结的!我爱妈妈是因为她生我养我,很不容易,可你又不是妈妈生的,怎么会爱她?"

"你妈才不凶。"沈岁和屈起手指茬敲他的脑袋,"况且,你妈妈这么好,全世界的人爱她都是理所应当的。"

漫漫想了想:"爸爸,你的爱真盲目。"

大人的世界,漫漫不懂。

翌日一早,漫漫比谁起得都早,而且起来之后叠了被子,在房间里还背了一会儿《三字经》,无比乖巧。

他着重背的是那几句:"养不教,父之过。教不严,师之惰。"他好像刻意地说给谁听一样。

等到一家人吃了早饭,他坐在车上仍旧重复地背诵那几句。

"行了,"在他第二十遍重复的时候,江攸宁打断他,"知道你想表达的意思了,背其他的吧,今天去了学校,我不会揍你的。"

"那就好。"漫漫松了口气,但突然凑到前边问,"妈妈,如果我道歉了,那个女生不原谅我怎么办?我要一直道歉吗?"

江攸宁想了会儿,懒得思考,于是丢下一句:"问你爸。"

沈岁和自然地接过话茬回答:"你可以把选择权交给女孩子,如果她很讨厌你,那你就不要再打扰她;如果她不算那么讨厌你,你就可以再尝试道一次歉,前提是要很真诚,不能让女孩子觉得你在威胁她。"

漫漫似懂非懂地点头:"哦。"

漫漫上的是双语幼儿园,这会儿正是人多的时候。

他们在车里坐了好一会儿,等到人流散去才下车。甫一下车,漫漫就抬起手朝着右边拼命地挥:"齐漾!齐漾!"

小女孩儿看了他一眼,本来是笑着的,但看到他的父母之后又垂头丧气起来,都没有理他。

漫漫说:"妈妈,她就是我的同桌。"

江攸宁看了眼,小女孩儿确实长得漂亮,皮肤白,穿着公主裙,就是公主裙有些脏了,蔓延过肩膀的长发也没有人给她扎,看着乱糟糟的,本来挺大的眼睛这会儿肿着,挺楚楚可怜一小姑娘。

这个漫漫肯定是看人家小姑娘好看才亲的，小小年纪就知道看脸。如是想着，江攸宁屈起手指就给了他一个栗暴。

漫漫捂着脑袋："妈妈，你好用力。"

"不然长不了记性。"江攸宁警告他，"以后再亲小女孩儿，我就把你揍得你爸都认不出来。"

漫漫委屈巴巴地说："妈妈，说好了不打我呢？"

江攸宁说："嗯？我有说？"

漫漫辩驳："就刚刚在路上，你说了的！爸爸也听到了！"

江攸宁扫了沈岁和一眼，沈岁和立马捂住了漫漫的嘴："我没听到。"

漫漫心想，太可恶了！哼！自己就不应该期待爸爸帮他，父慈子孝都是假象，在爸爸心中，自己永远比不上妈妈重要。

无奈地认清了现实的漫漫叹了口气，被父母领着去了老师的办公室。他像是被霜打的茄子一样，长吁短叹。

但一进老师办公室，他立马就挺直了脊背，人还在门口，已经给老师鞠了一躬，"老师对不起！我深刻地认识到了自己的错误，以后绝对不会再犯了！"

这一嗓子声音大，把老师都给吓得一激灵。

同时被吓到的，还有站在老师办公桌前的小女孩儿——齐漾。她撇了撇嘴，有想哭的冲动。

老师急忙安抚了她几句，她这才没哭出来。

江攸宁上前和老师寒暄，无外乎是"老师辛苦了""我家孩子又给您添麻烦了"之类，然后才把话题绕到昨天的事情上，老师一愣怔："昨天？"

"对啊，"江攸宁立马道，"漫漫回家以后都跟我们说了，本意是想安慰同桌，结果好心办了坏事，我们已经严肃地教育过他了，不能亲女孩子。"

"哦，"老师笑了下，"您说这事啊？小孩子嘛，童言无忌，昨天我已经教育过他了，他聪明，很多事情一说就明白的。我今天喊你们来不是因为这件事。"

江攸宁松了口气："那是……？"

415

"是这样的，"老师微笑道，"前两天有个剧组来我们幼儿园附近拍戏，需要三个小演员，他们觉得漫漫很合适，就让我问一下家长的意见，能不能让她去拍，所以才把二位叫到学校来。"

"啊？"江攸宁诧异，"是什么剧？"

"这个我也不清楚，"老师说，"好像是还挺厉害的一个导演拍的，齐漾也被选中了，如果他们两个去的话，我可以另外给他们补课，而且他们都聪明，现在的课程也不紧张，对孩子来说也算是个很好的锻炼机会，就是需要家长陪同，不知道二位有没有时间？"

江攸宁想了想，征求漫漫的意见："你要去吗？"

"拍戏？"漫漫问，"是像舅舅和舅妈那样吗？"

"对。"

"那我想去试试哎。"漫漫说完又问老师，"老师，我们会拍很久吗？"

"据那边说会拍五天，除去休息日，你们请三天假就可以。"

"除了我和齐漾还有谁呢？"漫漫问。

"陆晋屿。"

"好哎。"漫漫很高兴，因为陆晋屿也是他的好朋友。

商量完毕之后，江攸宁看了眼齐漾，她站在老师办公桌的隔板前，人还没有隔板高，但小手抬起来，紧紧地抓着那个隔板，黑葡萄一般的大眼睛蕴含着怯生生的情绪，看得人心疼。

江攸宁慢慢地走过去，在距离对方一步的位置蹲下，然后从兜里拿出早就准备好的糖果递过去："你好，可以认识一下吗？我是漫漫的妈妈，江攸宁。"

齐漾吸了吸鼻子，虽然仍怯生生的，但出于礼貌还是点了一下头，低声问好："阿姨好。"

"给你糖果，"江攸宁轻声道，"吃吗？"

齐漾摇头："我不吃，谢谢阿姨。"

江攸宁的声音本就比较温和，如今她刻意地这样说话，跟齐漾一瞬间就拉近了距离。

"你还在生漫漫的气吗？"江攸宁问。

漫漫闻言也紧张分分地盯着齐漾，齐漾缓缓地摇头，然后又低下头：

"没有。"

她只是昨天很难过罢了，跟漫漫没有关系。

"阿姨，"齐漾低声说，"漫漫不是故意的，您不要揍他好不好？"

江攸宁说："嗯？我没有打他呀。"

"他说他的妈妈可凶了，知道他做错事一定会揍他的，"齐漾说到这儿笑了一下，"揍到屁股开花那种。"

江攸宁把目光投向漫漫，漫漫立马跺脚："齐漾，你怎么害我呀！"

齐漾那双漂亮的眼睛顿时黯淡了几分，都闪现着泪珠："我……我……"

她不知道该怎么解释。

江攸宁正想说什么，漫漫已经冲了过来，也不知道他从哪儿找来的纸，站在齐漾面前给她递过去，声音也比刚才软了几分："哎呀，你别哭啦。"

"我说错话了。"漫漫拿纸给她擦眼泪，就是力道很大，擦得齐漾脸上都是红痕，"你别哭，你一哭，我妈要打我的。"

江攸宁往后退了退，回头瞟了沈岁和一眼：这都是和谁学的？

沈岁和耸肩：不是我。

江攸宁心想，真是孩子长大了，都快成精了。

漫漫在哄女孩子这件事情上和他爸一样，没什么天赋。他哄着哄着就急了，一跺脚："齐漾！你再哭我就不理你了！"

结果齐漾愣怔地看着他，大颗的眼泪直接掉下来，砸了众人一个猝不及防。

她哭的时候没敢大声，就是一直掉眼泪，晶莹剔透的泪珠落下来，小姑娘鼻子红红的，眼睛也肿着。

江攸宁一把扯过漫漫，在他的屁股上轻轻地打了下："漫漫！"

漫漫撇了撇嘴，委屈巴巴地看向齐漾，好像在说："你看，我妈真的打我了！"

江攸宁无奈："我平时怎么教你的？你为什么凶女孩子？"

"我没有。"漫漫为自己辩驳，"我就是不想让她哭了。"

"那你不会好好说吗？"江攸宁。

漫漫抱住脑袋，十分痛苦："我说了她也不听呀！"

江攸宁想，这会儿不是跟漫漫讲道理的时候，那边的小女孩儿还在哭。

但她抬起手背擦掉眼泪，低声说："阿姨，你不要打漫漫，他不是故意的。"

"好。"江攸宁拉过齐漾的手，用纸轻轻地擦掉了齐漾脸上的泪，"没事，阿姨不打他，你别哭了。"

"嗯。"齐漾满口答应。

小孩子的情绪来得快，去得也快，齐漾很快调整好，不再哭泣，但头发还是乱糟糟的，在她哭过以后更糟糕了。

江攸宁从包里拿出一把小梳子："阿姨帮你梳头发好不好？"

齐漾点头同意。

小女孩儿的头发软，又长，江攸宁是第一次给小女孩儿梳头发，某种程度上满足了她的心愿。

她有跟沈岁和商量过要不要二胎，但考虑到她的身体不太能受得住，便打消了这个念头，两人有漫漫也足够了。

在办公室里，她小心翼翼地帮齐漾编了鱼骨辫，还在发尾别了一个漂亮的小卡子。

漫漫夸道："真好看。"

齐漾跟他一起去班里。

沈岁和跟江攸宁原本今天要去拍外景的婚纱照，如今耽搁了一些时间，但也来得及，只不过又是一番折腾。

原定的婚纱照就是拍两天，但这天晚上沈岁和说："明天还要拍。"

江攸宁顿时感觉眼前没了光。

他们第一次拍婚纱照的时候没什么感觉，反正沈岁和不大配合，两人就换了几套衣服，然后结束了那一次拍摄，有能用的照片就行，但这次不一样，沈岁和力求完美，每张照片的每一个角度、每一处细节，他都不放过，就像在跟摄影师较劲似的。

不过他比第一次拍照好得不止一星半点儿。

他面对镜头仍旧僵硬，但至少不会紧绷着一张脸，让摄影师都跟着紧张。

她记得两人第一次拍婚纱照的时候，摄影师还悄悄地问她："你是不是把人拐来的？"

江攸宁愣怔："为什么？"

摄影师说："感觉他跟你不熟，而且也不想跟你结婚的样子。"

想起过去，江攸宁忽然笑了。看她躺在床上忽然发笑，沈岁和凑过来："笑什么呢？"

他刚洗完澡从浴室出来，身上还带着雾气，带着热意，头发湿漉漉的，没擦干净。

江攸宁把自己想到的事情跟他说了，甚至描述得绘声绘色，把当初摄影师的惊讶之意全都说了出来，说完之后还总结："他可能觉得你是我抢来的压寨夫君。"

"胡说，"沈岁和说，"我是自愿的。"

"那会儿可一点儿都看不出来。"江攸宁笑了笑，也无意纠结过往，只是随便想到了，便当作笑话讲给沈岁和听。

但沈岁和不这样想，总觉得江攸宁在这个过程中受了委屈。

确确实实，她那会儿的处境不太好，父母朋友都不理解，他也很冷漠。

他是个非常慢热的人，那会儿不是对江攸宁冷漠，是没跟异性好好相处的经验，而他面对镜头的紧绷感是生理反应。

在很长一段时间里，他没办法看向镜头，甚至没办法面对人群。

沈岁用头发蹭了蹭她的肩膀，江攸宁推了他一下："还没吹。"

"你帮我吹，行吗？"沈岁和问。

江攸宁盘腿坐起来："去拿吹风机。"

沈岁和去了趟洗间。他穿着白色T恤、长裤，他的头发仍旧没剪，长度跟以前的五厘米比起来，确实有些长了。

江攸宁坐在床上，沈岁和蹲下来靠在床边，尽量挑了个让江攸宁舒服的姿势。

吹风机的声音在房间里呼呼地响起，江攸宁的手指掠过沈岁和的发梢，温暖的风也拂过她的手指，沈岁和在风声中问她："你以前最喜欢华政哪里啊？"

江攸宁俯下身："什么？"

沈岁和微抬了下头，鼻尖正好蹭到她的脸颊。他微动喉头，飞快地凑在江攸宁的脸上亲了下，像是做了坏事的小孩儿，立马撤离。

江攸宁伸手探下去，正好能捏到他的脸："你怎么还偷袭？"

沈岁和握住她的那只手，江攸宁说："别闹，还给你吹头发呢。"

一切如常。

沈岁和又问："上学的时候你最喜欢去哪里？"

"图书馆，"江攸宁说，"还有系楼。"

"你不喜欢北门吗？"沈岁和问。

江攸宁想了想："那会儿最喜欢的就是那儿了，但后来对它就是又爱又恨的。"

沈岁和没再说话，房间里只剩下风声。

沈岁和的头发多，但不算长，很快就吹干了。江攸宁把吹风机递还给他，下床去找了本书看。

他们搬到这儿来的时候在房间里放了一排书架，放在最上边的是祁蒙的书。上次江攸宁看完一本，做了一夜的噩梦，沈岁和便把祁蒙的书放在了最上边，说是怕江攸宁半夜做了噩梦把他给掐死。

但江攸宁看了下边的几本，都没什么想看的，反倒是祁蒙有一本书的封面让她很喜欢，那本书是《宿眠》。

她踮起脚伸长了胳膊，还是没能够到，正好沈岁和出来，见她这样便了然："你又看他的书？"

"是啊，"江攸宁直接拉了他过来，"帮我取一下，要那本《宿眠》。"

沈岁和站在那儿岿然不动，江攸宁仰起头看他："取一下呀。"

"你晚上看了又做噩梦，"沈岁和说，"而且还不睡觉，又熬夜。"

"不会的。"江攸宁拍了他的胳膊一下，"我想看，看一会儿就睡了。"

"上次你也是这么说的，"沈岁和说，"但你看到了凌晨两点。"

江攸宁瞪大眼睛看他，理不直气也壮："你帮不帮我取？"

沈岁和无奈，最终妥协："取。"

他的个子高，他伸长手臂将那本《宿眠》取了下来，交到江攸宁手里。

"说好了，"沈岁和说，"看到十一点就睡。"

拿到了书的江攸宁随意地摆摆手："知道了。"

她爬上床，靠在床头开始看书。

这本书的封面比她之前看的都要温馨一点儿，文章仍旧是江攸宁喜欢的笔触，从第一句话就吸引了她的注意。而沈岁和坐在那儿无聊，也凑了过去："一起看？"

最后，沈岁和捧着书，负责翻页，江攸宁跟他一起看。

这本书很短，就两百多页，两人看书的速度也很快，但看到一半，江攸宁忽然起了一身的鸡皮疙瘩，靠着沈岁和的肩膀："你说祁蒙是怎么想到这些的啊？我的天哪。"

里面所有的内容看似阳光，但写到中途，一定是晦暗的，而且那种晦暗是让人从心底觉得人性是很可怕的事情。

上次她看《当你沉睡时》就是这样，看完的那天半夜真的做了噩梦，紧紧地抱着沈岁和的腰，据沈岁和说她差点儿把他给勒死，所以这也是沈岁和严禁她看这类读物的原因，他真就怕她哪天做噩梦用胳膊勒着他的脖子。

今晚江攸宁又有了这种害怕的感觉，害怕，但还是想看，但沈岁和已经合上了书："睡觉吧。"

"才十点，"江攸宁说，"我们说好了十一点的。"

沈岁和把书放在床头柜上，背对着江攸宁："我后悔了。"

江攸宁疑惑。

"在书跟你之间，"沈岁和说，"我很难说服自己，书比你还好看。"

在她还没反应过来的时候，沈岁和已经转身抱住了她，然后轻而易举地吻向了她的唇。

婚纱照的拍摄还剩下最后一天。

江攸宁昨晚睡得太晚，觉得身子也乏，第二天早上怎么说也要睡个懒觉，于是只有沈岁和去送漫漫上学。

沈岁和送完漫漫回来，在楼下发廊剪了个头发，倒也没有剪太短，跟大学那会儿的发型很相似。即便如此，他一回家江攸宁还是发现了不同。

彼时她正捧着一杯水喝，只随意地瞟了他一眼，便轻笑道："你剪头发了？"

"对。"沈岁和在玄关处换了鞋往里走，"你休息好了没？"

江攸宁摇头："还想睡。"

"晚上回来再睡。"沈岁和上前从后边抱住她，将脑袋搭在她的脖颈儿上，"现在我们有更重要的事情做。"

江攸宁嫌腻歪，于是拿开他的手："热，别闹。"

沈岁和反手握住她的手："洗漱吧，影楼的人还在等。"

"今天到底要拍什么啊？"江攸宁在盥洗间里问，"我们选定的两个主题不是已经拍完了吗？"

沈岁和正站在客厅修剪花枝，闻言顿住动作，然后噙着笑看向她，不疾不徐地道："保密。"

沈岁和说的"保密"在两小时后被江攸宁悉数知晓，因为他们换上了蓝白色的校服。

沈岁和穿的是校服外套和裤子，还有一双运动鞋，江攸宁穿的是T恤和外套，还有半身裙和尖头小皮鞋，T恤的领口夹了一个蝴蝶结，是真的很粉。

照镜子的时候江攸宁将蝴蝶结摘了下来，问服装师："还有其他款式的校服吗？"

她是大客户，服装师领她去了她们的衣帽间，里面有一排专门的校园风格的衣服。

她大概明白了沈岁和的意思，所以去挑了三套，一套是身上搭的这个，一套是衬衫加半身裙，一套是衬衫加校服裤，还打了领带的那种。

拍婚纱照的校服要比高中的校服好看得多。

江攸宁挑完之后换上了自己最心仪的那套，衬衫加半身裙，还有白色的尖头小皮鞋，发型是造型师给弄的，刘海儿微卷，扎了半丸子头，后边的头发松散开来，弄了细小的羊毛卷，看上去年轻了不少。

江攸宁的那双眼睛是加分项，许是她睡眠充足，她眼周的细纹很少，这会儿她装扮起来，说是大学生也有人信。

全副武装好之后她走出化妆间，沈岁和已经在等，他今早剪过的头发在搭上这身衣服后让江攸宁瞬间梦回当年。

两人隔着五米，江攸宁却怎么也不肯再走，站在原地，忽然偏了一下头，上扬嘴角，似是在调笑："沈学长好。"

沈岁和逆光而立，本打算收起手机跟她一起往外走，看到她装扮好的那一瞬间，心跳倒也有几分加快，但没有到很快的地步。可她站在那儿，双手背在身后，俏皮又明艳。沈岁和的大脑真的空白了几秒，他只是凭借本能朝她走去，然后牵起她的手，手心里不知何时已经汗津津的。可他没有松开手，让五指顺着她的手指的缝隙滑入，然后将她的手握得更紧。他没有说话，拉着江攸宁往外走。

江攸宁跟在他的身后，轻声问："你怎么了？"

"帮我挑衣服。"沈岁和沉默了几秒后说，语气算不得好。

"我喊你，你不喜欢吗？"江攸宁问他。

但沈岁和一直没有回答，只是倔强地拉着江攸宁往前走，直到走进了另一个化妆间。

江攸宁问他："你确定是要我帮你挑衣服吗？"

化妆间的门砰地关上。

刚才一直没有回答的人此刻转过身来，他的手狠狠地压在江攸宁手上。

他前倾身子，将呼出的温热的气全部吐在她的耳际，热气扫过她的脸颊两侧的肌肤，然后一个吻出其不意地落在她的唇边。

他似是刻意，又带着虔诚。

在寂静的空间里，江攸宁听到他的心在飞速地跳动。

他像是跋涉千里万里停在佛殿前的信徒，在她的耳畔低声呢喃："学妹。"

江攸宁的心里一动，她的另一只手抚向他的喉结。她的手带着春天的凉意，抚过他的肌肤之时，惹得他的肌肤起了一层细细密密的鸡皮疙瘩，他的喉结在她的手掌下轻微地滑动，他长长的睫毛垂下来，他的眼睛直勾勾地盯着江攸宁。

他又喊："江学妹。"

江攸宁忽地轻笑，向上挑眼尾，骨子里的邪恶分子在作祟。

"沈学长。"她又喊了一遍，比刚才更能撩拨人，撩拨得沈岁和心火旺。

他的舌尖抵在上唇，像羽毛一样轻轻地刷过那漂亮的唇线，跟她的唇不过咫尺之隔，他修长的手指在她脸侧的肌肤上流连。

"江学妹，"沈岁和像是在刻意勾人，"我可以吻你吗？"

江攸宁那双明亮的眼睛盯着他，眨了眨，她没有说话，但眼里的狡黠之意暴露无遗。

两秒后，沈岁和热情地吻向她的唇。

她的嘴巴刚刚涂过唇釉，为了搭配她这身衣服，她刻意地换了唇釉的颜色，这颜色比她日常妆容的口红的颜色还浅，但沈岁和此刻并不在意。

他将舌尖滑向她的口腔深处。

这个空间像被点了一把火，火烧在人的心尖上。

江攸宁只回应着他，但并不热烈，反倒是像极了在使欲擒故纵的把戏。

他找，她跑；他追，她退；他停，她又追上来。

良久后，沈岁和刻意地前倾碰了碰她，声音沙哑道："都是你惹的火。"

江攸宁抵着他的肩膀微微喘息，伸手在他的腰间掐了一把："怪我咯？"

她的声音随心散漫，落在沈岁和的耳朵里却又带着万种风情。

沈岁和往后退了半步，却又不舍得离开，重新抱住她。

江攸宁轻笑："这时候你该自己去冷静。"

"想抱你，"沈岁和说，"有安全感。"

江攸宁听了哭笑不得，然后笑着拍了他一下："沈学长，谁是家里的顶梁柱啊？你怎么这么娇气？"

"我是，"沈岁和说，"我扛住所有的大事。"

他顿了两秒，将脑袋侧过去，呼出的热气吐在她的颈间："你扛住我，所以在你面前——我可以娇气。"

他说这话几乎是用气声说的，低低地跟江攸宁呢喃，尤其说最后那句时，他又噙着笑，似乎说出来的不是"娇气"，只不过是普普通通的形容词罢了。

江攸宁只是笑："学长，我们该去拍照了。"

"好。"沈岁和松开抱她的手，耳垂竟然是红的。

江攸宁踮起脚捏了他的耳朵一下："你可真纯情。"

也不知是天生还是怎样，江攸宁发现他在这种事上真的是纯情。

沈岁和握她的手转到她的耳朵上："你摸一下自己的。"

江攸宁的耳朵亦是如此。

沈岁和跟江攸宁换好服装去拍摄时，已经临近中午。

幸好是春天，中午的太阳也不毒辣。

车子缓缓地驶向华政，最后在北门停下，沈岁和拉着江攸宁下来，北门的那棵大槐树还在，仍旧茂盛着，这里的公交站修葺得越发好了。

江攸宁跟沈岁和穿着校服站在门口，感觉有些奇怪，因为大学生们基本是不穿校服的。

摄影师们把大大小小的设备搬下来，两人开始拍照。中午拍出来的效果不算好，江攸宁便提议先去其他地方拍。

华政向来很人性化，没有人会拦着他们不让去拍照，他们顺利地进入学校，然后一路往南走，一直走到法学院的教学楼。

法学院的教学楼不远处就是图书馆。

江攸宁跟沈岁和先在法学院的教学楼附近拍了一组图，然后又去图书馆。

图书馆前有很长的阶梯。江攸宁站得高，沈岁和站在下边，摄影师拍了几张沈岁和背她的，又拍了几张她摸沈岁和的头的。他们有了前几天的拍照经验，这会儿拍起来简直如鱼得水，尤其到了比较熟悉的环境，他们的状态还算可以。

只不过围观他们的人也很多，倒也不算是围观，毕竟他们只是拍照而已，许多人处于想看不敢看的地步，看得多了怕冒犯，但又很想看，毕竟俊男美女的组合非常惹眼。

拍摄间隙，沈岁和给江攸宁递过一杯水，坐在她的身侧看她喝。

江攸宁听到有路过的人在聊天儿，话题围绕着他们。

"是不是咱们学校的呀？毕业就结婚也太令人羡慕了吧。"

"那个男生真的好好看，身材跟男模似的，那张脸可以胜过娱乐圈一众年轻偶像了。"

"那个学姐的气质也很好啊，很有书卷气，感觉看着她我都能再多看两本书。"

"我看着那个男生有点儿眼熟，"有个女生说了句，"那不是沈岁和吗？"

"沈岁和？"

"对啊。"那个女生还从手机里找出照片，"就是毕业了很多年的学长，咱们系的，他的成绩和长相到现在咱们系都没人超过呢，我刚入学的时候舍友跟我说的。"

于是，沈岁和这个名字像是带着风，再一次在华政里响起。

围绕他的有两个话题，一是他就像是吃了防腐剂——青春常驻；二是他跟同校的学妹结了婚，而有人认出了他的同校学妹是当初在学校闻名一时的江攸宁。

这些八卦消息本应被尘封在岁月里，但华政的法学院有一面荣誉墙。这面墙上，同时出现过这两个人。

在他们毕业很多年后，系里重新改革，将他们的法考成绩、毕业去向、四年绩点做了综合排名后，建立起了一面庞大的荣誉墙。

墙上，有沈岁和，也有江攸宁。

江攸宁跟沈岁和去系里看了那一面荣誉墙，每年都有新加的人，但他们一直都在前面。很巧合地，江攸宁在沈岁和的旁边。

因为在沈岁和之后，绩点几乎全满分的人是江攸宁。

没想到，在漫长的学生时代里，她也有幸待在他的身侧。

江攸宁看着那面荣誉墙，笑着打趣沈岁和："你看你差点儿错过什么！"

她笑着，但眼里泛了泪。

沈岁和抬手在她的脑袋上轻轻地摁了一下："是余生啊。"

他也望向荣誉墙，声音温和，不带一丝缱绻意味，却也让江攸宁心头一热。

两人交叠的手握得越发紧。

良久，沈岁和拿出手机将这面墙拍了下来，晚上江攸宁看到他发了朋友圈动态："何其有幸，共你一生，迟了几年，也不算错过。"

裴旭天评论："啧啧啧，换风格了啊，请问什么时候办婚礼？"

江闻："我妹就是牛。"

他这条朋友圈是公开的，还有人给他评论了"长长久久"等词。

而在很晚的时候，他又发了一条朋友圈动态："江学妹，你好。"

这条朋友圈动态的配图是他们今天拍的校服照。

她站在高高的台阶上，手正好探在他的脑袋上，他们看上去郎才女貌。

江攸宁也用那张图发了朋友圈动态："你好，沈学长。"

往日没敢说的称呼有朝一日她终得以光明正大地说出口。

拍完婚纱照之后，江攸宁再次投入了工作之中，沈岁和不让她管婚礼的相关事宜，只让她安心当新娘就好。

但在婚礼之前，沈岁和在周末真的带着江攸宁去跳伞。

他挑的是国外的地方，有外教。江攸宁跟外教交流得还算不错，她的口语非常流利，跳伞这种高空动作，他们还是要有教练陪着才敢跳。

沈岁和跟她一起，两人站在同一位置，只隔了十米不到。

沈岁和问她："怕吗？"

江攸宁点头："有一点儿。"

她自幼看起来都不像是会玩这种项目的人，但骨子里其实贪恋许久，就像对沈岁和的执念一样，在经年累月的想象中，不停地想靠近。

离婚那会儿她其实想来尝试，想在蹦极和跳伞中二选一，但最后深夜选择了去看海。

高空和深海，她最终选择了深海，把往事都埋于深海，但只要一个钩子，很容易就把深海之中的记忆重新钩出来。

这会儿她跟沈岁和来跳伞，她的心态又有很大不同。

以往她想要自由，想要刺激，但现在想的是，跟深爱的人一起在生死边缘徘徊，好像是一件很浪漫的事。她看向沈岁和笑，大声喊他："沈岁和，你怕吗？"

沈岁和摇头："不怕。"

"江攸宁，"沈岁和已经准备就绪，"如果你怕的话就喊我的名字。"

"嗯？"江攸宁笑，那双眼睛亮晶晶的，"我喊你的话，你会来救我吗？"

"会！"沈岁和在教练的带领下往前迈了一步，让一只脚悬空，然后想都不想地往前走，开始下坠，他的头发被风吹得立起来。那一瞬间，他的心脏几乎超负荷承载，他感觉心脏真就快跳到了嗓子眼儿，想大喊，却发现发声都很难，但仍旧拼了命地大喊："江攸宁，我一直在。"

他没有说过多的情话，他只说："江攸宁，我一直在。"

无论何时何地，只要你需要，我一定在。

江攸宁紧随其后。

她向下俯冲，风把她扎好的长发都吹散开来。

在那一刻，她的心悬着，她想说话却说不出来，但那种感觉也是极爽的。

整个人飘浮于空中，天地万物仿佛瞬间黯然失色。

她的目光只落在了漂亮的城市缩略图上，还有不远处的那个撑开的大伞上。

"沈岁和！"江攸宁大喊，"我爱你！"

她说："很爱你啊。"所以才用那么多年，等你一个回头。幸好，最终你来了，我的那么多年，没有浪费。我用了那么多日夜，终于成了更好的人，然后遇到了更好的你。

江攸宁落地之后，开始解身上的安全设备，但还没解完，忽然被抱了个满怀。

沈岁和抱紧她，凑在她的耳边说："我也爱你。"

江攸宁推了推他："别闹，还在外边。"

"没有人看。"沈岁和知道她害羞，在外边她从不让抱，所以他说，"这里只有我们。"

江攸宁环顾四周。

果然，偌大的平原上只有他们两人。

"我听到了。"沈岁和收紧抱着江攸宁的胳膊，说，"江攸宁，谢谢你爱我。"

谢谢你爱那么不好，也不完美的我。当初的我真的太残缺，因为有了你，才算完整。

他的声音此刻说出这话来格外缱绻，不知怎的，江攸宁听着竟有几分心酸。她将手搭在他精瘦的腰上，把脑袋落在他的肩膀上，闷声道："现在的你很好，我也很好，所以我会好好爱你，这样值得。"若是从前，那便算了吧，但现在，她懂了自己，也懂了沈岁和，所以他们应该相爱。

"我会好好爱你，"沈岁和低声说，"比你爱我还爱你。"

他说着又觉得这些话没能精准地表达出他的意思来，所以又说："要比你的爱更多，这样才能让你舍不得走。"

江攸宁只靠着他的肩头轻笑，满口答应："好啊。"

他们在体验完跳伞之后，又去体验了一次蹦极。有了之前的经验，蹦极对他们来说也不算太难，主要就是高空快速下坠的感觉会在那一瞬间让人有心脏窒息的感觉，但过了那一瞬，你要是敢睁眼看风景，就会发现风景美不胜收。山川大海皆收于眼中，瑰丽壮阔。

体验过这些极限项目之后，两人还去感受了一些温和的。

五月份，沈岁和还跟江攸宁去看了一场深海蓝鲸乐队的演唱会，地点在北城体育场。

跟很多年前一样，江攸宁还站在前排。那会儿她站在前排也没什么太大的感觉，虽然音响的声音很大，但她沉浸于观看演出之后就还好，没感觉到不舒服。

如今他们还是站在前排，沈岁和跟她十指相扣。

曾嘉煦在台上打鼓，那位被誉为"歌坛长相天花板"的主唱纪星河在台上翻唱了一首老歌：《千千阙歌》。

他的声音仿佛自带混响，听起来很容易让人进入情境。

之后，全场大合唱。

江攸宁也跟着低声唱，两人交握的手在空中挥舞。

两人在台下看完了一整场演唱会，之后一同走出体育场，江攸宁去了卫生间，沈岁和在外面等。

北城五月的风很和煦，沈岁和只穿了一件T恤也不觉得冷，但怕晚上冷空气来袭，还是准备了外套。

这会儿，他跟江攸宁的外套都搭在他的胳膊上，人群熙攘，他面无表情地站在那儿。

不远处的两个女生在低声讨论。

"去啊，他一个人肯定单身。"女生说，"你要是不敢我去帮你。"

"啊？"

"你长得又不差，就要个微信号，以后慢慢发展。"女生低声劝，"这是你多少年来第一次心动，你也不想想，错过这次可就没下次了，北城这么大，遇到一个心动的不容易。"

在朋友的撺掇下，高个子女生终于有了点儿反应，小心翼翼地往沈岁和那边走，最终在离他一米远的地方停下。

"你……你好。"她磕磕巴巴地开口，刚才远距离看他就很好看，这会儿近距离看更是觉得有味道，是带着岁月沉淀的成熟感。

五官和气质都在她的审美点上，她疯狂地心动，甚至看着他都快要说不上话来。

而沈岁和的身侧没人。

几秒后，他才注意到不远处这个人一直在盯着他，好像在跟他说话。

正好，女生又开了口："我……我能加……加你为微信好友吗？"

她一句话说得磕巴，停顿了好几次，但也能听得出来，她的声音在颤抖。她大概是第一次和人搭讪，却换来了无边无际的沉默。

对方的不理睬让女生的脸都红了。路过的人那么多，她感觉每一个人都在嘲笑她。

但她又不想放弃，于是破罐子破摔，又一次大声问道："你好，我……我可以加……加你为微信好友吗？"

沈岁和皱眉，这才回过头："你是在跟我说话吗？"

女生终于得到了回应，点头如捣蒜，还慌慌张张地把自己的微信二维码拿了出来。

沈岁和摇头，尽量说得委婉："不好意思。"

"为什么啊？"女生的声音有些可怜，她个子高挑，穿着超短裙，这会儿大长腿露在外面，格外惹眼。

不得不承认，这是一个很漂亮的女孩子，但沈岁和的目光只在她的身上落了一瞬便移开，他平静地说："我已经结婚了。"

然后，他竖起自己的手，展示了自己的戒指："我太太很好。"

女生叹气，朝他鞠了一躬："不好意思。"

她悲伤的声音响起："祝你和你的太太百年好合。"

"谢谢。"沈岁和客气地回。

女生离开之后，他的肩膀被拍了一下。他回头，一眼就看到了笑得狡黠的江攸宁。

她笑着看向离开的那个女生："她长得好漂亮，可能才 20 岁吧。"

"不知道。"沈岁和摇头。

"她来和你搭讪？"江攸宁挽着他的胳膊。

沈岁和点头："是，但我拒绝了。"

他说着又展示了自己的戒指："我跟她说，我有太太了，而且我太太很好。"

江攸宁抬手给他扫掉了肩膀上的飞絮："你这么乖啊？"

"我很爱家的。"沈岁和说，"我……"

他话还没说完就被江攸宁打断，她比着自己的小拇指："你对她难道就没有一点点心动吗？她的腿好长，她年轻又漂亮，你真的没有那么一点点心动吗？"

沈岁和的手正好搭在她的腰间，轻轻地捏了她一下："你到底想听什么答案？"

"真实答案。"江攸宁拍他的手，"不许撒谎，我不会生气。"

"真实答案就是我没有看清她长什么样子。"沈岁和的语气诚恳，"她再好看，我也不会心动，因为我就一颗心，怎么可能给两个人？你呀你，总是吃一些不着调的飞醋。"

"是吗？"江攸宁偏向他的头才调正看路，她还想说什么，却在看到眼前的人时打住了话头，话题骤然而止。

眼前的人穿着白色卫衣、黑色长裤，戴着金丝边眼镜，一如既往地温文尔雅。

他的身侧站着一个女生。

良久之后，还是他先开了口："好久不见。"

江攸宁笑得莞尔："杨同学，好久不见。"

江攸宁没想到会在这种场景下遇到杨景谦。

两人尽管曾说过做朋友，但在那次告白之后只联系过一次，相处时也是带着过多拘谨感，谁也没办法把这件事真的放下，总觉得中间隔着什么，后来谁也不提，谁也不问，再没见过。

他们只有一句"好久不见"，再没其他话要说。

空气似乎都停止流动，还是杨景谦先开了口："你跟沈学长复婚了吗？"

"还没。"

"复了。"

两个声音同时传来，前者是江攸宁的，后者是沈岁和的。

话音落下，两人同时看向对方，然后又是同时开口。

江攸宁说："复了。"

沈岁和说："还没。"

两人不仅语速一致，甚至连语调都相似。

江攸宁听到沈岁和悄悄地叹了口气，笑了下，又道："快了，婚礼应该在月底。"

"应该？"杨景谦问。

"是吧。"江攸宁耸了耸肩，"他负责的，还没确定下时间。"

"好吧。"杨景谦说。

江攸宁瞟了眼站在他身侧的女孩儿，她穿着一身明黄色的长裙，很安静，跟杨景谦很般配，他们说话的时候她一直安静地站着，在他们说错话的时候，她也曾浅笑，但始终极度礼貌。

察觉到江攸宁的目光，杨景谦忽然拉住了女孩儿的手，跟他们介绍道："我……未婚妻，何曼姿。"

"嗯。"江攸宁笑道，"你好，我是他的大学同学。"

何曼姿跟她握手："略有耳闻。"

到底是在他喝醉酒的时候听说的还是在他的回忆里听说的，江攸宁不得而知。

她跟杨景谦多年未见，没有多少好聊的，只是随意地聊几句，然后分别。

五月的北城很温暖，江攸宁跟沈岁和牵手往前走，来到停车场，沈岁和一直默不作声。

等到两人上了车，江攸宁拉扯安全带要系，手却突然被握住。

沈岁和的手覆在她的手背上，肌肤温热，带着几分暧昧感，她抿唇："怎么了？"

"他追过你。"沈岁和笃定地说。

江攸宁大方地承认："嗯。"

沈岁和幽幽地盯着她，江攸宁忽然轻笑："怎么？沈岁和，你连这种陈年老醋都吃啊？"

沈岁和没说话。

"所以啊，"江攸宁耸了耸肩，"我又不是找不到更好的，只不过……"

还未等她说完，沈岁和精准地吻住了她的唇。

他似是生气了，带着几分惩罚的力度。江攸宁感受到了他的力度，伸手推了他一把，却被他紧握住手。

良久，沈岁和才停下。

他抬手轻轻地抚过她晶莹的唇瓣，轻声道："是。"

他说："是吃他的醋。"

江攸宁压低了声音笑，抬手戳沈岁和的额头，学着他之前的样子："你啊你，30多岁的人了，还吃这种幼稚的醋。"

沈岁和给她系好安全带，然后回到驾驶位。

车子启动，轰鸣声响，在轰鸣声中，沈岁和说："在你身上，这醋我能吃到80岁。"

他说的时候，耳垂泛红。

江攸宁把脑袋倚在车窗边笑："好啊。"

在回去的路上，江攸宁收到了杨景谦的微信："路上小心。"

江攸宁回复："好。"

"你盯着手机很久了。"何曼姿回到家换了衣服，把长裙换成卡通的睡衣，靠着床把手中的书翻了页，佯装不经意地开口，"要是喜欢就去追，追不上就放弃，多少年了还没忘啊？"

杨景谦将手机倒扣过去，解开白衬衫最上边的那颗扣子，摘下眼镜，背对着她开口："你没经历过，不懂。"

"但是杨先生，"何曼姿将书合上，盘腿坐在床上，一副要和他谈谈的架势，"我们很快要结婚了，你心里一直放着一个人，我很为难好吧？"

"你又不爱我。我们结婚不过是各取所需，你为难什么？"他毫无顾忌地当着何曼姿的面脱掉衬衫，"还是说，你想要爱情？"

"爱情？"何曼姿坐起来，身上半点儿乖巧的痕迹也找不到，"今天我很给你面子了，你能不能尊重一下我？"

杨景谦微皱眉头："什么意思？"

"结婚。"何曼姿的目光直逼他，"身心干净，再和我结婚。"

杨景谦凑过来："我干不干净，你不知道吗？"

何曼姿倒是知道的，只不过还是无法说服自己，即将跟自己结婚的人心里一直放着另一个人。

她皱了皱眉："我不管，反正结婚以后我不想听你再提起那个名字。"

"我已经很久没提过。"杨景谦说，"是你多想了，今天只是个偶然。"

何曼姿敷衍着应了声："哦。"

但她的表情明晃晃地透露着：你看我信吗？

"早都过去了。"杨景谦说，"你这是在——吃醋？"

何曼姿下意识地反驳，话却在说出口的那一刻变了方向："我是你的未婚妻，吃醋难道不应该吗？"

"应该。"杨景谦坐在床边，背对着何曼姿，第一次认真严肃地喊她全名，"何曼姿，如果我一辈子都不会爱你呢？"

房间里沉寂了许久。

何曼姿往前从后边抱住他，睡衣蹭在他温热的肌肤上："你会爱我。杨景谦，你必须爱我。"

杨景谦低笑："为什么？"

"因为和你过一生的人，"何曼姿说，"是我。"

江攸宁跟沈岁和的婚礼定在了六月初。

彼时北城的温度正好，江攸宁换上了婚纱，从华师家属楼出嫁，江闻背着她出门，上车，车子一路往前，驶向酒店。

沈岁和准备的婚礼不算很特别，但处处用了心思。

婚礼上的每一道程序都是他亲手把关的，婚礼上播放的演示文稿是他做的，最重要的是，他给江攸宁戴上的那枚戒指也是他亲手做的。

那枚戒指是"挚爱"的最新款，是独一无二的款式。

项链、戒指、手链、耳环上，沈岁和都刻了江攸宁的名字。

平常两个人几乎都待在一起，所以江攸宁不知道他是什么时候做好的这些。

她问沈岁和的时候，沈岁和说只要有心，总有时间。

江攸宁知道，他大抵又熬了几次夜。

他们最终完成了这套繁复的仪式。

他站在红毯之上，鲜花彩带在地上没有规则地散落，他将那枚亲手做的戒指套上她的手指，低声和她说："圈住你了。"

江攸宁只是笑。

她即便是结婚，妆容也不算很浓，笑起来眉眼弯弯，那双眼睛看上去如水般澄澈。

沈岁和掀起她的头纱，在她的唇上虔诚地落下一吻。

白色的头纱将他也罩在里面。

漫漫扬起手给他们撒了一把花，然后又退下高台。

婚礼正经仪式结束，进入了最不正经但又必不可少的环节——闹洞房。

沈岁和以往不是个爱闹别人的性子，但这并不代表别人不会来闹他。他平日里正经惯了，这会儿大家逮着机会，可打算好好闹他。

首先来的是曾嘉煦，裴旭天也不甘落后。

都不知道他们从哪里学来的把戏，先是拿了个苹果吊在中间让两人咬，两人正专心致志地要去咬的时候，那帮坏人又把苹果抽走，沈岁和跟江攸宁总能不经意地碰上。

有时两人用的力道大了，两人的额头就重重地撞在一起。

沈岁和笑："要撞成脑震荡了。"

大家起哄："你不能使劲啊，老婆重要还是吃苹果重要？"

他们玩苹果玩腻了又拿了巧克力来，把圆圆的一颗吊在中间。东西更小，难度升级，两人没有一次成功吃到，倒是不经意地吻了几次，但吻到会被惩罚。

这是裴旭天出的馊主意，吻到之后沈岁和要背着江攸宁做深蹲，还有让江攸宁在他背上做平板支撑。

平日里不敢闹沈岁和的律所同事们这会儿见他高兴，一个个都放开了玩。

晚上吃饭的时候，他们一杯杯地跟沈岁和喝，沈岁和来者不拒。他虽然酒量还算可以，但也禁不住这么喝。

江闻这天喝得醉醺醺地在酒店住下，裴旭天也喝了个七分醉，梁康杰倒是还算有人性，没怎么跟沈岁和喝，但路童、辛语一个没退让，把他喝到了五分醉。

他敢说，辛语的酒量比裴旭天的还好。

最后还是裴旭天不让辛语喝了，辛语才放下酒杯，但裴旭天又接了辛语的班，大有跟沈岁和不醉不归的架势。

沈岁和还是醉了。

江攸宁本想替他挡几杯，但众人都调侃着不让她喝，点名要让沈岁和喝。

身为伴郎的曾嘉煦都没喝几杯，都是沈岁和一个人喝完的。

他都数不清喝了多少酒，最后是江攸宁跟曾嘉煦合力把他扶回了房间。

江攸宁已经换了更方便的衣服，跟曾嘉煦告别之后关上房门，倚在房门口松了口气，这一天，总算是过完了。

隔了会儿，她才往房间里走去。

沈岁和一身酒味地躺在床上，她往上爬了爬，这才爬到他的身侧，开始给他解衬衫的扣子，但没想到刚把手覆上去，扣子还没开始解，沈岁和的眼睛便睁开。那双眼睛泛着红，但很清明，他哪儿有半分喝醉的样子？

江攸宁愣怔两秒，她的手忽然被沈岁和反手扣住，不过顷刻之间，两人已经换了位置。

"你没醉？"江攸宁诧异地问。

沈岁和松了松领带，领带的尖儿垂在她的脸侧，扫得她不舒服，沈岁和干脆将领带扯下来扔到一边。

他的力气大，他扯领带的时候带掉了两颗扣子，锁骨下的肌肤也露了一些出来，泛着红色。

"醉了，"沈岁和分明是在逗弄她，眼里满是笑意，"但我不能睡。"

婚礼结束之后，所有人的生活都步入正轨。

江攸宁和沈岁和去大西北度的蜜月，自从挑战过跳伞、蹦极这些项目之后，江攸宁对西藏这类地方格外有好感。

他们本来想选择自驾游的方式，但考虑到两个人在川藏一带人生地不熟，而且很多景点都相隔很远，为了人身安全着想，还是找了当地的向导，提前一天规划好第二天出行的地方和项目，然后由向导带着去。

他们先飞的稻城，然后又一路往西北走，越过云贵高原，穿过贵州境内，前往西藏。

这里云比北城的要白，天比北城的要蓝，只是江攸宁的高原反应有些严重，早晚都要靠吸氧活着。

即便如此，她还是顽强地爬了山，只是没爬得太高。

总归还是一段很有意义的旅行。

在西藏待了几天后他们又去往青海，绕着青海湖看了一圈，沈岁和跟当地的牧民相谈甚欢。

那里有成群结队的羊群，有碧蓝如洗的天空，有篝火点燃的夜晚，是跟在北城生活完全不一样的体验。

本来他们的蜜月之旅只有半个月，但在从青海飞北城的前一天晚上，江攸宁倚在沈岁和肩膀处看星星，群星璀璨。

江攸宁忽然说："我们去大草原吧。"

沈岁和没有问为什么，只答应道："好。"

于是他们把飞北城的票退掉，换成了去内蒙古的机票。

正是初夏，气温还不算太高。

他们牵着手在草原上奔跑，跟羊群合影，晒得黑了一个度，但乐此不疲。裴旭天给沈岁和打电话来，吐槽他们玩得太尽兴，直接把律所给忘了。他现在忙成了陀螺，天天加班，为此辛语写了许多条段子吐槽他。

昨晚他百忙之中腾出空来去剧场接辛语，刚到剧场，观众就起哄道："'鸽王'来了。"

辛语说他是鸽子精转世，他简直有苦不能言。

沈岁和比以往要平和许多，也有可能是玩得比较高兴，又跟喜欢的人在一起，说话比较平和："你就再多熬几天，我们争取早点儿回去。"

在他跟裴旭天聊的时候，江攸宁那边拨通了慕曦的电话。

她跟慕曦聊了几句后，慕曦把手机递给漫漫。

漫漫正在看电视，拿过手机之后晃了晃，问："爸爸妈妈，你们是不是不回家啦？"

江攸宁笑："回呢，再有两三天就回。"

"到底是两天还是三天？"漫漫把电视摁成了静音，说话声更清晰，"好几天前你也是这么说的。"

"三天吧。"江攸宁说，"我们可能还要去沙漠一趟。"

"好玩吗？"漫漫问，"草原有大马吗？"

"有，"江攸宁说，"比之前你去马场看到的马还要厉害。"

"我也看不上。"漫漫叹了口气，换了话题，"对了妈妈，我们老师说又有个剧组找我，说暑假的时候拍，让我问你同不同意。"

"你想去吗？"

"去呀，"漫漫说，"剧组有人可以一起玩，齐漾也在。"

江攸宁忽然想到什么："舅舅那边说暑假可以带你去剧组，让你演小时候的他。"

"不能两个都去吗？"漫漫说，"我暑假有两个月哎。"

江攸宁想了想，说："我去帮你调一下档期。"

为了漫漫的事业，江攸宁成功化身经纪人。

正好沈岁和凑了过来，她让沈岁和加了剧组那边的微信去沟通，而自己跟江闻聊。两边也凑巧，制作团队互相认识，江闻就说他去打招呼，省了他们的事。

江攸宁跟沈岁和坐在篝火旁，收了手机。

她依偎着他的肩膀，忽然问："沈岁和，你有想过让漫漫做什么职业吗？"

沈岁和调整了一下坐姿，让她靠得更舒服些，摇头道："没有。"

"咱俩都是律师，他去做演员会不会不太好？"江攸宁问。

沈岁和说："还好吧，江闻不就是演员吗？还有爸，咱们家有这个基因啊。而且养儿多像舅，我合理怀疑漫漫当演员是被江闻影响的。"

"又喊江闻。"江攸宁望着篝火，火苗噼里啪啦地响，"要是让江闻听见，你俩又要斗嘴。"

"我比他大，"沈岁和说，"他总拿辈分占我便宜。"

"那你知不知道，"江攸宁顿了下，故意逗他，"嫁鸡随鸡，嫁狗随狗？你都跟我结婚了，当然要跟着我叫啊！"

沈岁和应道："知道。"

"且不说你只比江闻大几岁，我要是嫁个比江闻大十几岁的，他跟我结婚照样也得喊江闻哥。"江攸宁说，"你这个人哪，就是死板，还死要面子。"

她说着话，沈岁和的目光就投了过来。

她一边说，沈岁和一边摩挲着她的手指，没有用力，也没暧昧感，更像是发呆的时候的无意识动作。

　　直到她说完，沈岁和捏了一下她的手指："我看你只是想把我气死。"

　　"啊？"江攸宁啧了声，"别这样，不吉利。"

　　她倒是没有一点儿觉得不吉利的表情。

　　"还要嫁个比你大十几岁的？"沈岁和钩住她的腰，"这辈子倒是不可能了。"

　　"那下辈子呢？"

　　"也不可能。"沈岁和笃定地说，"如果真的有下辈子，那我一定要比你遇见我更早。"

　　隔了会儿，他又修正道："不对，如果人有下辈子，那一定有奈河桥和三生石。这样的话，我就不喝孟婆汤了，下辈子我还能找到你。"

　　江攸宁愣怔片刻，却又看着他笑："你醒醒哎，我们都是无神论者。"

　　"但在这件事情上，我愿意相信有神。"沈岁和说。这样，他们就能永远相爱。

　　漫漫进入暑假之后就开始拍戏。

　　在拍戏这件事情上他像是尝到了甜头，上次的拍戏经历还挺愉悦，他站在镜头前说几句台词，跟齐漾他们一起玩会儿，这戏就拍完了。

　　最重要的是，导演一直夸他有灵气。

　　导演夸他的时候几乎赞不绝口，比在学校里经常被老师说要好得多。

　　平常他放暑假就是跟着爸爸妈妈去律所写作业、画画，或者去上辅导班，今年倒是有了事情做。

　　他先拍的那个戏是现代戏，他跟齐漾演小时候的男主角和女主角，两个人都是在孤儿院长大的，拍的场景都围绕着学校、孤儿院。里边的小朋友很多，但给重点镜头的只有他们两个人。

　　他们的戏份儿不算多，也不是每天都有。

　　因为年纪太小，他们都不跟着剧组住，而是白天放在剧组里让他们玩，晚上沈岁和来把他接回家，如果遇到了夜戏就让沈岁和在剧组等等，倒是安排得很妥帖。

遇上沈岁和跟江攸宁都休息的时候，两人就在剧组里陪漫漫待一天。

两人对演戏这件事都没什么研究，作为外行人来说也就是看个热闹，但也能明显地看出来，漫漫是有这个天赋的。

或许真如沈岁和所说，养儿多像舅，漫漫出现在镜头里的时候自然放松，跟沈岁和面对镜头的样子完全不一样。他也能很快地记住台词，在正儿八经地开始演的时候，他还会根据对方的反应来讲下一句，有好几次临场发挥都很棒。

他们没想过给漫漫规划人生，他是个很有主见的小朋友。

他喜欢香蕉就是要香蕉，如果你给他草莓，那他会跟你说："我也喜欢草莓，但还是最喜欢香蕉，不过这个草莓我会吃掉，因为你递给我就是喜欢我，我不能拒绝你这份喜欢。"

他总是会说出很多无厘头的话，看似没有道理，但又让你觉得很对。

用辛语的话说就是"人小鬼大"。

他在剧组里跟齐漾玩得最多。

齐漾是个很安静的女孩子，听漫漫说，她的父母还是离婚了。

江攸宁每次买东西给漫漫的时候总会捎带着给齐漾也买一份，齐漾便乖巧地跟江攸宁道谢。起初她还不要，后来跟江攸宁熟了一些才都收好，偶尔还会叠手工艺品送给江攸宁。

齐漾第一次去他们家是因为那天晚上江攸宁跟沈岁和去接漫漫的时候，她的父母在剧组争执。

刚一米的小女孩儿穿着裙子站在路灯下，眼里泪光闪闪，而她的父母就在不远处讨论她的归属。没有人想要她。原来她是跟着爸爸的，但爸爸要再婚了，不能要她，妈妈亦是。两个成年人因为她吵得不可开交。

漫漫站在齐漾身侧，最后挪动小小的身子站在她前面，给她递了张纸过去："你别哭啦。"

后来江攸宁过来，刚蹲下身子跟齐漾说了一句话，齐漾便抱住她号啕大哭起来，像是找到了救星，然后那边争执不休的两个成年人突然停止，在片刻的沉寂之后，那个装扮明艳的女人气势汹汹地走过来看向江攸宁："你喜欢小孩儿啊？"

江攸宁说："什么意思？"

"我看你跟她挺亲的，"女人说，"不如就把她带回去吧。"

"齐漾，"女人看着齐漾说，"你记住，是你爸先不要你的，不能怪我。"

齐漾懵懂地盯着她。

女人没再看她，匆匆地离开，背影有几分狼狈，而男人则是往这边望了眼，握紧拳头，朝着另一个方向离开。

这天晚上，江攸宁用了很久才接受这个消息。甚至回了家，她还低声问沈岁和："这是真的还是假的？"

世界上会有这种父母吗？谁都回答不了她这个问题，现实回答了。

齐漾晚上住在漫漫的房间隔壁，很大的一个房间，但她害怕。江攸宁给她去送牛奶的时候，她正窝在被子里哭。

后来还是江攸宁抱着她睡的，沈岁和避嫌去跟漫漫睡了一晚。

齐漾晚上跟江攸宁说了很多话，说爸爸妈妈经常吵架，还说爸爸有了外遇，妈妈没有钱供她上学。

第二天早上，江攸宁醒来时怀里已经没了齐漾，心慌了几秒，匆忙跑出房间，然后在客厅的阳台上看到了两个背影。

漫漫穿着睡衣站在齐漾身边，画面还挺美好。

江攸宁凑过去，只听见漫漫特别认真地说："你别哭啦，谁说你没有家的？我家这么大，分你一点儿。"

"我爸爸妈妈也分给你用。"漫漫给她递纸，"你不要哭啦。"

忽然，江攸宁被沈岁和从身后抱住。她叹了口气："你说我们是办领养手续呢，还是跟对方协商就这么养？"

"她的父母健在，"沈岁和说，"她没办法在这么小的时候就出现在你家户口本上。"他的言外之意是长大可以。

"但你说要是漫漫长大了变浑蛋怎么办？"江攸宁担忧地道。

沈岁和说："你把齐漾当女儿养就好，我见你很喜欢她。"

这段时间，齐漾的头发都是江攸宁给编的，她的公主裙也都是江攸宁给她买的，两个人相处得格外好。

良久，江攸宁点头："挺好的，儿女双全了。"

沈岁和看过去，阳台上那两人还在低声说话。

阳光笼罩过来，很温暖。

这是真正的家啊。

北城附中是北城最好的高中。

当年漫漫和齐漾双双考上附中，江攸宁还为了庆祝请大家吃了顿饭。只是在饭桌上，有老师问了一个挺尴尬的问题："江一泽和齐漾到底是不是亲兄妹？"

江攸宁委婉地回答："没有血缘关系。"

齐漾的生日比漫漫的小一个月，当年江攸宁还以为她的父母只是在说气话，但后来沈岁和跟她去和齐漾的父母交涉，才知道两人是真的不想要齐漾了。

因为爱的时候太爱，分开的时候又太决绝，两人看到齐漾都觉得心累。

最后齐漾的母亲说他们如果缺女儿就养着吧，她会给他们付抚养费，以后让齐漾喊他们爸妈。

江攸宁当时很难理解这种思路，对齐漾的同情更甚。

两人经过正儿八经的商量之后，还是决定留下了齐漾，这么多年来，他们一直把齐漾当女儿养，但没有逼着齐漾改口。

齐漾很乖，就像是知道自己寄人篱下似的，自幼都让着漫漫，一直喊沈岁和跟江攸宁"叔叔""阿姨"，每次只有在漫漫惹得她非常生气的时候才会大声地吼漫漫，不过漫漫向来不会欺负她。

从小学到初中，他俩都一个班，而且成绩都很好。

漫漫继承了沈岁和跟江攸宁的学习天赋，从小就是第一名，每次考试都能捧回近满分的答卷，而齐漾比他稍差一些，但也没差到哪里去。

两人双双考入附中，但齐漾的分数要比漫漫的低二十分，几乎是踩线进的。

二十分中间差了很多个人，在附中这个以中考分数来排班的地方，她跟漫漫终于不再是同班，也不是同桌。

尽管如此，两人仍旧一起上学，一起下学。

沈岁和跟江攸宁工作忙的时候，他们两个要么就一起回外婆家，要么就在外边的小餐馆吃，因为漫漫完美地继承了沈岁和的破坏厨房的技艺，而且比沈岁和更甚。

在他第一次尝试做饭的时候，真的把厨房给烧了，也幸好他动作快，没把自己烧着，但那天厨房着了火，还是齐漾打了119才让那个家幸免于难。

齐漾来了这里之后，江攸宁就没让她做过饭。每次她想动手的时候，江攸宁就让她去玩或者看电视，舍不得让她做。

不知不觉，漫漫跟齐漾升入了高二。

漫漫自小就是风云人物，幼儿园的时候是"小霸王"，小学时是优秀学生代表，初中的时候是"篮球王"，高中时变成了"校草"。

他在初三的时候开始疯狂长个子，明明初二时还没齐漾高，但中考完已经比齐漾高了半个头。他穿着白色的校服T恤在操场上狂奔，在操场上挥洒汗水，带着满满的青春的味道，独属于少年的青春在喧嚣热烈的青春期里绽放。

而齐漾就变得没那么有名了。她的性格越发安静，只有跟她的新同桌她才有几句话说，校服又宽松又肥大，把她的美貌都遮掩了几分。

因为初中的时候跟漫漫晚上悄悄地看电视坏了眼睛，她早早地戴上了眼镜，在这个学校里就变成了平凡的一个，和漫漫没办法相提并论。

在高手如云的附中，漫漫仍旧排在年级第一，而她已经开始吊车尾。

她也不是没有努力，而是在学习这件事上，逐渐感觉到了什么叫越努力越心酸。她明明不是个笨蛋，但这个世界上总有人比她更有天赋。

齐漾经常和漫漫一块儿上下学，从不避讳，但高二这年，齐漾第一次没有等漫漫，一个人从学校回了家。

彼时的漫漫站在校门口等了很久，等了半小时也没等到齐漾，于是折返回她的班级，值日生正在锁门，而那位好心的值日生还告诉他："你妹和许志谢一起走的。"

正是夏天，夕阳偏斜。

漫漫站在那儿，很久没回过神来。他知道许志谢，两人都在校篮球队，因为都认识齐漾，所以关系还不错。

但他的心情忽然很不好。他冷着一张脸回到家，爸妈还没回来。客厅里亮着一盏暗灯，但是没有人在。

他径直上了楼，敲响了齐漾的房门。

没等齐漾开门，他就按下门把推开了房门。

他心急，想问点儿什么，但没想到一开门就看到了光滑白皙的背，齐漾正在换睡衣。

砰，他立马用尽全身力气关上门，眼睛无神，大脑一片空白，就连呼吸都不畅了。而齐漾在房间里也愣怔了几秒。

她原本是戴着耳塞的，但门关上的时候不只声音大，连地都跟着震了几下。

这个家里会在这个时间点不敲门就进来的，只有漫漫。

齐漾站在原地，许久没动。

隔了好久，门再次被敲响，而齐漾已经摘掉了耳塞，这会儿听敲门声格外真切。她说了声："进。"

漫漫这才推开门，但只是露了个头进来，先将目光落在地上，没敢往上看，动作小心翼翼，跟做贼似的。

这举动逗笑了齐漾："没有别人，你进来吧。"

漫漫这才光明正大地推开门，然后没有关门。

这是江攸宁跟他说过的，如果要进齐漾的房间，不可以关房门。

虽然两人一起干坏事的时候都悄悄地窝在一起不让大人知道，但在平常，他还是很遵守江攸宁说过的规矩。

齐漾原本正坐在书桌前写作业，这会儿也不写了。她没开口，等着漫漫说话。

但经历了刚刚的尴尬事情，漫漫也不知道该说什么。

房间里沉寂的气氛一直延续。

"做什么？"齐漾终于忍不住问他。

漫漫正发着呆，不知道在想什么，听到她的问题后才慢慢地回神，顿时瞪大了眼睛，恶狠狠地说："你还好意思问我做什么？你说，你做了什么？！"

齐漾蒙了："什么？"

漫漫质问道："你今天为什么不等我？"

齐漾鼓了鼓腮帮子，低下头没说话。

漫漫伸出大长腿，脚尖在她的脚旁边点了下，像是威胁："你说。"

齐漾缩回腿，仍旧没说话。

这下漫漫可占领了道德高地，冷哼一声："而且你还和许志谢一起走，怎么了，是我配不上跟你一起放学了吗？"

齐漾摇头："不是。"

"那你是什么意思？"漫漫盯着她。慢慢地，他发现齐漾的耳朵变红了，几秒后，像是发现了新大陆似的，大声喊她的名字："齐漾！"

齐漾被吓得一激灵，抬起头看他："啊？"

漫漫皱眉盯着她："你是不是喜欢许志谢？"

齐漾心想，我喜欢你个头。

齐漾懒得理他，转过身继续写作业，但漫漫觉得自己发现了惊天大秘密，站起来走到她书桌旁，用修长的手指敲着书桌："齐漾你完蛋了，我要告诉爸妈。"

齐漾说："干吗？"

漫漫说："我说你的成绩怎么变差了，就是因为许志谢来着，我让爸妈给你转班。"

齐漾一言难尽，看着漫漫。漫漫却在她的脑袋上揉了一把，还把她的眼镜给揉掉了，用凶巴巴的语气警告她："你离他远点儿，听见没有？"

齐漾说："你干吗？"

漫漫说："不能耽误学习！"

齐漾说："你管我？"

漫漫瞪大眼睛说："我是你哥！"

齐漾生气了，但又不知道说什么，最后气得站起来，推着他往门外走，然后把门啪地一关。

漫漫却站在门口说："齐漾你急了！我明天就去找那小子！"

"你敢胡来我就告诉叔叔阿姨，"齐漾威胁他，"让你站在阳台上做检讨。"

漫漫说："那也是你不对在先。"

"叔叔阿姨又不会罚我，"齐漾冷哼一声，"反正挨揍的是你。"

漫漫当天气得晚饭都没吃。他跟许志谢平常晚上会一起打一小会儿游戏，但这天晚上，他跟许志谢没有打团战，而是单挑。他成功地打赢了许志谢，然后还警告许志谢离齐漾远点儿。

许志谢蒙了，说今天三班的一个女生来他们班找齐漾了，好像还给齐漾塞了一个东西，齐漾从那之后就不开心。他和齐漾没有一起回家，只是一起从教室里出来，因为那会儿两人在讨论去外地参加作文比赛的事情。

漫漫成功地从他的话里捕捉到了非重点："作文比赛？"

"对，"许志谢说，"老师让齐漾去参加新概念作文大赛。"

漫漫说："那你呢？"

"我不去，"许志谢说，"我不是那块料。"

漫漫说："也是，你确实不行。"

许志谢莫名其妙地被针对了一晚上。但几秒后，他露出了恍然大悟的表情。

漫漫愣怔了很久，然后晚上失眠到两点，好不容易睡着觉，梦里都是齐漾。

他起床吃饭的时候发现齐漾也在，两人跟往常一样吃了饭，一起去学校，但齐漾一路上都塞着耳机，不跟他说话。

漫漫像是被许志谢打开了什么窗口似的，尤其那一晚上的梦让他觉得自己真病了。这要让他的爸妈知道，不得打断他的腿吗？

他深深地叹气，被他同桌听见，同桌一拍他的肩膀："你这是怎么了？今天已经叹了多少回气了？"

漫漫烦恼的情绪持续到放学。

他有气无力地收拾东西出教室，这回学聪明了，直接去齐漾的教室门口堵人，但没想到来晚一步，齐漾已经走了。

他走得更快去校门口，但在另一条路上看到了齐漾。她背着书包站在树下边，而她的对面是三个女生。

漫漫只看到了齐漾的背影，但多年默契使然，他还是一眼就能看出来齐漾不对劲。

几人不知道在说些什么，但齐漾的背影看起来很沮丧。

几乎是下意识地，他觉得那些人在欺负齐漾，于是迈开长腿，飞奔过去站在齐漾的身侧，皱着眉问："在做什么？"

齐漾看了他一眼，扶了扶眼镜："你怎么来了？"

"我来找你，"漫漫问，"她们是不是在欺负你？"

齐漾摇头："没有。"

说着她往左边移了下，避开漫漫搭她肩膀的手臂，声音冷淡："正好，她们是找你的，你们聊，我先走了。"

漫漫怎么听都觉得她在生气，就是这么多年一起生活培养出来的莫名其妙的直觉，所以在她要走的时候，他能精准地拉到她的手腕："你等等我。"

为首的那个女生刚好站出来。她长得高，人也漂亮，高马尾甩在空中别人都能闻到清新的茉莉花香。她自信地站在漫漫面前："你好，我是明恩，能交个朋友吗？"

漫漫皱皱眉："不好意思，我不缺朋友。"

几秒后，她继续道："我可以……"

"不可以。"漫漫在她又要开口的时候便果断地拒绝了她，然后用了劲直接把齐漾拉回来，齐漾正竖起耳朵偷偷地听着，人也在发呆，脚下重心不稳，直接摔到漫漫的怀里。

他也不管别人的眼神，拉着齐漾的手腕就往外走。

漫漫大摇大摆地带着她离开，但走出校门以后，脚步越来越慢，想停又不敢，甚至都不敢用余光去看齐漾，生怕齐漾骂他。

谁知几秒之后，齐漾忽地顿住脚步，也用了力气把他扯住。

夕阳下，少年连影子都很好看……

他们忽然听到身后传来咳嗽声，被吓得一个激灵。两人回头，只见江攸宁淡定地说："回家不进门，在这儿当门神啊？"

而沈岁和拎着江攸宁的包，站在她的身后，看漫漫的眼神很复杂。

江攸宁没问他俩怎么回事，径直往前走，然后越过两个慌张到侧身站着的小孩儿进了家。沈岁和进门的时候，抬手拍了拍漫漫的肩膀，不知怎么，漫漫竟然从沈岁和的动作中读出了几分让他好自为之的悲壮感。

算了，男人不能服软，于是他低声跟齐漾说："一会儿我妈要是揍我，你就跑。"

齐漾冷漠："哦。"

"你都不想着帮我的吗？"漫漫觉得委屈。

而江攸宁已经在门里喊人："还不进来呀？你们是打算站到地老天荒吗？"

漫漫这才磨磨蹭蹭地进去，然后第一句就是说："别骂她。"

"我看起来有那么恶毒？"江攸宁挑眉问他。

漫漫说："没有，妈你简直是天使。"

江攸宁只是说："有事高考结束行吗？这会儿先别影响学习。"

"那我能今年参加高考吗？妈，你那会儿不也是跳级上的大学吗？我应该也行的。"漫漫自信地说，"你们说是考政法大学还是北大？传媒大学其实也行，就是我没学过艺术，但我小时候演戏不是挺有天赋的吗？你们看我现在去当演员还来得及吗？"

齐漾悄悄地踢了他一脚，低声警告："你话真多。"

漫漫说："你一点儿都体会不到我的良苦用心。"

真的，智商和情商是能成反比的，反正在漫漫身上是这样的，他一点儿都没遗传到江攸宁的情商，但齐漾明白，跟江攸宁保证："阿姨我不会耽误学习的，会好好读书考大学，然后也会好好地监督漫漫，不让他分心。"

"乖孩子。"江攸宁起身，"今晚要吃什么？"

"都行。"漫漫带着齐漾上楼，不一会儿就没了踪影。

江攸宁在楼下望着他们的背影，忽然摇了摇头。

而楼上的齐漾正站在房间的阳台上看星星，漫漫悄悄地溜进她的房间，跟她一起站着，问："齐漾你在看什么？"

齐漾说："今晚月亮好美。"

漫漫弯腰，把胳膊搭在栏杆上："以后你会不会等我一起放学？"

齐漾说："会。"

"那你以后要考哪个大学？"漫漫说，"我要跟你一起上大学。"

齐漾摇头："不知道呢。"

"你喜欢哪里？"漫漫问。

"华政吧。"齐漾说，"但我想学汉语言。"

"那我呢？"漫漫想了想，自问自答道，"学金融吧。"

"好。"

风很温柔，青春也很美好。

第二十章

刺猬之爱

辛语很久没来"沉醉"酒吧，这边换了新主唱，声音比以往的主唱的要更好听些，酒吧里人也更多。她坐在吧台点了一杯"森林玫瑰"，不一会儿就有人过来跟她打招呼，是这家酒吧的老板："来了啊。"

"嗯。"辛语端起酒杯喝了一口，还是熟悉的味道。

老板跟她关系还不错，坐在她的身侧陪她喝了一杯，然后去招呼别的客人。

吧台这儿还算空，她就一个人坐着，其实脑子里很空，不知道在想什么。

她今天刚跟赵女士从医院出来，并且赵女士检查出了宫颈癌晚期。

赵女士是她的生母，两人关系跟姐妹似的，辛语有被这个消息冲击到，而赵女士的反应比她的要平静许多，赵女士甚至还反过来安慰她。

白天两人一起吃了饭，晚上她把赵女士送回去，一个人漫无目的地开车在这座城市游荡，不知不觉地就到了这里。

"沉醉"里能花钱点歌，但辛语很少会去，一来浪费钱，二来她对歌曲认知有限。

但今晚的这个嗓音让她莫名地有好感，坐在那儿唱歌的男孩子因为嗓音让辛语多看了几眼，挺秀气的一个男孩儿。

于是她让服务员去那儿点了首她以前常听的《爱情转移》，以前是一听到就会流泪，也不知道自己现在长进了没，反正就听听看。

歌曲的前奏响起，她发现有很多东西还是会不自觉地从记忆深处跑出来，很烦。尤其歌手的嗓音带着几分故事感，听得她又红了眼眶，真糟心哪。

花钱买罪受，她想。

她熬着听完了这首歌，不知道谁点了一首《嘉宾》，又是很苦情的一首歌，尤其唱到高潮部分，辛语手里的杯子忽然就掉在地上。

"感谢你特别邀请，来见证你的爱情，我时刻提醒自己，别逃避……"

酒液在光滑的地板上流动，玻璃碴在五颜六色的晃动的灯光里反射出支离破碎的美感。辛语坐在高脚凳上，垂下眼看着地上的玻璃碴。

摔得真碎啊，就跟她那颗心似的。

不过片刻，她转了半个圈踩着干净的地方下来，然后喊来服务员拿工具把这一地玻璃碴收拾掉。她走到唱歌的台子前，仔细地打量那个歌手，觉得远看还行，近看一般，而且看他那样，估计不到一米八，太矮了。

辛语歇了想撩拨一下的心思。

她就坐在那儿听他唱歌，酒吧里人影交错，她莫名地感觉到孤单。

有不少男人过来搭讪，想请她喝杯酒，但她全都拒绝。

她给赵女士发了条问候的微信，赵女士说打算睡觉了，让她也早点儿睡。

辛语应了声好，然后找朋友问了家极好的医院，打算明天再带赵女士检查一番，然后就住在医院治疗。她知道现在赵女士应当是疼的，但赵女士能忍，而她并不想让赵女士忍。

赵女士忍了小半辈子，从她的父亲脚踏两只船那会儿就在忍，没忍住离了婚，而她的继父也感情不专一，赵女士也还是忍，忍到现在都没离婚，忍这些受来的气大概就导致了现在的病。

辛语一时之间不知道谁更无辜，都不无辜吧，一个不要脸，一个犯傻，但她又没法儿说。

身为局外人就对感情和婚姻不屑一顾，看得明白，等到自己陷进去了又是另外一回事，谁还没个犯傻的时候？

辛语坐在那儿发了很久的呆，直到唱台上的歌手结束了自己的工作，从后台绕出来问她："我能请你喝一杯吗？"

辛语说："喝饱了。"

"那我们……"歌手的目光很直白，眼睛直勾勾地盯着辛语。

辛语是模特，身材好。歌手的言外之意很明显。

若是平常，辛语说不准真有试试的心思，但她穿着高跟鞋站起来，这男的可能刚到她耳朵。

辛语果断拒绝："不。"

"我见你看我很久了。"这男的似乎很自信，也兴许是辛语刚才长时间的凝望给了他自信。他凑过来自以为很撩拨人地说了句："喜欢我？"

辛语心情不好的时候喝酒很容易醉，但在醉之前，脾气一定很暴躁。

她现在就在发飙的边缘，但觉得还勉强能忍。这是熟人的地方，她不想闹得太难堪。

"走吗？"男人说。

辛语说："不了，没兴趣。"

"呵。"她的拒绝在男人那儿并没有起到作用，反倒被认为是欲擒故纵，他笑着说，"我知道你们女人说不要就是想要的意思，所以，你觉得我还差点儿什么才能跟我走？钱吗？"

辛语皱起眉头，像看神经病一样看向他："我劝你别说话。"

"怎么？"男人说，"刚刚那首《爱情转移》是你点的吧？受情伤了？那我帮你治疗一下啊。"

说着他的手就伸向辛语的肩膀，她穿的是露肩装，男人的手指搭在了她的肩膀上，但只是瞬间，辛语直接站起来，推了他一把。

男人被推了个猝不及防，先是难以置信，然后嗤笑："你装什么？"

辛语冷笑："请你喝酒啊。"

男人愣怔两秒。

辛语直接从桌上抄起一瓶开了口的啤酒，抬起胳膊把啤酒从上到下浇在他的脑袋上。

瓶口小，浇起来慢，但足以让这个男人清醒。

辛语嗤笑："这酒好喝吗？"

男人一边骂着一边从桌上抄起酒瓶朝着辛语砸过去。屈辱当前，他根本不管对面站着的是不是女生，两个墨绿色的啤酒瓶在空中碰撞。

辛语的手劲总归没男生的大，这一下把她的胳膊震得发麻。

两个啤酒瓶应声碎裂，残渣碎片从空中落下，溅了人一身酒，也溅了人一身玻璃碴。

辛语不屑地瞟了他一眼："能换个骂法吗？听腻了。"

她在骂别人这件事上从没输过。

当然了，别人骂脏话的时候她才骂，别人不骂的时候她就暗讽。吵架也得看跟什么样的人，跟没素质的人吵架只能骂脏话，因为他不会听你这一长串暗讽的话，但跟有素质的人骂，就是怎么阴暗怎么来。

"时代变了，弟弟。"辛语轻蔑地看向他，"女生说不要就是不要，是看不起你，别以为自己多帅，撒泡尿好好照照，长得还没姐姐的胸高，看什么女人。"

她骂完了以后转身离开，打算发条消息给这儿的老板说一声，把赔偿给他转过去，但没想到刚转身，头发忽然被人拽住。

头皮传来的疼痛让她的身子后仰了一些，也被拖回去一些。

酒吧里的人把目光都往他们这儿投过来，大多是看热闹的，并没打算出手帮忙，就在辛语想后伸腿把人一脚踢倒的时候，男人忽然闷哼了一声，她的头发逃离魔爪。

她回头看，出手的人是裴旭天，还挺冤家路窄的。

他应该是一个手刀把男人的手腕给震麻了，让男人松了手。

"你是谁啊？"男人握着手腕，一脸警惕地看向裴旭天。

裴旭天正要开口说话，只见辛语甩手就给了那男人一耳光。

辛语叛逆过一段时间，反正她、江闻、江攸宁，三个人一块儿，她打架最厉害，因为她的性子莽。

这会儿她被这么欺负，再忍就说不过去了。她本来心气也不顺，反

· 454 ·

手甩完一耳光，在男人还愣怔的时候，一伸长腿，高抬腿踹向他胸口。

男人往后倒去。

"就你这种货色，"辛语放下腿，"老娘眼瞎了，世界上男人死光了也看不上你。"

然后，她在众人好奇的目光中往外走，但走到门口又站住，喊了声："裴旭天，你走不走？"

裴旭天这才回过神来。于是在来"沉醉"十分钟后，他又离开，其间一杯酒没喝，只看了一场打架。

辛语喝了酒，在手机上喊了代驾。她跟裴旭天一起站在路边，用了很久才挺为难地说："谢谢啊。"

裴旭天看她这样，笑了："不想说就别说，谁还不知道谁啊。"

辛语瞪了他一眼："成吧成吧，我又不是什么不讲道理的人，今天的事谢了啊。"

"不客气。"裴旭天说。

她等到代驾来了以后她便离开，还跟裴旭天挥手告别，但开了一大半路程，她的代驾跟她说："后边有车跟着哎。"

辛语一慌，心想不会是那个男人吧？这样的话那她就要报警了。

于是她扒着车窗看了又看，看了又看，觉得车牌号眼熟。

以前裴旭天帮过她，她从那会儿就记得他的车牌号。

行吧，是裴旭天。

她关上车窗："没事，是我朋友，他应该是想送我。"

想不到啊，裴旭天竟然还挺够义气。如果他不是阮言的男朋友的话，她还能勉强跟他交个朋友。

一路到了小区，代驾帮她把车停好，这才发现裴旭天的车也停在了他们小区。

辛语下车以后看见他："你还下来啊？别送了，回吧。"

裴旭天站在原地，还是说了实话："我没送你。"

"那你……？"辛语皱眉。

裴旭天说："我刚搬来。"

"在这儿？"

裴旭天点头："是这儿。"

辛语家在十二楼，她进了电梯摁好楼层，头也没回地问裴旭天："你几楼？"

裴旭天沉默了几秒。

辛语说："几楼啊？"

裴旭天抿唇："十二楼。"

辛语说："嗯？"

她差点儿脱口而出：你是不是跟踪我？

但她看见裴旭天那难以置信的表情，他的脸上明晃晃地写着四个字：冤家路窄。

他好像对这件事也很难受。

电梯升到六楼，辛语才从无奈的情绪中走出来，又觉得他今天帮了她一把，于是随口问了句："你什么时候搬过来的？"

"昨天。"裴旭天说。

辛语说："哦。"

十二楼到了。当初这房是赵女士帮忙出了一部分钱，再加上她当模特挣的钱，从江叔手里买下来的，地段好，空间大，升值潜力大。

一层有四户人家，辛语基本没见过几个人，她的作息太不寻常，她出门的时候楼道里基本空荡荡的。

小区倒是有住户微信群，她一直没加，有事情直接找物业。

出了电梯，两人一同往出走，走的还是同一个方向。

辛语家在最里面，而裴旭天走到她的隔壁停下。

呵，还真是冤家路窄。

"新邻居，"辛语看在他今天帮过自己的分上，好心地跟他说，"有什么不知道的可以问我。"

"你会知道？"裴旭天挑眉，"怕是平常都不回家吧。"

辛语回家，只不过一般回得晚。

"算了，"辛语今天已经吵过一架，这会儿没有精力吵第二架，"狗咬吕洞宾。"

话不投机半句多。两人各自转身进门。

但片刻之后，裴旭天又打开门喊了声："你等一下。"

辛语先是皱眉，然后就笑了："怎么了？新邻居，有需要我帮忙的地方啊？你尽管说，但我看心情决定帮不帮。"

裴旭天只是重复了一遍："你在这儿等一下。"

辛语说："嗯？"

一分钟后，他小跑着从他家出来，然后走过去把一袋子东西递给她："拿着。"

辛语说："这什么啊？"

她拎起来转了一圈看，里面的东西绿白相间。

"你的手，包扎一下。"裴旭天说。

辛语蒙了两秒，然后才后知后觉地看向自己的手，应该是刚刚被玻璃碴划破的，一道长长的血痕在掌心漫延，有的血迹已经干涸，但仍旧有新的血流出来。她一直没感觉到疼，因为当时最疼的地方是手腕，就感觉麻到不行。后来坐在后排，许是酒精麻痹了痛觉，她便没察觉。

"哦。"辛语朝他的背影说，"谢谢啊。"

裴旭天说："不必。"

两人各回各家，互不打扰，但十分钟后，辛语敲响了隔壁的门。

裴旭天门开得很慢，因为他在洗澡，匆匆忙忙地擦干净水渍，换上T恤和睡裤出来。

"怎么了？"裴旭天问。

辛语举起已经洗干净的手："伤的是右手，我包扎不了，只能来麻烦你，拜托你送佛送到西吧。"

裴旭天盯了她一会儿，然后侧过身子给她让开路："进吧。"

"谢谢。"辛语啧了声，"你简直是天使啊，裴律。"

裴旭天就看她，说谎话草稿也不打，那双眼睛里一点儿名为真诚的东西都没有，一听就是信口胡诌的。

不过他确实也不需要她的感谢，看见了就帮个无伤大雅的小忙，更何况两人还认识。今天在酒吧，就算是陌生人他也会帮忙。

辛语坐在裴旭天家的沙发上，还挺"自来熟"的。她酒喝多了有点儿口渴，便问："你家这水新鲜吗？"

裴旭天说："新鲜的，喝吧。"

辛语给他看自己的手，裴旭天便给她倒了一杯，辛语捧起来一饮而尽。

她刚刚在家里用冷水冲过手，水流滑过她的手心，带来刺痛感，疼得她龇牙咧嘴，站在卫生间里打哆嗦。

她以前经常受伤，出来工作以后频率低了很多，久违的痛感竟直接把她带回了高中时代。但裴旭天给她消毒的时候她才知道刚刚的痛并不算什么，蘸有碘酊的棉签擦过掌心，顺着受伤的方向一路往上。辛语的手拼命地想往回缩，但裴旭天早知道会这样，直接用另一只手捏住了她的手指，起初还挺怜香惜玉，捏的力气小一点儿，到后边辛语怀疑他拿出了掰手腕的劲，她的几根指头都被捏红了。如果不是她的骨节小，她觉得裴旭天很有可能把她的指头给捏断。

"你不是在报复吧？"辛语咬牙切齿地问。

裴旭天是半蹲着给她擦的，听到这话仰起头，眼里就写着一句话：你是不是有病？

辛语感觉受到了侮辱，但这会儿有求于人，就把所有的小情绪压了下来。

裴旭天的动作其实算轻的，反正跟高中那会儿的江闻比起来要好得多，她那会儿找江闻处理伤口的时候总觉得是被二次伤害。

裴旭天给她消完毒之后又撒了一点儿消炎药的粉末。伤口太长，没办法用创可贴，裴旭天就给她拿纱布缠了三圈，处理好一切之后，还用多余的纱布给系了个蝴蝶结，还挺好看。

辛语坐在那儿，忽然没心没肺地感叹了句："你是近年来唯一离我这么近的男人了。"

裴旭天把所有用过的药品收好，分门别类地放进小药箱里，背对着辛语开口："我是不是应该感到荣幸？"

辛语摆摆手："倒也不用。"

他家很干净，东西不多，大抵是刚搬进来的缘故，家里显得没什么烟火气。

辛语忽然好奇："你怎么突然搬到这边来了？"

"中介找的房子。"裴旭天说，"地方不错，离律所挺近的。"

辛语说："哦。"

她其实想问的是搬家的理由，更想问的是他跟阮言是什么状况。

辛语这个人吧，能接受别人对自己坏，这样就能说服自己对他更坏，但是不能平白无故地受别人的好，受了就心里不安，总觉得欠着什么。所以这会儿她看着裴旭天，脑子里的那句话一直在盘旋，但她又觉得说出来对他太残忍，于是就捧着一个空杯子，坐在他家的沙发上，让目光跟着他的身影绕啊绕，绕了一圈又一圈，绕到他从酒柜里把红酒和红酒杯拿出来，站在不远处径自倒了一杯，自斟自酌，丝毫没顾及她的存在。

"喂，"辛语用没有受伤的手摁了摁眉心，"大哥，我好歹也算是客人吧。"

裴旭天说："嗯？你难道不是来找我帮忙的？"

"是，"辛语理不直气也壮，"但咱俩也算认识吧，你今晚还那么英勇，怎么也算是过命的交情了，这会儿我到你家来，你一个人喝，不合适吧？"

她就是馋酒而已。

裴旭天上下打量了她一圈："所以，你还不走？"

辛语只恨他是块木头。

"我要是走了，你一个人喝多寂寞？"辛语把头发一甩，站起来往他那边走，"不如我陪你喝一杯？"

裴旭天说："你手有伤，不能喝。"

一句话把辛语想喝酒的心思给灭了。

她坐在餐桌前，低着头思考该如何把那个残酷的事实用尽量平和的语言告诉裴旭天，这样才能让他不那么震惊和悲伤。

辛语觉得太难了。她本来就不是个会拐弯抹角的人，而且当初并不打算告诉裴旭天这个消息，但今天麻烦了他这么多次，不做点儿什么说不过去。

裴旭天仍旧在喝酒，看起来好像比之前瘦了。

辛语随意找话题，就这么说了一句，谁知裴旭天忽然说她："你也好意思说我？"

辛语无奈："大哥！我这是工作需要，要不是为了上镜好看，谁愿意天天不吃饭？"

裴旭天沉默。

在短暂的沉默过后，裴旭天说："不早了，你回吧。"

辛语挑眉："赶客啊？"

裴旭天放下红酒杯，背过身去："这个点了，你穿那么点儿衣服到我家来，是没把我当男人呢，还是想勾引我呢？"

他的声音温润，他平常说话也一板一眼惯了，这会儿"勾引"两个字从他的嘴里说出来都不带一丝旖旎的意味。

辛语偏过脑袋笑了声："我大半夜来勾引阮言的男朋友，我是疯了吗？"

裴旭天回头看她，目光深沉，大抵是因为她提到了阮言，但辛语这人向来大大咧咧，并未察觉。

"我当然是没把你当男人看啊。"辛语笑得更开怀，"咱俩谁跟谁啊，天崩地陷了也不可能好好说两句话的人，还能睡一块儿？你信？"

裴旭天说："有时候爱跟欲是能分开的。"

辛语瞟他一眼："裴律，你可不像是能分开的人。"

裴旭天觉得她人傻，看问题倒还透彻。

辛语穿着一条热裤、一件白色 T 恤过来的。

她这会儿一起身，修长的腿一览无余，又白又长又细，裴旭天只瞟了一眼便背过身去。

辛语往门口走，但走到了门口，还是觉得应该把话说出来，于是喊裴旭天："裴律？"

裴旭天说："嗯？"

"我有个事不知当讲不当讲。"辛语尽量委婉。

"那就别讲。"裴旭天说。

辛语说："但我觉得这样对你不公平。"

裴旭天扫了她一眼："说。"

虽然他话是这样说，但辛语从他脸上看出了"有话快说，说完快滚，不要在我眼前晃悠"的意思。

她也不想啊，还不是因为欠了人情？

她清了清嗓子："那个，你跟阮言现在关系还好吗？"

裴旭天看她："跟你有关系吗？"

"跟我要说的话有关系。"辛语一遇到这种事就不知道怎么办，一直在脑子里劝自己尽量委婉，所以现在跟一只偷吃了胡萝卜的大白兔一样，眼睛眨啊眨，还带着几分同情和可怜之感看向裴旭天。

一个可怕的念头从裴旭天的脑海里涌现出来。

他说："不好。"

"嗯？"

"分手了，"裴旭天说，"已经半个月了。"

辛语的心落回肚子里："那就好。"

"节哀节哀，"辛语说，"不值得不值得。"

不过，她忽然反应过来："你是不是都知道了？"

裴旭天咬牙切齿："所以你就早知道？"

辛语低咳了声："也就早了那么大半年……吧？"

辛语最后是被裴旭天推出去的。

毫不夸张，裴旭天一把将她推出门，然后砰的一声门响，她就被隔在门外。

辛语摸了摸鼻尖，没反应过来。等她反应过来了，门已经闭紧。她对着门翻了个白眼，然后屈起手指敲了敲他家的门："裴旭天。"

"你是不是恼羞成怒？"辛语怕吵到邻居，声音也不算大，但她猜裴旭天肯定还在门口，所以咬牙切齿地教育他，"你是不是心虚？"

"你都分手了还护着她？你是怕以后娶不到老婆？你这样的还缺老婆吗？随便从街上拎一个都比那个女人强，你至于吗？"

里边没声音。

辛语气得不行，啪的一脚踹门上。

裴旭天拉开门，眼睛还有点儿红。他低下头看辛语："你早知道为什么不告诉我？"

辛语看着他红了的眼睛，忽然有点儿心虚，但在裴旭天不注意时直接溜进门里，然后靠在他家门口的墙上说："我咋跟你说？"

裴旭天说："就正常说。"

"那你不得骂我全家？"辛语轻嗤，"你当我不了解你们男人？相信世界上有鬼都不相信女朋友脚踏两只船，尤其你对阮言那样言听计从，我怎么说？我说阮言感情不专一，还在办公室里跟实习生这样那样，你是不是得……"

她说得正激动，一抬头就看见裴旭天的眼神越发阴鸷，而且那双眼睛泛着红，眼里还有泪花。

放在女生身上，这会儿一定眼泪汪汪，但裴旭天还算坚强。

辛语把本来打算说的话艰难地咽了下去，生怕这一米九的大男人在她的面前哇地哭出来，那多造孽？

于是她轻咳了声，拍了拍裴旭天的肩膀："男人，不哭。"

裴旭天咬牙切齿："辛语，你是不是脑子不好？"

辛语疑惑。

"哎？"辛语急了，心想，我好心好意地安慰你，结果你就这样对我？你还是人吗？于是她瞪大了眼睛："你会不会说人话？我体谅你已经口下留情了，你要是再不识好歹，信不信我给你把我那天看见的复述一遍？"

裴旭天深吸了一口气："你回去吧。"

辛语疑惑。她从小到大最讨厌的就是她已经全副武装打算开炮，结果对方要跟她休战，那种感觉就像是我已经准备了三千字作文跟你噼里啪啦对骂，结果你跟我嘿嘿一笑，说："别打了，我们还是朋友。"这能忍？谁跟你是朋友？打嘴仗就要有打嘴仗的尊严。

辛语一口气憋着差点儿没上来。

于是片刻之后，辛语问他："你为什么能这么平静？"

裴旭天说："不然呢？"

辛语有心安慰他几句，但从小到大确实少点儿这方面的天赋，于是想了几秒只能说："来，跟我一起骂，人渣滚。"

裴旭天回头看她，眼睛里明晃晃地写着五个大字：你病得不轻。

"朋友，你怎么回事？"辛语见安慰无果，干脆放开了说，"有一种说法，你们男人最高兴的不过三件事，升官、发财、死老婆，你看看你现在，三大喜之一哎，而且恭喜你摆脱人渣走上人生巅峰，你不高兴吗？"

裴旭天说："我应该高兴吗？"

辛语看他说这话说得艰难，于是疯狂地点头："我觉得应该。"

"那你说我是应该高兴相恋八年的女朋友感情不专一，还是应该高兴所有人都知道这件事就我不知道，被蒙在鼓里那么久，毫无怨言地当了那么久的移动 ATM 机？"

裴旭天一连串的问句把辛语给问蒙了，她果真站在原地开始思考这个问题，但没思考出答案，好像是应该庆幸结婚前及时止损，但这件事对裴旭天的打击确实很大。

良久之后她叹了口气："你也别难过，反正男人变心很快的，说不准哪天你就又遇到真爱了呢。"

裴旭天忍住翻白眼的冲动："你回家吧。"

辛语说："哦。"

她想说的话说完了，也该回家了，但这会儿还挺不想走的。

今天知道赵女士得病，她本来就心情不好，又在酒吧听了一首《爱情转移》，雪上加霜。这会儿好不容易逮住个人能让她说会儿话，她还想再聊一会儿。

于是她站在门口，抬头问裴旭天："你困吗？"

裴旭天说："嗯？"

辛语说："咱们聊会儿。"

裴旭天实在想不出来跟辛语有什么话好说，但看她那样，他也就往房间里走："进来吧。"

于是辛语跟在他的身后又回了他家，而且"自来熟"地盘腿坐在他家的沙发上，没过一会儿，裴旭天给她扔过来一条毯子。

辛语问："干吗？"

裴旭天说："盖上你的腿。"

"你是不是觊觎我的腿？"辛语啧了声，"男人啊，果然都是视觉动物。"

裴旭天往辛语旁边一站，把辛语眼前的光都给遮住，居高临下地看着辛语。

辛语问："你做什么？"

裴旭天比画了一下自己腰的位置："我需要觊觎你？"

辛语心想，行吧，腿长了不起。

"那你给我递这玩意儿干吗？"辛语说，"影响美观。"

裴旭天说："我怕你一会儿腿瘸了，又借口不想离开我家。"

跟辛语说话，裴旭天觉得自己的脾气都变差了，果然脾气差会传染。但辛语好像格外喜欢这种相处方式，嘿嘿一笑："你放心，我想赖你家还需要找借口？我不想走就不走呗，你还能把我扔出去？"

裴旭天看着她，目光深沉："可以考虑。"

真的，这张嘴再欠揍点儿，他是会这样做的。

辛语啧了声："绅士风度呢？"

"丢了。"裴旭天给她从柜子里拿了盒饮料，但给自己拿了罐冰啤酒。

辛语就盯着那瓶冰啤酒："裴律，你对我未免太过残忍。"

裴旭天说："需要温柔？"

辛语想了想他对阮言的样子，不由得打了个哆嗦。哟，这温柔她承受不来。于是她疯狂摇头："算了吧，你还是保持现在这样吧。"

两人以往不算熟，但因为有共同朋友，之前裴旭天还帮过她一次。

那次的争议解决让辛语对他有良好的第一印象，但她又因为沈岁和的事对他也带上了几分敌意，后来更是因为阮言，直接把裴旭天的微信都给拉黑了，但这会儿没想到某天又能和他坐在一块儿瞎叨叨。

其实辛语就是想找个说话的，但她的朋友们都在忙，她只能随便拉一个说。可是说话这事又不好开头，她想了想，一直都没想到该以什么话开头。于是房间里难得地安静。

隔了会儿，辛语问裴旭天："让男的一心一意是不是比登天还难？"

裴旭天瞟她一眼，对刚刚她那些话仍旧心怀不满，如今见缝插针地想看看她的笑话，于是把自己的职业素养都拿了出来，声音温和，循循善诱："被人伤害过？"

"也不算吧。"辛语说，"我见过的男人好像就没有一心一意的，所以导致我对男人这个群体有偏见，也不算是偏见吧，总而言之就是——垃圾。"

裴旭天说："那你有没有想过，可能是你的问题？你要是遇到一个是这样，那是别人的问题，要是遇到一百个都这样，那很有可能是你出了问题。"

"什么东西？"辛语白他一眼，"这是什么受害者有罪论？你们男人是不是就会这一套？忽悠我忽悠得挺起劲啊？你要是把这劲用在阮言身上，至于她脚踏两只船？你把她玩得那不是晕头转向的？"

辛语是真的不会聊天儿，但他能感觉出来这个人其实不坏，就是说话不经大脑，而且感觉这些事情在她这儿其实不算事。

他深吸了一口气才能继续说："你说这是受害者有罪论，那你以少数人的行为否定整个群体否定得也很起劲啊？你说男人的时候都说是不分类别的垃圾，你也没比我好到哪儿去。"

她皱着眉想了想，好像是这么个道理。

裴旭天又说："而且我忽悠你干什么？我只是实话实说，不是说你这个人有问题所以吸引人渣，而是你因为对这件事情太在意，所以看到的、思考的都是这个方面的问题，你也可以好好地看看这个世界，有真善美的。"

他的言外之意是"有好男人，你没发现"。

辛语忽然说："那我两任父亲都感情不专一，这该怎么解释？"

裴旭天说："你妈没选对人吧。"

她正思考着，裴旭天的手机忽然响了。他看了眼，是个陌生号码，辛语提醒他："接呗。"

裴旭天犹豫了几秒才接起来，而接起来之后听到的那个声音好像就是在验证他之前的犹豫。

阮言的声音从听筒传来："裴哥，我在'沉醉'，酒喝多了，你能来接我吗？"

电话被裴旭天挂断。

辛语瞟了眼他不算好的脸色："你去？"

裴旭天摇头。

辛语也不知道怎么，忽然感觉到轻松，笑道："那就行，我还以为你是'包子'呢。"

裴旭天整个人往后仰，陷在沙发里闷声回了句："你是馒头。"没头没尾的。而且自这句话后，屋内就陷入了诡异的安静气氛之中。

外面起了风，偶尔能听到风刮过窗棂的呜咽声。辛语低头在那条毯子上抠来抠去，一时间竟不知道说什么好，因为听到了裴旭天略带哽咽的声音，这时候好像再说什么都不合适。

隔了几秒，在诡异的安静中，裴旭天的手机再度响起。他瞟了眼屏幕，仍旧是那串号码。片刻后，他选择了挂断。几秒后，对方又打来，裴旭天仍旧挂断。

"拉黑吧。"辛语给他出主意。

裴旭天说："哦。"

然后他用手指戳着屏幕操作一番，把手机放到了茶几上，之后屋内再次陷入寂静，但这种寂静并未持续多久，他的手机再一次响起。

辛语疑惑："不是拉黑了？还能打进来？"

"不知道。"裴旭天拿起手机看一眼，是另一个来自北城的陌生号码。他接起来，对面是个男声："您好，是阮小姐的朋友吗？她现在喝到不省人事，您能过来接她一下吗？"

裴旭天紧抿唇，没有说话。

辛语看着着急，直接从他的手里拿过了手机："您好？您找谁？"

对方问："您是阮小姐的朋友吗？"

辛语说："巧了不是，我这辈子长这么大就不认识一个姓阮的。"

"但是阮小姐给的号码就是这个。"对方说，"她喝醉了还在背这个号码，我们以为这是阮小姐的男朋友的号码。"

"不是，"辛语的胡话张嘴就来，"这手机是我刚从垃圾桶旁边捡的，看起来应该是一个男人扔的，好像是因为接了前女友电话很生气，直接把手机扔了。哎，你说现在的人真是，白白便宜了我。但我也不缺这个手机，不跟你说了，我这会儿也着急联系失主呢，这大半夜的，找个人太难了。"

对方迟疑了半秒："那阮小姐……？"

辛语说："我都说了不认识什么姓阮的，你看她那么好，都舍得帮她打电话联系别人了，那就自己把她送回去呗，要么就让她走，再狠点儿就把她扔出去酒吧，看谁捡就捡，都是成年人了，要为自己的行为和情绪负责任的。"

辛语直接挂断了电话，顺带把这个号码也给扔进了黑名单，然后把手机递给裴旭天的时候，裴旭天盯着她的眼神很不对劲，带着几分探究和好奇的意味。

辛语倒无所谓，学着裴旭天的样往他家的沙发上一仰，脑袋朝天："看我干吗？"

裴旭天说："你倒是很能编。"

他的语气平静，她也听不出来是夸还是损。辛语权当他是在夸她："也还行吧，小学的时候作文拿过二等奖呢。"

于是这个房间里再次陷入寂静。

晚上十二点多辛语才回的家。

原因无他，她在裴旭天家的沙发上睡着了，刚眯了不一会儿裴旭天就把她叫醒。

她迷蒙着说："再睡会儿。"

裴旭天："回家睡。"

辛语说："这不是我家？"

"不是，"裴旭天说，"这是我家。"

辛语不在意地摆了摆她柔若无骨的手："差不多。"

然后她就被裴旭天连拎带拖地扔到了她家的门口。

辛语震惊于裴旭天的操作，整个人都清醒了。她先摁了密码锁把她家的门打开，然后站在那儿，双臂环抱质问裴旭天："你至于吗？连个沙发都不给我睡？"

裴旭天面无表情："你家有床干吗跑我家来睡沙发？"

"问题是我都睡着了啊，"辛语翻了个白眼，"你要不要这么没有风度？"

裴旭天迟疑了两秒，上下打量她一番："男女有别。"

他说完就离开了。

辛语看着他的背影，沉默片刻，赶在他进门前喊了声："我可谢谢您嘞，还把我当一女的。"

裴旭天的手握在门把上，他只探出个脑袋："不用谢，毕竟你的生理结构还摆在那儿。"

辛语说："什么？"

两家的门相继关上，世界归于寂静。

辛语倚在门上，没有开灯。

一室黑暗，她的身子慢慢地滑落到地上，她轻闭上眼，眼泪顺着眼角滑落下来。

其实她刚才并未睡好。半梦半醒之间，她看到了赵女士。

赵女士躺在病床上，神情绝望，而她什么都做不了。

这会儿没有其他人，她所有的情绪都可以毫无顾忌地释放出来。她哭完以后才打开客厅的灯，然后去卫生间洗了把脸。因为右手受伤了，洗脸时动作缓慢，她也没在意，反倒是放缓了速度。

她洗完脸后还单手涂了护肤品，然后坐在沙发上打开电视，随意点开一个老片，坐在那儿开始看。

辛语第二天醒来的时候，昨晚打开的电影已经循环播放了好几遍。

辛语关了电视又一次洗漱，去房间里换了衣服后随手盘了个丸子头，给赵女士打电话提醒她复查的事情，然后拎着包出门。

平日里路过许多遍她都不会注意的地方今天竟然多看了两眼，好像真有什么好朋友住进来了似的。

她走上电梯，下楼开车离开小区，全程没有看到裴旭天。

赵女士的病确诊，是癌症晚期，确定了之后辛语就给她办理了住院手续，然后去她家里把所有东西收拾好，跟那位继父交代了病情，继父也很悲痛。

他看着病房里面色惨白的赵女士，两行眼泪顺着脸颊流下。

辛语全程不发一言，只是抱臂冷冷地看着。继父握着赵女士的手深情款款地说："玲娟，我们夫妻一体，有什么困难就一起面对，你放心，我一定会花钱给你看病的。癌症也没关系，现在医疗技术这么发达，你一定能好起来。从现在开始，家里的所有事情都由我来管，你就好好养病。"

赵女士也被说得红了眼："好。"

辛语望着这一幕出神，直到继父拿着赵女士的缴费单喊她："语语，我们先出去，不要打扰你妈妈休息了，让她好好睡一觉。"

"哦。"辛语这才回过神来，瞟了眼病床上的赵女士，赵女士仍在对她笑，示意自己没事。

她出了病房，脑海里仍旧是刚才继父的背影。

那个跟她的妈妈说"好好养病""我们夫妻一体"的男人，仿佛跟那个和单位里某个离异女性走在一起搂搂抱抱、牵手、说情话的男人不是同一个。如今是那个女人已经再次结了婚，而她的继父在被赵女士用财产胁迫后，勉强地回归这个已经算是支离破碎的家庭，所以他可以毫无负担地说出那些话。但如果两人的关系真好，那以赵女士的性格怎么会找她来看病？

男人可真会装啊。而且，男人的心真大。

这事不免让辛语想起来当初的事。

她高中的时候发现继父脚踏两只船，然后告诉了妈妈。妈妈在质问他的时候，他说的是"我也爱你啊"。

走廊里行人穿梭，刺鼻的消毒水气味让人心情烦闷。继父走出来之后把缴费单递给辛语："语语啊，叔手里没钱，家里的钱都在你妈妈那儿呢，你先把这个费用缴了，到时候叔再让你妈妈给你。"

辛语跟他差不多高，能毫无压力地平视他，她略带压迫感的目光扫过继父的脸。

经过岁月的蹉跎，那张脸如今也变得皱起来，他说这话的时候目光飘忽。他也知道这话不好，但还是说了出来。

他递缴费单的手悬在空中，辛语一直没接缴费单。

辛语知道他手里有钱，去年她就跟赵女士聊过这些事。

因为继父那边也有一个女儿，从前年开始他的退休工资就没再给过赵女士，赵女士手头也有钱，不缺他那一份钱，也就一直没问。

用赵女士的话说就是他们两个现在不过是搭伙过日子罢了，你过你的，我过我的，大家都有各自的儿女，怎么可能一条心？

令辛语没想到的是，他刚刚在病房里还深情款款，恨不得把家底都拿出来给赵女士看病，结果出了病房就是这副嘴脸？

辛语翻了个白眼，嗤笑了声，也懒得跟他吵，没那个必要。

隔了几秒，她才从继父手里抽出缴费单，没说话便离开。

这个医院不算是治疗宫颈癌的好医院，她倒是问到了一个，但那个私立医院现在病房满了，她只能退而求其次到这儿来。

其实她可以找江叔帮忙，但在这一方面赵女士和辛语出奇地一致，能靠自己解决的问题就不想麻烦别人，所以宁肯退而求其次也不想去麻烦人。而到现在，其他人还不知道赵女士得病的事情。

赵女士也无意跟别人说，一来治不好，二来还让别人跟着操心，没有必要。

她就想安安稳稳地治病，治得好出院，那自然是喜事，治不好离世，在最后关头跟众人告个别就完事，对谁都好。

整整一天辛语都在医院待着。她推掉了近期的所有工作，就在医院里陪赵女士，甚至第二天她只回家拿了点儿东西就到医院陪床了，只不过回家时门把手上挂着一袋药品，就是那天她用过的碘附、纱布、消炎药。

她尝试去敲裴旭天的家门，没人应，最后也就不了了之，不过她还是把那些东西拿到了医院。

她的生活忽然变得单调。她每天起来坐在病床前陪赵女士聊会儿天儿，然后跟护士们聊聊天儿。等到赵女士睡着了，病房安静下来以后，她就拿着手机看朋友圈、微博、短视频。

有天她看着抖音，系统忽然给她推荐了一条秀恩爱的视频。文案很甜蜜，视频里的两人也很好看。不知是因为这条视频上了热门榜所以系统给她推了，还是系统从某些大数据里截获了她的一些资料给她推的，反正她就是看见了。

视频里讲述了两人这些年来分分合合的心路历程，以及最重要的一句：十年风雨，我们终于要结婚了。而评论区里的人都在祝他们长长久久。

辛语的手指抖着滑过了下一条视频。

明明已经过去了这么久，她看见这些东西还是会悲伤。

后边推送的视频在那条视频的对比之下显得索然无味。她干脆关掉了应用程序，但已经看过的东西忘不掉：那些甜蜜的合照，那些动人的情话，以及那个男人温柔的眼神。

曾经，她为了那个眼神能赴汤蹈火，后来才知道她自始至终没走进过那个男人的内心。

辛语关掉手机看向窗外。

今天的天气不错，外边阳光明媚，她倚着窗台看楼下，宛若蝼蚁的人们行色匆匆地走着。渐渐地，她闭上了眼睛。

那条短视频还是给她的生活带来了一点儿影响，起码中午吃饭的时候，赵女士关怀地问她是不是遇到了什么事。

她闭口不谈。

到了下午，她陪赵女士下楼去散步。

午后的阳光洒在人的身上，十分美好。

这样的日子，辛语过了一天又一天，直到赵女士的病情突然恶化，需要进行第一次手术，她毫不犹豫地签了字，把赵女士送进了手术室。

手术是在傍晚进行的，远处红霞弥散开来，染红了天际，预示着明天又是个大好的晴天，但有些人可能已经没有了明天。

手术室里的灯一直亮着。一直到凌晨两点，赵女士才被从手术室里推出来。手术还算成功。

辛语在病房里坐了许久，了无睡意。等到清晨天边熹微晨光露出，她才开车回家洗了个澡，稍稍补了个觉。

赵女士那边有继父看着，而且刚经历了麻醉的赵女士，不到下午醒不来。

辛语这一觉睡得还算沉，醒来以后在房间点了外卖就去洗漱。

等到外卖到家门口的时候，她打开门不只看见了外卖小哥，还有拎着两瓶酒的裴旭天。

"哟。"辛语接过外卖，转身进家，"这是太阳从西边出来了？"

"上次你想喝的，"裴旭天跟着她进门，把酒给她放到桌上，"别说我小气。"

辛语从厨房里拿出餐具，没接裴旭天的话，而是问："你吃饭了吗？"

这会儿是下午三点多，裴旭天睨她一眼："你说午饭还是晚饭？"

"午饭吧。"辛语随便地说，"你要愿意说是早饭也行，我的意思就是问你饿不饿，饿的话给你拿个碗，一起吃。"

"不用了，"裴旭天说，"我就来给你送酒。"

辛语只给自己拿了碗，却拿了两个酒杯。

她给裴旭天递了一个过去，然后拆开外卖坐在地上吃。

她有地垫，平常想一边吃饭一边看电视，就把饭放在茶几上，人坐地垫上看电视。

哪怕今天有客人，她也没客气，把大长腿一盘，在裴旭天的脚边坐下打开电视，打开一档语言类综艺看。

近年来喜剧语言类综艺兴起得很快，尤其是被搬上荧幕之后。最让人喜欢的就是相声，毕竟是老祖宗留下来的东西，但辛语更喜欢脱口秀。

裴旭天看辛语一边吃饭一边目不转睛地看电视，她身上的衣服松松垮垮的，裤子又短，T恤领口又大，她好像格外钟爱这个风格的衣服。而且她应当在不久前洗过澡，身上还很香。

裴旭天不自觉地坐得离她远了点儿。

辛语却招呼他："不喝酒？"

裴旭天给她倒了一杯，自己却没喝。

他问："你手好了吧？"

"早好全了。"辛语说，"我年轻，伤口好得快。"

她这话也不知道是在暗讽谁老了。当然，也有可能是他想多了，他真觉得辛语应该买一本《教你如何学说话》。

她愉快地看电视，电视里嘻嘻哈哈，她也跟着笑。她看一会儿又突然想起旁边还有个人，然后就用胳膊肘碰一下他的腿："你真不吃啊？我点得挺多的。"

"不吃。"裴旭天说。

他见辛语看得起劲，也就不再打扰。

"我走了。"他说。

辛语仰起头看他："再待会儿呗，今天周末，你反正也没事做。"

裴旭天低下头，目光所及之处正好是她的锁骨以及白皙的肌肤，风光尽显。他立马别过头，毕竟是在人家家里，人家穿什么都是人家的自由，他不需要多管闲事，能做的就是管好自己的眼睛，所以说："不了，回家里待着。"

"你过来就专程给我送酒啊？"辛语疑惑。

裴旭天点头："对，免得你下次见了我又挤对我小气，连瓶酒都不给你喝。"

辛语已经把电视摁了"暂停"，哈哈大笑："我在你心里就这么小心眼儿啊？"

裴旭天伸手比着小手指："也就这么大吧。"

"啧啧啧。"辛语翻了个白眼，"还不是因为你以前相处的那些人？你看看，没一个是我喜欢的。"

"我的朋友为什么要你喜欢？"裴旭天摇了摇头，"你不喜欢的人多了去，不能因为这些小事就挤对我，人们会觉得你刻薄。"

"不。"辛语冷哼了一声，"你不要以为我不知道，阮言一直觉得我是'花瓶'来着，单是冲她那句话，我就想踹她，连带踹为她一再放下尊严和做人底线的男朋友。"

真的，他觉得不只得给辛语送一本《教你如何学说话》，还得附赠两节情商课。听听，说出来的这叫人话吗？

裴旭天气得都翻了个白眼，伸脚在辛语的腿上踹了下："你就这么对待你的救命恩人？"

辛语说："什么？"

裴旭天又坐下跟她说："那天在酒吧是我救了你吧，回来以后我还给你包扎了伤口吧？不仅如此，我今天还以德报怨地给你送了两瓶酒来，结果你就这么明目张胆地骂我？"

辛语比他更震惊："我哪儿骂你了？"

那眼神真挚，大眼睛一瞪，小表情还有点儿可爱。

裴旭天觉得这姑娘是真的好看，不过大概是真的拿智商换了美貌，以这么优秀的长相来看，她的情商应该也一起搭进去了。

裴旭天把她往一边推了推："你说的是好话吗？"

"不是，"辛语理直气壮地承认，然后为自己辩解，"但也不是坏话啊。而且用这话也有情境，又不是所有的男人都能像你一样对你女朋友……"

裴旭天听到前边好不容易舒展了眉头，听到后边立马又把眉头皱得紧紧的。

他深吸了一口气，然后拍了拍辛语的肩膀，借机把她滑落下来的衣服给搭上去："这难道不应该吗？"

辛语眨巴眨巴眼睛看他："怎么就应该了？"

"那我喜欢一个人，找她做我的女朋友，不就得对她好吗？难道我找她是为了跟她吵架吗？这样的话我是不是就成了你们口中的人渣？"裴旭天真是气不过，开始跟她分析这个问题，"你们女人是不是看男人不爽有各种各样的理由？我宠女朋友吧，你说我是自轻自贱；我要是对女朋友冷漠点儿吧，你说我是人渣。更别说脚踏两只船这种事情，放在我身上，我就得是不可回收的有害垃圾。这位朋友，你找你喜欢的看，不要每天就盯着我们这些垃圾。"

这还是辛语第一次听裴旭天说这么多话，而且这么长一串，他好像气都不带喘的，敢情是真把他气到了啊。

辛语一撩头发："你别着急生气啊，咱俩不就是友好讨论？我咋感觉你再说下去，耳光就要扇我脸上了？"

"我敢？"裴旭天翻了个白眼，"命，我还是要的。"

他坚信他要是动辛语一下，辛语能告他入室抢劫和杀人未遂，反正依这姑娘的性格，她一定会不把他搞死不罢休。

辛语心里顿时咯噔一下，转过脸继续吃饭，忽然感叹了声："裴旭天哪，我到底怎么吓到你了？"

裴旭天说："太强势了。"

辛语说："行吧。"

关于这点她没有意见。

不过针对裴旭天刚才说的，她还是发表了自己的看法，这一次很认真地，甚至带上了几分严肃感去说的自己的观点："第一，你对女朋友好是可以的，你宠她是你们两个人的事情，我没有意见。但阮言生日那天，江攸宁是受了委屈吧？而且这委屈肯定不小，不然她不会让我们去中洲国际那儿接她，所以你宠女朋友归宠，伤害其他人就不好了吧？第二，我不反对你们谈恋爱宠着护着，这是应该的，但是没有底线的宠爱就给了别人踩到你身上的机会，你不知道什么时候就被别人踩了，而且当你感受不到对方对你有同样的爱护之意的时候，你还这样子没有底线。第三，其实我不讨厌沈岁和，只是因为心疼江攸宁。你，还有江攸宁，都是在为一个不喜欢你的人拼命地付出，对方不一定感激，所以最后受伤害的人肯定还是你们。如果对方喜欢你，那她肯定舍不得让你这么卑微。她是只把你当成工具。"辛语面无表情地说完，然后捧起酒杯喝了一口。她不擅长说这些话，这会儿突然说是因为被裴旭天的话刺激到了。

很明显，裴旭天听完她的这些话也愣怔了许久。

他的舌尖抵着左边的牙齿，良久之后他才说："但当你深陷其中的时候，你根本想不到这些问题。"当他现在从那段感情里走出来的时候，他也看出来自己其实太没下限了。因为那么多年的相处模式已经固定，在早几年，尤其是他们刚谈恋爱那会儿，阮言跟现在不一样，但后来慢慢地，阮言就变了。而他一直想着跟阮言结婚，所以不知不觉地就变成了现在这样，连他都说不上来是什么时候变的。

辛语闻言也叹气："所以这才是症结所在。"

当你陷进去的时候，你觉得这个人千好万好，劝你的人都是见不得你好，就跟去拉斯维加斯赌场赌博的人一样，拼上所有身家赌一个不知道的结果，最后大都一败涂地、倾家荡产。其实当你心如死灰，从后往前看，都得骂自己一句"傻"。比如，从前的她。

"你懂得挺多啊。"裴旭天忽然笑，"赶紧吃饭吧，一会儿饭凉了。"

辛语说："哦。"

她坐在那儿再看节目，觉得索然无味。电视上正讲着跟父母的故事。这期节目的主题就是"我跟爸妈有话说"，主题脱口秀一般不好演出，因为你不确定这个话题是不是你喜欢的，你有没有这方面的故事，但上场的几个脱口秀演员都是辛语比较喜欢的，说的观点也各式各样，而且穿插了很多或编或真的故事。

辛语低下头扒拉饭，吃着也索然无味，干脆收拾了碗筷扔到一边。

裴旭天拿来的酒还不错，味道很浓郁，她不知不觉地喝了大半瓶进去，稍有困意。

裴旭天看电视很内敛，哪怕是很快乐的脱口秀节目，碰到全场爆点的时候他也只轻笑一下，然后揭过，跟辛语的风格完全不一样。

不过辛语这会儿心情不太好，看的时候都没有拍案叫绝，也算收敛了许多。

两人一边喝酒一边看电视，不知不觉也快把这个节目看完了。

裴旭天忽然问："你最近都忙什么？经常不在家。"

辛语说："你找过我啊？"

"嗯。"裴旭天说，"前两天想看你手好了没。"

"这么关心我呢？"辛语震惊，"算我没看错人，裴律，好人！"

裴旭天翻了个白眼。他就是下班回来以后瞟一眼，然后顺带敲个门，没人他就回家了，毕竟算认识的朋友，她看起来又不太像个能生活自理的人，所以他想着关心她一下，但来了好几次发现都没人。

"我没忙啥。"辛语说，"一直在医院呢。"

"医院？"裴旭天问，"有人生病？"

"是。"辛语也没隐瞒，"我妈得了癌症，所以这段时间我都在陪床。"

裴旭天沉默，但他跟辛语不一样，会安慰人，所以隔了会儿才轻声问："阿姨现在情况怎么样？"

"还行吧。"辛语说，"昨晚刚做过手术，这会儿还没醒，大概还能撑几个月。"

"在哪儿住着？"

"人民医院。"

沉默持续了几分钟，裴旭天说："有去北城二院吗？"

辛语说："听说病房好像已经满了。"

"想去吗？"

辛语瞟了他一眼，眼神里明晃晃地写着"你说的是废话"。

"我哥在那边，"裴旭天说，"需要帮你详细地问一下吗？"

辛语忽然愣怔，确实有些犯难。这件事她都没麻烦江叔，现在要麻烦一个不算是特别熟的朋友兼邻居。裴旭天帮了这忙以后，她得怎么样才能还回去？好像从此以后就低人一等了。

她低下头思考。

裴旭天见状，及时补充了一句："就当你那天帮我接电话的回报。"

辛语说："我接个电话就几秒钟的事，这……"

"这对我来说也就是举手之劳。"

辛语没能办到的事对裴旭天来说就是举手之劳。

他第二天就给联系好了那边的病房，而鉴于赵女士刚做完手术，不适合立即转院，所以拖了三天才办理的转院手续。

辛语带着赵女士去转院的时候，在医院里偶遇了裴旭天。

他感冒，有点儿低烧，到这边来开点儿药。

辛语看见他的时候，他已经开完了药，站在走廊跟穿着白大褂的医生聊天儿，两人都很高，长相五分像，很容易就能看出来这医生应该是裴旭天之前说的哥哥。

辛语安顿好赵女士，在病房里等赵女士睡着以后才出来。

裴旭天一个人站在走廊里，看着像在等她。

她走过去打了声招呼："你哥呢？刚刚不还在这儿？"

"查房去了。"裴旭天说话有鼻音，"阿姨都安顿好了？"

"是。"辛语对他客气了许多，"谢谢啊。"

"没事。"裴旭天说，"你回家吗？我打算走了。"

"我还得一会儿，估计要回也是晚上了。"辛语说完之后忽然皱起眉头，这才意识到不对劲，"你感冒了？"

裴旭天点头，然后把装着刚开好的药的袋子在她的面前晃了一圈："听出来了？"

"鼻音这么重，谁都能听出来。"辛语说。

裴旭天说："哎，别这么骂自己。"

她伸腿踢了他一脚，力道不重，也没给他的裤子上沾上灰，就是一个很简单的在表达亲昵的动作。

踢完之后她都愣怔了一秒，她啥时候跟裴旭天关系这么好了？

裴旭天倒没什么反应，大概在他心里，辛语就这性子。

"你这人不识好歹啊。"辛语睨了他一眼。

裴旭天只是笑，看上去面色苍白。

辛语问他："你不用住院观察一下？我看你好像病得很严重。"

"还行吧，"裴旭天说，"就低烧，回去喝了药就没事。"

辛语看他情况不是太好，仗着身高优势，稍一踮脚就摸到了他的额头。啧，还挺烫。

她正要说话，手机就响了。她随意地应答了几声，然后报了赵女士的病房号，挂断电话后跟裴旭天说："你等我一会儿，我开车把你送回去。"

裴旭天说："嗯？"

"你发烧，"辛语说，"就别逞强了吧。"

裴旭天上下扫了她一眼，觉得今天的辛语真有人性。

不容易啊，他竟然能在辛语的身上发现人性这个东西。

于是他合上眼，倚在墙边："我在这儿等你。"

"嗯。"辛语转身离开，但片刻后又扭头，不放心地叮嘱他，"别乱跑啊。"

裴旭天笑："我又不是小孩儿。"

辛语把照顾赵女士的任务交给了继父，然后开车载裴旭天回家。

她开了裴旭天的车，而裴旭天坐在副驾驶位，上车之后先观察了一会儿她的开车技术，然后就被辛语轰赶："你快闭眼睡觉，少质疑我！我是老司机，驾龄九年了！"

裴旭天盯着辛语，眼神里表达的就几个字：真的吗？我不信！

辛语驾车从医院的停车场驶出来，拐过一个路口："你要是不信，我先给你来个漂移？"

裴旭天闭上了眼，并不想看见此等漂移。

辛语把裴旭天送回去，还体贴地给他烧了热水，等他喝完药就让他回房间睡觉。裴旭天问："那你呢？"

"我在你家客厅待会儿？"辛语用了疑问句，但又立马补充道，"或者我回我家也行，你有事就给我打电话。"

裴旭天沉默，觉得这样的辛语很不对劲，能看得出来这姑娘因为他帮了忙，所以这会儿在委曲求全。要是搁之前，她肯定会大大咧咧地说"我在你家客厅待着"，这会儿竟然在后边加了一个选项。

他心里忽然挺不是滋味的，就好像一个人莫名其妙地因为他做的一件事改变了自己的性格，但他的本意不是这样的。

"你随意，"裴旭天想了会儿才说，"怎么舒服怎么来吧，你可以看电视。"

辛语说："会吵到你。"

裴旭天没再说什么，关了门回到房间休息。

而辛语一个人待在他家的客厅，先百无聊赖地玩了会儿手机，又看到一条朋友圈动态，是她仅剩不多的还留着微信的高中同学发的，对方发了一张聊天儿截图，配了文字说明："想不到我见证了一对情侣十年分分合合，最后他们终于要修成正果了。"

这个高中同学严格来说不是她的同班同学，因为她高中跟赵女士转过一次地方，也顺带转了个学，高三的时候才重新回到北城。

所以这个同学是她高一的同学，而她高三回来那会儿跟江闻重新在一个班。

但这个同学分文理科的时候跟那两个人同班。

一个不好的预感涌上心头，辛语觉得心忽然紧了下，硬着头皮戳开那张大图，然后就看到了那条消息。

这么多年，他俩都没换过微信头像，所以她一眼就能认出来。更何况，截图上面还有他的名字：宋习清。

他在微信群里发："同学们，下个月二十日是我跟嘉嘉的婚礼，在福来大酒店举行，大家在北城的都可以来啊。"

在一片恭喜中夹杂着几句起哄，让人隔着屏幕都能感受到喜庆。

辛语仿佛在瞬间窒息，是那种不由自主的、想疯狂摔东西的窒息感。

她许久都没动作，画面仿佛在那一刻被定格，直到手机微振，她的那个同学给她发了好几条消息。

"语语，许嘉让我问问你去不去参加他们的婚礼？

"你别生气！我就是帮忙递个话，她本来找我要你微信号的，我没给。

"你也别删我！我错了！朋友圈已经删掉了。"

同学一连发了三条，卖萌打滚儿。

辛语吸了吸鼻子，屏幕上忽然就多了滴水。

她用纤长的手指揩掉屏幕上的那滴水，给对方回："不去，最近挺忙的。"

同学："哦哦，那我去帮你回绝她。"

辛语："嗯。"

她把手机调成静音模式，然后翻过屏幕放在沙发上，没再看消息。她并不是很想知道这些东西。

辛语坐在那儿发呆，忽然想到以前路童评价她的一句话："对感情这件事，简直是清醒。"其实她哪儿有什么清醒，不过是经历的疼痛要多一些，所以提前逼着自己长大了。

她以前不讨厌男人，也渴望爱情，但一切在遇到宋习清之后都变了。

这个男人给过她最渴望的爱和温柔，但后来又拿刀一次次地将她的心凌迟，所以才会让她时隔九年看到这个名字仍旧心痛到窒息。

辛语拎了个抱枕，躺在沙发上闭上眼睛。

她脑子里都是那个夏天，17岁的男孩儿笑着亲吻她的眼睛，说："你的眼睛真漂亮，比天上的星星还亮。"

那夜的风很温柔，男孩儿也很温柔。

辛语忘了自己是什么时候睡着的，反正醒来的时候已经傍晚。

从裴旭天家的窗户望出去，远方的天空透着生生不息的希望，漂亮到随手一拍就是完美的壁画，但这壁画里还带着个人。

裴旭天的身形颀长，他站在窗户旁，似在欣赏傍晚的美景。

从某个角度看过去，他竟跟辛语刚刚的梦里出现过的那个17岁的男孩儿莫名地像，一样高，一样瘦，甚至连站着的姿势都雷同。

辛语竟鬼使神差地喊了声："宋习清？"

这个名字太久没从她的嘴里出现，她喊完之后便瞬间清醒，嗓子眼儿里像是被什么烧过一样，火辣辣地疼。

而察觉到屋内动静的裴旭天回过头，大抵是为了赏景，还戴了一副金丝边眼镜，这会儿看上去文质彬彬。他微皱眉头："在喊谁？"

辛语缄默不言。

她意识到自己说错了话，顺手拿起手机解开屏，那个同学没再发消息来，但朋友圈里不止一个人发了宋习清和许嘉多年恋爱长跑修成正果的事情。

辛语的心此刻变得麻木，但事情毕竟过去了这么多年，她调整状态也很快，站起来拍了拍自己的腿，毫不在意地说："没谁。"

"你病好了？"她站起来往厨房走，想喝杯水。

裴旭天却先她一步给她倒了杯水递过去："嗯，睡了一觉就好多了。"

"那就好。"辛语问，"不烧了吧？"

裴旭天摇头："已经不烧了。"

辛语捧着水杯站在原地恢复心情，而裴旭天就站在离她不到一米的地方。

一杯水喝完，辛语轻声问："刚刚在看什么？"

裴旭天抿了抿唇，深吸了一口气："阮言在楼下。"

她顿时瞪大了眼睛，一迈长腿来到窗边，从楼上往下看，什么都看不到。

辛语有种被耍了的感觉。

"大哥，你是什么眼睛啊？从十二楼能看见人？"辛语吐槽，"你那戴的不是近视镜，是放大镜吧？"

裴旭天无奈地叹气，从窗户边给她递过去一个小的望远镜。

"你是不是变态啊？怎么会在家里放这个？"辛语啧了声，"看不出来啊，裴律，你的兴趣如此别致，你是不是经常拿着这个看？"

裴旭天说："你当我每天不用挣钱吗？"

辛语听完才点头："倒是有几分道理。"

"这是我堂哥的儿子之前来玩落下的。"裴旭天还是解释了一句,以证明自己不是一个猥琐的男人。

辛语已经开始研究那个东西怎么弄,无所谓地摆了摆手:"没事啦,大家都是体面人,给彼此留点儿面子。"

裴旭天心想,一点儿都看不出来呢。

她把望远镜放在眼前比画了几下,一边比画一边吐槽:"裴旭天,你这是什么啊?我怎么什么都看不见?马虎死了。"

裴旭天皱眉靠近她:"你弄错了吧?"

"你来帮我弄一下。"辛语说着,但手根本不放开那望远镜。

裴旭天无奈,只能站在她的身后,将两条胳膊抬起来。这搁在平常是很暧昧的姿势,起初裴旭天刚抬起胳膊的时候也觉得有些过了,但辛语直接来了句:"裴旭天,你这玩意儿不行啊。"

她说话爽朗,不管这个男人有多少旖旎和暧昧心思,都可以瞬间给抹杀掉。

裴旭天给她调好,辛语忽然惊呼:"哇!她还真在楼下,怎么找过来的?"

裴旭天说:"不知道。"

他也很纳闷儿。

他是刚刚收到了一个陌生号码的短信,只发了句:"裴哥,我在你楼下。"

他起初以为是假的,直到在楼下看见了那抹身影,而且看她那样子,大有不等到人誓不罢休的意思。

辛语看着,觉得拳头硬了,吐槽道:"你说她怎么还有脸来找你?是不是看着你心软,所以想跟你复合?"

裴旭天说:"我怎么知道?"

辛语瞪了他一眼:"你怎么知道?要不是你惯的,她能成现在这样?"

"你凶我干吗?"裴旭天瞪回去,"现在的首要任务不是解决她吗?"

辛语说:"我倒是有个主意,但怕你心疼。"

"什么?"

辛语说："浇盆水下去，给她来个透心凉。"

"你说点儿靠谱的。"裴旭天无奈。

辛语站在那儿想了想："那就让她等着吧，我们出去吃饭。"

"楼门都被她堵着，一下去不就被看见了？"

辛语打了个响指，在夕阳下笑得狡黠又美好："我知道另一条路啊。"

裴旭天忽然走神了。

辛语说的另一条路就是一楼最右边的小门，平常都锁着的，从那儿出来以后直接绕去小区北门，可以完美地跟等在楼下的阮言错过。

裴旭天刚搬来的时候也注意过那个门，但令他惊讶的是，辛语竟然从门旁边的柜子下边摸出了一把钥匙。

她轻而易举地打开了门，让他出去以后，又把钥匙放回原位，然后两人绕着北门出去。但等到出了北门，辛语才反应过来："做错事情的是她，又不是我们，我们为什么要躲？"

裴旭天瞟了眼那边，阮言仍旧在楼下转悠，拿着手机还在发消息。

不一会儿，裴旭天又收到一条短信："裴哥，再见一面都不行吗？"

裴旭天删掉短信，把那个手机号拉入黑名单，将手机锁屏，然后一言不发地往反方向走。

辛语跟在他后边走："我在跟你说话，做错事情的人又不是我们，为什么我们躲她啊？就算正面骂人，她也骂不过我啊。"

裴旭天说："又不是吵完架事就解决了。"

"可要是不吵这架，我们多憋屈。"辛语反驳，"明明是她的错，为什么最后是我们躲？"

裴旭天忽然顿住脚步，瞟了她一眼："你可以不躲。"

反正要躲的人只有他而已，他不想看见阮言，就算辛语把她骂到无地自容，骂到她自惭形秽，他也不会因此而得到什么。

对他来说，最好的结果就是这辈子都不联系，也不要再相见。

他跟过去的那些破事说再见，以后再遇到好的女孩子，而不是一片真心错付。他不过实实在在地说了真话而已，不带任何情绪，却不知道这话怎么惹到了辛语，辛语瞪着那双大眼睛，眼尾竟然红了。她一脚踢在裴旭天的小腿上："你是不是不识好人心？我在帮你啊。"

她说到最后几个字还带了委屈的尾音，像是要哭。

裴旭天愣在原地："可没必要。"

辛语翻了个白眼，快要被气死："说到底你不还是舍不得她吗？怎么，怕我把她骂哭吗？要是这样你早说啊，我肯定不掺和你们之间的事，也就我这么傻，还以为你是真的对她死心了呢！想不到还是和她藕断丝连。裴旭天哪，你这辈子就搭她身上吧，以后被玩弄感情也活该。"

说完她转身就走，走之前还吸了吸鼻子，跟受了多大委屈似的。

裴旭天无奈，立马拉住她的胳膊："我没有。"

辛语说："别狡辩了，你的行为已经出卖了你的心。"

裴旭天单手掩面："你这是胡搅蛮缠。"

"要你管！"辛语吼了他一声。

裴旭天真的跟不上辛语的思路，甚至不知道他的哪句话得罪了辛语，但看这姑娘真气势汹汹地要去找人干架的样，立马拉住她往反方向走："我不管，但我们不是要去吃饭吗？我请你吃大餐。"

"你以为我稀罕？"辛语被他拉着走，反正不情不愿的，"说得好像老娘吃不起大餐似的。"

"你能你能。"裴旭天服了软，"今天不是感谢你照顾我吗？我就是想请你吃饭。"

辛语这才熄了火。

两人走到街角，辛语问他去哪儿吃。

裴旭天才意识到没开车，于是又被辛语瞪了一眼。

他看着手机，从应用程序上选了家法式餐厅："这个行吗？"

辛语没看是什么餐，就扫了眼，人均消费五千元到七千元。她盯着来往的车辆，佯装不经意地说："行啊。"

裴旭天今儿要是不大出血，对不起她今天受的委屈。

于是两人打了辆车，直奔那家餐厅。上了车辛语还在闹脾气，就觉得被裴旭天说着了。说什么没必要，分明就是嫌弃她，怕她把阮言骂哭！男人真是言不由衷啊。

幸好这只是个普通朋友，这要真成了她的男朋友，辛语能把他踹到跪地上。

辛语深呼吸平复怒气，而坐在前排的裴旭天看了看手机，又回头看辛语，但辛语从鼻子里发出个"哼"声，闭上眼睛不理他。

行至半路，司机师傅笑着聊天儿："两个人吵架了啊？"

裴旭天摇头："没有。"

"那你女朋友跟你闹别扭呢？"

"我才不是他女朋友。"辛语开口澄清，"跟他这种人在一起，寿命都得少三年。"

裴旭天幽怨地看着她："我有那么糟糕？"

"反正我是会，不知道别人会不会。"

裴旭天选择了保持沉默，但打心眼儿里觉得，他要是跟辛语在一起，估计得少活五年。

不过他为什么要跟辛语在一起？

他被自己的想法惊了一下。

那家法式餐厅的档次很高，裴旭天带着辛语进去得到了很高的礼遇，两人的位置被安排在视野最好的那桌。

裴旭天坐下之后把菜单递给她，等她点餐。

辛语也没客气，挑了几道不算便宜的点，在她点完以后裴旭天又加了几道。

他们虽然只有两个人，但点的菜并不少。

裴旭天的手机倒扣着放在桌上，他看着不远处的乐队演奏，而辛语低头玩手机。她把朋友圈里所有发宋习清跟许嘉结婚的消息的人屏蔽掉，然后垂着眼不知道想什么，脑子里像经历了一场风暴。

隔了会儿，裴旭天的手机响起，他翻过手机，发现来电的又是一个陌生号码。

工作原因，确实每天会有很多陌生号码给他打电话，但这几天他被阮言弄怕了，一周之内她换了七个手机号给他打电话、发消息。

于是任由铃声响着，他都没接。

辛语终于抬起头问他："阮言？"

"不知道，"裴旭天说，"也有可能是客户。"

"那你不接？"

"怕是她。"

辛语翻了个白眼："你是不是怕啊？"

在辛语的逼视下，他正打算接，没想到对方已经挂断了电话。

正好，裴旭天松了口气。可没几秒，电话又打了过来。

辛语说："你接吧。"

"那……"裴旭天又犹豫起来。

"如果是客户你就沟通，"辛语说，"如果是阮言，你就把手机交给我。"

裴旭天瞟了她一眼，想说点儿什么但最后又放弃，用手指滑过屏幕把电话接了起来，而且轻声打招呼："你好。"

对面沉默了两秒，带着哭腔喊："裴哥。"

裴旭天的身子忽然一僵。他瞟向辛语，辛语马上懂了，于是伸手问他要手机。

他深吸了一口气，还是遵循约定把手机递了过去。

只听辛语说："喂？你好？"

对面问："你是谁？"

"我捡垃圾的啊。"辛语虽然面上吊儿郎当，但演得要多像有多像，啐了一声，"刚刚一位先生把手机丢到我的垃圾桶里了，说是垃圾应该分类处理，而且让我把这个归到不可回收的有害垃圾里，我看这手机还挺好的就拿起来，没想到还通着话呢。"

辛语阴阳怪气，拐弯抹角地骂阮言，这骂人方式让裴旭天都有点儿震惊。

而阮言那边震惊了两秒，似是在思考该不该相信这话，于是片刻后合理地怀疑道："你在骗人吧？"

"不啊，"辛语说，"我正跟垃圾打交道呢，怎么可能骗到人？"

裴旭天觉得自己长见识了。

电话那边的阮言终于也反应过来了，这是在骂她垃圾？

"你是谁啊？"阮言问，"你为什么拿着裴旭天的手机？"

阮言说着又大喊了一声："裴旭天，你为什么不敢见我，是在怕什么？"

辛语正打算骂，裴旭天却忽然淡声道："怕你撒泼打滚儿不讲道理。"然后毁掉记忆里那个还算可以的你。不是怕毁掉你，而是怕毁掉记忆。他坚持了八年的恋情仿佛就是个笑话。他不想把这些笑话拿出来一遍遍地讲给别人听，或许有的人是通过一次次玩笑来使伤痕愈合，但他需要用很多时间一个人安安静静地忘记。

"阮言，"裴旭天说，"放弃吧，当你背叛这段感情的时候，我们之间就结束了。"

"为什么？"阮言说，"你不是对我很好的吗？为什么连一点儿错误都不能忍？难道这就是你跟我说的会永远爱我吗？"

"'永远'可以很长，"裴旭天深吸了一口气，"也可以很短。我的'永远'是取决于你的，但你放弃了，所以这会儿来纠缠还有什么意思呢？"

阮言沉默。

辛语看着氛围也差不多了，正打算挂电话，孰料阮言说："大不了我也接受你爱别的女人一次。"

辛语震惊，她拿着手机的手都抖了一下。

这女人，真敢说啊。

她想骂，但一时之间不知道从哪里开口，而裴旭天似是听过了她这样的话，此刻波澜不惊，缄默不言。

"这样还不行吗？这样不就公平了吗？"阮言说。

"真的，"辛语顺了口气，"没有十年脑瘫说不出来这种话。"

阮言说："你……"

辛语说："你什么你？我原来是以为你脑子有病，现在我确定了，你脑子就是有病，赶紧去精神病院挂个号，别再出来祸害人了。你出国留学学到的都是些什么玩意儿？我也不是没见过留学生啊，他们都跟你不一样！你到底是哪个品种的脑瘫？我的天哪，你说这话的时候考虑过法律吗？你考虑过你前男友是学过民法的吗？你知道他受到的教育是一夫一妻制吗？你不要脸也就算了，为什么还要拖着别人下水啊？"

不等阮言回答，辛语立马挂了电话。

她把手机还给裴旭天，喝了杯水压惊。

裴旭天看她这样，忽然笑了声："不骂了？"

他以为辛语得再大战三百回合才能消得下这份气，没想到这么快就结束。

辛语摇头："不了不了，我怕脑瘫会传染。"

然后她同情地看着裴旭天："大哥，我知道你经历什么了，跟这种脑回路奇奇怪怪的人在一起，很难说一直保持正常的。"

辛语自认见过的"奇葩"不少，但没想到阮言这么离谱，离谱到她想一脚把阮言的天灵盖踢开看看里面装的到底是不是核废水。

正好餐上来，裴旭天揭过阮言的话题："吃饭吧。"

辛语喝完了一杯水才冷静下来，这会儿也正饿了，吃起来毫不客气。

原本裴旭天应当挺难受的，虽然说这事已经过去了挺长时间，但他并不是个说放下就能放下的人，不然也不会跟阮言在一起这么多年。平常阮言找完他以后，他的情绪会低落半天，他得睡一觉才好，但这会儿身边有个没心没肺的人陪着，他觉得情绪倒还行，原本不算好的食欲这会儿也被调动了起来。

两人大快朵颐把点的餐吃了一大半，又坐在位置上听了会儿音乐才起身打算离开。

裴旭天结账，辛语去了卫生间，等她回来的时候，裴旭天站在楼梯口那儿跟她挥手，身形颀长，胳膊上搭着她的链条包，金丝边眼镜稳稳当当地架在高挺的鼻梁上，站在那儿也算是道明亮的风景线。

她迈步走过去，只听裴旭天低声和她说："你看那边那个女生，长得好像你啊。"

辛语皱眉："谁啊？能跟我的美貌……"她顺着裴旭天抬下巴的方向看过去，但话说到一半便卡在了喉咙里。只见那边两人坐在餐厅靠窗的位置，两人都很好看，男人还切了块牛排喂到女人的嘴里，女人笑着，周遭好像都是粉红泡泡。

裴旭天却看着远处说："像吧，我刚看见的时候都惊呆了，以为那就是你。"尤其他只看到了侧脸。

"像什么啊？"辛语仰起头看他，眼睛瞪得很大，声音带着哭腔，"你眼瞎了吧。"

裴旭天愣怔，从兜里拿出纸巾递给她，她却没接："你是不是瞎啊？我跟她哪儿像了？"

她那双大眼睛水灵灵的，眼泪随时都要溢出眼眶，她却倔强地没让眼泪落下。裴旭天也不知道发生了什么事，还以为她是因为被复制了美貌不开心，所以拿纸巾给她擦眼泪："你别哭啊，不像就不像呗，为了这么点儿小事哭，这不是你的风格啊。"

辛语说："那你非要说我跟她像？"她话一出口，豆大的泪珠直接就掉了下来。

裴旭天立马给她擦掉眼泪，站在她的对面轻声道："是我眼神不好，行了吧？再说了，也不是你跟她像啊，是她跟你像。"

辛语说："不都一样吗？我跟她哪儿像了？"

裴旭天把声音放得更低："不像不像，别哭了。"

他真是怕了女生在他面前哭，尤其是辛语这种姑娘，平常看着乐观，好像所有事都不算事，但一哭起来，没完没了，特别是那种想哭还不敢哭的样，怪招人心疼的。

辛语别过脸，从他手里抢过纸巾，直接把纸巾盖在脸上。她还皱了皱鼻子，看着特生气地又拿下纸巾，这些小动作把裴旭天给逗乐了，他笑着说："你幼不幼稚啊？那边的人都注意到我们了。"

辛语的动作忽然僵硬。

她也不知道怎么想的，竟别过脸看向那边，正好跟那两人的目光对在了一起。

四目相对，哦，不，或许是六目相对。

多年未见，就像辛语可以一眼认出他们来一样，他们也能一眼认出辛语。

辛语拉过裴旭天就想跑，但裴旭天一脸蒙，根本不知道发生了什么事，她拽也拽不动。于是，不过几十秒，那个跟她很像的女人便小跑了过来，还亲昵地喊了声："语语。"

辛语握拳站在原地，裴旭天低声问她："你认识啊？"

辛语沉默。

"好久不见啊。"女人笑着说，"我还跟以前的同学联系你来着，一直没联系到。你知道了吧？我和习清要结婚了，就在下个月二十日，你有空来吗？"

单听语气，一定觉得她们关系好得不得了。事实上，两人曾经在学校操场上差点儿打起来。

辛语莞尔："不了，没时间。"

"你在忙什么呢？"许嘉说，"我们刚刚还聊起你，没想到你就出现了，好巧啊。"

说话间，宋习清便站在了许嘉身侧。

他从高中那会儿就高，一直是校篮球队的主力，现在站在对面，辛语瞟了一眼便收回目光，并不想跟他们聊。于是她转过身就走，宋习清却忽然喊了她的名字："辛语。"

她顿住脚步，只听宋习清说："这么多年，你还没放下啊？"

辛语深吸了一口气，忽然握住裴旭天的手，他的手心很暖，但辛语用了很大的力气，裴旭天疼得眉头都皱了起来。

她似是在借力量。

"放下什么？"辛语仍旧气势凌厉，但这种凌厉跟平常不一样，平常都是锋芒毕露像是要大战三百回合的凌厉感，这会儿却轻声细语，可没人会在意她说的话，"我跟你们很熟吗？"

宋习清顿了顿："当年的事情是我对不起你，年少轻狂不懂事，要是伤害了你，我现在跟你道歉，都过去了，放下吧。"

"你哪只眼睛看我没放下啊？"辛语嗤笑，"我男朋友，律师，年薪百万起，长得比你高，比你帅，性格还比你温柔，你哪儿来的自信到我面前说这些话？宋习清，这么多年没见，你脸都不要了？"

宋习清闻言瞟向她旁边的裴旭天，裴旭天只是温和地朝他们一笑，缄默不言。

"辛语，你也没必要这么咄咄逼人，"宋习清说，"当年的事情我们也算你情我愿，这会儿出口伤人就没意思了啊。"

"呵。"辛语冷笑了声。

许嘉也笑道："对呀，都过去这么久了……"

"是的呢，"辛语没等她把话说完就接过了她的话茬，"都过去这么久了，你还觉得我跟你熟呢？不是我跟宋习清谈过恋爱以后，你又跟他谈了，我们就熟了，懂吗？这种'自来熟'我不喜欢。你心大，我心小成吗？我可不喜欢和跟我谈过同一个男人的女人关系好，懂吗？"

许嘉的脸色顿时变了。

她没想到辛语在大庭广众之下就把多年以前的私密事大大咧咧地说出来。

但她还有更没想到的，辛语盯着她的脸忽然道："许嘉你脸动了吧，山根好像高了点儿？宋习清跟你说他喜欢山根高的？还有那下巴，哟，好像是跟以前有点儿区别了。"

她径自笑了声："祝你跟宋习清百年好合，别说我还没放下，从始至终我也没拿起来过，你们爱怎么过怎么过，今天结明天离也跟我没关系。"

宋习清皱眉："辛语你过分了啊。"

"还行吧，"辛语说，"你们要是再不让我走，我可能更过分。"

几秒后，宋习清忽然叹气："你怎么变成现在这样了啊？"

他记得以前辛语还是个很温柔的女孩儿，这么多年没见，她变了。

辛语盯着他翻了个白眼："宋习清，小明的爷爷能活到 99 岁，知道为什么吗？"

没等别人回答，她便道："因为不管闲事。"

"我是你谁？"辛语睨了他一眼，"我又不是你妈，你管我怎么变？咸吃萝卜淡操心。"

她轻嗤一声，拉着裴旭天往外走："走吧。"

裴旭天还处于震惊之中，在他以为辛语会处于悲伤的情绪中落于下风时，这姑娘总能给他惊喜。

他糊里糊涂地跟着辛语从餐厅里走出来。

隔着巨大的玻璃门，他们仍旧能看见里边那两人的身影，刚刚还甜蜜的气氛这会儿也不见了，两人都脸色不佳地沉默着。

而辛语和裴旭天走到转角，辛语忽然停下，靠在玻璃门前闭上眼，表情痛苦。

裴旭天也没问她怎么了，只站在那儿平静地等。

眼泪顺着辛语的眼角流下，她没有哭出声音，只是表情很难过。

裴旭天看着都觉得有点儿心疼，在一旁轻声说："想哭就哭吧。"

"我不。"辛语吸了吸鼻子，"谁要为人渣流泪，钥匙三块钱一把，他配吗？"

"哎。"裴旭天忽然起了坏心思，想逗她，"你知道有一种生物扔进热水锅里，全身都软了，就一个地方硬吗？"

辛语忽然睁开眼睛，眼里泪汪汪的："你是不是骂我死鸭子？"

"原来你知道啊。"裴旭天笑着给她递过纸巾，"你要么就好好哭，要么就别哭，现在这样可太丑了。"

"要你管！"辛语瞪他，却伸手拿过了纸巾，擦过眼泪以后把纸扔掉，但没找到垃圾桶，迷茫一阵之后打算揣兜里，结果裴旭天伸手要接，辛语直接踢了他一脚，"你以前是不是就这样对阮言啊？你有点儿骨气行不行？这种脏东西你也接着，怪不得她不珍惜你。"

裴旭天无奈："怎么又扯到我跟阮言了啊，现在不是你难受吗？我再对你差点儿，你一会儿真哭死怎么办？"

他待人好也错了？

辛语吸鼻子："我就看不惯你这样。"

"行。"裴旭天把手收回去，"你弄。"

辛语把纸揣兜里，鼓了鼓腮帮子平复情绪，但目光忽然被马路对面的人吸引。

宋习清牵着许嘉的手正过马路，他们十指相扣，在路灯下显得温暖又美好。

许嘉不知道说了什么，宋习清还揉了揉她的头发。

她的眼泪又一次溢出来，她明知道那样的场景会让自己难过，但就是近乎自虐地去看，越痛，越刻骨铭心，就能让她以后记住。

可她的眼前忽然一黑，她的眼睛被一双大手覆住，裴旭天温润的声音传来："难过就别看啦，逃避一点儿都不可耻。"

"想哭就哭，"裴旭天说，"一点儿都不丢人。"

辛语的眼泪流过他的掌心。

裴旭天用另一只手轻轻地拍了拍她的背："别人差，但你还是温暖的啊。"

辛语的睫毛轻刷着他的掌心，她的眼泪顺势流下，越流越多，她多日里的压力叠加在一起，终于爆发。

她吸了吸鼻子："裴旭天。"

"嗯？"

辛语哽着声音说："今天你能借我个肩膀吗？"

裴旭天没说话，几秒后，她的面前仿佛站了一堵墙。

那人温和，有温润的声音，无论做什么都保持着优雅的风度，似乎从没生过气。

他站在那儿，风轻轻地拂过他的身侧。

他伸出长臂，手轻轻地一带就把辛语带到了怀里，他的手摁在辛语的后脑勺儿上，他低声说："好啊。"

辛语忽然像个孩子一样号啕大哭。

那年，辛语刚从外省转回北城读书。

她学习差，在那个学霸云集的班里，几乎没人跟她玩，大家都忙着学习。

她也自觉，差归差，从来不去影响好学生，但有一天她的班级换了个新的地理老师，并且凑巧地进行了一次月考。

辛语听说这个老师非常严厉。而她地理只考了二十一分的时候，她慌。但她想着自己都上高三了，又不可能真被怎么样，所以仍旧想上那节课。

她虽然学习不好，但每节课必在，从没缺席过。可她下课的时候在卫生间里听到女生们讨论那个老师，据说他从来不留情，之前有个女生考了四十七分，被他批评教育了一番，哭着回了家，从此以后那女生在他的课上从没不及格过。

毕竟一百分的题，一中百分之九十九的人都能考六十，但辛语是那百分之一，而且还是无法拯救的百分之一。

她立刻害怕了，但真正决定逃课还是在她回教室的路上看到了那位老师的时候。辛语想都没想，脚底抹油般溜了。

于是她开启了人生中第一次逃课之旅。

她记得那是一个风和日丽的下午，她一个人坐在操场的角落里，前边有一棵大树挡着，那会儿一中不让带手机，她就无聊地看漫画书，看的还是小时候那种绘本——《名侦探柯南》。

过了会儿，有人坐在墙头上喂了声："你哪个班的啊？"

她仰起头看，男孩儿穿一身运动服，吊儿郎当地坐在墙头上，朝她旁边扔了袋零食："你也逃课吗？"

辛语看看他，又看看零食："是啊。"

她没拿零食，但回答了男孩儿的话。

"我叫宋习清。"男孩儿说，"你呢？叫什么？"

辛语皱眉："你问我我就要说吗？"

"可以不说，"宋习清笑着从低矮的墙头上跳下来，"我叫你漂亮姑娘。"

辛语说："我知道我漂亮，但你这样太直接了。"她自幼就不是个会害羞的性子，这会儿对所有的陌生夸奖也全盘接收。

"可你不告诉我你叫什么啊。"宋习清又给她丢了一包糖，"小姑娘都爱吃糖，刚刚超市送的，给你。"

辛语没接他的糖，反而自报家门："我叫辛语。"

那天，他们在树下坐了很久。宋习清给她推荐动漫，还跟她一起聊她手里的《名侦探柯南》。

他们慢慢熟悉起来。

宋习清在八班，跟她的班隔了十几个班级。每到下课，他总跨越很远的距离来找辛语，而辛语就让他不要来。

辛语始终记得，在他过生日那天，她受邀去了他的生日宴会。宴会结束后，他送她回家。在路上，他说她的眼睛真漂亮。

宋习清在年级里的风评并不好，但长得又高又帅，打篮球还好。辛语总觉得自己是懂他的。

当时的江攸宁已经上大学，和辛语平常也不多见，甚至那一年辛语都避着江攸宁，因为怕江攸宁逼她学习。她经常跟宋习清待在一起。

宋习清带她去山上拍照，带她去游乐园坐跳楼机。从高空垂直下坠的时候，宋习清看着她喊了一个不知是谁的名字。她下来以后问，宋习清的表情有瞬间的僵硬，但他还是笑道："我当然是喊你的名字。"

后来辛语才知道，那天他喊的名字是"许嘉"。

辛语跟宋习清就这样密切来往了半年，高考逼近，对他们来说好像没什么压力。辛语不是学习的那块料，本来打算跟江闻一样考表演系，但好像没那天赋，所以高三的这段时间正是她的迷茫期。

她跟着宋习清整天玩来玩去，有一天问宋习清："以后你打算做什么啊？"

在宋习清的答案里，未来他的生活中是有她在的。

那一刻，她无比憧憬未来。

辛语跟许嘉见面是在一个同学的生日会上，也是有人跟她说了句："哎，你跟许嘉长得好像啊。"

她这才看向许嘉，许嘉比她矮一些，但两人的脸长得是真的像，连她看了都觉得有五分像。许嘉那会儿像一只高傲的白孔雀，和她四目相对时都别过脸，那眼神大有"你就是个山寨货"的含义。

辛语不知道那女生高傲什么。

直到那天晚上生日会结束后，她上完卫生间看到宋习清分外温柔又小心翼翼地和许嘉待在一起。

辛语站在那里，如坠冰窟。

辛语很想冲上去质问，但她的脚像是被固定住了似的。她什么都做不了，泪眼模糊。辛语转过头就把晚上吃过的小蛋糕全部吐了出来，她呕吐的声音终于惊动了那边的两人。

宋习清看到她的那一刻，眼里闪过了一丝慌张的情绪。

那天晚上，宋习清说他在乎的人只有许嘉。

当初因为许嘉跟他闹矛盾，所以那天他逃了学，恰好遇到跟许嘉长得七分像的辛语坐在树下……他总跟辛语待在一起，不过是想让许嘉生气。

而今晚许嘉看到了辛语，着急了。

辛语哭着跑出那场生日会，一个人在那条寂寥的夜路上狂奔。

她哭得撕心裂肺。

那天晚上，有人路过她的身侧，蹲下身子给她递了一张纸："小妹妹，哭完了就回家吧。"

那天辛语还穿着一中的校服，而这附近就是华政，她也没敢给江攸宁打电话。

她听到有人喊："裴学长，走啦！"

给她递纸巾的那个男孩儿见她不接，直接把一包纸巾塞到她的怀里："妹妹，考得不好也别难过啦，你长得这么漂亮，肯定能找到工作。"

辛语哭得大声，什么都听不进去。

而那边打篮球的人在喊："裴学长，走啦！"

男孩儿拍了拍她的肩膀走远，她隐约听到那边有人调侃道："那才是个高中生，你都读研了……"

男孩儿说："总不能让女孩儿一直哭吧。"

众人调侃："学长就是绅士。"

辛语在那条街上哭得比她爸和她妈离婚的时候都伤心。

而宋习清跟许嘉途经她身侧。

宋习清回头看了她一眼，许嘉却不赞同地拉住他。

宋习清立马说："没什么，我就是看她长得和你像才跟她来往的。"

辛语站起来大喊："宋习清！我恨你！"

那天晚上，辛语几乎流干了眼泪。

辛语第二天醒来的时候在医院。

她躺在那儿蒙了许久，脑袋一偏就看到了熟悉的面庞。

裴旭天正撑着下巴睡觉，合上眼睛，眼镜还架在鼻梁上，他的眼下有乌青，大抵是他熬了夜。

辛语猜想他是为了照顾自己，因为她的记忆只停留在昨晚那一场号啕大哭上。

她抿着唇，安静地躺在床上没有动。这么多年，那件事她回忆一次就伤筋动骨一次，就像是挥之不去的阴影。

她轻轻地呼了一口气，让自己忘掉那些不愉快的事。

裴旭天架着眼镜睡不舒服，辛语的手轻轻地探过去帮他摘眼镜，却在眼镜刚离开鼻梁的刹那，裴旭天睁开了眼睛，刚睡醒时眼睛还带着迷茫感，他看向辛语，根本没在意眼镜的事，直接伸手摸了摸她的额头。

辛语因为这短暂的触摸有些失神，之后便听裴旭天笑了下："终于退烧了。"

辛语错愕："我发烧了？"

"何止发烧啊？"穿着白大褂的医生走进来调侃道，"你还说了好多句胡话呢。"

"抱歉啊，"做了错事的辛语非常低调，认出来这是裴旭天的哥哥，所以后边加了个称谓，"裴医生。"

"没事。"裴旭安笑了下，"都一家人嘛，弟妹不用客气。"

辛语说："嗯？"

裴旭安给她测体温："再说了，昨晚照顾你的是天天。"

辛语说："哦。"

测完体温后，裴旭安说："弟妹啊，我妈说想见见你，你看你想见吗？"

辛语问："什么？"

裴旭天坐在那儿摁了摁眉心，重新戴上眼镜："哥，你说什么呢？"

昨晚他都解释过了。

"开个玩笑，"裴旭安笑了声，"这不是看大清早的气氛不活跃嘛。"

"现在也没活跃到哪儿去。"裴旭天翻了个白眼，扭头对辛语道，"他就这样，从小到大都不正经。"

辛语说："哦。"

她这会儿确实没什么心思。

她觉得哭到昏厥这事挺丢人的，幸好裴旭安没提，裴旭天也没问，他们很自然地把这茬揭过，之后裴旭天还跟她说她最近作息不规律，休息时间太少，血压有点儿低，情绪是会有些不稳定，所以裴旭安给她开了一些生血的补品。

最后还是裴旭天付的钱，不过辛语加了他为微信好友，把钱还给了他。

他原本不收，辛语笑他："这样以后还怎么做朋友？"

裴旭天这才收下。

两人很长一段时间再没有过交集。不过辛语偶尔会给他送些水果。她的作息时间不规律，她就把买多了的那一份挂在他的门上，然后继续去医院。

医院跟家里两点一线的生活，辛语过了近一个月。

平常无聊了就要去酒吧的人这段时间乖得很，都没去工作，赵女士几次担心她以后没饭吃。

她还带着赵女士去了趟三亚旅游，主要是为了看海。

原来她一个人也喜欢出去玩，但从来不做攻略，花自己的钱，挣得也不少，所以喜欢哪个地方就多待几天，也不是为了匆匆忙忙地看景点，就感受一下各地的风土人情。

她在工作的时候也去过三亚，大海和沙滩是她的噩梦，因为会让她被晒黑。她们工作的时候拍照片，穿着泳衣站在沙滩上，遮光板完全挡不住炙热的太阳光，她一拍就是几个小时，感觉身上的每一寸肌肤都在发烫，每隔半小时就得补一次防晒霜。

她在医院做好了五天的旅游攻略，带着赵女士飞往三亚，但在飞的前一晚回家收拾东西，遇见了喝多了的裴旭天。他站在门口摁密码，摁了两次，每次都是摁到一半就忽然停住，就跟忘记后半截儿是什么似的。

辛语就站在门口看他，隔了几秒才笑着喊他："裴旭天？"

裴旭天慢悠悠地回头，看到是她才勾出一个笑来："你回家啊。"

"是。"辛语点头，"忘记密码了？"

"没。"裴旭天忽然往后一倚，靠在门上，"不想回去。"

隔着五米，辛语都能闻到他身上的酒味。

"来我家？"辛语问。

裴旭天抿了抿唇："你不忙？"

"虚不虚伪啊？"辛语笑着把手揣兜里往门口走，"来吧。"

她摁了密码，推开门。她已经三天没回过家，这会儿家里比平常要干净得多。她回家之后开灯，去酒柜里拿了酒和酒杯出来，朝坐在沙发上的裴旭天晃了晃："你还喝吗？"

"喝一点儿。"裴旭天坐得端正。

辛语给他拿过酒的时候，他只喝了半杯便放下，反倒是辛语在自斟自酌。她许久没喝，喝了两杯就觉得胃里烧得慌，便放下了酒杯。

裴旭天仍旧是笔直地坐着。

"你不歇会儿？"辛语问。

裴旭天摇头。

辛语起身去煮醒酒汤。她平日里照顾自己都不大行，煮醒酒汤的教程还是从网上看的，幸好家里的东西多，蜂蜜什么的都有，所以这会儿她煮起来也没什么难度。

她家厨房是半开放式的，于是她一边煮一边就看到裴旭天慢慢地倒在沙发上，等她煮好，裴旭天已经窝在沙发上睡着了。

他长得高，这会儿缩起两条长腿窝在她家的沙发上，让她感觉有点儿可怜。

辛语等到醒酒汤变温以后才去戳了戳他的肩膀："起来。"

如果以前有人跟她说"你会贴心地帮男人准备醒酒汤"，那辛语肯定一口酒喷他脸上，告诉那个人"醒醒"，但现在她还真做了，而且做得很自然。

辛语安慰自己，这大概就是吃人嘴软，拿人手短吧。

她都从没喝上过自己煮的醒酒汤，竟然为裴旭天做了。

几个月前两人还势同水火呢。

人生真是不可预测。

但裴旭天动都没动，只微皱眉头。

辛语又戳了戳他："裴旭天，起来喝醒酒汤。"

裴旭天的手轻挥了下："别闹。"他的声音还很温和，他甚至在撒娇。

辛语心里忽然一梗，这很明显把她当成了阮言。

她翻了个白眼，干脆拍了他一巴掌："醒醒。"

裴旭天终于睁开了眼睛，他的意识慢慢回来："辛语？"

"是我。"辛语把醒酒汤给他递过去，"喝掉。"

"这什么？"裴旭天问。

辛语端过来的那一碗东西普通人真没勇气喝，颜色跟一般的醒酒汤也不太一样，偏黑，除了能闻到一点点的甜味，这真不太像一碗醒酒汤，但辛语大言不惭："醒酒汤啊。"

裴旭天坐着，辛语站着，他得仰起头才能看向辛语，于是两人目光对上的刹那，辛语从他眼里明晃晃地读出了一层意思：你看我信？

辛语急了，把他刚从她的手上拿走的那一碗收回来："不喝算了。"

裴旭天立马往后一缩，辛语没抢到，但没站稳，身子往后仰，裴旭天闲着的手飞速去拉她，然后她腿一软，直接坐在了裴旭天的腿上。

辛语对这偶像剧一般的走向无话可说。

她在工作时也经常会接触男孩子，所以对这类的触碰不算太敏感，但大抵是之前靠着裴旭天的肩膀哭过的缘故，这会儿坐上去感觉脸烧得慌，于是飞快地想起身，但裴旭天忽然把脑袋往她的肩膀上一搭，他的声音很闷："今天借我个肩膀呗。"

"啊？"辛语错愕，然后真就没有动。

可裴旭天的另一只手还捧着醒酒汤，辛语先伸手摸了一下他的脑袋，看他这难受的样，用的声音都比平常的温柔："你先把那个喝了呗。"

裴旭天吸了下鼻子，从辛语的肩膀上抬起头来，辛语看到他的眼尾红了，或者说，整个眼睛都是红的，他转过脸去，一口喝完，然后把碗递给辛语。

辛语以往真没这么伺候过人，她的朋友都太令她省心了，而她是朋友里最能闹腾的那个，平常喝多了酒也都是江攸宁她们照顾她。

这种照顾人的感觉也不算差，起码在她的忍受范围内。

裴旭天喝完之后深吸了一口气："你给我喝的这是什么？"

"毒药。"辛语脱口而出。

裴旭天蒙了两秒，然后把脑袋搭在了辛语的肩膀上。

辛语心想，还好今天穿得多了点儿，要照她平常那穿着，两人这会儿真有点儿说不清了。

但裴旭天明显喝多了，不然也不会做出这种事来。他靠在辛语的肩膀上，人仍旧是规规矩矩的，哪怕辛语就坐在他的腿上，他很顺手就能抱住辛语，但他没有，只是单纯地借了个肩膀。

"你怎么了啊？"辛语问他。

裴旭天闷着声音说："没事。"

"和阮言有关？"辛语问。

裴旭天摇头，然后又点头。

隔了很久他才说完今天的事。阮言来找他借钱，因为家里的生意出了事，所以找他借一千万元。

裴旭天原本是不打算借的，但阮言哭得梨花带雨，在他的办公室里坐了很久，最后说给他打借条，他才借了，但阮言借完钱以后他站在楼上看她，她走的时候是跟一个男孩儿一起走的，两人手牵手。

按道理来说他们都分开那么久了，他不应该再对阮言还抱有感情，但感情这事就这么玄，他仍旧会觉得很闷。

八年啊，他坚持了八年，最后只感动了自己。

而辛语听完以后直接一记栗暴敲在他脑袋上："你是不是傻？"

裴旭天问："做什么？"

辛语说："她很明显是来坑你的啊，你还借给她钱，以后还找不找她要？"

"肯定要啊。"裴旭天说，"那是钱，又不是纸，我为什么不要？"

"那你能要回来？"辛语翻了个白眼，"你要的时候她肯定又给你哭，你为什么要借给她啊？"

"当初我跟我爸吵架，最困难的那段时间，我们租房、生活都是她出的钱。"裴旭天说，"那会儿就感觉还欠她挺多的吧。"

"可你们已经分手了啊！"辛语气得又敲了他一下，"你可傻死了。"

裴旭天只是沉默。

辛语还坐在他的腿上，习惯性地就把手搭在了他的肩膀上，这会儿的姿势很暧昧。

辛语却丝毫不察，正在思考如何让裴旭天把钱要回来。

一千万元，又不是一万元，这不是笔小数目。

裴旭天却忽然把脑袋搭在她的肩膀上："别骂我了。"

他的声音很闷："现在我很难过。"

她想骂"你自找的"，但看着这样的裴旭天，不知怎么，感觉心疼，一抽一抽地疼。

她的手慢慢地落在他的肩膀上，轻轻地拍了下："我没有骂你。"

裴旭天闷着声音说："我知道这样不对，但她在我办公室里哭的时候，我就觉得脑袋疼，不想再看到她。"

辛语叹了口气，没再说话。

裴旭天的脆弱持续了没多长时间，他便远离了辛语，而辛语也自然而然地起身。

她忽然有点儿烦躁，起身往厨房走，把刚才放回去的酒再次打开，然后自斟自酌。

裴旭天没再说话，窝在沙发上。

辛语忽然笑了声，轻声喊："裴旭天。"

"嗯？"

"借我点儿钱呗。"辛语说。

裴旭天问："多少？"

"一千万。"

"你当我开银行的？"裴旭天的声音淡淡的，"你说认真的，要多少？"

"五百万也行。"辛语笑着说。

裴旭天问："要做什么？"

"前些日子我妈治病欠的。"辛语忽悠他，"我这人花钱厉害，没攒下钱，这段时间又没去工作，欠不少了。"

说完以后她的手机嗡的一声响，裴旭天在手机上给她转了二十万，然后给她发消息："银行卡账号给我。"

辛语看了眼手机，晃着酒杯走过去，裴旭天正窝在她家的沙发上，枕了个小枕头，把手机放在脑袋边，闭着眼睛假寐。她在沙发边上坐下，身子跟裴旭天挨得极近，裴旭天睁开眼又闭上，给她让了点儿位置出来。

辛语笑道："你是救苦救难的观世音菩萨吧？"

裴旭天说："嗯？"

"你是我谁啊？借给我这么多钱，而且我连个借条都没给你打。"辛语说。

裴旭天说："朋友呗。"

辛语问："你对每个朋友都这么好吗？"

裴旭天说:"不是,你现在不是还欠钱吗?把外边那些还了去,先好好陪阿姨,别出去工作了。"

辛语问:"那你为什么借给我钱?"

裴旭天说:"你需要啊。"

"需要钱的人那么多,你为什么就借给我?"辛语说,"而且我没给你打借条。"

裴旭天本来就喝多了,这会儿根本转不过这个弯来,揿了揿眉心:"辛语,我头疼。"

辛语本还想继续追问,这会儿顿时偃旗息鼓,盯着裴旭天的脸良久,恨铁不成钢地说:"以后翻拍《西游记》,没你我不看。"

裴旭天实在理解不了这姑娘的思路。

两个人说着话,怎么就跑到《西游记》去了?

"为什么?"裴旭天还是很给面子地问了句。

辛语说:"你简直就是当代菩萨,来救苦救难的!"

裴旭天嘟囔了句:"我又不是谁都救。"

"那你借我那么多钱干吗?"辛语又回到了之前的话题。

裴旭天说:"还不是看你傻。"

他说得语气温和,自然无比,没嫌弃辛语,但辛语翻了个白眼,暗自生闷气,心想,你才傻,你全家都傻,你就是地主家的傻儿子。

不过看在他今天心情不好的分上,她什么都没说出口。

于是她喝完那杯酒,坐在了另一张沙发上,等她生完闷气,裴旭天已经窝在她家沙发上睡着了。

他的睡相很好,就是看着很可怜,辛语给他找了条毯子盖上,然后蹲在地上看他。

那天的灯光好像都比往常柔和一些,反正裴旭天的脸很好看。

他好像从来不会生气,说什么话都是温温柔柔的,跟辛语完全不是一个类型。

以前辛语特嫌弃他,觉得他说话一点儿都不爷们儿,但在经历了几次被他奇怪地安抚好情绪之后,她很喜欢他的温柔,就感觉什么事情在他那儿都不是事。

辛语想，傻子，但这种傻子好难得。

辛语晚上收拾好东西，次日一早就离开，在离开前还给裴旭天点了一份小米南瓜粥和包子作为早餐，她都有点儿被自己感动了。

昨晚裴旭天给她转的钱她都没收，然后出了门。

她去医院把赵女士接出来，按照赵女士的身体状况给规划好旅游路线，两人一起玩，她给赵女士拍了很多照片，然后发在了朋友圈里。

裴旭天每天都会给她点赞。

她原来是个不太爱发朋友圈动态的人，但这会儿每次发朋友圈动态必然要发赵女士的照片，甚至开始矫情地用文字纪念跟赵女士今天走过了哪条街，吃了什么东西。

两人在三亚玩了五天，赵女士提出想去昆明，于是两人又去昆明住了三天，最后甚至转道去了川藏线，在稻城，赵女士跟她拍了合照。

这趟旅行用了十三天，辛语累得瘦了七斤。

她原本就很瘦，这会儿瘦得更是只剩皮包骨。

赵女士说她瘦了，辛语就反驳："你不懂，做我们这行的，就要瘦。"

赵女士瞟她一眼，就开始交代后事，辛语幼稚地捂住耳朵不听，但有一天再也不能捂住耳朵。

在回到北城以后，江攸宁她们还来看过赵女士几次，而某天下了雨，赵女士忽然跟她说："你把你江叔江婶喊来，我想见见。"

辛语的心忽然一紧，她挨个儿打电话说了情况。

江叔江婶跟赵女士是很多年的朋友，这会儿见了面倒什么也说不上来，在病房里相顾无言，江叔一个铁骨铮铮的汉子，这会儿也难免红了眼睛。

赵女士在病房里跟他们聊天儿，装得若无其事，但从表情能看出来，病痛已经开始折磨她了，但她还是强忍住了。

等江叔和江婶走后，辛语就察觉到了不对劲。她去问赵女士的主治医生，果然得到了不好的结果。主治医生说赵女士这会儿病情不稳定，谁也说不上来什么时候就走了，病拖到了这个地步，基本上就是绝症无治。

这天晚上，辛语坐在赵女士的病床前。

赵女士说话断断续续的，但仍旧笑着："语语啊，你从小性子就倔，我平常也不爱管你，越管你就越叛逆。妈妈在婚姻里没有给你起到好作用，但妈妈希望你遇到喜欢的人还是可以结婚，婚姻带给你的安全感和幸福，是其他感情无法带给你的。如果你真的不想结婚了，妈妈给你留了一笔钱，以后好好生活，好好照顾自己，妈妈不能再多陪你一段时间了，但你要记得，妈妈是爱你的，很爱你，非常爱你。我知道你埋怨妈妈为什么不再跟你继父离婚，但妈妈那会儿已经折腾不动了，两段婚姻确实耗尽了我所有的耐心。可妈妈希望你能幸福，这世上也有幸福的，像你两个江婶，如果以后你要结婚了，记得到我的墓前告诉我一声，我会知道的。"

辛语泪眼模糊，但忍着没让眼泪掉下来："妈，你这还没到要交代后事的时候呢，怎么说这些？"

赵女士笑了笑："人哪，到了这种时候也就坦然了，我也跟病魔抗争过，但没能抗争过，这会儿就算了，我放弃了，但还是放不下你。"

辛语撇了撇嘴："是因为我没男朋友吗？"

"不是。"赵女士拍了拍她的手，"我是怕你封闭内心，谁也走不进去。"

"我没有，"辛语说，"我有喜欢的人了，但我现在不想谈恋爱。"

她实在不忍看赵女士这样，于是半真半假地道："就上次来看你的裴律师，他以前帮我打过官司，人特别好，你也看出来了，他很温柔，跟我的性格互补，现在也单身，我等着跟他慢慢相处，以后发展呢。"

"那个啊，"赵女士回忆了一下，"是个好孩子，你可以考虑。"

辛语点头："是啊，所以你能不能等我把他追到了，要跟他结婚了再走啊？我还想让你送我出嫁呢。"

赵女士笑："真的啊？"

辛语的眼泪掉在床上："那当然。"

赵女士答应得痛快："好啊。"

赵女士目前的精力已经支撑不了她说再多话，于是在这段谈话结束以后，辛语叮嘱她："你说的啊，我明天就去追裴律师，等我追到了他，我们办完婚礼，你才能走，听到没有？"

赵女士点头："好。"

辛语等赵女士睡着以后去病房外边给裴旭天打电话，颇有点儿病急乱投医的感觉。拨通电话以后，她还没来得及说话，只听裴旭天喊她："辛语，怎么了？"

她忽然就哭了，低声哭，哭到说不出话来。

裴旭天轻声问她："是不是阿姨出事了？"

辛语问："裴旭天，你能做我男朋友吗？"

她说这话的时候是哽咽的，模糊到快要听不清："你要不要跟我结婚？"

裴旭天那边愣了会儿："什么？"

"我们结婚吧，"辛语说，"就这个月底，我妈她好像撑不住了。"

"你慢点儿说。"裴旭天仍旧没听清她说了什么，他那边好像也有点儿嘈杂，"你是不是在医院？"

辛语说："嗯。"

"我现在过去。"裴旭天说，"你待着别动，我去找你。"

辛语哭到打了个嗝儿，什么话都没说出来。

然后她挂了电话。

她坐在医院长廊的椅子上，走廊里空荡荡的，夜里的灯都变暗，她低着头，眼泪一滴滴地落在腿上，把她的牛仔裤都快要打湿。她现在脑子里都是赵女士的话。她很清楚赵女士的状态，到了要交代遗言，说明赵女士已经知道自己命不久矣。

这么多天来压抑的情绪到了临界点，她没办法再克制。

她以为自己要哭到裴旭天来，但没想到一分钟后电话就响了起来，是裴旭天打过来的。

她接起来，只听裴旭天说："你还在哭？"

"嗯。"辛语的情绪稍平稳了一些，但她还是没办法清晰地说完一整句话，干脆也不说了，知道了裴旭天要来，这会儿竟然在往回收眼泪。

"我在去的路上，"裴旭天说，"可能还得一会儿，你先别害怕，这路上有点儿堵，先别哭了。"

“我又控制不住，”辛语吸了吸鼻子，“要是眼泪能控制住，我也不会……这样啊。”说着说着她又打了个嗝儿。

“我知道，”裴旭天也没气，对着这样的辛语也确实气不起来，“所以就让你现在跟我聊聊天儿，我们随便聊。”

“我不知道聊什么，”辛语说，“我现在脑子一片空白。”

“那我给你讲个笑话？”

裴旭天的笑话并不好笑，但能听得出来他在努力让辛语的情绪好一些，而这非常老套的笑话也终于转移了辛语的注意力，辛语说：“你的笑话一点儿也不好笑。”

“那你给我讲。”裴旭天说。

于是，辛语就给他讲了一个。

她哭到无法自控，说话的时候虽然已经不再像刚才那样一抽一抽的，但仍旧会说几个字就无法避免地打嗝儿。

她讲完以后，裴旭天很给面子地哈哈大笑，辛语哼了声：“这又不是很好笑。”

“我笑点低，”裴旭天说，“明明就很好笑。”

但他这个假笑有多假，辛语听得出来。

他就那样聊着，没挂电话，一路上都在宽慰辛语。等他到医院的时候，辛语已经安安静静地坐在长椅上收掉了眼泪。

他走过去问：“发生什么事了？”

辛语耸了耸肩，深吸了一口气：“是我小题大做。”

这会儿她算是冷静了下来，甚至想倒回之前，把那个说要跟裴旭天结婚的自己狠狠地抽一顿，真是发起疯来什么话都敢说。

“那你现在呢？”裴旭天抬起她的脸，看了看她的红眼睛，“好点儿了吗？”

“好多了，”辛语说，“我又不是每次都低血压。”

她别过脸，不太想让裴旭天看到她现在的丑态，刚哭过，眼泪流成那样，妆也没化，肯定丑死了。

“你刚刚吓死我了，”裴旭天总算是松了口气，“我以为你怎么了。”

“我没事，你回去吧。”辛语说。

裴旭天开了半个小时的车过来，结果就听了一句"回去吧"？这傻姑娘到底有没有心？

他气得想翻白眼，但看辛语瘦成这样，脸色苍白，浑身上下只有眼睛是红的，看上去真的跟修炼多年的女鬼似的，他叹了口气，不自觉地把声音放得温和："你吃了晚饭没？"

"没有。"辛语说。

她像极了在闹别扭，裴旭天在她的脑门上弹了下："我惹你了？"

辛语抬起头瞪他，但也只是一瞬："你做什么？"

她说话还有浓重的鼻音。

裴旭天说："那你跟我好好说话。"

"我哪儿没跟你好好说？"辛语皱眉，"我就是在好好说啊！"

裴旭天说："你温柔点儿。"

辛语觉得他要求过高。

裴旭天说完也觉得自己像是个傻子。

可能辛语刚刚哭得太惨给了他错觉，他为什么会觉得辛语是能温柔的？

于是，气氛一瞬间就变得诡异起来。

在这诡异的气氛中，辛语来了句："我这辈子都不会温柔了，你要是想温柔就找你的阮言去。"

她莫名其妙地提到阮言，让气氛更加诡异，但在这诡异的气氛里，裴旭天还接茬道："我这么远跑来找你，还不是怕你哭？结果你不哭就开始凶我？"

辛语觉得越来越诡异了。

于是，两人在各自冷静了五分钟后，一起去了附近的烤肉店。

裴旭天很大方，要了很多份肉。

辛语说："你养猪啊？"

裴旭天确认了最后的菜品，把手机收好："你见过谁养猪是要给它吃五花肉的？"

辛语发觉自己一不小心就骂了自己。

他们一块儿吃烤肉，裴旭天负责烤，辛语负责吃。

她也想拿夹子，但裴旭天说他来。

他真的方方面面都把人照顾得很周到，但辛语就是觉得诡异。最后，她终于确定自己觉得诡异的点在哪里。

"你对谁都这样吗？"辛语问他。

裴旭天烤肉的手一顿："什么？"

辛语说："就是对谁都好。"

裴旭天皱起眉头："你对我有什么误解？"

辛语抿唇："那你跟所有女生出来吃烤肉都是你烤吗？"

"是，"裴旭天说，"不过我很少跟女生出来吃烤肉。"

辛语听完前边那个字心都凉了一半，幸好最后那半句话又让她忍住了愤而离席的欲望。

"别的女生很晚给你打电话哭，你也会这样安慰别人吗？"辛语问。

裴旭天愣怔了两秒："谁没事给我打电话哭啊？"

"那你的意思是我不应该给你打电话？"辛语低下头，"好，明白了。"

今晚这事是她做得不合规矩。

反正从赵女士的病房里出来的那会儿，她也不知道自己是怎么想的，脑子里只有裴旭天，只想给他打电话，但没想到，对他来说还挺有负担的。她的心里忽然不是滋味。

"你明白什么啊？"今夜的裴旭天完全跟不上辛语的思路，但仍旧耐心地道，"我的意思是没有那么多女性朋友，所以没人晚上打电话给我哭。"

"如果有呢？"辛语连环发问。

根本没发生过的事情，他怎么知道？

但以前他经常被阮言这么问，答案就在嘴边，可总感觉怪怪的。现在辛语审他这架势真跟阮言一模一样，没阮言那么可怕，但也挺吓人，一句句地问过来，非得问出个想要的答案，他原来可踩了不少"雷"，但这会儿他跟辛语又不是男女朋友，为什么事情的走向越来越奇怪？

他沉默了会儿："你是不是在吃醋？"

这话题谁都没提。

从烤肉店出来，辛语遇到了宋习清。

她瞟了眼裴旭天："你身上是不是装了雷达？为什么每次跟你出来都能看到他？"

宋习清就在马路对面，他手里牵着一个女孩子，不过不是许嘉。

那个女孩儿长得跟许嘉也有几分相似，尤其是眼睛。

辛语记得上次跟他见面，他说当初年少不懂事，所以现在呢？懂事了，所以玩得更野？

辛语站在马路对面，百感交集，但她的手比脑子更快，她直接拍了张照片。

裴旭天也注意到了她的动作："你在做什么？"

"发给许嘉。"辛语说。

"你发？"裴旭天有点儿担心，"别惹得一身腥。"

"我才没那么傻，"辛语说，"我让别人发。"

她现在要忙的事情太多了，宋习清在她这里排不上号。

上次她见到宋习清跟许嘉在一起，是因为多年不见太过惊讶，而且因为听到了两人即将结婚的消息，再加上裴旭天那句"你看那边那个女生，长得好像你啊"，一切叠加在一起，她才有那么大的情绪。这会儿见了宋习清，隔着老远距离，她就握紧了拳头。当初没打的那一拳，她迟早要补上。

绿灯亮了，两拨人同时过马路，辛语跟裴旭天走过去，正好跟宋习清擦肩而过。

这一次，宋习清先回了头，但辛语没有，旁边的裴旭天忽然牵起了她的手，像是在给她力量。

等到过了马路，裴旭天松开了她的手。

辛语竟然觉得有点儿冷了。

这天晚上，裴旭天在医院陪着辛语，第二天没去上班，而是来到了赵女士的床前。他假扮了辛语的男朋友。赵女士叮嘱他要好好照顾辛语，他一一应下。

裴旭天离开医院的时候是辛语去送的。他仗着身高优势揉了揉辛语的脑袋："有什么事就给我打电话。"

辛语说："哦。"

她反应冷漠，但在裴旭天即将上车的时候，辛语从背后抱了他一下，说："谢谢你。"

裴旭天笑："我们是朋友嘛。"

"等到阿姨病好了，"裴旭天说，"我请你们吃饭。"

辛语说："好。"

她站在原地挥别了裴旭天的车，然后回病房陪赵女士。

赵女士这会儿已经睡着了，睡得很安稳，辛语在病床前坐了会儿，然后拿起本书看，前段时间买的《好好告别》的外文译本。

要是几个月前有人告诉她，有朝一日她会捧着本外文译本读，她会说："你是不是梦到下辈子的事了？"但这个世界就这么奇妙。

那天她在逛淘宝的时候，忽然跳转到了当当的网页，她心想在医院闲着也是闲着，干脆挑了几本书，正好就看到了这本书的封面，书名就四个字——《好好告别》。辛语当时心里想的是"告别个什么"。但第二天她专门去搜索了这本书，然后把一大堆书都加到了购物车，买回来看。现在是她看这书的第二遍。

女主角在殡仪馆工作，在中国是很晦气的一份工作。因为在华夏大地上，死亡向来是很晦气的一件事情，死了人，都要哭，而且要哭得很大声，然后满身缟素。这是延续了很多年的传统。

辛语记得以前还看过个新闻，因为妈妈在殡仪馆工作，孩子在班里被老师排挤。这个工作未曾进入过大众视野，但辛语认识一个入殓师，专门为死者化妆，据她描述，死者的妆容很重，而且相对来说简单，目前在国内已经兴起。

辛语就打算等到赵女士死后，把赵女士送到朋友那里，化一个漂亮的妆，然后送去火化。

但据这本书来看，火化的结果会因为火炉里火的大小有所改变，而人的骨头在火炉里会冒出刺啦的声响。这世上许多人都会经历这么一遭。辛语几乎是边看这本书边安慰自己，后来发现这安慰几乎是杯水车薪，难过就是难过。

辛语在病房里守了赵女士一天，等到傍晚，赵女士醒过一回。她已经吃不下东西，拉着辛语的手说了一堆有的没的，辛语也都认真回应着。

然后在这个寂静的深夜，赵女士的心跳彻底停止。

说实话，那一瞬间辛语的脑子是蒙的，她都没有哭。许是早已预料到这样的结果，她只是很机械地去安排赵女士所有的身后事，倒是她那个继父在病房里号啕大哭，一边哭还在一边喊："你怎么就走了啊？"让外人听见，当真还觉得他们之间有多深的感情。

赵女士的离开不算突然，辛语按照赵女士生前的愿望安排了她的身后事。

在赵女士去世的第二天晚上，辛语不想一个人待在家，跑到裴旭天家的沙发上睡了一晚，但晚上睡了两个小时就做噩梦惊醒，于是拎了他家的酒喝，正好碰上起夜的裴旭天，两人喝了一点儿。

最后裴旭天让她去房间的床上睡，自己去睡了客房。

白天辛语继续忙，晚上就到裴旭天那里待着，两人喝多了以后，她还问裴旭天："阮言欠你的钱还了没？"

"还了一百万。"裴旭天说。

辛语指了指他的脸："你可得赶紧要。"

"嗯，"裴旭天说，"知道了。"

辛语喝多了也不闹，就安安静静地躺在他家的沙发上抱个抱枕睡觉，只不过眼角挂着点儿泪。而裴旭天就等她睡熟了以后把她抱到床上，抱的时候还会叹口气，心想，这傻姑娘看起来没心没肺的，心里比谁都难过，这段时间更瘦了。

等到赵女士的后事都安排完，辛语才约了江攸宁她们出来喝酒。

对于赵女士离开这件事，她心里真没什么概念，这几天一次次地和人说，说到自己麻木。她只有那天听完赵女士的叮嘱以后情绪崩溃过一次，其余时候负面情绪都隐藏得挺好。

等到喝完酒，只有她一个人喝得有点儿多，江攸宁她们送她回家，没想到碰到了阮言。

可真是宿命之敌。

尤其她还站在裴旭天的家门口，而裴旭天那个胆小鬼，根本没敢来开门。

真就……辛语一时间不知道该骂谁。

于是辛语根本没给阮言留面子，噼里啪啦地骂了她一顿，然后裴旭天来开门，辛语为了气阮言，想都不想就拉着裴旭天的领口把他的头拉过来，和他接了吻。

裴旭天很明显愣怔住了，其实辛语那会儿也挺蒙，但不能表现出来。她虽然心里在打鼓，但脚步迈得很稳。气走阮言，她就高兴。可没想到她又在裴旭天的家里看到了沈岁和。

沈岁和这段时间想追江攸宁，她也看明白了，沈岁和离开江攸宁以后就后悔，早干吗去了啊？

她反正看见沈岁和就没好脸色，但他们待的时间都不长，很快，房间里就只剩下她和裴旭天两个人。

裴旭天给她倒了杯水，然后扶她起来喝，但她喝了两口之后把杯子放下。

她照旧抱着抱枕窝在沙发上，脸朝着沙发里边，裴旭天喊她："辛语。"

"干吗？"辛语没好气地说，"你是不是又觉得我把你家阮言骂着了？"

裴旭天说："不是。"

他揉了揉太阳穴，不懂这姑娘无理取闹的点在哪儿。

"你起来喝点儿蜂蜜水再睡。"裴旭天仍旧好脾气地说。

"我不。"辛语喝多了比平常更不讲理，"你是不是在里边下毒了？"

"我有病啊？"裴旭天翻了个白眼，"你起来喝掉。"

"对，你就是有病。"辛语虽然这么说着，但还是坐了起来，就着裴旭天的手把那一杯蜂蜜水都喝掉。她从小就喜欢喝甜的，所以这会儿喝完了以后眼睛亮晶晶的，盯着裴旭天："你是不是喜欢我？"

这姑娘长得漂亮，就是人傻，说话也经常不过脑了，但相处下来确实不错。

在某些瞬间，裴旭天倒真的挺喜欢她，甚至想过跟她成为男女朋友，但总觉得辛语不是想结婚的人。他年纪不小了，等不起。

他这会儿已经把自己的资料递到了婚姻介绍所，这周六就安排了一次相亲。他只想快刀斩乱麻，把自己的终身大事解决了，但辛语这么说出来以后，他倒真的在考虑这个问题。

当他正认真思考的时候，辛语忽然戳了戳自己泛着水光的嘴巴："我这里可甜了，你要尝尝吗？"

她眯着那双亮晶晶的眼睛，笑得一脸餍足："裴旭天，你就不想和我……"

她话没说完，人已经凑了过来，她的唇准确地吻在了裴旭天的唇上，然后裴旭天没能听到后边的话，以为当时辛语想说：你就不想和我过一辈子吗？

但谁知道辛语当时就是单纯想勾人，并没有那个意思。

她向来任性妄为，那会儿喝多了酒，想跟裴旭天接吻就接了。

裴旭天问她："你知不知道我是谁？"

辛语把他抱紧："裴旭天，你怎么这么磨叽？"

于是，裴旭天也就没跟她客气。

他当时想的是，结婚终于能提上日程了。

翌日两人都睡到日上三竿才醒，裴旭天比辛语醒得要早些，毕竟睡在他身侧的这姑娘睡姿不太好，大长腿漂亮，但总爱往人身上搭，几乎是把整个身体的重量都堆了过来，弄得裴旭天动也不敢动。

不过在他醒后没多久，辛语也醒了。

宿醉的后果还挺明显，她醒来以后觉得脑袋嗡嗡嗡作响，对于自己躺在裴旭天身边这事，她还蒙了两秒，不过等到昨晚的记忆全都涌回脑海之后，她又觉得再正常不过，借着醉酒的名头把一直没想做的事情做了，也挺好。

她窝在被子里不想起。长时间的忙碌之后，她此时身心俱疲，只想在被子里待到地老天荒，而身侧的裴旭天问她："吃不吃饭？"

"吃什么？"辛语反问。

"我在问你，"裴旭天说，"看你吃什么。"

辛语想了想："不知道，你吃什么我就吃什么吧。"

于是裴旭天点了自己平常吃的那家外卖。

他也躺回到被子里。

一床被子下两人很容易就挨得极近。辛语已经很久没有在清醒的状态下跟男人有这样的触碰，难得地红了脸，但仍旧往后靠了些，算是窝在裴旭天的怀里。

裴旭天问她："我们现在算什么关系？"

辛语蒙："好朋友啊。"

"谁会跟好朋友这样那样？"裴旭天掐住了她的腰，直接将她揽在怀里，"你昨晚可不是这么说的。"

辛语皱眉："我昨晚说了什么？"她印象中没承诺过什么啊。

裴旭天把昨晚那句让他心里一动的话说出来："你问我想不想和你过一辈子。"

辛语疑惑。

她回头摸了摸裴旭天的额头："没发烧你说什么胡话呢？"

辛语这人毛病很多，但喝酒以后从不断片儿，甚至喝多了以后的第二天，记性比平常还好，醉酒以后的一言一行记得格外清楚，这习惯让她以前很多次都恨不得一头撞墙，一命呜呼，但没想到今天让她笑了。

"我昨晚想说的是，你想不想和我接吻！"辛语一句话浇熄了裴旭天的美梦，"事实证明，你想。"

裴旭天的表情意味不明，让人看着还有点儿犯怵。

那双眼睛就那样盯着辛语，辛语伸手捂住他的眼睛："你好好说话，昨晚我喝醉了，你又没喝醉，你这会儿委屈个什么劲？"

裴旭天没回答她的话，而是反问："所以你没打算和我在一起？"

"是啊。"犹豫片刻，辛语还是回答，"我们就这样，不好吗？"

不好！不好！非常不好！

"我这周六相亲。"裴旭天咬牙切齿，"我要结婚。"

辛语无奈地说："你让我静静。"

于是，两人各自冷静。

当然只限于心理，他们的身体仍旧贴在一起。

辛语懒得思考这么复杂的问题，于是片刻之后，翻身而起："裴旭天，你能不能不相亲？"

裴旭天微掀眼皮，也没介意她这么狂野的动作："为什么？"

"你等等我，"辛语说，"说不准哪天我就想结婚了呢？"

裴旭天怒了："你把我当'备胎'？"

辛语的气势弱了下去："我倒也没有那么'渣'。"

她就是想不明白。裴旭天这人很好，但跟他谈恋爱，辛语总觉得有什么东西在心里卡着。而且，她现在不想谈恋爱，也不想结婚。但正如裴旭天所说，她这么做无异于"养备胎"。她蔫了，躺回裴旭天的身边："算了，你爱干吗干吗去吧。"

裴旭天问："那你呢？"

"我继续浪着。"辛语说。

本来是挺美妙的一天，他的心情很好，但他没想到差点儿被辛语气死，所以那天饭也没吃成，辛语在他家洗了个澡以后，套了他的 T 恤和裤子回了家。

想了三天，裴旭天周六还是去相亲了。

他仅存不多的理智战胜了感情，辛语是好，但他没那么多时间等一个姑娘不害怕婚姻。他就是想结婚，想晚上回家的时候家里有盏灯，或者晚上能跟人一起吃个饭，看个电影，都是些很世俗的愿望，但辛语满足不了他。

那一夜就当是个错误。不过经过那一夜后，他还有点儿食髓知味，梦里都是辛语。

此后几天，他跟辛语还在走廊上遇到过两次，而且辛语还帮他扔过一次门口的垃圾，给他买过一次水果挂在门上，但两人一句话都没说过。

到了周六这天早上，他起来洗了澡，简单地弄了发型，身上喷了一点点香水，穿了件黑色的风衣出门。

他的身量高，他走在外边很显眼。约见的地点是咖啡厅，他最先到，没过一会儿中间人就来了，女孩儿最后才来。

她身高一米七左右，跟裴旭天相差二十厘米，长得也算可以。

姑娘今年 30 岁，比裴旭天小一点儿，在一家外企做策划，年薪四十万，家不在本地，所以想找个有北城户口的。她上来先问裴旭天有没有房，房子在哪片，是全款还是目前在还房贷，裴旭天诚实地告知。

不知道是不是他的错觉，他总觉得姑娘在听到他全款买了君莱的一套房之后，看他的眼神都在发光。

裴旭天自幼就在名利场混，各色各样的人都见过不少，但跟女人打交道少。

女孩儿不算是能让人一眼惊艳的类型，但还算耐看，他打算多相处一下，聊了十分钟，中间人就借口有事离开，正好给他们留下相处的时间。

裴旭天向来绅士，虽然是第一次相亲，但来之前就在网上查了一些相亲法则，于是主动开了话头："你们公司是主要负责做什么？"

从姑娘的工作聊起，由浅入深，能让她感觉自在一些，于是姑娘洋洋洒洒地跟他聊起了自己的工作，但聊到一半发现裴旭天走了神。

"裴先生？"姑娘伸手在他的面前晃了晃，裴旭天这才回过神来："啊？抱歉。"

"没事。"姑娘善解人意地说，"你看到熟人了吗？"

裴旭天点头："算是吧。"

他看见阮言跟他的一个朋友手挽手走在一起。

那个朋友算是裴旭天跟阮言共同的朋友，都是一个圈子里的，只不过裴旭天跟他不算熟，倒是阮家跟他家的关系要更好一些。

裴旭天的心思转回来，他继续听姑娘在工作上的问题和困扰，还适当地点拨了几句，而姑娘问他："你们平常工作是不是很复杂，要跟各式各样的人打交道？"

"是。"裴旭天忽然觉得无话可说。

平常他跟别人介绍自己的工作都有通用说辞，但这会儿竟没有表达欲望。是的，缺失了表达欲望。

这姑娘就是哪儿哪儿都看起来不错，但哪儿哪儿又缺了点儿什么，甚至他不自觉地在心里拿姑娘跟辛语对比。她们都是高个子，辛语比她瘦太多，倒不是说瘦了好看，就辛语现在瘦的这个样，以正常人的审美来看，她也没那么好看了。但裴旭天就觉得辛语有趣。

这会儿他尽量稳住心思，把心里的弯弯绕绕都摒弃，继续拿出一百二十分的诚意来跟姑娘聊天儿，但聊着聊着就聊起了前任。姑娘倒是个精明的，不怎么说前任的坏话，只说他很好，但不合适。裴旭天也就没跟她透露太多。

总之这一场相亲给他的感受就是不好不坏，这姑娘就是中规中矩，跟他从各方面来看都挺合适的。两人下午去电影院看了最新的电影，裴旭天买了爆米花、可乐，姑娘几乎都没动，光顾着哭，哭得裴旭天脑袋都疼。他根本不知道电影讲了什么内容，反正大半个电影院里的女孩儿都在哭，他的耳边嗡嗡作响。

从电影院出来基本就到了晚饭时间，裴旭天又请姑娘去吃了晚饭。

两人晚上吃的烤肉，就离他家不远，裴旭天之前还跟辛语来过一次，那次是辛语说要请他吃饭。

辛语吃肉是真的很厉害，一口气吃三盘肉。

裴旭天顾虑着有姑娘在，点了五盘，姑娘说点多了，他就说都尝尝吧，他比较能吃。等到肉端上来，裴旭天脱了风衣，把袖子挽起一截儿拿着夹子开始烤肉，姑娘摆碗的时候都只摆了自己的，他这边什么都没有，倒水的时候亦是。

裴旭天瞟了眼自己的杯子，有点儿憋屈，但考虑人家毕竟是女孩儿，没倒就没倒吧，他倒。

烤肉的时候，裴旭天负责烤，女孩儿负责吃。

他的盘子里一块肉都没有，他突然觉得自己好惨，以前要伺候阮言，这会儿要伺候别人。

他只有跟辛语吃饭的时候享受过一次别人帮忙烤肉的待遇，那次辛语烤肉，烤好了就给他夹一边，让他吃，甚至还给他用一片生菜把肉包好了放盘子里。

裴旭天盯着满桌的肉，忽然没了兴致。

他放下夹子，姑娘终于意识到他不对劲，茫然地问："你怎么了？"

裴旭天说："没事，你吃。"

"你也吃啊。"姑娘招呼他，"对了，你喝水吗？"

裴旭天摇头："不喝。"

他现在只想走。

姑娘哦了声，继续吃肉。

"介不介意拼个桌？"一个突兀的声音插进来，辛语站在那姑娘身后，穿一条蓝色的开衩长裙，又长又白的腿十分惹眼，她看了眼裴旭天，"没吃饱？"

姑娘愣怔："你们认识？"

裴旭天点头："朋友。"

辛语顺势在姑娘的身边坐下："我们是邻居。"

"哦。"姑娘给她挪了点儿位置。

辛语坐在那儿朝裴旭天伸手，裴旭天问："要什么？"

"夹子，"辛语说，"剪刀也给我。"

她吃饭向来喜欢自己动手，丰衣足食。其实在门口看了好一阵，她寻思要不要换家店吃，但看了一会儿，发现裴旭天一直忙前忙后，结果一口没吃上，她就有点儿不大高兴。怎么跟她出来就能吃饱了再回，跟别人吃饭就要饿着肚子？她这才坐了过来。

不过她也没亏待自己，在烤肉的时候把杯子给裴旭天推过去："倒一杯。"

她经常到这家来吃，烤肉技术娴熟，跟服务员都熟，笑着打趣几句，然后继续吃。她不只照顾到了裴旭天，还照顾到了那姑娘，自己也没饿着。

最后她先起身："我吃饱了，你们继续。"

姑娘挥手跟她告别，裴旭天想说点儿什么，最后也没说，但他把那姑娘送回家，在离开的路上就发消息跟姑娘说了两人不合适。

他是真不想再伺候人了，这姑娘一看就是想找个伺候她的。

这场相亲也就这样不了了之。

裴旭天回家没多久，辛语就敲响了他家的门，特别殷切地问他相亲的结果，裴旭天拎了瓶酒出来："没成。"

"我就知道，"辛语说，"她不适合你。"

"你什么都知道。"裴旭天讽刺她。

辛语也没生气："一块儿吃饭，你烤肉，那姑娘起码得帮你倒杯水吧？这不是人之常情？结果那姑娘一开始就等着你给她倒水呢，这不就是等你伺候？当然了，你要是想找第二个阮言，我也没话说。"

"怎么就又跟阮言扯上关系了？"裴旭天想起白天看到的那一幕，心里堵得慌。他不是说阮言不能再找，相反，他希望阮言能找男朋友，但看见跟他朋友混一块儿，肯定不大舒服。

辛语说："你那么敏感干吗？又碰见她了？"

裴旭天有时候不知道该说辛语是傻还是大智若愚。

辛语倒没追究这件事，闷着声音说："宋习清给我递请柬了。"

"你要去？"

辛语说："原本不打算去的，但现在觉得去也没什么大不了。"

她又不是做错事的那个人，怕什么？再说了，这婚能不能结成都不一定。

两个人聊得上头，酒一杯接一杯地喝，喝到最后又抱在了一起。

但快亲上的时候，裴旭天问辛语："你到底跟不跟我在一起？我不亲除了女朋友的人。"

辛语一拉他："你废话真多。"

"你到底在不在？"裴旭天又问。

辛语急了，穿衣服起身，结果被裴旭天拉回去。他胡乱地吻她，一点儿章法都没有。吻完以后，裴旭天抱着她，说着醉酒后的真心话："我就想找个能过一辈子的，下班回来有人跟我吃饭，能一起看电影，一起睡觉，不用那么孤单。"

辛语心里一动："又不是情侣才能做这些事情。"

第二天一早，裴旭天又跟辛语算账："你昨晚说要跟我在一起了。"

辛语掐他一把："我没答应。"

裴旭天说："你怎么又赖账？"

辛语说："你说你不亲除了女朋友的人，但我又不是只亲男朋友。"

"你就那么想结婚？"

裴旭天："是，非常想。"

辛语一枕头扔过去："我再想想。"

裴旭天以为终于让辛语这块大石头有所松动，可没想到她这一想，竟想了三年多。

辛语没去参加宋习清和许嘉的婚礼，因为那天她跟公司彻底闹掰了，新签的公司因为她太久没工作，把她的资源都给了别人，这导致她如今在公司里举步维艰。这也就算了，毕竟是她自找的，但现在她出外景，几乎没人管她，出去以后拍的成片被删了个彻底。

辛语忍了两天之后，在又一次出外景的时候跟公司的负责人大吵了一架，其实说吵架都不算，因为负责人当着众人的面骂她，能拍就拍，不能拍就滚，然后她就以一副"老娘再也不伺候了"的架势从那边离开。

等到晚上回了家，她颇有些狼狈地坐在裴旭天的家门口。

本来她家就在隔壁，她可以很顺利地进门，但她没进，下了电梯就直接站在裴旭天的家门口等，感觉自己快等成了一块望夫石。一直等到晚上九点，裴旭天才从电梯上走下来，看见她这样，疾走了几步，然后蹲下来抱："你怎么了？"

辛语没说话。

裴旭天问："是不是难受？"

辛语点头。

"没事，"裴旭天揉了揉她的头发，"都是过去的事了，以后总要往前看。"

他以为她是去参加前任的婚礼，所以感觉难过。

他从不觉得为一段逝去的感情难过是很羞于启齿的事情，只是心疼辛语，但辛语仰起头跟他说："你可能又要给我打官司了。"

裴旭天疑惑："嗯？"

这个"又"字用得十分巧妙。而且不是打官司，辛语跟之前那个公司的事情没有闹上法庭，只不过是做了一场争议解决，目前国内的劳动法还是更保障员工的权利，而且对辛语所在公司来说，毕竟算是有知名度的公司，公众形象很重要。

以裴旭天的能力来说，解决起来不算难，但辛语是真的怕了这些事。

她就想好好地做份工作，做"一条咸鱼"，这辈子也就这么过去了。

她不像路童，有着远大的志向，也不像江攸宁，有一定想去实现的

521

愿望。

她这种得过且过的态度也没放在工作中，对这份工作她还是很认真的，就是有各种各样的事来影响她的心态。这一天天的，可都糟糕透了。

裴旭天先没仔细地问，让她起来进家再说。

辛语跟他一起回了家，她穿的还是今天拍摄的服装，是一件白色的纱裙，乍一看跟婚纱似的，裴旭天给她倒了杯热水递过去，目光忍不住往她的身上瞟，辛语却不在意。

等到她情绪平稳一些，裴旭天才问起来。

辛语把白天发生的事简略地说完，故意忽略了争执的那部分，最后问他："你还能帮我吗？"

裴旭天噙着笑看她："你说呢？"

辛语觉得可以，但捧着水杯低头喝水，没说话。

"受欺负了？"裴旭天轻声问她。

辛语把水喝完，然后把水杯又给他递过去，示意他再来一杯，裴旭天倒是很懂她，倒完之后给她递的时候问："是不是？"

辛语说："没有。谁能欺负我？"

"是吗？"裴旭天坐在她身边，"但你的眼睛可不是这么说的。"

辛语说："你眼睛会说话啊？"

"会。"裴旭天的大手在她的脑袋上揉了一把，"行了，别不开心，出去吃饭？"

最后两人去了那家烤肉店，去了以后辛语才想起来："你还有没有在相亲？"

裴旭天挽起袖子打算开始烤肉，眼睛直勾勾地盯着她，透着一个意思：我有病？

辛语托着下巴："生活好无聊。"

"烤肉不无聊。"裴旭天说，"好好吃饭，别想太多。"

辛语没再说话。

她今天确实情绪低落，不过一顿烤肉吃完，不愉快的心情散了些。两个人又去轧了马路，没有牵手，但一起去奶茶店排队，裴旭天给她递了杯最甜的奶茶过去，说："喝奶茶心情会变好。"

"会变胖。"辛语说。

裴旭天说:"你都瘦成火柴棍了。"

辛语说:"会不会说话?"

"是太瘦了,"裴旭天说,"抱着硌手。"

辛语瞟了他一眼,疾步往前走,裴旭天的脚步也跟着变快。

两人最后逛到楼下,正好遇到阮言。

辛语跟裴旭天同时顿住脚步,辛语手里的奶茶纸杯都被捏紧了一点儿,不过她往后退了半步,一半身子刚好躲在裴旭天的身后。

裴旭天微皱眉头,以为照这种情况,辛语会上去骂阮言。他都做好了拉架的打算,先抱住辛语,然后把后背留给阮言。如果阮言再过分,他一定也恶言相向,反正要护好辛语,免得这姑娘以为他是向着阮言,把她锢住不让她动手。结果,她避开了,而且以一种第三者见到正宫的姿态?

他的第一反应是辛语在演戏吧,可后来他发现辛语是真的不太想说话,把这些事情留给他处理。

于是他大大方方地走过去,但在走过去的时候拉了辛语的手。

"好久不见。"阮言先开了口。

裴旭天和她颔首:"好久不见。"

阮言盯了他跟辛语牵着的手几秒,然后温和地笑了下,在那一瞬间,裴旭天竟然以为自己看到了多年以前的阮言,那个还在学校里的阮言。

那会儿她也不过个学生,穿一件裙子,走在路上笑得明艳。

她追裴旭天的时候向来小心翼翼,给正在打球的裴旭天送水都脸红。

她告白的时候,裴旭天还一脸蒙,什么感觉都没有,但周围人都起哄,他也觉得这女孩儿给他的印象不错,两个人就那样在一起了。

他好像很久没见过阮言这样笑了。

"我跟韩贺七月份办婚礼,"阮言给他递了请柬,"你会来的吧?"

韩贺就是那天裴旭天看到的那个朋友,她最后还是选了联姻,或许这才是最适合她的路。不过她添的那后半句听起来略卑微。

请柬在风中被吹起,等了许久,裴旭天才伸手接过,说:"看情况吧。"

阮言愣怔："哦。"

她也没话说，跟裴旭天擦身而过之时，低声说："我们原来说过，一定要出现在彼此的婚礼上。"

裴旭天抿唇，伴随着风的凉意说了句："都过去了。"

当初他说那句话的意思是他们会办婚礼，所以一定不会缺席彼此的婚礼，而不是以现在这种状态出现在彼此的婚礼上。

阮言深吸了口气："其实韩贺想让你当伴郎……"

"你再问问韩贺要不要人在他头顶那片呼伦贝尔大草原上翩翩起舞？"辛语忍不住打断了她的话。辛语在一旁忍了好久，眉头都已经皱成了"川"字，用极大的耐心才克制住想要把奶茶泼在她身上的心情。但她实在欺人太甚了吧？

"你是不是没脑子？"辛语皱眉，"麻烦用用你那个留过学的脑子想一想，哪个新郎会这么傻，让新娘的前男友当伴郎？分手了好吗？你能不能不要时不时诈尸，你们要是和平分手，我还能让你在这儿说句话，但你做过什么心里能不能有一点儿数？你要不是站在这儿道貌岸然地说话，我真以为你是没长脸，你那脸是不是只能做摆设？"

辛语噼里啪啦地说了一大段，说得阮言发蒙。

虽然不是第一次跟辛语交锋，但以往的几次，阮言就没在跟辛语唇枪舌剑时赢过，这次更过分了，辛语骂了她一个猝不及防，她这会儿想回嘴，但只能记得辛语骂的最后一句，真是气蒙了。

但还不等阮言回嘴，辛语便道："不好意思忘记了，你那张脸连做摆设都有点儿不够资格。"

阮言说："你……你太过分了！"

"我说得再过分也没有你做得过分。"辛语皱眉，"大晚上的还不回家？不要总挑半夜这种时间点来送东西，不知道的还以为你送的是丧事帖。"

辛语捧着那杯奶茶喝了口，拉着裴旭天往楼里走，根本不理会站在那儿的阮言。

阮言气到大脑发蒙，对着她的背影骂了句："草包废物！"

辛语一顿脚步，用舌尖抵着牙齿在口腔内转了一圈，变了脸色。

裴旭天总觉得这是要打架的前兆，于是立马拉紧了辛语的手，然后就见辛语把那杯喝完的奶茶的杯子捏到变形，稍一用力就把那废了的杯子准确无误地扔进垃圾桶里。

　　他到底拦不拦？

　　"阮言，"裴旭天回头斥了声，"你太过分了。"

　　"我过分？"阮言指着自己问，"裴旭天，你没听到她刚刚怎么骂我的吗？我只不过实话实说就过分了？你的心都偏到哪里去了？"

　　"当然是……"

　　"我这儿。"

　　"她那儿。"

　　难得地，裴旭天跟辛语同时说了句话。

　　辛语轻蔑地瞟了阮言一眼，语气轻佻："我是草包废物？"

　　她说话的语气平淡，跟平常生气了一点儿都不一样，让人一时间听不出来她的态度。

　　阮言愣怔半秒，坚定地点头："是啊！"

　　辛语刻意地放缓了语速，慢悠悠地说："不好意思，我漂亮。"

　　"就算废物，"辛语耸了耸肩，"我也是废物美人，而且，我有人养，又不需要有什么大本事。是吧，裴旭天？"

　　裴旭天忽然被点名，一时没反应过来。

　　这样的辛语实在是太漂亮了，站在那儿，微勾唇角，说话的声音像是在下蛊，让人听得沉醉，等到他反应过来时，他已经点了头："是。"

　　在这深夜里，阮言气红了眼睛。凭什么啊？这一切原本是她的。

　　"裴旭天，"阮言大声地喊，"你以前不是最讨厌这种草包废物了吗？"

　　"她又不是。"裴旭天辩驳，这次反应极快，"她长得漂亮，人也善良，哪里是草包废物？"

　　辛语朝他投来一个肯定的眼神，裴旭天变得开心起来。

　　"阮言，"辛语忽然认真地喊了她的名字，"你也快结婚了，我就跟你说最后一句话。"

　　这样的辛语太有信服力，阮言不自觉地应道："什么？"

　　"我的男人，"辛语一字一顿地道，"谁也不能觊觎。"

回家以后，裴旭天把婚礼的请柬随意地扔在桌上，而辛语收到了朋友发来的消息。

本来她今天应该早上拍完那条片子就赶往婚礼现场，还想着给弄点儿不愉快的事出来，可没想到临时出了事，没能去成。

她心里那个一定要给前任的婚礼添堵的愿望落了空。

不过这会儿朋友给她讲八卦消息，宋习清和许嘉的婚礼没能完成。

因为婚礼上有个女人突然出现，说自己怀了宋习清的孩子，如果宋习清不要她们娘儿俩，她就从这栋酒店的最高处跳下来，让他们这辈子都留下阴影。

婚礼中上演了好大一出闹剧，最后许嘉气得晕过去，后来一查，许嘉也怀了孕，可没想到宋习清笃定地说许嘉肚子里的孩子不是他的。

谁也不知道他为什么如此坚定，但据说宋习清的堂哥主动站出来，说许嘉肚子里的孩子是自己的。

这场婚礼成了大型闲聊现场，每人来一条劲爆的八卦消息，最后婚礼没完成，他们之间的荒唐事倒是传到了每一位亲朋好友的耳朵里。

辛语听完以后也没觉得太开心，只是感慨了一句恶人自有恶人磨，他们闹成现在这样也是活该，没什么值得同情。

而不同于那边的鸡飞狗跳，她这边还算冷静。

今天发生的事情太多了，她这会儿没什么精力大声说话。要不是刚才在楼下阮言太过分，辛语也不会插那么几句。

这会儿她说完了，晚上吃那顿烤肉找回来的好心情顿时全无，她再次坐在沙发上发呆。

裴旭天却坐在那儿问她工作上的事情，倒没责怪她，只不过从律师的角度出发，问了她一些合同上的问题，但辛语很多都想不起来，干脆去家里翻了半天，把合同直接扔给了他，裴旭天便开始研究合同。

辛语就躺在沙发上看他，他做专业相关的事情很有魅力。

辛语忽然问他："你说养我是认真的吗？"

"是。"裴旭天没有丝毫犹豫。

辛语却半响没说话。等到裴旭天再看她的时候，她说："但我还是要工作的，没工作的人太可怜了，都没有社交。"

"那就去工作。"裴旭天说。

"不知道找什么工作。"辛语耸肩，"我从小学习就不好，我爸那会儿总说我的长相是拿智商换的，一开始我还不服气，后来我做什么都不行，就信了。我也就拍照片还可以，但连着换两个公司，真不想在这一行待了。"

裴旭天一边想一边往她躺着的沙发上坐，辛语往里躺了躺，把胳膊伸出来刚好能抱住他，将头探过去看了眼合同，合同上全是字儿，她看着就头痛。

当初签的时候她看了几个路童叮嘱的关键地方，应该没什么大问题。

"要不，"裴旭天想了想说，"你去讲脱口秀吧。"

辛语疑惑。

辛语震惊。

裴旭天那句话算是给辛语指明了道路，只不过裴旭天千叮咛万嘱咐，让她一定要分辨好骂人和冒犯的区别。

国内脱口秀算是新兴行业，跟国外宽松的环境不同，华夏毕竟是礼仪之邦，这个跟骂人很像的行业发展还未健全，但辛语口才挺好的，而且一直当模特，拍的照片多了，也不惧怕镜头。

最重要的是，她喜欢这件事。

反正她没有什么生存压力，做不成了就换个行业，可以多去尝试。

而辛语当真听了裴旭天的话，第二天找了个场子去试，没有面对观众，就给几个脱口秀演员讲，效果还不错。

她经历得多，哪儿的事都能讲几句。

剧场也就收下了她，有经验的演员教她怎么抖包袱，教她站姿，她学得很快。

而她跟原公司的纷争，因为裴旭天的出现，一切都变得好解决了起来，她跟这个公司"和平分手"，从此投身于脱口秀事业。

起初她真的分不清骂人和冒犯，因为她就是野路子出身。

小时候就跟人对骂练出来的嘴皮子功夫，骂人的话也千奇百怪，她根本不知道什么是卡节奏、卡点、说话的艺术，也不知道怎么才能抖好一个包袱，但她上了台就是不一样，有气势。

她找的这个场子观众少，票价非常低，但来看的人也特别少。

她第一次上台的时候，裴旭天就坐在台下，坐得特别严肃，感觉像领导来视察工作。辛语之前也看过别人讲的一些脱口秀，都是要跟台下观众互动的，所以毫不犹豫地拿裴旭天开涮。

整个场子在经过几分钟的冷淡后终于热了起来，不过不是因为她的脱口秀讲得好，而是因为她长得漂亮，不管男女都喜欢跟她搭几句话，有观众给她抛话之后，她临场反应做得更好。

没过多久，她的场次就开始爆满。长得漂亮在某些时候有天然优势。

辛语在这条酒吧街开始走红，她的脱口秀变得很受欢迎。

裴旭天偶尔会来，她跟裴旭天的关系就是那样：没在一起，但同居；不是男女朋友，但在一张床上睡觉；没结婚，但知道彼此的手机和银行卡的密码。他们反正就那么不清不楚地处着。

阮言结婚那天，裴旭天没去，但辛语去随了份子，回来以后才跟裴旭天说。她刚想起来阮言还欠裴旭天钱，问裴旭天要了没。

裴旭天说还了五百万，还差五百万。

辛语拧着他的腰让他去要钱，要不回来就睡书房，无论裴旭天怎么哄都不行。

最后裴旭天用了一周把钱要回来，然后给辛语转了过去。

辛语也就收下了，什么都没说。

但那年裴旭天生日的时候，辛语给他买了一辆车。

她说裴旭天抠，明明有钱，却舍不得给自己换一辆好车，所以她拿那五百万，又贴了一百万，给他买了辆还算不错的车。

裴旭天感动得不行，非说要娶她。

辛语说："你让我再想想。"

有一天，裴旭天跟辛语说："江攸宁都答应沈岁和了，你什么时候能做我女朋友？我不想跟你搞地下恋了。"

辛语问："我们在恋吗？"

裴旭天忍住了暴打辛语的冲动，然后在床上躺平。

辛语去亲他，他绝望地说："被气死了。"

辛语疑惑。

裴旭天说："亲我也没用。"

辛语说："你变了。"

裴旭天说："被你逼的。"

于是第二天，辛语在家里搞了火锅，让路童跟江攸宁都来吃饭。

江攸宁带了漫漫跟沈岁和来，路童跟小朋友玩得不亦乐乎。在大家举杯碰的时候，辛语说："宣布个事吧。"

路童说："你跟裴律修成正果了？"

辛语瞪大眼睛："你们怎么知道？"

江攸宁说："我们的眼睛又不瞎。"

路童说："今天裴律全程贴着你好吧。"

江攸宁说："他别处的房子那么多，一直赖在租的房子里，说没点儿什么谁都不信。"

路童说："你看他的眼神真的前所未有地温柔。"

路童和江攸宁，你一言我一语，差点儿把辛语心态搞崩，她真以为这是件大事，结果那两位什么都知道了。然后她就把目光投向裴旭天，怀疑是他走漏了风声，裴旭天立马说："我什么都没说过。"

"小情侣的恋爱气味很浓的。"路童哈哈大笑，"我们都认识你多少年了，还能不知道你？"

一点儿惊喜感都没了！

然后路童就敬了裴旭天一杯："谢谢裴律，我终于看到我们家语语老树开花，有生之年啊。"

"不能欺负我们家语语啊。"江攸宁也跟裴旭天碰了杯，但还没喝就被沈岁和拦下来，沈岁和替她喝了那杯，但话是江攸宁说的，"我们语语从小就是小天使，不要看她面上凶，其实可温柔了。"

路童立马附和："对对对，还是个小可爱。"

江攸宁笑："对，她内心一直都住着个少女。"

辛语捂着耳朵，白眼快要翻到天上去："你们够了！"

大家哈哈大笑。

公布恋情的时候，辛语没有得到自己想要的效果，于是发誓，宣布婚讯的时候一定要让所有人大跌眼镜。

于是顺着她这句话，裴旭天问她什么时候结婚。

辛语顿时蔫了："你让我再想想。"

裴旭天跟辛语在一起以后，听得最多的一句话就是"你让我再想想"，她从还没恋爱的时候就开始想，一直想到了快要结婚。

直到阮言孩子都抱上了，裴旭天仍旧在跟辛语谈恋爱。

路童孩子都抱上了，裴旭天仍旧在跟辛语谈恋爱。

两人虽然是谈恋爱，但已经同居很多年，裴旭天把他租的那个房子买了下来，然后打通了跟辛语家相连的那堵墙，其实也不算打通，就是多开了个门，两家算作合成了一家，但裴旭天总觉得自己没个名分。

每当裴旭天催她的时候，她就拿江攸宁来当借口，反正拖了又拖，一直拖到了裴旭天 37 岁那年。

辛语一辈子都会记得那一天。

那天只不过是个普通的星期一，天气很好，辛语还没睁开眼睛，就感觉有个毛茸茸的脑袋在她的脸颊蹭。她顺手摸了摸，然后低声说："别闹。"

裴旭天的脑袋直接靠在她的脑袋边，就算没睁眼，辛语也能感觉出他在不高兴，于是迷蒙着问："宝，你怎么了？"

"语语，"裴旭天喊她，"你看。"

辛语这才睁开眼睛，但仍未完全清醒："看什么？"

裴旭天伸手在她的眼前晃了下，辛语还是没懂："你手指里有东西？"

"不是，"裴旭天说，"白头发！"

辛语一惊，什么梦都醒了。她盯着裴旭天的手指："你说什么？"

"白头发，"裴旭天说，"从我的脑袋上拔下来的。"

辛语立马检查他的头发，还好，就那一根。

但裴旭天忽然躺平："我感觉我年纪好像大了。"

辛语抱住他："你想什么呢？"

裴旭天叹了口气："我已经 37 岁了，语语，我比你大五岁呢。"

"哦。"

辛语那天也说不上来是怎么想的，就是突然感觉到悲伤。没等裴旭天再多说话，她的眼泪唰地就流了下来，把裴旭天给吓了一跳。

裴旭天立马安慰她："怎么哭了？我不是在催你结婚，你不想结我们就不结了，不想要小孩儿，我们就不要了，没关系的，别哭了吧。"

辛语还是控制不住自己的眼泪，等到哭得差不多了，才说："我们去领证吧。"

在那个很普通的星期一，辛语跟裴旭天去领了结婚证。

她不知道在别人那里结婚的心理是怎么样的，反正在她这里，她就感觉像在做梦。

等到领完结婚证出来，裴旭天忽然问她："你怎么会突然想领证了？"

辛语拿着两张结婚证翻来覆去地看，觉得新鲜。

"你怎么不在领证前问？"辛语说，"说不准那会儿让我多想想……"

"你还想？"裴旭天打断了她的话，忍不住叹了口气，"你知道我现在多怕听到'让我想一想'这几个字吗？"

辛语倚在副驾驶位上笑。

结婚就是件很冲动的事情，反正对她来说是这样的。

等到车子快要驶回家，辛语才说："我早上那会儿就觉得以后你要是死了，我连个哭你的名义都没有，你好可怜哦。"

在他沉默的时候，辛语又说："而且我还不能作为第一继承人来分你的遗产，多惨啊。"

"我就是多一根白头发，"裴旭天说，"怎么就这么严重？"

辛语说："未雨绸缪嘛。"

裴旭天说："你这未得可够久远的。"

结婚证是裴旭天晒到朋友圈的，在这个前后都不搭节日的日子里，他们随心地领了个证，而这个证的催生剂就是一根白头发。

两人开车回家以后，裴旭天接到了电话。

挂断电话后，辛语后知后觉地问："我是不是还没跟你去过你家？"

裴旭天说："好巧，刚刚我爸也是这么说的。"

他们好像一直都挺像无牵无挂的状态，同居了这么长时间，到了过年的时候，辛语就去找江攸宁他们，裴旭天就回家吃个年夜饭。他也邀请过辛语回他家吃年夜饭，但辛语说她还有约，所以裴旭天就一个人回去，第二天再回来，于是辛语默认他跟家里的关系不好。

她唯一见过的裴家人就是裴旭安。

这会儿证都领了，辛语才想起来家人这回事。

于是她礼貌性地给她那个久未联系的爸发了条消息，但她爸一直没回复，而裴旭天这边还挺热闹，微信朋友圈动态下的留言就不说了，光是电话就接了好几个，基本都是他家里人的。

裴旭天无奈地扶住额头。

辛语说："该头痛的人是我吧？"

"我替你头痛。"裴旭天说，"不过你别怕，我家人都挺好相处的，而且有我呢。"

辛语说："我怕什么？新媳妇进门，我不就是喊人领红包就行吗？"

她刻意地说得轻松，其实心里挺害怕，不过幸好裴旭天还给她留了个缓冲期，把跟他的家人见面的时间定在了周六。

辛语这几天就讲了两场脱口秀，其余的时候就在婚纱店和摄影店奔波。她去看了几家，都不太满意。

她其实不太想办婚礼，但裴旭天坚持要办，说他这辈子就这么一次了。

裴旭天很看重仪式感，惹得平常大大咧咧的辛语竟然也莫名其妙地开始注意起了这些小细节，反正她跟裴旭天在一起改变了很多。

周六这天，辛语早早地就醒了。她醒来以后就见不得裴旭天睡得熟，于是千方百计地把他弄醒，裴旭天把她往怀里一搂，开始每日一句："老婆，再睡会儿。"

"睡不着了。"辛语说，"我今天能临阵脱逃吗？"

裴旭天说："不可以。"

辛语问："你家人多吗？"

裴旭天说："还好吧，不过今天很多人来。"

辛语问："我用敬酒吗？"

裴旭天说："不用，我喝就好。"

他一字一顿地应着，辛语还是感觉头皮发麻。她不是个擅长跟长辈相处的人，而且陌生的人一多，她就特别容易说胡话。

从小到大，她也就见过几个比较熟的长辈，最后裴旭天说："要不就别去了吧。"

辛语说："该死的时候还是要死。"

裴旭天拍了她一下："胡说八道。"

辛语还是跟裴旭天去了，裴旭天口中的"很多人"就是酒店里标准的圆桌，坐了三桌人，很多人是他的姑姑伯伯，而且家里的很多小辈也都来了，裴旭天说："这就看出来了吧？我人缘儿特别好。"

辛语说："是。"

她的小腿都在抖。

平常她要是丢人也就是自己的事，但现在要是说错话，以后还怎么面对这些亲戚朋友？

幸好还有裴旭天，他带着她一桌桌地走过，给她介绍，辛语就需要跟在他身边叫人就行，果不其然，那天回去的时候收了一大堆红包，都是改口的红包。

辛语在车里拆红包的时候忽然想到什么："那我们以后办婚礼，他们还会出份子？"

"会。"

辛语乐了，裴旭天说她是小财迷。

"谁会跟钱过不去啊。"辛语笑着说，"走啊，我请你吃饭。"

裴旭天逗她："小富婆，我们今天吃什么？"

"海鲜！"

辛语跟裴旭天的婚礼终于提上了日程。她还是通知了她亲爸，不过她亲爸有点儿掉链子，最后商量是江叔带她走红毯。

而在结婚的前两天晚上，她还有一场脱口秀现场。

一年前她去参加了一档脱口秀比赛。因为出众的长相和幽默的语言，她在比赛里还拿到了不错的名次，但红出圈儿主要是靠脸。

她在那比赛里被誉为"脱口秀界朱茵"。然后她在微博上发："我永远喜欢朱茵，不要捧杀我！"

还是有好多人看她的脱口秀，而且她在脱口秀的比赛上讲过很多段子，但只有在剖析男人的时候最精彩，有很多出圈儿的段子。她算是成功地掌握了骂人和冒犯的度。也正因为那些出圈儿的段子，她还接到了很多档综艺，现在可以算娱乐圈十七线边缘人物，所以她的线下脱口秀的票卖得很好，不过顾念老板的知遇之恩，她仍旧在那个小破剧场演出。

那儿其实已经不能叫小破剧场了，在她的帮助下，小破剧场已经重新修缮，变成了稍大一点儿的剧场，在那条酒吧街算是很奢华的地方。

她每周都会讲两次线下脱口秀，脱口秀的灵魂还是"开放麦"。

从事这个行业以来，她从未缺席过，哪怕是快结婚了，也没缺席，仍旧准时到了剧场，化妆换衣服上台。台下的观众大多还是女生，偶尔有几个是带着男朋友来的，她坐在高脚凳上，将一双大长腿随意地搭在舞台上，笑着用目光扫过全场："平常都讲怎么驳斥男人，今天讲个新奇的吧，我讲讲跟律师谈恋爱是种什么体验。"

台下哗然。

"语姐要结婚了吗？"

"完了完了，我的青春结束了。"

"你竟然恋爱了，预感接下来都是秀恩爱。"

下边的观众起哄着，辛语笑着，忽然有个妹子说："语姐你今天笑得好甜啊。"

台下又是一阵哗然。

辛语说："可能是高兴吧，不过我今天的脱口秀可能不太好笑。"她的话音刚落，剧场里突然又进来一名观众，辛语只扫了眼便继续讲，"主要是我的男朋友也没那么有趣。而且律师这行业吧，特别容易培养不懂浪漫的男人。我有个朋友……"

见底下观众都一脸"哦，我懂了"的表情，辛语一跺脚："是真的朋友，她那个前夫就是那样的，她过生日他都送她《中华人民共和国民法典》那种。"

然后她开始进入正题，说了几句之后用目光扫过观众席，然后目光跟刚进来的那个观众对了个正着。

她笑着说："最好笑的应该是我在台上讲跟律师谈恋爱是什么体验，他在台下估计疯狂地想说跟脱口秀女演员谈恋爱是种什么体验吧。"

于是观众环顾全场，辛语继续说："跟律师谈恋爱，可能就是打官司方便点儿，思路跟寻常人的也不太一样，每次都觉得自己要被气死，然后下一秒又觉得还能拯救一下。"

这是一场无稿脱口秀，笑点不多，泪点密集。

许多人是边哭边笑，辛语最后坐在高脚凳上，忽然吸了吸鼻子："裴旭天，你以后能不能别说我傻？"

坐在后排被点了名的裴旭天笑着，站起来朝辛语走，从兜里抽了张纸巾给她递过去："你不傻。"

台下的观众都开始起哄，让他们亲一个。

裴旭天一直都没敢动，甚至往后退了半步，但辛语擦完眼泪以后，微微踮起脚，直接扯着他的领带把他拉过来，在他的唇上吻了一下。

最后裴旭天拉着她走出剧场，在酒吧街闲逛。

辛语说："人生好奇妙啊。"

裴旭天问："怎么？"

"想不到有朝一日我竟然会和你结婚。"辛语说。

"我也没想到。"

辛语以前没有"理想型"，而裴旭天的"理想型"完全跟辛语相反。

但好像他们遇到了，阴错阳差，最后也有好结果。

"反正，你是我的了，"辛语说，"别想乱跑。"

裴旭天说："我求了这么多年才求来的老婆，我跑哪儿去？"

辛语忽然笑了。

她站在那儿朝裴旭天张开双臂："背我。"

裴旭天愣了两秒，然后蹲下来，辛语跳到他的背上，月光落下来，美不胜收。

　　辛语附在他的耳边说："谢谢老公。"

　　裴旭天手一松，差点儿把她掉下去。

　　这是辛语第一次这么软，还喊了一声老公。

　　这天晚上，裴旭天的笑就没从嘴角下来过。

　　一切似乎都恰好。